KB180525

1990년대 한국 현대시의 의미

박상순·이수명·성미정의 시와 1990년대 시사의 (재)의미화를 위한 정신분석적 제언

1990년대
한국 현대시의 의미

변선우

박상순·이수명·성미정의 시와
1990년대 시사의 (재)의미화를 위한 정신분석적 제언

역락

　이 책은 저자의 박사학위논문과 학술지 논문을 토대로 하여 이루어진 책이다. 제1부에는 박사학위논문을, 제2부에는 발표한 학술지 논문을 수록하였다. 시를 쓰면서 논문을 쓰는 일은 결코 쉬운 일이 아니었는데, 치열하게 쓴다고 쓴 글들임에도 불구하고 부끄러움이 남는다. 보면 볼수록, 정리하면 정리할수록, 군데군데 아쉬운 부분들이 눈에 들어온다. 그럼에도, 그 또한 저자의 배움과 노력의 흔적이라는 생각에 크게 수정하지 않았는데, 제1부 글의 경우에는 논의의 오류와 실수, 공백을 바로잡고자 최소한의 보완을 거쳤음은 밝힌다.

　1990년대 시는 복합적이며 매력적인 분위기를 자아냄에도 불구하고, 그에 관한 연구는 미흡함과 편협함을 드러내고 있다. 가령 학술지 논문의 경우, 1990년대 시가 어떠한 의미를 내포하는지 밝히기 위해 그 논의가 얼마간 진행되어왔으나, 파편적, 부분적 논의에 머물러 있는 아쉬움을 나타낸다. 그것은 1990년대 시의 내포를 밝히기 위해 여러 시인의 시를 함께 살펴 구조적, 체계적 연구를 수행한 석, 박사학위논문의 양을 통해서도 확인되는데, 저자의 박사학위논문을 최종적으로 정리, 제출한 2023년 말~2024년 1월을 기준으로 김지은의 논문 「1990년대 여성시의 상상력 연구: 김혜순·이연주의 시를 중심으로」(단국대학교 대학원 박사학위논문, 2023)가 1990년대 시를 종합적으로 살핀 유일한 학위논문이었다. 저자의 박사학위논문이 제출된 2024년 2월에 백선율의 논문 「1990년대 시의 시간의식 연구: 허수경·최정례·이원의 시를 중심으로」(중앙대학교 대학원 박사학위논문, 2024)가 제출되기는 하였으나, '1990년대 시란 무엇인가' 관심이 뜨거워지고 있음에도 불구하고 여전히 미진한 상황에 놓여 있다고 할 수 있다. 나아가 1990년대 시를 살피는 학술지 논문에 보다 천착해보면 당대의 시를 소재 및 형식과 관련하여 다양하게 논의하고 있음을 알 수 있으나, 흔히 '난해시' 혹은 '실험시'를 쓰는 시인들에 관하여서는 크게 주목하고 있지 않다는 아쉬움이 드러난다. 특히 이 책에서 주목하는 박상순·이수명·성미정의 시를 '1990년대 시'를 논의하는 데 있어 점검하는 연구, 나아가서는 박상순·이수명·성미정의 시를 단독으로 다루는 연구는 극히 적다. 그래서 이 책을 이루는 저자의 박사학위논문 및 학술지 논문은 그 같은 아쉬움과 미흡함을 재고, 극복하고자 수행되었음을 밝힌다. 물론 저자의 논의 또한 미진하겠으나, 1990년대 시에 주목한 박사학위논문과 학술지 논문만을 한 데 엮어 출간하는 (아마도) 첫 사례이자, 특히 박상순·이 수명·성미정의 시로 하여금 1990년대 시사를 반추, 정리해낸 첫 사례이므로, 이제 본격적으로 수행되기 시작한 1990년대 시 연구사를 풍요롭게 하는 데 일조하였으면 좋겠다고 감히 기대해본다.

저자가 1990년대 시에 매료되고 천착하게 된 이유는 당대의 시와 박상순·이수명·성미정의 시가 자아내는 시사(詩史, 時事)적 가치 때문이다. 먼저, 1990년대 시는 1980년대 시 및 2000년대 시와 연속과 단절을 아울러 나타냄으로 하여 조성되는 기묘한 공명음을 통해 시사적 가치를 자아낸다. 1990년대 시는 흔히 환멸과 공황, 고독과 불안의 시대라고 언표된다. 이를테면, 그것은 박정희-전두환 군사정권의 몰락, 독일의 통일, 소련의 해체 등이나 포스트모더니즘의 열풍과 함께 근대, 전통, 재래의 가치가 재고되어진 사정, 인터넷 문화의 도입, 자본주의 질서의 완전한 정착 등에서 비롯하였다고 할 수 있다. 이들은 1980년대의 퇴장 및 마감에서 비롯된 파편과 잔해와 아울러, 1990년 대'적' 징후를 표출하도록 한 당대의 토대이자 지배적이던 특징이라고 할 수 있다. 때문에, 1990년대의 '나'의 복원과 '타자'의 회귀는 그 같은 파편과 잔해를 딛고 모색, 타진, 개시되던 다양성과 복합성을 나타내는 표시들이라고 할 수 있다. 1990년대 시의 화두이던 여성, 생태, 일상, 개인, 육체 등이 활발히 논의, 전개되기 시작한 것은 이와 무관하지 않다. 그래서 이 같은 양상은 자연스레 2000년대 시를 예고하던 측면이 크기도 하다. 2000년대 시는 흔히 익명성, 다성성, 환상성 등을 나타냈다고 평가되고, '미래파' 시 및 윤리에의 재고 등으로 하여금 1990년대 시에 노정되던 다양성과 복합성이 보다 발전, 심화된 양상으로 발현되었다고 일컬어지기 때문이다. 즉 1990년대 시의 의미는 그 자체를 섬세히 논구해보아야 하는 것은 물론이고, 당대의 시를 중심으로 하여 1980년대 시 및 2000년대 시와 아울러 비교 검토되어야 하는데, 기존의 연구사는 1990년대 시를 1980년대 시와 연루시킨 채 논의를 마감하거나, 2000년대 시와 연루시키고자 시도하지만 부분적, 파편적 논의에 머무르는 경우가 대부분이다. 저자는 감히 1990년대 시를 제대로 의미화하지 않고는 1980년대 시와 2000년대 이후 시에 관한 이해를 정확히 수행할 수 없으리라 보며, 1990년대 시는 한국 현대시사에 있어 중요하고 상당히 절묘한 위치를 점유하고 있다고 생각한다. 그래서 제1부 글에서는 1990년대 시가 1980년대 시, 2000년대 시와 영향을 주고받는 관계에 놓여 있으며, 서로의 자장 안에 놓임으로 하여 맥락화할 수 있다고 평가하였다. 나아가 1990년대 시에서 두드러진다고 일컬어지는 환멸, 공황, 고독, 불안 등의 징후를 1980년대 및 2000년대 사이에 놓임으로 하여 발현되던 복합적인 징후라고 전제하고, 1990년대 시가 수행하던 회의, 의심, 반성 등의 양상 또한 전대, 후대와 반추해봄으로써 그 의미를 살폈다. 제2부 글에서도, 1990년대를 1980년대에서 비롯한 상실과 혼란, 파편과 잔해, '이후'의 시대라고 전제함과 아울러, 2000년대 이후 '지금-여기'의 시를 논의하는 데 있어 적극적인 토대가 된다고 역설하였다.

특히 저자는 박상순·이수명·성미정의 시를 통해, 그를 논의하였다. 즉 이 책은 이들 시인의 시를 살핌으로 하여, 그를 토대로 1990년대 시의 의미 및 가치를 반추해내고, 1990년대 시와 1980년대 시, 2000년대 시를 맥락화하였다는 데 의의가 있다고 본다. 박상순·이수명·성미정은 난해, 환상, 전위, 초현실주의 등의 표현을 통해 평가되어 왔는데, 그 탓에 연구사적으로 섬세한 관심을 받아오지 못하였다. 그러나 난해·환상·전위·초현실주의 양상이 개인으로서의 '나'와 타자적 가치의 복원, 정신분석학의 유행으로 하여금 1990년대의 시류에서 커다란 축을 형성하였다는 대목은 시사적이다. 즉 박상순·이수명·성미정의 시는 '난해하다' '모호하다' 등의 평가 때문에 내밀한 시 분석을 방해받아온 바 크지만, 이들의 시에는 그 같은 단순한 평가로 환원할 수 없는 1990년대적 특이성이 감각적이고 이채롭게 집약되어 있다고 사료되는 것이다. 제1부 글에서는 그 같은 '오해'를 극복하고자 '시적 현실' 및 '시적 주체' 개념을 설정하여 박상순·이수명·성미정의 시를 섬세히 분석하고자 하였다. 자크 라캉의 상징계·상상계·실재계 및 자아·주체 개념을 근간으로 하여 시적 현실 및 시적 주체를 살폈다. 박상순은 시적 현실로부터의 탈주 의식을, 이수명과 성미정은 시적 현실에서 각각 불안 의식과 소외 의식을 나타내고 있었다. 이 같은 관점은, 시인은 시대, 현실에 놓여 있는(사실상, 처해 있고 얽혀 있는) 존재이자, 그러한 그가 나타내는 시 속의 현실은 시대, 현실에 반응, 대응하여 구현해놓은 감각과 감수성의 여실한 증표라는 사실이 전제되어 있다. 제2부 글에서는 박상순·이수명·성미정의 시에서 1990년대적 자질을 집약적으로 드러내는 동물, 식물, 사물 등에 주목하여 논의를 전개하였다. 예컨대 시적 주체가 확실한 타자성의 증좌인 동물, 식물, 사물과 연동되어 징후 및 정체성을 발현한다고 보았고, 그를 통해 '1990년대적인 것'의 내포 및 '동시대성'을 자아낸다고 분석하였다. 그를 토대로 하여, 2000년대 이후 시에 관한 선구적 측면 또한 반추하여 1990년대 시 및 이들 시인의 시가 자아내는 시사적 의미를 조명하고자 하였다. 즉 이 책을 이루고 있는 저자의 박사학위논문, 학술지 논문은 모두 '1990년대 시의 의미는 무엇인가?'와 더불어, '박상순·이수명·성미정의 시의 의미는 무엇인가?' 반추해 가는 과정을 보여준다고 할 수 있다. 그러므로 이 책에는 1990년대 시사를 정립하는 데 있어 소홀히 다루어진 박상순·이수명·성미정 시에 관한 온당치 못한 전사를 극복하고 교정하고자 하는 의미와, 비로소 세 시인을 1990년대 시사에 본격적으로 위치지어보고자 하는 시도가 내포되어 있기도 하다.

그리고 이 책을 이루는 연구들은 공통되게, 자크 라캉의 정신분석을 크거나 작게 활용하고 있음을 밝힌다. 그의 개념 및 사유는 매우 어렵지만, 분명하면서도 오묘한 매력을 지니고 있다. 주지하듯 1990년대 시가 '나' 및 타자의 회귀와 복원을 나타냈다는 시각을 참조해보면, 라캉의 사유는 당대의 시를 살피기에 탁월한 측면이 크다. 1990년대 전후로 정신분석이 유행하였을 뿐만 아니라, 라캉의 정신분석이야말로 '나'의 징후 및 정체성을 추적하는 데 용이하며, 타자 또한 '나'를 구성하는 존재이기에 참조의 가치가 큰 것이다. 가령 박상순·이수명·성미정의 시에서 환멸과 공황, 고독과 불안을 탈주, 불안, 소외로써 표출하는 시적 주체, 그리고 그들과 연동되고 소통하며 시적 현실을 구성하는 타자를 살피는 데 라캉의 정신분석은 지극히 적절하리라고 사료된다. 더욱이 난해, 환상, 전위, 초현실주의 등을 통해 언표되는 세 시인의 시를 살피는 데 있어 라캉의 정신분석은 여러모로 효과적이리라 본다. 라캉의 사유의 깊이를 충분히 음미하며 참조하고 싶었으나, 저자의 부족함으로 인해 너무도 미흡하고 자의적, 부분적으로 다룬 것은 아닌지 부끄럼과 아쉬움이 남는다.

마지막으로, 1990년대 시와 박상순·이수명·성미정의 시가 시사적 가치를 나타냈기 때문에만 주목한 것은 아니라고 부연하고 싶다. 저자는 연구자이자 시인이기도 한데, 1990년대 시와 박상순·이수명·성미정의 시에는 저자가 고민하고 모색하던 '것'들의 흔적과 자취가 고스란히 노정되어 있기도 하였다. 세 시인의 시로 하여금 그동안 놓지 못했던 고민과 실감해오던 외로움을 덜 수 있었고, 시인으로서 저자의 현재와 미래를 반추하는 데 큰 도움을 얻었다. 이 자리를 빌려 이제는 선생이 되신 1990년대의 시인들, 특히 박상순, 이수명, 성미정 선생님께 깊은 감사와 존경을 보내고 싶다. 당신들께서 청년의 몸으로, 그리고 고유한 목소리로 1990년대라는 시대를 열렬히 그리고 표표히 살아내셨다면, 저자 또한 2020년대의 '지금-여기'를 시-문학으로 하여금 부단히도 응시하면서 '그럼에도' 먹고 쓰고 사랑하고자 분투하고 있다고 감히 어리광부리고 싶다. 세 분 선생님의 시를 살피며 수행해낸 이 사소하면서도 버거웠던 작업은 저자에게 큰 배움과 행복의 시간이었다고 감히 고백한다. 그리고 저자가 1990년대 시, 특히 박상순·이수명·성미정 선생님의 시를 집요하게 읽고 계속하여 탐구할 수 있던 것은 지도교수님이신 이혜원 선생님 덕분이었음을 밝힌다. 헤아려주신 격려와 위로에 힘입었을 뿐만 아니라, 선생님이 아니셨더라면 1990년대 시에 크게 주목하지 못했을 것이고, 시를 세밀히 읽고 감상하는 일의 즐거움과 진면모 또한 깨닫지 못했을 것이라고 되뇌어 본다. 이혜원 선생님께 거듭, 감사와 존경을 보내드린다. 그리고 박사과정 공부를 하며 따뜻하고 냉철하게 저자의 글을 돌보아주신 이영광 선생님, 제1부의 글이기도 한 박사학위논문을 완성하는 데 격려와 가르침을 아끼지 않아 주신 홍창수, 박유희, 오형엽, 김홍진 선생님께 헤아리기 어려운 존경과 감사를 드린다. 그리고 부족한 원고임에도 불구하고, 출간을 허락해주시고 책을 편집해주시고 디자인해주신 역락 출판사 대표님, 관계자님들께 깊이 감사드린다.

　늘 나의 열렬한 배후가 되어주는 엄마, 아빠, 누나, 매형 그리고 조카 단아에게 미안함과 고마움을 전한다.

2024년 7월
변선우

차례

제1부

1990년대 시의 시적 현실에 관한 정신분석적 연구 :

박상순·이수명·성미정의 시를 중심으로

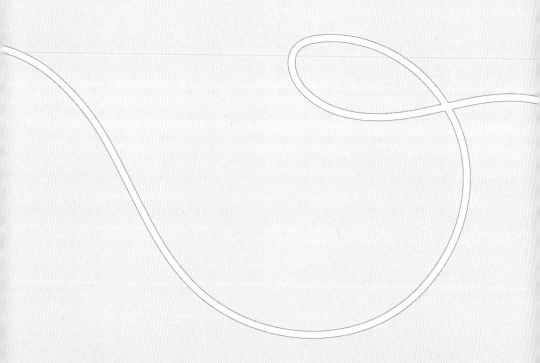

제1장

서론

1. 연구 목적

이 글은 박상순·이수명·성미정의 1990년대 시를 정신분석적 관점에서 고찰해봄으로 하여 세 시인이 구현해놓은 시적 현실의 양상과 시적 주체의 징후를 분석하는 데 목적을 둔다. 이를 통해 1990년대 시인들이 보여주었던 환멸과 공황, 고독과 불안의 양상을 체계적으로 점검해볼 것이다. 그리고 1990년대 시 연구의 편향성과 박상순·이수명·성미정 시 연구의 미진함을 해소하는 계기를 마련해봄으로써 기존의 시 연구사를 포괄하면서 극복하고자 한다.

인간에게 있어 시대, 현실이 실존과 생활의 토대가 된다면, 시인에게 있어 시대, 현실은 그 의미를 망라하면서 시 의식과 그의 지향을 전개하는 데 있어 종요로운 근거가 된다. 그래서 어떠한 시대를 살아냈느냐에 따라, 나아가서는 기거하는 시대와 조화했느냐 불화했느냐에 따라, 시인들의 시는 다른 의도와 의미로 맥락 지어질 수 있다. 즉 인간이자 시인으로서의 개인은 내밀한 토대로서의 시대, 현실과 긴밀한 관계를 설정하면서, 생활과 의식에의 고뇌를 거듭할 수밖에 없는 필연성에 놓여 있는(사실상, 처해 있는) 것이다. 시대-개인-문학이 서로 밀고 당기며 진동함으로써 역동적인 관계를 설정한다고 할 때, 시인의 시 의식을 살피는 데 있어 시대, 현실을 참조하는 작업은 필연과 의무에 복무하는 것이 된다. 이것이 범박하게나마 1990년대 시를 살피기 위해, 시대적 토대와 당대의 시적 경향을 검토해야 하는 이유라고 할 것이다. 1990년 시의 지형도는 다양성과 복합성의 양상을 보여주었으며, 그것은 세기말과 전환기의 성격을 암시하는 징후였기에 중요하다.

먼저, 1990년대에 조성된 세기말의 분위기는 1987년 6월 항쟁에서 비롯한 박정희-전두환 군사 정권의 몰락, 1990년 독일의 통일, 1991년 소련의 해체 등에서 비롯하였다. 이는 기존의 질서, 체계가 와해하고 허물어짐으로 하여 역사의 종언, 묵시록, 세기말의 분위기를 추동하였다. 완고하게 존속해오던 힘과 진영, 그것이 배태한 충돌과 대립의 세계가 무너지면서 역사적, 사회적 책임으로부터 자유로워진 1990년대는 퇴장과 붕괴에 따른 파편과 상실의 시대를 표시하기에 이르렀던 것이다. 따라서 유성호가 "1990년대의 시는, 어떤 절정의 시대를 지난 '이후(以後)의 시대'를 구축하였고, 다양한 중심들의 소용돌이로 우리 시의 풍부함에 기여한 시대였다"라고 진단하는 대목은, 강고한 힘의 시대가 지나고 난 1990년대가 연출하였던 '이후'의 분위기를 적절히 언표하는 내용이라고 할 것이다.

이러한 시대, 현실의 풍경은 한국의 진보, 민중 세력의 약화와 후기 산업사회, 자본주의 사회, 소비 사회의 공고화를 선명히 재현해냈다. 가령 리얼리즘 시와 모더니즘 시의 대립이 와해하였던 바, 그럼으로써 1980년대의 화두였던 민중, 참여, 노동시의 기수들이 생태시와 민중적 서정시를 향한 관심의 전환

---

1   유성호, 「탈냉전의 시기(1991년~2000년)」, 오세영 외, 『한국 현대시사』, 민음사, 2007, 591쪽.

을 통해 시 쓰기를 이어나가기 위한 의식의 고투를 벌였던 바,[2] 그리고 해체시를 통해 미학적, 시적 투쟁에 앞장섰던 시인들이 메타시를 향한 시적 형질의 굴절을 보여주었던 바[3] 등은 1990년대의 세기말적 분위기와 매개하는 혼란함 및 복합성을 증표하는 시의 징후들이라고 할 수 있다.

이 같은 당대의 상황이 시의 위기와 긴밀하게 이어졌던 사실은 중요하다고 본다. 1990년대는 자본주의 시스템의 완전한 승리와 더불어, 멀티미디어와 인터넷을 비롯한 매체 환경의 변화 덕분에 감각을 매혹하는 휘황한 이미지가 만연하기 시작하였고, 작품성보다 대중성의 영향력이 팽창하기 시작하였기에 문학의 자리가 위축할 수밖에 없는 시대이기도 하였다. "시대정신의 변화와 이념의 퇴조, 근대문학의 물적 조건이었던 활자-인쇄 문화의 쇠퇴, 인터넷-멀티미디어의 등장과 문화와 산업의 결합은 과거 문학/시가 누렸던 문화적 헤게모니의 상당 부분을 제약하는 결과를 가져왔"[4]던 것이다. 즉 창작과 독서의 주체 모두에게 '이후의 문학이란 과연 무엇인가?'에 대한 세밀한 고민을 부추김으로써 1990년대 시의 세기말적 분위기는 복합적으로 형성되었다. 그렇다면, 1990년대의 역사의 종언, 묵시록, 세기말의 분위기는 강고한 힘(들)의 붕괴 및 새로운 체계의 도래와 안착, 그에서 비롯한 파편과 혼란에 연루되는 것이라고 여겨지며, 그것은 1990년대를 탈중심 및 재구축의 시대로 재편해내는 데 일조했다고 보인다.

이렇듯 1980년대와의 관계를 통해 1990년대라는 시대, 현실의 동태를 확인할 수 있음은 중요하지만, 아울러 이후 시대인 2000년대와의 관계를 통해서도 그 의미를 파악할 수 있어 그 또한 톺아보아야 할 것이다. 살핀 것처럼,

---

2   위의 글, 549쪽.

3   위의 글, 585쪽.

4   고봉준, 「'환상'으로서의 시의 위기: 1990년 이후 문학장의 변화를 중심으로」, 『현대문학의 연구』 51, 한국문학연구학회, 2013, 26쪽.

기존의 시사 및 연구사[5]는 1980년대 시와의 연속 혹은 단절의 관점에서 1990년대 시의 의미를 해명하고자 꾸준히 시도해왔지만, 특히 2000년대 시와의 관계 속에서 탐지되는 전환기적 분위기는 1990년대 시의 특이성을 논의하는 데 있어 긴요하며, 그래서 당대는 역사의 상처와 유산이, 미래의 희망과 불안이 함께 도사리는 시대였다고 평가되기도 하는 것이다. 즉 1990년대가 흔히 '이후'라는 언표를 통해 표상될 때, 거기 도사리는 세기말적 분위기뿐만 아니라, 계기와 변화, 가능성과 전환기적 분위기 또한 살필 필요가 크다.

이수명에 따르면, 1990년대 시에는 1980년대 시와의 상징적 결별과 2000년대 시에의 상상적 낌새가 함축되어 있었다. 그가 설명하는 1990년대는 "1980년대에서 벗어나느라고 1980년대적인 것을, 새로운 것을 추동하느라고 2000년대적인 것을 상상하며 이웃하였"던 "양자가 한꺼번에 들어와 있"[6]는 시대였다. 동시에, 그는 "1980년대 시의 거대한 운동과 2000년대 시의 격동의 확산 가운데에 위치하고 있는 1990년대 시의 실제적인 의미"는 과거의 "유산"과 미래의 "조짐 사이에서"[7] 발견되는 특유의 가치를 통해 획득할 수 있으리라 역설한다. 그래서 이수명은 1990년대 시를 "1980년대의 아우라와 휘장에 싸여 있던 시가 아니라 홀로 싸우며 멀리 나아간 시들, 고립적이고 위태로워 보였지만 그것이 독자적 탐험이 되었던 시들"이라고 평가하면서, "고독"과 "고투"[8]라는 언표를 통해 2000년대 시와의 변별성 또한 확보함으

---

5   1990년대 시를 구조적, 체계적으로 연구하고자 한 사례는 적은데, 유의미한 연구를 거론하자면 김지은의 박사학위논문이 대표적이다. 그는 1990년대 시를 1980년대 시의 연장선상에 놓는 것에 크게 동의하면서, 김혜순과 이연주의 1990년대 시의 의미를 1980년대 시와의 관계 속에서 드러내고자 시도한다(김지은, 「1990년대 여성시의 상상력 연구: 김혜순·이연주의 시를 중심으로」, 단국대학교 대학원 박사학위논문, 2023). 그 뿐만 아니라, 대부분의 학술지 논문에서 역시, 1990년대 시는 1980년대 시와의 맥락 속에서 논구되어왔다. 이는 제1장 2절에서 확인할 것이다.

6   이수명, 『공습의 시대: 1990년대 한국시문학사』, 문학동네, 2016, 8쪽.

7   위의 책, 19쪽.

로 하여 양대의 시 사이에 1990년대 시를 유동적으로 위치시키고자 한다.

1990년대 시가 다양성, 복합성, 다원성, 복잡성 등을 통해 평가될 때, 2000년대 이후 시가 보여주는 실험성 및 역동성은 1990년대 시와 무관하기 어렵다고 보이며, 나아가서는 1990년대 시에서 개개의 시인들이 모색하던 가능성들이 2000년대 시에 이르러 보다 집단적으로 나타나게 된 것이라 할 수 있다고 판단된다. 즉 1990년대 시는 '우리' 혹은 '진영'에 '나'를 포섭함으로 하여 집단적 성격을 자아내던 1980년대 시와 '미래파' 시 등이 "집합적으로" "개화"[9]함으로 하여 보다 집단적, 활발한 움직임을 나타내던 2000년대 시와 일정하게 변별성을 띤다고 여겨지는 것이다. 이렇듯 1990년대 시의 의미를 파악하기 위해서 1980년대 시 '이후'의 관점에 천착하는 것도 중요하지만, '이후'에 내장되어있는 2000년대 시에 관한 예고와 예감, 2000년대 시에 도사리는 '1990년대적인 것'의 파편과 잔해 또한 충분히 음미해야 하는 것이 마땅하다.

1980년대의 "역사적, 사회적 그물망으로 건져 올릴 수 없는" "미시적인 차원"[10]의 가치들, 이를테면 "일상과 욕망, 육체와 자기 정체성", "여성, 지방, 환경 같은 근대의 항구적 타자들"[11]이 부상하기 시작한 1990년대 시의 경향은 연속과 단절, 계기와 변화의 분위기가 함께 조성한 긴장과 이완의 공명 가운데서, 혼란상과 새로움을 양손에 쥐고 가능성을 모색, 타진해가는 와중에서 움텄다고 볼 수 있다. 그러므로 1990년대를 일컬어 흔히 속박되었던 가치들이 귀환하였던 시대라고 언표해온 것은 세기말적 분위기와 전환기적 분위기가 아울러 작동함으로써 새로움과 다양성이 개시되었던, 복합적이었

---

8   위의 책, 14쪽.
9   신형철, 「2000년대 한국시의 세 흐름」, 김윤식 외, 『한국현대문학사』, 현대문학, 2014, 674쪽.
10   위의 책, 21쪽.
11   유성호, 앞의 글, 534쪽.

고 독자적이었던 당대의 상황을 고지하고자 하는 선언의 의미가 있었다. 그렇다면, 1990년대 시에 두드러진다고 일컬어지는 환멸과 공황, 고독과 불안의 양상은 전대의 강력한 힘, 축이 무너지며 도래한 공허함과 자본주의 체계 등이 공고히 작동하게 됨으로써 도래한 또 다른 박탈감 사이에서 야기된 독특한 징후이자, 1980년대의 상처와 유산, 2000년대에의 기대와 불안이 공명하며 초래된 복합적 징후라고 할 수 있다.

이상의 논의를 종합해보면, 1990년대를 20세기의 막판이라든가 끼어 있는 시대라고 단순화시켜 평가해서는 당대의 복잡한 상황을 이해할 수도, 당대의 가치를 섬세히 파악할 수도 없을 것이기에, 당대의 시를 총체적으로 검토함으로 하여 개개의 시인들의 시적 성취 및 당대의 시사적 의의를 평가할 수 있을 것이라고 생각된다. 그러므로 1990년대 시는 당대의 특이성 및 독특함을 톺아보는 것과 함께, 1980년대 시 및 2000년대 시와의 섬세한 맥락화를 통해 그 의미를 명료히 확보할 수 있으리라 본다.

이처럼 1990년대의 시인들은 당대의 현실과 적당하게 조화를 이루지 못한 채 어긋나고 괴리하는 모습을, 이를테면 부조화하는 모습을 선명하고 다양하게 보여주었으나, 이를 다각적으로 살펴야 할 1990년대 시 연구는 미진함과 편향성을 드러내고 있다. 특히 학위논문으로 제출된 1990년대 시 연구는 빈약한 수준에 머물러 있다. 이는 1990년대 시에 표상되고 있는 환멸과 공황, 고독과 불안에 관한 체계적인 연구, 나아가서는 그것을 반영, 대응하고 있는 시인들의 시 의식에 관한 본격적인 연구가 구체적으로 진행되지 않았다는 사실을 보여준다. 1990년대 시는 이제 객관적인 시각을 담보하여 논의할 수 있는 상황에 이르렀으며, 평론가 황종연의 의미심장한 언표 "한국문학의 90년대는 아직 끝나지 않았다"[12]가 환기하듯 '지금-여기'의 문제를 살피는

---

12   황종연, 「『늪을 건너는 법』 혹은 포스트모던 로만스-소설의 탄생: 한국문학의 1990년대를

데 있어 문학사적 가치도 분명해졌다. 2000년대 이후의 시 연구 역시 거듭되고 있는 가운데, 1990년대 시의 시사적 의의와 당대 시인들의 시적 성취를 고구하려는 시도는 더이상 지연될 수 없다.

이 글은 1990년대 시 연구의 미진함과 편향성으로 인해 연구사에서 소홀하게 다루어진 시인들에 주목해보고 시대적, 현실적 토대를 딛고 해당 시인들이 전개하였던 내밀한 시 의식을 점검하고자 한다. 당대의 시에 두드러지는 환멸과 공황, 고독과 불안이 개개의 시인들에게서 어떻게 발현되고 있는지, 그것이 어떠한 의미를 시사하는지 톺아볼 것이다. 나아가 그를 통해 추출한 내용을 토대로 하여, 1990년대 시를 1980년대 시 및 2000년대 시와 맥락 지어보는 데까지 논의를 전개함으로써 1990년대 시의 의미를 섬세하게 논구하고자 한다. 이 글은 1990년대 시인 중에서 박상순·이수명·성미정을 선별하여 논의를 개진할 것이다. 세 시인은 1960년대에 태어났고 1990년대에 등단했으며 1990년대에 첫 시집을 출간한 시인들이다. 박상순·이수명·성미정은 개성 있는 시를 통해 지속적인 주목을 받아왔으나, 1990년대 시 연구사의 편협함이 드러내듯 연구의 중심에서 밀려나 있다.[13]

1991년 『작가세계』를 통해 등단한 박상순, 1994년 『작가세계』를 통해 등단한 이수명, 1994년 『현대시학』을 통해 등단한 성미정은 공통적으로 난해, 환상, 전위, 초현실주의 등의 언표를 통해 평가되어 왔다. 난해, 환상, 전위, 초현실주의 양상은 개인으로서의 '나'와 타자적 가치의 복원, 지그문트 프로이트(Sigmund Freud)와 자크 라캉(Jaques Lacan)의 정신분석학의 유행으로 하여금 1990년대 시류에서 커다란 축을 형성하였다. 앞서 살피었듯, 이는 위압의 시대, 즉 강고한 힘 간의 충돌을 전방위에서 나타내던 시대로부터

보는 한 관점」, 『문학동네』 89, 2016, 470~471쪽.
13 이들 시인에 관한 연구를 살펴보면, 박상순은 학술지 논문 4편, 이수명은 학위 논문 1편과 학술지 논문 2편, 성미정은 학술지 논문 1편뿐이다.

얼마간 벗어나게 된 시인이, 이제 '나'에 천착해보면서 잉여적, 사변적, 타자
적인 것으로 배제되던 가치들을 끌어안아 다양한 문학적 시도를 개시해가기
시작하였다는 의미를 보여주기에 시사적이다. 그렇다면, 세 시인의 시에는
난해하고 모호하다는 고식적인 평가를 넘어서는 1990년대적인 것이 이채롭
게 집약되어 있다고 여겨지고, 이들의 시를 섬세히 살핌으로써 당대의 현실
과 그에서 비롯하는 시인들의 날카로운 시 의식을 파악할 수 있으리라 본다.

　가령 현실의 논리를 배반하는 '난해', 현실을 재료로 현실을 벗어나는 '환
상', 현실의 체계와 질서를 극복하는 '전위', 현실의 이면 혹은 그 너머를
희구하는 '초현실주의'는 시대 현실에 대응하는 시인의 의식을 적극적, 능동
적으로 증명한다.[14] 이들의 시가 1990년대의 환멸과 공황, 고독과 불안의
현실을 능동적으로 수용하면서, 개성 있는 언표를 통해 그를 능가해보고자
예리하고 이색적인 시적 응전을 보여주었다고 일컬을 수 있는 이유이다.
이는 앞서 이수명이 1990년대 시를 일컬을 때 활용한 '국지전', '공습', '탐
험', '고투' 등의 표현과 얼마간 호응하면서도, 그것을 포괄하는 의미를 나타
낸다고 하겠다.

　특히 "초현실주의는 현실을 뛰어넘는 또 하나의 세계를 상상해냄으로써
현실의 억압으로부터 정신을 해방하려"[15] 하는 작용을 의미한다. "현실에서

14　이후부터는 박상순, 이수명, 성미정 시에서 두드러지는 특징인 난해, 환상, 전위, 초현실주
　　　의를 한 데 묶어 난해·환상·전위·초현실주의로 표기하고, 세 시인의 시적 특질과 이들이
　　　포함되는 시적 계열을 언표하는 데 활용하고자 한다. 왜냐하면, 연구사 검토에서 얼마간
　　　살피겠지만 ① 세 시인을 한 데 묶어 논의한 연구가 너무 부족하고, ② 세 시인을 한 데
　　　묶어 언표하려는 합의 또한 미진하고, ③ 시사에서조차 세 시인을 한 데 묶어 논의하고
　　　있는 사례가 적고, ④ 세 시인과 흡사한 시적 경향을 보여주는 시인들도 서로 동떨어져
　　　평가되고 있기 때문이다. 이 글에서는 편의를 위해 난해, 환상, 전위, 초현실주의의 기법과
　　　그 경향을 나타낸다는 의미에서 큰 무리가 없다고 사료되기에 통칭할 것이다. 따라서 박상
　　　순, 이수명, 성미정 등 1990년대 난해·환상·전위·초현실주의 경향의 시인들을 묶어내고
　　　언표할 수 있는 표현을 섬세히 고안해내는 작업은 차후의 과제로 남겨두고자 한다.

빠져나와 실재계에 맞서 <독립 전쟁>을 치르는 쪽을 선택"[16]하는 초현실주의자는 현실과 현실 너머에 자기의 의식과 정체를 걸쳐둔 채 작업을 개시한다. 그러므로 중요한 것은 그들이 현실을 외면하는 것이 아니라 현실을 기꺼이 승인한다는 사실이다. 황현산은 앙드레 브르통의 『초현실주의 선언』 해설에서 "초현실주의자로서의 인간은 현실과 의식의 종합인 초현실에 도달한다"[17]라고 말한다. 초현실주의자가 주창하는 의식과 정신의 해방, 자아의 분열은 현실을 뒤로한 채 내지르는 탈주만을 의미하지 않는다. 즉 자기를 구성하는 현실과 세계를 참조하지 않고는 초현실을 실현할 수 없으며 초현실에 도달할 수도 없다. 그래서 시인들이 현실을 극복하고자 수행하는 실험적 작업이 제아무리 모호하고 난해하다 할지라도, 거기에는 실제 현실에 대한 감각과 통찰이 또렷이 잠재하여 있는 것이다.

이처럼 박상순·이수명·성미정은 당대의 현실을 수용하지만 불화하면서 독특한 감수성을 표출하는 시인들이기에 깊이 있는 논의가 필요하지만, 연구는 턱없이 부족한 상황이다. 이혜원은 이수명의 시를 논의하며 1980년대의 정치적인 실험시(해체시)와 2000년대의 미래파 시 사이에서 1990년대의 개인적인 실험시가 주목받지 못하였다는 사실을 지적한다.[18] 이는 "이수명을 비롯해서 1990년대 등단한 실험적인 시인들의 시"[19]에 관한 부진한 논의까지 함축한다. 그리고 오형엽은 1990년대 전위 시의 지형도를 고안하면서 "박상순, 이수명, 김정용, 이장욱, 김중 등으로 대표되는 '무의식적 타자성의 시'"[20]

---

15 황현산, 「상상력의 원칙과 말의 힘」(해설), 앙드레 브르통(Andre Breton), 『초현실주의 선언』, 황현산 역, 미메시스, 2012, 10쪽.

16 위의 해설, 8쪽.

17 위의 해설, 10쪽.

18 이혜원, 「미지의 세계를 향한 진지한 놀이: 이수명론」, 『계간 시작』 51, 천년의시작, 2014, 37쪽.

19 위의 평론, 같은 쪽.

의 논의가 부진하다고 꼬집는다. 그러므로 이 글에서는 박상순·이수명·성미정의 시를 시대, 현실과 연루시킴으로써 이들의 시가 보여주는 개성 있고 능동적인 시 의식을 조명하여, 이들 시에 관한 기존의 '개성 있다' '난해하다' '모호하다' 등의 단순한 평가로 환원할 수 없는 특이성을 톺아보아 그동안의 논의를 포괄하면서도 극복해보고자 한다. 이를 계기로, 다양성과 복합성을 보여주었던 1990년대 시 연구사의 미진함과 편향성을 극복해보는 바는 물론이고, 난해·환상·전위·초현실주의 시를 시대, 현실이라는 토대를 참조하여 탐구하는 계기를 마련해볼 수 있으리라고 사료된다.

이로써 1990년대 시 및 박상순·이수명·성미정의 1990년대 시에 드러나는 동시대성을 추출해볼 수 있을 것이라고 기대한다. 조르주 아감벤(Giorgio Agamben)에게 "동시대성이란 거리를 두면서도 들러붙음으로써 자신의 시대와 맺는 독특한 관계이다. 더 정확히 말해, 그것은 **시차와 시대착오를 통해 시대에 들러붙음으로써 시대와 맺는 관계이다.**"[21] 즉 시대에 능동적으로 소속하면서 시대의 문제를 예리하게 파악하고 응시하는 동시대인은 1990년대 특유의 시적 주체에게서 확인할 수 있다고 본다. 그렇다면, 현실에 참여하지만 불화하고 포섭되지만 탈주하며 난해·환상·전위·초현실주의의 양식을 통해 시대와 세계를 고유하게 인식하고 언표하는 박상순·이수명·성미정이야 말로 "참으로 자신의 시대에 속하는 자"[22]이며 "자신의 시대와 완벽히 어울리지 않는 자"[23]로서의 동시대인이라고 일컫는 것이 가능하지 않을까. 그러므로 세 시인의 시를 통해 당대의 징후에 매몰되어 속수무책하고 있는 시적

---

20   오형엽, 「반복, 변주, 변신, 생성: 박상순론」, 『주름과 기억』, 작가, 2004, 303쪽.
21   조르조 아감벤, 「동시대인이란 무엇인가?」, 『장치란 무엇인가?: 장치학을 위한 서론』, 양창렬 역, 난장, 2010, 72쪽.
22   위의 글, 71쪽.
23   위의 책, 같은 쪽.

주체가 아니라, 시대에 대응하여 현실 인식 및 시 의식을 예리하게 전개하는 시적 주체를 발견하게 되리라 기대할 수 있어 보인다. 즉 이는 앞서 난해·환상·전위·초현실주의 시가 시대, 현실을 능동적으로 수용하면서, 그에 대하여 이색적인 시적 응전을 보여주었다고 일컬은 대목과 호응하는 것이다.

그렇다면, 이를 통해 박상순·이수명·성미정 시의 난해성과 모호함은 오히려 이들 시인이 시대, 현실을 얼마나 능동적, 예각적으로 읽고 드러내는지에 관한 지표로 수렴할 수 있으리라고 여겨진다. 난해성과 모호함은 세 시인이 현실을 있는 그대로 수용하지 않고 어떻게 인식, 재현, 극복하는지를 거칠고도 섬세하게 증표하고, 그것은 동시대성 및 고유성을 드러내는 일련의 표식으로 환원하여 바라보는 게 온당하리라 여겨지기 때문이다. 따라서 이 글은 박상순·이수명·성미정의 시를 베일처럼 감싸고 있는 '난해하다' '모호하다' 등의 평가를 회피하지 않고 온전히 직면함으로 하여 이들 시인의 성취를 확인하고자 한다.

요컨대 김준오는 과거의 시와 다르게, 현대의 시에서는 "자아와 세계의 동일성"[24]을 찾아보기 어려워졌다고 진단한다. 문명의 시대인 현대에서는 조화와 합일의 정신이 하나의 이상(理想)에 불과해졌다고 언급하는 것이다.[25] 시를 통해 세계와의 갈등을 인위적으로 봉합해볼 가능성이 있을지언정, 그것은 현대의 시에서는 온전하게 구현하기 어려워졌다는 의미이다. 그리고 유성호는 "1990년대의 시가 우리에게 선사한 가장 커다란 인식론상의 진경(進境)은 시적 주체의 자기 동일성에 대한 회의와 반성 그리고 그것의 재구축에 있다"[26]라고 강조한다. 이것은 더이상 참여적, 사회적 주체를 요구하지 않는 시대가 도래하였음을 나타내고, 그로 하여금 이데올로기 및 거대 담론에

---

24   김준오, 「시의 정의」, 『시론』(제4판), 삼지원, 2002, 32쪽.
25   위의 글, 36~37쪽.
26   유성호, 앞의 글, 535쪽.

봉사하지 않아도 되는 시인과 시대와 시적 주체 간의 부조화 혹은 균열이 발생하게 되었음을 드러낸다고 할 수 있다. 나아가서는, 탈근대의 자장 안에 놓이는 1990년대의 탈중심 및 재구축의 양상은 견고하게 유지되어오던 "'내면/외계', '주체(의식)/묘사(서사)', '동일자/타자', '실재/허구', '정신/육체', '서정/묘사(서사)', '단일한 자아/무수한 타자', '인과율/우연성' 같이 그동안 근대적 이성을 통해 이항 대립적 경계로 확연하게 구분되었던 사물(개념, 현상)들의 관계"[27]를 재인식하게 하였는데, 이 또한 시적 주체의 지위 및 의미를 허물어 개인으로서의 '나'로 하여금 다양한 시적 모색과 응전을 전개하도록 추동하였다고 사료되는 것이다.

이렇듯 1990년대 시의 '이후'는 상실이나 변화뿐만 아니라, "반성" 역시 내포한다고 할 수 있다. 그 반성이라 함은 시대, 현실의 불화를 오롯이 그러냄으로써 암시되는 의심, 회의, 반성 전반을 포괄한다. 즉 시대, 현실과 시인이 부조화하는 양상이야말로, 여러 의미에서 당대 시인들이 보여준 동시대성의 증표가 될 수 있다고 본다. 정리하면, "'우리'보다 '나'의 절실한 문제로 시선을 옮겨 갔"[28]던 1990년대 시인들이 현실과의 불화를 시의 표층에 저마다의 감각과 감수성을 통해 독창적으로 현상하여둔 바를 추적하고 검토해보면, 시인들이 성실하게 현상해놓은 동시대성 및 고유성을 아울러 확인할 수 있으리라 판단된다. 그러므로 박상순·이수명·성미정의 시를 통해 세 시인의 동시대성뿐만 아니라, 1990년대를 능동적으로 읽고 재현하고 극복하는 당대의 시인들이 나타내던 동시대성도 아울러 가늠해볼 수 있을 것이라고 기대한다.

그리고 조너선 컬러(Jonathan Culler)는 현대 이론가들의 논의를 빌려 "시를 문화적 가치의 주요 저장고라기보다는, 문화의 틈새를 보여주는 언어적 연쇄

---

27   위의 글, 같은 쪽.
28   위의 글, 같은 쪽.

와 공식에 대한 실험"[29]으로 파악하게 되었음을 역설하기에 시사적이다. 위의 인용에서 "문화의 틈새"라는 표현에 주목할 필요가 있다. 이는 과거와의 단절을 보여주는 지표이기 때문이다. 즉 순일한 작품 세계를 통해 화자와 세계의 일체감을 보여주었던 과거의 시와 달리, 현대의 시는 개인의 문제와 실감을 섬세하게 술회하여 동시대 현실의 틈새를 예리하게 보여주기에 이른 것이라는 내용을 시사한다. 그러므로 '지금-여기'의 문제를 예각적으로 증언하는 동시대(성)의 시는 시대의 감각과 그것이 배태한 의문과 호소를 첨예하고 낯설게 드러내는 문학적 갈래이자, 또한 그것을 효과적으로 검토하며 고구할 수 있게 하는 문학적 발로라는 평가가 가능하다.

이상의 내용을 정리해보면, 박상순·이수명·성미정의 시는 이들 시인이 현실에 맹목적으로 휘둘리거나 일방적으로 속박되지 않고 환멸과 공황, 불안과 고독의 시대를 예리하게 읽어내고 있음을 독창적이고 낯설게 보여주는데, 이는 동시대성과 고유성이 스며 있는 시 속의 현실, 세계로 제시된다고 여겨지는 것이다.

이처럼 세 시인의 시가 문학 연구에 있어 실제 현실에 대응하여 구현해놓은 시 속의 현실을 살피는 작업이 필연적이라는 사실을 나타내고, 그로 하여금 각자의 시적 성취와 시사적 의의가 거기 농밀하게 내포되어 있으리라는 사실을 추론해내도록 도모할 때, 세 시인이 시에 구현해놓은 저마다의 현실을 살필 필요성은 증대한다. 즉 이들 시인의 '시적 현실'을 면밀히 살펴봄으로 하여 미진함과 편향성을 보여 온 1990년대 시 연구사 및 박상순·이수명·성미정 시 연구사를 효과적으로 극복해볼 수 있을 것이다. 문학 작품 속 현실은 실제 현실과 서로를 투영하거나 반영함으로써 영향을 주고 받고, 서로를 견인하거나 추동함으로써 작품의 질과 양의 변화에 계시를 주는데,

---

29　조너선 컬러, 『문학이론』, 조규형 역, 고유서가, 2016, 133쪽.

이는 시인의 시 의식을 점검하는 데 있어 중요한 시사점을 제공한다. 예술이 사회의 다양한 정보를 담고 있다는 반영적 시각[30]이나, 예술이 사회에 부단하게 영향을 끼치고 있다는 형성적 시각[31]은 이를 범박한 의미에서 확인하게 한다.

그러므로 이 글은 박상순·이수명·성미정의 1990년대 시에 나타나는 시적 현실을 분석하여 세 시인의 시를 섬세하게 검토해보고자 한다. 시적 현실은 시인의 고유한 의식 및 지향을 통해 주조한 물질적 공간이면서, 시대, 현실에 대응하여 동시대의 감수성을 통해 배태한 대안적 공간이라고 할 수 있다. 즉 시적 현실은 시 속에 또 하나의 현실로서 구현된 현실 인식 및 그를 투영한 시 의식의 중심이 되는 구조이고, 골자이다. 김혜순은 평론 「90년대 시의 시적 현실, 어디에 있었는가」의 서두에서 시적 현실의 의미를 다음과 같이 소상히 설명하고 있다.

> 시적 현실은 시 안에 놓여진 사물들과 시적 언술의 관계 속에서 드러난다. 다시 말하면 시적 현실은 시 안에서 시적 주체와 대상 간의 관계맺기 방식에서 드러난다. 시적 현실이라는 명제는 소재주의적 명제가 아니라 방법론적 명제이다. 그러기에 시적 현실은 시인에 의해 창조된다. 시적 현실은 누구에게서나 다르게 정의될 수 있고, 그럼으로써 시적 현실은 존재의 의의가 있다. 시적 현실 속에 내재한 규칙은 본질은 아니지만 실존한다. 아울러 시적 현실은 현실이라고 명명되고 규정된 하나의 구조물이며, 시의 존재태이다. 시적 현실은 또한 한 시인에 의해서 창조되는 다양한 의미 구조일 수도 있고, 다수의 시인들에 의해 창조된 유사한 의미 구조일 수도

---

30 빅토리아 D. 알렉산더(Victoria D. Alexander), 『예술사회학』, 최샛별 외 역, 살림, 2010, 65~93쪽.
31 위의 책, 103~127쪽.

있다. 그런 이유로 시적 현실은 그 시대가 창조한 일종의 신화이기도 하고, 그 시대 시인들이 살아낸 시적 삶의 방법이기도 하다.[32]

일컫자면, 시적 현실은 시인이 구상하고 실현하는 시인의 의식과 무의식의 재현물(체)을 의미한다. 시적 현실의 형성에 있어 실제 현실의 상황과 양태는 간과될 수 없으며, 시적 현실에는 "살아 있는 문제들의 실재성"[33]이 생성하게 도사리고 있다. 그러므로 "소재주의적 명제가 아니라 방법론적 명제"인 시적 현실은 시인의 시 의식과 시적 지향을 분석하기에 적합한 "구조물"이며 그의 삶과 존재 방식을 반추하기에 온당한 "존재태"라는 추론이 가능하다. 시적 현실이 고유 명사나 개념은 아니지만, 그를 적용한다면 시인들이 현실을 반영하고 현실에 대응하여 언표하는 시 의식의 표층과 그의 심층을 효과적으로 점검할 수 있어 보인다.

이 글에서는 시적 현실을 살펴보기 위해, 자크 라캉의 정신분석학을 참조할 것이다. 라캉은 정신분석이 개인을 탐구하는 학문이지만, 개인은 상호주체적이며 사회적인 존재임을 역설한다.[34] 1990년대는 이른바 개인의 시대였고 시인은 내밀한 감각을 통해 다양한 묘사와 진술을 수행하면서 타자, 사물, 현실과의 관계를 통해 구성되는 '주체'적인 존재이므로, 라캉의 사유를 활용하여 박상순·이수명·성미정의 시적 현실을 살핀다면 이들의 시를 섬세하게 점검할 수 있을 것이다. 더 나아가서는, 난해·환상·전위·초현실주의 양상은 무의식, 욕망, 환상 등을 통해 독특한 시적 현실을 주조하므로 라캉의 정신분

---

32 김혜순, 「90년대 시의 시적 현실, 어디에 있었는가」, 『문학동네』 20, 문학동네, 1999, 338~339쪽.

33 위의 평론, 354쪽.

34 자크 라캉, 「범죄학에서의 정신분석의 기능에 관한 이론적 입문」, 『에크리』, 홍준기 외 역, 새물결, 2019, 149~176쪽.

석은 이들 시인의 현실 인식 및 시 의식을 드러내는 데 적절한 방법론이라고 생각된다.

정신의 구조이자 현실을 표상하는 라캉의 상징계·상상계·실재계는 시적 현실을 살피는 데 적절한 분석의 틀이 될 수 있다. 이승훈은 라캉의 사유를 논하면서 "현실은 상상계와 상징계가 구성"[35]한다고 설명한다. 상상계의 흔적이자 상징계의 짝패인 실재계 역시 현실에 영향력을 행사하는 구조이므로, 라캉의 세 영역을 참조한 시적 현실의 모형은 시 분석에 충분히 효과적일 것이다. 특히 상징계와 상상계와 실재계는 라캉의 개념에서 가장 근본적이고 핵심적이기에, 이를 토대로 하여 그의 다양한 개념을 활용한다면 풍요로운 분석이 가능하리라 본다.

그리고 그의 자아와 주체 개념 역시 적용하여 시적 주체의 의미를 확장해 보고자 한다. 시의 주체는 시적 현실에서 진술과 묘사를 통해 개인의 징후를 고지하고 정체성을 반추하는 능동적인 존재이고, 김혜순의 언급처럼 "시적 현실은 시 안에서 시적 주체와 대상 간의 관계맺기 방식에서 드러"나기 때문이다. 그러므로 이 글에서는 라캉의 정신분석을 활용하여 세 시인의 시적 현실의 양상과 시적 주체의 징후를 섬세히 검토해보고, 이를 통해 1990년대 시에 팽배하여 있는 환멸과 공황, 고독과 불안의 양상에 관하여 체계적으로 점검해볼 것이며, 세 시인의 시에 내재하여 있는 개개의 시적 성취 및 이들 시인의 시로 말미암아 확인할 수 있는 1990년대 시의 시사적 의의를 정리하고자 한다.

이상의 논의를 토대로, 라캉의 개념을 적용하여 박상순·이수명·성미정 시의 현실을 정리, 요약해보면 다음과 같다. 박상순은 1990년대의 현실을 표상하는 상징계로부터 벗어나 상상계 이전·상상계·실재계에 도달하는 시

---

35   이승훈, 『라캉 거꾸로 읽기: 해방시학을 위하여』, 월인, 2009, 135쪽.

적 현실에서의 탈주 의식을 보여준다. 이수명은 1990년대의 현실을 표상하는 상징계·상상계가 구성하고 실재계가 개입하는 시적 현실에서의 불안 의식을 보여준다. 성미정은 1990년대의 현실을 표상하는 상징계·상상계에서 배제되고 실재계를 통해 해방하는 시적 현실에서의 소외 의식을 보여준다. 이렇듯 탈주 의식과 불안 의식과 소외 의식은 세 시인의 시에서 가장 두드러지는 징후인데, 이는 1990년대 시의 환멸과 공황, 고독과 불안이 어떻게 발현되는지 나타내고, 당대의 현실이 개개의 시인들에게 어떻게 인식, 재현, 극복되는지 여실히 보여준다. 이를 살피기 위해, 개인의 비밀스러운 징후를 탐색하기에 적합하고, 난해·환상·전위·초현실주의 시의 양상과 친연하고, 시적 현실과 시적 주체를 분석하기 위한 틀을 고안하기에 탁월한 자크 라캉의 정신분석을 적용하는 것은 적절하다고 사료되는 것이다.

그런데 정신분석을 통해 분석할 수 있는 박상순·이수명·성미정의 시는 서로 다른 문학적, 정신적 기제와 전략에 초점을 두고 있어 1990년대 시의 의미를 체계적으로 검토하기에 적절하다고 여겨진다. 박상순은 주체, 이수명은 도시, 성미정은 가족을 통해 시적 현실을 개시하고 전개하고 있다. 주체는 자아를 강조하던 지그문트 프로이트와 달리 자크 라캉의 사유에서 핵심적인 개념이며, 도시는 의식의 세계이면서 무의식에까지 침투하여 영향력을 발휘하는 공간이고, 가족은 자아와 주체의 징후와 증환을 초래하는 정신적 토대이자 거점이라서 주목된다.

먼저 박상순 시의 주체는 상상계 이전, 상상계, 실재계에 도달하여 새로운 정체성을 획득하는 존재로 포착된다. 시적 주체의 탈주를 따라 새로운 세계는 도래하고 탈주 의식의 현실화를 통해 시적 주체의 정체성은 갱신된다. 그래서 박상순의 시적 현실은 상징계를 표상하는 현실 세계와의 불화에서 기인하는 입체적, 중층적 세계를 펼쳐놓고 있다. 기존의 논의는 훼손된 주체, 왜곡된 주체, 텅 빈 주체의 관점에서 환상, 추(醜), 익명에 집중하였는데, 이는 상징계의 표상인 현실 세계로부터 이탈하여 새로운 주체로 끊임없이 변전하는 능동성과 적극성의 징후로 파악해볼 필요가 있다.

이 같은 시 의식은 기호에 집약되므로 주목을 요한다. 권혁웅은 박상순 시의 기호가 "물질성 자체"를 품고 있으며 "기호가 가진 지시성을 최대한 확장한 것"[36]이라고 진단한다. 이것은 텍스트를 해체하고 교란하는 박상순 시의 기호, 부호, 숫자, 그림이 해석의 불가능한 요소가 아니라, 해석의 방대한 가능성을 소지하는 시 의식의 요체라는 암시를 준다. 나아가 기호는 근대의 완고한 가치가 허물어진 1990년대의 달라진 언어 의식을 암시하므로 각별한 주목의 대상이 될 수 있다고 본다.

다음으로 이수명 시의 도시는 벗어나고 싶은 현실이지만 동시에 생활과 일상의 공간으로서 벗어날 수 없는 현실이다. 이혜원은 1980년대 후반~1990년대의 "서울"을 통해 도시 공간은 "거대한 소비 공간으로서 욕망의 집결지가" 되었다고 설명하면서, 그곳은 "개인적이고 내밀한 영역까지 지배하는 문화적 판옵티콘이 되었다"[37]라고 부연한다. 여기에서의 판옵티콘은 도시가 보유하는 감시와 침해의 논리를 적절하게 나타낸다. 도시가 양산하는 욕망과 소비의 논리는 이제 주체를 질식하고 점령함으로써 떨칠 수 없는 영향력을 발휘하게 된 것이다.

이수명은 자신만의 독특한 현실로서 도시 공간을 창출한다는 점에서 특징적이다. 그의 도시는 상상계와 상징계가 구성하고 실재계가 개입하는 정신적 세계이고, 그로부터 도래한 모순과 혼란이 촉발하는 불안 의식의 공간이다. 의식의 세계인 도시를 무의식과 결합하여 현실과 환상, 의식과 무의식을 융용하여 아이러니를 자아내는 이수명 시의 공간 의식은 정신분석과 선명한

---

36 권혁웅, 「기호의 제국: 박상순·김형술·이기성의 새 시집」, 『문학판』 14, 열림원, 2005.

37 이혜원, 「한국 현대시에 나타난 '서울'의 문학지리학 2」, 『현대시의 윤리와 생명의식』, 소명출판, 2015, 161쪽.

접점을 드러내고 있으며, 당대의 다른 시인들이 구현하는 도시와 차별화를 이루기에 관심이 필요하다.

다음으로 성미정 시의 가족은 시적 현실의 근원이자 시적 주체의 토대를 이룬다. 자크 라캉에게 또한 가족은 주체의 징후와 증환을 초래하는 구조이며, 초기 사유에서의 아버지-어머니-아이의 구조를 후기 사유에 이르러 상징계-상상계-실재계의 구조로 확립하기에 중요하다. 성미정 시의 가족은 여러 형태로 변주되고 확장하여 등장한다. 가령 여러 타자와 현실, 동화와 영화와 고전 소설의 세계가 추동하는 배제와 소외는 가족이 초래하는 폭력과 질병에 매개된다. 특히 성미정의 시적 현실에는 다양한 상징적 아버지가 등장하여 시적 주체의 소외를 확증하고 있다.

가족으로부터 시작되는 소외 의식은 패러디를 통해 극대화된다. 요컨대 탈중심 및 재구축의 시대였던 1990년대의 패러디는 유효하게 활용된 창작 기법이었다. 원전을 비판적, 공격적으로 개작하는 패러디는 환멸과 공황, 고독과 불안의 시대에서 시인이 수행할 수 있는 효능감이 큰 문학적 분투였던 측면이 있다. 성미정은 동화, 영화, 고전 소설을 패러디하여 소외 의식은 물론이고, 기존의 질서와 체계에 대한 비판과 저항을 구사함으로써 시적 주체의 징후를 다각적으로 조명한다. 패러디는 소외 의식을 더욱 강조해낼 뿐만 아니라, 그것을 비판적으로 주목, 극복하게 하는 유용한 전략으로 활용되는 것이다.

따라서 이 글은 박상순·이수명·성미정의 시적 현실에 실제 현실에의 인식이 잠재하여 있다고 보고, 이들의 시 의식이 배태한 시적 현실을 상징계와 상상계와 실재계를 활용하여 점검할 것이며, 시적 현실에서 동시대의 징후를 언표하고 있는 시적 주체는 자아와 주체 개념을 활용하여 논의할 것이다. 그리고 세 시인의 시를 종합적으로 검토하기 위해 기호, 공간, 패러디 개념을 참조하여 주체, 도시, 가족이라는 문학적, 정신적 요소를 섬세히 분석함으로

써 이를 중심으로 세 시인의 시적 현실 및 시적 주체를 종합적으로 검토하고
자 한다. 나아가 이를 토대로 하여 세 시인의 공통점과 차이점을 밝혀보고,
그를 통해 세 시인의 시적 성취 및 1990년대 시의 시사적 의의를 확인할
것이다.

2. 연구사 검토

이 절에서는 이 글의 주제인 '1990년대 시의 시적 현실에 관한 정신분석적
연구' 관련 연구사를 순차적으로 개괄하여 살피고자 한다. 1990년대 시의
정신분석 연구사와 박상순·이수명·성미정 시 연구사는 모두 빈약한 상황이
므로, 먼저 1990년대 시 연구사를 간략하게 검토해볼 것이다. 다음으로 박상
순·이수명·성미정 시의 정신분석 연구사와 세 시인이 채용하고 있는 방법론
인 기호, 공간, 패러디 관련 연구사를 추가적으로 검토해볼 것이다. 마지막으
로 박상순·이수명·성미정의 시를 함께 묶어 논의하는 연구사를 살펴 세 시인
이 공통적으로 실현하는 시 의식에 대해 점검해볼 것이다. 그리고 이 절의
마지막에서 기존 연구사의 내포를 총정리하여 이 글의 적절성과 필요성을
정리해보고자 한다.

먼저, 1990년대 시의 연구사를 살펴보고자 한다. 1990년대 시 연구는 얼마
간 폭넓게 진행되어 왔으나, 분명한 편향성을 드러낸다. 형식적 특성을 기준
으로 ①여성주의/ ②생태주의/ ③서정주의/ ④리얼리즘, 사회·문화·정치, 일
상성/ ⑤추와 그로테스크, 타자성, 서술시, 패러디 시 연구사를 구분하여 살펴
보고자 한다. 학술지 논문과 학위 논문의 순서로 개괄하고자 한다. 학술지
글부터 살필 것이다.

먼저 여성주의 시 연구사이다. 최문자는 1990년대의 여성시를 살핌으로써

어둠 의식을 고찰한다.[38] 가부장적 가치관과 도덕적 금기를 폭로하는 1990년
대 여성시의 시사적 의의를 반추한다. 백은주는 조선시대 후기 사설시조와
1990년대 여성시인들의 시를 비교하여 살핌으로써 금기와 위반으로서의 성
(性)을 고찰한다.[39] 조선시대의 여성 화자는 익명성을 통해 발화하지만, 1990
년대의 여성 화자는 실명을 통해 발화한다는 차이점을 보인다고 설명한다.
이경영은 1990년대 이후의 여성시를 살핌으로써 1990년대 이후 여성시의
특이성과 여성시의 방향성을 고찰한다.[40] 여성시의 미래 시학으로 에코페미
니즘과 사이버 페미니즘을 제안한다. 김순아는 김언희와 나희덕의 1990년대
이후 시를 살핌으로써 몸의 전략을 고찰한다.[41] 임지연은 1990년대의 여성시
를 살펴봄으로써 1990년대 여성시의 이념적 복합성을 고찰한다.[42] 그는 1990
년대 여성시에는 1980년대 여성시 및 2000년대 여성시의 특이성이 집약되어
있다고 보고, 그로 하여금 1980년대, 1990년대, 2000년대 여성시를 맥락 짓기
위해 시도하기에 시사적이다. 신용목은 지그문트 바우만(Zygmunt Bauman)의
'액체 근대' 개념을 전유하여 김언희·신현림·허수경의 시를 살핌으로써 1990
년대 여성시의 액화 이미지를 고찰한다.[43] 또, 신용목은 나희덕과 김언희의
시를 살핌으로써 1990년대 여성시의 탈범주화 과정을 고찰한다.[44] 나희덕은

---

38   최문자, 「90년대 여성시에 나타난 어둠의식 탐구」, 『돈암어문학』 14, 돈암어문학회, 2001.

39   백은주, 「1990년대 한국 여성시인들의 시에 나타난 금기와 위반으로서의 性: 조선시대 후
     기 사설시조와 관련하여」, 『여성문학연구』 18, 한국여성문학학회, 2007.

40   이경영, 「한국 여성시의 특징적 몇 국면과 미래시학의 방향: 페미니즘 관점에서 1990년대
     이후 여성시를 중심으로」, 『현대문학이론연구』 39, 현대문학이론학회, 2009.

41   김순아, 「90년대 이후 여성시에 나타난 여성의 몸과 전복의 전략: 김언희·나희덕을 중심으
     로」, 『한어문교육』 29, 한국언어문학교육학회, 2013.

42   임지연, 「1990년대 여성시의 이상화된 판타지와 역설적 근대 주체 비판」, 『한국시학연구』
     53, 한국시학회, 2018.

43   신용목, 「1990년대 한국 여성시에 나타난 '액화' 이미지 연구」, 『한국시학연구』 64, 한국시
     학회, 2020.

44   신용목, 「1990년대 한국 여성시의 탈범주화 과정 연구: 나희덕, 김언희 시를 중심으로」,

뿌리를 비롯한 식물 이미지를 통해 여성의 범주를 허물고 김언희는 사물화한 육체 이미지를 통해 여성의 범주를 벗어난다고 설명한다. 박슬기는 1990년대 여성시의 한 양상인 박서원의 초기 시를 살핌으로써 아이러니적 주체와 모순 어법의 양상을 고찰한다.[45] 성현아는 포스트모더니즘의 관점에서 김혜순의 1990년대 시를 살핌으로써 그의 시의 여성성 및 탈중심주의 경향을 당대의 자장 안에서 고찰한다.[46]

다음으로 생태주의 시 연구사이다. 김수이는 김용택과 이문재의 1990년대 시, 김용래의 1990년대 소설을 살핌으로써 생태 문학의 의미를 고찰한다.[47] 그는 생태문학을 "근대에 탄생한 새로운 형태의 啓蒙文學", "근대인의 정체 성을 재규정하는 存在論的인 문학", "근대문학의 완성과 새로운 출발점으로 서의 문학"[48]이라고 규정한다. 김유중은 문인수의 1990년대 이후 시를 살핌 으로써 그의 시의 생태론적 관심을 '생태 환경론적 관심', '생태 인생론적 관심', '생태 존재론적 관심'으로 유형화하여 고찰한다.[49] 김희진은 김기택의 1990년대 이후 시를 살핌으로써 그의 시에 나타나는 유기적인 생명관을 고찰 한다.[50] 임도한은 1990년대 이후 시를 살핌으로써 물 이미지를 고찰한다.[51]

『국어문학』 75, 국어문학회, 2020.

45 박슬기, 「박서원 시의 아이러니적 주체와 모순어법: 초기작을 중심으로」, 『한국시학연구』 73, 한국시학회, 2023.

46 성현아, 「김혜순 시의 포스트모던적 경향 연구」, 『한국시학연구』 73, 한국시학회, 2023.

47 김수이, 「1990年代 文學에 나타난 새로운 生態意識 考察: 金龍澤, 金英來, 李文宰를 중심으로」, 『어문연구』 125호, 한국어문교육연구회, 2005.

48 위의 글, 243~244쪽.

49 김유중, 「문인수 시에 나타난 생태론적 관심의 제 유형」, 『문학과환경』 5, 문학과환경학회, 2006.

50 김희진, 「틈의 시학과 생명적 상상력: 김기택 시세계를 중심으로」, 『문학과환경』 6, 문학과 환경학회, 2006.

51 임도한, 「한국 현대 생태시와 '물' 이미지」, 『문학과환경』 6, 문학과환경학회, 2006.

홍용희는 김지하의『중심의 괴로움』(솔, 1994)을 살핌으로써 1990년대에 이르러 본격적으로 드러나는 그의 생태와 생명 의식을 고찰한다.[52] 홍기정은 김기택의 1990년대 이후 시를 살핌으로써 아이러니로 포착되는 육식의 윤리를 고찰한다.[53] 그는 김기택의 시가 단순히 육식을 비판하거나 육식의 금지를 논리화하지 않고 육식에 대한 인간의 아이러니한 태도를 형상화한다고 진단한다.

다음으로 서정주의 시 연구사이다. 유성호는 1990년대 서정시를 살핌으로써 당대의 혼란스럽고 복잡하였던 시의 경향을 검토, 고찰한다.[54] 서정시의 나아가야 할 방향으로 타자성의 시학을 제시한다. 백인덕은 1990년대 서정시를 살핌으로써 TV 체험에 따른 서정 인식의 변모 양상을 고찰한다.[55] 사회적, 문화적 영향력이 서정시의 변모를 추동하였다고 본다. 조미희는 안도현의 1990년대 서정시를 살핌으로써 1990년대 현실과 결부하여 안도현 시의 변모 양상과 서정시의 가능성을 고찰한다.[56]

다음으로 리얼리즘, 사회·문화·정치, 일상성 시 연구사이다. 유성호는 1990년대 리얼리즘 시를 살펴봄으로써 1980년대의 연장선상에 놓이면서도 1990년대만의 징후를 보여주는 리얼리즘 시의 의미를 고찰한다.[57] 그는 정치적 상상력을 담지해 온 리얼리즘 시의 극복 방안으로 여성과 환경 등 타자에

---

52 홍용희, 「김지하의 시세계와 생태적 상상력」,『문학과환경』8, 문학과환경학회, 2007.
53 홍기정, 「김기택 시에 나타난 육식의 윤리와 아이러니」,『문학과환경』19, 문학과환경학회, 2013.
54 유성호, 「1990년대 서정시의 전개와 그 특성」,『국어문학』34, 국어문학회, 1999.
55 백인덕, 「90년대 시에 나타난 서정 인식의 변모 양상: TV 체험을 중심으로」,『한국언어문화』18, 한국언어문학회, 2000.
56 조미희, 「1990년대 안도현 시의 서정성의 변화 연구: 시집『그대에게 가고 싶다』외 3권을 중심으로」,『한국문화기술』29, 단국대학교(천안캠퍼스) 한국문화기술연구소, 2020.
57 유성호, 「'리얼리즘시' 논의와 범주에 대한 사적 고찰: 1990년대 리얼리즘시의 흐름을 중심으로」,『현대문학이론연구』11, 현대문학이론학회, 1999.

의 관심 확충, 서정의 의미 확산, 시적 상상력의 확장 등을 제시한다. 이성우
는 박노해와 황지우의 시를 살핌으로써 사회주의 붕괴 이후 도래한 이념의
아노미적 상태, 1990년대 시의 전환기적 징후를 고찰한다.[58] 남기택은 1990
년대 이후 백무산의 시를 살핌으로써 그의 시의 변모 양상 및 문학사적 가능
성과 한계를 고찰한다.[59] 김난희는 박영근과 백무산의 1990년대 후일담 시를
살핌으로써 1980년대와 1990년대의 연속과 단절이라는 문학사적 논쟁과
1990년대 이후의 후일담 문학의 문학사적 의의를 고찰한다.[60]

김미정은 포스트모더니즘의 관점에서 1990년대의 시를 살핌으로써 1990
년대 시가 주체의 소멸과 사물의 질서의 거부를 보여주고 있다고 고찰한다.[61]
이연승은 이승훈의 1990년대 이후의 시를 살핌으로써 그의 변화한 시 쓰기가
후기 산업사회의 미학적 전략의 영향과 연동되어 있음을 고찰한다.[62] 이숭원
은 1990년대 시를 살핌으로써 당대의 해체시, 여성시, 생태시 등 다양하였던
시적 경향을 고찰한다.[63] 김경복은 1990년대의 시를 살핌으로써 탈정치성과
신서정성의 양상을 고찰한다.[64] 87민주화운동이 1990년대 시의 독특성을

---

58   이성우, 「1990년대 한국 현대시에 나타난 이념의 아노미와 전환기적 모색: 박노해와 황지
      우의 시를 중심으로」, 『한국문학이론과 비평』 23, 한국문학이론과 비평학회, 2004.

59   남기택, 「백무산 시 연구: 90년대 이후 변모 양상을 중심으로」, 『비평문학』 26, 한국비평문
      학회, 2007.

60   김난희, 「1990년대 후일담 시에 나타난 '아직-아닌-존재의 존재론(Ontologie des Noch-
      Seins)'과 희망의 원리: 박영근과 백무산의 시를 중심으로」, 『기호학연구』 67, 한국기호학
      회, 2021.

61   김미정, 「90년대 포스트모더니즘 시」, 『동남어문논집』 18, 동남어문학회, 2004.

62   이연승, 「이승훈 시의 미학적 특성에 관한 연구: 90년대 이후를 중심으로」, 『한국언어문화』
      33, 한국언어문화학회, 2007.

63   이숭원, 「1990년대 시의 다양성과 진정성」, 『태릉어문연구』 15, 서울여자대학교 인문과학
      대학 국어국문학과, 2008.

64   김경복, 「90년대 한국 현대시의 탈정치성과 신서정성: 87민주화운동 이후의 특징을 중심으
      로」, 『한국문학논총』 49, 한국문학회, 2008.

추동한 계기라고 평가한다. 한원균은 고은의 1990년대 시를 살핌으로써 미적 근대성 구현의 양상을 고찰한다.[65] 1990년대의 국내, 국외 변화의 흐름이 고은 시에 적지 않은 영향을 끼쳤다고 본다. 고봉준은 1990년대 이후 대두되었던 문학/시의 위기론을 살핌으로써 1990년대 이후 문학장의 변화를 고찰한다.[66] 사회·매체 환경의 변화 및 문자·책의 퇴조가 1990년대 문학/시의 위기를 추동한 근거이자 조건을 형성하였다고 진단한다. 정진경은 1990년대의 시를 살핌으로써 후각 이미지를 통해 드러나는 사회·문화적 현실과 그에의 비판 의식을 고찰한다.[67] 또, 고봉준은 사회·정치적 상상력의 관점에서, 1990년대 시에 나타난 소비자본주의 비판과 서울 표상을 살핌으로써 자본, 소비, 욕망, 대중문화 등의 기호를 고찰한다.[68] 1980년대 시의 사회·정치적 상상력과 상이한 1990년대 시의 변화한 사회·정치적 상상력을 살피고 있다. 한원균은 문학사회학적 관점에서 김명인의 1990년대 시를 살핌으로써 부재 의식과 장소 상실, 내면적 풍경의 발견을 고찰한다.[69]

박선영은 오규원·최승호·김기택·채호기의 1990년대 시를 살핌으로써 일상성의 드러냄과 넘어섬의 양상을 고찰한다.[70] 그는 1980년대 후반의 시가 삶의 피폐를 고스란히 드러냈다면, 1990년대의 시는 그러한 삶을 담지하고

---

65 한원균, 「고은 시의 미적 근대성 구현 양상: 1990년대 시를 중심으로」, 『한국문예창작』 26, 한국문예창작학회, 2012.

66 고봉준, 앞의 글.

67 정진경, 「90년대 시에 나타난 후각 이미지 연구」, 『한국언어문학』 94, 한국언어문학회, 2015.

68 고봉준, 「1990년대 시의 사회·정치적 상상력과 소비자본주의: 소비자본주의에 대한 비판과 '서울'에 대한 표상을 중심으로」, 『한국시학연구』 73, 한국시학회, 2023.

69 한원균, 「김명인 시의 '길' 이미지 전개 양상: 1990년대의 경우」, 『한국문예창작』 57, 한국문예창작학회, 2023.

70 박선영, 「90년대 詩에 나타난 일상성의 드러냄과 넘어섬: 오규원, 최승호, 김기택, 채호기 詩를 중심으로」, 『돈암어문학』 10, 돈암어문학회, 1998.

극복하려는 시도가 시작되었다고 판단한다. 김홍진은 1990년대 이후의 시를 살핌으로써 도시체험과 일상성을 고찰한다.[71] 도시에 관한 주체의 부정과 비판의 징후를 통해, 자본주의적 일상성, 후기 산업 사회적 일상성, 도시적 일상성을 분석하고 있다. 한원균은 헤테로토피아를 통해 최승호의 1990년대 시를 살핌으로써 다층성과 편재성을 동시에 보여주는 당대 시의 모순적 특성을 고찰한다.[72]

다음으로 추와 그로테스크, 타자성, 서술시, 패러디 시 연구사이다. 김홍진은 그로테스크의 관점에서 1990년대 이후 시의 도시 이미지를 살핌으로써 도시에 내재하는 부정성과 모순의 양상을 고찰한다.[73] 엄경희는 추의 관점에서 1990년대 시를 살핌으로써 훼손된 얼굴과 오염된 장소, 언어 장애의 양상을 고찰한다.[74] 또, 엄경희는 언어적 추의 관점에서 1990년대 남성 시인들의 시를 살핌으로써 그들이 채용하는 욕설과 비속어의 사회적 의미와 미적 가치를 고찰한다.[75] 그는 박상순의 시 또한 분석하여 부정적 현실 인식을 점검하고 있어 시사적이다. 그러나 엄경희의 글은 이 글의 전제 및 논의의 내용과 상이하고, 박상순 시를 부분적, 파편적으로 살피기에 아쉬움을 노정하여 유의미한 전사이나 보완의 필요가 있다.

손민달은 1990년대 시를 살핌으로써 당대의 시에 나타난 공동체 양상을

71 　김홍진, 「현대시의 도시체험 확대와 일상성의 성찰: 1990년대 이후의 시를 중심으로」, 『한국문예창작』 13, 한국문예창작학회, 2008.

72 　한원균, 「최승호 시와 헤테로토피아의 방법론적 읽기: 1990년대의 경우」, 『한국문예창작』 49, 한국문예창작학회, 2020.

73 　김홍진, 「현대시에 나타나는 도시 이미지의 반영 의식: 1990년대 이후의 시와 그로테스크 시학을 중심으로」, 『국어문학』 67, 국어문학회, 2018.

74 　엄경희, 「1990년대 시에 나타난 '추(醜)의 미학'의 양상」, 『국어국문학』 182, 국어국문학회, 2018.

75 　엄경희, 「1990년대 남성 시인들의 시에 발화된 언어적 추의 한계」, 『한국언어문화』 66, 한국언어문화학회, 2018.

고찰한다.[76] 1980년대의 해체와 붕괴 이후, 1990년대 시에는 소망과 연대, 환대의 가능성이 드러난다고 판단한다. 이형권은 1990년대 이후의 시를 살핌으로써 광기와 우울, 여성과 자연, 몸과 욕망의 징후를 고찰한다.[77]

이재복은 1990년대 서술시를 살핌으로써 파편적 서술시가 당대의 주체들이 나타내는 존재의 회의에 기반하고 있다고 고찰한다.[78] 이를 통해 탈경계, 탈범주, 탈영토의 양상을 보여준 1990년대 시의 모호성과 난해성에 관한 해석의 한 가능성을 제시한다. 이혜원은 1990년대 서술시의 양상을 살핌으로써 1970년대와 1980년대의 서술시와 구분되는 특이성을 고찰한다.[79] 1970년대의 서술시는 전통적 양식을, 1980년대의 서술시는 파격적 양식을, 1990년대는 해체와 파격과 난해의 경향이 강화된 측면과 자본주의 위력 하의 무기력한 개인을 드러낸다고 설명한다. 중요한 것은 이재복은 박상순과 이수명과 성미정을, 이혜원은 박상순을 거론하며 서술시의 양상을 살피고 있다는 지점이다. 특히 이재복이 1990년대 서술시의 파편화를 살피면서, 라캉의 개념을 통해 아버지의 부재 및 상징계의 전복과 해체를 논의하는 대목은 시사적이며 이 글과의 연관성이 크다. 그러나 그의 논의는 이 글에서 살필 시대, 현실을 참조하여 아버지와 상징계의 부정(성), 상실을 고구하려는 시도와 상이하며, 서술시의 한 경향(혹은, 문법)만을 살피는 것에 그쳐 부분적인 논의를 수행한다는 혐의를 보여주기에 보완, 극복이 필요하다고 보인다. 즉 이재복과 이혜원의 논문이 서술시의 전략을 통해 박상순·이수명·성미정 시의 난해성과 모호함을 점검하고자 시도하는 바는 의미가 작지 않으나, 1990년대라는 토대

---

76 손민달, 「현대시에 나타난 '공동체' 연구: 1990년대 시를 중심으로」, 『어문학』 118, 한국어문학회, 2012.

77 이형권, 「현대시와 타자의 윤리학」, 『어문연구』 82, 어문연구학회, 2014.

78 이재복, 「한국 현대시에 나타난 파편적 서술화 경향에 관한 연구: 1990년대 시를 중심으로」, 『한국언어문화』 24, 한국언어문화학회, 2003.

79 이혜원, 「1990년대 서술시의 양상과 그 의미」, 『어문학』 99, 한국어문학회, 2008.

를 근거하여 세 시인의 시에 관한 더욱 섬세하고 종합적인 접근을 수행하여 이들 시인의 동시대성 및 고유성을 검토해야 할 것이다.

정끝별은 1990년대 이후의 시를 살핌으로써 후기자본주의의 속성과 결부하는 패러디 시의 특징을 고찰한다.[80] 이혜경은 1990년대 이후의 시를 살핌으로써 패러디 시의 양상과 소통 방식을 고찰한다.[81] 시대의 재현, 시의 해체, 주체의 소멸과 분열을 통해 살핀다.

다음으로 학위 논문을 살펴보고자 한다. 1990년대 시를 체계적, 구조적으로 연구한 바는 적다.

정혜진은 신경림의 1990년대 이후 시의 이미지 변모 양상을 고찰한다.[82] 이를 통해 신경림의 1990년대 이후 시에 나타나는 강화된 서정성을 분석한다. 생물 이미지와 무생물 이미지를 살펴 구조적인 연구를 수행한다.

이상철은 에코페미니즘 관점에서 고정희의 시와 1990년대 여성시를 고찰한다.[83] 고정희의 1970~1990년대 시와 김선우·문정희·최문자의 1990년대 시를 비교 분석함으로써 여성시와 페미니즘 담론을 확장하기 위해 에코페미니즘을 요청해야 한다고 역설한다. 김선우를 제외한 고정희·문정희·최문자는 1990년대에 등단한 시인이 아니므로 1990년대 시 연구사의 미진함을 고스란히 나타낸다.

임현주는 1990년대 이후 시의 낙타 이미지를 고찰한다.[84] 이를 통해 시

---

80 정끝별, 「21세기 패러디 시학의 향방: 90년대 이후 한국 현대시를 중심으로」, 『한국언어문화』 27, 한국언어문화학회, 2005.

81 이혜경, 「패러디의 소통 방식 연구: 1990년대 이후 패러디 시를 중심으로」, 『열린정신 인문학연구』 33, 원광대학교 인문학연구소, 2018.

82 정혜진, 「신경림 시의 이미지 연구: 1990년대 이후의 시를 중심으로」, 수원대학교 교육대학원 석사학위논문, 2007.

83 이상철, 「고정희 시와 90년대 여성시의 에코페미니즘 연구」, 서강대학교 교육대학원 석사학위논문, 2012.

84 임현주, 「한국 현대시에 나타난 낙타이미지 연구: 1990년대 이후의 시를 중심으로」, 경남대

속에 재현되고 있는 소외 의식과 그것을 극복하고자 하는 긍정과 화해 의식을 논의한다. 임현주는 IMF 사태로 인한 경제 위기가 사회의 모순과 갈등을 노출하기 시작한 분기점이 되었다고 평가하면서 1990년대 이후 시를 살피겠다는 연구의 범위를 설정한다. 그의 논문은 사실상 IMF 경제 위기 이후의 2000~2010년대 시를 중심으로 살피고 있어 1990년대 시 연구의 아쉬움을 노정한다.

김지은은 여성시의 관점에서, 가스통 바슐라르(Gaston Bachelard)의 상상력을 통해 김혜순·이연주의 1990년대 시를 고찰한다.[85] 김혜순 시의 몸, 물질, 시간적 상상력과 이연주 시의 몸, 공간, 물 상상력이 부정을 폭로하고 전복을 실현함으로써 당대성을 드러낸다고 진단한다. 1990년대 시가 1980년대 시의 연속선상에 놓여 있다는 시각에서 두 시인의 시가 나타내는 시사적 의의를 규명한다.

이상의 연구사를 살펴봄으로 하여 추론해낼 수 있는 1990년대 시 연구사의 아쉬움을 정리하자면 다음과 같다. 먼저, 1990년대 시가 분명하고 다채로운 변화의 분위기를 보여주었다는 사실을 알 수 있음이 분명하지만, 지적해야 할 내용은 난해·환상·전위·초현실주의 시 연구 및 정신분석적 시 연구는 너무도 부진하다는 사실이다. 가령 시인들의 난해성 및 모호성을 시대, 현실과 결부하여 섬세히 밝혀보고자 한 시도, 나아가서는 1990년대에 유행한 담론이자 개인의 내밀한 징후를 드러내는 데 긴요한 정신분석을 적극적으로 활용하여 연구하고자 한 시도가 적다는 한계는 극복될 필요가 크다.

그리고 1990년대 시 연구가 범박하게 진행되어왔다는 사실 또한 한계로서 지적되어야 한다. 1990년대 '이후'라는 시대 범위를 설정하여 2000년대 시를

학교 교육대학원 석사학위논문, 2016.

85   김지은, 앞의 논문.

포함하는 연구가 다수 존재한다는 아쉬움은, 곧 1990년대 시만의 특징을 성실하게 살피지 못하였다는 미진함을 드러내기 때문이다. 1990년대가 계기와 변화의 역동적인 시기였기에 당시를 특정한 계기로 보는 시각은 중요하지만, 보다 세밀하고 체계적인 관점에서 1990년대 시가 내장하는 고유한 자질을 검토하여야 할 것이다.

그리고 1990년대 시 연구는 흔히 1980년대 시와의 관계 속에서만 해명되어 왔다는 사실도 아쉬움을 남긴다. 1990년대를 1980년대와의 관계를 통해 '이후', '전환기', '계기'의 시대 등으로 정의하는 논의들은 분명 유의미하고 온당하나, 1990년대 시에 관한 연구가 미완의, 지체된 상태에 놓여 있음을 나타내는 대목들이기도 한 것이다. 1990년대 시를 객관적 시각에서 살필수 있는 상황에 이르렀음에도 불구하고, 2000년대 이후 시와의 맥락화를 성실히 수행하고 있지 않는 미흡함은 연구사의 허점을 고스란히 보여준다. 서론에서 다소간 살폈으며 이후에 또 검토할 이수명이 1990년대 시를 1980년대와 2000년대 시 사이에 능동적으로 위치시키고, 박상순 시에 2000년대적인 것이 깃들어 있다고 지적하는 대목[86]은 대표적으로 거론할 필요가 있다. 물론, 이는 개별 시집을 통해 살핌으로써 부분적, 파편적 논의에 머물러 있기에, 당대의 시인들을 종합적으로 검토하여 논의의 확장을 도모해볼 필요가 큰 것이다.

또, 오형엽이 "황병승·김민정·이민하 등의 시를" "1990년대 박상순·이수명 등의 시가 보여준 '불안' 및 '공포'와 이에 맞서는 '환상'의 시적 계보를 잇고 있다"[87]라고 평가하는 내용도 거론할 수 있어 보인다. 그러나 그 역시

86　이수명, 「나는 미정의, 미완의, 그 무엇이며, 사라지는 중이다: 박상순의 『6은 나무 7은 돌고래』」, 앞의 책, 139쪽; 이수명, 「비로소 모든 뚜껑을 열고: 21세기 우리 시는 무엇인가」, 『횡단』, 민음사, 2019, 157쪽.

87　오형엽, 「공포와 환상의 시적 계보: 숭고 및 주이상스와의 연관성」, 『알레고리와 숭고』,

양대를 맥락 짓고자 유의미한 시도를 수행하지만, 정신분석의 몇 가지 개념을 통해 분석하여 부분적인 논의에 머물러 아쉬움을 남긴다. 그리고 해당 평론은 1930년대의 이상, 1990년대의 박상순, 이수명, 2000년대의 황병승, 김민정, 이민하를 한 데 엮어 계보화 하려는 것이지, 1990년대 시와 2000년대 시를 서로간 반추하여 치밀한 논의를 수행하고 있지는 않다. 그러므로 이 논문은 박상순·이수명·성미정의 시로 하여금 1990년대 시의 특징 및 시사적 의의를 추출하고, 그 내용을 토대로 하여 당대의 시를 1980년대 시 및 2000년대 시와 보다 섬세하게 맥락화하는 데까지 논의를 개진해볼 것이다.

다음으로 박상순·이수명·성미정 시 연구사를 검토하고자 한다. 연구의 양이 현저하게 적으므로 평론, 해설, 논문을 아울러 점검해볼 것이다. 이제 박상순 시의 정신분석적 연구사와 기호 관련 연구사를 살펴보고자 한다. 먼저 박상순 시의 정신분석적 연구사이다.

이승훈은 정신분석 개념을 활용하여 전위와 낯섦, 파괴와 부정의 양상을 고찰한다.[88] 박상순 시의 욕망과 결핍과 분열의 징후를 분석하고, 이로써 그를 "후기 산업사회의 황폐한 삶을 노래하는"[89] 시인이라고 평가한다. 이승훈의 해설은 상징적 질서와 현실 원칙을 부정하는 박상순의 시 의식을 시대 현실과 연결하므로 이 논문과의 연관성이 크다. 그러나 아버지-어머니-'나'의 삼각 구도를 토대로 시 세계를 분석한다는 한계를 보여준다. 이 논문에서는 상상계·상징계·실재계와 자아·주체 개념을 참조하여 시적 현실의 양상과 시적 주체의 징후를 고찰할 것이므로, 보다 심도 있고 종합적인 분석이 가능하리라고 본다.

문학과지성사, 2021, 82쪽.

88 이승훈, 「결핍의 공간에서 태어나는 자아」(해설), 박상순, 『6은 나무 7은 돌고래』, 민음사, 1993.

89 위의 해설, 109쪽.

김정란은 분석심리학을 활용하여 시적 자아와 시 세계를 고찰한다.[90] 아니마, 테메노스, 세계축의 개념을 통해 섬세한 분석에 도달한다. 그러면서 그는 박상순의 시를 "여성적 존재의 추구"[91]라고 진단한다. 이는 그의 초기 시 세계를 관통하는 예리한 평가이지만, 심리학 개념을 통해 분석을 수행하기에 이 논문과 방법론적 차이를 보여준다. 자크 라캉이 언급하였듯, 정신분석이 곧 심리학은 아니기 때문이다. 개념과 용어를 공유하는 측면은 분명하지만 정신분석을 통해 규명할 수 있는 시적 특질과 차이가 있어, 이를 보완하고자 한다.

문선영은 환상을 활용하여 시 세계를 고찰한다.[92] 박상순의 시는 유사성(선택)과 인접성(배열)에 의해 주조되고 "현실과 환상의 공존, 두 개의 환상 공존"[93]을 보여주며, 추상과 위반의 양상을 드러낸다고 진단한다. 이를 통해 "'새롭게 말하기'"와 "차별화된 '말하는 방법'"[94]을 보여준다고 설명한다. 문선영의 평론은 정신분석의 관점에서 살피지 않았지만, 박상순의 시와 자크 라캉의 사유에서 환상은 중요하므로 전사의 가치가 있다.

손진은은 자크 라캉의 담론을 활용하여 시 세계를 고찰한다.[95] 그는 사실상 아버지-어머니-'나'의 오이디푸스 콤플렉스를 중심으로 박상순 시를 분석하고 있으며, 그의 시에는 상상계와 실재계가 눈에 띄지 않는다고 진단하기에 논의의 미진함을 드러낸다. 지그문트 프로이트와 다르게 라캉에게 오이디푸

90 김정란, 「물통의 길, 피통, 꽃통의 길, 그리고 농구대. 특히 농구대, 드라마의 예고편인: 박상순의 시세계」, 『현대시학』 327, 현대시학사, 1996.

91 위의 평론, 154쪽.

92 문선영, 「환상으로 지워 나가는 환상」, 『현대시』 115, 한국문연, 1999.

93 위의 평론, 201쪽.

94 위의 평론, 205쪽.

95 손진은, 「폐허 속에 웅크리고 있는 '나': 박상순 시집 『6은 나무 7은 돌고래』」, 『현대시의 지평과 맥락』, 월인, 2003.

스 콤플렉스는 일종의 상징이고 상징계·상상계·실재계 전반에 걸쳐 영향력을 행사하는 구조이므로, 이상의 개념을 종합적으로 활용하여 시 분석을 면밀히 수행해야 할 필요가 크다.

이재복은 무의식과 욕망을 활용하여 해체와 놀이의 양상을 고찰한다.[96] 이재복은 "부정 혹은 부정성이 새로운 미를 만든다"[97]라고 역설하며, 고정된 미의식을 부정하는 박상순 시의 특징을 짚어낸다. 정신분석적 관점에서 분석하는 의미 있는 평론이지만, 그것을 적용하여 시 세계의 전모를 치밀하게 검토하고 있지는 않다.

허혜정은 지그문트 프로이트의 오이디푸스기를 활용하여 성(性)의 양상을 고찰한다.[98] 박상순 시에 나타난 가족 서사를 섬세하게 분석하지만, 이승훈과 손진은의 논의와 마찬가지로 아버지-어머니-'나'의 서사를 해석의 중심에 두고 전개하는 대목은 아쉬움을 나타낸다. 이승훈의 해설, 손진은과 허혜정의 평론은 정신분석적 접근의 강한 가능성을 보여주는 것과 동시에, 개념을 더욱 다양하게 활용하여 논의를 보완해야 하리라는 사실을 확인하게 한다.

김지선은 1990년대와 2000년대의 그로테스크 시를 살핌으로써 무의식의 욕망을 고찰한다.[99] 특히 그는 박상순의 시가 "자아의 모순과 분열의 징후", "상처와 소외, 타자성, 폭력 등의 부정적 관계",[100] "자기 동일성을 확보하지 못하는 타자로서의 고통을 형상화"[101]시키고 있다고 평가한다. 정신분석의

---

96   이재복, 「놀이와의 놀이, 슬픈 상처의 시: 박상순의 시 세계」, 『비만한 이성』, 청동거울, 2004.
97   위의 평론, 391쪽.
98   허혜정, 「재림의 성(性): 박상순의 시를 통해 본 판타지의 새로운 방향」, 『에로틱 아우라』, 예옥, 2008.
99   김지선, 「그로테스크 시대의 시들」, 『시현실』 41, 예맥, 2009.
100 위의 평론, 57쪽.
101 위의 평론, 58쪽.

개념을 활용하는 평론이지만, 박상순의 시 두 편만을 살피고 있으며 그로테스크를 통해 점검하므로 아쉬움을 남긴다.

오민석은 줄리아 크리스테바(Julia Kristeva)의 상징계와 기호계와 아브젝트, 질 들뢰즈(Gilles Deleuze)·펠릭스 가타리(Felix Guattari)의 기관 없는 신체와 리좀을 활용하여 반(反) 규범의 징후를 고찰한다.[102] 박상순의 시에는 "규범에게 버림받은 자의 자유와 공포"[103]가 가득하며 그로테스크와 카오스와 전(前) 오이디푸스의 공간이 드러난다고 설명한다. 이 글에서 자크 라캉의 개념을 통해 논의하려 하는 내용과 다르지만, 정신분석 개념을 폭넓게 활용하여 분석을 시도하고자 한 지점에 있어 유의미한 평론이다.

다음으로 박상순 시의 기호 관련 연구사이다.

장경린은 해체의 양상을 고찰한다.[104] 그는 박상순의 시가 해체를 통해 존재, 본질을 드러낸다고 진단하며 "이를 통해 자기 소멸의 미학을 완성하여 삶의 의심스러운 외양을 최소화시킨 미니멀 포엠(minimal poem)의 세계에 도달"[105]한다고 평가한다. 특히 크로키 그림을 통해 박상순 시의 자아 소멸이 형상화되고 시적 개성을 획득하는 데 성공한다고 진단한다.

권혁웅은 기호의 운동을 고찰한다.[106] 그는 박상순 시의 기호가 기표와 기의로 구성되는 언어부터 "/@#$%^&*()"에 이르기까지 다양하게 등장한다고 진단한다. 그리고 박상순 시의 기호 활용은 "기호가 가진 지시성을 최대한 확장한 것이지, 지시성을 소거한 것이 아니"라고 평가하면서 "이 점에서 보면 박상순의 시를 서정시의 한 극단이라고 말할 수도 있을 것이"[107]라고 일컫

102　오민석, 「아브젝트와 반(反)규범의 기호들」, 『시인동네』 43, 시인동네, 2016.
103　위의 평론, 34쪽.
104　장경린, 「나는 포장을 뜯는 사람」, 『현대시학』 328, 현대시학사, 1996.
105　위의 평론, 242쪽.
106　권혁웅, 앞의 평론.

는다. 박상순이 빈번하게 활용하는 기호는 소통의 불가능성이 아닌, 소통의 가능성을 내장하는 해석의 강력한 통로라는 사실을 보여준다.

정민구는 서정시 텍스트의 관점에서 고찰한다.[108] 그는 박상순의 시와 서정시의 텍스트는 모두 오인을 특징으로 한다고 설명한다. 이를 위해, 자크 라캉의 오인 개념을 활용하여 언술 행위의 주체와 언술 내용의 주체의 동일시를 살핀다. 특히 박상순 시의 숫자가 "시적 '환상'을 통상적으로 보여주는 동시에, 우리가 텍스트를 통해 시적 '실재the real'와 대면할 수 있는 기회를 '더' 제공해주고 있"[109]다고 의미를 밝히는 대목은 시사적이다. 이렇듯 박상순 시의 기호와 자크 라캉의 담론을 연결 짓는다는 사실은 중요하지만, 이 글의 분석 방향과 다르고 논의의 가능성을 시사하는 수준에 머무르기에 아쉬움을 남긴다.

이수명은 개인으로서의 주체를 고찰한다.[110] 박상순의 시에는 1980년대적 공동체로부터 분리되는 개인의 복원과 소멸의 이중적 징후가 드러난다고 평가한다. 특히 기호는 개인의 소멸을 보여주는데, 이수명은 박상순 시의 "주체나 개인은 기호로, 부호로, 축소된 선과 점, 도형으로, 자리로만 존재"하는 "텅 빈 개인"[111]이라고 분석한다. 박상순 시를 1990년대의 토대 위에서 논의하는 해당 평론에 크게 동의하지만, 『6은 나무 7은 돌고래』만 분석하고 있으며 이 글의 주제, 문제의식과 상이하여 보완과 극복이 필요하다.

김진희는 하이퍼텍스트성을 고찰한다.[112] 하이퍼텍스트성은 줄리아 크리

107 위의 평론, 185쪽.

108 정민구, 「박상순 시의 기호학적 읽기: 텍스트의 의미화 과정과 상호-텍스트성을 중심으로」, 『용봉인문논총』 38, 전남대학교 인문학연구소, 2011.

109 위의 논문, 264쪽.

110 이수명, 「나는 미정의, 미완의, 그 무엇이며, 사라지는 중이다」, 앞의 평론, 130~147쪽.

111 위의 평론, 147쪽.

112 김진희, 「박상순 시의 하이퍼텍스트성 연구: 『6은 나무 7은 돌고래』를 중심으로」, 『숙명문

스테바의 개념으로, "텍스트 내부에서 발생하는 상호작용"[113]을 의미한다. 김진희는 박상순 시의 상호텍스트성은 회화, 기호, 문자 등에서 발견할 수 있다고 평가한다. 이를 통해 박상순 시가 아버지의 질서를 파괴하고, 리좀적 사유를 형상화한다고 본다. 해당 논문은 정신분석 개념의 일부를 인용하여 부분적인 논의에 그치므로 보완이 필요하다.

본 저자의 논문은 자크 라캉의 담론을 활용하여 시 세계의 양상과 주체의 징후를 고찰한다.[114] 반복을 통해 상상계와 상상계 이전의 징후를, 검정과 구멍 기표를 통해 실재계의 징후를 논의한다. 박상순 시의 기호 또한 살핌으로써 그의 1990년대 시를 다각적으로 살핀다. 이 글의 제2장에서 수정, 보완하여 다룰 예정이다.

그리고 정신분석·기호 관련 연구사에 포함되지 않지만, 박상순 시의 이미지를 고찰하는 이기주의 논문을 거론하고자 한다. 이기주는 질 들뢰즈의 영화 이미지를 활용하여 이미지의 양상을 고찰한다.[115] 박상순 시에서 세계를 재조합하고 내면적 복합체를 표현하는 이미지의 특징을 점검하여 그의 시를 비롯한 1990년대 이후의 시를 해독할 분석의 틀을 제시한다. 박상순 시의 전위성과 복잡함을 밝히고 해소해내고자 시도하므로 의미가 크다.

다음으로 이수명 시의 정신분석적 연구사와 공간 관련 연구사를 검토해보고자 한다. 먼저 이수명 시의 정신분석적 연구사이다.

이창민은 무의식을 활용하여 은유와 환유, 상상의 작용을 고찰한다.[116] 자

학』 5, 숙명문학인회, 2017.

113 위의 논문, 170쪽.

114 김선우, 「박상순 시의 '소외' 양상 연구: 초기 시에 나타난 '반복'을 통해」, 『한국학연구』 80, 고려대학교 한국학연구소, 2022; 김선우, 「박상순 초기 시집에 나타난 실재 양상 연구」, 『한국문예창작』 55, 한국문예창작학회, 2022.

115 이기주, 「박상순 시에 나타난 영화 이미지 연구」, 『한민족문화연구』 73, 한민족문화학회, 2021.

크 라캉의 무의식은 은유와 환유를 통해 주체의 징후를 드러내는데, 이창민은 이를 인용하고 있는 듯 여겨진다. 그러나 해당 평론에서는 이수명 시의 언술 양상만을 살피기 위해 활용하므로 이 글의 기획, 접근 방법과 차이가 있다.

변학수는 지그문트 프로이트의 꿈을 활용하여 상징적 표현을 고찰한다.[117] 시 「검은 구두」에서 '구두'는 남근적 상징, '잠'과 '흙'은 타나토스의 상징이라고 분석한다. 정신분석을 활용하고 있지만, 한 편의 시만 분석하므로 부분적인 논의에 그친다.

김용희는 환상, 실재(계), 무의식, 상상 등을 통해 시 의식을 고찰한다.[118] 그리고 그는 이수명의 시가 의식과 무의식, 현실과 환상, 전위와 고독 등 "경계에 놓여 있는 것처럼 보인다"[119]라고 평가한다. 김용희의 평가는 정신분석 개념을 활용하고 있고, 이 글에서 살필 물질적 공간이자 정신적 세계인 도시를 분석하는 데 있어 전사로서의 가치가 크다고 할 수 있지만, 개념들을 평이하고 범박하게 활용하고 있으며 사실상 이수명 시의 비현실적 측면에 천착하여 "환각적 몽상가"[120]라고 언표해내기에 아쉬움을 남긴다. 또, 시 한 편만을 분석하고 있어 논의의 미진함을 나타낸다.

황현산은 꿈의 시나리오를 통해 언어 양상을 고찰한다.[121] 이수명 시의 언어는 "꿈의 표상력을 빌리고, 그 꿈은 알레고리의 형식을 취한다"[122]라고

116 이창민, 「영혼과 무의식: 허수경, 『내 영혼은 오래 되었으나』, 이수명, 『붉은 담장의 커브』」, 『계간 서정시학』 14, 서정시학, 2001.
117 변학수, 「꿈/ 詩의 상징과 상징적 표현」, 『현대시학』 393, 현대시학사, 2001.
118 김용희, 「예감과 마술」, 『페넬로페의 옷감 짜기』, 문학과지성사, 2004.
119 위의 평론, 190쪽.
120 위의 평론, 189쪽.
121 황현산, 「꿈의 시나리오 쓰기, 그 후」(해설), 이수명, 『고양이 비디오를 보는 고양이』, 문학과지성사, 2004.

설명한다. 또, 황현산은 검열과 해방의 문법을 통해, 이수명 시의 현실 인식을 점검한다. 자크 라캉에게도 꿈은 중요한데, 라캉은 지그문트 프로이트의 꿈의 문법을 전유하여 무의식의 원리를 설명하기 때문이다. 해당 해설은 이수명의 시가 보여주는 정신분석의 문법을 확인할 수 있는 의미 있는 글이지만, 그의 시를 보다 구조적으로 드러내기 위한 논의의 보완은 필요하다.

이재복은 "의식과 무의식, 현실과 환상, 주체와 타자 사이의 교차와 재교차"[123]의 관점에서 언어 놀이, 환유, 탈영토화의 양상을 고찰한다. 그는 "후기 산업사회에 가장 적절한 논리 중의 하나가 바로 <주체는 결핍이요 욕망은 환유다>"[124]라고 언급하는데, 이것은 자크 라캉이 무의식의 원리를 설명하기 위해 활용한 표현이다. 이재복의 평론도 라캉의 사유를 적절하게 참조하지만, 언어 활용을 살피는 데 그치고 있다.

이성혁은 언어란 "다른 차원의 질서를 가진 무엇(상징계)이라고만 생각할 수" 없는 "실재적인 것(the real)"[125]이라고 보고, 환유의 양상을 고찰한다. 이수명의 시를 한 편 분석하고 있으며, 해당 평론 또한 언어를 중심으로 논의한다.

이훈은 언어의 양상을 고찰한다.[126] 이수명의 "시 작업은 삶의 자기 폐쇄적 원환을 외적 타자의 딱딱한 물질성으로 탈존시켜내는 작업", 즉 "주체 자신을 내용 없는 주체성의 순수한 텅 빈 형식적 작업으로 다시 쓰고 있는 것이"[127]라고 설명한다. 이훈의 평론도 자크 라캉의 공허한 말, 충만한 말, 욕망,

---

122 위의 해설, 105쪽.
123 이재복, 「놀이의 현상학」, 『현대시학』 425, 현대시학사, 2004, 219쪽.
124 위의 평론, 218쪽.
125 이성혁, 「움직이는 형상들의 매혹, 또는 감염」, 『현대시』 207, 한국문연, 2007, 68쪽.
126 이훈, 「삶에서 죽음으로의 이행, 자가형성의 회전체들: 이수명론」, 『시와 반시』 74, 시와반시사, 2010.
127 위의 평론, 194쪽.

환상 등을 참조하지만, 언어 및 담화의 차원에서 살피므로 논의의 보완이 요구된다.

김청우는 지그문트 프로이트와 자크 라캉의 개념을 활용하여 혼돈의 양상을 고찰한다.[128] "혼돈"을 통해 "시속에도, 동시에 독자에게도, '그것'이 포착혹은 발생되고 있"[129]다고 설명한다. 여기에서 '그것'은 프로이트의 무의식이고, 자크 라캉의 실재계이다. 그리고 라캉이 애드거 앨런 포(Edgar Allan Poe)의 「도난 당한 편지」에서 읽어냈듯, 김청우는 이수명 시에서의 떠도는 편지를 추적하고 있다. 이수명 시 읽기의 한 가능성을 보여주므로 중요하며, 이글과 분석, 논의의 방향이 다르지만 박상순·이수명·성미정 시의 실재계를 살피는 데 전사로서의 가치가 있다고 보인다.

안지영은 소통하지 않음으로써 소통하는 시의 양상을 고찰한다.[130] 상상적인 것, 상징적인 것, 오인, "말과 대상 사이의 극복할 수 없는 균열이라는 언어의 심연"[131] 등을 통해 이수명 시의 언술을 섬세하게 살핀다. 그러나 정신분석의 개념을 응용하여 시적 문법과 소통의 양태를 살피는 데 그친다.

이희우는 우울의 양상을 고찰한다.[132] 그는 무기력, 자살 충동, 우울증(감)을 통해 시를 분석한다. "프로이트의 말처럼, 어쩌면 우리는 병에 걸리고 나서야 진실에 다가갈 수 있는지도 모른다"[133]라고 역설하며, 시에 만연해 있는 주체의 우울을 진단한다. 정신분석의 관점을 채용하고 있는 평론이지

---

128 김청우, 「개시(開示)된 은폐를 들추기: 이수명 시의 한 읽기」, 『시와세계』 38, 시와세계, 2012.

129 위의 평론, 129쪽.

130 안지영, 「시에서 '소통'이란 무엇인가: 이수명의 시를 중심으로」, 『시와정신』 47, 시와정신사, 2014.

131 위의 평론, 29쪽.

132 이희우, 「나의 우울과 나무의 기쁨」, 『문학과사회』 138, 문학과지성사, 2022.

133 위의 평론, 276쪽.

만, 이 글의 방향과 차이가 분명하다.

강영주는 1980년대, 1990년대와 달라진 2000년대 이후 시의 새로운 주체 양상을 고찰한다.[134] 그는 기존의 서정적 자아, 즉 자아와 세계의 동일화를 실현하는 주체는 더이상 시를 읽는 데 있어 가치가 크지 않다고 보고, 새로운 감수성으로 시를 읽어내야 함을 역설하며 자크 라캉의 '주체'를 통해 새로운 주체 개념을 고안하고자 시도한다. 진은영, 이장욱, 이수명 등의 시를 통해 전대와 달라진 새로움을 논의하려는 기획은 흥미롭고 온당하지만, 이수명의 2000년대 이후 시 또한 "90년대와는 다른 새로운 상상력을 가진 일군의 시인 및 그들의 시"[135]에 포함시키는 대목은 논의의 허점을 드러낸다고 보인다. 이수명은 이미 1990년대에 두 권의 시집을 상재하였고, 그를 토대로 하여 시 의식을 일관되게 심화해오고 있기에 수긍하기 어려운 진단이다. 그리고 강영주의 논문은 라캉의 담론을 토대로 연구를 수행하지만, 주체 개념만을 활용하기에 부분적인 논의에 그친다는 아쉬움도 남긴다. 이 글에서는 라캉의 상징계·상상계·실재계 및 자아·주체 개념을 토대로 여러 개념을 활용하여 더욱 풍요로운 고찰을 수행할 예정이다.

다음으로 이수명 시의 공간 관련 연구사이다. 도시 공간을 논의한 글을 중점적으로 살필 것이다.

황현산은 도시 현실에 놓여 있는 주체의 징후를 고찰한다.[136] 기형도·김혜순·진이정 시와 비교하여 이수명 시가 보여주는 불행을 검토한다. 황현산은 "그(이수명)는 가차없이 파악한 자신의 불행으로, 이 불행한 시대와 우리 시의 미래를 감당할 것이 분명하다"[137]라고 평가한다. 도시의 가운데에서 동시대

---

134 강영주, 「시적 주체 개념을 통한 현대시 교육 연구」, 이화여자대학교 교육대학원 석사학위 논문, 2015.

135 위의 논문, 8쪽.

136 황현산, 「불행을 확인하기」(해설), 이수명, 『새로운 오독이 거리를 메웠다』, 세계사, 1995.

의 불행과 고독을 고백하고 열거하는 이수명 시를 점검해야 한다는 점을 간파했다는 대목에서 의의를 확인할 수 있다.

이경호는 공간적 상상력을 고찰한다.[138] 이수명 시에서 현실 공간을 수용하고 자본주의 현실을 풍자하는 시적 상상력을 읽어낸다. 해당 평론은 실제 현실이 이수명 시의 현실에 어떻게 반영되는지 살피므로 의미가 크지만 시두 편만 분석하여 부분적인 논의에 그친다.

조재룡은 물류창고를 통해 주체-대상-행위의 무효와 노동의 종말을 고찰한다.[139] 특히 그는 "물류창고는 어디에나 있는 창고이면서, 한 번 이상 보았음에도 불구하고 그 개별성을 인지할 수 없는 창고이며, 따라서 최초이자 마지막인 장소, 즉 존재의 편재(어디에나 있어 오히려 인식되지 못하는 곳)나 비존재의 부재(없는 것 자체를 상정할 수 없는 곳)로만 표상되는"[140] 공간이라고 평가한다. 해당 해설은 이 글에서 살피고자 하는 관점과 큰 연관성은 없으나, 이수명 시의 지향과 성취를 공간과 연루하여 분석하는 데 폭넓게 참조가 되리라고 본다.

양균원은 물류창고의 의미를 고찰한다.[141] 이수명 시의 물류창고를 안과 밖 혹은 세상과 세상이 공존하는 양가적, 모순적 공간으로 본다. 이를 통해 이수명 시가 "깨어 있는 자의 삶 자체를"[142] 확인하게 한다고 진단한다.

선우은실은 헤테로토피아를 활용하여 물류창고는 "내면 공간/장소 확장의

---

137 위의 해설, 123쪽.

138 이경호, 「현대문명의 변화된 공간에 대한 상상력: 이수명과 이원의 경우」, 『문학판』 1, 열림원, 2001.

139 조재룡, 「'끝 없는 끝'의 세계에 오신 것을 환영합니다: 주체-대상-행위의 무효와 노동의 종말에 관하여」(해설), 이수명, 『물류창고』, 문학과지성사, 2018.

140 위의 해설, 130쪽.

141 양균원, 「서정의 정치성과 정치의 서정성」, 『시와문화』 47, 시와문화사, 2018.

142 위의 평론, 180쪽.

자기 인식"[143]을 보여준다고 고찰한다. 이수명이 물질성의 공간이자 추상성의 공간인 물류창고를 통해, "'자기'라는 헤테로토피아"[144]를 구현한다고 평가한다. 이로써 주체의 거부감과 불안감 등을 암시받을 수 있다고 본다. 이수명 시의 물류창고는 현실과 세상의 모순을 표상하는 물질적, 추상적 공간이기에 물질적, 정신적 세계인 1990년대 시의 도시와 다소간 호응하는 측면이 있다.

이병국은 이수명의 시론 '표면의 시학'을 참조하여 시 세계를 고찰한다.[145] 그의 시가 불확정적 존재를 불확정적으로 형상화함으로써 정확하게 재현해 내는 것이라고 평가한다. 특히 물류창고는 '표면의 시학'을 얼마간 암시하며, 그의 시 세계와 시적 주체의 양상을 함축하고 있는 표상이라고 진단한다. 이병국이 살핀 물류창고는 양균원과 선우은실의 논의에서와 마찬가지로 동시대성을 보여주는 구조물이자, 그의 시론도 담지하는 중요 기표라는 사실을 암시받을 수 있다. 이수명 시의 공간 의식을 살펴야 한다는 당위성을 제고할 수 있다.

강동호는 '무의 광장'으로서의 시 세계를 고찰한다.[146] 그는 이수명의 시가 도시의 일상성과 보편성을 통해 초현실성을 극대화하고, 그것을 통해 동시대성을 보여준다고 진단한다. 특히 이수명 시에는 현실과 꿈의 이분법이 사라져 있으며, 그의 시가 희구하는 정치는 일상에 편재해 있는 세계 내의 시공간에서 수행된다고 진단한다. 이 글과 접근 및 분석 방향이 다르지만 이수명 시의 공간 의식을 살핀 유의미한 글이다.

---

143 선우은실, 「'자기'라는 헤테로토피아, 내면의 장소화: 강성은, 김행숙, 이수명을 중심으로」, 『현대시』 349, 한국문연, 2019, 128쪽.

144 위의 평론, 같은 쪽.

145 이병국, 「표면을 횡단하는 불확실성의 존재론: 이수명론」, 『청색종이』 2, 청색종이, 2021.

146 강동호, 「무의 광장: 이수명의 세계와 소진 불가능한 것」(해설), 이수명, 『도시가스』, 문학과지성사, 2022.

이병철은 도시와 도시가스의 의미를 고찰한다.[147] 그는 이수명을 "우리 문학에서 에피파니(Epiphany)를 가장 잘 활용하는 시인이라"[148]고 언급하며 도시가스를 편리함, 보편성, 획일성의 표상으로 해석한다. 그리고 이수명 시에 나타나는 "보편적이고 획일화된 욕망에 사로잡힌 현대인들"을 "주체적으로 사유하는 능력을 상실한 채 몽롱한 환각상태에 마비되어버린 가스 중독자들이"[149]라고 분석한다. 이수명 시에서의 도시는 시대를 막론하여 중요하게 표상되는 시적 공간이고, 그곳은 인간을 포섭하며 주체성을 거세하는 폭력의 공간이리라는 사실을 추론할 수 있다.

본 저자의 논문은 정신분석 관점에서 시적 현실을 고찰한다.[150] 도시와 유발되는 오독, '나'와 팔루스들, 욕망과 팽창하는 몸을 중심으로 시적 현실의 양상과 시적 주체의 징후를 살피고 있다. 자크 라캉의 개념을 활용함으로써 이수명의 1990년대 시를 섬세하게 검토하고 있다. 이 글의 제3장에서 수정, 보완하여 다룰 예정이다.

정신분석·공간 관련 연구사에 포함되지 않지만, 이수명 시의 언어 전략과 몸 표상을 고찰하는 전명환과 김순아의 논문을 거론하고자 한다. 전명환은 이수명 시의 언어 전략을 통해 시 세계 전반을 고찰한다.[151] 그는 논의를 위해, 두터운 분석의 틀을 고안해낸다. 먼저 1990년대의 시와 2000년대의 시와 2010년대의 시를 차례로 분류하여 언어 문법과 언어 실험의 양식, 존재

---

147 이병철, 「빛과 형태와 도시가스를 의심하라: 송재학, 이향란, 이수명의 시집을 중심으로」, 『한국문학』 315, 한국문학사, 2022.

148 위의 평론, 217쪽.

149 위의 평론, 218~219쪽.

150 김선우, 「이수명 시의 '시적 현실'에 관한 정신분석적 연구:『새로운 오독이 거리를 메웠다』와 『왜가리는 왜가리놀이를 한다』를 중심으로」, 『현대문학이론연구』 93, 현대문학이론학회, 2023.

151 전명환, 「이수명 시의 언어적 특성 연구」, 중앙대학교 대학원 석사학위논문, 2022.

의 드러냄의 양상을 점검하고, 한국 현대 전위시의 계보를 추적함으로 하여 이수명 시의 문학사적 의의를 함께 검토한다. 이를 통해 이수명 시 언어의 독자성과 그의 위상을 정립하여 구조적 분석을 수행한다. 그리고 김순아는 노장사상을 활용하여 빈 몸 표상을 고찰한다.[152] 노장 사상에서의 몸은 세계의 기원이며 최고 인식의 자리인 도(道)를 의미하고, 이수명 시에서의 몸은 날것으로서의 자연을 표상하며 주체와 객체, 유와 무의 공존을 보여준다고 설명한다. 노장사상의 빈 중심을 포스트모더니즘의 탈 중심과 연결하고, 그로써 이수명 시의 몸 표상을 점검하는 흥미로운 논문이다.

다음으로 성미정 시의 정신분석적 연구사와 패러디 관련 연구사를 검토해 보고자 한다. 먼저 성미정 시의 정신분석적 연구사이다.

김진희는 정신분석 개념을 활용하여 시 세계를 고찰한다.[153] 그는 성미정의 시가 일상과 몽상, 욕망과 환상의 현실을 보여준다고 진단한다. 해당 평론은 정신분석을 활용하여 정치한 시 분석에는 도달하지 않지만, "세상이라는 타자와의 화해로운 소통에 실패한 시인의 의식은 현실과는 다른 자신만의 질서, 독창적인 교본을 만들어 자신의 존재론적 욕망의 결핍을 보상"[154]한다는 결론을 도출하기에 이 글의 주제, 문제의식과 호응한다고 보인다. 그러나 이 글에서는 "화해로운 소통에 실패한 시인의 의식"을 자아와 주체 형성에 실패한 시적 주체와 그의 소외 의식을 통해 세밀하게 논의하고자 하여 방향성이 상이하다.

다음으로 성미정 시의 패러디 관련 연구사이다.

이승훈은 상호텍스트성의 측면에서 시 쓰기의 양상을 고찰한다.[155] 상호텍

---

152   김순아, 「현대 여성시에 나타난 '빈 몸'의 윤리와 감각화 방식」, 『여성문학연구』 34, 한국여성문학학회, 2015.

153   김진희, 「하지만, 피어나는 힘: 성미정의 시 세계」, 『열린시학』 36, 고요아침, 2005.

154   위의 평론, 215쪽.

스트성은 성미정 시에 드러나는 패러디를 설명하기 위해 요청한 개념이다. 이승훈은 성미정의 시에서 "상호텍스트성이 전경으로 드러나지 않고 배경으로 물러간다"[156]라고 설명한다. 성미정 시의 패러디는 재현 혹은 재연의 층위에 머물러 있지 않고, 시 세계를 주조하는 힘으로 작용하고 있기 때문이다. 패러디는 성미정의 시의 알레고리, 그로테스크, 아방가르드의 매력 및 효능을 배가하는 전략이다.

김미현은 성미정 시의 일상성을 고찰한다.[157] 성미정 시에서 "1990년대 포스트모더니즘의 영향으로 유행했던 패러디 기법이나 동화 '다시 보기(revision)'를 통해 기존의 시각을 '교정(revision)'하려는 시인의 의도를 확인할 수 있다"[158]라고 판단하며 그의 시 의식을 섬세히 분석하고자 시도한다. 이는 성미정의 시를 '균형 잡힌 리얼리즘으로서의 일상시'로 규정하는 토대가 되기에 시사적이다. 패러디를 통해 그의 시의 특이성 및 동시대성과 고유성을 파악할 수 있으리라는 암시를 얻을 수 있다.

김응교, 조신권의 산문을 거론할 필요가 있어 보인다. 김응교는 패러디 시의 한 예시로 「동화─백살공주」를 언급한다.[159] 조신권은 인유 시의 한 예시로 「참을 수밖에 없는 존재의 가여움」을 언급한다.[160] 평론이나 논문은 아니지만, 패러디를 통해 성미정의 시를 살필 가능성을 보여준다.

본 저자의 논문은 시적 현실을 정신분석적 관점에서 고찰한다.[161] 가족,

---

155 이승훈, 「언어, 글쓰기, 허위 의식?」, 『문학사상』 283, 문학사상사, 1996.

156 위의 평론, 355쪽.

157 김미현, 「다소 시적인?: 성미정론」, 『세계의문학』 113, 민음사, 2004.

158 위의 평론, 237쪽.

159 김응교, 「패러디, 발상의 전환(1): 성미정 「동화─백설공주」, 박남철 「주기도문, 빌어먹을」의 경우」, 『시현실』 49, 예맥, 2011.

160 조신권, 「시는 언어와 시적 체험의 유기적 건축물」, 『창조문예』 222, 창조문예사, 2015.

161 김선우, 「성미정 시의 '시적 현실'에 관한 정신분석적 연구: 『대머리와의 사랑』을 중심으로」,

상징적 질서, 동화와 영화를 중심으로 시적 현실의 양상과 시적 주체의 징후를 살피고 있다. 자크 라캉의 개념을 전유하고 활용함으로써 성미정의 1990년대 시를 섬세하게 검토하고 있다. 이 글의 제4장에서 수정, 보완하여 다룰 예정이다.

이상의 박상순 시의 정신분석적·기호 관련 연구, 이수명 시의 정신분석적·공간 관련 연구, 성미정 시의 정신분석적·패러디 관련 연구에서 확인할 수 있는 내용은 지금까지의 논의가 대부분 부분적이고 파편적으로 이루어져 왔다는 사실이다. 언어와 이미지의 구조를 살핀 논의가 다수 존재하는데, 이들은 범박하거나 부분적으로 다루어져 왔기에 세 시인의 시 의식을 체계적, 구조적으로 살피지 못하였다는 아쉬움을 나타낸다. 특히 난해·환상·전위·초현실주의 경향에 속하는 박상순·이수명·성미정의 시를 정신분석을 활용하여 종합적이고 다각적으로 살피고자 한 시도가 부진하다는 사실은 아이러니하고 논의의 보완을 절대적으로 요청한다. 그러므로 이 글에서 수행하고자 하는 상징계·상상계·실재계 및 자아·주체 개념을 활용한 정신분석적 연구는 미진한 수준에 머물러 있는 세 시인에 관한 시 연구를 풍요롭게 확장해 줄 것이다.

마지막으로 박상순·이수명·성미정의 시를 함께 묶어 논의하는 연구사를 검토하고자 한다. 세 시인의 연관성을 검토해봄으로 하여 이 글의 적절성을 확인할 것이다.

이승훈은 박상순·이수명의 시를 '디지털 시대의 시'의 경향이라고 설명한다.[162] 특히 박상순의 「칼을 든 미용사를 위한 멜로디」에 등장하는 "잘린 손가락"을 "현실과 환상, 의식과 무의식 사이에 놓이"는 "결핍, 균열, 틈을

『한국문예창작』 57, 한국문예창작학회, 2023.

162 이승훈, 「변기와 인터랙티브 미학: 디지털 시대의 시쓰기」, 『문학사상』 329, 문학사상사, 2000.

표상"[163]이라고 말한다. 그리고 그것이 "여자, 어머니의 압젝션(abjection)"[164]이라고 분석하며 줄리아 크리스테바의 개념을 활용한다. 그리고 이수명의 「모래 주머니」에 등장하는 모래를 "현실, 꿈, 도처에서 그를 억압"하고 "육체적 정신적 불모, 황폐, 분산, 잔재를 상징한다"[165]라고 설명한다. 박상순, 이수명 시에 대한 정신분석적 접근은 적절하며, 이 같은 단편적인 분석을 토대로 하여 섬세한 보완 작업이 진행되어야 한다는 사실을 확인할 수 있다.

이만식은 박상순·이수명의 시를 '언어파'의 경향이라고 설명한다.[166] 나아가 최승호를 매개로 하여 이만식·박상순·이수명의 언어파 결성을 궁리하였던 과거의 내력을 소개한다. 특히 '언어파'가 중요한 이유는 "한국 현대시의 아방가르드 정신을 신서정, 선불교, 언어파, 참여의 정신 등 네 개의 분야"[167]에서 확인할 수 있기 때문이다. 박상순·이수명이 유사한 시적 경향을 보여주고 있듯, 아방가르드를 연출하는 성미정 또한 이들 시인과 연계되리라는 가능성을 확인할 수 있다.

이재복은 박상순·이수명의 시를 '실험적이고 모던한 시'의 경향이라고 설명한다.[168] 박상순 시에서 해체와 부정의 아이덴티티를, 이수명 시에서 파편과 낯섦의 아이덴티티를 읽어낸다. 자크 라캉과 줄리아 크레스테바의 개념을 활용하여 박상순·이수명의 시를 비롯한 황병승·김경주의 시를 분석하므로 의미가 크다. 그러나 박상순·이수명의 2000년대 시를 살피고 있어 이 글과는 고찰의 범위 및 내용이 다르다. 해당 평론에서 진단하는 전위·실험·해체의

163　위의 평론, 304쪽.

164　위의 평론, 같은 쪽.

165　위의 평론, 305쪽.

166　이만식, 「언어파가 가는 길」, 『시와세계』 17, 시와세계, 2007.

167　위의 평론, 145쪽.

168　이재복, 「아이덴티티는 너무 20세기적이야: 박상순, 이수명, 황병승, 김경주를 중심으로」, 『열린시학』 50, 고요아침, 2009.

징후를 박상순과 이수명의 1990년대 시에서도 발견할 수 있으므로 이 글의 기획의 적절성을 암시받을 수 있다.

권혁웅은 박상순·이수명을 한국 전위시의 계보에 위치시킨다.[169] 그리고 정끝별은 박상순·이수명을 이상 시의 계보에 위치시킨다.[170] 이들의 시를 분석하지 않지만, 권혁웅은 박상순의 『6은 나무 7은 돌고래』와 이수명의 『왜가리는 왜가리놀이를 한다』를 통해 현대시의 전위의 계보학을 구상하고 정끝별은 "90년대 이후 시인들의 세기말적 불안과 위기감"과 "(기술) 복제, 환(각), (영상)이미지화된 일상"[171]을 드러낸다는 진단을 통해 박상순·이수명 등을 거론한다.

엄경희는 박상순·성미정의 시를 '환상적 실험시'의 경향이라고 설명한다.[172] 그는 2000년대 시인들이 보여준 환상성과 실험성을 설명하고자 환상적 실험시라는 언표를 활용한다. 그리고 이들 시의 경향에서 "각기 서로 다르면서 그로테스크한 비현실적 맥락을 지향한다는 점에서 공통적이"라는 사실을 짚으면서 "전통의 관습적 상상의 틀을 전복하고자 하는 의욕과 자기 시대의 새로운 감수성을 살려내기 위한 고민을 담고 있다는 점"[173]을 암시한다고 덧붙인다. 박상순·성미정을 비롯한 2000년대 시의 환상성 및 실험성은 1990년대의 "해체, 페미니즘, 생태주의, 디지털 상상력, 탈식민주의, 일상성, 개인주의, 몸, 욕망 등"[174] "다양한 담론이 잔류하는 가운데" 나타났다고 부연

---

169 권혁웅, 「1970년대 이후 한국 현대시에서 전위의 맥락」, 『한국시학연구』 20, 한국시학회, 2007.

170 정끝별, 「이상 시의 상호텍스트성 연구: 「오감도 시제1호」의 시적 계보를 중심으로」, 『한국시학연구』 26, 한국시학회, 2009.

171 위의 논문, 84쪽.

172 엄경희, 「환상적 실험시에 대한 몇 가지 질문」, 『시작』 16, 천년의시작, 2006.

173 위의 평론, 43쪽.

174 위의 평론, 44쪽.

한다. 이 글의 방향성 및 분석할 내용과 범위가 상이하지만, 박상순·성미정 시에 내재하여 있는 동시대성과 고유성을 확인하게 하는 논의이기에 중요하다.

오형엽은 박상순·이수명·성미정의 시를 '무의식적 타자성의 시'의 경향이라고 설명한다.[175] 그는 1990년대를 맞이하면서 한국 전위 시의 위상학과 계보학에 큰 변화가 있었다고 말한다. 가령 "현실 사회주의의 몰락, 소비자본주의의 전면화, 전자정보 문명의 도래 등 세계사적·문명사적 변화와 맞물려 진행된 한국의 정치적·사회적·문화적 전환"[176]이 1990년대 시의 지형도에 영향을 끼쳤다고 평가하는 것이다. 그는 죽음의 시학, 마녀적 상상력, 무의식적 타자성, 대중문화의 패러디, 테크놀로지적 상상력을 통해 당대 시의 전위적 경향을 분류한다. 박상순·이수명·김점용·함기석·성미정 등이 '무의식적 타자성의 시'에 포함된다.

그리고 오형엽은 「공포와 환상의 시적 계보」[177]에서 박상순과 이수명의 시를 이상 시의 계보에 위치시킨다. 특히 박상순 시에서 정신분석과 분열분석을 통해, 꿈의 문법과 '되기'를 분석[178]하고 이수명 시에서 원근법과 시간성이 제거되며 의식과 무의식, 과거와 현재가 지워지는 '진공 현실'을 발견[179]한다. 자크 라캉의 정신분석을 토대로 박상순, 이수명의 시를 살피고 있어 이 글과 관련성이 크다. 그러나 박상순 시 분석에서는 '꿈의 문법'인 은유와 환유의 논리를 부분적으로 활용하면서 정신분석보다 분열 분석을 적극적으

175 오형엽, 「아방가르드와 숭고의 시적 실천: 대중문화 시대의 한국 전위 시」, 『알레고리와 숭고』, 앞의 책.

176 위의 평론, 48쪽.

177 오형엽, 위의 책, 61~95쪽.

178 오형엽, 「반복, 변주, 변신, 생성」, 앞의 평론, 303~327쪽; 「공포와 환상의 시적 계보」, 앞의 평론, 71~77쪽.

179 오형엽, 「주름, 기억의 변주: 2000년대 시를 보는 한 시각」, 『주름과 기억』, 앞의 책, 25~31쪽; 「공포와 환상의 시적 계보」, 앞의 평론, 77~81쪽.

로 채용하고 있고, 이수명 시 분석에서는 정신분석 개념을 적극적으로 활용하고 있지 않으므로 논의의 보완이 필요하다고 판단된다.

마지막으로 1990년대 시사를 점검해보면 다음과 같다. 유성호는 모더니즘 혹은 포스트모더니즘 시의 계보에서 이수명과 성미정을 언급한다.[180] 이광호는 초현실주의적 상상력을 보여준 시인으로 박상순을 언급하고, 새로운 여성적 미학을 보여준 시인으로 이수명과 성미정을 언급한다.[181] 고명철은 환상시의 계보에서 이수명과 성미정을 언급한다.[182] 권영민은 개성적인 여성 시인의 계보에서 이수명을 언급한다.[183]

이상의 연구사를 살펴봄으로써 이 글의 적절성과 필요성을 제고하고자 한다.

첫째, 1990년대 시의 정신분석적 연구는 더이상 지체되어서는 안 되는 동시대성을 살필 육박해 온 과제라는 사실이다. 이 글에서 박상순·이수명·성미정 시의 시적 현실을 정신분석적 관점에서 고찰하고자 하는 시도는 1990년대 시 연구의 편향성과 세 시인에 관한 연구의 미진함을 극복할 수 있는 기획일 뿐만 아니라, 당대의 주체가 시대, 현실에 대응하여 나타내는 시 의식과 지향을 섬세하게 살필 분석의 틀을 마련하는 계기가 될 것이리라 기대한다. 즉 1990년대 시인들이 환멸과 공황, 고독과 불안에 대응하여 펼쳐놓은 시적 현실을 살핌으로써 당대의 현실을 능동적으로 인식, 재현, 극복하는 현실 인식 및 시 의식을 효과적으로 밝혀낼 수 있으리라 본다. 특히 이 글에서는 자크 라캉의 개념을 활용하여 분석의 타당성을 제고할 것이다. 라캉의

---

180 유성호, 「탈냉전의 시기(1991년~2000년)」, 앞의 글, 533~591쪽.

181 이광호, 「1990년대 시의 지형」, 『한국현대문학사』, 앞의 책, 611~623쪽.

182 고명철, 「현대시의 풍경, 그 다원성의 미학」, 이승하 외, 『한국 현대 시문학사』, 소명출판, 2019, 411~449쪽.

183 권영민, 「현대시의 도전과 실험」, 『한국 현대문학사 2: 1945~2010』, 민음사, 2020, 633~644쪽.

상징계·상상계·실재계와 자아·주체 개념을 활용하여, '시적 현실'과 '시적 주체' 개념을 보다 구체화할 것이고 그를 통해 구조적, 종합적인 분석을 수행할 것이다.

둘째, 박상순·이수명·성미정을 한 데 묶어 논의하려는 시도는 꾸준하게 있어 왔으나 부진함을 드러낸다는 사실이다. 그러므로 이 글은 그 미진함을 극복하는 기점이 되리라고 판단된다. 박상순·이수명, 박상순·성미정, 이수명·성미정, 박상순·이수명·성미정을 함께 거론하는 논의는 없지 않았지만, 세 시인을 함께 체계적으로 살펴 이들의 서적 성취와 시사적 의의를 살핀 사례는 없던 것이다. 그러므로 이 글은 세 시인의 시를 종합적, 포괄적으로 살펴 동시대성과 고유성를 비롯하여 이들 시인의 시적 성취 및 시사적 의의를 파악해볼 것이고, 그로 하여금 1990년대 시의 특이성을 추출해볼 것이다. 그를 통해 밝혀본 내용을 토대로 하여, 1980년대 시 및 2000년대 시와의 맥락화를 수행하여 1990년대 시의 시사적 가치를 섬세히 논의하고자 한다.

셋째, 박상순·이수명·성미정의 논의는 평론, 해설, 논문 등 다양하게 제출되었지만, 평론과 해설이 다수를 차지하고 있다. 그리고 이 글에서 다루고자 하는 문제, 주제 의식에 관련한 논의 역시 충분하지 않기에 미진함을 드러낸다. 박상순의 경우, 정신분석적 접근을 수행하는 시도가 적지 않았지만 오이디푸스 콤플렉스, 무의식, 욕망, 환상 등을 활용한 부분적, 파편적 논의에 그쳐 아쉬움을 남긴다. 이상의 개념뿐만 아니라, 라캉이 활용하는 이외의 개념과 사유를 포괄적으로 참조하여 그의 시적 현실과 시적 주체에 관한 적극적인 논의를 수행하여야, 고착된 그의 시 연구에 가치로울 것이라고 생각한다. 물론 기존의 논의 중에서 시적 주체를 둘러싼 현실 세계 혹은 상징(체)계와 불화하지만 여성적 세계, 어머니적 세계와 친연하고, 괴기한 분위기를 자아내는 그의 시 의식을 분석한 바 있는데, 이는 상징계와 상상계와 실재계를 통해 종합적으로 검토하여 상징적 아버지의 영역인 상징계를 표상하는 현실로부터의 탈주 의식 및 그를 통한 1990년대 시의 특이성을 확인하는 것으로 논의를 전개, 확장해야 할 것이다.

이수명의 경우, 정신분석 개념을 요청하여 살핀 논의가 적지 않지만, 언어 활용을 중심으로 논의하므로 아쉬움을 남긴다. 그러므로 정신분석적 관점을 통해 그동안 활발하게 다루어지지 않은 물질적 공간이자 정신적 세계인 이수명 시의 도시를 면밀하게 검토하고자 한다. 특히 기존의 논의 중에서 『물류창고』나 『도시가스』를 통해 이수명 시의 도시 공간이 자아내는 모순성과 그에서 비롯하는 폭력성과 피폐함 등을 간파한 바 있는데, 1990년대 시에서도 도시 공간은 확연하게 드러나 시적 주체와 연동되어 있지만, 이를 면밀하게 검토한 바가 없어 당대의 상황을 참조하여 그 의미를 분석할 필요가 크다고 보인다. 물론 무의식의 원리이기도 한 은유와 환유를 통해 논의하고 있는 기존의 연구는 이 글에서 시적 현실과 시적 주체를 분석하기 위한 전사로서의 가치가 분명하다는 사실을 밝힌다.

성미정의 경우, 평론, 해설, 논문 등의 양이 현저하게 적다. 기존의 논의 중에서 정신분석적 접근을 통해, 이를테면 무의식, 욕망, 결핍이나 패러디 등을 통해 살피고자 시도한 평론은 존재하나 논의가 부분적으로 이루어져 왔기에 미진함을 드러낸다. 때문에, 성미정 시에 관한 성실하고 정치한 연구는 더욱 요청되는 상황이다. 그는 가족 및 여러 타자와 현실로부터 배제되고, 동화나 영화 등의 세계에서도 소외 의식에 괴로워한다. 특히 소외는 사회적, 물리적, 정신적, 개인적 징후이기에 성미정의 시적 현실과 시적 주체를 점검하는 데 유효하다고 판단된다. 이 글을 통해 성미정 시 연구사의 부진함을 극복할 계기를 마련할 수 있을 것이다.

3. 연구 방법

이 글은 박상순·이수명·성미정의 1990년대 시에 나타나는 시적 현실을 정신분석적 관점에서 고찰함으로써 세 시인이 시적 주체로 하여금 실제 현실에 대응, 반영하여 표시하는 탈주 의식, 불안 의식, 소외 의식을 논의할 것이다. 따라서 이 글에서는 박상순·이수명·성미정이 1990년대 상재한 시집을 중심으로 연구를 진행하고자 한다. 박상순 시집 『6은 나무 7은 돌고래』(민음사, 1993)와 『마라나, 포르노 만화의 여주인공』(세계사, 1996), 이수명 시집 『새로운 오독이 거리를 메웠다』(세계사, 1995)와 『왜가리는 왜가리놀이를 한다』(세계사, 1998), 성미정 시집 『대머리와의 사랑』(세계사, 1997)을 대상 텍스트로 삼을 것이다. 이를 논의하기 위해, 시적 현실과 시적 주체 개념을 조금 더 언급해보고자 한다.

이 글을 관통하는 주요 개념인 시적 현실은 시인이 실제 현실에 대응, 반영하여 산출한 실현물이다. 그래서 시적 현실에는 시인이 구사하는 내밀한 감각과 시 의식이 투영되어 있다. 김혜순은 "삶의 내용을 시적 현실로 감지하는 자, 구성하는 자가 시인이"[184]라고 설명한다. 그러므로 시적 현실은 시인의 현실 감각과 세계 인식을 일컫는 세계관을 통해 생산한 구성물을 의미할 수 있다. 세계관이란 "작품을 형성하는 작가의 근원적 배경"[185]인데, "화자의 선택에서부터 주제의 표출에 이르기까지 작가가 구체적인 자기 세계에서 형성해온 세계관의 영향은 지대"[186]한 것이고, 이를 반영하는 시적 현실은 은밀하며 엄밀하게 작동하는 시 의식을 집약함으로 하여 특정한 세계를 주조해내기에 중요할 수밖에 없다. 그러므로 작가의 안목과 가치관이 투영되어

---

184 김혜순, 앞의 평론, 356쪽.

185 한국문학평론가협회, 『인문학용어대사전』, 국학자료원, 2018, 942쪽.

186 위의 책, 같은 쪽.

작품의 근간을 이루는 것이 세계관이라면, 시적 현실은 이른바 세계관이 구체성과 물질성을 확보하게 되는 능동적인 개념이다. 따라서 시적 현실에서 언표하고 수행하는 시적 주체를 발화와 언술을 구사하는 존재로 단순화시켜 파악해서는 안 될 것이다.

기존의 화자는 시인, 함축적 시인과 구분되는 발신자의 의미로서 정의되어 왔다. 실제 시인과 실제 독자는 현실 세계에 속하고, 함축적 시인과 함축적 독자는 텍스트에 속하며, 화자와 청자는 작품세계에 속하는 존재였다.[187] 짚 어보아야 할 것은 "화자는 본래 시인에 의해 창조된(상상된) 존재이고 시인의 기획으로 구현된 시적 장치"[188]라는 사실이다. 화자는 "고백"을 구사하는 존재인데, 그것은 "허구적이고 상상적인 기억과 체험을 고백한 것 또한"[189] 포함한다. 그러므로 시의 화자는 주관적, 개인적 정념만을 술회하는 폐쇄된 존재로 축소하여서는 아니 되며, 시적 현실을 실감하며 여러 진술과 묘사를 통해 다양한 암시와 내포를 제공하는 주체적인 존재로서 검토되어야 한다.

시적 현실을 정신분석의 관점으로 분석하기 위해, 이제 자크 라캉의 상상 계·상징계·실재계 개념을 살펴보고자 한다. 상상계와 상징계와 실재계는 보 르메오 매듭 같은 관계를 형성하여 정신의 구조 및 현실을 구성하는 유용한 개념이므로 시적 현실을 살피기에 적절하다고 판단된다. 먼저 상상계는 거울 단계를 통해 진입함으로써 최초의 소외가 발생하는 국면이다. 거울 단계는 유아의 6~18개월 사이에 발생하는데, 상상계의 자아는 거울의 이미지인 이 마고(Imago)를 통해 자기의 이미지를 오인하게 됨으로써 소외를 경험한다. 이마고는 쾌락을 수반하고 통일감과 연속감의 착각을 일으키는 허구이자 환상이다.

187　김준오, 「퍼소나」, 앞의 책, 321쪽.

188　정끝별, 「창조적 화자와 다성의 목소리」, 『시론』, 문학동네, 2021, 52쪽.

189　위의 글, 같은 쪽.

그렇다고 이마고가 거울에 비친 특정한 상(像)만을 의미하는 것은 아니다. 그것은 타자라고 인식할 수 있는 여러 이미지를 지칭하는 개념이기도 하다. 그러므로 이마고는 자아와 상호 작용하는 타인뿐만 아니라, 여러 사물과 대상을 포괄함으로 하여 자아의 형성을 추동하는 대상이다. 이마고를 통해 자기를 인식하게 되는 자아는 양가적인 감정에 노출되기에 이르는데, 자아는 해당 이마고와 자신을 오인함으로써 불안감과 공격성, 나르시시즘과 정서적 충족감을 동시에 체험하게 된다. 그리고 상상계는 어머니를 비롯한 타자와 형성하는 2자 관계의 세계이고 정서적 만족감을 경험하는 영역이기에 상상계의 자아는 어머니의 (상상적) 팔루스(Phallus)가 되기를 소망한다. (상상적) 팔루스는 어머니의 욕망의 대상이며 자아가 희구하는 대상이다. 상상계는 자아의 원초적 결손을 암시하는 구조이다.[190]

상징계는 언어와 욕망과 무의식의 영역이다. 언어는 소통을 가능하게 하는 체계이자 타자로 하여금 주체의 욕망을 일으키는 구조이다. 언어를 통해 주입되는 타자의 욕망은 상징계의 주체를 구성하고 이끌게 된다. 그리고 욕망은 욕구에서 요구를 뺀 잔여분을 의미(욕구-요구=욕망)하며 결코 채워질 수 없는 불가피성을 띤다. 그래서 욕망으로 인하여 주체는 빗금 그어진 존재로서 표상된다. 그리고 무의식은 억압을 통하여 발생하고 언어와 같이 구조화되어 있는 대타자의 영역이다. 그것은 기표의 연쇄에 발생하는 균열을 통해 모습을 드러내는데, 라캉은 은유와 환유를 통해 무의식의 원리를 설명한다.

이처럼 상징계는 언어·욕망·무의식의 영역이고, 주체를 형성하며 종속하는 구조이다. 자아는 상징계에 진입함으로 하여 무의식과 욕망과 언어의

---

190 김석, 『에크리: 라캉으로 이끄는 마법의 문자들』, 살림, 2007, 145~158쪽; 로이스 타이슨 (Lois Tyson), 「정신분석 비평」, 『비평이론의 모든 것』, 윤동구 역, 앨피, 2012, 79~80쪽; 숀 호머(Sean Homer), 『라캉 읽기』, 김서영 역, 은행나무, 2014, 34~55쪽.

주체로서, 상징적 관계에 포섭이 된 주체로서 다양한 징후와 증환, 외상을 고백하기에 이른다. 상징계는 3자 관계의 세계이자 상징적 아버지의 세계이기에 상징계의 (상징적) 팔루스는 아버지의 법과 질서와 권위를 표상한다. 이제 주체에게 (상징적) 팔루스는 잃어버린 대상이면서 결코 가질 수 없는 결여의 기표로 자리잡는다. 상상계의 자아는 (상상적) 팔루스가 되지 못한 채 주체가 됨으로써 (상징적) 팔루스를 영원히 상실한 채 채우지 못할 욕망에 이끌려 살게 된다.[191]

이렇듯 상상계에서 상징계를 향하여 이행하게 되는 주체는 상상계와 절연해냄으로 하여 상징계에 오롯이 포섭되는 것 같지만, 상상계는 억압이 되면서도 완전히 상실되지 않고 주체 형성의 밑바탕 및 창조력의 원천이 되어주는 구조이기도 하다. 즉 상징계에 지속적으로 영향력을 행사하며 자리하는 영역이 상상계이기도 한 것이다. 이승훈이 상상계와 상징계가 현실을 구성한다고 하였듯, 이미지 및 어머니와의 영역인 상상계와 언어 및 아버지와의 영역인 상징계는 서로 간섭하고 영향을 끼치며 현실을 구성한다고 할 수 있다.

실재계는 상징계와 연관되지만 언어를 통해 설명하거나 상징화할 수 없는 영역이다. 그곳은 표현 너머에 있어 표현이 불가한 찌꺼기, 잉여의 영역이기 때문이다. 그리고 억압과 상실과 결여의 구조이기 때문에, 주체의 끝없는 욕망을 발생시키는 장소이다. 중요한 것은 채울 수 없는 욕망의 근원이 실재계임에도, 그곳(것)은 주체와 직접적인 조우가 불가하다. 실재계는 현실, 죽음 너머의 영역이기 때문이다. 계속해서 이끌리지만 실제적인 체험이 불가능한 실재계는 '대상 a'와 '주이상스' 등의 개념을 통해 보다 명료히 파악할 수 있다.

대상 a는 특정한 결여의 대상이라기보다 결여 자체를 의미하고, 주체가

---

191   김석, 위의 책, 114~144, 172~203쪽; 로이트 타이슨, 위의 글, 80~81, 83~87쪽; 숀 호머, 위의 책, 34~127쪽.

끊임없이 그것을 메우기 위해 애쓰도록 만드는 공백이다. 동시에 그 공백을 일시적으로 막아주는 대상이기도 하다. 즉 대상 a는 상징계(상징화) 너머의 것, 실재계에 속하는 균열이자 잔여물이다. 그리고 주이상스는 불가능한 대상이자 구조인 실재계를 향해 발현하는 불가능한 욕망을 의미한다. 실재계는 주체를 계속하여 이끌지만 그곳(것)은 실제적인 접촉이 불가한 영역이므로, 주체는 주이상스를 통해 실재계를 향유할 수 있다. 그러므로 그것은 죽음으로 통하는 통로라고 언표되며, 환상과 관련한다. 라캉의 환상은 주체가 휘둘리고 종속되는 에너지가 아니라, 실재계의 이미지나 외상, 증환을 주체화하는 능동적인 힘이다. 환상을 통해 주체는 주이상스에 대해 책임을 진다.[192]

상상계와 상징계는 실재를 억압하고 회피하려 한다는 혐의를 나타내기에, 상징계와 상상계, 실재계가 아울러 형성하는 현실 및 정신의 구조는 시적 현실을 분석하는 데 있어 좋은 참조가 될 것이라고 본다. 즉 시적 현실을 논구하는 데 있어 실재계를 참조함으로 하여 상상계와 상징계를 통해서만 분석할 수 없는, 시적 현실에 표상되지만 쉽사리, 명료히 설명되기 어려운 실재계'적' 징후와 증환을 섬세히 살펴볼 수 있으리라 기대된다.

시적 주체를 섬세히 살피기 위해, 자아와 주체 개념 역시 더 살펴보자면, 이 둘은 상상계와 상징계에 관계되며 타자를 통해 생성되고 구성되는 존재이다. 자아는 이마고를 통해 자기를 오인함으로써 획득되고, 이를 통해 2자 관계의 세계, 어머니의 세계, 이미지의 세계인 상상계에 진입하게 된다.[193] 주체는 타자와 대타자, 상징적 관계를 통해 구성됨으로써 획득되고, 이를 통해 3자 관계의 세계, 아버지의 세계, 언어의 세계인 상징계에 진입하게 된다.[194] 자아는 이미지로부터 소외하고 주체는 언어와 욕망으로부터 소외하

---

192 김석, 위의 책, 184~203, 236~248쪽; 로이스 타이슨, 위의 글, 88~89쪽; 손 호머, 위의 책, 128~151쪽.

193 김석, 위의 책, 145~159쪽; 손 호머, 위의 책, 34~55쪽.

고 분리됨으로 하여 조직된다. 자크 라캉의 자아, 주체의 개념은 시적 주체의 징후를 고찰하는 데 참조가 될 것이다.

마지막으로 주체를 대리하고 대표하는 시니피앙의 기능은 중요하다. 라캉의 시니피앙은 언어학에서 시니피에와 구분되는 소릿값인 기표만을 내포하지 않는데, 주체의 징후를 드러내며 주체를 구성하는 핵심적인 임무를 도맡는 사물이다. 그것은 현실을 구성하고 타자와의 관계를 매개하는 언어의 역능을 보여주고, 주체의 욕망과 주체의 위상을 결정짓는 역할을 수행하는 것이다.[195] 시니피앙 개념은 시적 주체의 징후와 증환, 시적 현실을 구성하는 다양한 표상을 살피는 데 참조하고자 한다.

그리고 박상순·이수명·성미정의 시를 살피기 위해, 앙드레 브르통과 발터 벤야민(Walter Benjamin)의 초현실주의 담론을 참조할 예정이다. 이를 통해 자크 라캉의 개념과 사유를 토대로 세 시인을 연구하는 데 있어 발생할 분석과 논의의 빈틈을 메워보고자 하며, 이는 기존의 연구사를 포괄하며 극복하고자 하는 이 글의 주제, 문제의식에도 합당할 것이리라 판단된다. 가령 초현실주의는 이들 시인의 시적 경향과 호응하고 정신분석과 상당한 근친성을 나타낸다. 정신분석은 초현실주의와 크고 작은 영향력을 주고받음으로 하여 "서로 강하게 끌어당기면서도 미묘하게 밀쳐내는 자기장 같은"[196] 관계를 형성하고 있기 때문이다.

그리고 초현실주의는 혁명과 자본주의 체계 모두에 가담했던 이중성을 보여주고 한물간 것(낡아버린 것)과 억압된 것과 포스트모던적인 것을 용융하여 작품을 생산하므로 참조의 가치가 크다. 1990년대의 박상순·이수명·성미

---

194 김석, 위의 책, 114~127쪽; 숀 호머, 위의 책, 34~127쪽.

195 김석, 위의 책, 162~164쪽; 숀 호머, 위의 책, 56~81쪽.

196 헬 포스터(Hal Foster), 『강박적 아름다움: 언캐니로 다시 읽는 초현실주의』, 조주연 역, 아트북스, 2018, 36쪽.

정 시는 과거를 참조하고 현재와 미래를 도모하며, 현실과 불화하지만 현실을 재료 삼아 개성 있고 독창적인 시 쓰기를 수행하기에 이러한 초현실주의의 특성과 조응하리라고 판단된다. 초현실주의에는 "정신분석학, 마르크스주의 문화론, 초기의 인류학",[197] "고고학"[198]의 다양한 시각이 교차하므로, 이를 시 분석에 활용한다면 치밀하고 종합적인 분석에 도달할 수 있으리라 본다.

박상순·이수명·성미정 시에 두드러지는 문학적, 정신적 기제인 주체, 도시, 가족을 효과적으로 점검하고자 세 시인이 활용하는 기호, 공간, 패러디 개념을 활용하고자 한다.

박상순 시의 기호를 살피기 위해 찰스 샌더스 퍼스(Charles Sanders Peirce)의 기호 이론을 활용할 예정이다.[199] 퍼스에 따르면, 기호는 도상(Icon), 지표(Index), 상징(Symbol)으로 나눌 수 있다.[200] 이 중에서 도상을 적용해볼 수 있을 것이다. 도상이란 닮은꼴·유사성·일차성의 관계를 통해 표상체가 대상체를 지시하는 자기지시적 기호라고 할 수 있다. 도상의 예시에는 이미지·다이어그램·메타포 등의 초도상 기호와 사진·조각상·회화적 구성·건축적 승화·예술가의 데생·대수학적 기호 등이 있다. 박상순 시의 기호는 텍스트에 개입하여 시적 주체의 징후를 이미지화하고 지칭하며, 그림 이미지는 시적 현실을 몸소 가리키거나 시 의식과 미적 감각을 표출하도록 한다. 때에 따라, 도상이 아닌 상징이 활용되기도 하므로 시를 분석할 때 적절하게 참조할 예정이다.

이수명 시의 공간을 살피기 위해 앙리 르페브르(Henri Lefebvre)의 추상

---

197 위의 책, 17쪽.
198 위의 책, 243쪽.
199 찰스 샌더스 퍼스, 『퍼스의 기호 사상』, 김성도 편역, 민음사, 2006.
200 위의 책, 162~180쪽.

공간 개념을 활용할 예정이다.[201] 르페브르에 따르면, "폭력과 전쟁에 의해서 생산된 추상 공간은 정치적이며, 국가에 의해 창설되었고, 따라서 제도적"[202] 인 공간이다. 그래서 그곳은 폭력과 자본, 정치와 제도가 생산하는 구현물이며, 인간 주체의 의식을 포섭하는 근(·현)대적 공간을 함축하는 곳이다. 추상 공간은 기하학적인 요소, 광학적인 요소, 남근적인 것을 통해 구성되고 이미지, 거울, 신기루의 환상을 선사하는 장소이다. 나아가 분리감과 이중성을 자아내는 모순적인 공간이라서, 이수명 시에 두드러지는 이중성 및 모순을 파악하는 데 용이할 것이라고 판단된다. 르페브르의 추상 공간 개념은 상징계와 상상계와 실재계를 통해 시적 현실을 살피고자 하는 이 글의 기획 아래서, 분석의 필요에 따라 활발히 인용할 계획이다.

성미정 시의 패러디를 살피기 위해 김준오와 정끝별의 『시론』을 활용할 예정이다. 김준오에 따르면, 패러디는 탈중심주의 문학관과 포스트모더니즘 시학의 핵심이다. 특히 패러디는 "친밀감과 적대감, 닮음과 차이의 양가적 태도"[203]를 본질로 삼고 "과거(전통. 원전)를 소중이 간직하면서도 과거에 의심을 품으며, 과거의 권위를 정립하면서도 이를 위반하는 전략"[204]을 수행하는 장르이다. 그리고 정끝별에 따르면, 패러디는 패러디스트의 태도에 따라 모방적 패러디, 비판적 패러디, 혼성모방적 패러디로 구분된다.[205] 성미정의 시는 "원텍스트의 권위와 규범을 인정하기는 하지만 그 의미를 완전히 새롭게 해석하거나 비판적으로 개작"[206]하는 비판적 패러디에 가깝다. 이상의

---

201 앙리 르페브르, 『공간의 생산』, 양영란 역, 에코리브르, 2011.

202 위의 책, 415쪽.

203 김준오, 「패러디」, 앞의 책, 261쪽.

204 위의 글, 같은 쪽.

205 정끝별, 「패러디, 패스티시, 키치」, 앞의 책, 267~278쪽.

206 위의 글, 265쪽.

패러디 개념을 적용한다면, 성미정의 시적 현실의 세밀한 부분에까지 접근 가능하리라 여겨진다.

따라서 이 글에서는 박상순·이수명·성미정의 1990년대 시를 자크 라캉의 정신분석을 근간으로 하여 초현실주의와 기호, 공간, 패러디 개념을 참조함으로써 박상순·이수명·성미정 시의 의미와, 이를 통해 확인할 수 있는 1990년대 시의 시사적 의의를 면밀하게 검토할 것이다. 그러한 의미에서 부연하고 싶은 바가 있는데, 이 글은 자크 라캉의 상징계·상상계·실재계 및 자아·주체 개념을 통해 세 시인의 시적 현실과 시적 주체를 분석하고, 그것으로 하여금 이들 시인의 시적 성취 및 1990년대 시의 시사적 의의를 반추하고자 하는 것이기에, 라캉의 이외 개념은 필요에 따라 유연하게 활용하려고 한다. 그러므로 라캉의 의외 개념 및 라캉 이외의 학자가 주창하는 개념과 사유는 그의 상징계·상상계·실재계 및 자아·주체 개념을 활용하여 논의하는 데 있어 방해가 되지 않는 범위 내에서 활발히 적용할 것이다.

제2장에서는 박상순의 1990년대 시를 살핌으로써 현실 세계로부터 수행하는 탈주 의식을 고찰하고자 한다. 박상순의 시적 현실은 훼손되는 주체와 붕괴하는 세계, 자아의 형성과 도래하는 타자들, 세계에 개입하고 드러나는 비현실을 통해 나타난다. 이는 법과 질서, 아버지의 세계인 상징계가 표상하는 현실 세계와 거리를 벌림으로써 상상계 이전과 상상계에 도달하는 독특한 모습을 통해 확인된다. 그리고 상징화에 저항하는 실재계는 박상순의 시적 현실에서 비현실로 표상되어 탈주 의식을 증표한다. 이를 종합적으로 검토하여 상징계에서 벗어나 있는 시적 현실을 입체적이며 구조적으로 파악하고자 한다. 기호, 숫자, 그림 등을 통해 고유한 시적 현실을 실현하므로 이 또한 섬세히 점검할 것이다.

제3장에서는 이수명의 1990년대 시를 살핌으로써 도시 공간에서 드러나는 불안 의식을 고찰하고자 한다. 이수명의 시적 현실은 주체의 반복적 배회

와 모순의 도시, 팔루스 표상과 현실화하는 무의식, 표출하는 욕망과 팽창하는 몸을 통해 나타난다. 그의 시적 현실은 도시를 통해 표상되는데, 그곳은 물질적, 상징적 공간이자 상징계·상상계가 구성하고 실재계가 개입하는 정신적 세계이다. 또, 그로 하여금 초래되는 모순과 혼란, 불안 의식의 공간이다. 이수명 시의 주체는 생활의 토대가 되지만 벗어나고 싶은 도시를 배회하거나, 도시의 어딘가에 고독하게 부각됨으로써 드러난다. 그래서 그는 도시에 포섭이 된 주체, 도시를 간파하는 안목을 보여주거나 탈출하고자 표출되는 욕망의 주체 등으로서 등장하고 있다. 이를 나타내는 도시의 풍경과 '나', 팔루스 표상, 팽창하는 몸 등을 종합적으로 분석하여 이수명의 1990년대 시에 나타나는 내밀한 시 의식을 검토하고자 한다.

제4장에서는 성미정의 1990년대 시를 살핌으로써 가족으로부터 전개되는 소외 의식을 고찰하고자 한다. 성미정의 시적 현실은 가족이 초래하는 주체의 타자화, 타자와 현실로부터 배제되는 주체, 환상과 비판적 패러디의 세계를 통해 나타난다. 그의 이야기는 가족과의 유리를 통해 개시된다. 가족은 돌봄과 양육을 수행하지만 불치의 병을 향해 인도하는 폭력과 속박의 존재로 그려지고 있다. 여러 타자와 현실에서도 배제되는 시적 주체는 소외 의식을 적극적, 극단적으로 표출하며 표상된다. 그리고 가혹한 현실을 상영하는 환상과 패러디는 시적 주체의 소외 의식의 연장선상에 놓이는 항거와 비판 의식까지 보여주기에 주목하고자 한다.

제5장에서는 제2, 3, 4장에서 분석한 내용을 총체적으로 검토함으로써 정신분석을 활용하여 확인할 수 있는 박상순·이수명·성미정 시의 의미와 1990년대 시(사)의 의의를 섬세히 정리하고자 한다. 이로써 이 글의 궁극적인 목적과 의의를 갈무리해보고 향후에 이어질 1990년대 시 연구의 가능성과 필요성을 제고해볼 것이다.

박상순 시에서 현실 세계로부터
수행하는 탈주 의식

박상순[1]의 시는 "우리 시의 새로운 방향을 암시하는 매우 전위적이고, 따라서 낯선 느낌"[2]의 시이자, "초현실적인 시풍과 발상의 새로움, 시치미를 떼고 던져놓는 유머"[3]의 시, "시적 언술의 현실적·의미론적 연관을 파괴함으로써 초현실주의적 상상력을 선보인"[4] 시로서 평가받아 왔다. 박상순 시에 관한 연구는 한국 현대시사를 살피는 데에 필수적임에도 불구하고, 그의 시가 자아내는 모호함과 난해성 탓에 진행 상황이 미진한 편이다. 그러나 이 같은 혐의는 그의 시론에서 드러나는 고유한 예술론을 통해 해소의 실마리를 얻을 수 있다고 본다.

---

1   박상순은 1991년 『작가세계』를 통해 등단하였다. 시집 『6은 나무 7은 돌고래』(민음사, 1993; 민음사, 2009), 『마라나, 포르노 만화의 여주인공』(세계사, 1996; 문학과지성사, 2017), 『Love Adagio』(민음사, 2004), 『슬픈 감자 200그램』(난다, 2017), 『밤이, 밤이, 밤이』(현대문학, 2018)를 차례로 출간하였다. 그리고 현대시동인상, 현대문학상, 현대시작품상, 미당문학상 등을 수상하였다.

2   이승훈, 「결핍의 공간에서 태어나는 자아」, 앞의 해설, 95쪽.

3   최승호, 박상순, 『마라나, 포르노 만화의 여주인공』, 세계사, 1996, 표4.

4   이광호, 앞의 글, 613쪽.

박상순에게 시인은 예술가이고, 시는 언어 예술이자 언어를 통해 주조하는 예술품이다.[5] 따라서 그의 시 쓰기는 도구화한 언어를 통해 수행하는 예술의 지난한 여정을 함축한다. 이는 달라진 언어의 기능과 역할을 암시하는 내용이라고 할 수 있다. 왜냐하면, 1990년대 시는 '이전' 시대와 달라진 언어의 역할과 위상을 나타냈기 때문이다. 과거의 언어는 세계를 오롯하게 구현하고 진리를 재현하는 존재의 완고한 통로였지만, 탈근대라는 언표의 자장 안에서, 이를테면 탈중심 및 재구축의 시대라고 일컬어지는 '이후' 시대의 언어는 자의적이고 자립적인 의미의 요소로 축소하였다. 즉 풍부한 의미를 상실한 언어는 시의 한 요소이자 자기 표현의 한 양식으로 전락하여버린 것이다. 그러나 특기해야 할 것은 시를 왜소하고 의미 없는 것으로 폄훼하였다기보다, 시가 품고 있는 역량과 본성을 극대화하는 방향으로의 확장을 확인시켰다는 사실이다. 역설적이게도, 시의 언어는 언어나 텍스트 자체를 지시하여 저의 기능과 역할을 팽창시키게 되었다는 의미이다.

박상순은 이장욱과의 대담에서 "시를 쓰기 시작하면서 '언어'를 먼저 고민한 바는 없다"[6]라는 고백을 한 적 있다. 이것은 시를 구현하는 전지전능한 언어가 아닌, "물감 덩어리"[7] 같은 시의 질료로서의 언어에 주목하였다는 사실을 보여준다. 그의 언어는 시 텍스트의 "표면 구조"를 구성하고 "새로운 의미를 탄생"[8]시키는 시적, 미학적 기능을 수행할 따름이므로, 그것은 박상순이 시로 하여금 희구하는 '이후' 시대의 언어 의식을 나타내는 표시라고 할 수 있다. 그렇다면, 그의 시의 표면에 나타나는 언어와 이미지의 표상체인

---

5   박상순, 「그림카드와 종이놀이」, 이승훈 엮음, 『한국현대대표시론』, 태학사, 2000, 366~367쪽.

6   박상순·이장욱, 「박상순, 혹은 악몽의 마스크를 쓴 남자」(대담), 『현대시』 115, 한국문연, 1999.

7   위의 글, 210쪽.

8   위의 글, 같은 쪽.

기표를 세밀히 추적하여 시적 현실과 시적 주체를 검토하고자 하는 이 글의 의도는 적절하다고 판단된다. 이로써 이 글이 박상순의 시에 팽배하여 있는 난해성과 모호성을 해소해볼 가능성을 획득할 수 있다고 생각된다.

이 장에서는 박상순 시에서 현실 세계로부터 수행하는 탈주 의식을 살펴보고자 한다. 그는 자신을 둘러싸고 있는 상징계의 표상인 현실 세계와 불화함으로써 상상계 이전·상상계·실재계의 현실로 이탈한다. 그래서 박상순의 시적 현실은 상징계를 의도적으로 배제하여 구성되는 현실이다. 그의 시적 주체는 탈주를 수행하여 새로운 주체성, 정체성을 획득하게 되기에, 기존 세계로부터 탈주하고 새로운 세계에 당도하는 시적 주체가 아울러 발견된다. 중요한 것은 그의 시적 현실이 모자이크처럼 존재한다는 사실이다. 박상순 시에서 상상계 이전, 상상계, 실재계는 서로 개입하여 시적 현실을 주조하는 것이 아니라, 각 영역이 독립적으로 구현되어 배열과 구조를 이루므로 특징적이다. 이는 여러 사물이 나란히 등장하거나, 여러 층위의 세계가 함께 배치, 열거되는 모습에서도 확인할 수 있다.

이렇듯 박상순 시의 주체는 각각의 영역과 연동하게 됨으로써 새로운 주체로 화하여 탈주 의식을 효과적으로 표출하기에 이르는데, 그의 시의 '탈주'가 우리가 흔히 일컫는 물리적인 이탈로서 기능하는 것도 사실이지만, 질 들뢰즈와 펠릭스 가타리가 고안한 생성으로서의 탈주 또한 내포하리라는 사실을 전제하고자 한다. 이들의 생성은 곧 '되기(becomning)'인데, 그것은 단적으로 "자기동일적인 상태에서 벗어나 다른 것이 되는 것", 가령 "동물-되기, 여성-되기, 분자적으로-되기"[9] 등을 통해 수행되는 개념이다. 즉 '되기'는 '나'로부터('나'의 몸으로써) 개시되는 새로운 존재로의 모색, 변이를 의미한다. 오형엽

---

9   윤서정, 「'되기'의 과정으로서 몸: 들뢰즈와 브라이도티의 '되기이론'을 중심으로」, 『陶藝研究』 29, 이화여자대학교 도예연구소, 2020, 158쪽. 이 개념에 관한 자세하고 본격적인 설명은 이를 활용하여 정치한 분석을 수행할 제3장의 2절에서 할 것이다.

이 들뢰즈와 가타리의 개념을 활용하여 "박상순의 시가 '아버지/어머니/나'의 삼각 관계, 즉 오이디푸스적 관계망과 가족사 내부의 닫힌 의미망을 근간으로 하여 정신분석적 개념틀을 넘어서는 탈주선을 그"려 "새로운 주체화"[10]를 모색한다고 분석하는 대목은 시사적이다.

박상순 시에서는 현실 세계의 법칙이나 원리를 배반하여, 새로운 정체나 주체가 되고자 도모하는 시적 주체가 뚜렷이 목격된다. 이것이 그의 시에서 가장 중요한 시적 논리를 형성하여 시의 현실로 발현되는 것이다. 오형엽이 벌레-되기, 동물-되기, 회화-되기, 음악-되기, 불-되기 등을 통해 박상순 시의 새로운 주체화를 분석한 바는 적절한데, 이 글에서는 박상순 시의 주체가 수행하는 물리적인 탈주를 통한 새로운 주체성의 형성을 논의할 예정이기에 상이한 측면이 있다. 이 글에서 일컫는 탈주 의식이라 함은 물리적인 이탈과 아울러 새로운 주체로의 탈바꿈을 함축함으로 하여 완고한 질서가 작용하는 상징계의 현실 세계로부터 벗어나 상상계 이전·상상계·실재계의 시적 현실에 당도하는 박상순의 시적 주체의 변모 양상을 일컫고자 함을 밝힌다. 이수명과 성미정의 시가 불안과 소외라는 감정의 한 형식을 통해 환멸과 공황, 고독과 불안의 징후를 배태하는 시대를 예각적으로 인식, 재현, 극복한다면, 박상순의 시는 탈주 의식을 실현하는 수행적 주체를 통해 그것을 고지하는 것이다. 물론 이수명과 성미정의 시가 정서만을 술회하지 않고, 박상순의 시 또한 수행성만을 보여주는 것은 아니지만, 세 시인의 시에서 가장 두드러지는 징후를 이렇듯 체계화하여 섬세히 논의하고자 하는 것이다.

박상순 시에서 아버지는 가까워질 수 없는 대상이자 조화로운 관계를 형성할 수 없는 존재로서 표상되고 시 속에 등장하는 규칙이나 약속은 하릴없이 위반되기에 이르는데, 이는 1990년대 시의 동시대성을 보여준다는 점에서

---

10   오형엽, 「반복, 변주, 변신, 생성」, 앞의 평론, 327쪽.

중요한 논점이 된다. 1980년대가 이데올로기를 비롯한 거대한 힘이 장악한 '아버지의 세계'였다면, 그것이 붕괴하고 난 이후의 1990년대는 아버지를 상실한 '어머니의 세계'를 나타냈기 때문이다.

이남호는 1980년대 초반과 1980년대 후반의 시를 구분한다. 1980년대 초반의 시는 "우상 파괴"의 암시가 두드러졌는데, 이것은 "아버지의 권위에 대한 도전과 멸시"[11]를 의도한 것이었다고 설명한다. 그리고 그는 힘과 권위의 시대가 물러간 이후인 1980년대 후반의 시에서 "편모슬하의 의식"[12]을 읽어낸다. 그것은 시 속에서 "중얼거림"과 "서성거림"[13]의 징후를 통해 포착된다. 이남호의 논의에서 알 수 있듯, 붕괴 "이후"의 시대는 상징적 아버지를 상실한 시대라고 언표할 수 있다. 상실과 붕괴의 시대였던 이후 시대의 시인들은 막연한 불안과 고독에 버거워하였다기보다 시대라는 토대를 딛고 처절한 방황과 의식의 고투를 수행하였다고 판단되는데, 이는 1980년대 후반만의 독특한 양상이 아니라 1990년대를 향해 연장되어 1980년대 초, 중반과 그 이후의 시를 구분할 수 있는 중요한 표지로 수렴된다고 여겨진다.[14]

그러한 의미에서, 박상순의 시적 주체가 수행하는 현실 세계로부터의 탈주는 1990년대라는 토대 위에서 1980년대와 멀어지는 의식적, 무의식적 징후

---

11 이남호, 「偏母膝下에서의 시 쓰기: 80년대 후반 시의 한 특성」, 『문학의 위족 1』, 민음사, 1990, 95쪽.

12 위의 평론, 106쪽.

13 위의 평론, 119쪽.

14 이남호는 "편모슬하에서의 시 쓰기"를 1980년대 후반의 양상으로 거론하지만, 1990년대의 시에서도 포착되는 것이다. 요컨대 1990년대의 탈중심, 탈의미, 탈문맥의 징후라든가, 여성, 생태, 몸으로의 관심 확장이라든가, 단자화된 개인과 왜소해진 주체의 등장은 '이후' 시대의 시 쓰기를 방증하는 요소들이라고 할 수 있다. 이남호의 평론은 1980년대 전반의 시와 1980년대 후반의 시와 1980년대 말미의 시(1990년대의 시)를 얼마간 구분하지만, 시인들은 '이후' 시대의 자장 안에서 흡사하고 연속적인 시 쓰기를 수행한 측면이 분명하다고 사료된다. 아울러 여러 평자, 논자들이 1990년대를 아버지(적 질서)의 부재 혹은 상실 등으로 흔히 언표, 전제하므로 무리한 시각이 아니기도 하다.

를 의미함과 동시에, 환멸과 공황, 고독과 불안을 통해 당대의 주체를 속박하던 1990년대를 떨쳐내려는 다의적 양상이라고 할 수 있다.

1. 훼손되는 주체와 붕괴하는 세계

이 절에서는 박상순 시에서 상상계 이전의 현실을 살펴보고자 한다. 박상순은 훼손되는 육체와 상실하는 자기 인식, 붕괴하는 세계를 통해 이를 표상하고 있다. 이것은 세계와 불화하는 시적 주체의 적극적인 징후이다. 자기라는 감각을 형성하지 못한 현실을 향해 퇴행하거나 회귀함으로써 현실 세계와의 거리감을 확보하고 현실 세계에의 반발심을 확고히 보여주기 때문이다. 특히 박상순 시의 현실 세계가 상징계를 표상한다는 사실은 시사적인데, 왜냐하면, 상징계의 주체는 빗금 그어진 존재, 결여와 결핍의 존재로 언표되기 때문이다. 자크 라캉이 상징계에서는 주체가 아닌 기표가 주도권을 갖고, 주체가 사실은 기표의 효과[15]일 뿐이라고 말하는 대목은 참조의 가치가 크다. 즉 환멸과 공황, 고독과 불안이 만연하던 1990년대의 현실과 당대의 주체가 오롯이 결속하지 못한 채 부조화를 자아내던 사실을 반추해보면, 빗금 그어진 주체가 상징계에 적응, 융화되지 못하고 상징계의 주체로서 제대로 구성되지 못한 채 상상계 이전, 상상계, 실재계로 이탈해버리는 모습은 당대적 주체가 고지하는, 불화 및 부조화라는 동시대성의 내밀한 표시라고 할 수 있기 때문이다.

특히 이것은 다른 시인과 구분되는 박상순 시만의 고유한 양상이기에 주목되는 바이다. 이수명과 성미정의 시 역시 환상을 통해 독특하고 고유한 시적

---

15   김석, 앞의 책, 117~118쪽.

현실을 주조하지만, 그것은 현실 세계를 훼손하고 붕괴하여 극단적, 물리적 탈주를 도모하는 방향을 향해 능동적으로 전개되지 않는다. 즉 모든 대상과 사물이 소거되며 드러나는 상상계 이전의 시적 현실은 박상순의 시를 살피기 위해 가장 먼저 점검해야 할 자리이다. 그의 시는 인위적이고 낯설고 생경한 느낌의 독특한 분위기를 보여주고 있는데, 이 때문에, 시에는 시적 주체의 탈주를 표시하는 증표가 새겨져 있다. 놀라움과 당황함을 표시하는 물음표(?)와 느낌표(!)가 자주 등장하고, 같은 문장을 여러 번 반복하는 이유는 그것에서 비롯한다. 즉 반복이 패턴을 형성함으로써 리듬을 조성하고, 그것이 시의 근간을 이루게 되는 것이라면, 그리고 그것이 시 의식을 효과적으로 드러나게 기능할 수 있다면, 박상순 시에서 반복의 용법과 그 효용은 적절하다고 보인다.

자크 라캉에 따르면, 유아는 약 6개월~18개월 사이에 거울 단계를 체험하게 됨으로써 상상계를 경험하게 된다.[16] 상상계 이전의 현실은 유아의 감각이 제대로 형성되지 못한 모호성과 구분 불가능성, 파편화의 세계이다. 유아는 생후 몇 달 동안, 자신과 주변을 파편화된 덩어리로 인식한다. 실제로 유아는 자기와 주변을 구별할 줄 모르고 자기 육체도 인식하지 못한다. 즉 자아가 결손된 주체는 "조직화되지 못한 순수 상태의 현실 속에", "미분화된 상태 속에 매몰되어 있는 것"[17]이라고 할 수 있다. 이렇듯 박상순의 시적 주체는 훼손되는 주체와 붕괴하는 세계를 통해 상상계 이전의 주체로 탈바꿈하여 탈주 의식을 암시하거나 구체화하기에 이른다.

---

16   자크 라캉, 「나 기능의 형성자로서의 거울 단계: 정신분석적 경험에서 드러난 나 기능에 관해」, 앞의 책, 113~121쪽.
17   자크 라캉, 『자크 라캉 세미나 1: 프로이트의 기술론』, 맹정현 역, 새물결, 2016, 126쪽.

기차가 지나갔다
그들은 피묻은 내 반바지를 갈아입혔다
기차가 지나갔다
그들은 나를 다락으로 옮겨 놓았고
기차가 지나갔다

첫 번째 기차가 아버지의 머리를 깨고 지나갔다
두 번째 기차가 어머니의 배를 가르고 지나갔다
세 번째 기차가 내 눈동자 속에서 덜컹거렸고
할머니의 피묻은 손가락들이 내 반바지 위에
둑둑 떨어지고 있었다

기차가 지나갔다
나는 뒤집힌 벌레처럼 발버둥쳤다
기차가 지나갔다
달리는 기차에 앉아
흰 구름 한 점 웃고 있었다
기차가 지나갔다

—「빵공장으로 통하는 철도」 전문, 『6은 나무 7은 돌고래』

　위의 시에서는 "기차가 지나갔다"라는 문장이 반복되고 있다. 기차가 지나
갈 때마다 아버지, 어머니, 할머니는 차례로 육체의 훼손을 경험한다. 가장
먼저 희생당하는 존재는 아버지이다. "첫 번째 기차"는 "아버지의 머리를
깨고" 지나감으로써 시적 현실로부터 그를 지워버린다. 이렇듯 박상순 시에
서는 빈번하게 아버지를 소거하고 탈락시켜 세계와의 불화를 고지한다. 이

같은 모습은 아버지의 세계인 상징계와 거리를 벌리는 첫 번째 관문과 같다. 「빵공장으로 통하는 철도로부터 21년 뒤」(『마라나, 포르노 만화의 여주인공』)에서는 "하지만 오늘 나는 아버지를 만나서 고백해야 합니다. (…중략…) 내 기차에 깔린 아버지의 식은 얼굴을 향해 말해야만 합니다. 그런데 겨울. 겨울. 기차는 나를 싣고 멈춰 있을 겁니다"라고 고백함으로 하여 시간이 흘러도 화해에 도달할 수 없는 아버지와 '나'의 관계를 보여주기도 한다.

주체가 흔히 아버지를 상징적으로 살해하거나 극복하여 상징계에 포섭되고 참여하는 존재라고 할 때, 위의 시에서 아버지 상실을 나타내는 모습은 시선을 끈다. 조세프 켐벨(Joseph Campbell)에 따르면, 아버지는 "자식이 더 넓은 세계로 나갈 때 마땅히 거쳐 가는 입문식의 사제."[18] 인류의 역사, 전통, 신화에 기록되어 있듯 사내 아이들은 입문식(이니시에이션)을 통해 "자기 상상의 중심(즉 세계의 축)에다 젖가슴 이미지 대신 남근을 세"[19]우게 된다.

박상순의 시적 주체는 그러한 아버지 극복의 서사를 독특하게 구사하여 상징계를 나타내는 현실 세계를 능동적으로 상실하고 다른 현실을 향해 탈주한다. 그래서 그의 시에서 아버지는 극복해야 할 대상으로 표상되면서, 상징계로부터의 퇴행 및 다른 영역, 현실을 향한 안착을 증명하는 대상으로 나타난다. 그런데 위의 시에서는 어머니와 할머니 또한 기묘하게 등장한다. 위에서 보여주고자 하는 것은 단순하게 아버지를 부정하여 수행하는 탈주 의식이 아니라고 보인다. 이는 "어머니의 배를 가르고", "할머니의 피묻은 손가락들이 내 반바지 위에/ 둑둑 떨어지"는 모습을 통해, 모든 타자와의 관계를 상실하고 자신과 주변에 무감해지는 현실을 향해 '나'를 이동시키려는 의도를 보여준다고 사료된다. 자크 라캉에 따르면, 이러한 공격성은 주체가 보여주

---

18 조세프 켐벨, 『천의 얼굴을 가진 영웅』, 이윤기 역, 민음사, 2018, 168쪽.

19 위의 책, 171쪽.

는 장애의 표시이므로 섬세한 주목이 필요하다.

> 생식 기관 제거, 거세, 훼손, 절단, 분열, 할복, 삼킴, 육체의 개복의 이미
> 지, 간단히 말해 내가 분명히 '파편화된 신체의 이마고'라는 식으로 분명히
> 구조적으로 보이는 제목 아래 한데 묶고 있는 이마고가 그것이다.
> (…중략…) 이 점에서 이것은 선진 사회에서 찾아볼 수 있는 인간의 몸의
> 자연적 형태에 대한 존중—이에 대한 생각은 문화적으로 늦게 등장했다—
> 과는 상충된다.[20]

육체의 훼손은 현실에 건강하고 원만하게 참여하지 못하는 주체를 보여주
는 적나라한 병증이다. 박상순의 시적 현실에서 훼손하고 상실되는 육체는
이에 호응한다고 판단된다. 물론 공격성은 상상계의 자아와 관계하지만, 시
적 현실에서 실현된 공격성은 주체는 물론이고 자아의 상실과 세계의 몰락을
추동한다. 즉 "선진 사회에서 찾아볼 수 있는 인간의 몸의 자연적 형태에
대한 존중"과 "상충"되는 몸의 해체는 상징계라는 동시대의 토대로부터 퇴
행을 통해 벗어나고자 하는 정신적, 극단적 모습에 해당한다.

이 같은 위 시의 징후를 보다 소상히 살펴보자면 다음과 같다. 먼저 누구인
지 모를 낯선 "그들은 나를 다락으로 옮겨 놓"음으로써 세계와 단절시키고
있다. "다락"은 타자와의 조우를 가능하게 하는 외부 현실과 대립하는 공간
이므로 중요하다. 예컨대 이수명은 박상순 시에서 공동체로부터 추방당하고
퇴출당하는 주체를 읽어낸다.[21] 그래서 그는 "경찰관, 생선장수, 소설가라는
상징계가" 주체에게 명하는 "파문"[22]에 주목한다. 「빵공장으로 통하는 철도」

---

20 자크 라캉, 「정신분석에서의 공격성」, 『에크리』, 앞의 책, 127쪽.
21 이수명, 앞의 평론, 131~137쪽.
22 위의 평론, 147쪽.

에서의 시적 주체 또한 세계와 분리되고 아버지, 어머니, 할머니의 육체가 차례로 훼손당하는 모습을 목격하기에 특징적이다.

그리고 가족의 육체가 분리하는 장면을 목격한 이후, "나는 뒤집힌 벌레처럼 발버둥" 치기에 이르는 장면은 중요하다. "뒤집힌 벌레"의 모습은 태어난 지 몇 달 되지 않은 유아를 떠올리게 하기 때문이다. 뒤집혀 발버둥을 치는 "벌레"는 몸부림하는 유아처럼 자아도, 주체도 결여되어 있는 모습을 적절하게 비유한다. 나아가 "머리를 깨고", "배를 가르고", "손가락들이" 잘리는 육체의 파편화를 통해 상상계 이전으로 퇴행을 수행하는 시적 주체의 "달리는 기차에 앉아/ 흰 구름 한 점 웃고 있었다"라는 진술도 주목이 필요해 보인다. "흰 구름" 같은 모호한 형상을 묘사하는 것은 상상계 이전의 징후에 해당한다. 자신과 주변을 구분하는 능력이 없는 유아의 현실은 모호성과 구분 불가능성, 파편화의 세계이기에 사물을 인식하는 데에도 영향을 끼칠 수밖에 없다. 그러므로 "달리는 기차에 앉아"있는 모호한 형상의 "흰 구름 한 점"을 포착하여 이윽고 술회하기에 이르는 박상순 시의 주체는, 상징계로부터 탈주하여 상상계 이전의 시적 현실에 당도하는 그의 인식을 상징적으로 재현하는 것이다.

"기차"는 현실 세계의 주체를 우송하거나 현실 세계가 양산하는 사물과 질서를 존속하게 하는 기표인데, 위의 시에서는 아버지·어머니·할머니의 육체를 훼손하고 '나'와 세계의 분리를 의도하는 상징물로 나타난다. 오형엽 또한 박상순 시에서 "기차"를 비롯한 근대성과 기계문명을 표상하는 사물이 폭력의 가해자이자 장소 전환을 가능하게 하는 수단이라는 이중성을 지닌다고 분석한다.[23]

---

23 오형엽, 앞의 평론, 48~52쪽.

새벽 다섯시
다섯 식구가 둘러앉아
밥먹는 놀이를 한다

아빠 A는 한 개 먹고
내 폭탄 아직 안 터졌어
아빠 B가 한 개 더 먹고
내 밥도 아직 안 터졌어
아빠 B가 한 개 더 먹고
내 밥도 아직 안 터졌어
아빠 C가 또 먹으며
내 밥도 폭탄이야
아빠 D도 아빠 E도
내 폭탄도, 내 폭탄도

새벽 다섯시
다섯 식구가 둘러앉아
폭탄 먹는 놀이를 한다
아빠 A가 먹는 것이
하나 터져
배가 펑 늘어나고
아빠 B도 하나 터져
등뼈가 펑 솟아나고
아빠 C도, 아빠 D도
하나씩 펑, 하나씩 펑

아빠 E는

그 중 하나도 터지지 않아

한 개 더 줘, 한 개 더 줘

우리 것은 터졌으니

그만 자자, 그만 자자

A, B, C, D 모두 누워

아빠 잘 자, 아빠 잘 자

아빠 E는 밤새도록

내 폭탄은 왜 안 터져

아빠!

아빠!

아빠!

—「불멸」 전문, 『마라나, 포르노 만화의 여주인공』

위의 시는 아빠 A, B, C, D, E의 "밥먹는 놀이를" 보여준다. 그런데 그들이 먹는 것은 밥이 아닌 "폭탄"이다. "폭탄"을 섭취한 "아빠"들은 몸이 터지고 늘어나고 솟아나지만, 사망하지 않고 생존해 있다. 특히 "아빠 E"는 본인의 밥이 터지지 않았다며 다른 밥을 요구한다. 아빠 A, B, C, D는 "우리 것은 터졌으니 그만 자자"라고 말하며 잠에 빠진다. 이 장면은 시의 제목 「불멸」에서 짐작할 수 있듯 끝나지 않을 영겁의 순간을 소환한다. "아빠"들은 계속하여 밥이라는 "폭탄"을 돌려먹으며 저들의 몸을 부수어놓을 것이며, 누군가는 지속하여 밥을 제공함으로 하여 특유의 현실을 끝도 없이 관조하게 될 것이기 때문이다.

이렇듯 박상순은 상징적 아버지들을 「불멸」의 세계이자 고문과 제의의 현장을 향해 호출한다. 그곳은 "밥"을 빙자한 "폭탄"을 나누어 먹으며 경험하는, 붕괴와 파괴를 반복하는 극한의 현실이다. 이를 통해 아버지는 상징적 죽음을 거듭하고, 시적 주체를 에워싸고 있는 상징적 아버지의 세계인 상징계로부터 수행되는 탈주하고픈 시 의식은 적나라히 암시된다.

마지막 연에 등장하는 "아빠!/ 아빠!/ 아빠!"의 외침은 의미심장하다. "아빠"들의 세계가 지속하다가 마치 자녀의 목소리가 개입하는 듯 여겨지기 때문이다. 그것은 문맥상 "아빠 E"의 외침과 연결된다. 그러므로 "내 폭탄은 왜 안 터져" 이후, "아빠!"를 반복적으로 외치는 "아빠 E"는 상징적 아버지들을 보고 있는 '나'의 대리인이라 볼 수 있다. 그렇다면, "불멸"의 현실에 놓여 상징적인 죽음을 반복하는 "아빠 E"는 일종의 동일화를 경유함으로써 '나'를 대리하여 그것을 홀로 감지하게 되는 것이라고 사료된다. 오히려 아빠 E 역시 아빠 A, B, C, D와 함께 터져 상징적인 죽음에 이르는 것이 마땅하겠지만, 남겨진 자로서 스러지고 허물어져 가는 세계를 목격하는 증인이자 대명사가 되어 동시대의 인식을 몸소 증언하기에 이르는 것이다.

가령 「偏母膝下에서의 시 쓰기」는 아버지를 상실한 상태에서만 수행할 수 없다. 이윽고 "스스로 <아버지 되기>"[24]를 나타냄으로써 강력한 아버지들의 시대를 지나온 이후 시대의 의식을 보여줄 수 있다. "그 아버지는 권력 없고 가난하고 의로운 아버지, 책임감만 있는 아버지, 그렇지만 세계의 구성에 중요한 몫을 담당하는 아버지"[25]일 것이다. 위 시에서 '나'와 "아빠 E"의 비밀스런 연결은 동시대의 진지한 고민이 녹아 있는 중층적인 암시이다. 즉 박상순 시에서 아버지는 1980년대를 강고히 점령하던 아버지와 그의 편린, 1990년대에 도사리던 환멸과 공황, 고독과 불안의 징후를 함축하기에

---

24 이남호, 앞의 평론, 120쪽.
25 위의 평론, 같은 쪽.

이를 떨쳐내고자 하는 '몸'부림은 지극히 진솔하며 처절할 수밖에 없다.

위의 시에서 두드러지는 소재인 몸은 주목해볼 사물이다. 그것은 주체와 현실 세계를 이어주는 첨경이자 당대의 현실에 관한 인식을 확고히 표상, 집약하는 대상이기 때문이다. 나아가 현실 세계로부터 체험과 감각을 수용하고 '나'를 구성하는 몸은 여러 사물과 현상을 해독하는 데 중요한 조건이 된다. 「빵공장으로 통하는 철도」에서 "기차"를 통해 분해에 이른 몸을 넘어, "폭탄"을 통해 훼손하기에 이를 몸은 붕괴하고 사라지는 박상순 시의 현실을 자연스럽게 부상시킨다.

이는 박상순 시의 초현실주의 경향에 호응한다는 사실 또한 짚고 싶다. 초현실주의자는 몸을 분해하고 조작하여 현실의 논리를 배반하기 위해 노력한다. 몸은 의식의 세계를 노정하며 일상과 생활을 영위하는 중요한 물질이지만, 그들은 무의식이나 실재에 닿기 위해 몸을 극복하고 벗어나는 것이다. 그래서 "몸은 절단되고, 왜곡되고, 다른 이질적인 요소와 융합되며, 과장되게 표현"되거나 "자유로운 상상력과 새로운 비전의 탁월한 표현체로 기능하"[26]게 된다. 이렇듯 박상순의 시에서 해체되고 상실되는 몸은 상상계 이전의 현실을 보여주는 표상이면서 그가 포함되는 초현실주의 경향을 암시하는 중요한 자료체이다.

아내가 그린 그림 속에서 외눈박이 금붕어가 뛰어나온다. 나는 금붕어를 두 손에 받쳐들고 그림 속으로 들어간다. 그림 속에는 눈이 내리고 붉은 표지판들이 눈발에 묻히고 있다. 나는 표지판을 따라 들판을 가로지른다. 외눈박이 금붕어가 꿈틀거린다.

---

26   조윤경, 『초현실주의와 몸의 상상력』, 문학과지성사, 2008, 26쪽.

외눈을 껌뻑인다. 내 눈꺼풀 위로 눈발이 자꾸 달라붙는다. 나는 계속 표지판을 따라 눈 덮인 들판을 간다. 바람이 눈보라를 밀치며 금붕어에게 묻는다.

　─저 사람은 누구니?

　표지판의 기둥들이 눈 속에 점점 묻힌다. 그래도 나는 들판을 가로지른다. 그 동안 내 아내가, 커다란 붓을 들고 눈 덮인 들판의 표지판을 지운다. 눈보라도 지운다. 나의 귀가, 나의 팔이,

　나의 한쪽 눈이 지워진 눈보라에 묻힌다. 반 토막의 내가 외눈을 뜨고 눈덮인 들판을 간다. 아내가 다시 반 토막의 나를 지운다. 들판의 눈을 지운다. 아내의 발 밑에서 외눈박이 금붕어가 꿈틀거린다.

─「지워진 사람」 전문, 『6은 나무 7은 돌고래』

　위의 시는 "그림 속에" 들어간 '나'의 모습을 보여준다. "그림"은 말 그대로 회화의 세계이며, 물감이라는 소재를 통해 실현하는 또 하나의 현실이다. 그러므로 시 속 "그림"은 한 폭의 사건을 통해 시적 주체의 징후를 드러내고 현상하는 고유한 시적 현실을 지시한다. '나'는 "아내가 그린 그림 속에" 들어가 계속해서 걷고 있다. "아내"의 손길을 따라 표현되는 눈과 눈보라는 "그림"의 현실을 뒤덮으면서 "그림"을 구성하는 다양한 기표를 지우기에 이른다. "표지판"이 사라지고 "나의 귀"와 "나의 팔"과 "나의 한쪽 눈"이 차례로 소거된다. 이윽고 "반 토막의 나를 지"우게 되는 "눈"은 "아내"로부터 기원하는 시적 현실의 붕괴를 확정한다.

　다른 시 「눈 덮인 추억의 의자」에서도 "눈"은 모든 것을 덮어버려 세계의 상실을 견인하기에 인상적이다.

별 하나가 떨어지고
나는 의자에 앉아 편지를 쓴다
별 떨어진 하늘에서 눈이 내린다

(…중략…)
내 추억의 발소리를
눈 덮인 창밖에서 다시 들으며
편지를 쓴다

―「눈 덮인 추억의 의자」 부분, 『6은 나무 7은 돌고래』

"별 떨어진 하늘"은 빛이 사라져 어둡게 물든 공허의 세계를 암시하고, "눈 덮인 창밖"은 모든 사물을 덮어버린 소거된 세계를 환기한다. 하늘과 지상은 흑과 백으로 물든 채, 사라지고 상실된 현실을 표상하기에 적절하다고 여겨진다. 따라서 시적 주체가 쓰고 있는 "편지"는 세계의 소실과 종말을 기록하는 묵시록에 가까울 것이다. 이렇듯 박상순의 시적 현실은 다양한 현상을 통해 현실 세계의 상실과 붕괴와 소거를 나타내 1990년대적 현실과 주체를 부상시킨다.[27] 그러므로 「지워진 사람」에서의 "눈보라에 묻"혀 가는 '나'의 육체와 하얗게 지워져 가는 시의 현실은 모호성과 구분 불가능성, 파편화의 상상계 이전에 해당한다고 볼 여지가 크다. 중요한 것은, 시의 주체는 아내를 통해 그가 처해 있는 현실 세계의 소거와 분리와 훼손을 경험한다는 사실이다.

위 시에서의 "아내"와 '나'는 2자의 관계를 형성하는데 이것은 상상계의

---

[27] 「눈 덮인 추억의 의자」의 연작인 「내 마지막 의자」(『6은 나무 7은 돌고래』, 54~55쪽)에서는 "눈"과 유사한 "비"가 '나'와 조응하는 사물인 "냉장고"를 떠내려가게 함으로써 소실되고 붕괴하는 세계를 보여준다.

특징이다. 그러므로 모든 사물과 대상이 사라지고 있는 "그림"이 상상계 이전의 현실을 보여준다면, "아내"가 "그림"을 그리고 있는 현실은 상상계의 현실을 암시한다고 볼 수 있다. 이 때문에, '나'와의 상상적 관계에 놓이는 "아내"가 마땅히 정서적 충만함을 선사하여야 하지만, 주체의 훼손과 세계의 붕괴를 추동하여 '나'의 퇴행과 탈주를 견인한다는 사실은 수상한 것이다. 「지워진 사람」의 "아내"와 "붓질"은 「빵공장으로 통하는 철도」의 "그들"과 "기차"에 상응한다고 판단된다. 그렇다면, 상상계 이전의 현실을 추동하는 "아내"는 상징계로부터 탈주하(려)는 시적 주체를 인도하는 또 한 존재로 볼 수 있다.

이처럼 박상순 시에는 "할머니" "어머니" "아내" 등과 적극적으로 갈등하는 모습이 적지 않게 발견된다. 「빵공장으로 통하는 철도로부터 4년 뒤」(『6은 나무 7은 돌고래』)에서는 "젊은 여자"에게 뺨을 맞는 '나'가 등장한다. "나는 거미가 되고/ 너는 개구리가 될거야'라는 오인과 (상상적) 동일시를 보여주는 해당 시는 "집"에 불을 놓음으로 하여 현실 세계에의 거부감을 극단적으로 형상화한다. 엄마라고 여겨지는 "젊은 여자"는 '나'의 뺨을 때린 뒤 "얼굴을 파묻고 울고", "젊은 여자"는 결국 "처음 본 젊은 여자 하나"로 수식되면서 괴리를 확증하게 된다. 상실하거나 붕괴하거나 불을 놓아 실현하는 상상계 이전의 현실은 아버지를 비롯해 어머니 역시 상실해버리는 영역이다. 즉, 그 상실은 '나'와 가족의 몸을 붕괴함으로써 이들을 잃어 실현될 뿐만 아니라, '나'가 그들과 적극적으로 갈등하고 절연함으로써 수행되기도 하는 것이다.

그리고 「지워진 사람」은 "그림"이라는 소재를 통해, 상상계 이전과 상상계의 현실이 한 텍스트 안에 중첩되어 있는 모습을 연출하기에 독특하다. 박상순의 시적 현실은 한 텍스트 안에서 여러 이미지와 상징이 배열과 구조를 이루면서 서로 다른 시적 현실을 지시하거나, 개개의 텍스트가 고유한 시적 현실을 현상하면서 그것이 배열을 이루면 모자이크 같은 거대한 시 세계를 이루도록 한다. 그래서 그의 시는 상상계 이전과 상상계와 실재계를 통해 실현하는 모자이크이자 집적체이자 파노라마 같은 중층적 세계를 나타낸다. 그의 시집에 연작시가 다수 수록되어 있고, 여러 이미지와 상징이 상호텍스트성을 띠며 시 의식을 입체적으로 전개하는 것 또한 이 때문이라고 여겨진다.

아울러 박상순은 그의 시론에서 "시"는 "내면적 복합체로 존재"[28]한다고 설명한다. 그리고 그는 "내면적 복합은 놓여 있는 광경과, 대상과 선택된 광경 및 대상, 그리고 선택의 내부에 존재하는 선택자의 의식 그리고 의식의 과정에서 심미적 대상으로 변모한 또 하나의 광경 및 대상의 전체를 잇는 과정이"[29]라고 덧붙이고 있다. 그의 복합적, 중층적 시적 현실을 들여다보고 톺아보는 작업이야말로 "내면적 복합체"로서의 시를 개시해보기 위한 긴요한 접근이라고 판단되기에, 이 글에서 이를 성실히 분석하고자 분석의 틀을 고안하여 논의를 전개하는 것은 개연적이라고 할 수 있다. 박상순의 시적 현실을 상상계 이전·상상계·실재계에 각각 대입하여 분석하는 이 글의 방법론은 특이하게 구성되며 펼쳐지는 그의 시를 간파해볼 주효한 방책이자 전략이리라 본다.

마지막으로 "외눈박이 금붕어"는 주목해볼 기표이다. 그것은 '나'의 대리물이자 이마고이기 때문이다. 자크 라캉의 이마고는 자아의 획득을 위해 필요한 타자와 이미지를 함축한다. '나'는 시가 진행되는 동안 사라지고 희미해지지만, "외눈박이 금붕어"는 상상계의 현실에서 지속하여 꿈틀거리고 있다. 「가짜 데미안」(『6은 나무 7은 돌고래』)에서의 '나'는 외눈박이로 표상되는데, 박상순 시의 상호텍스트적 특질을 고려한다면 "외눈박이 금붕어"는 '나'를 상징한다고 추론할 수 있다. '나'는 "그림"의 내부에서는 훼손하고 사라지

---

28 박상순, 앞의 글, 367쪽.
29 위의 글, 같은 쪽.

고 붕괴하는 상상계 이전의 현실에 처해 있지만, "그림"의 외부에서는 '나'의 이마고인 "외눈박이 금붕어"와 2자 관계를 형성하는 "아내"를 통해 상상계의 현실을 오롯이 나타낸다.

　　자전거가 있었다. 세발자전거가 있었다. 여러 개의 방을 가진 집이 있었다. 여인이 있었다. 밤마다 방을 옮겨 잠드는 여인이 있었다. 아저씨가 있었다. 여러 개의 방을 가진 여인에게 아저씨가 있었다. 마루 밑에 숨어 있는 내가 있었다. 밤마다 마루 밑을 빠져나와 자전거에 오르는 내가 있었다.

　　아저씨는 밤마다 방을 찾았다. 여인은 매일 밤 방을 바꾸고, 아저씨가 여인의 방을 찾아 잠들 때까지 나는 자전거에 숨죽여 앉아 있었다. 아저씨가 잠들면 나는 페달을 밟고 밤의 침묵 위로 구름처럼 떠올랐다. 나는 힘차게 페달을 밟았다. 내 바퀴 아래 밤의 침묵이 부서지는 소리가 났다. 나도 자전거 위에서 삐걱이는 소리를 냈다.

　　아저씨가 눈을 뜨고 여인에게 물었다.
　　─이게 무슨 소리야?
　　─비가 오는가 봐요.

　　잠에 취한 여인이 귀찮은 듯 대꾸했다. 나는 슬며시 자전거에서 내려왔다. 마루 밑에 숨었다. 아저씨가 잠들고 아침이 왔다. 낮 동안 내 마루는 뜨겁게 데워졌다. 여인은 분주하게 내 머리 위에서 쿵쾅거렸다. 나는 움직임을 멈추고 마루 밑에 있었다. 자전거는 아무도 타지 않았다. 자전거 위로 어둠이 한 겹씩 덮이기 시작했을 때 여인은 오늘의 방을 결정하였다.

술에 취한 아저씨가 여인의 방을 찾았다. 여인은 잠들었다. 방은 너무 많았다. 아저씨는 화가 났다. 지쳐 버린 아저씨는 여인을 포기한 채 빈방에 누워버렸다. 나는 마루 밑을 빠져나와 자전거에 앉았다. 나를 태운 자전거가 어둠 위로 떠올랐다. 나는 페달을 밟았다. 페달을 밟았다.

나팔꽃 덩굴이 무너졌다. 보름달이 부딪치고 별들도 내 자전거에 부딪쳐 요란스레 떨어졌다. 여인이 잠속에서 달려나왔다. 나는 얼른 자전거에서 내려왔다. 마루 밑에 숨었다. 여인이 떨어진 별들을 밟고 자전거 주위를 맴돌았다. 아저씨가 문을 열고 나왔다.

아저씨가 여인을 향해 소리쳤다.―저놈의 자전거 좀 버려! 버리란 말이야. 여인이 아저씨에게 항변했다. 여러 개의 방들이 말다툼 소리로 가득찼다. 아저씨는 여러 개의 방에 대해 불평했다. 여인은 여전히 소리 높여 따졌다. 씩씩대던 아저씨는 여인의 얼굴을 향해 자전거를 던졌다. 여인이 쓰러졌다. 자전거 바퀴마다 피가 흘렀다. 쓰러진 여인을 밟고 아저씨는 집을 떠났다.

여인이 머리에 붕대를 감고 집으로 돌아왔다. 여러 개의 방 중에서 한 개의 방을 택한 뒤, 여인은 피 묻은 옷을 벗었다. 옷을 벗던 여인은 젖꼭지 한 쪽이 없어진 걸 알게 되었다. 여인은 자전거 앞으로 달려나왔다. 떨어진 젖꼭지를 찾아 쓰러진 자전거 주위를 맴돌았다. 꼭지를 잃은 여인의 젖가슴이 출렁거렸다.

개미 한 마리가 여인의 젖꼭지를 굴리며 마루 밑으로 들어왔다. 나는 개미에게서 젖꼭지를 빼앗았다. 반항하는 개미를 잡아 내 입 속에 털어넣어

버렸다. 나는 여인의 젖꼭지를 마루 밑에 파묻기로 하였다. 여인의 어머니가 나를 이 마루 밑에 묻어버린 것처럼……

자전거 옆에 주저앉은 여인이 일어섰다. 자전거에 얼룩진 핏자국을 닦아 냈다. 자전거를 들고 안으로 들어갔다. 여러 개의 방 중에서 하나를 골라 자전거를 내려놓았다. 젖꼭지를 잃은 시름을 잊으려는 듯, 집나간 아저씨를 잊으려는 듯, 여인은 일찍 잠에 들었다. 그날 밤 나는 자전거를 찾아 한참 동안 빈방들을 헤매야 했다.

가방을 들고 여인은 문 밖으로 나왔다. 모든 방의 문을 잠그고 집을 떠났다. 며칠 동안 나는 여인을 기다렸다. 여인은 돌아오지 않았다. 나는 마루 밑에서 기어나와 빈 마당에 서성였다. 아무도 오지 않았다. 나는 마루 밑에 묻어둔 여인의 젖꼭지를 꺼냈다. 흙 묻은 젖꼭지가 시들고 있었다.

나는 자전거를 찾기로 했다. 열쇠구멍을 통해 자전거를 보았다. 잠겨진 문고리를 비틀었다. 방문을 두드렸다. 문은 부서지지 않았다. 나는 흙 묻은 젖꼭지를 열쇠구멍 속에 집어넣고 마루 밑으로 되돌아왔다. 마루 밑에 누웠다. 내 얼굴 위로 흙더미를 덮었다.

흙더미 속으로 시간이 흘렀다. 여러 개의 방들이 하나씩 무너졌다. 모든 방이 무너졌다. 자전거도 흙속에 묻어버렸다. 내 얼굴 위로 마루 또한 무너졌다. 장마비가 내렸다. 나는 더 깊은 흙 속으로 빠져들었다.

장마비가 내렸다. 비 속에 자전거가 있었다. 비 속에 아저씨가 있었다. 비 속으로 떠나가는 여인이 있었다. 젖꼭지가 있었다. 자전거가 있었다.

나를 이곳에 처음으로 파묻은 누군가가 있었다. 내가 있었다. 여러 개의
방을 가진 폐허가 내게 있었다. 하늘 아래 파묻힌 사람들이 있었다.

　　　　　　　　　　　　　　　－「폐허」 전문, 『6은 나무 7은 돌고래』

　위의 시에는 "아저씨", "여인", "나"가 등장한다. 이것은 자연스럽게 삼각
의 구도를 형성한다. 특히 아저씨와 여인의 불화, 시들어 버리는 젖꼭지 등은
자크 라캉이 말한 오이디푸스 콤플렉스의 극복 과정을 통해 해명할 수 있어
보인다. 그런데 위의 시는 오이디푸스 콤플렉스가 좌절, 굴절되어 나타나는
것이다.[30] "여인"과 '나'의 상상적 결합과 일체감이 훼손되어 있으며, 오이디
푸스 콤플렉스의 극복 과정인 상징화의 과정 역시 나타나지 않기 때문이다.
자크 라캉은 상징화의 과정, 즉 오이디푸스 콤플렉스의 극복을 부성 은유라
고 일컫는다. 그에 따르면, 부성 은유는 어머니의 품인 상상계에서 벗어나
아버지의 세계를 향해 인도되어 상징계의 주체로 구성되는 것을 의미한다.[31]
위의 시에는 부성 은유의 좌절을 통해, 현실 세계로부터의 탈주를 수행하는
시적 현실이 현상되고 있어 독특한 분위기를 연출한다.

30　손진은과 허혜정의 평론, 이승훈의 해설에서도 「폐허」는 오이디푸스 콤플렉스의 좌절을
　　통해 분석된다. 그러나 이들의 시 분석은 이 글에서 수행하는 「폐허」의 분석과 차이를 나타
　　낸다. 요컨대 손진은은 '아저씨'가 상징계를 부정하는 역할을, '여인'이 창녀의 이미지로서
　　아버지의 세계로부터 보호해주는 역할을, '젖꼭지'가 '대상 a'를, '자전거'와 '마루'가 현실
　　원칙과 쾌락원칙을 의미한다고 본다. 허혜정은 '폐허'가 엄마와 아이의 일체성을 보여주는
　　장소이자, "유아적 사디즘과 광적인 에로티즘의 원형적 형식을 발견"(허혜정, 앞의 평론,
　　153쪽)할 수 있는 곳이라고 본다. 이승훈은 정신분석학을 넘어 사회학적 문맥을 참조하여,
　　'폐허'가 "충족을 표상하는 <어머니>"와 "현실원칙을 그러니까, 법을 표상하는 <아버지>
　　도 사라진 시대의 삶을 표상한다"(이승훈, 앞의 해설, 101쪽)고 진단한다. 특히 이승훈의
　　논의는 이 글의 해석과 근접해 있다고 판단된다. 그러나 '자전거'가 황홀과 자유를, '젖꼭
　　지'가 유년의 행복을 의미한다는 분석은 이 글과 분석의 결을 달리한다. '아버지'와 '어머
　　니'가 죽어버린 시대에, 아저씨와 여인이 이들을 대리하는 존재로서 드러나는 것이라고
　　보는 지점도 다른 해석이다.
31　김석, 앞의 책, 129~138쪽.

‘나’는 그에 관련하는 여러 징후를 보여주고 있다. 먼저 "아저씨"와 "여인" 만이 "방"에서 생활하고, ‘나’는 마루에서 생활하는 모습을 나타낸다. 이로써 두 사람과 화해롭고 평화로운 관계를 형성하지 못하는 시적 주체의 고독과 불화를 확인할 수 있다. 다음으로, "밤"이 되어서야 세계와의 아득한 거리를 자아내며 "자전거"를 타는 ‘나’를 나타내고 있다. 여기에서의 "자전거"는 앞 시의 "기차"와 다른 의미를 내포한다. 박상순 시에 등장하는 기차를 비롯한 비행기·엘리베이터·승강기 등은 ‘나’와 친근성을 획득하지 못하지만 "자전거"는 나와 감응하는 몇 안 되는 사물이다.

"자전거"가 세 발이라는 사실은 중요하다. "세발 자전거"를 통해 "밤"을 종횡하는 시의 주체는 아저씨-여인-‘나’를 통해 구성되는 삼각의 구도에 종속되어 있다는 암시를 주기 때문이다. 이윽고 "씩씩대던 아저씨는 여인의 얼굴을 향해 자전거를 던"져버리고 그렇게 "쓰러진 여인을 밟고 집을 떠나" 버리는데, 여인이 "자전거를 들고 안으로 들어"가 버리기에 이르는 일련의 과정은 다분히 상징적인 것이다. 그로써 "세발 자전거"를 잃어버리게 되는 ‘나’는 연약하게 유지되어오던 상징계, 현실 세계와의 결별을 선고받고는 아버지, 어머니와의 절연을 실감해낸다.

결국 3자 관계의 현실 세계는 완전하게 와해하고 ‘나’는 "흙더미 속"에 몸소 유폐되어 주체로서의 능동성과 정체성을 상실한다. 「폐허」의 시적 현실은 육체도, 자기 인식도, 세계도 상실해버린 모호성과 구분 불가능성과 파편화로 "폐허"가 된 세계이다. 시의 마지막 연에서는 "장마비"가 내리기 시작하는데, 비속에는 "자전거" "아저씨" "여인" "젖꼭지" "나를 이곳에 처음 파묻은 누군가" "나"가 차례로 등장하기에 기이하다. 상징계의 잔상을 편린처럼 시의 문면에 배열함으로 하여 잔해와 파편, ‘이후’ 시대인 1990년대를 재현하고, 붕괴와 탈주 이후 ‘나’의 모습을 각인하는 효과를 준다.

이렇듯 아버지-어머니-‘나’의 관계를 (적)극적으로 허물어버리는 위 시의 구도는, 질 들뢰즈와 펠릭스 가타리가 말하는 '안티 오이디푸스'를 통해 보다 분명히 분석할 수 있어 보인다. 마단 사럽(Madan Sarup)에 따르면, 그에 관한 들뢰즈와 가타리의 주장은 아래에서처럼 요약할 수 있다.

우선 오이디푸스 콤플렉스는 보편적인 것으로 제시되므로 어떤 해석이든 결과가 이미 알려져 있다. 프로이트는 단지 예리한 통찰력이 있는 사람이었을 뿐이다. 즉 그는 그의 해석의 예측 가능한 특성을 알아보았다. 둘째, 환자의 풍부한 산물들이 미리 만들어진 설명들로 축소된다. 따라서 프로이트적 해석은 일종의 억압이다. 셋째, 오이디푸스 콤플렉스에는 가부장적 편견이 있다.(욕망은 남성의 성기로 환원된다.)[32]

위 인용에서, 세 번째 주장에 주목하고자 한다. 오이디푸스 콤플렉스라는 '가족 로맨스'에 "가부장적 편견이" 스며 있으며, 그 극복 과정인 부성 은유가 아버지에의 굴복을 내포한다고 할 수 있다면, 주체는 이러한 일련의 서사를 전복해냄으로써 '나'를 둘러싼 모종의 세계와 확실히 절연해낼 수 있으며, 그 세계는 유지될 수 없어 이윽고 붕괴할 수밖에 없는 것이다. 특히 아버지뿐만 아니라, 어머니와도 결별하여 현실 세계를 완전히 상실해버리는 위의 시는 상당히 극단적이나 상징적이라고 할 수 있다. 즉 들뢰즈와 가타리가 "상징계(언어, 구조, 사회)로의 이행을 상실이라고 여"기고 "구조와 사회로의 진입"을 "비극으로"[33] 환원할 때, 위 시의 현실은 현실 세계로부터 탈주하여 새로운 정체성, 주체성을 획득하는 수행적 주체의 면모를 적절히 나타낸다고 할 수 있다.

---

32   마단 사럽, 『후기구조주의와 포스트모더니즘』, 전영백 역, 서울하우스, 2005, 156쪽.
33   위의 책, 157쪽. 들뢰즈와 가타리가 상징계를 부정할 뿐만 아니라, 상상계의 정치를 구상하고 주창한다는 사실 또한 중요하다고 본다.

그러므로 짚어보아야 할 것은, 시적 주체가 「폐허」의 현실로 무책임하게 도피하여 현실 세계와 단절해내는 바가 아니라는 사실이다. 가령 3자(삼각) 관계와 함께 현실 세계가 허물어진 이후, 박상순 시의 주체는 상징계를 표상하는 현실 세계의 사물을 "있었다"라는 과거 시제의 서술어로 열거해봄으로 하여 과거와 단절해내는 '나', 새로운 정체성을 획득하는 '나'로 변모함을 확고히 보여준다. 이는 시적 주체의 나약함을 드러내는 것이 아니라, 선명하고 용기 있는 탈주의 한 방식을 나타낸다고 본다. 그리고 위의 시에서 아버지와 어머니를 "아저씨"와 "여인"이라고 표상하던 것 또한, 거기에 현실 세계와의 부조화 및 이윽고 수행될 탈주 의식이 잠재하여 있던 것이라고 할 수 있다.

　그렇다면, 박상순 시에서 붕괴함으로써 현현하는 현실 세계는 동시대의 징후와 자연스럽게 매개될 수 있다. 거대한 힘 간의 대결과 투쟁의 시대가 마감된 이후, 파편화한 현실에서 환멸과 공황, 고독과 불안을 곱씹는 1990년대의 주체는 위 시의 파묻힌 '나'의 고백과 무관할 수 없기 때문이다. 모든 관계가 끊어진 이후, 스스로 마루 밑에 들어가 흙을 덮고 "흙더미 속으로 시간이 흘렀다"라고 진술함으로써 시적 주체가 느낀 질곡의 시간을 표출하는 대목은 씁쓸하고 애잔하며, 진한 회의감과 비장미까지 느껴지게 하는 것이다.

　그런데 주체는 세계의 붕괴를 통해 탈주 의식을 확고히 표출할 뿐만 아니라, 언어의 분쇄를 통해서도 그것을 드러낼 수 있을 것이기에 참조하고자 한다. 가령 주체에게 언어는 뗄 수 없는 요소이고, 언어(시니피앙)가 주체를 구성한다고 일컬어지듯 환멸과 공황, 불안과 고독으로 하여금 고통을 겪고 상징계의 현실 세계로부터 탈주하는 시의 주체는 상징계의 표징인 언어의 분쇄와 파괴를 현상해낼 수밖에 없는 당위성 또한 있는 것이다. 박상순 시의 주체 역시, 상상계 이전의 주체이자 상실의 주체라는 새로운 정체성으로 갱신하는 모습을 말과 언어의 와해를 통해서도 고지하고 있다.

전화-나의 이름-지우고 싶은-바뀐 뒤에도-불리어 질-이름-바꾸지 못하고-그-이름에게-온-전화-춤-에 대해-시 한 편-쓸 수 있을까-나는-움직이지 못한다-날으는 물고기-코끼리-흘러가는 구름-하지만-이름을 고치는 대신-나는 움직임을- 거부했었다-행동의 죽음.

죽음으로 사는-길-갔다-들었다-끌려갔다-무거운 짐을 메고-넘었다-이름만이-남아서-생각만이-남아서-흔들리고-떠밀리다-오늘-전화-쓸 수 있겠지-생각으로-생각에도-몸이 있다면-거절하고-거부하고-생각만으로.

미치지도-살지도-태어나지도-않은-내-몸 속에-들어와-움직여-줄-날으는-거대한-가위가-내게-있다면-춤출 수도-있겠지-하지만-길-가는 길-밀려나고-끌려간-죽음의 길-위에서-내 몸은-내 몸 속에 숨어 있는-또다른 몸에게-약속했었다-행동의-죽음.

하지만-나의-길-이렇게-끝나기 전에-한 번 -내가 만든-가-가위로-내 목을-스스로-잘라-버리기-전에-꼭 한 번.

누구일지-모르지만-한 사람-여인의 춤-먼 발치에서-보고-끝맺을-약속을-내-안에-마지막으로-심어-두었다-그런데-이-마지막-약속-지킬 수가 있을까-이미-죽은-몸과-함께-내-마지막-약속-지킬-수가-있을까-있을까-오늘-가위를-들고-오늘.

-「춤-약속」 전문, 『마라나, 포르노 만화의 여주인공』

위의 시에는 붙임표(-)가 반복되고 있다. 온전한 발화를 거부하는 시적 주체는 기호를 활용한 문장의 분절을 통해 적극적으로 표상된다. 진술과 발화로 대표되는 언어의 구사는 상징계의 특징이다. 상징계의 주체는 언어를 경유하여 자기를 표시하고 타자의 욕망을 주입받으며 무의식의 탄생을 경험하게 된다. 언어는 정신분석학과 문학 모두에서 중요한 요소이다. "정신분석학과 문학은 욕망의 현상학이"며 "이들은 의식의 저항을 뚫고 욕망을 충족시키려는 공동의 목표를 추구한다."[34]

즉 붙임표를 통해 언어를 교란하고 문장을 분절하여 파편적, 해체적 서술시의 극점에 놓이는 위의 시는 상징계의 주체임을 거부하는 몸부림의 확고한 형상화에 해당한다. 자크 라캉의 언급처럼, "말은 기호가 아니라 의미의 매듭"[35]이고 "언어는 미묘한 몸체(corps)"[36]이므로 말의 몸체를 풀어놓은 위의 시는 시적 주체의 징후와 그 의미를 톺아볼 수 있는 중요한 단서라고 할 수 있다.

위 시의 주체는 "움직임을-거부"하고 있다. 그리고 이름을 바꾸려는 시도가 좌절된 채, 바꾸려던 그 "이름에게-온-전화"에 응답하지 않고 있다. "움직임"을 통해 주체성과 능동성을 획득하고, "이름"을 통해 표상되고, "전화"를 통해 소통하는 주체는 건강하고 성숙한 상징계의 주체를 표상할 것이 자명하므로, 위의 시는 이와 철저하게 대비를 이루어 각별하다. 즉 위 시의 주체는 상징계의 주체라는 정체성으로부터 탈피하고자 지속하여 시도하는 것이라고 보인다. 또한 문장의 분절과 움직임의 거부는 번번이 깨지는 "약속"과 결부하고 있어 중요한데, 시의 문면에 드러나듯, 시적 주체는 "약속"을 지킬 수 있을지 자문하고 있다. "약속"은 스스로와 맺은 연약한 계약이지만 그것이 내포하는 소통과 약속의 속성은, 시적 주체가 현실 세계를 표상하는

---

34 이혜원, 「한용운 시에서의 욕망과 언어의 문제」, 『국어국문학』 120, 국어국문학회, 1997, 204쪽.

35 자크 라캉, 「심리적 인과성 강연」, 앞의 책, 196쪽.

36 「정신분석에서의 말과 언어의 기능과 장」, 위의 책, 352쪽.

상징계에 소속하여 있음을 암시한다. 그러므로 그 약속을 거듭 부정하는 듯 보이는 시적 주체의 언술은 상징계를 상실해내고자 하는 시 의식을 보여준다고 할 수 있다. 가령 「소녀를 만나다, 스탬프를 찍다」에는 아래와 같은 진술이 등장하고 있다.

> 편지 쓰지 않기, 구멍 내지 않기, 뚜껑을 열지 않기, 팔을 뽑지 않기, 내장을 꺼내지 않기, 고양이 수염을 자르지 않기, 스탬프를 찍지 않기, 머리에 바퀴 달지 않기, 두 귀에 불지르지 않기, 가위로 목자르지 않기, 기차 타지 않기, 빵 먹지 않기, 못박지 않기, 빈 욕조에 들어앉지 않기, 피 뽑지 않기, 물통을 쓰지 않기, 굴뚝에 올라가지 않기, 항아리를 깨지 않기, 가로수를 먹지 않기……
> ―「소녀를 만나다, 스탬프를 찍다」 부분, 『마라나, 포르노 만화의 여주인공』

박상순 시의 주체는 여러 편의 시에서 약속을 위배하고 파기한다. 위의 인용 또한 참조하자면, 그의 시는 상징계의 고유한 질서를 위반하고 새로운 약속을 창안하여 상징계가 표상하는 현실 세계로부터의 탈주를 실현하려 한다고 판단된다. 나아가 이에는 기존의 질서 및 가치, 나아가서는 당대의 현실이 투영되어 있는 현실 세계에 대한 회의가 스며 있다고 본다. 이렇듯 「춤―약속」에서의 탈주 의식은 붙임표에 응축되어 텍스트를 해체하고 상상계 이전의 현실로의 퇴행을 지시하게 되고, 비로소 현실화할 수 있는 것이다.

그러므로 개연적으로, 「춤―약속」의 '나'는 "가위로―내 목을―스스로―잘라―버리"기를 소원하고 스스로 언약해보지만 그 또한 지키지 못하게 되리라고 판단된다. '나'의 몸은 "이미―죽은―몸"이고, 일종의 몸체인 언어가 기호를 통해 파편화하여 "이미―죽은―몸"을 지시하고 있기도 하기 때문이다. 다시 말해, 위의 시는 상징계의 주체의 죽음을 지속하여 암시하고 게시함으로써 전개되고 있다고 보인다. 즉 박상순 시에서 일관되게 드러나는 상징 계로부터 탈주하여 자기를 상실하고 세계를 붕괴하는 상상계 이전의 현실에 놓이는 시적 주체는, 언어의 분절을 활용하여 탈주의 한 극단이라고 사료되는 상징적 죽음을 표출하기에 이르는 것이다. 이 대목은 언어를 몸과 같은 유기체로 파악하는 초현실주의를 참조하도록 한다.

"언어는 초현실주의 작품들 속에서 몸처럼 시인들의 자유의지를 통해 분절되기도 하고 재구축되기도"[37] 하는 대상이다. 그러므로 언어를 분절하고 파편으로 만드는 문학적 작업은 의미의 해체와 산종을 의도할 뿐만 아니라, 언어를 몸으로 환치하여 작가와 작품의 지향을 실현하는 데로 이어질 수 있는 것이다. 자연스럽게 "몸과 언어를 해부하려는 잔혹한 일면은 실상 해방과 발견의 기쁨을 표출"[38]하는 효과를 향해 연장된다. 박상순 시의 주체가 자기의 몸이 소유하는 유기성과 일체감을 포기하고 "목을─스스로─잘라─버리"려는 모습은 문장의 분절과 언어의 파편을 통해 극단적 탈주를 상징적으로 현실화한다. 가령 「빵공장으로 통하는 철도」가 가족의 몸을 훼손하여 탈주 의식을 실현하였고, 「폐허」가 몸을 묻고 세계를 붕괴하여 고통과 탈주를 통한 새로운 정체성을 획득하였다면, 위의 시는 몸을 토막 내듯 언어를 분절하여 그것을 표출하기에 인상적인 것이다.

이렇듯 박상순 시에서 붙임표는 육체의 훼손과 세계의 붕괴를 아울러 표시하는 주효한 기표이고, 시 의식을 응축하며 분절 자체를 도상처럼 지시함으로써 작용하는 기호라는 사실을 추론해낼 수 있다. 단어와 단어, 명사와 조사와 동사의 분절을 통해 해체와 파편을 이미지화하는 위의 시는 탈주의 수행을 텍스트 자체로 제시한다.

---

37   조윤경, 앞의 책, 430쪽.
38   위의 책, 같은 쪽.

나는 숲에 누워 꿈꾼다. 소쩍새가 폭발하는 꿈, 폭발하는 꿈속에서 소쩍새가 우는 꿈; 나는 숲의 꿈이 등장시킨 내 꿈속의; 또 꿈속의 운전사다. 밤이 가면 나는 지워진다. 운전석에 앉는다. 태양 아래 멈춘다.

신호등이 켜진다. 라디오 안테나를 울린다. 창 밖에 보이는 건 꿈같은, 꿈속에 보이는 창 밖 같은, 라디오 전파 속에 들어앉은 꿈같은, 라디오 속에 들어 앉은 내가 꿈속의 나를 향해 들려주는 꿈 이야기 같은, 그런 것, 그런 것 같은…… 한 소녀가 걷는다. 소녀의 손가방이 폭파된다.

찢어진 소녀, 찢어진 옷자락이 날린다. 사람들이 폭발한다. 내 밖의 모든 사람들이 폭파된다. 「안테나가 흔들린다. 내가 흔들린다.」라고 생각하는 동안, 소쩍…… 소쩍…… 그래, 참 이상하다. 이상하다? 아침의 길 위에서 나는, 꿈 많은 소쩍새가 되어 나는,

폭발한다.

                    ―「소쩍새는 폭발한다」 전문, 『6은 나무 7은 돌고래』

위의 시는 꿈속의 꿈을 반복하여 보여주고 있다. 꿈은 무의식의 발현이다. 무의식은 언어를 통해 억압되며 조직되므로 꿈은 상징계의 주체가 보여주는 징후와 증환, 외상의 출로이다. 그렇다면, 꿈이 의식의 세계를 딛고 무의식의 세계를 향해 탈주하여 주체의 내밀한 증상을 표출해 보이고, 위의 시가 그 같은 꿈을 적극적으로 활용하여 시적 현실을 창안하고 있다고 할 때, 각별한 주목이 필요하다는 사실은 자연스레 추론된다. 위의 시는 꿈과 꿈이 포개어지고 덧씌워지면서 복잡하고 입체적인 시적 현실을 주조하여 꿈을 전용하고 있어 시사적이다.

오형엽은 "박상순 시의 어법은 기본적으로 꿈의 방식을 따른다"[39]라고

---

39   오형엽, 앞의 평론, 304쪽.

말한다. 지그문트 프로이트가 말하는 꿈 제작의 방식은 크게 압축(응축)과 전위(전치)를 통해 설명할 수 있는데, 이는 향후에 자크 라캉이 무의식의 문법인 은유와 환유를 설명하는 데 차용하기에 중요하다.

> 프로이트에 의하면, '압축'은 꿈 사고에 여러 번 나타나는 요소들을 선택하여 새로운 통합체를 형성하거나, 공통점을 가진 여러 잠재 요소가 하나의 단일 요소로 용해되어 형성되는 경우이고, '전위'는 꿈 사고의 여러 요소 중 어느 하나만이 부당하게 확대되어 발현되거나, 잠재적 요소가 고유의 구성 요소에 의해서가 아니라 관계없는 것 혹은 암시에 의해 대체되는 것이다.[40]

위의 인용을 살펴보자면, 위 시에서 또한 압축과 전위의 양상을 발견할 수 있어 보인다. 위 시에서 "꿈 속의 꿈"이라는 형태를 통해, 그리고 "소쩍새"라는 사물을 통해 꿈의 이미지와 이야기가 중첩되고 집약되는 양상은 프로이트가 꿈 제작의 방식이라고 일컫은 것 중 압축에 해당한다고 볼 수 있다. 그리고 위 시는 두서 없이 꿈이 진행되고, '나'-"소쩍새"-"운전자"-"신호등"-"라디오"-"소녀"-"소쩍새"로 이어지는 일련의 연쇄 작용이 과감하게 실현되고 있는데, 이는 꿈 제작의 방식 중 전위를 보여준다고 판단된다. 그런데 이 같은 꿈 제작, 진행 과정에 있어 기호가 중요한 역할을 하고 있어 독특한 것이다. 가령 세미콜론(;), 반점(,), 말줄임표(……)는 각자 일정한 역할을 수행하고 있다.

먼저, 세미콜론은 문장을 끊었다가 이어서 설명하거나 설명을 추가하는 경우 덧붙이는 기호인데, 끊어질 듯 이어지는 꿈을 진행시키는 역할을 한다.

---

40   오형엽, 「정신분석 비평과 수사학」, 『문학과 수사학』, 소명출판, 2011, 70쪽.

그리고 반점도 끊어지지 않고 이어지는 꿈 사이의 연속성을 실현하는 역할을 하고 있다. 그리고 말줄임표는 꿈에서 꿈을 향해 시의 장면이 전환될 때 윤활유의 역할을 하도록 의도된 기호이다. 위 시의 기호는 일종의 상징으로서 기능하고, 꿈을 더욱 매끄럽게 제작해내도록 고안된 사물로 작용하기에 각별하다. 이는 세미콜론, 반점, 말줄임표의 원의를 헤아려보더라도, 무리한 분석 및 접근이 아니라고 사료된다. 나아가 "상징 기호는 표상체이며, 그 표상적 성격은 그것이 그것의 해석체를 규정하게 될 것이라는 데 있다. 모든 낱말들·문장들·책들 그리고 다른 모든 계약적 기호들은 상징 기호들이다."[41] 즉 상징은 도상과 지표를 아우르는 더욱 커다란 개념인데, 세미콜론, 반점, 말줄임표가 상징 기호로 활용됨으로써 시적 주체는 소상하게 설명하지 않더라도 꿈에서 꿈을 향해, 그리고 꿈속의 꿈을 향해 효과적으로 이동할 수 있는 것이다.

이렇듯 박상순 시에서의 기호는 신이하게 주조되는 시적 현실을 구성하거나 진행하거나 시적 주체의 내밀한 징후를 표상하는 역할을 책임진다. 그의 기호 활용 양상을 톺아보아야 할 필요가 크다 하겠다. 요컨대 찰스 샌더스 퍼스는 "기호, 또는 표상체(representamen)는 누군가에게 어떤 면에서, 또는 어떤 명목 아래 다른 무엇을 지시하는 것"이며 "누군가에게 호소"[42]하는 것이라고 일컫는다. 그래서 그는 "사람의 정신 속에서 동등한 가치를 갖는 기호, 또는 아마도 더 발전된 기호를 창조"[43]할 수 있다고 보고, '해석체(interpretant)' 개념을 정초, 역설한다. 즉 대상체가 지시 대상을, 표상체가 대상체의 표상인 기호를 의미한다면, 해석체는 대상체가 표상됨으로 하여금 발생하는 의미, 효과, 작용이라고 할 수 있다. 그러므로 이를 반추하자면,

---

41　찰스 샌더스 퍼스, 앞의 책, 176쪽.

42　위의 책, 136쪽.

43　위의 책, 같은 쪽.

인간 주체의 의식, 정서, 상상 등을 다른 사람에게 설명하거나 피력하려고 할 때, 인간 주체는 그것을 유형의 무엇인가로 환원하고자 하는 당위에 놓이고, 그 환원물을 기호라고 할 수 있다면, 그 의미는 정적이지 않고 지속하여 발전, 창조될 수 있는 것이다. 기호는 의미와 역량을 자명히 확장해갈 수 있어야 할 것이며, 그러므로 의도에 따라 의미를 (재)생성하거나 (재)개시하는 증대된 역량을 소유할 수 있어야 마땅하리라 본다. 박상순 시의 크로키가 그것을 보여주고 있다.

거대한 방
그 방 속에는 수많은 작은 방들이 있고
문들이 있고

문을 열면 다시 방
그 방의 문을 열면
또다시 방

거대한 방
수많은 방으로 이루어진
이 거대한 방을

나는 쓱싹

한 번에 그린다

—「대리물의 정신물리학」 전문, 『마라나, 포르노 만화의 여주인공』

위의 시는 "거대한 방"을 표상하는 입방체의 이미지가 등장한다. "거대한 방"은 시적 현실을 도상처럼 지시하고 있다. 따라서 시의 제목에 등장하는 "대리물"은 시적 현실의 "대리물"인 "거대한 방"을 가리킨다. "수많은 작은 방"과 "문"을 통해 구성되는 "거대한 방"은 모자이크이자 집적체이자 파노라마 같은 박상순의 시 세계를 집약한다. 그러므로 그의 시적 현실을 구조화하면, 위 시에 등장하는 "거대한 방"처럼 단일한 이미지를 형성하게 된다는 암시를 얻을 수 있다. 겉으로 보기에는 단조로운 세계 같지만, 내부에는 "수많은 작은 방"과 "문"을 통해 복잡한 현실이 펼쳐져 있다는 계시를 주기 때문에, 박상순의 "내면적 복합체"로서의 시적 현실은 위의 크로키 이미지에 응축되고 비로소 실현될 수 있는 것이다.

그렇다면, 앞서 살핀 「폐허」에서 "여러 개의 방을 가진 집"이 등장하던 것 또한 보다 명확히 분석할 수 있다. 그것은 「대리물의 정신물리학」에 등장하는 수많은 "방"과 "문"으로 이루어진 "거대한 방"과 동일하다고 볼 수 있다. 즉 「폐허」의 "여러 개의 방을 가진 집"은 부성 은유의 좌절을 내포하는 이상으로, 박상순 시의 복잡한 세계관을 담지하는 시적 현실이다. 그렇다면,

박상순 시의 세계관을 집약하는 「폐허」의 현실조차 붕괴하는 것은 그가 당대의 현실과 얼마나 첨예하게 불화하는지 나타낸다고 보인다.

이렇듯 그의 그림 이미지는 시적 현실 자체를 지시할 정도로 그 기능과 역량을 팽창하는 기호를 형상화하고 있다. 박상순 시에서 재래의 감각과 감수성을 극복하고, 자기 지시적 기능을 가장 충실하게 실현하는 기호가 그림 이미지라고 할 수 있기에, 그의 시에서 그림 이미지는 단순한 이미지에 머무르지 않고 저의 역량과 기능을 확장하는, 근대의 강고한 언어 의식을 극복하는 박상순 시의 기호 활용 양상을 집약하는 것이기도 하다. 박상순 시에는 단순화, 추상화된 그림 이미지가 빈번하게 출몰하기에 특이하다. 이들은 살피었듯, 전반적으로 표상체(기호)와 대상체(대상) 간의 미메시스적 관계를 (재)설정함으로써 도상내지는 상징으로서의 기능과 그 역량을 재고하게 하는 역할을 하지만, 그 이미지가 추상화되어 있다는 사실은 조금 더 살펴볼 필요가 있다.

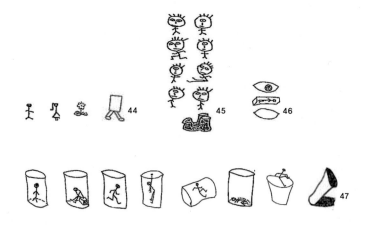

---

44   「빵공장으로 통하는 철도로부터 3년 뒤」, 『6은 나무 7은 돌고래』.
45   「가짜 데미안」, 위의 시집.
46   「내 마지막 의자」, 위의 시집.
47   「녹색의 소년」, 위의 시집.

위의 인용에서처럼, 박상순 시의 그림 이미지는 다양하게 등장하여 시의 미감을 풍부하게 하나, 얼마간 모호하다는 특이성을 지닌다. 즉 이들이 자아내는 분위기가 지극히 추상적이라는 의미이다. 미술사학자이자 미술이론가인 빌헬름 보링거(Wilhelm Worringer)에 따르면, "추상충동은 인간과 세계가 대립적일 때 형성되는 부조화의 감정이다." 즉 추상화(化) 작업에는 인간 주체와 현실 세계의 불화가 주된 원인으로 자리 잡고 있다는 것이다. 그러므로 감정을 이입하거나 투사하여 "예술충동"을 승화하는 작업은 "인간과 세계와의 관계가 조화로울 때"[48]라야 가능한 과정이 된다. 현실 세계가 인간 주체를 불안하게 할 때, 나아가서는 인간 주체가 현실 세계를 초월하고 싶을 때, 추상을 통해 그것을 해소하고 극복할 수 있다는 것이 그의 주장이다.

그렇다면, 단순화, 추상화된 그림 이미지를 통해 시적 현실을 지시하거나 개시하거나 전개해가는 박상순의 시는 표상체와 대상체 간의 미메시스적 관계를 (재)설정하는 작업이나 약속을 새로이 창안하는 말의 놀이 등을 통해 동시대의 경향 및 상징계로부터의 탈주 의식을 암시할 뿐만 아니라, 그 자체로 환멸과 공황, 고독과 불안을 야기하던 1990년대와 부조화하던 시인의 현실 인식과 시 의식을 고스란히 담지해내는 예술적 과정을 집약한다고 볼 수 있다. 이는 그가 미술적 작업과 친연하다는 사실을 보여줄 뿐만 아니라, 그의 시 의식이 시대, 현실을 여실히 인식, 재현, 극복하고 있음을 알려주는 바이다. 이는 박상순의 시에서 반복하여 활용되는 다양한 기호의 운용 양상을 살펴야 할 당위성을 거듭 제공한다.

「소쩍새는 폭발한다」로 돌아와 분석을 마무리하자면, 시적 주체는 "숲에 누워 꿈"을 꾸는 '나'에서 출발하여 "꿈속의 운전사"를 경유하고, "아침의 길 위에서" "소쩍새가 되어" 이윽고 폭발하기에 이른다. 이처럼 꿈이면서

---

48   마순자, 「그 의미의 다의성」, 『서양미술사학회논문집』 24, 서양미술사학회, 2005, 131쪽.

꿈이 아닌 것 같은 기묘한 현실은 시적 주체의 상실과 분열, 훼손과 파괴를 향해 거침없이 전개된다. 시적 주체는 시의 마지막에서 "참 이상하다. 이상하다?"라고 말한다. 이것은 뒤집힌 꿈, 나아가서는 꿈 속 꿈이라는 신이한 현실에서 붕괴를 마주하는 시적 주체의 내면을 증표한다. 게다가 같은 표현을 두 번 반복함으로써 그의 놀라움은 더욱 충격적인 것으로 표출된다.

앙드레 브르통은 "겉으로는 상치되는 꿈과 현실이라고 하는 이 두 상태가 미래에 일종의 절대적 현실로, 말이 허락된다면, 일종의 초현실로 해소되리라고 믿는다"[49]고 언급한다. 위 시의 꿈과 현실이 용융하고 혼재하는 시적 현실은 낯설면서 초현실적 분위기를 자아내는 세계이다. 즉, 위 시의 "꿈"은 꿈과 현실이 뒤섞이고 붕괴하여 새로운 현실이 탄생하는, 다시 말해 모호성, 구분 불가능성, 파편화를 특징으로 하는 상상계 이전의 현실이 비로소 실현되는 장소로 창안된다. 시적 주체는 상상계 이전의 현실 속에서 정체성의 탈바꿈을 자연스럽게 완수하게 된다.

이처럼 박상순의 1990년대 시에서는 상상계 이전으로의 이탈과 퇴행을 통해 상징계와 불화하고 괴리하는 시적 주체를 보여주고 있다. 특히 모호성과 구분 불가능성, 파편화의 시적 현실을 구현함으로써 훼손하는 주체와 사라지고 붕괴하는 세계를 표상한다. 거울 단계 이전의 유아가 그러하듯, 자기와 주변을 감각하는 능력을 상실해버린 시적 주체는 현실을 구성하는 상상계와 상징계와 단절되는 탈주 의식의 극단을 보여준다. 아버지, 어머니, 할머니, 아내 등 모든 가족을 상실하는 장면은 그와 연동되는 인상적인 모습이다.

---

49 앙드레 브르통, 앞의 책, 75~76쪽.

2. 자아의 형성과 도래하는 타자들

이 절에서는 박상순 시에 나타나는 상상계의 현실을 살펴보고자 한다. 박상순 시에서 상상계의 현실은 상실, 해체하였던 자기 인식과 육체성을 다시 획득하고, 주변 환경과 현실을 다시금 부여받음으로써 드러난다. 상상계의 시적 현실은 자기 자신의 온전한 몸과 맺는 관계가 중요하므로, 상상계 이전의 시적 현실과 확연한 대비를 이루는 것이 특징이다.

상상계의 현실은 자크 라캉이 말한 거울 단계와 거울 단계 이후의 상상계를 통해 복합적으로 확인된다. 거울 단계는 자아를 획득하는 국면이자 상상계의 장을 개시하고, 자아 및 주체의 형성을 수행하고 예고하는 단계이기에, 상상계의 시적 현실을 살피는 데 있어 중요할 수밖에 없다. 특히 거울 단계를 거침으로 하여 시의 주체는 타자(이마고)의 도래를 통해, 자아를 형성하고 공격성과 나르시시즘, 정서적 충만감을 경험하게 된다. 박상순 시에서 타자는 너, 그, 마라나, 소녀 등 다양하게 등장하는데, 이들은 '나'의 자아 획득을 조력함으로 하여 소외를 유발하는 존재이다.

그리고 상상계의 현실에서 역시 아버지는 배제되어 있다. 2자 관계를 보여주는 상상계는 아버지의 세계를 표상하는 언어보다 어머니의 세계를 표상하는 이미지와 시각적 감각을 통해 고유한 시적 현실을 실현하기에 주목을 요한다. 즉 상상계의 시적 현실은 상징계적 언어가 아닌 "언어의 장벽으로 작용하여 인간 상호 간 진정한 의사소통을 방해하기도"[50] 하는 상상계적 언어의 작용, 의미 작용에 의해 소통이 수행되는 독특성을 나타내기도 한다. 그래서 상상계의 시적 현실은 시의 주체가 스스로 말을 잃거나 의사 소통을 거부하거나 의미를 교란하면서 드러나기도 한다.

---

50 김석, 앞의 책, 151쪽.

상징계에서 탈주하여 상상계에 안착하는 박상순의 시는 상상계 이전의 현실에서처럼, 현실 세계가 붕괴하거나 증발하거나 사라지는 장면 역시 연출한다. 그러므로 이 절에서 역시 주목해야 하는 부분은 상징계로부터 수행하는 능동적인 탈주이다. 정리해보면, 상상계의 주체, 자아적 주체가 되는 박상순 시의 주체는 상징계를 표상하는 현실 세계로부터 탈주하고, 상상계 이전과는 상이한 상상계와 연동되게 되며, 거기 안착함으로써 새로운 정체성을 발현하게 된다.

　　누군가 사라진다. 일곱 살의 나, 여덟 살의 나, 아홉 살의 나. 누군가 사라진다. 한 사람의 빵집 아저씨, 두 사람의 빵집 아저씨, 세 사람의 아저씨. 누군가 사라진다. 한 사람의 기관사, 두 사람의 기관사.

　　누군가 세계에서 사라진다. 우산을 들고 촛불을 들고 내 머리를 들고 물통을 들고, 마라나의 구두를 들고 내 손톱을 들고, 시계를 들고, 마라나의 빛나는 입술을 들고

　　누군가 사라진다. 세계를 들고. 마라나를 남기고 나를 남기고 누군가 사라진다. 한 사람의 마라나, 두 사람의 마라나, 세 사람의 마라나. 네 사람의 마라나, 다섯 사람의 마라나.

　　마라나; 누가 알 수 있을까
　　마라나; 아마도 3만 명쯤 너를 알고 있겠지

　　커다란 물통에 손을 담가
　　채워지는 붉은 길

마라나; 누군가 알 수 있을까
마라나; 아마도 2만 명쯤 너를 알고 있겠지

커다란 물통에 몸을 담가
채워지는 붉은 길

마라나; 누가 알 수 있을까
마라나; 아마도 1만 명쯤 너를 알고 있겠지

커다란 물통에 나를 담가
채워지는 봄빛 꽃빛

마라나; 누가 알 수 있을까
이 꽃봄이 다 지나고 나면
마라나; 누가 알 수 있을까

—「마라나; 포르노 만화의 여주인공 (3)」 전문,
『마라나, 포르노 만화의 여주인공』

  위의 시에서는 "누군가 사라진다"라는 문장이 반복되고 있다. "세계를 들고" "누군가 사라"지는 시의 현실은 낯섦을 넘어 생경함을 연출한다. 결국, "마라나"와 "나"만 남기고 모두 사라지기에 이르는데, 그래서 "아마도 3만 명쯤 너를 알고 있겠지"에서 "3만 명쯤", "2만 명쯤"으로 숫자가 줄더니 "누가 알 수 있을까"만 반복하며 시가 마무리되고 있다. 이를 통해 현실 "세계"는 사라지고, '나'와 "마라나"가 구성하는 2자 관계의 현실만이 뚜렷하게 포착된다.

중요한 것은 「빵공장으로 통하는 철도」에서도 흡사한 양상을 확인할 수 있었다는 사실이다. 가령 ① "기차가 지나갔다" 이후, ② "그들은 내 반바지를 갈아입혔다" 라든가 "그들은 나를 다락으로 옮겨 놓았고" 라든가 아버지, 어머니, 할머니의 신체가 빠르게 훼손되어 가는 장면은 시사적이다. 「마라나; 포르노 만화의 여주인공 (3)」에서 또한, ① "누군가 사라진다" 이후, ② "일곱 살의 나, 여덟 살의 나, 아홉 살의 나" 라든가 "한 사람의 빵집 아저씨, 두 사람의 빵집 아저씨, 세 사람의 아저씨", "한 사람의 기관사, 두 사람의 기관사." 라든가 '나'와 "마라나"의 소지품과 "세계를 들고" 사라지는 누군가가 지체 없이 등장하는 장면들도 특징적이다. 두 시 모두, 일정한 문장의 발화가 세계의 붕괴나 상실을 견인하고 있다는 독특함을 보여준다. 이는 탈주 의식을 통해 수행적 주체를 목격하게 하는 박상순 시의 특징과 결부될 수 있다.

존 오스틴(John Austin)에 따르면, 발화에는 주체를 수행하게 하는 힘이 잠재하여 있다. 그는 근원적 수행문, 가령 진수식에서 "이 배를 퀸 엘리자베스로 명명하노라"라고 선언할 때, 성혼 선언을 하며 "이 두 사람은 부부임을 선언합니다"[51]라고 선포할 때, 문장의 발화를 통해 세계를 변화시킬 수 있다고 말한다. 이는 사실 관계를 드러내거나 일정한 주장을 위해 자행되는 발화가 아닌, 말의 행위화, 즉 말이 말과 행위의 경계를 허물어 현실 세계의 변화를 이끄는 행위적 작업을 수행할 수 있다는 의미를 나타낸다.[52] 이를 적용해 본다면, 박상순 시에서 "기차가 지나갔다", "세계가 사라진다" 등의 발화가 박상순 시의 탈주 의식과 연동되어 세계의 붕괴나 상실로 곧장 이어지는 장면은 어색하지 않고, 오히려 당위적이기까지 한 것이다. 박상순 시가 실현하고자 하는 탈주가 현실화하는 데 있어 수행적 발화를 주문처럼 '반복'하는

---

51 에리카 피셔-리히테(Erica Fischer-Lichte), 『수행성의 미학』, 김정숙 역, 문학과지성사, 2017, 44쪽.
52 위의 책, 44~46쪽.

것은 중요하다.

그렇다면, 언술의 반복으로 하여금 '나'와 "마라나"만 남은 시적 현실에 위치하는, 그 "마라나"는 누구일까. 그녀는 나의 이마고이고 타자이다. '나'는 그녀를 통해, 상상계의 시적 현실을 시의 표층에 선명하게 구현할 수 있게 된다. 둘의 관계를 증명하는 것은 "커다란 물통에 손을 담가/ 채워지는 붉은 길"이라는 묘사이다. "물통"과 "붉은 길"은 '나'와 "마라나"의 결속을 암시하는 기표인데, 「마라나; 포르노 만화의 여주인공」 연작을 아울러 점검해보면 그 의미를 명확하게 파악할 수 있다.

「마라나; 포르노 만화의 여주인공 (1)」(『마라나, 포르노 만화의 여주인공』)에서 '나'와 "마라나"의 "피를 뽑는다"라는 진술과 「마라나; 포르노 만화의 여주인공 (2)」(『마라나, 포르노 만화의 여주인공』)에서 '나'와 "마라나"가 "물통을 들고" "물통을 쓰고" "내 허리에서 쏟아지는 붉은 길"을 걸어간다는 진술은 '나'와 "마라나"의 관계를 나타내는 유효한 근거들이다. 종합해보면, "붉은 길"은 '나'와 "마라나"를 이어주는 핏줄의 은유이며, 이를 통해 둘은 혈족의 관계를 연상시킨다. 상상계는 (상상적) 동일시를 통해 자아의 획득을 실현하므로 '나'와 "마라나"의 모습은 이에 부합하는 것이다.

따라서 "마라나"가 "포르노 만화의 여주인공"이라는 내용도 명료한 분석이 가능해진다. 자아의 형성은 공격성과 나르시시즘, 정서적 충만함을 선사하는데, 자크 라캉은 나르시시즘을 성애의 차원에서 해명하기 때문이다. "포르노 만화"라는 외설 장르의 "여주인공"과 동일시하는 '나'는 자아 형성에서의 "성애적 만족감"[53]을 무리 없이 표상할 수 있게 되는 것이다. 이상의 내용을 정리해본다면, 「마라나; 포르노 만화의 여주인공 (3)」은 "누군가 사라진다'라는 언술을 주문처럼 반복하여 상징계의 현실 세계를 상실해버리고, 이

---

53   김석, 앞의 책, 156쪽.

옥고 '나'와 "마라나"가 구성하는 2자의 세계를 지시함으로써 상상계의 시적 현실을 확연히 주조해낸다고 할 수 있다.

위의 시에서도 기호는 중요한 기능을 하고 있다. 먼저 세미콜론이 눈에 띈다. 세미콜론의 형상은 콜론(:)과 흡사하지만, 콜론에 반점(,)이 붙어 있어 이 둘의 이미지를 하나로 합해놓은 모습을 하고 있다. 즉 세미콜론은 콜론과 반점이 결합하여 있는 기호라고 여겨볼 수 있다. 예컨대 "마라나: 누가 알 수 있을까"라고 읽어보면 마라나가 발화하는 것처럼 이해되지만, "마라나, 누가 알 수 있을까"라고 읽어보면 '나'가 발화하는 것처럼 이해되기도 한다. 세미콜론은 "마라나"와 '나' 중 누가 발화하고 있는지 오인하게 함으로 하여 두 인물의 상상적 동일시를 표시하고, 기호의 기존 의미를 깨트림으로써 상징계와의 불화를 함께 암시하는 표지라고 판단된다.

그리고 숫자 또한 중요하다. 숫자는 기호이자 상징계의 상징이다. 즉 3만에서 2만에서 1만으로 숫자가 줄어드는 모습은 상실되어 가는 현실 세계를 표시하는 의미뿐만 아니라, 숫자라는 기호에 교란을 가하여 상징계의 질서를 와해하는 시 의식을 드러내려는 시적 의도와 그 지향을 보여준다고 할 수 있다. 따라서 박상순 시의 숫자 활용 양상을 살펴보면 시적 현실을 점검하는 데 폭넓게 도움이 될 것이다.

> 첫 번째는 나
> 2는 자동차
> 3은 늑대, 4는 잠수함
>
> 5는 악어, 6은 나무, 7은 돌고래
> 8은 비행기
> 9는 코뿔소, 열 번째는 전화기

(…중략…)

숫자놀이 장난감
아홉까지 배운 날

불어난 제 살을 뜯어 먹고

첫 번째는 나
열 번째는 전화기
   ―「6은 나무 7은 돌고래, 열 번째는 전화기」 부분, 『6은 나무 7은 돌고래』

　위의 시는 『6은 나무 7은 돌고래』의 표제시이다. 1부터 10까지의 숫자는
순서를 지켜 나열되지만 여러 사물과 연결되면서 새로운 규칙을 생성하고
있다. 특히 "숫자놀이 장난감/ 아홉까지 배운 날"과 "열 번째는 전화기"는
분석의 실마리를 제공한다. "아홉까지 배운" 주체에게 "10"은 결코 작지
않은 숫자이다. 그리고 "10"은 "전화기"를 의미하는데 "전화기"는 소통을
상징하는 기표이다. "열"을 배움으로써 진입하고 경험할 수 있는 소통의 완
고한 세계는, "아홉까지 배"워 기존의 약속과 규칙이 교란되는 소통 이전의
세계와 확연한 차이를 보여주리라는 추론을 가능하게 한다. 즉 숫자가 "자동
차", "늑대", "잠수함" 등 여러 사물과 두서없이 무질서하게 연결되는 것은
상징계의 질서에 교란과 착란을 발생시키는 상상계의 특징을 잘 보여준다.
"열"을 배워 진입하고 경험하게 되는 소통과 완성의 세계가 상징계를 상징할
수 있다면, 새로운 규칙이 생성되는 "아홉까지 배운 날"의 세계는 상상계를
암시한다.
　이렇듯 이미지의 영역인 상상계는 상징계의 질서를 돌파하고 능가하여

새로운 규칙과 약속을 생성할 수 있는 잠재성을 소유한다. 요컨대 줄리아 크리스테바는 생볼릭(Symbolique)과 세미오틱(Semiotique)을 통해, 자크 라캉의 상징계와 상상계를 전유하여 고유한 담론을 고안한다. 생볼릭이 언어의 체계와 규범을 상징하는 언어적 구조라면 세미오틱은 그것을 넘어서고 해체하고 재구성하는 비언어적 구조를 의미한다.[54] 시인은 세미오틱의 언어를 통해 정적인 의미 체계를 해체하고 파괴하여 새로운 의미를 생산할 수 있다. 자크 라캉의 상상계를 참조해 검토할 수 있는 박상순의 시적 현실은 탈주의식을 수행하는 무한한 잠재성과 가능성의 영역인 측면이 크다.

나에게 두 사람이 있었다. 두 사람은 날마다 공동묘지에 갔다. 한 사람은 무덤을 파고 다른 한 사람은 죽은 자의 이름을 돌조각에 새기며 함께 지냈다. 묘비를 새기는 사람은 내 국어책의 걷장을 달력 종이로 하얗게 씌워주었다. 죽은 자의 이름을 묘비에 새기던 솜씨로 새로 씌운 국어책의 걷장에 내 이름을 새겨 주었다. 무덤 파는 사람은 책장을 열어 책 속에 누워 있는 글씨들을 내게 읽어 주었다. 이제 무덤 파는 사람은 〈무덤〉이라 부르고, 묘비명을 새기는 사람은 〈묘비〉로 쓴다.

어느 날 오후, 사람이 적게 죽은 날
무덤과 묘비는 묘지에서 술을 마셨다.

술에 취한 무덤이 벌떡 일어나
묘비를 향해 주먹을 휘둘렀다

---

54   줄리아 크리스테바, 『시적 언어의 혁명』, 김인환 역, 동문선, 2000, 19~121쪽.

쓰러진 묘비가 무덤을 향해 소리쳤다
무덤이 옆에 있던 삽을 들었다
묘비는 망치를 들었다

무덤과 묘비는 묘지에서 싸웠다
삽을 든 무덤이 죽고
망치를 든 묘비는 붙들려 갔다

나는 국어책을 넘기다가 홀로 잠에 들었다. 빈방에서 며칠 동안 국어책만
넘겼다. 그리고 어느 날 무덤과 묘비와 공동묘지에 대해 잘 알고 있다는
낯선 사람 하나가 빈방의 문을 열었다. 펼쳐진 내 국어책의 책장을 덮고
책가방을 꾸리고 옷가지를 챙겼다. 묘비도 오지 않고 무덤도 오지 않는
빈방을 떠나며 나는 내 손가락 두 개를 잘라 어둠 속에 던졌다. 별이 빛나는
밤이었다.

－「별이 빛나는 밤」 전문, 『6은 나무 7은 돌고래』

위의 시는 "나에게 두 사람이 있었다"라는 진술을 통해 시적 현실을 개시
한다. 첫 문장에서부터 2자 관계의 세계는 암시되고, "두 사람"은 각자의
명백한 역할을 부여받아 배치되고 있다. "한 사람은 무덤을 파고 다른 한
사람은 죽은 자의 이름을 돌조각에 새기"는 일을 한다. 특히 이들은 "내
국어책의 겉장을 달력 종이로 하얗게 씌워주"고 "새로 씌운 국어책의 내
이름을 새겨 주"는 "<묘비>"와 "책 속에 누워 있는 글씨들을 내게 읽어 주"는
"<무덤>"이라고 설명되므로 '나'와 가까운 존재임을 알리고 있다. '나'는
이들을 통해, 자아 형성이 이루어지는 거울 단계를 간접적으로 체험하게
되는 것이다. 그러므로 상상계로의 진입을 상징하는 거울 단계가 정-반-합의

변증법을 통해 자아를 획득하는 국면이면서 공격성이 자리하는 구조라는 사실은 참조되어야 한다.

"<무덤>"과 "<묘비>"는 서로의 타자이며 거울상(이마고)이다. "무덤"과 "묘비"가 "묘지"를 구성하는 것은 자아의 형성에 해당한다. 아울러 위 시에서 "무덤과 묘비는 묘지에서 싸"우게 되는 장면은 자아 형성에서의 공격성을 보여주는 대목이다. "라캉에 의하면 인간이 갖는 공격성의 근원에는 타자화된 모습으로 마주하는 자신의 이미지에 대한 주체의 적대감과 불안이 깔려 있다."[55] 이것은 이마고를 향하는 공격성의 발현과 연결된다. "공격성은 단지 힘이 있다는 것을 그리고 몸을 탐지하기 위해 힘을 동원한다는" 의미가 아니라, "광범위한 조정의 질서 속에서 이해되어야"[56] 하는 특수한 요소이다. "무덤"과 "묘비"가 함께 "묘지"를 구성하고, 이윽고 싸우게 되어 "삽을 든 무덤"이 사망하는 장면은 자아의 획득을 생동감 있게 재현하는 의미가 있다.

보다 중요한 부분은 시의 마지막 연이다. "나는 국어책을 넘기다가 홀로 잠에" 드는데, "낯선 사람 하나가 빈방의 문을 열"고 들어온다. 이것은 "무덤"-"묘비"-"묘지"라는 상상적 인물과 세계가 아닌, '나'에게 은밀하지만 직접적으로 도래하는 최초의 소외를 암시한다. '나'는 이로써 "낯선 사람"이 개시하는 거울 단계를 체험하게 되는 것이다. 그러므로 "낯선 사람 하나가" 들어와 "펼쳐진 내 국어책의 책장을 덮고 책가방을 꾸리고 옷가지를 챙"긴 이후, "빈방을 떠나"는 장면은 자연스럽게 해명될 수 있다. '나'와 "낯선 사람"이 동일시에 이르는 묘사인 것인데, 이마고와의 상상적 동일시를 통해 자아를 획득하는 장면이다.

그러므로 상상계 이전의 현실이 관계가 상실되고 사물이 소거된 "빈방"

---

55   김석, 앞의 책, 149쪽.
56   자크 라캉, 「정신분석에서의 공격성」, 앞의 책, 135쪽.

같은 현실이라면, "빈방을 떠"난 이후일 상상계의 현실은 "낯선 사람 하나"가 도래하여 '나'가 자아를 형성하고, 곧 다른 세계로 당도하게 되는 현실이라고 할 수 있다. '나'는 상상계의 주체, 자아적 주체로서 "내 손가락 두 개를 잘라 어둠 속에 던졌다" "별이 빛나는 밤이었다"라고 술회하기에 이르는데, 이는 2자의 관계이자 이미지의 구조인 상상계의 현실을 고지하는 언표에 해당한다.

부연하자면, 앞 시에 등장한 "포르노 만화"는 이미지의 세계를 상징하는 기표였다. "만화"는 설명과 부연을 통해 세계를 진행하기보다, 이미지를 통해 세계를 실현하고 가리키고 지시하는 장르이다. 「별이 빛나는 밤」에서의 "국어책" 역시 "무덤"과 "묘비"를 통한 자아 형성과 "낯선 사람"을 통한 '나'의 소외를 경험하게 하는 고유한 현장을 매개하고 응축하는 역할을 한다고 판단된다. 아래의 시 또한, 상상계로의 진입을 의미하는 거울 단계를 극적이고 생동감 있게 표현하여 상상계의 현실을 형상화하고 있다.

나는 포장을 뜯는 사람
숲을 뜯어낸다

너는 나에게 우송된 사람
내 복도를 달린다

나는 포장지만 뜯는 사람
썩은 복도에 앉아 너를 만난다

내 손에는 꽃과 열매, 내 손에는 나
너는 매일 나에게 포장되어 오지만

나는 매일 포장지만 뜯는 사람

내 얼굴도 뜯어내서

도대체 이게 뭐야.

이건 뭐야?

뭐야. 뭐야. 뭐야.

—「포장지를 뜯는 사람」 전문, 『마라나, 포르노 만화의 여주인공』

위의 시에는 '나'와 너가 번갈아 등장한다. '나'는 "포장을 뜯는 사람"이다. "너는 나에게 우송된 사람"이므로 '나'는 "포장을 뜯"어 너와 만날 수 있다. 이렇듯 위의 시는 "복도"라는 시적 현실에서 전개되는 '나'와 너의 조우가 시 분석의 핵심 요소임을 알 수 있다. 4연에서 "내 손에는 나"라는 진술은 시선을 끈다. "내 손에는" 포장이 된(되어 있던) 너가 들려 있어야 하지만, 대신에 내가 있는 것은 수상하다. 이것은 너는 곧 '나'이며 '나'는 곧 너와 다르지 않다는 사실을 짐작하게 한다. 즉 '나'와 너가 수행하는 부지불식간의 동일시로 하여금, 위 시의 현실은 상상계로 진입하는 거울 단계의 국면을 재현하는 것이 된다.

그러므로 "내 손에는 꽃과 열매"의 진술은 의미가 크다. 거울 단계를 통해 자아를 형성하고, 비로소 체험하는 상상계는 공격성과 나르시시즘이 공존하는 영역일 뿐만 아니라 정서적 충만함과 만족감을 경험하게 하는 구조이기 때문이다. "꽃과 열매"는 식물이 실현하는 귀한 과실이다. 시적 주체는 그것을 통해 상상계의 자아가 경험하는 정서적 충만함을 표상할 수 있다. 「별이 빛나는 밤」의 "무덤"(정)-"묘비"(반)-"묘지"(합)의 변증법에서처럼, '나'(정)-너(반)-"꽃과 열매"(합)의 관계는 상상계의 특징을 드러내는 대목이다.

그리고 6연은 주목해볼 부분이다. "도대체 이게 뭐야./ 이건 뭐야?/ 뭐야.

뭐야. 뭐야."라고 반복하는 진술은 '나'가 표출하는 놀라움과 당황함을 보여준다. 이것은 상상계의 시적 현실에 안착하는 시적 주체의 표식이다. 박상순의 시는 상징계로부터의 탈주를 통해 새로운 시적 현실을 능동적이나 인위적으로 개시하고 시적 주체의 정체성을 지속하여 갱신하기에 이르는데, 놀라움의 표출은 이것을 확고하게 드러내는 증표이다.

> 나의 바다는 모래
> 서걱이는 돌가루
>
> 나의 바다는 모래
> 밤마다 돌아가는 발전기
>
> 나의 바다는 모래
> 내 혀를 갈아내는 기계
> ―「바다를 입에 물고 너를 만난다」 전문, 『마라나, 포르노 만화의 여주인공』

위의 시는 "나의 바다는 모래"라는 문장의 반복을 통해 안정적인 박자감을 만들고 있다. "바다"와 "모래"는 흔하게 이웃하는 사물이므로 '나'의 언술은 시적 현실을 매끄럽게 구현한다. 그런데 "바다는 모래"라는 진술은 쉽게 수긍하기에 어려움이 있다. 제목을 살펴 실마리를 얻을 필요가 있다. 「바다를 입에 물고 너를 만난다」라는 제목에서 암시되듯 "바다를 입에 물고" 있으면 소통은 성사되기 어렵다. 그렇다면 "바다"와 "모래"는 소통을 어렵게 하는 유사 의미의 기표이므로 '나'와 너는 말의 구사가 아닌 다른 방식을 통해 소통하게 되리라는 사실을 환기해낸다. 이 대목에서 "내 혀를 갈아내는 기계"의 의미도 자연스럽게 탐지된다. '나'의 말을 방해하고 비로소 불가하게 만드는 "바다"와 "모래"는 "내 혀를 갈아내는 기계"와 호응하기 때문이다. "혀"를 상실하면 말을 할 수 없고, 그렇다면 시의 주체는 말을 통한 의사 교류를 할 수 없게 되는 것이다.

가령 자크 라캉이 참조한 은유와 환유의 원리를 유사성 장애와 인접성 장애의 실어증에서 발견한 로만 야콥슨(Roman Jakobson)은, 의사소통은 "대화의 상대방"과 "공유하는 어휘의 저장소에서 이루어질 수밖에 없다"[57]라고 말한다. 즉 "효과적인 발화 행위가 이루어지기 위해서는 행위의 참여자들의 공통적인 약호 사용이 요구"[58]된다는 것이다. 이렇듯 말의 상실, 실어의 상태를 보여주는 위 시의 주체는 어휘나 약호 차원의 언어를 통한 소통은 불가하며 이미지나 몸짓, 눈짓, 표정 등을 통한 교류를 수행하리라는 강력한 암시를 제공한다. 이미지나 시각적 감각을 활용하는 소통은 상상계의 차원에서 이행되기도 하여 각별하다.

그러므로 「바다를 입에 물고 너를 만난다」에서의 '나'와 너는 상상계의 자장 안에서 이루어지는 2자의 소통을 나타낸다고 볼 수 있다. 그리고 상상계에서는 말할 수 없으나 나르시시즘이나 정서적 충만함을 경험할 수 있는데, 따라서 "밤마다 돌아가는 발전기"의 의미도 명백해지는 것이다. "발전기"는 에너지를 생성하고 동력을 공급하는 사물이고, 해당 시에서는 '나'만의 충만함을 추동하는 "발전기"를 의미한다고 여겨지기 때문이다. 시적 주체에게 존재의 동력을 공급하는 "밤마다 돌아가는 발전기"는 불화와 괴리를 거듭해 온 다양한 기표와 배치를 이루는 독특한 사물이다. 가령 기차·여객기·엘리베이터, 변전소·철공소·형광등 공장 등은 아버지의 세계인 상징계를 상징하는 기표이다. 시적 주체는 이들과 갈등하여 상징계의 세계를 의도적으로 부정하

---

57   로만 야콥슨, 「언어의 두 양상과 실어증의 두 유형」, 『문학 속의 언어학』, 신문수 역, 문학과지성사, 1989, 94쪽.
58   위의 책, 같은 쪽.

거나 외면해왔다. 「4시간 동안의 침묵」(『6은 나무 7은 돌고래』)에서 "거대한 여객기가 내 머리 위로 천천히/ 날고 있었다"라는 진술을 참조할 필요가 있다. "거대한 여객기"와 '나'의 헤아리기 어려운 간극은 시의 현실에 팽배하여 있는 상징계와의 불화에 호응한다. 즉 「바다를 입에 물고 너를 만난다」에서 '나'는 "내 혀를 갈아내는 기계"와 "밤마다 돌아가는 발전기"를 통해, 언어의 구조인 상징계로부터 이미지와 시각적 감각, 정서적 충만함의 구조인 상상계를 향해 수행하는 탈주 의식을 적절하게 표상한다.

약병 안에 붉은 벌레 / 벌레의 작은 등에

떠다니는 검은 배 / 검은 돛대의 / 둥근 배

붉은 등이 날개 치면/ 흰 파도

솟았다가 / 가라앉는 흰 파도에 / 둥근 배 / 사라지고

흰 물결 출렁이다 / 붉은 바다 속에 가라앉은 / 뒤

약병 속의 작은 벌레 / 숨 끊어진 뒤

떠오르는 둥근 배 / 떠오르는 둥근 등
　　　　　　　　　　　　　　─「떠오르는 배」 전문, 『마라나, 포르노 만화의 여주인공』

　위의 시는 "약병 안에 붉은 벌레"를 관찰하고 있다. 시적 주체는 "벌레"에게서 "검은 배"와 "검은 돛대"를 떠올리고, "흰 물결"과 "붉은 바다"를 발견

한다. 이것은 "벌레"의 육체와 "약병"을 통해 이루어진 시적 현실에서 수확하는 이미지이다. 위의 시는 죽음을 향하는 "벌레"와 그의 약동을 지켜보는 '나'를 통해 구성된다. 이로써 이미지와 시각적 감각이 추동하는 2자 관계의 세계인 상상계가 암시된다. 위 시에서도 기호인 '빗금(/)'은 중요한 역할을 하고 있다. 빗금은 문장의 마디마디를 분절하고 있는데 그 의미는 단순해 보이지 않는다.

먼저 그것은 "약병 안"에서 죽어가는 "벌레"의 숨결을 암시하는 것처럼, 끊어졌다가 이어지는 연약하고 빈약한 생(生)의 리듬을 보여준다. 문장의 분절은 자체로 짧게 이어지는 숨결을 가리키는 것이다. 이와 유사하게 다른 시 「가는 길, 철공소 옆」에서도 붙임표를 활용하여 '나'와 너의 긴장감 있는 대화를 보여주기에 참조할 수 있다.

> ?−가고 있어?−가고 있지?−그래, 그래, −그래−트럭에서 떨어진 나무 그림자−개천처럼−건너서−불꺼진−집으로−돌아가는 길
>
> −「가는 길, 철공소 옆」 전문, 『마라나, 포르노 만화의 여주인공』

위의 시에서는 헐떡거리는 '나'와 너를 보여주기 위해 붙임표를 활용한다. 제목에서 드러나듯 "가는 길, 철공소 옆"을 지나며 대화하는 두 주체는 힘에 겨울 수밖에 없다. 특히나 "밤"에, "좁은 길을 돌아", "불꺼진 창"과 "어둠"을 경유하여, "철공소"라는 상징계의 표상을 우회하는 여정은 '나'와 너의 긴박함과 숨죽임을 유발하는 것이다. 박상순 시의 기호는 문장을 분절하거나 다시 연장하는 수준을 넘어, 시적 주체의 상태까지 지시하는 도상의 기능을 수행한다. 즉 빗금과 붙임표는 말이 멎거나 숨이 멎는 찰나를 그대로 이미지화하는 것이다.

다음으로 「떠오르는 배」에서 빗금은 "약병 안"과 밖이 유리(遊離)되어 있음

을 가리키고, 이를 통해 현실과 또 다른 현실을 구현해냄으로써 독특한 시 세계를 언표하고 지시하는 데까지 그 역할을 확장하여 수행한다고 보인다. "약병"을 통해 주조되는 이중의 현실은 박상순 시의 특징인 복합적, 중층적 시적 현실의 한 양상을 제시하는 것이 된다. 그러므로 시가 "벌레"의 "숨"이 "끊어"지는 과정을 묘사한다는 사실도 중요하다. 요컨대 자아의 획득은 저 대상이 '나'라고 오인하여 경험하는 국면인데, "벌레"가 죽어가는 모습과 죽은 뒤의 모습까지 세세히 기록하고 열거하는 시적 주체의 집요함을 통해, '나'와 "벌레"가 "약병"을 두고 조성하는 2자 관계의 세계, 즉 상상계의 현실에서 경험하게 되는 상상적 동일시를 나타낸다고 볼 수 있기 때문이다.

그러므로 "약병 안"이라는 또 다른 현실에서 죽음을 맞이하는 "벌레"는 약병 밖의 현실에 존재하는 '나'와 무관하기 어렵다. '나'를 둘러싼 세계와 불화하고 그곳에서의 탈주를 희구하는 박상순의 일관된 시 의식은 "벌레"라는 이마고에 이입되어 죽음을 통해 대리된다고 여겨진다. 그렇다면, 죽음에 이르러가는 "벌레"의 고통은 곧 '나'의 상징적 죽음에 연결될 수 있다. 그리고 문장의 분절과 "벌레"의 고통과 죽음, '나'의 상징적 죽음은 빗금에 집약되고, 그것은 상징계로부터의 탈주 의식을 명백히 표시하게 된다.

풀밭에는 분홍나무
풀밭에는 양 세 마리
두 마리는 마주 보고
한 마리는 옆을 보고

오른쪽 가슴으로
굵은 선이 지나는
그림 찍힌 티셔츠

한 장 샀어요

한 마리는 옆을 보고

두 마리는 마주보고

풀밭에는 양 세 마리

한 마리는 옆을 보고

두 마리는 마주보고

오른쪽 가슴으로

굵은 선이 지나는

그림 찍힌 티셔츠

한 장 샀어요

한 마리는 옆을 보고

두 마리는 마주보고

—「양 세 마리」 전문, 『마라나, 포르노 만화의 여주인공』

    위의 시는 "풀밭"에 놓인 "분홍나무"와 "양 세 마리"를 보여준다. "두 마리"의 양은 서로의 거울상처럼 마주보고 있다. 거울상은 거울 단계에서의 이마고를 의미한다. 즉 "두 마리"의 양이 구성하는 2자의 관계는 상상계의 현실을 형상화하는 의미가 있다. 이들은 "티셔츠"에 인화된 "그림" 속에 놓여 있는데, "티셔츠"의 "그림"은 "만화", "국어책"과 마찬가지로 상상계를 응축하는 기표이다. 그런데 "두 마리"의 양은 자연스럽게 호응을 이루지만 옆을 보는 "한 마리"의 양은 어긋나 있으므로 이상하다. 이것은 "오른쪽 가슴으로" 지나가는 "굵은 선"의 의미를 반추하도록 한다. 왜냐하면 "굵은 선"은 그 형상으로서 빗금을 암시하기 때문이다. 즉 "굵은 선"은 빗금의 의미를, "한 마리"의 양과 "두 마리"의 양은 마주 보지 않는 갈등의 관계를 상징한다. "양 세 마리"의 어긋나 있는 모습과 빗금의 형상은 아버지의 세계, 3자 관계의 세계를 위반하는 고유한 현실을 지시한다고 보인다.

　위의 시에서 인상적인 부분은 장면의 반복이다. 이를 통해 "풀밭"에 있는 "분홍나무"와 "양 세 마리"가 그려진 "티셔츠"의 "그림"은 영속하게 된다. 이것은 기호나 단어나 문장을 반복하여 상징계로부터의 탈주를 표시하고 각인하는 박상순 시의 전략과 호응한다. "반복(反復, repetition)은 동일하거나 유사한 어구를 반복하며 그 의미를 강조하고, 동시에 리듬을 살리는 수사법이다."[59] 즉 반복을 통해 시인의 의식 및 지향을 효과적으로 드러낼 수 있고, 시의 고유한 가치인 리듬, 율동의 효능감을 향상시킬 수 있다. 가령 그의 시에서 산문적인 진술이 두드러지지만, 행과 연 갈이를 통해 리듬을 자연스럽게 발생시키는 것은 시선을 끌고, 기호의 반복이나 "이건 뭐야?/ 뭐야. 뭐야. 뭐야." 같은 단어의 반복이나 "기차가 지나갔다", "세계가 사라진다" 같은 문장의 반복을 통해 탈주 의식을 효과적으로 드러내는 것 또한 특징적이라고 할 수 있다. 박상순 시의 반복 기법은 궁극적으로, 기호나 단어나 문장을 단순히 반복하는 수준을 넘어, 시 의식을 집약적으로 형상화하는 통로로 작동하는 것이다. 「양 세마리」에서 반복은 그 효과로서 서로를 반영하고 반사하며 지시하는 자가증식의 세계, '미장아빔(mise en abyme)'을 연출하기에 이른다.

　미장아빔은 거울이 거울을 반사하면서 형성되는, 거울 속의 거울 반사가 끊임없이 펼쳐지는 것을 의미한다. 그래서 그것은 그림 속의 그림, 이야기 속의 이야기, 극중극을 일컬을 때 사용되는 용어이기도 하다. 스스로의 이미

59　오규원, 『현대시작법』(재판), 문학과지성사, 1993, 345쪽.

지를 반복하여 증식하는 거울상은 「양 세 마리」의 관계가 암시하듯, 상징계로부터 탈주하여 있는 상상계의 시적 현실을 연출한다.

거울은 '나'의 자아 획득과 소외를 추동하는 사물이자 환상과 착각을 선사하는 대상인데, 박상순 시에 자주 등장하는 사물이다. 「이발소의 봄」(『6은 나무 7은 돌고래』), 「거울에게 전하는 말」(『마라나, 포르노 만화의 여주인공』), 「물 없는 욕조에 들어 앉아」(『마라나, 포르노 만화의 여주인공』), 「음, 음, 음」(『마라나, 포르노 만화의 여주인공』) 등에서의 거울은 '나'의 자기 인식을 견인하거나, 상상계의 현실을 초래하거나, 말을 잃게 하는 매개물이다. 이를 통해 시의 주체는 오인과 상상을 통해 자아를 획득하거나, 이미지의 현실을 시의 문면에 재현할 수 있게 된다. 거울은 상상계를 응축하고 상징하는 주요 사물로서 오인과 상상과 이미지의 시적 현실을 실현하며 구성하는 것이다.

이처럼 박상순의 1990년대 시에는 상상계를 향하는 탈주와 안착의 양상을 통해 상징계와 불화하고 괴리하는 시적 주체를 형상화하고 있다. 특히 거울 단계를 통해 자아를 획득하거나, 2자 관계와 이미지의 시적 현실을 구현하여 타자(이미지)와의 조우와 자아의 획득을 그려낸다. 시에서 상상계의 주체는 말을 거부하거나 의미를 교란하고, 이미지와 시각적 감각을 통해 타자 및 현실과 관계 맺는 모습을 보여주고 있다. 이는 모두, 상징계로부터의 탈주 의식으로 수렴하는 징후들이라고 할 수 있는 것이다.

3. 세계에 개입하고 드러나는 비현실

이 절에서는 박상순 시에 나타나는 실재계의 현실을 살펴보고자 한다. 자크 라캉의 실재계를 통해 분석할 수 있는 박상순 시의 현실은 비현실이라고 일컬을 수 있다. 그곳은 세계의 배면에 존재함으로 하여 균열 및 혼란을 통해 현실에 개입하고 드러나는 영역이며, 그로써 시적 주체는 시적 현실에서 감지되는, 상징계의 완고함에 대비하는 불온함과 공포감, 불쾌함과 섬찟함을 언표할 수 있게 된다. 상상계 이전, 상상계의 현실과 다르게 검고 어두운 표상과 분위기가 두드러지는데, 실재계는 상상계의 잉여이자 상징계를 넘어서는 공백과 심연, 채울 수 없는 욕망과 공포의 자리이기 때문인 것이다. 즉 박상순의 시는 현실 세계에 실재계를 요청, 승인함으로써 탈주 의식을 자연스럽고 적극적으로 현실화하는 효과를 획득하게 된다.

박상순 시에는 실재계의 현실이 크게 두 가지 양상을 통해 목격된다.

첫 번째는 상징계와 실재계의 관계를 통해서이다. 실재계는 상징계의 틈새와 균열을 통해 모습을 드러내고, 그것을 통해 시적 주체는 죽음 너머의 실재계를 향유하기에 이른다. 이는 박상순의 시가 상징계의 현실로 틈입하는 실재계를 표상해냄으로써 확인된다. 그러므로 그의 시의 실재계는 상징계로부터 탈주와 이탈을 희구하는 시 의식을 살피기에 탁월하며 효과적인 영역이다.

두 번째는 '구덩이'와 '매몰지' 기표를 통해서이다. 실재계는 무의식과 외상이 억압되는 저장소이다. 외상은 일종의 정신적인 사건이고 주체는 상징계의 균열로 나타나는 상징계의 찌꺼기, 외상의 징후와 조우하게 된다. 박상순 시의 주체는 외상이나 무의식뿐만 아니라, 자기와 세계마저 매몰하고 유폐하여 현실 세계를 표상하는 상징계 및 (상징계의) 주체로서의 '나'를 떨쳐내고 있다. 그리고 상징계에서의 탈주를 실현하는 '구멍' 기표도 중요한데, 그것은 현실과 비현실을 이어주는 가교로써 죽음 너머의 실재계를 추동하고 상징한다. 아래의 시는 첫 번째 양상인 상징계에 개입하며 드러나는 실재계를 형상화한다.

정류장마다 얼굴들
통로 끝에서 솟아나

굴러오고
굴러가는

밤의 버스

내가 찍은 가장 아름다운 얼굴 하나가
어깨와 어깨들 사이로
통로를 굴러

덜커덕

어둠의 정류장에 내린다

—「밤의 버스」 전문, 『마라나, 포르노 만화의 여주인공』

위의 시는 "얼굴들"이 "통로 끝에서 솟아나/ 굴러오고/ 굴러가는// 밤의 버스"의 풍경을 묘사한다. 여기에서 "버스"가 중요해 보인다. 앞에서 살피었듯 박상순 시에는 상징계를 표상하는 기표와의 불화가 두드러진다. 요컨대 기차·여객기·엘리베이터 등, 변전소·철공소·형광등 공장 등은 상징계의 질서를 운반하거나 양산하는 기표들이다. 경로를 따라 운행하는 "밤의 버스" 역시, 상징적 질서를 따라 운동하는 기표라고 판단된다. 그런데 "정류장마다 얼굴들"이 반복하여 솟아나는 "밤의 버스"의 내부 모습은 공포스럽다. 솟아나는 "얼굴들"은 명확하게 설명되고 있지 않지만, "밤의 버스"의 풍경 속에서 불쾌하고 괴이한 분위기를 자아내고 있다.

위의 시는 "내가 찍은 가장 아름다운 얼굴 하나가" "통로를 굴러" "어둠의 정류장에서 내"리는 장면에서 마무리된다. 그 "정류장"은 종착지가 아닌 여러 "정류장" 중 하나이므로 주목해야 한다. 시는 그렇게 마무리될지라도, 버스는 노선을 따라 "어둠의 정류장"을 끝없이 순회하게 될 것이고, 시적 주체는 "얼굴들"이 튀어오르는 풍경을 지속하여 마주하게 될 것이기 때문이다. 즉 "어둠의 정류장"을 반복하여 순회하고, "얼굴들"은 "정류장마다" 반복하여 솟아오르고, 그것이 반복하여 굴러다니는 시적 현실은 상징계의 배면으로부터 드러나는 실재계를 암시한다고 볼 수 있다.

자크 라캉에 따르면, 상징계의 주체를 구성하는 무의식의 원리는 은유와 환유를 따라 전개된다. 특히 환유는 욕망의 지속을 의미하는데, 주체는 환유의 틈새를 통해 채울 수 없는 욕망을 감지한다. 그리고 실재계는 반복적으로 의식의 표층에 도래하여 주체의 증환을 추동하므로, '틈새'와 '반복'은 실재계를 해명할 유력한 근거가 된다. 그렇다면, 위의 시는 "밤의 버스"와 "어둠의 정류장"과 "얼굴들"을 통해 상징계의 틈새로 반복적으로 드러나는 실재계를 형상화하고, 실재계로의 주이상스를 실현하는 시적 현실을 보여준다는 분석이 가능하다.

"욕망"이 "끊임없이 자신을 충족시키려고 노력하며 하나의 기표에서 다른 기표로 움직이는" 것을 의미한다면 "주이상스"는 "절대적이고 확실한 것이다."[60] 그리고 주이상스는 실재계를 향유하는 느낌이며 주체는 이를 끊어내거나 거부하기 어렵기에, 박상순 시의 주체는 상징계에 개입하는 실재계 및 그것(곳)을 향하는 불가능한 욕망인 주이상스를 재현하여 탈주 의식의 현실화를 수행한다고 여겨진다. 상상계 이전과 상상계의 시적 현실과는 다르게, 어둡고 음침하고 공포스러운 분위기를 자아내는 이유는 이상의 내용과 관련되므로 자연스럽게 해명된다.

---

60 손 호머, 앞의 책, 142쪽.

머리에 바퀴를 달고

나는

언덕 아래로 끝없이

굴러가고 있었다

—「불 꺼진 창」전문, 『마라나, 포르노 만화의 여주인공』

위의 시는 "머리에 바퀴를 달고" "언덕 아래로 끝없이// 굴러가"는 '나'의 모습을 보여준다. "언덕"이라는 경로를 따라 굴러가는 '나'는 앞의 시와 마찬가지로 섬뜩하고 기괴한 분위기를 연출한다. 시의 내용이 짧으므로 제목인 「불 꺼진 창」을 살필 필요가 있다. 『마라나, 포르노 만화의 여주인공』에는 「불 켜진 창」이라는 제목과 구성이 유사한 시가 수록되어 비교를 이루기에 참조가 가능하다. 즉 끄거나 켤 수 있는 "불"은 밝음과 어둠이라는 현실과 현실의 배면의 원리에 호응하고, "창"은 텅 빈 채 공간의 안과 밖을 통하도록 만드는 투명하지만 단단한 구멍에 부합한다. 그러므로 "불 꺼진 창"은 어둡지만 투명하고 단단한 구멍을 의미해낼 수가 있다.

이것은 자크 라캉이 실재계를 설명하며 사용한 '사물(das Ding)'과 닮아있다. 사물은 프로이트가 말하였던 "단단한 불가입적 중핵"에 호응하는 개념인데, "기의 너머를 가리키며 그 자체로서는 무엇인지 알 수 없는 것", 즉 "상징화 너머의 어떤 것"[61]을 의미한다. 아울러 그것은 애초에 존재하지 않았기에 잃어버릴 수 없지만, 끊임없이 찾아 헤매게 되는 대상을 지칭하는 개념이기도 하다.[62]

---

61   위의 책, 133쪽.
62   위의 책, 134쪽.

실재계의 특질을 내포하는 라캉의 대상 a도 흡사한 의미이다. 대상 a는 일컫자면 "무의식의 구멍"[63]이자 그 구멍을 잠시간 메우는 사물이다. 라캉은 대상 a의 대표적인 이미지로 젖가슴, 대변, 시선, 목소리를 거론한다. 이들은 구멍의 형상을 하고 있는데, "항문도 구멍 입도 구멍이"며 "시선의 경우 눈꺼풀, 목소리의 경우 성문(聲門)"[64] 모두 수축하고 팽창하는 구멍이다. 이렇듯 "불 꺼진 창"은 모호한 것처럼 여겨지지만, 구멍이나 틈새를 통해 개입하는 실재계를 이미지화하고 현실화하는 적극적인 표상이 될 수 있다.

그러므로 분명해지는 것은 「불 꺼진 창」이 "언덕 아래로 끝없이// 굴러가"는 '나'를 가리킨다는 사실이다. "불 꺼진 창"처럼 "끝없이// 굴러가"는 '나'는 "어둠의 정류장"을 반복하여 경유하는 "밤의 버스"와 흡사한 의미를 획득할 수 있다. 나아가 "밤의 버스"의 내포를 넘어 '나'는 몸소 실재계를 향유하는 주체로 탈바꿈하는 것이 될 수도 있어 고무적이다. 이로써 위 시의 주체는 완벽히 채울 수도, 벗어날 수도 없는 실재계로의 욕망을 실현함으로 하여 상징계로부터의 탈주를 나타내는 극한의 현실, 곧 비현실인 실재계의 현실을 오롯이 표상하게 된다. 실재계는 상징계의 배면에 위치하여 짝패를 이루고 상징계의 원리를 위반하는 구조이므로 박상순 시의 탈주 의식을 확인하기에 가장 확실한 영역이다.

해바라기가 핀다
이층집 옥상 위에
식은 연탄재에 묻힌 뿌리로
해바라기가 핀다

---

63   이승훈, 『라캉 거꾸로 읽기』, 앞의 책, 127쪽.
64   위의 책, 129쪽.

이층집이 서기 전에는
천막교회가 낮게 앉아 있었고
나는 그곳에서
부활절을 보냈다

음침한 천막의
환등기 불빛 속에 정지된
키 큰 예수 아저씨의
머리 위로 비가 내리고

크리스마스가 오기도 전에
환등기를 싸들고 떠나가는 천막교회

그 천막교회 떠나간 뒤에
새로 지은 이층집
옥상 위에서
부서진 해골이 쑥쑥 자란다

　　　　　—「변전소의 엘리베이터가 지나간 자리」 전문, 『6은 나무 7은 돌고래』

　　위의 시는 "이층집 옥상 위에/ 식은 연탄재에 묻힌 뿌리로"부터 "해바라기
가 핀" 장면을 보여주고 있다. "식은 연탄재"가 "해바라기"를 피워낸다는
묘사는 얼마간 불가해한데, 다른 시에 등장하는 "연탄재"의 의미를 반추하여
분석의 실마리를 얻을 수 있다. 「빵공장으로 통하는 철도로부터 3년 뒤」(『6은
나무 7은 돌고래』)에서의 '나'는 "연탄재"에 앉기도 하고 "연탄재"를 소지하기
도 한다. '나'의 빈곤과 가난을 암시하는 장면인 "간장에 보리밥을 비벼 먹"

는 장면과 '나'의 질투와 공격성을 보여주는 "연탄재를 던"지는 장면은 "식은 연탄재"가 내포하는 불온성과 거북함을 환기한다.

뿐만 아니라, 다른 시들에서도 "연탄재"를 비롯한 검거나 어두운 빛깔의 기표는 불온함과 공포감을 나타내는 시어로 등장한다. "어두운 골목",[65] "검은 피",[66] "검은 물"과 "석유",[67] "검은 기둥",[68] "검은 빵"과 "검은 꽃"[69] 등은 유사한 의미로 활용된다. "연탄재에 묻힌 뿌리로부터 해바라기가" 피어나는 대목은 이들을 근거로 검토해볼 필요가 있다.

종합해보면, "연탄재"는 부정성을 다분히 내포하는 기표이다. "식은"이라는 표현은 그 성질을 배가한다. 가난과 공격성, 공포와 불온 등을 응축하는 "연탄재"는 "해바라기"를 피워내지만 그것이 곧 "부서진 해골들"로 치환되므로 괴기함을 자아낸다. 이는 상징계와 실재계의 관계를 암시한다. 실재계는 상징계의 잉여를 의미하고 상징계의 주체는 실재계의 틈입으로 인해 채울 수 없는 욕망과 불안을 경험하게 되는데, 이를 통해 실재계와 상징계는 불가분의 짝패이자 "이종 구조"[70]의 관계를 나타내게 된다. "연탄재"는 이윽고 "해골"을 피워내는 죽음 너머의 실재계를, "해바라기"는 생명과 활기의 영역인 상징계를 의미한다고 볼 여지가 큰 것이다.

그런데 "천막교회"가 철거되고 "이층집"이 들어섰다는 설명 이후, "해바라기"가 "부서진 해골"로 부지불식간에 치환되는 대목은 지극히 환상적, 비현실적 부분이다. 이 대목에서 또한, 2절에서 존 오스틴의 개념을 통해 살핀

65　「나는 더럽게 존재한다」, 『6은 나무 7은 돌고래』.
66　「녹색 머리를 가진 소년」, 위의 책.
67　「세탁소의 봄」, 위의 책.
68　「달 속의 검은 기둥」, 위의 책.
69　「검은 식탁」, 『마라나, 포르노 만화의 여주인공』.
70　김석, 앞의 책, 240쪽.

박상순 시의 수행적 발화를 확인할 수 있다고 본다. 1연과 5연은 같은 장면을 묘사하는 듯 보이지만, 다른 부분이 한 군데 존재하는데, "해바라기가 핀다"와 "부서진 해골 쑥쑥 자란다"이다. 즉 "해바라기"라는 상징계, 현실 세계의 표상을 "해골"이라는 실재계의 표상으로 순식간에 환치하는 힘은 흡사한 문장을 반복하여 발화하는, 선언과 묘사가 한 데 섞인 언술에서 비롯한다고 할 수 있다. 그를 따라, 시적 주체 또한 상징계의 완고한 주체로부터 벗어나 "해골"을 감지하고 표상하는 등, 새로운 현실과 연동되는 새로운 주체성, 정체성을 획득하고 표시하게 되는 것이다.

"천막교회"와 "이층집"은 대체와 대리를 통해 존속하는 상징계의 질서를 표상한다고 추론된다. 자크 라캉에 따르면, 상징계의 주체는 **한 기표에 의해 다른 기표에게 제시되**"며 "기표는 주체를 특징짓고 상징계 안에서 주체의 위치를 결정한다."[71] 주체는 기표를 통해 상징계의 주체로 존재할 수 있으며, 상징계는 기표를 통해 주체를 종속하며 구성하는 것이다. 이를 적용해보면, "천막교회"를 대체하는 "이층집"은 기표가 기표를 대체하는 상징계의 장을 형상화하고, "해골"은 상징화되지 못한 잔여이자 잉여인 실재계를 형상화한다고 볼 수 있다. "천막교회"-"이층집"-"식은 연탄재"-"해바라기"-"부서진 해골"의 순환적인 관계를 보여주는 위 시의 현실은 짝패의 관계인 상징계와 실재계를 복합적으로 실현하는 것이다.

이러한 박상순 시의 두드러지는 특징인 기표의 연쇄와 대체는 그의 시의 내적 논리를 보여주는 측면도 명백하므로 조금 더 부연하고자 한다. 김혜순은 "90년대 시인들(박상순, 김참, 함기석, 서정학, 김태동, 성기완)의 언술 방식"[72]에서 "말들의 연쇄"를 짚어내고, 그것이 "각 사물들, 혹은 시니피앙들간의

---

71   숀 호머, 앞의 책, 75쪽.
72   김혜순, 앞의 평론, 349쪽.

무수한 교환과 유희를 발생시"키며 "이 무한한 교환과 욕망의 재생산 속에서 시의 정황이 발생하고 이미지가 형성되고, 각각 시인의 독창성"을 "발현"[73] 한다고 설명한다. 그래서 김혜순은 이들 시인의 언술 방식이 초현실주의의 그것과 닮아 있다고 지적한다. 위의 시가 "말들의 연쇄"를 직접적으로 보여 주지는 않지만, 기표의 순환과 대체가 발생하는 시적 현실을 통해 박상순 시의 심층에 흐르고 있는 내적 논리를 감각적이고 상징적으로 형상화하는 의미가 있다. 위의 시는 그의 시를 세밀히 살피는 데 좋은 참조가 된다.

박상순 시의 상징계에 대립하고 위반되는 실재계는 곧잘 "해골"로 표상되는데, 조금 더 살펴볼 필요가 있다.

> (…중략…)
> 식어버린 해골들이
> 아직도 살아 있는 사람들에
> 당황하는 듯
>
> (…중략…)
> 삼륜차는 떠나고
> 넘치는 해골들이 차 안에서 쏟아져
> 변전소 아래로
> 굴러가고 있었다
>
> ─「변전소의 엘리베이터」 부분, 『6은 나무 7은 돌고래』

---

73   위의 평론, 351쪽.

나는 해골의 소년
해골을 등에 업고
시냇물을 따라간다

장미꽃 담장 아래
턱뼈 없는 두개골을 멈추고
꽃 같은 소녀를 부른다

(…중략…)
나는 해골의 소년
무덤처럼 엎드려
첫사랑을 나눈다.

— 「달팽이」 부분, 『6은 나무 7은 돌고래』

　「변전소의 엘리베이터」는 앞 시 「변전소의 엘리베이터가 지나간 자리」의
연작이다. "삼륜차"가 실어나르는 "해골"은 "살아 있는 사람들"을 보고 당황
해하며, 이윽고 "변전소 아래로 굴러"떨어짐으로써 섬찟하고 공포스런 분위
기를 형성한다. 그리고 "해골"을 실어나르는 기구가 "삼륜차"라는 사실도
중요하다. "세발 자전거"처럼, 세 개의 바퀴로 움직이는 "삼륜차"는 삼각의
구도를 나타내 상징계의 질서와 원리를 상징한다. "살아 있는 사람들"에 대
립하고, 지상에 대비되는 "변전소 아래"를 향해 "삼륜차"로 하여금 굴러떨어
지게 되는 "해골"은 상징계의 잉여이자 잔여의 구조인 실재계를 명백하게
형상화한다.
　「달팽이」의 '나'는 거북한 이미지인 "해골"과 등장하고 있다. "머리"가
아닌 "등에" 달린 "해골", "꽃 같은 소녀"에 반대하는 "해골의 소년"은 전면

과 이면, 생과 사, 미와 추의 대립 짝처럼 구성되는 상징계와 실재계의 관계를 보여준다. 실재계는 "아무리 전복시키더라도 그것은 항상 어쨌든 자기 자리에 있"으며 "자기 자리를 신발 밑창에 붙이고 다"[74]니듯 추방 불가의 영역이기 때문에, 주체는 그것을 배제하며 존립할 수 없는 것이다.

그런데 박상순의 시적 현실은 실재계를 표상하거나 향유를 재현하는 데에서 그치지 않고, 구덩이와 매몰지, 구멍을 통해 실재계의 현실을 더욱 능숙하게 재현한다.

> 염소우리 옆에 집을 지었다. 마루를 놓고 방을 꾸몄다
> 지푸라기 베개를 깔고 앵두나무를 눕혔다
> 옛이야기 속의 뒤뜰, 푸른 오월이 가볍게 찰랑거리던
> 수반(水盤)의 물이 마르고
> 앵두나무는 누었다. 나는 망설이다. 얇은 이불을 열고
> 이제 물기가 말라 끝까지 작아진 앵두나무에
> 저고리를 입혔다
> 행여 놓칠세라 튼튼한 끈으로 나무를 받쳐들고
> 염소우리를 지나 한바퀴, 또 한바퀴 돌아
> 집을 나섰다
> 팔월의 뜨거운 하늘, 긴 가뭄 위에 올라앉아
> 앵두나무가 누웠던 요와 이불
> 지푸라기 베개에 불을 지르고
> 나는 포크레인 기사가 땅 파는 소리
> 윙윙거리는 엔진소리가 끝나자마자

---

74 자크 라캉, 「「도둑맞은 편지」에 관한 세미나」, 앞의 책, 34쪽.

커다란 구덩이 속에 앵두나무를 던졌다

앵두나무를 버렸다

옛이야기 속의 넓은 마당, 장닭이 내 어깨를

냅다 쏘고 달아나던 날

수반의 뒤뜰에서 뿌리째 걸어나와

쓰러진 나를 업어 잠재우던 앵두나무

나는 그 앵두나무를 뿌리째 뽑아

포크레인을 부르고, 내 키보다 깊은 구덩이를 파고

그 칙칙한 구덩이 속에

앵두나무를 던졌다

나는 두 손에 얼굴을 묻고 어깨를 들썩였지만

염소우리 옆을 한바퀴, 다시 한바퀴 돌다

자동차의 엔진을 켰다

이제 앵두나무는 나를

발명하지 못한다

발견하지 못한다

　　　　　　　　　　ㅡ「앵두나무, 앵두나무」 전문, 『마라나, 포르노 만화의 여주인공』

　위의 시에는 매몰지로서의 "구덩이"가 등장한다. 시는 "칙칙한 구덩이 속에 앵두나무를 던"져 넣는 이야기를 전개하고 있다. '나'는 시의 도입부에서 "앵두나무"를 위해 집을 짓고 방을 꾸미고 거기에 그를 눕히는 등, 정성과 애정을 다하고 있다. 그런데 "앵두나무"는 마치 죽음에 이르는 것처럼 여겨진다. "쓰러진 나를 업어 잠재"울 정도로 커다랗던 "앵두나무"는 "물기가 말라 끝까지 작아"지기에 이르는데, 이것은 죽음의 은유라고 판단된다. 나아가 "저고리"와 "요와 이불/ 지푸라기 베개"를 태우는 장면, "앵두나무"를

"구덩이"에 던져넣고 "염소우리 옆을 한바퀴, 다시 한바퀴" 도는 행위는 장례의 절차를 보여주는 것이라고 짐작된다. 그렇다면, "포크레인"은 "앵두나무"를 매장하기 위해 "구덩이"를 판 것이 된다. "포크레인"은 버스·기차·엘리베이터 등과 마찬가지로 상징계를 암시하는 기표라고 여겨지므로 자크 라캉의 담론을 활용한 분석을 가능하게 한다.

즉 시적 주체는 "포크레인"이라는 상징계의 기표를 이용하여 시적 현실의 표층에 "구덩이"라는 균열을 내 실재계를 호출하는 것이라고 볼 수 있다. "외상은 상징화되지 못하고 남아 있는 한, 그것이 실재계이며 주체의 중심에 자리 잡은 영속적 어긋남(dislocation)"[75]이기에, "앵두나무"의 죽음뿐만 아니라 "앵두나무"의 죽음에서 연원하는 외상 역시 "구덩이"를 통해 구현되며 거기 매립되기에 이르는 것이다. 시의 마지막에서 "발명하지 못한다/ 발견하지 못한다"라는 진술은 돌이킬 수 없는 "앵두나무"의 상실을 확정하는 서글프며 개연적인 진술이다.

주체는 사랑하는 대상을 상실하면 멜랑콜리 혹은 애도를 경험한다. 지그문트 프로이트는 "사랑하는 사람의 상실, 혹은 사랑하는 사람의 자리에 대신 들어선 어떤 추상적인 것, 즉 조국, 자유, 어떤 이상(理想) 등의 상실에 대한 반응"[76]을 멜랑콜리와 애도의 징후라고 보고, 이 둘을 "마찬가지로 <고통스럽다>고 부르는 것"을 "타당하다"[77]고 말한다. "앵두나무"의 죽음이 시적 주체에게 도래하는 하나의 경험이고 그 때문에 주체가 떨쳐내기 어려운 증환에 시달리게 되는 것이라면, "구덩이"는 애도의 표상으로 전유될 수 있다.

애도가 시간의 경과에 따라 상실을 건강하게 극복하는 것을 의미한다면,

---

75   손 호머, 앞의 책, 132쪽.

76   지그문트 프로이트, 「슬픔과 우울증」, 『정신분석학의 근본 개념』, 윤희기 외 역, 열린책들, 2020, 244쪽.

77   위의 글, 245쪽.

멜랑콜리는 상실이 낙담과 자기 비하, 응징과 망상 등으로 전개하는 병증을 의미한다는 차이가 있다.[78] 시적 주체는 "앵두나무"를 "구덩이"에 매립함으로 하여 슬픔을 미약하게나마 극복해볼 수 있다. 물론 "앵두나무"의 죽음은 의식의 표층을 향해 수시로 부상하여 시적 주체를 괴롭게 하겠지만, 상징적인 애도는 실현될 수 있어 보인다. 위 시의 구덩이는 "앵두나무"의 죽음과 죽음에서 기원하는 외상, 외상의 억압, 그로부터 출몰할 증환을 아울러 형상화하여 실재계의 시적 현실을 적절히 연출한다. 나아가서는 1990년대가 흔히 상실의 시대이자 '이후'의 시대라고 말해질 때, "앵두나무"의 죽음과 그것의 매립은 박상순이 당대의 현실을 어떻게 인식, 재현, 극복하는지, 그 태도를 상징적으로 보여주는 측면도 있다.

나는 오직 나만을 사랑했다. 나를 닮은 모든 것을 잘라냈다. 나의 누이, 나의 형제, 나의 어린 아버지, 나를 닮은 증명사진, 내 양말, 나의 장갑, 모든 것을 잘라냈다. 나는 거대한 가위였다. 톱날이 달린⋯⋯ 그래서 나는 웅덩이가 되었다⋯⋯⋯⋯ 울고 있는 나의 누이, 외눈박이 내 형제, 풍선을 든 나의 어린 아버지, 나의 거울, 나의 문, 내 하늘과 붉은 구름. 내 곁의 모든 것을 웅덩이에 처넣었다. 가위도 처넣었다. 웅덩이 속에.

나는 오직 웅덩이만을 사랑했다. 닭털을 든 나의 누이, 닭발을 든 나의 형제, 솜사탕을 핥아먹던 나의 어린 아버지, 누이의 눈, 형제의 팔, 아버지의 손가락이 웅덩이 속을 떠다녔다. 닭발처럼 떠다녔다. 나의 양말, 내 장갑, 내 모자를 틀어쥔 잘려진 닭발들이 웅덩이 속을 떠다녔다.

---

78   위의 글, 244쪽.

나는 오직 닭발들만 먹었다. 닭발을 입에 문 한 마리 낙타였다. 나는 오직 나만을 사랑하는 거대한 웅덩이였다. 웅덩이를 끌고 가는 한 마리 낙타였다. 허공에 내 무덤을 마련해 둔 한줌의 닭털이었다. 바늘을 든 네가 나에게로 다가와, 내 크고 검은 눈동자 속에 주사바늘을 꽂기 전까지.

　　　　　　　　　 ―「나는 오직 나만을 사랑했다 Ⅰ」 전문, 『6은 나무 7은 돌고래』

위의 시에는 매몰지로서의 "웅덩이"가 등장한다. 시적 주체는 "나의 누이, 나의 형제, 나의 어린 아버지, 나를 닮은 증명사진, 내 양말, 나의 장갑, 모든 것"을 "가위"로 잘라낸 다음 웅덩이에 처넣는다. 그런데 잘라버리는 행위는 거기에서 그치지 않고 있다. "나의 거울, 나의 문, 나의 하늘과 붉은 구름, 내 곁의 모든 것을" 웅덩이에 처넣기에 이르기 때문이다. 이것은 현실 세계를 재현하고 '나'를 구성하는 상징계의 기표뿐만 아니라, 상상계 이전과 상상계를 함의하는 다양한 기표 역시 상실시킨다는 의미를 나타낸다. 위의 시는 "거울", "문" 같은 이마고의 표상과, "붉은 구름" 같은 모호성의 표상을 "웅덩이 속"에 함께 던져 넣어 비현실적 현실을 구현하기에 이르는 것이다. 이렇듯 "웅덩이"는 "나를 닮은 모든 것을 잘라"내 유폐하여 세계와의 불화를 확고하게 상징한다.

실재계는 채울 수 없는 욕망을 추동하고 외상이나 무의식이 억압되는 저장소이다. 그렇다면 "웅덩이"는 "내 곁의 모든 것"을 매몰할 수 있는, 그러나 현실, 죽음 너머의 형용할 수 없는 현실로서의 실재계일 수밖에 없다. 자크 라캉은 "의도한 공격성은 갉아먹고, 기반을 약화시키고, 분열시킨다. 그것은 거세한다. 그것은 죽음으로 이끈다"[79]라고 역설하는데, "거대한 가위"로 변신하여 "웅덩이"에 이끌리는 시적 주체의 모습은 이에 호응한다. 그리고 이

79　자크 라캉, 「정신분석에서의 공격성」, 앞의 책, 126쪽.

승훈의 논의 또한 참조가 가능하다고 보는데, 그는 자아와 주체의 해방은 상상계의 전복과 상징계의 해체를 통해 실재계에 닿음으로써 실현될 수 있다고 설명한다.[80] 그래서 그는 '해방 시학'이라는 고유한 시론을 주창하며, 상징계와 상상계를 허물어 실재계에 도달함으로 하여 획득할 수 있는 시적 해방의 효과를 긍정, 강조한다. 시의 주체가 상상계와 상징계 모두 전복하고 해체하여, 현실로부터 탈주하는 적극적이고 극단적이며 괴기하기까지 한 시 의식을 확고하게 나타낼 수 있는 것은, 실재계가 담지하는 '해방'의 잠재성 덕분이라고 할 수 있다.

첫 번째 연에 등장하는 "나는 오직 나만을 사랑했다"라는 문장이 두 번째 연에서 "나는 오직 웅덩이만을 사랑했다"라는 문장으로 변주되고, 세 번째 연에 이르러 "나는 오직 나만을 사랑하는 거대한 웅덩이였다"라는 문장으로 변화하고 발전하는 모습은 위 시에서 가장 눈길을 끄는 대목이다. 이 과정을 통해 '나'="웅덩이"라는 불가해한 등식이 정립되기 때문이다. 이로써 '나'는 단순하게 실재계의 현실을 형상화할 뿐만 아니라, '나'와 실재계의 불가능을 넘어서는 은밀한 관계를 향유하기에 이른다. "누이의 눈, 형제의 팔, 아버지의 손가락이 웅덩이 속을 떠다녔다. 닭발처럼 떠다녔다"와 "나는 오직 닭발들만 먹었다"의 진술은 실재계를 탐닉하는 '나'를 보여준다.

그런데 시의 마지막 연에서 "바늘을 든 네가 나에게로 다가와, 내 크고 검은 눈동자 속에 주사바늘을 꽂기 전까지"의 문장은 중요해 보인다. 팔루스의 모상(模相)인 "주사바늘"은 실재계와의 불가능한 만남을 실현하고 거기 매혹되어버린 내가 몽롱한 의식 속에 존재하고 있음을 상징하는 사물로 작동한다고 보이기 때문이다. 즉 아버지의 힘과 권위를 의미하고, 상징계의 법과 규칙을 함축하는 (상징적) 팔루스를 표상한다고 여겨지는 "주사바늘을 꽂기

---

80   이승훈, 앞의 책, 444~445쪽.

전까지” 실재계에의 향유를 그치지 않으리라는 암시를 제공하는 이 대목은, 향유의 주체로 분(扮)하는 ‘나’를 반증하는 것이라고 판단된다.

또, 위의 시는 자동기술[81]을 통해 시적 현실을 전개하고 있는데, 탐닉과 매혹에 사로잡힌 ‘나’, 마치 정신병[82]적 주체인 ‘나’를 암시함으로써 향유의 주체로 전환하는 시적 주체의 새로운 정체성을 확인시킨다. 이것들은 박상순의 시적 현실에 내재하는 초현실주의 경향과 결부하는 내용이기에 부연하고자 한다. 미술사학자이자 평론가인 핼 포스터는 “단순한 의미에서 보면, 초현실주의자들은 히스테리 환자가 되고 **싶었던**”, “수동적인 상태와 발작적인 상태를, 유유자적의 상태와 황홀경의 상태를 오락가락하고 싶어 했던” 사람들이라고 역설하며 “좀 더 난해한 의미에서 보면, 초현실주의자들 자신이 **바로** 히스테리 환자였다”[83]라고 말한다.

그리고 그는 초현실주의를 ‘언캐니(uncanny, Unheimliche)’ 개념을 통해 논의하기에 시사적이다. 그는 앙드레 브르통이 신경정신과 병원의 조수였던 이력을 설명하면서 섬망 증세에 시달리던 한 청년 군인에 주목했던 과거를 소개한다. 해당 이야기에는 초현실주의의 기원과 시초가 담겨 있으나 이후

---

81 자동기술은 초현실주의에서 중요한 기법이다. 앙드레 브르통은 초현실주의를 자동기술에 등치시키기도 한다. 그래서 그는 “초현실주의. 남성 명사. 순수 상태의 심리적 자동운동으로, 사고의 실제 작용을, 때로는 구두로, 때로는 필기로, 때로는 여타의 모든 수단으로, 표현하기를 꾀하는 방법이 된다. 이성이 행사하는 모든 통제가 부재하는 가운데, 미학적이거나 도덕적인 모든 배려에서 벗어난, 사고의 받아쓰기./ 백과사전적 설명. 철학. 초현실주의는 그 이전까지 무시되었던 어떤 종류의 연상 형식이 지닌 우월한 현실성과 몽상의 전능함과 사고의 무사 무욕한 작용에 대한 신뢰에 기초를 둔다. 여타의 모슨 심리적 기구들을 결정적으로 붕괴시키고, 그것들을 대신하여 삶의 중요한 문제들을 해결하려는 경향이 있다”(앙드레 브르통, 앞의 책, 89~90쪽)라고 말한다.

82 자크 라캉은 정신병을 “상징적 아버지, 부명, 아버지의 이름의 결여와 관련시킨다.”(이승훈, 앞의 책, 316쪽) 즉 정신병은 상징계와 괴리, 불화되어 있는 주체의 가장 확고한 병증이라고 할 수 있다.

83 핼 포스터, 앞의 책, 101쪽.

초현실주의 논의에서는 이 이야기를 언급해오지 않았다고 꼬집는다. "외상의 충격, 치명적인 욕망, 강박적 반복"의 언캐니가 "초현실주의"에 도사리는 "광기"[84]를 점검할 수 있는 유효한 시각을 제공하리라고 판단하는데, "언캐니는 초현실주의의 무질서를 해명해주는 질서의 원리"[85]라고 할 수 있기 때문이다.

언캐니는 지그문트 프로이트의 용어이고, 억압되었던 것이 주체의 의식의 표층으로 회귀하고 부상할 때 느끼는 친숙한 낯섦, 두려운 낯섦을 의미한다.[86] 그것은 외상 등을 마주하게 될 때의 느낌이므로 자크 라캉의 실재계와도 자연스럽게 연관된다. 그렇다면 「나는 오직 나만을 사랑했다 Ⅰ」의 "웅덩이"는 핼 포스터가 언급하는 초현실주의-언캐니 논의의 맥락에 호응할 수 있다. "웅덩이"가 자아내는 광기는 초현실주의 경향과 함께, 상징계로부터의 탈주를 기이하게 실현하는 시적 현실을 여실히 감각하게 한다.

A와 B는, 기원전 6500년에서 5700년 사이에 길이 없는 마을에서 태어났다. 1961년 봄, C는 창이 없는 방안에서 처음 도넛 만들기를 배웠다.

기원전 6500년에서 7500년 사이, A가 태어나던 집에 문이 없었다. 창도 없었다. 집과 집은 모두 서로의 벽을 대고 엉겨붙어 있었다. A와 B는 지붕을 통해서만 집 밖으로 나왔고 지붕을 통해서만 안으로 들어갔다.

엉겨붙은 집과 집 사이에 공터가, 터진 곳이 있었지만 B는 그곳에 쓰레기

---

84 위의 책, 13쪽.

85 위의 책, 23쪽.

86 지그문트 프로이트, 「두려운 낯설음」, 『예술·문학·정신분석』, 정장진 역, 열린책들, 2003, 403~440쪽.

만 버렸다. A는 쓰레기 구멍도 타고 넘어 사냥을 갔다. B는 집 안에 틀어박혀 구멍을 팠다. 땅을 파내려갔다.

C는 도넛을 만들고 있었다. 어느날 C의 지붕이 흔들렸다. 흙먼지 날리며 구멍이 났다. B가 C를 내려다봤다. C는 엉겁결에 도넛 하나를 권했다.

도넛 하나를 받아 든 B는 구멍 끝으로 사라졌다. 그 위의 구멍을 타고 돌아온 A에게 도넛을 보여주었다. A는 창을 들고 한참을 망설이다가 마침내 도넛 속으로 몸을 날렸다.

B는 도넛 속으로 몸을 날리다 제 창에 찔려 죽은 A를 쓰레기장에 버렸다. B는 다시 땅 속으로 내려오다 1961년 마침내 쓰레기로 발견되었다.

C는 구멍 난 지붕에서 떨어진 도넛 두 개를 쓰레기통에 버렸다. 창에 찔려 구멍이 난 A, 땅을 파다 제 몸통에도 구멍을 낸 B,

쓰레기를 버리고 주방에 서 있던 C가 갑자기 구멍 난 지붕으로 손을 뻗쳤다. 구멍을 타고 오르기 시작했다. 1961년 어느날 도넛을 만들던 C는 도넛 속으로 사라졌다.

1961년 9월에서 10월 사이 나는 태어났다. 한 손에는 창을 들고 한 손에는 도넛을 들고 지붕 위에서 도넛을 떨어뜨리기 시작했다.

도넛 하나를 굴릴 때마다 지붕이 굴러갔다. 네모가 굴러갔다. 아라비아가 구르고, 지중해가 구르고 해왕성이 구르고, 명왕성의 먼 우주가 땅 속으로 굴렀다. 지붕이 내려앉았다.

　　　　　　　－「도넛을 만드는 A, B, C」 전문, 『마라나, 포르노 만화의 여주인공』

위의 시는 매몰지가 아닌 구멍을 통해 비현실적 현실을 형상화한다. "기원
전 6500년에서 5700년 사이에" 태어난 A와 B, "1961년 봄"에 태어난 C는
"구멍"을 통하여 만나게 된다. "길이 없는 마을에서 태어"났고 "문"과 "창"이
없는 집에서 생활하던 A와 B, "창이 없는 방안에서" 태어난 C는 폐쇄된
공간에서 억압의 생활에 시달려왔으리라고 짐작할 수 있다. 그래서 그들은
"구멍"이 자아내는 채울 수 없는 욕망에 이끌릴 수밖에 없던 것이다. A는
"쓰레기 구멍을 타고 넘어 사냥을" 다니고, B는 "집 안에 틀어박혀 구멍을"
파고, C는 "구멍"이 난 "도넛"을 만들면서 세계로부터의 탈주를 욕망하게
된다. 이들은 이윽고 "구멍" 덕분에 만나게 되지만, "구멍" 때문에 죽음을
맞이하므로 기괴하다.

A는 "도넛"의 구멍 속으로 몸을 던지다가 창에 찔려 죽고, B는 "땅을
파다 제 몸통에도 구멍을 내"서 죽게 되고, C는 어느 날 도넛의 "구멍" 속으
로 사라져 소멸한다. "구멍"은 애초에 욕망과 환상이 내재되어 있는 현실과
비현실의 통로 같았으나, 실재계가 그러하듯 공포감과 섬찟함을 함께 보여준
다. 즉 그것은 속박하고 억압하는 세계로부터 주체를 이끌지만, 주체를 붕괴
하고 시련하게 하는 실재계를 정확하게 표상하는 것이다. 자크 라캉은 실재
계를 상징계의 구멍과 틈새를 통해 드러난다고 말하면서, 구멍을 "심층의
은밀한 담화"를 표현하게 하는 "소재"[87]라고 설명한다. 그러한 의미에서, "구
멍"은 채울 수 없고 형용하기 어려운 은밀한 탈주의 욕망을 투영하고, 이윽고
탈주를 실현해내기에 적합한 기표이다.

87　자크 라캉, 『자크 라캉 세미나 1: 프로이트의 기술론』, 앞의 책, 434쪽.

그런데 9연을 보면 "1961년 9월에서 10월 사이 나는 태어"난다. "한손에는 창을 들고 한손에는 도넛을 들고 지붕 위에서 도넛을 떨어뜨리기 시작"한다. 이것은 '나'라는 존재가 A, B, C를 통해 구성되는 혼용의 주체라는 사실을 보여준다. 뒤집어 말하자면, 상징계에서 벗어나고 싶은 시적 주체의 욕망이 A, B, C를 통해 대리 수행되었다고 일컬을 수 있다. 즉 시적 주체의 욕망과 그에 따른 환상은 "구멍"을 매개로 하여 비밀스럽고, 비현실적으로 현실화되었다는 의미이다. 「하수관이 통과하는 거대한 침실」에서도 유사한 양상을 확인할 수 있다.

> 나는 하수관 끌
> 침실에 누워
> J와 K와 Y와 K의 울부짖음을 듣는다
>
> 하수구 속에 밀어넣은 얼굴들
> 내 얼굴들의
> 울부짖음을 듣는다
>
> —「하수관이 통과하는 거대한 침실」 부분, 『6은 나무 7은 돌고래』

위의 인용은 「하수관이 통과하는 거대한 침실」의 마지막 부분이다. 해당 시는 "J와 K와 Y와 K"가 "거대한 침실"에서 함께 생활하는 모습을 묘사하고 언술한다. "J는 일기예보를" 하고, "Y는 커다란 쓰레기통을 머리에 쓰고 개를 기"르며, "K는 숟가락으로 발바닥을 악기처럼 두드리다가 하수관 속으로 떠내려"가고, "또 다른 K는 쑥갓과 상추를 심"고 있다. 그런데 각양각색의 그들은 시의 마지막 부분에서 "하수관"에 얼굴을 들이밀게 된다. 그들의 얼굴은 곧, 위의 인용에서처럼 "내 얼굴들의 울부짖음"으로 치환되기에 이른다.

해당 시에서 J, K, Y, K는 '나'의 대리인들이라 보아도 무방하리라고 판단된다. 즉 "거대한 침실"이라는 하나의 시적 현실에 여럿의 '나'를 실현해 두고, "하수관"을 "침실"과 그들의 발밑에 배치함으로 하여 상징계와 실재계의 관계를 환상 혹은 비현실성을 통해 구현해낸다고 보이는 것이다. "하수관"과 "하수구"는 "상징계에 동화되지 않는 여분 혹은 상징화에 대한 저항을 통해 자신을"[88] 알리는, "언어적 질서로 표현하지 못하는 욕구의 찌꺼기"[89]인 실재계를 나타내기에 적합한 기표이다.

그러므로 「도넛을 만드는 A, B, C」에서의 "지붕" "네모" "아라비아" "지중해" "해왕성" "명왕성의 먼 우주"가 굴렀다는 비현실적, 환상적 표현을 "지붕이 내려앉았다"라는 현실적인 표현을 통해 마무리하는 대목도 온당하다고 보인다. '나'는 환상을 활용하여 실재계를 구현하거나 향유할 수 있으나, '아버지의 이름'이라는 통제와 금지가 작용하는 상징계, 현실 세계를 의식할 수밖에 없는 필연성에 구속되기 때문이다. 시적 주체가 탈주를 완수하기 위해 끝나지 않을 상징적 고투를 계속하는 이유도 이것에서 비롯한다.

이처럼 박상순의 1990년대 시에는 실재계를 구현하여 상징계로부터 수행하는 탈주 의식을 보여주고 있다. 불쾌함과 섬찟함을 자아내 상상계 이전, 상상계의 현실과 상이한 분위기를 연출한다. 이로써 불가능하며 채울 수 없는 욕망을 실현하거나, 환상을 활용하여 현실 세계와 극단적 대비를 이루는 비현실적 현실에 참여하는 시의 주체를 확인하도록 한다.

박상순의 시는 상상계 이전, 상상계, 실재계와 부단히 연동하는 주체를 발견하게 한다. 그래서 그의 시적 주체는 어떠한 현실에 놓이느냐에 따라 새로운 주체로 변모하고 갱신된다. 기호는 이를 집약하고 응축하며, 길게

---

88 김석, 앞의 책, 239쪽.
89 위의 책, 238쪽.

부연하지 않더라도 시적 현실의 양상을 자연스럽게 전개하고 시적 주체의 징후를 효과적으로 표출하게 하는 효용을 제공한다. 이를 통해 박상순 시의 탈주 의식은 성공적으로 수행된다. 아버지의 세계인 상징계는 현실 세계의 표상으로서 시적 주체와 괴리하고 불화하는 공간인데, 이는 1990년대의 동시대적 감각을 확인하게 한다. 박상순의 시는 환멸과 공황, 고독과 불안을 야기하던 당대의 현실에 어떻게 대응하고, 그를 시 속에 어떻게 반영하고 있는지 '주체', '기호', '탈주' 등을 통해 선구적으로 보여주고 있다.

제3장 ───────

이수명 시에서 도시 공간을 통해
드러나는 불안 의식

　이수명[1]의 시는 "현실에서 이탈하여 환상을 시와 결합하는 계열"에 포함되며 "탈문맥" "탈의미" "초현실주의적 경향"[2]을 보여주는 시이자, "언어의 질서로부터 가장 멀리 떨어진 채 언어 그 자체를 탐색하는 작업을 고수해"[3]온 시, "언어의 질서를 넘어"서고 "행간의 언어를 생략하고 건너뜀으로써 시적 대상과 언어의 인식을 교란시키는 특이한 진술 방식"[4]을 구사하는 시로서 평가받아 왔다. 이수명 시 연구사는 언어적 접근이 그의 시 세계를 간파할 유효한 시각이라는 사실을 거듭 확인해온(또한, 확인받아온) 역사라고 할 수

───────────

1　이수명은 1994년 『작가세계』를 통해 시단에 등장하였다. 시집 『새로운 오독이 거리를 메웠다』(세계사, 1995; 문학동네, 2020), 『왜가리는 왜가리놀이를 한다』(세계사, 1998; 문학과지성사, 2015), 『붉은 담장의 커브』(민음사, 2001), 『고양이 비디오를 보는 고양이』(문학과지성사, 2004), 『언제나 너무 많은 비들』(문학과지성사, 2011), 『마치』(문학과지성사, 2014), 『물류창고』(문학과지성사, 2018), 『도시가스』(문학과지성사, 2022) 등 다수의 산문집과 시론집, 연구서와 번역서를 출간하였다. 그리고 박인환문학상, 현대시작품상, 노작문학상, 이상시문학상, 김춘수시문학상, 청마문학상 등을 수상하였다.
2　유성호, 앞의 글, 588쪽.
3　이혜원, 「미지의 세계를 향한 진지한 놀이」, 앞의 평론, 25쪽.
4　권영민, 앞의 글, 644쪽.

있다. 이 같은 접근은 그의 시에 관한 다각적인 접근을 방해해온 측면이 크다. 이수명의 시에는 시대, 현실에 대응하여 구현해놓은 시적 현실이 뚜렷하게 포착되지만, 이를 논의한 바는 미흡한 것이다.

그의 시에서 1990년대는 "이십세기의 소독"이 남아 있으면서도 "뿜어진 입김들은/ 악취가 되어 돌아"오는 이중적인 풍경의 "도시"[5]를 통해 표상된다. 그리고 "모험"이 어림없는 시대이자 "알루미늄 풍선"처럼 공허하며 "회의를 회의하게 하는"[6] 세계를 통해 재현된다. 이처럼 1990년대 현실을 적극 표상하고 있는 이수명의 시적 현실은 시적 주체가 살아내고 처해 있는 공간이면서, "악취"가 도사리고 "회의"마저 "회의하게" 함으로써 불안 의식을 향해 그를 지속하여 견인하는 모순된 공간이다. 즉 1990년대의 현실이 주체의 토대를 이룸으로 하여 실존과 생활의 요건이었던 것이 사실이지만, 불안에 따른 방황과 배회를 추동함으로 하여 벗어나고 싶은 욕망을 움 틔웠던 사실은 그의 시적 현실을 구성하는 데 있어 중요한 인식(론)적 조건이 된다.

또, 1990년대에 이르러 도시가 인간의 지배적인 생활환경이 되었다는 바역시 지적되어야 할 것이다. 생활의 터전으로서 토대가 되어주지만, 끝없는 욕망을 부추김으로 하여 박탈감과 허무함을 선사한 도시가 인간을 종속하여 방황과 고독을 유발하던 내력은 1990년대의 징후인 환멸과 공황, 고독과 불안에 호응하는 측면이 큰 것이다. 그러므로 도시를 통해 당대의 현실을 집약하여 시적 현실로 첨예화하는 이수명의 시는 다분히 동시대적이라고 여겨지는데, 그의 시의 도시를 검토한다면 1990년대 시의 양상 및 징후를 섬세히 확인하고 추출해보는 데 효과적이리라 판단된다.

이 같은 당대의 상황은 그의 시론에도 깃들어 있어 흥미롭다. 이수명은

---

5   이수명, 「파업」, 『새로운 오독이 거리를 메웠다』.
6   이수명, 「1990년대」, 『새로운 오독이 거리를 메웠다』.

자신의 시론을 '표면의 시학'이라고 일컫는다. 그에게 "표면은 내면이 아니고 이면도 아니"며 "보이는 부분"[7]을 의미하고, "세계의 전모"이자 "감추어진 것은 사실상 없"는 "세계"[8]를 내포한다. 이것은 어폐가 있는 표현이다. 보이는 것이 전부인 "표면"이면서 세계의 전모인 "표면"이란, 온당하거나 쉽사리 수긍이 가지 않기 때문이다. 즉 이수명 시의 '표면'이 자아내는 모순은 그의 시 의식의 토대가 되었고 비로소 시 의식을 개시해가도록 하였던 1990년대가 연출한 부조리함, 모순과 호응하리라고 판단된다. 이것은 곧 실제 현실에 관한 인식이 그의 시 의식에 반영, 응축되어 있다는 사실을 표시하는 것이라고 볼 수 있다. 그래서 이 글은 이수명 시의 현실 인식 및 시 의식을 살피는 데 있어, 그의 시론을 다소간 참조하여 시 분석에 도움을 받고자 한다.

이 장에서는 이수명 시의 도시 공간을 통해 드러나는 불안 의식을 살펴보고자 한다. 그의 시에서 도시는 상징계·상상계가 구성하고 실재계가 개입하는 독특한 공간이다. 즉 이수명 시의 도시는 상징적, 물질적 공간이지만, 상징계와 상상계와 실재계를 통해 구현되는 정신적 세계이기도 하기에, 시적 주체의 불안과 혼란을 유발하고 환상과 무의식의 표상이 혼재하는 특유의 공간이다. 이는 이수명 시 연구가 거듭해온 언어적 접근을 넘어, 그의 시가 노정하는 현실 인식과 시 의식, 동시대성 및 고유성을 간파하는 데 중요한 시각을 확보하도록 하는 내용이다.

김홍중에 따르면, 근대의 지배적 정조는 멜랑콜리이다. 그는 "근대적 주체란 사유나 이념뿐이 아닌 그의 정조를 통해서 구성된 주체이"[9]며, "모더니티

7   이수명, 『표면의 시학』, 난다, 2018, 8쪽.
8   위의 책, 41쪽.
9   김홍중, 「멜랑콜리와 모더니티: 문화적 모더니티의 세계감(世界感) 분석」, 『한국사회학』 94, 한국사회학회, 2006, 25쪽.

는 이들에게 근본적으로 '슬픈' 것이었다"[10]라고 역설한다. 그리고 그는 이를 살피기 위해 "세계감"이라는 용어를 제안한다. "세계관은 특정 시대가 세계를 이해하는 선험적 인식의 틀(Logos Mundi)을 의미하며, 세계상은 특정 시대가 세계를 상상하는 선험적 이미지의 틀(Imago Mundi)을 의미하고, 세계감은 마찬가지로 감정의 틀(Phathos Mundi)을 의미한다."[11] 그러므로 멜랑콜리라든가 멜랑콜리를 토대로 하여 나타나는 여러 감정은 단순히 개인의 내면을 암시하는 표식일 뿐만 아니라, 시대, 사회, 현실, 세계 등이 주체를 구성한다는 사실을 확인하게끔 도모하는 요소라고 할 수 있다. 그렇다면, 김홍중이 '세계감'이라는 용어를 통해 시대의 감정 형식을 파악하여 시대, 사회의 형질을 논구할 수 있다고 말할 때, 시인이 시대 현실에 대응하여 시적 현실에 표상하고 있는 감정 및 그 분위기를 추적한다면, 그를 통해 시인의 현실 인식 및 시 의식을 효과적으로 검토할 수 있으리라고 추론해볼 수 있다.

그러므로 1990년대의 환멸과 공황, 고독과 불안을 어떻게 수용하고 극복하는지는 박상순 시의 탈주 의식처럼 확연히 목격되는 수행성을 통해서만 아니라, 이수명 시의 주체가 표출하는 불안 의식이나 성미정 시의 주체가 발현하는 소외 의식 등을 통해서도 확인할 수 있다고 본다. 그리고 이수명 시의 불안과 성미정 시의 소외는 단순한 정서에 머무르지 않고, 현실과 얼마나 부조화하는지 드러내는 증표이면서, 나아가서는 처해 있는 시적 현실로부터 탈출하거나 항거하고자 하는 데까지 그를 전개하여 동시대성의 증좌가 되기도 하여 주목할 가치가 크다.

도시는 근대화와 산업화의 소산이며 근대의 주체들은 근대화와 산업화의 풍경을 목격한 동시대의 예민한 목격자이자 증언자인데, 그래서 도시의 주체

---

10   위의 논문, 26쪽.
11   위의 논문, 27쪽.

에게 우울이나 슬픔뿐만 아니라 불안 또한 필연적이며 피할 수 없는 감정이다. 불안이 상호주체적이며 사회적인 존재인 주체에게 뗄 수 없는 요소인 탓도 크다. 자크 라캉에 따르면, "불안은 내 존재가 억압될 때 절규처럼 터져 나오는 존재의 정동"[12]이다. 그것은 "부정 정서이자 고통처럼 보이지만 현재 상황을 돌아보게 만드는 신호이자 내 존재의 순수한 목소리"[13]다. 때문에, 불안 의식은 타자와 상호적인 관계에 놓이는 개인이자 동시대의 증인이기도 한 이수명 시의 주체를 살필 수 있는 강력한 지표라고 여겨진다. 정리해보면, 이수명 시에서 욕망을 부추기며 공허함을 자아내고 소음과 악취, 도배와 유폐를 자행하여 혼란을 촉발하는 도시는 시적 주체의 불안을 일으키는 적극적인 토대이다.

1. 주체의 반복적 배회와 모순의 도시

이 절에서는 이수명 시에 나타나는 주체의 반복적 배회와 모순의 도시를 살펴보고자 한다. 그의 시적 주체는 시적 현실에서 안정감을 느끼지 못한 채, 반복적으로 방황하며 배회하고 있다. 반복은 주체의 징후와 증환을 살피는 데 핵심적인 요소이므로 주목이 필요하다. 상징계의 대표적인 특징이 문자의 반복이고, 실재계의 외상은 반복적으로 의식을 향해 부상하여 주체를 괴롭히기 때문이다.

자크 라캉에 따르면, "문자는 반복되면서 사건을 되풀이함으로써 주체의 운명을 전도시킨다."[14] 아울러 상징계는 결여와 결핍의 세계이자 주체에게

---

12   김석, 『불안』, 은행나무, 2022, 79쪽.
13   위의 책, 71쪽.
14   김석, 『에크리』, 앞의 책, 123쪽.

그것을 이식하는 구조이기도 하기 때문에, 반복은 주체의 결여를 채우고자 하는 행위와 연동되는 것이다. 반복하여 이루어지는 시적 주체의 방황과 배회는 상징계의 질서 내에 놓여 있는 주체의 결핍, 괴리, 불화의 표식이라고 할 수 있으며, 이는 개연적으로 불안 의식과 이어지게 된다. 그렇다면, 박상순 시에서 빗금 그어진 존재, 결여와 결핍의 존재로 표상되던 시의 주체가 이윽고 탈주하여 징후로부터 벗어나고자 시도하던 것처럼, 이수명 시의 주체는 그 같은 징후를 방황과 배회로써 표출한다고 할 수 있다.

이수명의 시적 현실은 시적 주체의 감각을 마비하고 혼란하게 하는 세계이자 내밀한 고백을 끌어내는 도시를 통해 구체화되고 있다. 자크 라캉에게 상징계는 통제의 영역, 상상계는 오인의 영역, 실재계는 은폐되는 영역인데, 서로에게 혼란을 끼치거나 서로를 은닉하는 세 영역은 이수명 시의 도시에 만연하는 "오독"의 징후인 "악취"와 "소음", 위장의 징후인 "유폐"와 "도배"를 통해 의미심장하게 포착되고 있다.

김홍진은 "도시문명의 공간에서 시인들은" "문명의 도시적 일상이 은폐하고 있는 불안, 분열, 공포, 죽음, 욕망, 소외, 억압 등이 작동하는 기제를 예각적으로 투시하고 부정하면서 그곳으로부터 탈주하거나 본래적인 삶을 회복하려는 정신적 고투를 벌인다"[15]라고 진단한다. 이렇듯 1990년대 이후의 주체에게 도시는 생활 및 실존의 확실한 토대였으나 불화와 괴리를 부추기는 상징적인 공간이었다. 그러나 이수명 시의 도시는 김홍진의 진단처럼 상징적, 물질적 의미를 내포하는 동시대의 표상 공간일 뿐만 아니라, 상상계와 상징계가 개시하고 실재계가 틈입하는 정신적 세계이기에 주목할 필요가 큰 대상이다. 이수명 시의 현실에는 도시 현실이 자아내는 모순, 그로부터 도래하는 시적 주체의 불안 의식과 무의식의 여러 증표가 혼재하고 있다.

---

15 김홍진, 앞의 논문, 179~180쪽.

빈 화물차가 지나간다. 나는 가방 속을 뒤지고 있었다. 쏟아지는 책갈피 사이를 정신없이 뒤지고 있었다. 할퀴고, 할퀴고 할퀴고, 나의 이단은 나의 오독에 불과했다. 모든 주름은 펴기 전에 펴진다. 내 가방 속엔 아무것도 남아 있지 않았다. 빈 화물차가 거리를 메웠다. 나는 허약해지는 팔을 뻗어 필사적으로 가방을 뒤졌다. 세상의 모퉁이들이 닳고 있었다. 세상의 기다림 들은 세상의 모퉁이들을 닳게 하고 있었다. 희미해지는 기억의 경계들이 문드러졌다. 그림자가 없다. 그림자 없는 화물차가 지나간다. 나에겐 새로 운 이단이 남아 있지 않았다. 빈 화물차가 지나갔다. 내 앞을, 서서히 지나가 고 있었다.

—「화물차」 전문, 『새로운 오독이 거리를 메웠다』

위의 시는 『새로운 오독이 거리를 메웠다』의 표제시이다. 지나가는 "빈 화물차"를 바라보는 '나'가 등장한다. 서 있는 곳은 도시의 한 "거리"인데, 생동감 보다 건조함이 느껴지는 도시의 한 가운데에 덩그러니 놓인 시적 주체를 주목하게 한다. 아무것도 싣지 않은 "빈 화물차"는 도시 공간에 팽배 해 있는 공허한 분위기를 환기하면서, 방황하는 시적 주체의 불안을 암시해 낸다.

"가방 속을 뒤지고 있"지만 "내 가방 속엔 아무것도 남아 있지 않"다는 진술도 씁쓸하게 다가온다. 특히 "허약해지는 팔을 뻗어 필사적으로 가방을 뒤졌다"라는 진술은 시적 주체가 실현하는, 살아내려는 필사의 노력을 암시 하므로 애잔함에 감동마저 자아낸다. 가령 상징계의 질서는 타자의 욕망으로 점철이 된 구조이다. 주체는 상징계에 종속이 되고, 타자의 욕망을 주입받기 에 이른다. 그러므로 주체는 기표를 얻기 위해 끊임없이 노력하고 욕망에 이끌려 생활, 생존하게 되는 것이다. 이렇듯 상징계의 질서가 관장하는 도시 에는 시적 주체의 온전한 소유란 없어 보이며, 자신을 비롯한 "빈 화물차"와

"아무것도 남아 있지 않"은 "가방" 같은 세계감의 명백한 기표만이 건조하게 존재할 따름이다. 이들은 허무와 부재가 만연하여 있는 도시의 현실을 표상하면서, '나'의 허망함과 묘연한 불안감까지 응축하여 시적 현실로 첨예화되어 인상적인 것이다.

이는 이수명의 시에서 뿐만 아니라, 1990년대 자본, 문명의 도시 공간을 살아낸 다른 시인들의 시에서도 보편적 정황으로 근거지어지고는 하기에 중요하기도 하다. 즉 비개성화, 몰개성화의 획일화된 현실 속 일상을 확대하여 조명하는 위의 시는 당대의 현실을 세밀히 묘파하고 있다는 사실을 확인하게 한다. 이수명의 시가 도시의 한 장면을 '추상'[16]적으로 제시하고, "빈 화물차"를 무감각하게 바라보고, "책갈피"가 개성 없이 쏟아지도록 연출하는 것은 불화하던 당대의 현실을 예리하게 재현하는 그의 안목을 드러낸다.

그런데 '나'의 유일한 소유물처럼 등장하는 "책갈피"는 의미심장한 기표라고 판단된다. "쏟아지는 책갈피 사이를 정신없이 뒤지고 있"는 모습은 더욱 면밀한 분석이 필요하다. 해당 시집에 수록된 「봄」을 통해 실마리를 획득할 수 있어 보인다.

> 기다리는 것은 어리석은 일이다.
> 내가 잊어가는 것은 곧
> 내가 잊혀지고 있음을 말해 주는 것
> 겁 없이 높은 봄날의 빛 속에서
> 내가 사라져가는 것

---

16 가령 박상순 시에서 추상적 이미지를 통해 현실, 세계와의 불화 및 부조화를 재현하였듯 이수명 시에서 도시의 한 복판에 놓인 채로 그 풍경을 추상적으로 제시하는 모습은 이수명의 시적 주체가 현실, 세계와 어떠한 관계를 맺고 있는지, 즉 얼마나 불화하고 있는지 시사한다고 보인다.

지난 한 해는 이를 가르쳐주었다.

마음속에 고여 있는 지층들은 이제

서로 충분히 알아보지 못하고

한 겹씩 내려앉을 차례를 기다리고 있다.

사라지기 위해 싸워왔던 날들은 그렇게

미진하기만 했던가.

비어 있는 주머니 속에서 꼬물거리는 손가락들처럼

살아 있는 나머지의 날들을 어슬렁거리는 것은

― 「봄」 전문, 『새로운 오독이 거리를 메웠다』

주목해볼 부분은 인용의 마지막 부분이다. "비어 있는 주머니 속에서 꼬물거리는 손가락들"은 "아무것도 남아 있지 않"은 "가방 속"의 "책갈피"와 모상의 관계를 이룬다. 빈 가방 속 "책갈피"와 빈 주머니 속 "손가락"은 시적 주체의 생활과 실존에 밀접해 있는 시어라고 보인다. 다른 시 「생활」(『새로운 오독이 거리를 메웠다』, 19쪽)에서도 "생활이 책갈피처럼 쌓이는 것을 두려워한다. 쌓이는 것은 생활이 아니기에"라고 역설하며 "생활"과 "책갈피"를 연결하여 내밀한 고백을 수행하기 때문이다. 이수명 시의 "책갈피"는 인생의 한 페이지에 놓인 단순한 표식이 아니라, 생활과 기억의 무수한 편린이자 곡진한 삶의 내력 곳곳에 남긴 흔적을 나타내는 사물이라고 할 수 있다.

특히 기억은 인간을 구성하며 존재의 감각을 형성하게 하는 특별한 요소이고 '나'를 인식하는 데 있어 가장 중요한 수단이다. 또, 기억은 '나'와 현실, 세계와의 관계를 형성하게 하는 요건이자, 과거와 현재를 내포함으로써 일상을 구성하고 미래를 구상하게 하는 힘이기에, 주체로서의 '나'의 의식과 무의식을 형성하는 데 있어서 또한 중요한 요소라고 할 수 있다. 기억이란 상실과 혼란 및 편린의 시대이던 1990년대에 더욱 중요한 자질일 수밖에 없었을 것이다. 그러므로 도시가 자아내는 허무감과 공허함에 연동되는 환멸과 공황, 고독과 불안에 시달리던 1990년대적 주체가, 기억을 경유하여 자기 동일성과 자기 감각의 통일성을 획득하고자 하는 「화물차」에서의 몸짓은 서글픔과 절박함을 자아낼 수밖에 없다고 생각된다. 인간이 개인적이나 지극히 사회적인 생명체라고 말해지고, 그로부터 불안이 필연적으로 발생한다고 설명되듯, 인간은 공간의 구성물이자 생산물이라는 사실은 자명하기에 그 강력한 영향 안에 놓일 수밖에 없어, 불안은 영속되고 도시의 복판에서 '나'는 스스로의 정체성을 반추하고자 계속하여 시도해보게 되는 것이다.

가령 김준오는 이상의 시를 논의하면서 "문명의 발달이란 의식의 발달이며 이 의식의 발달이란 따지고 보면 의식의 분열"[17]이라고 설명한다. 그래서 그는 "기억"을 "자아 회복"[18]과 연결 짓는다. 지금-여기의 '나'를 반추해보고, 진정한 '나'로 회복하기 위해 기억을 의심하거나 확보해보는 일은 시적 작업에서 또한 중요하다. 정리해보면, 기억이 자기 동일성을 획득하고 자기 정체성을 확보하는 데 있어 강력한 요소라고 할 때, "책갈피"가 흩어지고 "손가락"이 무력하게 "꼬불거리"고 있는 도시 속 어느 풍경은 시적 주체의 불안의식을, 그럼에도 살아내고 있는 시의 주체를 무리 없이 표상해낼 수 있다. 이로써 도시가 근대화라는 문명의 발달과 진보를 상징하는 표상 공간이라면, 1990년대의 도시는 그 의미를 포괄하면서 시대의 파편 위에 세워진 일상과 생활의 터전이요 개인의 인식과 정신을 점령하는 강력한 사물로 재창안되었다는 사실을 선명히 확인할 수 있다.

나아가 「봄」에는 "성장의 슬픔"을 감내하고 "끝없는 협곡을 통과해 가"는 "우리"의 공허함도 나타나고 있다. 시적 주체가 살아가는 도시의 현실은 녹

---

17   김준오, 「기억의 현상학」, 앞의 책, 414쪽.
18   위의 책, 416쪽.

록하지 않고, 마음속에 "지층들"을 생성하는 고투의 과정을 닮아있다. 그래서 「화물차」 같은 시에서도 시적 주체는 "그림자 없는" "빈 화물차가 지나"가는 "도시"의 "거리"에서 "아무것도 남아 있지 않"은 "가방"을 뒤지는 모습을 통해 형언하기 어려운 불안 의식을 반복적으로 재현한다고 여겨진다.

그런데 "나의 이단은 나의 오독에 불과했다"라는 진술은 "오독"과 "이단"을 동일시하기에 주목을 요한다. "오독"은 이수명의 시적 현실을 지배하고 시적 주체를 혼동하게 하고 불안하게 하는 기묘한 힘을 의미한다. "오독"은 상상계의 상상과 오인, 상징계의 통제와 금지라는 대비되는 두 힘, 구조가 결합하고 부딪히며 시적 주체의 혼란과 혼동을 촉발하는 상징이라고 할 수 있다. 상징계의 금지는 상상계의 오인에 통제를 가하고, 상상계의 오인은 상징계의 금지에 혼란을 초래함으로써 도시의 시적 현실을 실현하는 것이다. 이를 통해 상징계와 상상계의 비밀스러운 간극은 개시되고, 이것이 길들이며 억압하는 도시의 속성과 응결함으로 하여 시적 현실의 질서를 주조하는 것이다. 이로써 물질적 공간과 정신적 세계가 도시로 하여금 중첩되어 기묘한 분위기를 자아내게 된다.

이 대목에서, 자크 라캉이 후기 사유에 이르러 "불안은 결여의 결여"라고 설명하는 내용을 참조할 수 있겠다. 그는 "모든 욕망은 결여로부터 야기되는데, 이러한 결여 자체가 결여될 때 불안이 일어난다"[19]라고 본다. 즉 "우리를 불안으로부터 구해 주는 것은 부재의 가능성이"[20]기에, 그는 종국에 "결여의 결여"가 불안을 배태한다고 말하는 것이다. 그러므로 '결여'와 '결여의 결여'를 아울러 검토함으로써 이수명 시의 불안 의식을 종합적으로 점검하여야 할 필요가 크다. 요컨대 결여의 구조인 상징계(의 질서)가 활발히 작동하는

---

19   딜런 에반스(Dylan Evans), 『라캉 정신분석 사전』, 김종주 외 역, 인간사랑, 1998, 170쪽.
20   위의 책, 같은 쪽.

도시는 욕망을 부추기며, 공허함과 허무감이 팽배하여 있는 결여와 불안의 공간이다. 그렇다면, 상징계와 상상계가 서로 간섭하며 발생시키는 간극으로부터 초래되는 도시의 "오독"은, 그 결여조차 은폐하는 '결여의 결여'의 표상이자 시적 주체를 불안하게 만드는 또 한 징후라고 볼 수 있다. 나아가 "오독"이라는 표현뿐만 아니라, 앞서 살핀 "빈 화물차가 거리를 가득 메웠다"라는 언술을 통해, "가득 메웠다"라는 언표로 하여금 "빈 화물차"가 표상하는 공허함을 희석하려는 도시의 장면은 의미심장한 것이다. 그것은 도시가 자아내는 결여를 메워 불안도 은폐하는 듯 보이지만, 그 결여를 은폐함으로 하여 발생하는 '결여의 결여'는 재차 불안을 일으키게 되는 것이다.

다른 시에 등장하는 "악취"(「파업」)와 "소음"(「구름」, 『새로운 오독이 거리를 메웠다』)은 도시가 보여주는 "오독"의 또 다른 형태이다. 가령 "악취"와 "소음"은 그 자체로 감각을 마취하여 "오독"을 촉발하는 동인이라고 할 수 있으면서도, 공허한 도시가 무엇인가로 채워져 있다는 환각을 일으켜 감각을 마취함으로써 "오독"을 은폐하는 이중적 징후라고 할 수 있다. 즉 이들은 "오독"을 촉발함과 동시에 은폐함으로 하여 "오독"을 아울러 표상하는 언표라고 할 수 있다. 그런데 "오독"이라는 표현에는 해독의 가능성이 잠재되어 있다는 사실이 중요하다. "오독"을 "오독"이라고 고백하는 자조, 혜안, 회의의 진술에는 이미 그 "오독"을 감지하고 있으며 이윽고 감식하게 될 것이라는 암시가 농축되어 있다.

따라서 "나의 이단"은 시적 현실에서의 "나의 오독"까지 꿰뚫어내는 감식안을 함의해낼 수 있다. 가령 도시는 권력과 욕망을 양산하고 통제와 금지, 나아가서는 폭력을 행사하는 공간이기에 '나'는 그것을 내재화할 수밖에 없는 필연성에 놓여 있다. 시의 마지막 부분에 등장하는 "나에겐 새로운 이단이 남아 있지 않았다"라는 진술과 결부하여 살펴보자면, "나의 이단"이기도 한 "오독"을 통해 '나'는 방황과 공허의 도시에 놓여 있는 동시대의 주체로서 고독하게 조명되고, 결여 및 '결여의 결여'를 기계적이고 반복적으로 이행하여 새로움과 생명력을 상실해버린 도시를 아울러 관철하기에 이르는 것이다. 이로써 해당 언술은 도시 공간을 간파하는 의미와 함께, 그 공간에 예속되어 있는 '나'의 정체성까지 세밀히 통찰해내는 자조적 언술로 의미화될 수 있다.

종합해보면, "나의 이단은 나의 오독"이라는 혜안과 회의와 자기반성적 언표는 시적 현실의 "오독"과 "나의 오독"을 아울러 꿰뚫어내는 안목을 환기한다. 그래서 '나'는 "오독"의 도시를 방황하고 배회하여 그 풍경 속에 놓여 있다고 진솔하게 술회함으로써 "나의 이단"을 통해 양가적, 모순적 도시를 거듭 묘파해내는 것이다.

> 와보지 못한 거리다. 나는 자꾸 걸어만 간다. 길을 멈추고 길을 물어보아야 하는데, 나는 계속 걸어만 간다. 상가도 주택도 남겨두고 이곳을 빠져나가는 사람들에게 일을 물어보아야 하는데, 나는 가방을 고쳐 멜 뿐이다. 그들은 돌아올 것이다. 그리고 다시 빠져나갈 것이다. 미래와 과거를 연거푸 딛고 서는 두 알의 자전거 바퀴는 참으로 눈부신 거짓이었다. 바퀴살에 끼인 푸닥거리를 피해 바퀴는 빙글빙글 돌아갈 뿐이다. 낯선 거리에서 낯익어지고, 낯이 익어 한 방향으로 기우는 태양의 붉은 지붕 보다 더 빨리 돌아갈 뿐이다. 사람들은 돌아올 것이다. 땅 위를 뒤덮는 나무들의 긴 행렬이 되어 검붉은 지붕 아래로 돌아오고야 말 것이다
>
> ―「뚫린 지붕」 전문, 『왜가리는 왜가리놀이를 한다』

위 시의 주체는 하릴없이 "거리"를 오가고 있다. 목적과 의미 없이 거니는 시적 주체의 행위는 시적 현실에 만연하여 있는 불안 의식의 또 다른 방증이라고 하겠다. 그런데 "거리"는 "와보지 못한 거리"이며 "낯선 거리"이다. "자꾸" 걷고 "계속" 걷는다는 '나'의 고백은 어떠한 공황과 불안이 어려있는

근대 이후의 주체를 시의 표층에 부상시킨다. 이남호의 「偏母膝下에서의 시 쓰기」에서 중얼거림과 서성거림의 양상에 주목한 것은 의미가 작지 않다.[21] 반복적으로 자행되는 배회와 방황은 도시와 주체가 애착심과 친밀감을 형성하지 못한다는 사실을 드러낸다.

이-푸 투안(Yi-Fu Tuan)은 사람과 장소 또는 배경이 형성하는 정서의 유대를 '토포필리아'라고 일컫는다.[22] "공간이 완전하게 익숙하다고 느껴졌을 때, 그 공간은 장소가" 되는데, "투안에게 장소는 개인의 의미가 부여된 공간이다."[23] 공간은 구체적 삶의 경험이 누적, 축적될 때 장소로 전환되기에, 장소애 형성을 허락하지 않는 이수명 시의 도시는 불화와 괴리의 공간일 수밖에 없다. 즉 도시라는 공간은 명백하게 존재하지만, 안정감과 애착심을 일으키는 장소(애)를 잃어버린 시적 현실은 소외와 괴리, 그에 따른 불안을 끊임없이 촉발하는 공간이다. 아울러 도시의 질서와 결부하는 상징계가 결여의 주체, 빗금 그어진 존재의 장이라는 대목 또한 이와 기묘하게 연결된다고 할 수 있다.

「뚫린 지붕」의 "거리" 역시 장소(애)를 상실한 사람들, 결여를 결코 메울 수 없던 사람들이 떠나버린 "거리"이다. 그들은 이윽고 돌아오지만, 시는 "검붉은 지붕 아래로" 예속되는 씁쓸한 결말을 향해 전개된다. 낯설면서 낯익고, 떠나지만 돌아오는 도시는 자체로 모순의 공간이라고 할 수 있다. 시적 주체를 질식하고 억압하는 도시이지만, 시적 주체는 그곳에서 살아내기 위한 영겁의 노력을 거듭해야 하므로 이수명 시의 모순은 결코 해소되지 않고 끈질기게 작동한다. 이처럼 시적 주체를 다각적으로 시달리게 하는 도시는

---

21 이남호, 앞의 평론, 119쪽.

22 조명아, 「이금이의 아동·청소년 문학 작품에 나타난 향토적 토포필리아 연구」, 건국대학교 대학원 박사학위논문, 2016, 18쪽.

23 위의 논문, 19쪽.

앙리 르페브르의 '추상 공간' 개념을 참조해보면, 그 양상과 의미를 보다 선명히 파악할 수 있다.

추상 공간은 자연 공간과 절대 공간에 대립하는 개념인데, 특히 절대 공간이란 진실의 공간이자 신화적, 정치적, 종교적 공간을 의미한다. 이에 배치하는 추상 공간은 폭력과 전쟁, 정치와 제도가 생산한 공간이자 절대 공간을 저의 한 부분으로 귀속시킨 근(·현)대적 공간이라고 할 수 있다. 르페브르에 따르면, 추상 공간은 크게 두 층위로 분리되어 있다. 근대화와 산업화의 전리품이면서 상징계와 상상계로 하여금 구성되는 정신적 세계인 이수명 시의 현실인 도시를 떠오르게 한다.

> 추상 공간은 두 개로 나뉜다. 결과이면서 그 결과를 담는 용기, 생산되면서 동시에 생산하는 것, 한편으로는 공간 재현(기하학적 동질성)이면서 다른 한편으로는 재현 공간(남근적인 것)인 것이다. 형성음들의 우연적인 일치라고 하는 전제는 이러한 이원성으로 이중성을 가린다.[24]

르페브르는 추상 공간이 자아내는 분리감, 분할감, 이중성을 통한 모순을 감지하고 있는 듯하다. 물론 그는 추상 공간에 모순은 존재하지 않는다고 역설(力說)하지만, 추상 공간에 도사리는 '양과 질', '해방과 억압', '중심과 주변', '교환가치와 사용가치', '구경거리와 폭력', 나아가서는 '덧 없는 것'과 '안정적인 것' 등 모순의 양상을 일별[25]하거나, 모순과 갈등과 폭력을 은폐하는 추상 공간의 논리를 설명함으로써 추상 공간에 내재하는 이항(二項) 간의 모순을 역설(逆說)하기에 주목을 요한다. 즉 르페브르는 추상 공간의 모순을

---

24 앙리 르페브르, 앞의 책, 419쪽.
25 위의 책, 503~517쪽.

간파하고자, 추상 "공간 안으로 비집고 들어가보면, 우리는 거기서 벌어지는 권력과 지식의 유희를 지각할 수 있"[26]다고 진단하는 것이라 보이며, 이윽고 추상 공간에는 어떠한 힘 간의 긴장 관계 혹은 모종의 갈등 관계가 형성되어 있음을 의심하도록 도모한다고 판단된다. 특히나 "공간 재현(기하학적 동일성)"과 "재현 공간(남근적인 것)", '구경거리와 폭력' 등의 대비는 이수명 시에서 상치되고 있는 상상계, 상징계와 친근성을 보여준다.

르페브르는 "공간 재현"을 "생산관계, 그 관계가 부여하는 질서와 연결되어 있으며, 그렇기 때문에 지식과 기호, 코드, 정면적인 관계와도 연결된다"고 설명하고, "재현 공간"을 "복잡한 상징을 포함"하며 "이때의 상징들이란 사회생활의 이면과 은밀하게 연결되어 있는 동시에 예술과도 연결되어 있다"[27]고 설명한다. 그는 정신(분석)적 공간 분석을 비판하지만, 공간 재현과 재현 공간은 상징계와 상상계의 원리와 얼마간 조응한다고 보이는 것이다.

이처럼 르페브르의 추상 공간에는 상이한 구조 간의 긴장과 모순이라는 이원적 관계, 흡사 통제와 오인의 갈등 관계가 포착된다고 할 수 있다. 즉 "두 개로 나"뉘어 있는 "추상 공간"의 모순은 상징계의 통제와 상상계의 오인이 개시하는 "오독" 및 살아가지만 벗어나고 싶은 도시의 모순에 호응한다. "추상 공간"의 그 대립이 충돌을 통해 틈새를 발생시키든, 내포와 외연의 분리를 통해 베일과 비의를 분할해내든, 폭로할 수 있는 시적 방책은 도시에 예속되어 있다는 사실을 증표하면서 그 같은 도시를 관철할 수 있게 하는 '나'의 감식안("이단")밖에 없는 것이다. 이중의 도시, 두 겹의 도시는 시적 주체의 토대가 되지만 끈질기게 혼란하게 하는 공간이다.

---

26   위의 책, 418~419쪽.
27   위의 책, 80쪽.

한 남자가 담벼락을 페인트 칠하고 있다. 붓을 들고 한쪽 끝에서 다른 쪽 끝으로 오가며 손을 놀려댄다. 붓이 닿는 순간 담벼락은 실신한다. 푸르게, 검게, 또 푸르게 제 머리카락을 불태운다.

타오르는 담벼락은 저 혼자 타오른다. 지옥을, 지옥과 함께 낙원을 태운다.

새 한 마리가 하늘을 칠한다. 칠하고 칠할수록 유폐의 경계는 분명해진다. 동굴의 입구는 분명해진다. 새는 하늘을 가둔다. 하늘은 새의 날개를 가져간다.

그 남자는 낙담한다. 그가 붓을 떼자마다 페인트 칠은 간곳없다. 거대한 담벼락이 원래대로 돌아와 있다.

―「페인트 칠」 전문, 『왜가리는 왜가리놀이를 한다』

위의 시는 "한 남자가 담벼락을 페인트 칠하고 있"는 장면에서 개시된다. "담벼락"은 도시 공간을 상징하는 기표이다. 다른 시 「더러운 얼굴」(『새로운 오독이 거리를 메웠다』)에는 다음과 같은 진술이 등장하고 있다. "한 바퀴 돌 때마다 잊어버린 듯 새로운 도배를 했다. 도배할 수 없는 도시란 존재하지 않는다"라는 진술이 그것이다. 그리고 해당 시에서의 도시는 "해독을 꺼리는 수치들이 마스크를 쓰고 길을 건"너는 공간으로 나타나는데, 즉 이수명 시의 공간은 불안을 유발하고, 해독을 유예하게 하는 불가해의 공간으로 지속하여 표상된다고 할 수 있다.

"유폐"와 "도배"는, 이 같은 도시의 오독에 혼란을 가중하는 언표이다. "오독"의 징후인 "소음"과 "악취"를 위장하듯, "유폐"와 "도배"는 도시의 풍경을 재차 윤색하고 미화하기 때문이다. 따라서 위의 시에서 계속하여 "페인트 칠" 되는 "담벼락"이 전원의 목가적인 풍경에 우두커니 놓인 사물이 아니라, 도시의 현실을 응축, 상징하는 기표라는 추론은 마땅하다.

「페인트 칠」에서 "담벼락"에 칠을 거듭하는 인상적인 존재가 "한 남자", "그 남자"라는 사실은 중요하다. 왜냐하면 자크 라캉에게 제3의 인물은 곧 아버지인데, 그는 팔루스의 소유자이자 상징계를 대표하는 상징적인 존재이기 때문이다. 이수명 시의 "남자"는 "담벼락"에 "붓질"하는 장면을 통해, 상징적 아버지 및 상징계의 질서가 작동하는 도시의 원리를 표상해낸다. 즉 영구한 상실의 대상이자 아버지의 힘, 상징계의 법을 함축하는 "붓"을 휘둘러 도시의 표상인 "담벼락"을 조작하는 아버지는 '나'에게 가해지는 혼란을 배가하고 불안을 악화시키는 대상으로 공고히 기능하는 것이다.

> 내 방문을 두드리던 젊은 어머니의 모습과 지금 내가 걸어가는 이 거리의 햇빛은 그렇게 닮아가고 있다.
>
> (…중략…) 오늘, 이 따뜻한 햇빛 속을 걸어가는 것은 늙으신 어머니의 노안을 향해 가는 것이었구나.
>
> —「서른」부분, 『새로운 오독이 거리를 메웠다』

"내가 걸어가는 이 거리의 햇빛은" "젊은 어머니"가 걸었던 "거리"의 "햇빛"을 "닮아가고 있다." 시적 주체는 인용 시에서 "밖이 이렇게 따뜻한 줄 몰랐다. 따뜻해서 아무것도 보이지 않았다"라고 진술하기도 한다. 도시의 거리는 햇살이 비추므로 물리적으로 따뜻한 공간이지만, 거리를 오가며 "공포와 낯설음"을 느끼게 하므로 심리적으로 냉혹한 공간이다. 어머니를 소환함으로 하여 '나'의 슬픔과 불안은 상쇄될 수 있어 보인다. 어머니는 시적 주체와 친연성을 소유하며 불쾌한 정서를 감소시키는 효능을 보여주고 아버지와 배치를 이루는 존재이다. 그렇다면, 상상계가 어머니와의 영역이고 상징계가 아버지와의 영역이라고 할 때, 상상계가 오인을 통해 시적 주체를 혼란하게 하는 영역일 뿐만 아니라, 어머니를 호출하여 불안 등을 회복하도록 돕는 구조라는 사실이 시사된다. 이는 이수명 시에서 상상계가 오인과 혼란을 촉발하지만 않고, 그의 징후를 해소하는 데 도움이 되리라는 것을 암시한다.

「페인트 칠」의 "타오르는 담벼락"은 "지옥을" 방불케 하고, "남자"의 "붓질"은 "담벼락"을 조작하며 "낙원"을 태우기까지 한다. "담벼락"은 그러한 방식을 거듭하며 영구하게 존속될 테고, 도시의 폭력성을 지속하게 하여 '나'의 징후가 계속되리라는 쓸쓸함을 자아내게 된다. "담"을 칠하는 "남자" 처럼, "하늘을 칠"하는 "새 한 마리"는 주목해야 할 존재라고 여겨진다. 게다가 시의 주체는 "새"로 하여금 "칠하고 칠할수록 유폐의 경계는 분명해"지고 "동굴의 입구는 분명해"진다고 부연하고 있다. 이를테면, "새"는 상징계의 타자에 해당한다고 보인다. 타자는 '나'를 성립하게 하는 절대적인 존재이지만, 도시의 질서 및 상징계의 욕망을 '나'에게 이식하는 통제와 금지, 폭력의 대리인이기도 하다. 그래서 은거와 은신의 표상인 "동굴"을 통해 시적 주체의 고독, 불안은 재차 형상화되는 것이다.

> 피로를 구원하기 위해 몹시 고단한 생애였다. 때에 절은 지붕이 한 겹씩 내려앉고 새 페인트칠이 며칠 안 가 또 벗겨졌다. 낡은 건물들이 헐리고 새 건물들은 부실했다.
>
> —「소도시」 부분, 『새로운 오독이 거리를 메웠다』

위의 시는 "소도시"의 풍경과 거기에서 구사하는 시적 주체의 처절한 고백을 보여준다. "피로를 구원하기 위해 몹시 고단한 생애였다"라는 진술은 유령처럼 어슬렁거리며, 이윽고 시적 주체에 들러붙어 괴롭히기에 이르는 회의감 어린 동시대의 세계감을 나타내고 있다. 더욱이 "새 페인트칠이 며칠 안 가 또 벗겨졌다"와 "낡은 건물들이 헐리고 새 건물들은 부실했다"라는 진술은 도시의 속성을 암시하는 인상적인 장면이다. 반복하여 이루어지는 "페인트 칠"과 낡으면 헐리고 새로이 세워지는 재건축은 「페인트 칠」과 「더러운 얼굴」에 등장하는 "유폐"와 "도배"의 협의에 상응한다. 왜냐하면, 그것은 "악취"나 "소음" 같은 적나라한 "오독"의 징후라기보다, 시적 현실에 위장과 교란을 가하여 불안과 혼란을 계속적으로 강화하는 언표라고 보이기 때문이다.

그런데 "페인트칠은 며칠 안 가 또 벗겨"지고 "새 건물들은 부실"할 따름이다. 도시의 "유폐"와 "도배", "페인트 칠"과 "재건축"은 시적 주체가 감지하는 "오독"과 그의 혼란을 더욱 가중하지만, '나'의 감식안을 무력화하지 못하고 오히려 생생하게 살아나도록 한다. 이것이 간극과 모순, "오독"과 위장이 도시의 풍경 속에서 느닷없이 포착되어 적극적으로 열거되기에 이르는 이유이다. 즉 오독과 위장은 서로간 역동을 형성해냄으로 하여 포착된다. 정리해보면, 상상계와 상징계는 "오독"을 초래하고, "오독"은 "소음"과 "악취"를 통해 선명히 포착되고, "도배"와 "유폐"는 "소음"과 "악취"를 은멸하려 하지만 오히려 도시에 혼란을 가중하는 순환적, 구조적 관계를 형성하여 이수명 시의 현실에 내재하는 논리로써 작용하게 된다.

이수명은 시론집 『횡단』에서 "파괴와 전복을 꿈꾸기 전에 먼저 이 세계를 읽어야 한다. 세계를 읽어내는 것이 세계를 파괴하고 전복하는 것보다 더 파괴적이고 전복적이기 때문이"[28]라고 말한다. 이수명 시의 주체는 "오독"을 꿰뚫어 현실의 간극을 포착하고, "위장"을 벗기어 현실의 꺼풀을 들추어냄으로 하여, '나'의 감식안을 복합적으로 형상화하여 도시로 표상되는 세계의 전복을 도모한다. 그래서 이수명 시에서 전복이란, 시적 현실의 틈새를 포착

---

28   이수명, 「시론 1」, 『횡단』, 앞의 책, 30쪽.

하고 읽어내는 역량과 결부된다.

> 유리창은 깨진다.
> 내가 지나갈 때마다.
> 나를 읽었기 때문이다.
>
> 종달새가 깨진 틈을 틀어막는다.
> 그 틈사이로
> 나무들이 떨며 목을 맨다.
> 이 나무에서 저 나무로
> 나무 속에는 푸른 나무를 베끼는 허공이 있었다.
>
> ―「유리창」부분, 『왜가리는 왜가리놀이를 한다』

시적 주체는 "내가 지나갈 때마다/ 나를 읽었기 때문"에 "유리창은 깨진다"라고 고백한다. 앞선 논의를 반추해보면, 이 진술은 인과의 관계가 뒤집혀 있다. "유리창"이 "나를 읽"은 것이 아니라, '나'가 "유리창"을 읽은 것이 이수명의 시적 현실에서는 온당하며 자연스러운 일이기 때문이다. 이로써 모순된 진술을 구사하여 모순을 자아내는 도시의 현실을 '전복'하려는 의미 는 명료히 포착되고, 도시의 풍경에 발생한 "틈"을 포착하는 모습이야말로 도시의 속성과 습성을 통찰하는 시적 주체에 부합된다는 사실을 확인할 수 있다.

"종달새가 깨진 틈을 틀어막"지만 "그 틈사이로/ 나무들이 떨며 목을" 맨다는 장면과 "이 나무에서 저 나무로/ 나무 속에는 푸른 나무를 베끼는 허공이 있"다는 장면도 모순의 현실을 간파하는 '나'를 암시한다. 이는 이수 명 시의 동시대성을 보여주는 내밀한 표식이다. 동시대성이란 시대에 완전하게 들러붙지 않고, 시대와 긴장감 있는 관계를 형성하는 특유함을 일컫는 표현이기 때문이다.

현대시라는 말은 현대에 쓰인 시를 가리키는 것이 아니다. 과거에 쓰였어도 결코 나이를 먹지 않으면 현대시이다. 어떤 시가 나이를 먹지 않는 것일까? 기법이나 형식에 있어서, 시적 인식의 방향에 있어서 가장 멀리 나아간 경우가 그렇다. 때로 당대에는 너무나 멀리 나아간 것처럼 보이는 시들, 그래서 불길하고, 당대의 가치를 훼손하는 것처럼 보이는 시들, 하지만 그들로 인해 극지가 있음을 알게 해 준, 스스로 극지가 되어 버린 시들이 현대시다.[29]

위의 인용은 이수명의 시론집 『횡단』에 등장하는 구절이다. "현대시"라는 표현은 '동시대성을 보여주는 시'라고 바꾸어 표현해도 무방하리라 생각된다. 예민한 감각을 통해 현실의 틈새를 포착함으로써 그 시적 인식과 경향을 밀도 있게 밀고 나가는 첨단의 시인이야말로, 동시대성을 보여주는 시인이라고 언표할 수 있지 않을까. "현대시라는, 새로운 지형도를 형성하는 것은 언제나 당대의 상황에서 동떨어진 것이기 때문이"[30]라고 역설하는 이수명은 자신의 시 쓰기에서 그것을 진지하게 구현해놓고 있다.

그의 시의 모순이 동시대성의 증거품인 이유가 여기에 있는 것이다. 모순은 "필연적으로 현대의 산업사회에서 가장 잘 대응하는 문학적 장치"[31]이자 "진술된 것과 이면에 숨은 참뜻 사이의 상충·대조라는 이중성을"[32] 보여주는

---

29 「시론 2」, 위의 책, 43쪽.
30 위의 글, 같은 쪽.
31 김준오, 「아이러니와 역설」, 앞의 책, 329쪽.
32 위의 글, 339쪽.

양식이다. 또한 정끝별에 따르면, "아이러니는 분열적이면서도 복합적인, 지성과 심미안을 갖춘 현대인에게는 유효한 지적 전략이 되고",[33] "아이러니스트의 은폐와 독자의 해독, 그 길항작용을 통해 완성된다."[34] 즉 생활 및 실존의 토대가 되지만, 벗어나고 싶은 당대의 상황을 도시에 투사하는 이수명의 시는 현실과 적당히 조화하지 않고, 그곳을 의심하고 그것을 재현해냄으로써 부조화를 실천하는 동시대성을 보여준다고 할 수 있다. 때문에, 그의 시에서 은폐하려는 도시와 해독하려는 주체가 형성하는 모종의 분석 관계가 성립된다고 여겨지는 대목은 시사적이다. 즉 도시와 주체가 서로 부조화, 모순의 관계를 노정함으로 하여 대비를 이루고, 아울러 모순의 도시를 읽어내는 주체가 표표히 존재한다고 볼 때, 도시가 혼란과 불안을 부추기는 광막한 텍스트라면, 시적 주체는 그 텍스트를 온몸으로 감식하고 읽어내는 존재로 귀결할 수 있는 것이다.

앙리 르페브르에 따르면, "하나의 공간은 독해 가능하며, 코드도 해독 가능하다."[35] 이렇듯 시적 주체가 도시를 읽어내고자 하는 행위는 자연적이며 자연스러운 작업이라고 할 수 있다. 그렇지만 앞서 살폈듯이 이수명 시의 도시는 완전한 해독을 어렵게 만들며, 르페브르의 사유를 참조하더라도 도시의 해독 가능성은 다시금 은폐되기 마련이다. 즉 도시를 끊임없이 해독하려는 시적 주체의 성실함은 상당히 인상적이면서도, "도배"와 "유폐"로 인해 지연되는 "오독"의 해독은 시적 현실에 도사리는 공허함 및 쉬이 해소되지 않는 불안을 지속하여 환기한다. 이 같은 양상에서 비롯하는 수 겹의 모순이 이수명 시에 도사리며 "독해 가능"한 "하나의 공간"인 도시를 수상스럽게 구조화하며, 물질적 공간과 정신적 세계를 수시로 중첩하게 하여 시적 주체

---

33   정끝별, 「아이러니의 이원성과 다원적 지평」, 앞의 책, 216쪽.

34   위의 글, 227쪽.

35   앙리 르페브르, 앞의 책, 252쪽.

의 불안을 더욱 강화하고 조작하기에 이르는 것이다. 그래서 시에는 "나의 이단"을 통해 도시의 악취와 소음을 목격하고 도배와 유폐를 관철하는 모습과 함께, 거기에 폭력 또한 배가되어 도시로부터 벗어나고자 억압된 무의식과 욕망을 표출하기에 이르는 모습이 아울러 발견된다고 할 수 있다. 후자의 양상은 2절과 3절에 걸쳐 살피고자 한다.

그렇다면, 간극을 발생시키고 완전한 해독을 지연시키는 도시가 자크 라캉의 실재계를 내포한다는 사실도 짚어보아야 한다. 실재계는 상징계의 배면에서 틈입하며, 주체의 의식에 끼어들어 반복 강박의 무의식적 행동을 초래하고, 주체를 불안에 노출시키는 구조이기 때문이다. "상징계에 동화되지 않는 여분"이 "주체에게 불안의 효과로 작용"[36]하므로 실재계는 불안의 강력한 동기이기도 하다. 도시의 모순을 표상하는 "오독"은 시적 주체를 혼란하게 하고 불안하게 하는 상징계와 상상계의 간극을, 완전한 해독을 불가하게 하는 잉여를 남기고 방황과 배회를 강박적이고 무의식적으로 자동 반복하게 하는 실재계의 개입을 아울러 표상할 수 있다. 앞서 살핀 자크 라캉의 '결여의 결여'를 참고하면, 이 대목을 보다 선명히 파악할 수 있다.

'결여의 결여'란 라캉이 실재계를 설명하며 언급한 대상 a 등과 호응한다. 대상 a는 구멍이자 그 구멍을 잠시간 메우는 사물이라고 할 수 있는데, 주체는 상징계의 틈새, 균열, 구멍 등으로 도래하는 실재계를 작은 사물들로 막게 되는 것이다. 나아가 라캉에 따르면, 거울 단계를 통과하며 거울상으로 하여금 결여가 발생하는 주체(자아)는 대상 a를 통해 결여가 없다고 인지하다가, 이윽고 '결여의 결여'를 깨닫고 불안을 느끼게 된다.[37] 즉 주체는 대상 a를 통해 결여를 얼마간 메우고 욕망을 지속시킬 수도 있으나, 그것은 곧 불안을

---

36 김석, 앞의 책, 240쪽.

37 최은애, 「『블리크 하우스(Bleak House)』에 나타난 불안: 라캉의 불안이론을 중심으로」, 『영미어문학』 143, 한국영미어문학회, 2021, 102쪽.

유발하게 되는 것이다. 그러므로 실재계가 시적 주체의 불안과 욕망을 부추길 때, 이수명 시에서 불안을 일으키는 '결여의 결여'는 상징계와 상상계가 시적 현실을 구성하며 발생시키는 "오독"과 관계할 뿐만 아니라, 그 간극을 통해 도래하는 실재계와도 결부될 수 있다고 보인다. 또, 실재계는 상징계와 상상계가 억압하거나 회피하려 하는 구조[38]이기에, 두 구조로 포착되지 않는 그 간극을 나타내기에 적절한 측면도 분명하다. 그러므로 이수명 시의 주체가 보여주는 방황과 배회는 불안이 다각적으로 발현됨으로 하여 추동되는 강박적 행위인 측면이 크다. 그의 시적 현실은 장소(애) 형성을 허락하지 않는 물질적 공간과 상징계와 상상계가 구성하고 실재계가 틈입하는 정신적 세계가 집약되는 곳이라는 것을 재차 확인할 수 있다. 종합해보면, 이수명 시의 도시는 복합적, 복잡한 불안을 일으키는 동시대의 공간이자 다른 시인들이 재현하는 도시 공간과 변별되는 독특한 현실이라고 일컫는 것이 마땅하다.

조금 더 살펴보자면, 이수명 시가 표상하는 1990년대적 도시 현실의 모순은 몇몇 기표를 통해 확연히 포착되고 있다. 특히 "창", "유리" 등에 집약된다.

> 흐린 날 가운데 한 해가 바뀌었다.
> 내가 가르치는 아이들은 무럭무럭 자라고
> 오늘은 한 아이가 바다 속을 탐험하는 동화를 지었다.
> 바다 속의 고래들과
> 그 고래들 속에 숨어 있는 바다에 대한 이야기였다.
>
> 흐린 날 하늘과 바다가 구분되지 않듯이
> 흐린 날 모든 입구들이 돌아가 잠든 후에

---

38   로이스 타이슨, 앞의 글, 88쪽.

한 아이가 동화를 지었다.

그 동화 속에서
누군가 흐린 창문을 닦고 있다.
창 밖에는 비가 멈추지 않는다.
창문을 덮는 뿌연 기운도 멈추지 않는다.
누군가 힘겹게 창문을 닦는 것도 멈추지 않는다.

눈앞이 흐려지는 날 동화 속에서
닦으면 닦을수록 고래 뱃속을 탐험하는 사람들이 보였다.
밀물지는 자동차들의 행렬이 보였다.
거리를 밝히는 불빛들이 보였다.
그리고 불빛이 더욱 가까워져
비로소 혼자가 된 누군가가 보였다.

　　　　　　　　　　　　　－「흐린 날」 전문, 『새로운 오독이 거리를 메웠다』

　위의 시는 "흐린 날 가운데 한 해가 바뀌었다"라는 진술에서 시작된다. 그러므로 위 시의 현실에서는 매일같이 "흐린 날"이 반복되는 듯 여겨진다. 중요한 것은 "흐린 날 가운데"서도 "아이들은 무럭무럭 자라고" "한 아이"는 "바다 속을 탐험하는 동화를" 짓는 등, 시의 현실은 '그럼에도' 미래를 향해 전개되고 있다는 사실이다. 도시에 만연한 슬픔이나 불안을 표상하듯 맑지 않은 날이 계속되지만, 그 속에서도 인생은 이어지고 생활은 연장되는 것이다.

　이처럼 이수명 시에서 기억을 비롯하여 연속감과 동일성에 관한 성실한 관심과 그의 재현은 의식적, 무의식적 고투를 수행하는 시적 주체의 불안 의식과 연동된다. "한 아이"가 손수 지은 동화에서 "창문"이 "흐린 창문"으로 묘사되는 이유도 그 때문이라고 보인다. 창의 불투명성을 통해 불안 의식이 시적 현실의 곳곳에 도사리며 영향력을 행사한다는 사실이 상징적으로 재현된다고 사료되어 인상적인 것이다.

"동화"는 "흐린 창문"으로 하여금 "바다에 대한 이야기"인 줄 알았으나, 결국 도시의 풍경을 부려 놓는 사실적인 결말을 향해 이야기를 진행한다. "밀물지는 자동차들의 행렬"과 "거리를 밝히는 불빛들"은 주체의 감각을 매혹하고 혼란하게 하는 도시의 풍경을 적절하게 묘사한다. 그러므로 위 시의 "창문"은 "동화"의 세계에 나타나는 도시의 표지이면서, 현실의 틈새를 꿰뚫고 현실의 베일을 들추는 심미적 감식안의 표식이기도 하다. 이는 방황하고 배회하고 전전함으로써 도시를 관철하는 자가 표상할 수 있는 특별한 상징이라고 할 것이다. 그러므로 앞서 살핀 「유리창」에서 "깨진" "유리창"을 발견하고, 이윽고 그 "틈"을 읽어내는 내밀한 언술 또한 시적 주체의 안목을 표상하는 "창"을 드러냄으로 하여 동시대성을 표시하는 것이라고 판단된다.

시의 마지막 행 "비로소 혼자가 된 누군가가 보였다"라는 진술은 의미가 크다. 그것은 동화(童話)의 세계에 나 있는 "창문"을 통해 타자를 발견하는 모습을 나타낸다. 동화의 세계는 현실을 참조하면서도 현실과 거리를 두는 상상, 환상, 가능의 세계라고 할 수 있다. 그리고 "누군가"에게 이입하여 동화(同化)에 이르는 시적 주체는 상상적 동일시를 떠올리게 한다.

자크 라캉은 상상적 동일시를 이상적 자아와, 상징적 동일시를 자아 이상과 연결한다. 이상적 자아는 상상계에서 자아의 형성을, 자아 이상은 상징계에서 주체의 형성을 돕는다. 그래서 그는 "자아는 상상적인 것의 영역에 있고 자아 이상은 상징적인 것의 영역에 있"[39]다고 설명한다. 위 시의 주체는 이상적 자아, 즉 이마고와의 상상적 동일시를 통해 도시 현실에서의 세계감

---

[39]   자크 라캉, 「자아 이상과 이상적 자아」, 앞의 책, 243쪽.

을 극복하려는 시도를 보여준다. 그러므로 「페인트 칠」에서 상징계의 타자인 "새"와 불화하던 시적 주체가 "어머니"를 호출하고 "동화"에서 "누군가"와 동일시를 이루는 대목은 개연성을 확보할 수 있다. "동화 속에서 누군가 흐린 창문을 닦고 있다"라는 표현 또한, 불안 어린 도시를 배회하고 "오독"을 읽어내고자 하는 '나'와 상응하기에 주효하다. "오독"은 시적 현실이 자아내는 폭력의 징후이지만, 도시를 배회하는 '나'에게 감지될 수 있고 이윽고 해독해볼 수 있는 징후라는 내용을 다시금 확인할 수 있다.

> 창마다 비에 젖고 얼룩이 져서 낮게 날아다니는 새들은 돌아갈 곳을 모릅니다. 무거운 창틀에는 날갯짓 하나 떨어뜨릴 수 없었습니다.
>
> ─「비 그친 저녁」 부분, 『새로운 오독이 거리를 메웠다』

> 나를 떠난 너는 즐거워
> 더없이 두리번거리는 너의 심장은 투명해지고
> 너를 가둔 간판들도 투명해지고
> 그렇게 모두를 속이느라 우리가 먼저 속고 말았지.
>
> ─「길 건너 유리창」 부분, 『새로운 오독이 거리를 메웠다』

「비 그친 저녁」의 "창"은 "얼룩"져 있을 뿐만 아니라 무겁기까지 하다. 그런데 "창마다 비에 젖고 얼룩이 져서 낮게 날아다니는 새들은 돌아갈 곳을 모릅니다"라는 문장은 인과의 호응이 어긋나 있다. 창이 흐리고 얼룩져 있다고 하여 새들이 낮게 날 이유는 만무하고, 돌아갈 곳을 모른다는 결론 역시 자명하지 않기 때문이다. 그러나 이수명의 시에서는 유효하며 효능을 갖는 진술이다. 언급하였듯, 그의 시는 "창", "유리" 등을 통해 세상을 바라보고, 그럼으로써 "오독"과 "유폐" 등의 혐의를 고발하기에 이르고는 하기 때문이다. 시의 주체는 감식안의 표상인 "창"을 통해, 낮게 날며 떠돌고 있는 "새들"을 목격하여 도시와 불화하는 자신을 투사한다. 이는 시적 주체의 징후를 승화하는 고유한 모습이라고 할 것이다.

그리고 「길 건너 유리창」에서, "너를 가둔 간판들도 투명해지고"라는 진술은 투명이라는 색채를 통해 "유리"의 속성을 획득하게 되는 도시의 사물을 구현함으로써 "모두를 속이느라 우리가 먼저 속고 말았"다는 고백에 도달하므로 인상적이다. 즉 "투명"해지는 도시는 흐리거나 어두운 분위기를 자아내지 않지만, 시적 주체의 "오독"을 부추기게 된다. 앙리 르페브르는 "투명성은 기만적이며 모든 것은 감춰져 있다"라고 말하면서, "공간은 함정이"고 "함정은 정확하게 투명성 속에 머물고 있다"[40]라고 언급한다. 철학자 한병철도 "투명성의 폭력"을 언급하는데, 그것은 "궁극적으로 타자를 동일한 것으로 획일화하고 이질성을 제거하는 양상을 나타"내며 "동일화를 초래"[41]한다고 설명한다. 그래서 "투명성"은 비밀도, 진실도, "통약 불가능한 타자성"[42]도 소실하게 하여, 주체를 포섭하게 되는 것이다. 그렇다면, 「길 건너 유리창」에서 "투명"은 도시 현실의 오인과 혼란, 통제와 금지가 유발하는 "오독" 및 "오독"마저 은폐하는 위장을 아울러 내포하는 표식이라고 할 수 있다. "투명"해지는 도시를 감지하고 "그렇게 모두를 속이느라 우리가 먼저 속고 말았지"라고 언술하는 '나'는 "오독"과 위장을 감식해온 '나'와 호응한다.

이처럼 이수명의 1990년대 시에는 도시를 반복적으로 배회하는 시적 주체를 통해, 불안 의식이 은밀하고도 적나라하게 드러나고 있다. 그래서 기억에는 동시대의 주체가 자기 동일성과 자기 감각의 통일성을 획득하기 위해 벌이는 의식의 고투가 집약되어 있다. 특히 도시가 초래하는 "오독"과 위장

---

40   앙리 르페브르, 앞의 책, 418쪽.

41   한병철, 『폭력의 위상학』, 김태환 역, 김영사, 2020, 154쪽.

42   위의 책, 152쪽.

을 감식하는 안목을 구사함으로써 시적 주체는 도시의 틈새를 포착하거나 배면을 들추어내거나 불안 의식을 직접적으로 표출한다. 이수명 시의 도시는 상상계와 상징계가 구성하고 실재계가 틈입하는 정신적 세계인데, 그의 시에서 상상계는 시적 주체를 오인하게 하지만 어머니의 세계로 정서적 충족감을 선사하고, 상징계는 상상과 이미지를 통제하면서 아버지의 세계로 '나'를 억압하는 영역으로 드러나며, 실재계는 상징계와 상상계의 틈새를 통해 스며들어 시적 주체의 불안을 가중한다.

2. 팔루스 표상과 현실화하는 무의식

이 절에서는 이수명 시에서 팔루스 표상과 현실화하는 무의식을 살펴보고자 한다. 팔루스는 시적 현실과 시적 주체를 구성하는 핵심적인 기표로 등장한다. 이수명의 주체가 기거하고 배회하는 현실은 대부분 도시로 표상되는데, 물론 두 번째 시집에서는 도시 아닌 공간 또한 등장하지만, 이수명 시는 일관되게 도시의 질서를 통해 주조되고 구성되기에 독특하다. 이것을 확연히 목격할 수 있는 것은 팔루스 표상 덕분이다. 자크 라캉의 팔루스는 지그문트 프로이트의 페니스와 다른 의미를 지닌다. 프로이트의 남근이 성을 내포하고 물리적인 의미를 함의한다면, 라캉의 팔루스는 주체가 갖기를 소원하지만 영영 상실해버린 대상을 상징한다.[43] 라캉의 팔루스는 도시의 수직성과 연결되는데, 여기에는 부연이 필요하다. 이를테면, "역사 전반에 걸쳐 인류는 수직의 건축물을 세우고 수직의 도시를 건설해왔"으며 "우리의 수직도시엔 우리의 수직 욕망이 내재해있"[44]기 때문이다. 더욱 높이 지으려는 수직을

---

43 손 호머, 앞의 책, 86~91쪽.

향한 욕망의 경쟁은 도시 공간의 다양한 풍경 속에서 재생되고 있다.

앙리 르페브르에 따르면, 자본주의, 정치, 제도가 빚어내는 도시 등의 추상 공간은 남근적인 것으로 구성된다. "이 공간은 진정으로 꽉 찬 물체, '절대적으로' 대상적인 것"인 "남근적인 것"[45]을 요구한다. 라캉에게 "남근은 주체의 욕망이 대타자의 욕망과 얽혀서 형성되는 곳에서 '인정의 욕망'과 '욕망의 인정'의 형태로 주체에게 힘을 발휘"[46]하는 핵심 시니피앙이므로 이를 참조하여 도시가 초래하는 불안 의식을 효과적으로 점검할 수 있으리라 여겨진다.

이수명 시에는 다양한 팔루스가 등장하여 시적 현실과 시적 주체를 구성하거나 구속한다. 골목·거리·길 등에서부터, 빌딩들·전봇대·전깃줄 등, 화살·삿대질·나사못·탄피 등에 이르기까지 다양하게 등장해서 시적 현실의 양상과 시적 주체의 징후를 드러내는 데 일조한다. 특히 1절에서 살피었듯 이수명 시의 골목이나 거리 등은 중요한 기표인데, 이들은 도시의 표면에 새겨진 팔루스이자 도시의 욕망을 집약하는 핵심적인 공간이다.

르페브르는 "권력의 질서, 남성의 질서, 한마디로 도덕적인 질서가 정착하게 된 것"[47]은 도시 현실 위에 새겨진 각과 선에 의해서라고 평가한다. 박상순 시에서 상징계를 표상하는 기차를 실어나르는 철로가 그러하듯, 이수명 시의 빌딩을 연결하는 길과 거리와 골목, 전봇대를 이어주는 전깃줄 등은 또 하나의 팔루스이자 욕망의 통행로이다. 그런데 전봇대나 빌딩 등은 수직의 형상을 하고 있어 팔루스 표상임을 쉬이 알아차릴 수 있으나, 길이나 전깃줄 등은 팔루스 표상이라고 보기 어려워 보이는 측면도 있다. 그럼에도 이수명의 '표면의 시학'을 참조하면, 그의 시의 팔루스 표상은 표면의 세계를 교차

---

44 김현섭, 「수직도시와 수직건축, 그리고 수직의 욕망」, 『建築』 354, 대한건축학회, 2008, 27쪽.

45 앙리 르페브르, 앞의 책, 417쪽.

46 김석, 앞의 책, 207쪽.

47 앙리 르페브르, 앞의 책, 441쪽.

하며 형상화되는 길이나 전깃줄이나 삿대질 등을 포괄한다고 볼 수 있어 무리한 접근은 아니다. 이수명이 그의 시론에서 설명하는 "'횡단'의 선들이 분방하게 움직이"고 "그리하여 엉키고 흩어지는 선들이 출몰하는 '표면'"[48] 에서의 수직성이란, 표면의 준거에 따라 유동적으로 설정되는 특이성을 내포할 수 있다. 즉 그의 시적 현실에서 수직성을 함축한다고 사료되는 사물들은 종과 횡을 가로지르며 "분방하게" 등장하는 팔루스 표상이라고 보는 것이 가능하다고 여겨진다.

팔루스가 결여와 욕망의 기표이기에 무의식과 연결된다는 사실 또한 짚고, 2절의 시 분석을 개시하고자 한다. 팔루스가 띠고 있는 수직의 형상에는 억압된 무의식을 해방하여 현실화하고자 하는 문학적, 정신적 의지가 투영되어 있다. 가스통 바슐라르는 지상으로부터 도약, 비행하는 상상력을 논의하면서, 도약을 위해 벅차오르는 힘과 그 역방향으로 작용하는 힘이 함께 작용한다고 보고, 수직성에 주목한다.[49] 그러므로 인간 주체에게 도약과 비행을 통해 도래하는 자유는 수직성을 재현하는 수직적 형상과 무관하지 않으며, 그것에는 몽상과 자유를 실현하게 하는 역동적 에너지가 다분히 집약되어 있다고 볼 수 있다. 불안 의식에 시달리는 이수명의 시적 주체 또한, 수직의 형상을 한 팔루스 표상을 통해 그의 징후를 형상화하거나 자기 정체성을 확인하고 있다.

우리는 충분히 아름다워졌소. 층층마다 빛나는 램프를 걸어놓은 빌딩들처럼, 우리는 더 이상 앞으로 나아갈 필요가 없소. 장물은 늘 넘칠 만큼 있소. 발뒤꿈치를 모으고 아무도 알아듣지 못하는 주문을 한번 외우고 나서

---

48 이수명, 『표면의 시학』, 앞의 책, 8쪽.
49 성창규, 「공기의 시학으로 낭만주의 시인들의 종달새와 나이팅게일 시 비교 읽기」, 『동서비교문학저널』 45, 한국동서비교문학학회, 2018, 188쪽.

우리가 납치한 것을 믿으면 되는 일이라오. 우리의 견인넘버는 자꾸만 길어지겠지만 그동안 그랬던 것처럼 견딜 수 없는 불편이란 없소. 그뿐이오.

우리는 이제 너무 아름다워져 다른 것을 알아볼 수 없소. 한치 앞도 여기에 덧붙일 수 없소. 층층이 올라가는 빌딩들처럼 우리는 우리 발에 걸려도 넘어지지 않소.

— 「우리는 이제 충분히」 전문, 『새로운 오독이 거리를 메웠다』

시적 주체는 예스러운 말투로 도시의 가운데서 진솔한 고백을 수행하고 있다. 위 시의 말투는 잠시간 주목해볼 요소이다. 그것은 발터 벤야민이 언급한 "낡아버린 것"[50]에 해당하기 때문이다. 그에 따르면, 초현실주의자는 "'낡아버린 것'에서 나타나는 혁명적 에너지와 맞닥뜨리게 되"는데, 이를테면 "최초의 철 구조물, 최초의 공장 건물, 최초의 사진들, 사멸하기 시작하는 대상들"[51]을 통해 사물(오브제)에 내재하는 비의와 정조를 폭발시키기에 이른다. 그렇다면, 과거의 잔해 속에서 입수한 옛 시인의 말투를 활용하여 '지금-여기'의 나를 조명해보는 위의 시는 낡아버린 것(한물간 것)과 억압된 것을 통해 의식, 지향, 작품 세계를 전개하는 초현실주의자의 고고학적 작업에 호응한다고 볼 수 있다.

그런데 위 시의 주체는 "거리"나 "길" 위에서가 아닌 "더 이상 앞으로 나아갈 필요가 없"다는 진술을 통해 "빌딩들"이 즐비한 어딘가, 흡사 유폐된 상태에서 구사하는 의미심장한 언술을 보여준다. 또한 "빌딩"을 응시하고 도시의 풍경을 응시하기만 하는 '나'가 아니라 "빌딩"에 빗대어지는 "우리"를 부각하고 있기에 특징적이다. 이는 빌딩이란 팔루스를 형상화함으로써

---

50   핼 포스터, 앞의 책, 224쪽.
51   발터 벤야민, 「초현실주의」, 『발터 벤야민 선집 5: 역사의 개념에 대하여/ 폭력비판을 위하여/ 초현실주의 외』, 최성만 역, 길, 2008, 150쪽.

도시의 현실과 거기 놓인 시적 주체를 묘파하는 것이라고 할 수 있다.

"빌딩"은 도시의 대표적인 팔루스이다. "빌딩"처럼 도시를 채우고 있는 여러 팔루스는 주체의 욕망을 추동하고, 욕망을 추동함으로써 주체를 구속하는 이중의 표상으로 도시의 속성을 재현한다. "재현은 눈앞에 존재하지 않거나 스스로를 표현하지 못하는 실물을 표현하는 행위 혹은 대리하는 행위를 가리"[52]키는 개념이다. 그러므로 팔루스 표상은 비가시적인 도시의 속성과 특징을 시각화하여 시의 표층에 형상화하는 의미가 있다. 도시는 주체를 불안하게 하지만 공간으로서의 도시 자체로 인식된다기보다 표상을 통해 주체의 의식에 명료하게 수용되어 작용한다. 결국 도시의 표상인 팔루스는 도시의 질서를 가장 첨예하게 보여주는 대리물이자 보이지 않는 도시의 힘을 응축하는 기표이므로, 시적 주체의 징후를 살피는 데 있어 중요하다. 그렇다면, 위 시에서 도시의 팔루스인 "빌딩"에 둘러싸여, 이윽고 "빌딩"들에 빗대어지는 "우리"는 도시의 질서에 속박, 유폐되어 있는 시적 주체의 처지를 명백히 표상한다고 보인다.

인간은 상징계의 담론 내에서 태어나며 타자와의 관계를 통해 구성되는 존재인데, 상징계의 법과 규율을 통해 도시의 질서는 주조되므로 도시는 인간의 정신과 심리, 의식과 무의식을 아울러 지배하는 힘을 발휘한다. 예컨대 르페브르는 추상 공간에서의 "남근적인 것은 힘과 남성적 생식력, 남성적 폭력성을 상징한다"라고 설명한다. "왜냐하면 남근적인 난폭함은 정치권력의 난폭함이며, 경찰, 군대, 관료주의 등의 제약 수단이 지니는 난폭함"[53]을 보여주기 때문이다. 도시가 행사하는 구속과 억압의 혐의는 폭력과 결부될 수밖에 없다.

---

52   한국문학평론가협회, 앞의 책, 1430쪽.
53   앙리 르페브르, 앞의 책, 417쪽.

물론 르페브르는 추상 공간이 상호 비폭력 계약을 내포한다고 설명하지만, 그곳을 구성하는 남근적인 것은 권력과 폭력을 시각화하여 주체에 영향을 행사한다. 근대 이후의 폭력은 구조, 상징, 체계에 깃들어 있는 '객관적 폭력'을 드러낸다고 할 수 있다. 자크 라캉의 영향 하에 놓이는 슬라보예 지젝(Slavoj Žižek)은 폭력을 세 가지 차원에서 설명한다. 주관적 폭력, 상징적 폭력, 구조적 폭력이 그것에 해당한다. 지젝은 상징적 폭력과 구조적 폭력을 묶어 객관적 폭력이라고 일컫는데, 이 둘은 주관적 폭력에 비해 덜 가시적인 특징을 지닌다. 상징적 폭력은 언어가 대상을 포섭하는 과정에서 발생하고, 구조적 폭력은 경제나 정치체계가 작동하며 초래되기 때문이다.[54]

한병철 또한 현대의 폭력을 "시스템적 폭력"으로 사유하면서, "시스템적 폭력은 어떤 적대관계나 지배관계 없이 행사"되고 "폭력의 주체는 권력을 쥔 개인도, 지배 계급도 아니"라 "시스템 자체가 폭력의 주체"[55]라고 설명하며 흡사한 논의를 전개한다. 지젝의 사유에는 극복되고 부정되어야 하는 "부정성의 폭력"[56]이, 한병철의 사유에는 부정성조차 지각하지 못하는 "**긍정성의 폭력**"[57]이 녹아 있기에 상이하지만, 두 철학자의 논의를 종합해보면 도시에 내재하여 있는 근대 이후 폭력의 속성을 반추할 수 있다. 그것은 언어, 구조, 상징, 체계 등을 통해 실현됨으로써 자체적으로는 비가시적이지만, 사물에 이식되어 선명히 재현되거나 주체를 보이지 않게 속박하고 배제함으로써 주체에 내재화하고, 결국 징후를 배태하여 가시화하기에 이르는 모순을 지닌다.

---

54 이동재, 「지젝의 폭력론: 『폭력이란 무엇인가』를 중심으로」, 『현대사상』 19, 현대사상, 2018, 173쪽.
55 한병철, 앞의 책, 128쪽.
56 위의 책, 125쪽.
57 위의 책, 128쪽.

이를 통해 상징계의 질서가 자행하는 폭력성을 명백하게 확인할 수 있다. 이수명 시의 도시는 상징계가 자행하는 보이지 않는 폭력이 곳곳에 스며 있는 공간이기에 시적 주체의 불안을 부추김으로 하여 주체 및 여러 사물(기표)과 단단하게 연동하여 있는 폭력을 나타내는 것이다. 그러므로 이수명 시의 도시 현실은 욕망을 부추기거나 통제와 속박을 실현함으로써, 결여와 불안을 느끼게 하고 보이지 않는 폭력을 아울러 나타내서 시적 주체를 다각적으로 불안하게 하는 현실이다. 위 시에서 "우리는 충분히 아름"답다는 진술과 "다른 것을 알아볼 수 없"다는 진술의 충돌 또한 시적 현실에 도사리는 폭력을 나타낸다. "층층마다 빛나는 램프를 걸어 놓은 빌딩들처럼" "이제 충분히 아름다워"진 도시 속 "우리"지만, "아무도 알아듣지 못하는 주문을 한번 외우고" "다른 것을 알아볼 수 없"게 된 불안의 내력을 역설하여 억압과 유폐가 야기해내는 폭력을 드러낸다. 다른 시에서도 시적 주체는 끊임없이 괴로워하고 그것을 표출하고 있다.

살아간다는 것은, 어느 날 문득 찾아오는 토요일 오후처럼 하릴 없어지는 것이다. 꽃다발을 든 신부여, 가던 차에서 내려 욕설을 퍼붓고 그대는 억울하도록 상스러워지는 것이다. 골목마다 막히기만 하는 것이다. 쉬워지고 우스워지는 것이다.

―「토요일 오후」 부분, 『새로운 오독이 거리를 메웠다』

위의 시에서처럼, 이수명의 시적 주체는 "살아간다는 것"에 관해 토로하고 있다. 그의 현실은 "욕설을 퍼붓"게 하고 "억울하도록 상스러워지"게 만드는 실체이다. 또한 "골목마다 막히기만 한다"라는 표현에서처럼 지속하여 육박해오는 억압의 현현이다. 「토요일 오후」의 마지막 연에는 "살아간다는 것"을 "공황"에 연결하기까지 하는데, 시에 등장하는 "막히기만 하는" "골목"은 시적 주체의 정서를 담담하나 처절하게 고백하게 하는 현장으로 기능한다. 그곳은 도시의 표면에 새겨진 팔루스이면서, '막힌다'는 표현을 통해 통제와 금지의 기능이 강화, 가중되어 있는 상징계의 힘을 보여준다. 이는 곧, 시적 주체를 옭아매는 폭력으로 순치한다.

팔루스는 아버지의 권위와 상징계의 법을 함축하므로 상징계의 주체는 그것에서 결코 자유로울 수 없다. 그래서 "상징세계를 유지시키는 주체와 타자의 분별, 금기와 법의 기능은 문화와 사회의 질서를 존립시키는 근거이지만 개별 주체에게 있어서는 소외의식과 진실의 희생이라는 반작용을 낳기도"[58] 하는 것이다. '나'가 자동, 반복적으로 도시를 전전하면서 불안을 끊어내지 못하는 이유는 이에 호응하는 측면이 크다.

김석에 따르면, "욕망은 거창한 것이 아니라 존재에 대한 갈망이자 삶의 의지"[59]이며 "우리의 삶은 보이지 않게 촘촘하게 작동하는 사회 그물망으로 얽혀 있"기에, "심해지는 불안은 이런 그물망이 억압하는 자신을 살피라는 무의식이 보내는 경고"[60]를 의미한다. 그러므로 이수명 시의 주체에게 불안은 도시가 초래하는 욕망, 통제, 폭력의 필연적인 징후임이 분명하다.

결국 아무것도 남기지 못했다. 뜨거운 발바닥엔 무좀이 슬고 나는 자주 신을 벗었다. 그때마다 가슴속 어디선가 전선들이 끊어져 내렸다. 낄낄거리는 밤의 간판들 사이에서 나는 내가 지나왔던 길을 거의 이해할 수 없었다. 거기서 같이 낄낄거리며 쪼았던 모이를 나는 이해할 수 없었다.

아무것도 돌이킬 수 없고 돌이키고 싶지 않은 것이 없을 때, 내 왔던 길을 하나씩 호명하지만 다시 같은 모습으로 그 길을 살아야 할 때, 덥고

---

58   이혜원, 「한용운 시에서의 욕망과 언어의 문제」, 앞의 논문, 217쪽.
59   김석, 『불안』, 앞의 책, 148쪽.
60   위의 책, 149쪽.

습한 죄 많은 내 나라, 나는 신을 벗은 것이 아니었다. 딱딱한 물음표처럼 생긴 내 발뒤꿈치는 끊어진 전선들 사이를 헤집고 나는 무엇으로도 남지 못했다.

―「밤길」 전문, 『새로운 오독이 거리를 메웠다』

위의 시는 비참에 빠진 도시의 주체를 보여준다. '나'는 "아무것도 남기지 못했"으며 "가슴속 어디선가 전선들이 끊어져 내"리는 느낌을 받고 있다. 그리고 "낄낄거리는 밤의 간판들 사이에서 나는 내가 지나왔던 길을 거의 이해할 수 없었다"라고 고백함으로 하여 누적되어 온 불안 의식을 술회하기에 이른다. 이렇듯 위장되어 있고 쉽사리 해독되지 않는 도시, 지속적인 통제와 그로 인한 폭력을 자행하는 도시는 혼란과 결핍의 주체를 계속하여 생산하며 구성해내는 것이다. 「밤길」에 등장하는 "전선", "간판", "길"은 도시의 팔루스이다. '나'는 이들을 통해 상징계의 주체라는 정체성을 확인할 수 있지만, 이들을 완전하게 "이해할 수"는 없어 재차 소외되고 불안해진다.

시의 마지막 문장, "딱딱한 물음표처럼 생긴 내 발뒤꿈치는 끊어진 전선들 사이를 헤집고 나는 무엇으로도 남지 못했다"는 시적 주체의 암울한 정서를 단적으로 보여준다. 무엇도 알 수가 없고, 여전히 깨달은 게 없는 상황이지만 "다시 같은 모습으로 그 길을 살아야"하는 시적 주체는 다시금 방황과 배회를 반복할 수밖에 없으리라 여겨진다. 팔루스 표상은 시적 현실을 구성하여 시적 주체의 불안 의식과 연동되는 사물이자, 이렇듯 존재에의 고뇌까지 추동하는 상징이다. 그런데 아래 시에서는 '나'를 도시로부터 구조하는 인상적인 장면과 함께 나타나고 있다.

밤마다 너의 노래를 품고 잠든다. 너의 노래는 인적이 끊긴 곳으로 나를 데려간다. 벌판 한가운데로, 나는 신발이 벗겨지고 나는 날마다 같은 지점에서 길을 잃는다. 기타줄이 모두 끊어졌다. 너의 긴 손가락들도 끊어져 눈처럼 녹아 흘러갔다.

너의 노래는 고아가 되어간다. 밤마다 너의 노래는 노래가 되지 못한다. 나는 주섬주섬 일어나 너의 노래를 벽에 건다. 밤마다 나는 치유된다. 밤마다 너의 노래는 벽에서 걸어나와 한 줌의 재가 된다. 밤마다 내가 품고 잠든 것이 마치 비수가 아니라는 듯이.

―「너의 노래」 전문, 『새로운 오독이 거리를 메웠다』

위의 시에는 "노래"를 좇아 "인적이 끊긴 곳"에 당도하여 길을 잃어버리는 '나'가 등장한다. 결국에는 "너의 노래는 고아가 되어간다"라고 술회하며 자신의 처지와 상황을 "노래"에 투사하고 있다. 그런데 억압하는 도시와 다르게, 안온하며 주체를 회복하게 하는 시적 현실이 등장하므로 독특하다. "길"은 '나'의 생활과 배회를 반복하는 도시를 집약하는 기표로 등장하고는 하였으나, 위의 시에서는 "기타줄"과 "긴 손가락들"과 나란히 등장하면서 '나'의 "치유"와 회복을 도모하기 위한 탈출로의 의미를 획득하고 있다.

요컨대 "기타줄"은 도시의 팔루스인 전봇대를 이어주는 전깃줄에 대립하고, "긴 손가락들"은 타자들이 하는 "삿대질"(「문」, 『새로운 오독이 거리를 메웠다』)에 대비되면서, 「봄」의 "꿈틀거리는 손가락들"을 상기하게 함으로써 기억과 생활의 편린을 표상한다고 보인다. 즉 "긴 속가락들"은 "노래", "기타줄"과 결부됨으로 하여 비로소 「너의 노래」를 완성시키는 상징이다. 태양이 작열하거나 불에 타오르던 도시 현실은 위의 "밤" "노래" "잠"의 현실과 대비를 이루기도 해서 눈길을 끈다.

위의 시는 도시의 표면에 새겨진 팔루스이자 욕망의 통행로인 "길"을 전유한다고 보인다. 이를 통해 시적 현실이 초래하는 시적 주체의 불안은 감소할 수 있으며, 억압된 무의식과 욕망은 현실화할 수 있는 것이다. 헬 포스터는 초현실주의가 "규제가 점증한 세계에 대항해서 현저해"[61]졌다고 파악한다. "특이함과 기괴함이라는 초현실주의의 가치"는 "관리사회의 도래와 밀접한 관련이 있"을 수밖에 없으며, 그래서 그는 "우연, 꿈, 표류 등에 대한 초현실주의의 탐색은 기계생산품의 세계와 직접 맞설 수 있"[62]다고 역설한다. 이렇듯 이수명의 시는 그저 도시에 결박된 채로 전개되지 않고, 무의식을 향해 시 의식을 전개하여 도시의 억압에 항거하는 정신적 고투를 형상화하는 바 또한 나타낸다. 그의 시의 팔루스는 도시가 야기하는 불안과 연동되어 있을 뿐만 아니라, 전유됨으로써 도시 현실에의 저항감 역시 다분히 암시하는 것이다.

이 대목에서, 가스통 바슐라르의 사유를 인용해볼 필요가 있겠다. 바슐라르에게 도약이나 비행을 통해 수행되는 몽상은 지상으로부터 상승해내는 상상력을 통해서도 실현된다. 즉 그가 역설하는 수직성은 비행, 도약하는 상상력과 자연스레 연루되는 것이다. 바슐라르는 날개 없이 비행할 수 있다고 말하지만, "나는 꿈이 자유의 꿈 또는 사랑의 꿈이라 천명하면서 자신이 아닌 상대방이나 시적 대상에 날개를 달아주는 것이 나는 꿈의 본질이라 생각한다. 그래서 날아오르는 힘을 바깥의 대상에 투사하면 날개 달린 존재가 태어난다"[63]라고 본다. 즉 날개는 공중을 비행하게 하는 몽상의 유용한 도구이며 비행을 통해 자유를 실현하고 억압을 거스르고자 하는 존재에게 효용이 큰 도구이기에, 주목해볼 필요가 있다. 이수명 시에서도 날개 달린 동물을 통해 시적 주체가 희구하는 도시 현실의 억압으로부터 탈출을 수행하므로, 이를 살펴보면 시적 현실을 더욱 면밀하게 점검할 수 있어 보인다.

61　헬 포스터, 앞의 책, 217쪽.
62　위의 책, 같은 쪽.
63　성창규, 앞의 논문, 189쪽.

철조망 위에 앉아
나비가 화장을 하네.

철조망에 걸린
도망자들의 귓바퀴

싱싱하고 날카로운
새 철조망이 되어주네.

철조망 위에 앉아
나비가 장미를 붙잡네.

—「철조망과 나비」 전문, 『왜가리는 왜가리놀이를 한다』

위의 시에서 "나비"는 "철조망 위에 앉아" 있다. 그런데 "화장"을 하고 "장미를 붙잡"는 "나비"는 의인화되어 있다. "나비"가 날개 달린 동물로서 주체의 자유와 희망을 내포한다면, "철조망"은 자연스럽게 억압하고 구별짓는 현실을 의미한다. 특히 2, 3연을 보면 그 양상은 명백하게 확인된다.

"철조망에 걸린 도망자들의 귓바퀴// 싱싱하고 날카로운 새 철조망이 되어"준다는 표현은 도시의 폭력을 보여주기에 적합하며 다소간 서늘한 묘사이다. "철조망"이라는 폭력의 표상을 넘어서려는 (상징계 및 도시의) 주체들은 "도망자"의 신세로 전락할 수밖에 없으며, 도망하기에 이르는 주체들은 "철조망"에 신체 일부가 걸리더라도 떼어내 버리고 탈출할 수밖에는 없어 보인다. 그것은 이윽고 "철조망"에 엉겨 붙어 "싱싱하고 날카로운 새 철조망이 되어" 도시의 위압과 폭력을 강화하고 각화할 수밖에 없는 것이기도 하다. 그래서 도시로부터 탈출할지라도, 그것은 완벽하게 완수되지 못한다고 여겨진다. 황현산의 해설에서처럼 "도시는 우리를 가두면서 동시에 탈출의 희망을"[64] 암시하는 이중적 현실임을, 이렇듯 확인할 수 있는 것이다.

이 풍경을 모두 지켜보는 "나비"는 "철조망 위에 앉아" 있는 자유로운 존재이다. 그러므로 "나비가 화장을 하"는 모습은 도시를 넘어서고 능가하여 도배와 유폐의 시적 현실을 역설적으로 재현하는 몽상을 나타내며, "나비"가 "장미를 붙잡"는 모습은 속박과 자유를 추동하며 상징하는 "철조망"에서 구사하는 시적 주체의 감식안을 의미한다. 이렇듯 "도배"를 반복하는 "담"이나 "도망자"의 "귓바퀴"로 하여금 거듭 "새 철조망이 되"는 "철조망"은 시적 주체를 포섭하고 억압하는 도시의 현실을 응축한다.

따라서 "담", "철조망"과 다르게 「너의 노래」의 "길"은 정서를 충족, 회복하게 하는 특수한 장소로 개발될 수 있다고 본다. 이것은 또, 너라는 존재에 주목해야 할 이유가 되기도 한다. 자크 라캉의 상상계는 너를 비롯한 이마고와 형성하는 2자 관계의 세계이므로 '나'는 너를 통해 상상계의 현실을 펼쳐놓을 수 있다. 즉 "길"은 상상계를 내포하게 됨으로 하여 정서적 충만함을 향해 시적 주체를 인도할 수 있고, 그렇다면 생볼릭의 언어가 아닌 "노래"라는 세미오틱의 언어를 나타내는 부분 또한 분석이 가능해진다. 자크 라캉의 상상계를 전유한 줄리아 크리스테바의 세미오틱은 상징계를 전유한 생볼릭에 의해 억압된 언어와 의미를 회복할 수 있는 잠재성을 내포한다. 그리고 세미오틱은 의식의 언어를 넘어 무의식에 도달하고 그것을 구현하는 효용도 제공한다.

크리스테바는 딩카족의 표상 행위, 그리스의 디오니소스 축제 등을 예시로 들면서 "예술"을 "쌩볼릭의 세미오틱화"[65]를 강조한다. 그는 "쌩볼릭의 세미

---

64   황현산, 「불행을 확인하기」, 앞의 해설, 121쪽.
65   줄리아 크리스테바, 앞의 책, 90쪽.

오틱화"를 통해 사회적, 언어적 상징 질서에는 균열이 나고, 견고하던 의미 체계는 절단되거나 변형이 될 가능성을 얻게 된다고 설명한다. 아버지가 아닌 어머니를 통해 정서적 만족감과 평온함을 획득하거나 상상적 동일시를 통해 징후를 승화하고자 하던 이수명 시의 주체는 법과 질서의 딱딱한 언어에 배치하는 "노래"를 통해서도 불안을 극복하고 정서적 충만함을 얻을 수 있다. 이로써 「너의 노래」의 "치유"의 의미는 적절하게 성취될 수 있으며, "너의 노래"가 도시에서 '나'를 이끌어내 회복하고 구조하기에 이른다는 시의 거대한 서사 역시 개연성을 확보할 수 있다.

누군가 내 눈을 가져갔다. 나는 그 눈에서 튀쳐나온 눈물이었다. 어디로 갈지 몰라 나는 내가 마셔댄 깊은 우물이었다. 나는 마시는 강이었다.
나는 합창을 한다. 아침보다는 저녁에 저녁보다는 아침에 누군가의 목을 조른다. 푸른 화음이 꽃처럼 터지는 아침에

나는 누군가의 손에 박힌 못, 소음의 한 형식이다. 나는 오르간의 뚜껑이고 내 부모의 뚜껑이고 내게 꽂힌 나보다 큰 주삿바늘이다.

나는 들어간다 누군가의 꿈속으로, 그 속엔 황톳물이 흘러가고 말리지 못한 꽃들이 떠다니고 내 노래들이 휩쓸린다.

그리고 다시
죽은 채, 그의 꿈속에서, 나는 희미한 새벽이 되었다. 희미한 새벽으로 떠나갔다.

누군가 눈을 뜬다 내 눈으로, 나는 웃으며 줄넘기를 한다. 나를 붙잡는

팔도 나를 놓아버린 팔도 함께 데리고 줄넘기를 한다.

－「누군가」 전문, 『왜가리는 왜가리놀이를 한다』

위의 시는 다양한 팔루스가 등장하여 '나'의 정체성을 고지하고 있다. '나'는 "뛰쳐나온 눈물"이고 "손에 박힌 못", "나보다 큰 주삿바늘"이라고 표상된다. 이들은 형상에서 알 수 있듯 팔루스의 수직성을 하고 있다. 요컨대 "뛰쳐나온 눈물"은 발사하는 "총알"[66]과 "탄피"[67]와 "화살"[68]과 흡사한 형상을 하고 있다. 가령 총과 화살은 대표적인 남근 상징이며 이들은 발사 행위를 통해 남근의 의미를 획득[69]하는데, "뛰쳐나온 눈물"은 발사를 통해 남근성을 획득하는 상징들과 닮은꼴을 하는 것이다. "게다가 프로이트에 따르면 눈은 상징적으로 성기와 동일시되고 시각의 상실은 거세를 상징화한다."[70] 그렇다면, "누군가 내 눈을 가"져가고, "나는 그 눈에서 뛰쳐나온 눈물이"라고 고백하는 일련의 언술에는 상징계에 종속이 된 주체, 즉 결여와 상실로 인한 불안의 주체가 잠재하여 있다고 보이며, 이를 통해 "눈물" 또한 "총알", "탄피", "화살" 같은 팔루스 표상이라고 보는 것이 온당하고, 그것이 시적 주체의 정체성을 확인하게 하는 표식이라는 추론이 가능하다고 사료되는 것이다.

이렇듯 팔루스는 도시의 풍경을 형상화하는 표상일 뿐만 아니라, 상징계의 주체이기도 한 이수명 시의 주체를 살피는 데 주효한 기표인데, 그렇게 파악되는 이유를 크게 두 가지로 정리해볼 수 있어 보인다. 첫째, 상상계가 구성하는 시적 현실에 참여하는 주체는 기표를 통해 구성되고 대리, 대표될 수밖에

---

66   「악어의 물결무늬」, 『왜가리는 왜가리놀이를 한다』.
67   「그 집에 쳐진 발」, 위의 시집.
68   「슬퍼하지 말아라」, 『새로운 오독이 거리를 메웠다』.
69   '총'에 관한 설명은 에릭 애크로이드(Eric Ackroyd), 『심층심리학적 꿈 상징 사전』, 김병준 역, 한국심리치료연구소, 1997, 359쪽. '화살'에 관한 설명은 위의 책, 164쪽.
70   조윤경, 앞의 책, 318쪽.

없기에 핵심 시니피앙이자 상실과 결여의 표상인 팔루스는 주체의 징후 및 정체성과 무관할 수 없다. 둘째, 도시를 배회하는 주체의 정체성은 도시의 욕망을 응축, 재현하는 팔루스를 통해 조직되므로, 궁극적으로 주체의 의식 및 무의식은 팔루스와 연동되어 무관하기가 어렵다. 즉 이수명 시의 팔루스 표상은 상징계의 질서, 도시의 속박과 폭력을 재현하면서, 시적 주체의 징후와 정체성을 시각화하는 중요한 증표라는 불가피성을 보여주는 것이다.

그런데 위 시에서 '나'는 단순하게 "눈물", "못", "주삿바늘"에 비유되는 것이 아니라, "나는" "뛰쳐나온 눈물", "나는 누군가의 손에 박힌 못", "나는" "내게 꽂힌 나보다 큰 주삿바늘"이라고 고백함으로 하여 스스로 그것이 되어 정체성을 나타내기에 특징적이다. 다른 시 「나사못」(『새로운 오독이 거리를 메웠다』)에서 또한 '나'는 "나사못"이 되고 있어 참조할 필요가 있다. 해당 시에서는 "나는 한 뼘의 널빤지에 갇혀 있다./ 나의 길은 한 뼘의 널빤지에 갇혀 있다./ 쳐들지 못하는 널빤지에 갇혀 있다."라고 반복적으로 술회함으로써 '나'의 나사못-되기를 보여준다. 해당 기표들에 관해, 질 들뢰즈(와 펠릭스 가타리)의 '되기'를 적용하여 논의를 확장해볼 수 있을 것이다.

들뢰즈는 "욕망이 어떠한 결핍에서 기인하는 것이 아닌 순수하게 자신의 능력을 확장하기 위해 새로운 연결을 갈망하는 것이라고 해석한다."[71] 그래서 그는 스피노자(Baruch de Spinoza)의 감응(affect)을 계승한 강밀도(intensity) 개념 및 욕망을 활용하여 신체를 새롭게 이해하고자 한다. "순간에 따라 신체의 차이로서 드러나는 신체의 변이 능력을 들뢰즈는 하나의 문턱을 넘는 것에 비유하"고 "신체가 문턱을 넘을 수 있는 실제적인 방식"인 "되기"[72]를 제안한다. 이를 통해 들뢰즈는 동물-되기, 여성-되기, 분자적으로-되기 등을

---

71   윤서정, 앞의 논문, 156쪽.
72   위의 논문, 158쪽.

통해 인간 중심, 주체 중심, 다수자 중심에서 벗어나 소수자-되기를 향해 논의를 전개한다.

그렇다면, 이수명 시의 주체는 들뢰즈와 가타리가 주장하는 '되기'를 통해 불안 의식을 극복해볼 가능성을 확보할 수 있다고 보인다. 가령 도시가 물신주의 등 욕망을 부추기고, 상징계가 욕망으로 하여금 주체를 분열하게 할 때, '욕망'은 여러모로 주체에게 뗄 수 없는 요소라고 할 수 있다. 이 같은 욕망을 원료로 삼아 '되기'를 수행하여, 시적 주체는 도시 현실과 억압과 폭력에 얼마간 저항할 수 있으며, 불안을 극복하고자 시도할 수 있으리라 보인다. 도시를 집약하고, 상징계의 주체와 연루되는 팔루스-되기는 이를 표시하기에 가장 적절한 측면이 크다.

그러나 눈물, 못, 주삿바늘, 나사못 등 팔루스 표상으로 변신하는 시적 주체는 분자적(소수자적) 존재가 되지 못한 불완전한 되기를 암시하여, 불안을 완전히 떨쳐내지도 정체성을 완벽히 확보하지도 못한 절반의 성공만을 의미해내 아쉬움을 남긴다. 즉 시적 주체는 팔루스가 되어 도시 및 상징계의 주체라는 정체성을 불완전하게나마 확보, 확인해보지만, 도시의 질서를 응축하고 재현하는 팔루스가 됨으로써 도시의 억압과 폭력 앞에서 완전한 '되기'의 성취를 이루어내지 못한 존재로 귀결하는 것을 시사하기 때문이다. 아울러 상징적 팔루스가 영원한 상실을 의미한다는 사실 또한 반추하면, 시적 주체의 팔루스-되기는 역설적이게도 결여와 상실의 주체라는 사실을 다시금 확인하게 될 뿐이라고 보이는 것이다. 물론 시의 주체가 기표 중의 기표인 팔루스가 되기에 그의 결여를 채우게 된다고 볼 여지가 있으나, 주체가 영영 잃어버린 대상인 팔루스를 획득하는 것이 불가능하다는 내용 역시 참조해보면, 팔루스-되기는 오히려 불안의 원인인 '결여의 결여'를 낳을 뿐이라고 보는 것이 개연적이라고 본다. 그러므로 팔루스-되기가 스스로의 정체성을 확인하고 확보하게 함으로써 불안을 극복하게 한다지만, 불안의 동인으로 수렴하는 바 또한 자명하다고 보인다.

나아가 앞서 「화물차」에서 "나의 이단은 나의 오독"을 혜안과 회의와 자기 반성적 언표라고 평가한 대목을 복기해보면, '나'는 지속하여 도시에 예속된 상태로 도시를 관철함으로 하여 도시 및 도시의 주체인 '나'를 아울러 꿰뚫어 내는 감식안을 발휘해왔다. 이 같은 상황에서도, 도시에서 불안을 축출하거나 삭제할 수는 없던 것을 알 수 있다. 즉 이수명의 시적 주체가 도시의 주체라는 사실을 거듭 나타낼 때, 그것의 내포에는 불안을 그나마 떨쳐내도록 돕는다거나, 동시대의 주체로서 당대 현실을 집약하는 도시에서 자기 자신을 능동적으로 회의하게 하는 효용을 제공 받는 정도이지, 그 이상의 함의는 획득하지 못한다. 정리하자면, 이수명 시의 주체는 욕망으로 하여금 '되기'를 수행하지만, 그것이 팔루스-되기라는 측면에서, 도시의 자장 안에서 팔루스를 통한 정체성의 불완전한 갱신을 반복, 수행하는 수준에 머무를 따름이라는 것이다.

슬퍼하지 말아라, 과녁을 벗어난 화살들이여, 떨어져 내린 곳이 삶의 과녁임을, 아무도 찾을 수 없는 곳으로 와버렸다고 슬퍼하지 말아라.

－「슬퍼하지 말아라」 부분, 『새로운 오독이 거리를 메웠다』

위의 시에는 "슬퍼하지 말"라는 시적 주체가 등장한다. 명령형, 청유형의 문장은 본래 타인이 무엇인가를 하도록 구속하고 강요하는 의미를 내포한다. 그런데 위의 시에서는 타자를 향하는 주문의 언술이 아니라, 자기의 내면을 향해 외치는 고백을 구사하는 데 있어 명령형과 청유형의 문장을 활용한다. 다시 말해, "슬픔"이 도시의 현실이 초래하는 정서이자 도시인의 정서적 토대이고, "과녁을 벗어난 화살들"은 고독하게 존재하는 이수명 시의 주체들과 닮아있기도 하기에, 위의 시가 시적 주체가 스스로에게 하는 고백의 시라는 사실을 어렵지 않게 추론할 수 있다고 여겨진다. 살펴었듯 "화살"은 팔루스 표상이다. 위의 시는 "과녁을 벗어난 화살"과 흡사한 처지의 자신에게 살아 내라고 주문하는 농밀한 고백을 수행하여 불안의 현실을 역설한다. 스스로를 "화살"에 투사하여 획득할 수 있는 효능이란 광막한 도시 현실 속에서 자신의 정체성을 불완전하게나마 확인, 확보할 수 있는 것이다.

김준오에 의하면, 자아와 세계의 동일시는 동화와 투사를 통해 실현할 수 있다. 환멸과 공황, 불안과 고독을 야기하던 1990년대적 현실에 놓인 이수명 시의 주체가 지속하여 "기억" 등을 통해 자기 동일성 및 자기 감각의 통일성을 획득하고자 하던 모습을 반추해보면, 이 같은 동화와 투사의 활용 양상은 시적 주체가 환기하는 의식의 지향과 그 방향성을 탐구하는 데 효과가 있을 것이라고 보인다. 또한 자크 라캉에게 있어서도 동일화는 중요하기에 참조의 가치가 크다고 할 것이다. 즉 시적 주체가 시적 현실이라는 토대를 딛고 자신의 정체성을 반추하고자 할 때, 동화와 투사 등을 활용한 동일화는 다소간 효과적인 전략이라고 할 수 있다.

요컨대 "동화"가 "시인이 세계를 자신의 내부로 끌어들여서 그것을 내적 인격화하는 이른바 세계의 자아화"를 실현하는 방식이라면, "투사"는 "자신을 상상적으로 투사하는 것, 즉 감정이입에 의해서 자아와 세계가 일체감을 이루도록 하는"[73] 방식이다. 이수명 시의 주체가 구사하는 투사를 통한 동일시는 "화살"-"슬픔"-시적 주체의 계열을 형성하여 상징계의 주체로서 징후를 승화하고 정체성을 확보하는 의미를 나타낸다. 앞서 다소간 언급하였듯 이수명 시의 도시는 은폐와 분열의 공간이기에, 이 같은 동일시를 활용하여 파편화한 동시대의 현실을 역설적으로 형상화하는 효용 또한 확보할 수 있다고 본다. 즉 스스로의 정체성을 확인하고 확보하기 위해 고투하는 이수명

---

73   김준오, 「시의 정의」, 앞의 책, 38쪽.

시의 주체는 오히려 당대의 피폐한 현실을 시적으로 적나라하게 증언하는 셈이 되기에 씁쓸하다. 다시금 정리해보면, 팔루스-되기는 도시에 예속된 시적 주체를 암시하는 암울한 증좌이면서도, (도시의) 주체라는 정체성을 확보하여 미약하게나마 불안을 극복할 수 있게 하는 수단이기도 하다.

그런데 앞의 시 「누군가」에 등장하는 "뛰쳐나온 눈물"은 불완전한 '되기'와 연관되는 팔루스 표상을 의미할 뿐만 아니라, 억압된 무의식을 암시한다는 사실도 중요하게 짚어야 한다. 이수명 시에는 물 관련 기표가 자주 등장하고 있다. 이들은 대부분 시적 주체의 의식에 대립하는 무의식 자체를 상징하거나 이수명 시를 전개하는 데 활발하게 작용하는 은유와 환유를 개시하는 역할을 도맡는다. "뛰쳐나온 눈물", "손에 박힌 못", "나보다 큰 주삿바늘" 등의 연결은 은유와 환유의 고리를 지시하는데, "뛰쳐나온 눈물"이라는 액체 표상이 개시하는 무의식의 흐름을 적절히 나타내는 바라고 할 것이다. 가령 상징계의 질서에 예속된 주체는 무의식의 문법인 은유와 환유를 통해 자기를 구성하거나 징후를 보여주거나 욕망을 감지하고 지속시킬 수 있다. 자크 라캉은 로만 야콥슨의 은유와 환유, 지그문트 프로이트의 응축(압축)과 전위(전치)를 차용하여 자신만의 은유와 환유 공식을 확정한다.

라캉에게 은유는 대체와 선택을 통해 의미작용의 효과를 불러온다. 의미작용은 시니피앙이 다른 시니피앙에 의해 대체됨으로써 나타난다. 그리고 환유는 시니피앙과 시니피앙 간의 연결 작용을 의미한다. 시니피앙의 사슬을 통해 욕망의 불멸성과 존재의 결여를 암시받을 수 있다.[74] 그래서 그는 욕망은 하나의 환유이고, 증상은 하나의 은유라고 정의하면서 은유를 존재 문제에, 환유를 존재의 결여에 연결한다.[75] 라캉이 은유와 환유를 통해 설명하는

---

74 자크 라캉, 「무의식에서의 문자의 심급 또는 프로이트 이후의 이성」, 『에크리』, 앞의 책, 615~616쪽.

75 위의 책, 631쪽.

무의식의 원리는 시적 현실과 시적 주체의 다양한 양상과 징후를 분석하는 데 유의미하게 참조할 수 있는 방법이다.

그런데 앙리 르페브르 또한, 은유와 환유를 전유하여 추상 공간에 내재하는 논리를 설명하므로 흥미롭다. 그에게 "환유의 논리는 끊임없이 부분으로부터 전체"를 향해 "이행하도록 부추기고 강요"하면서 "끊임없는 확장을 통해서 비좁은 용적의 하잘것없음을 보상해"[76]주는 힘이며 "은유의 논리"는 "끊임없는 은유화라고" 일컬어지는데 "살아있는 몸, '사용자'의 몸"이 "이미지, 기호, 상징과 같은 유사물에 의해 은유화"[77]되는 것에 관계한다. 따라서 (추상) 공간의 환유는 도시의 고층 건물이 실현하는 동어반복적 외양의 과시성과 연결될 수 있고 (추상) 공간의 은유는 생명체의 몸이 공간의 다른 이미지나 상징으로 대체되는 작용에 매개될 수 있다. 그렇다면 앞서 「우리는 이제 충분히」에서 "빌딩들" 가운데서 "빌딩"에 이르게 되는 "우리"의 모습은 추상 공간의 은유와 환유의 논리에 포섭되는 시적 주체를 적절히 재현했다고 다시금 평가해볼 수 있다.

핼 포스터는 초현실주의 작품에서도 은유와 환유를 발견할 수 있다고 본다. 요컨대 "초현실주의 오브제가 욕망을 가리키는 환유적 질서와 연결될 수 있다면, 초현실주의 이미지는 증상을 가리키는 은유적 질서와 연결될 수 있을 것 같다"[78]고 말한다. 초현실주의자의 작품 세계는 은유와 환유를 통해 예각적이고 입체적으로 드러나는데, 그로 하여금 초현실주의에서 은유와 환유가 오브제를 선별하는 것에서부터 투사되는 욕망과 작품에서 표출되기에 이르는 다양한 징후를 복합적으로 드러낸다는 의미를 시사한다.

---

76 앙리 르페브르, 앞의 책, 169쪽.
77 위의 책, 170쪽.
78 핼 포스터, 앞의 책, 150쪽.

나는 물이 되고 싶은 눈물이며

파손된 쪽배이며

환풍기로 내쫓긴 외국어이며

태양이 눈감은 하늘,

허물어지는 난간에 의탁한 꺼지지 않는 소음덩어리이며

―「구름」부분, 『새로운 오독이 거리를 메웠다』

나는 내 망가진 장난감이다. 돌려줄 수 없게된 경적이다.

(…중략…) 나는 더 많은 불가능을 기다리는 기다란 행렬이다.

―「이력서」부분, 『새로운 오독이 거리를 메웠다』

　「구름」의 '나'는 "눈물"-"쪽배"-"외국어"-"하늘"에 비유되며 은유와 환유의 고리를 생성하고 있다. 시어에 자세히 천착해보면, 도시에서 도망하고 싶은 시적 주체의 불안이 고스란히 감지된다. 특히 앙리 르페브르는, 은유와 환유가 "전위시키거나 포개거나 다른 곳으로 운반"하는 게 가능하며 "몸을 넘어서, 느낌과 감정을 넘어서, 삶, 감각적인 것, 쾌감, 고통을 넘어서는 곳"인 "추상의 영역"[79]에 도달할 수 있게 한다고 설명한다. 그렇다면, 불안의 주체는 "눈물", "쪽배", "외국어", "하늘" 같은 분출, 해방, 이국의 기표로 하여금 자유감과 해방감을 성취할 수 있는 것이 마땅해 보인다. 특히 이수명 시에서 은유와 환유가(특히, 환유가) 궁극적으로 "미지의 세계를 열어"[80]보이고 "미지의 무한한 세계를 확장하는 창조적 놀이로서의 시의 가능성을 극대화"[81]하는 이유도 이와 연관된다고 할 수 있겠다. 그러나 「구름」에서 중요한 것은 "눈

---

[79]　앙리 르페브르, 앞의 책, 224쪽.

[80]　이혜원, 「미지의 세계를 향한 진지한 놀이」, 앞의 평론, 37쪽.

[81]　위의 평론, 38쪽.

물"은 "물"이 아니고, "쪽배"는 "파손"되어 있고, "외국어"는 "환풍기로 내쫓"기고, "하늘"은 "태양이 눈"을 감은 공간이고, '나'는 "꺼지지 않는 소음덩어리"에 불과하다는 지점이다. '나'의 탈출과 해방은 제대로 완수되지 못한 채 시적 현실의 억압과 폭력 앞에서 좌절되고 있음을 나타낸다.

「이력서」에서의 "장난감"-"경적"-"행렬" 또한 은유와 환유를 드러낸다. 그런데 "망가진 장난감", "돌려줄 수 없게 된 경적", "불가능을 기다리는 기다란 행렬"을 살펴보면 '나'는 여전히 불안 의식에 노출되어 있음을 알 수 있다. 시의 마지막 부분에서 "생은 우리에게 너무 비좁다. 한 인간은 다른 인간에게 격렬히 비좁다. (…중략…) 차츰차츰 날이 밝아와 내 페이지는 다시 버려지고, 나는 허기진 내 경적소리를 읽지 못한다"라고 고백하는 대목은 삶의 토대가 되지만 질식하게 하는 도시 현실의 모순을 적절히 암시한다. 모순은 이수명 시의 주체가 실감하는 서글픈 도시 생활을 부각하는 데 중요한 역할을 한다.

이처럼 이수명의 1990년대 시에는 다양한 팔루스 표상이 등장하여 시적 현실을 구성하거나 시적 주체를 조직하고 징후를 실현하도록 도모한다. 특히 자크 라캉의 팔루스는 욕망과 결여의 기표이기에 시적 주체는 그것을 통해 정체성을 확보해보고 불안 의식을 미약하게나마 극복해보기 위해 시도한다. 그러나 그것은 도시의 질서를 넘어서거나 극복하지 못한 채, 시적 주체의 정체성을 불완전하게 갱신하는 수준에 머무르게 하므로 아쉬움을 남긴다.

3. 표출하는 욕망과 팽창하는 몸

이 절에서는 이수명 시에서 표출하는 욕망과 팽창하는 몸의 양상을 살펴보고자 한다. 그의 시는 상징계의 법과 규율이 작용하는 도시에 예속된 주체를 부각할 뿐만 아니라, 시적 주체의 욕망을 여러 각도에서 조명함으로 하여 시적 주체의 존재 문제에까지 밀도 있게 천착한다. 그러므로 욕망은 이수명의 시를 깊이 있게 분석하도록 돕는 열쇠가 될 수 있다. "라캉은 욕망이 대상을 향하지만 궁극적으로 대상에 대한 욕망이 아니라 존재에 대한 열망이라고 말한다."[82] 욕망은 언어를 통해 주체에게 인식되는데, 언어 학습과 관계 맺기는 사회적 존재인 인간 주체에게 포기할 수 없는 요소라서, 주체의 욕망은 필연적이며 본연적인 측면이 크다.

이수명 시에서 팽창하는 몸은 그의 시적 주체가 구사하는 욕망의 표출을 확인하는 데 있어 가장 강력하고 효과적인 표지이다. 그를 통해 도시의 욕망에 포섭되거나 도시로부터 탈출하려는 상반된, 양가적 욕망이 복합적이고 효과적으로 구현되고 있기 때문이다. 다시 말해, 시적 주체는 자기 자신을 무수한 주체로 팽창시켜 도시적 욕망의 주체로 표시하거나, 팽창하여 있는 사물로 변신하여 도시로부터 탈출하고자 하는 욕망을 시각화하는 것이다.

특히 후자의 양상인 '팽창하는 몸'을 통해 "매연"이나 "연기" 등으로 변신하는 시적 주체는 질 들뢰즈와 펠릭스 가타리의 '되기'와 연결되기에 얼마간 활발히 참조하고자 한다. 이는 눈물, 못, 주삿바늘, 나사못을 통해 수행한 불완전한 되기와 다르게, 펠릭스와 가타리가 옹호하고 긍정하는 분자적으로-되기를 수행하여 도시를 벗어나 보고자 시도하는 것을 나타내기에 주목할 필요가 있다. 들뢰즈와 가타리의 사유에서 기계로서의 인간의 몸은 라캉의 사유를 참조한 측면이 크므로 정신분석적 접근을 통해 이수명의 시를 살피는 이 글에서 참조하는 것이 어색하지 않다고 본다.

특히 되기의 양상을 면밀히 검토하는 것은 이수명 시의 불안 의식을 분석하는 데 큰 도움이 되리라 보이는데, 자크 라캉이 불안 개념을 정초할 때

---

82   김석, 『에크리』, 앞의 책, 184쪽.

영향받은 마르틴 하이데거(Martin Heidegger)의 불안을 톺아보면, 그 가능성이
명료히 확인된다.

즉, '불안'은 자기 자신의 존재를 문제 삼는 인간의 실존론적 본질을 가장
분명히 드러내는 일종의 기분이다. 이 불안은 일상의 안락함과 편안함에
몰두한 현존재에게 엄습하여 자기의 존재양식인 본래성과 비본래성*을 선
택하게 한다. 현존재는 불안 속에서 비본래적 자기를 상실하고 자신의 존재
를 반성하며 단독적으로 자기의 실존을 결정한다.[83]

> *비본래성은 현존재가 본래적 자기를 회복하여 기획투사하지 않고 세계의 해석, 즉 나에 대한
> 타자들의 해석에 자기를 선택하는 것이다. 즉, 타자들과 같은 존재양식을 취하는 것이 비본래성이
> 다. 반면, 본래성은 이러한 비본래성을 거부하고 본래적 자기를 선택하는 것이다.

하이데거에게 있어 불안은 현존재, 즉 세계-내-존재에게 필연적으로 발생
하는 기분, 감정을 의미하는데, 현존재의 "불안"이 "일상의 편안함과 익숙함
을 낯설게 만들고 가장 독자적 존재가능에 이르는 존재가 되게 한다."[84] 이
같은 하이데거의 사유를 참조한다면, 시적 주체가 시적 현실에 '처해 있는'
존재로서 불안에 시달릴 때, '나'는 본래적 자기와 비본래적 자기를 선택하여
스스로의 존재 양식을 자유롭게 선택할 수 있게 되는 것이다. 그것을 시로
하여금 일정한 이미지로서 창출한다고 본다면, 2절에서 살핀 '팔루스-되기'
나 3절에서 살필 자신을 무수한 도시(상징계)의 주체로 팽창시키는 모습은
비본래적 존재, 즉 "현존재가 본래적 자기를 회복하여 기획투사하지 않고
세계의 해석, 즉 나에 대한 타자들의 해석에 자기를 선택하는 것"을 의미한다

---

83   손윤희, 「카프카의 『성』과 베케트의 『고도를 기다리며』에 나타난 하이데거의 불안」, 『동서
      비교문학저널』 60, 한국동서비교문학학회, 2022, 151쪽.
84   위의 논문, 155쪽.

고 볼 수 있다. 그렇다면, 3절에서 살필 '분자적으로-되기'를 수행하여 도시의 질곡에서 벗어나고자 하는 모습은 "비본래성을 거부하고 본래적 자기를 선택하는 것"을 내포할 수 있으리라 본다. 그러므로 "자기 자신의 존재를 문제 삼는 인간"을 나타내는 이수명 시의 주체에게 스스로의 존재 양식을 선택하여, 본래적 '나' 혹은 비본래적 '나'에 이르는 '되기'의 수행은 의미가 작지 않다.

이상의 내용에서처럼, 욕망의 가장 확실한 실현물인 '팽창하는 몸'에 불안이 잠재하여 있다고 전제할 수 있다면, 이를 통해 이수명 시의 불안 의식을 종합적으로 조명, 분석해볼 수 있을 것이라고 기대한다.

신호등이 바뀔 때
우리는 한패거리가 되었다.
저벅거리는 발자국소리는
한 뼘의 구두를 빠져나와
도시를 폭격한다.
신호등이 바뀔 때
오전 열시에도 그랬고
오후 열시에도 그랬다.
집에서 나올 때도
집으로 돌아갈 때도
우리는 한패거리가 되었다.
우리는 앞사람에게 총을 겨누지 않았다.

도시에 내장된 건널목마다
우리는 날마다 집결했다.

아는 길에서도
모르는 길에서도
쉬지 않고 집결했다.
신호등이 바뀌길 기다리며

우리는 뒤돌아보지 않았다.
우리는 고백하지 않았다.

―「길을 건너며」 전문, 『새로운 오독이 거리를 메웠다』

위의 시 역시 도시의 풍경을 펼쳐놓고 있다. 시적 주체는 도시의 일사불란한 풍경을 예리하게 꿰뚫는다. 그리고 와중에, "신호등이 바뀔 때/ 우리는 한 패거리가 되었다"라고 언술하고 있다. 그리하여 '나'는 "한 패거리"에 소속되는 모습을 통해 확실한 욕망의 주체, 팽창하는 몸에 이르고 있다.

"구두를" 신고, "오전 열시에도", "오후 열시에도", "집에서 나올 때도", "집으로 돌아갈 때도", "한패거리"인 "우리는" 자체로 도시인을 표상한다고 볼 수 있다. 위의 시는 비밀스러운 자기 재현을 넘어, 상징계의 주체를 재현하는 효능에까지 시적 역량을 확대하는 것이다. 그러므로 중요한 것은 '나'를 팽창하여 등장시킨 "우리"라는 표현이다. "우리"가 통행하는 "건널목"은 이수명 시의 주체가 방황하고 배회하던 길과 흡사하면서 또 다르게, 욕망의 주체'들'이 종횡하는 "표면"의 세계를 암시한다.

이수명은 모리스 블랑쇼의 "바깥"을 "문학적으로 전횡하여 '표면'으로 표현"[85]한다. 블랑쇼에게 시는 "기본적으로 추방"[86]이다. 그리고 블랑쇼에게

85　이수명, 「시는 어디에 있는가: 표면의 시학」, 앞의 책, 41쪽.
86　위의 글, 36쪽.

"시인은 안에 머물지 않으며 밖으로 추방된 자이"며, 그는 시인을 "자신의 바깥에, 고향 바깥에, 이방인에 속하는 존재이며, 시가 시인을 떠도는 자, 길 잃은 자, 현전과 거주를 빼앗긴 자로 만든다"[87]고 설명한다. 이수명에게 있어 '표면'은 위의 시에서처럼, 현실의 내부에 존재하지만 현실을 벗어나 있는 독특한 영역을 의미한다. 즉 '표면'을 시각화하는 "건널목"은 시적 주체를 포섭하면서 배제하고, 욕망의 주체를 예속하면서 탈출을 꿈꾸게 하는(그러나 이내 좌절시키는), 도시의 주체들이 종횡하는 모순된 시적 현실과 결부한다.

그러므로 "건널목"은 욕망의 회로이자 통행로, 도시의 표면에 새겨진 팔루스, '표면'을 현실화한 공간을 의미할 수 있다. 그리고 "우리"를 통제함으로써 의식과 행위를 지배하는 "건널목"에 표지처럼 세워진 "신호등"은 표면의 현실이자 모순적 도시를 관장하는 팔루스에 호응한다고 보인다. 위의 시는 무수한 '나'인 상징계의 주체들이 "집결하"고 펼쳐지는 도시 현실의 한 단면을, 풍경을 간파하는 시적 역량과 시 의식 등이 극대화된 시라고 할 수 있다.

마지막으로 주목할 부분은 "앞사람에게 총을 겨누지 않았"고 "뒤돌아보지 않았다"라는 진술이다. 그것은 자조와 미련, 양심과 연민이 한 데 뒤섞인 내밀한 고백이다. "양심은 폭력의 전도가 일어나는 장소이다."[88] 양심으로 인해 "타인을 향한 공격성은 자기 자신을 향한 공격성으로 방향을"[89] 전환하게 된다. 양심이란 초자아와 상징계의 법을 통해 주체에게 발생하는 감각이므로 도시의 구속과 억압을 보여주는 또 한 표식이라고 볼 수 있다.

　　뒤를 돌아볼수록 중력이 소멸하는 땅이다. (…중략…)

87　위의 글, 같은 쪽.
88　한병철, 앞의 책, 19쪽.
89　위의 책, 같은 쪽.

뒤를 돌아보지 않아도 중력이 소멸하는 땅이다.

　　　　　　　　—「중력이 소멸한」 전문, 『새로운 오독이 거리를 메웠다』

"뒤를 돌아"보면 "중력이 소멸하는 땅"과 "뒤를 돌아보지 않아도 중력이 소멸하는 땅"이라는 표현은 연민이나 후회 대신 앞만 보고 살아야 하는 시적 주체의 도시적 삶을 감각적으로 은유한다. 시적 주체는 "때때로 꺼냈던 사치한 희망"을 회의하고 "잃어버린 발바닥은 홀로 꿈에서 깨어나지 못하였"다고 술회하며 자조의 정서를 드러내는데, '나'가 도시에 결박된 채 뒤를 돌아볼 수도, 돌아보지 않을 수도 없는 능동성이 박탈된 존재임을 나타낸다. 이렇듯 도시의 폭력은 주체를 길들임으로 하여 양심과 자조를 내부화한다.

가령 초자아는 주체에게 "신, 주권자, 아버지를 대리하는 내면화된 지배기관"[90]을 의미하는데, 그것이 주체에 내재화함으로 하여 주체의 행동과 사유를 감시하고 감독하는 "양심"으로 공고화되는 것이다. 다시 말해, 초자아 및 상징계의 금지는 주체에게 양심 및 윤리 의식을 형성하지만, 또다른 폭력으로써 불안을 유발하는 동인으로 작용할 가능성이 농후한 것이다. 이는 곧 이수명 시의 현실이 시적 주체에게 가해하는 또 다른 억압과 구속의 표식으로 기능한다.

아무 일도 일어나지 않았다. 무슨 일이 벌어져도 아무 일도 일어난 것이 아니었다. 37.4도의 한낮이 37.4도로의 체온상승을 일으켜도 그것은 가벼운 미열일 뿐이었다. 대기한 줄들이 새로이 길어져도 우리는 속는 걸 몰랐고 우리는 꾸역꾸역 채워졌다. 가슴엔 하나 둘, 하나 둘, 하루를 밀어내는 변함없는 체조가 이어졌다. 육체노동이어서, 산다는 것이, 그리고 또 한번

90　위의 책, 40쪽.

육체노동이어서, 살지 않는다는 것이,

앞줄이 무너지길 기다리며 빌어먹지 않으려고 훔치며 살았다. 앞줄이
훔친 것을 다시 한번 훔치며 살았다. 뜨거운 태양 아래 녹아버린 것은 아무
것도 없었다. 줄어든 것은 아무것도 없었다. 꽁무니에서 꽁무니로 이어지는
살의로 우리는 버렸다. 바톤을 떨어뜨리지 않으려고 입술이 갈라터졌다.
묵계였다. 살의로 살아가는 것, 살아가는 것의 살의를. 아무 일도 일어나지
않았다. 어떤 일로도 아무 일도 일어난 것이 아니었다.

―「뒷모습」 전문, 『새로운 오독이 거리를 메웠다』

위의 시에는 "대기한 줄"에 소속되어 있는 '나'가 등장한다. "대기한 줄"은
인간의 단순한 나열이 아니다. 왜냐하면 대기한 줄은 줄어들지 않고 길어질
뿐이며, "우리"는 속는 걸 모르는 채 "꾸역꾸역 채워"짐으로써 줄서는 것에
동원되기 때문이다. 이는 앞서 「화물차」에서처럼, 공허하지만 그를 윤색하여
'결여의 결여'를 수행하는 도시를 나타내면서, 시적 주체를 예속하고 포섭하
는 도시의 질서를 집요하게 형상화하는 의미가 있다. 또한 「길을 건너며」와
마찬가지로, "대기한 줄"은 시적 주체가 상징계의 무수한 주체로 자기를 펼
쳐놓은 팽창하는 몸의 실현을 보여준다고 할 수 있다.

앙리 르페브르는 개인들의 위치는 사회적으로 완성된다고 말한다. 자크
라캉의 주체 역시 타자와의 관계를 통해 구성되는 개념이다. 인간은 개인적
인 존재이면서 사회적인 존재라는 필연성에 구속될 수밖에 없는데, 이수명의
시적 주체는 팽창하는 몸을 통해 타자와 현실로부터 체득하는 욕망의 팽창을
형상화한다. 그의 시에서 욕망은 도시 주체에게 이입되는 세속적 본능이자
도시에서 탈출하고자 하는 염원의 지표이므로, 「길을 건너며」와 「뒷모습」에
서는 전자의 내포가 더 강하게 드러난다고 할 수 있다.

시의 후반부에 등장하는 "바톤"은 중요한 기표로 작용하고 있다. "바톤을

떨어뜨리지 않으려고 입술이 갈라터졌다"라는 시적 주체의 진술은 자크 라캉이 「「도둑맞은 편지」에 관한 세미나」에서 말한 편지의 순환을 암시한다. 라캉은 에드거 앨런 포(Edgar Allan Poe)의 「도둑맞은 편지」의 편지를 통해 상징적 회로를 순환하며 주체의 위상을 결정짓는 시니피앙의 역능을 설명한다. 그리고 그는 주체가 그것을 통해 상징적인 것의 경로를 따르게 되며 편지(문자)가 되레 주체를 소유하게 된다고 일컫는다.[91] 위의 시에 등장하는 "바톤"은 시니피앙이 유일무이한 존재의 단위라는 라캉의 주장에 호응하는 사물이라고 보인다.

그렇다면 「뒷모습」의 "대기한 줄"은 이름 없는 무수한 욕망의 주체를 탄생시키는 상징계를 상징하고, "바톤"은 그곳을 순환하며 주체의 결여와 욕망을 표상하며 주체의 존재를 결정하고 구성하는 기표의 상징이라고 분석하는 것이 가능하다. 이로써 위 시의 주체는 "대기한 줄"을 통해 도시 공간의 주체들을 펼쳐놓음으로 하여 도시의 욕망과 주체를 속박하는 기표의 역능을 아울러 재현해낼 수 있다. 그러므로 위의 시는 "바톤"을 중심으로 시적 현실에 도사리는 불안과 욕망, 그것을 메우고자 시도하는 욕망과 환상을 적절히 형상화한다고 생각된다.

그런데 시의 초반부와 후반부에서, "아무 일도 일어나지 않았다. 무슨 일이 벌어져도 아무 일도 일어난 것이 아니었다. (…중략…) 살의로 살아간다는 것, 살아가는 것의 살의를. 아무 일도 일어나지 않았다. 어떤 일로도 아무 일도 일어난 것이 아니었다"라는 중언부언하고 있는 진술은 시사적이다. 왜냐하면, 이는 흡사한 진술을 수회 반복함으로 하여 시적 주체의 불안을 적나라하게 표시하는 바이기 때문이다. 시의 주체는 무수한 주체로 펼쳐져 보지만, 그럼에도 도시 및 상징계의 질서가 추동하는 징후는 쉬이 떨쳐내기 너무

---

91   자크 라캉, 「「도둑맞은 편지」에 관한 세미나」, 앞의 책, 17~78쪽.

도 어려운 것이다.

해당 진술이 시사적인 이유는 또 하나 있다. 문장을 살펴보면, 앞과 뒤의 문장이 서로 흡사한 듯하지만 상충하는 것을 확인할 수 있다. 이것은 이수명 시의 두드러지는 기법인 '대비'를 나타낸다고 판단된다. 가령 "대조(對照, contrast)는 서로 상반되거나 모순되는 어구를 연결하여 대비(對比)의 느낌을 강조하는 동시에, 그 대비와 대립 자체가 또 하나의 통일을 이루게 하는 수사법이다."[92] 그렇다면, 문장의 충돌이나 사물, 공간, 세계, 현상 등을 대조하여 배치하는 이수명 시의 양상은 그의 시에 자주 등장하는 대비, 모순 어법과 호응하는 측면이 분명하다. 이를 통해 시적 현실이 자아내는 불안의식이 더욱 효과적이고 예각적으로 드러나게 되는 것이다.

시적 현실에 두드러지는 팽창하는 몸을 추적하고 톺아보면, 만연해 있는 불안과 욕망, 그것을 구체화하고 시각화하는 환상의 작용을 확연하게 목격할 수 있다고 판단되는데, 그러한 의미에서 "한패거리", "대기한 줄"과 흡사해 보이는 "거품"(「벌」, 『새로운 오독이 거리를 메웠다』), "새떼"(「양파」, 『왜가리는 왜가리놀이를 한다』) 역시 검토해보고자 한다. "거품"과 "새떼"는 번지거나 팽창하는 형상을 하고 있다. 이들은 시적 주체의 욕망과 그것의 표출을 실현하는 사물이다. 초현실주의자가 복수성의 몸을 통해, 현실과 관습의 몸을 벗어나기 위해 노력하였다는 사실과 연결될 수 있으리라고 본다. 조윤경은 "복수성(複數性)을 가진 초현실주의적 몸을 아우르는 개념으로 '초육체성le surcorporel'이라는 용어를 제안"[93]한다. 이는 다양한 육체성, 나아가 복수적 육체성을 의미하는 개념인데, "초육체성을 지닌 몸은 일반적이고 관습적인 몸을 넘어서서 육체성의 최상의 지점에 다다른 몸을 가리킨다."[94]

---

92   오규원, 앞의 책, 340쪽.

93   조윤경, 앞의 책, 421쪽.

94   위의 책, 421~422쪽.

"거품"과 "새떼"는 인간과 같은 종(種)이 아니다. 그러므로 무수하고 무한하게 펼쳐진다는 의미에서의 복수성과 함께, 인간 이외 복수 종의 몸을 재현한다는 의미에서의 복수성을 아울러 나타냄으로 하여 욕망과 그것의 표출을 더욱 효과적으로 인식하게 한다. 물론 "거품"과 "새떼"가 명백히 혼종적, 복수적 몸은 아니겠으나, 이들이 서로 다른 크기, 모양의 몸들이 얽히고 간섭하며 형성하는 일사불란하면서도 정교한 몸체라고 할 수 있다면, 일종의 초육체성으로 하여금 팽창하는 욕망을 복합적으로 구현하는 것이라고 볼 수 있다고 생각한다. 초육체성의 몸은 "육체와 영혼, 물리적인 것과 정신적인 것, 삶과 죽음이라는 이분법을 넘어서서 현실과 꿈, 현실세계와 상상세계, 의식과 무의식에 다리를 놓는"[95]데, 자크 라캉의 환상이 수행하는 내용과 흡사하다. 시적 주체는 "거품"과 "새떼"라는 복수성의 몸을 통해 도시적 욕망과 탈출의 욕망을 아울러 구현하여 환상의 현실화를 도모한다. "거품"과 "새떼"는 이수명 시의 욕망이 지닌 양가적 의미를 함축하는 독특한 사물이다. 아래의 시에서는 도시에서 벗어나고자 몸을 팽창하는 시도가 포착된다.

도시의 매연은 무겁다. 나를 담아 다오. 나는 사정없이 엎질러져간다. 내가 가는 길, 또는 가지 않았던 길로. 열리지 않는 뚜껑들은 더럽다. 열려 있는 뚜껑들은 더 더럽다. 말해 다오. 이러고 싶지 않았다고. 무기력하게 속삭여 다오. 깨어진 언어로.

―「깨어진 화병」 전문, 『새로운 오독이 거리를 메웠다』

위의 시는 "도시의 매연은 무겁다"라는 의미심장한 언술에서 시작된다. 살피었듯 "도시"는 "악취"와 "소음"을 통해 표상되는 "오독"의 공간이다.

---

95 위의 책, 422쪽.

즉 "매연"은 이들과 마찬가지로, 상상계의 오인과 상징계의 통제가 개시하는 "오독"의 징후이자, "위장"을 유발하는 촉매 역할을 하고 있다. 그런데 뒤이어 등장하는 "나를 담아다오. 나는 사정없이 엎질러간다"의 진술은 이미 "매연"이 되어 발화하는 시적 주체를 지시하기에 수상하다. 인간이 "매연"이 되는 방법은 상상이나 환상을 통해서 뿐이다. 특히 자크 라캉의 주요 개념인 환상은 일종의 각본이며 그 각본의 주요 서사는 "주체의 일상생활을 구성하는 우연적인 재료를 통해 끊임없이 재가공될 수 있"[96]어 주목할 필요가 크다.

시적 주체가 환상을 통해 "엎질러져"가는 "매연"이 되는 대목은 중요하리라고 본다. 즉 "악취"나 "소음"과 흡사한 내포를 지니는 "매연" 등은 주목의 가치가 큰 기표라고 사료되는데, 특히 그의 시에서 시적 주체의 징후를 현실화하는 구름, 연기, 매연, 안개 등 기체는 빈번하게 등장하는 "정서나 정신 에너지", "무의식"[97]을 상징하는 물과 같은 의미를 함의한다. 무의식이 은유와 환유를 통해 운동하고, 그것이 이윽고 주체의 자유와 해방을 도모할 수 있다고 말해지듯, 시적 주체는 무의식의 표상이기도 한 액체 및 기체가 되어 도시의 생산물이자 속박의 굴레를 표상하는 몸에서 벗어나 억압과 폭력 및 불안 의식에서 탈피하는 효과를 얻을 수 있다고 보인다.

눈물, 못, 주삿바늘, 나사못을 통해 불완전한 되기를 보여주었던 시적 주체는, 말 그대로 "매연" 같은 분자적으로-되기를 수행하여 "기계로서의 인간 신체"[98]에서 벗어날 수 있게 된다. 질 들뢰즈와 펠릭스 가타리가 활용하는 '기계' 개념은 자크 라캉의 사유에서 그 흔적을 발견할 수 있는데, 서동욱은 라캉의 논의에서 거론되는 기계의 함의를 다음과 같이 요약한다. "첫째, 그(라캉)는 인간의 의식적·표층적 욕구와 무의식적·심층적 충동의 이중적 구조

---

96   숀 호머, 앞의 책, 135쪽.

97   위의 책, 206~207쪽.

98   서동욱, 「들뢰즈와 가타리의 기계 개념」, 『차이와 타자』, 문학과지성사, 2000, 290쪽.

를 표현하기 위해 기계 개념을 도입"하였으며 "둘째, 라캉은 무의식은 의식
세계를 이끄는 에너지라는 점에서 기계 개념을 도입"[99]하였다고 정리한다.
라캉의 기계 개념은 무의식과 욕망을 통해 작동하는 인간(의 몸)을 의미하는
데, 이수명 시의 몸은 라캉의 그것과 호응하며 시 의식을 간파하는 데 있어
중요한 표식으로 자리하고 있다. 그러므로 몸을 팽창시켜 고체성을 벗어나
분자화하는 이수명의 시적 주체가 구사하는 언표는 각별한 주목의 대상이
된다.

특히 '분자'는 들뢰즈와 가타리의 사유에서 핵심적인 개념이다. 그들에게
"모든 생성은 분자적이다. 우리가 생성하는 동물이나 꽃이나 돌은 분자적
집합체이며 <이것임>이지, 우리가 우리들의 바깥에서 인식하며, 경험이나
과학이나 습관 덕분에 재인식하는 그램분자적인 형태, 대상 또는 주체들이
아니다."[100] 여기에서 "그램분자적인 형태"는 분자적인 것에 대립하는 몰
(mole)적인 것을 의미한다. 몰적인 것은 남성적이고 다수적이며, 획일성과
전체성을 표상한다. 그렇다면, 이수명 시에서 몰적인 것, 고체적인 것에서
벗어나 분자적인 것, 액체적인 것, 기체적인 것인 구름, 연기, 매연, 안개
등으로 변신하는 모습은 당위적이다. 앞에서 살핀 "새떼"와 "거품" 역시 분
자적으로-되기를 수행하여 속박을 상징하는 '몸'에서 벗어나, 시적 현실로부
터의 이색적인 응전을 보여주었다고 평가할 여지가 있다.

특히 들뢰즈와 가타리는 분자적인 것을 여성-되기나 아이-되기와 연결
짓기에 언급코자 한다. 이들은 "남성의 생성들은 그토록 많은데 왜 남성-되기
는 없는 것일까?" 반문하며 "그것은 우선 남성이 유달리 다수적인 반면, 생성
들이 소수적이며, 모든 생성은 소수자-되기이기 때문"[101]이라고 역설한다.

---

99 위의 글, 같은 쪽.

100 질 들뢰즈·펠릭스 가타리, 「1730년: 강렬하게-되기, 동물-되기, 지각 불가능하게 되기」, 『천
개의 고원』, 김재인 역, 새물결, 2001, 522쪽.

이를 통해, 이수명 시에서 팽창하는 몸을 통한 되기와 도시의 팔루스 되기가 보여주는 상반된 양상은 명확한 분석이 가능해진다. 팽창하는 몸이 분자적 존재가 되어 다수적, 획일적 질서의 도시로부터 벗어나(려)는 시도를 보여준다면, 팔루스-되기는 도시에 예속된 시적 주체가 도시적 정체성을 갱신해보는 유사 남성-되기를 실현하는 것을 내포하기 때문이다. 또한 시적 주체가 분자적 존재가 되어 보다 자유로운 존재로 탈바꿈하는 것은, "불안"이 결국 "현존재"를 "단독자로서 본래적 자기로 돌아가도록",[102] 회복하도록 하는 모습과 호응한다고 판단된다.

이렇듯 "남성 우월주의"와 "수컷적인 덕목"이 장악하는 도시는 "여성성의 항거와 복수를 피할 수 없"[103]으며, 역설적이게도 도시의 현실이 시적 주체의 본래성을 회복하도록 추동한다는 측면이 분명해진다. 팽창하는 몸을 통해 도시를 벗어날 수 있는 잠재성을 획득하는 시적 주체와 그것을 통제하고 억압하는 도시는 대비되며, 묘연한 긴장 관계를 조성하는 것이다.[104]

「깨어진 화병」을 마저 분석해보면, "열리지 않는 뚜껑"과 "열려 있는 뚜껑"의 비유는 시적 현실의 "오독"과 위장의 혐의를 다시금 환기하므로 주목이 필요하다. "열려 있는 뚜껑이 더 더럽다"라는 진술은 "악취"와 "소음", "도배"와 "유폐"로 표상되는 오독과 위장의 현실을 떠올리게 한다. 즉 소음과 악취를 틀어막을 수 있는 "뚜껑"이라는 "도배"와 "유폐"의 표상을 사유하

---

101   위의 글, 550쪽.

102   손윤희, 앞의 논문, 168쪽.

103   앙리 르페브르, 앞의 책, 576쪽.

104   오형엽은 박상순 시에서 벌레-되기, 동물-되기, 회화-되기, 음악-되기, 불-되기의 양상을 분석한다.(오형엽, 「반복, 변주, 변신, 생성」, 앞의 평론, 53~61쪽; 「공포와 환상의 시적 계보」, 앞의 평론, 74~77쪽) 박상순 시에서 '되기'가 새로운 주체화와 새로운 생성의 통로를 개시하는 작업을 의미한다면, 이수명 시에서는 도시의 억압과 폭력에 대응하는 의식적, 무의식적 응전을 의미한다고 할 수 있다.

는 시적 주체는 오독과 위장의 현실을 간파하던 모습과 닮아있다. 그럼에도 시적 주체가 하필 "오독"의 표상인 "매연"이 되는 것은 이상스러운 것이다. "말해 다오. 이러고 싶지 않았다고"와 "무기력하게 속삭여 다오 깨어진 언어로"의 언술은 이를 해명해낼 분석의 실마리이다. 해당 언술은 누군가에게 던지고 있는 메시지라고 여겨지는데, 그 수신자는 도시라고 판단된다. "매연"이 되는 '나'는 "나의 이단은 나의 오독"이라는 언표를 통해 "오독"을 꿰뚫던 '나'와 흡사하지만 더욱 진취적인 느낌을 자아내게 된다. 비로소 "도시의 매연"으로 탈바꿈함으로써, 지속하여 엄습해오는 불안과 시적 현실의 폭력에 직접적으로 맞설 수 있는 일종의 수행성을 획득하게 되기 때문이다.

정리해보면, 위의 시는 "도시"-"깨어진 언어"-"깨어진 화병"의 계열을 통해 위장하나 부실할 따름인, "회의"마저 "회의하게 하는"(「1990년대」) 도시를 효과적으로 고발하고, "매연"-"엎질러져간다"-"또는 가지 않았던 길"의 계열을 통해 이윽고 분출되는 욕망과 무의식의 흐름을 형상화한다. "오독"의 징후인 "매연"으로 변신하는 시적 주체의 모습에는 모순이 있으나 그것이 가져오는 효과는 분명하게 파악해볼 수 있다. 시적 주체는 몸을 팽창하게 하여 욕망을 표출하고 도시의 피폐까지 고발하는 것이다.

내장이 비어버린 강이다.

구김 하나 없는 새들의 비상이
바람을 세우고
묵은 핏방울이 떨어지듯
한 모금씩
졸린 햇살을 뱉어낸다

내장이 비어버린 강이다.

지난 한해

덮어두었던 기슭들이 모두 사라져버려

나뭇가지 하나 찾을 수 없는

깊이

더 깊이

텅 빈 강이다.

갈 곳이 없다.

비틀거리는 얼음 한 조각 홀로이

몸 속을 떠다니는

봄날

흘러갈 곳 없는 강이다

─「강」 전문, 『새로운 오독이 거리를 메웠다』

위의 시에는 "내장이 비어버린" 것 같은 "텅 빈 강"이 등장한다. "갈 곳 없"고 "흘러갈 곳 없"이 방황하는 "강"의 모습은 도시를 배회하는 시적 주체와 닮아 있다. 2, 3연의 묘사는 장소(애)를 상실한 도시의 풍경과 그곳을 배회하는 시적 주체를 섬세하게 은유하는데, 자체로 속성과 기능을 상실한 "강"을 보여주기에도 적절한 묘사이다. 이처럼 스스로 강이 되었다고 강고하게 선언하지 않더라도, 불안 의식이라든가 혼곤한 무의식은 시적 주체의 몸을 벗어나 독립적으로 표상될 수 있다.

그러나 "갈 곳 없"고 "흘러갈 곳 없는 강"은 펼쳐지고 팽창하는 몸으로 제대로 변신하지 못한 미완의 모습이기에 주목을 요한다. 게다가 "강"에는

"비틀거리는 얼음 한 조각 홀로이" "떠다니"고 있어 기이하다. "얼음"이 "몸 속을 떠다니는" 묘사는 몸을 벗어난 무의식이 또 다른 몸이 되는 역설의 실현을 의미한다. "역설은 현실 언어의 한계 안에서 그 한계를 극복하는 방법이"자, "상징세계의 언어를 부정하고 역동적인 의미"의 "전환을 이룸으로써 욕망의 충족"[105]을 가능하게 하는 중요한 장치이다.

그러므로 도시가 주체를 속박하는 것에서 그치지 않고 주체의 몸을 공간의 구성물이자 생산물로 환치하는 힘을 발휘하며, 초현실주의자에게 몸은 끈질긴 족쇄이자 견고한 껍데기였던 오랜 역사가 있기에, 위 시에서 역설을 통해 드러나는 몸에는 주의를 기울여야 할 필요가 크다. 위의 시는 몸을 벗어났으나 몸으로 환원하는 시적 주체를 역설적으로 형상화하여 도시의 폭력과 시적 주체가 느끼는 하중을 복합적으로 표시하는 것이다. 몸에는 욕망과 무의식을 실현할 수 있는 잠재성이 내재하여 있으나, 그것은 도시의 지배력과 영향력에 간섭받을 수밖에 없는 모순을 지닌다. 즉 시적 주체에게 가해지는 여러 억압과 그에 따른 불안 의식은 역설이라는 장치를 통해, 더욱 적나라하고 효과적이게 재현되고 포착되는 것이다.

물론 "비틀거리는 얼음"을 시적 주체로, "강"을 도시의 시적 현실로 분석하는 것도 가능하다. 위장과 유폐를 기계적으로 반복하는 도시는 "텅 빈 강"처럼 공허함과 허무감을 자아낼 것이고, 그 안에서 시적 주체는 표류하는 "얼음"처럼 고독과 불안을 내비치며 방황과 배회를 반복할 것이 자명하기 때문이다. 위의 시는 몸을 통해 동시대의 상징적, 물질적 공간이자 정신적 세계인 도시에서 나타내는 시적 주체의 징후를 중층적으로 보여준다고 할 수 있다. 아래 시에서도 팽창하는 몸을 소망하지만, 끝내 실현하지 못하는 '나'가 등장하여 애처로움을 자아낸다.

---

105 이혜원, 「한용운 시에서의 욕망과 언어의 문제」, 앞의 논문, 224~225쪽.

마을에 들어서면 사라지고 싶다.
늦은 저녁 연기가 되어
내가 걸려들었던 어느 집 굴뚝을 빠져나와
목에 걸린 울음을 토하고 싶다.
긴긴 울음을 풀어헤치고 싶다.
내가 걸려들은 집,
내 발로 찾아들어가
나로 인해 폐허가 된 자리마다
영문 모르는 석양이 따뜻하고
내 탓이 될 때까지 기다려준 세월이 이제
화살보다 빨리 침몰해 내리는데

나는 아직도 빙빙 돌고 있다
내 울음은 아직도 빙빙 돌고 있다

　　　　　　　　　　　　―「마을」 전문, 『새로운 오독이 거리를 메웠다』

　위의 시는 "연기"가 되어 "울음을 토하고 싶"은 시적 주체가 등장한다.
'나'의 "울음"은 "목에 걸린 울음"이자 "긴긴 울음"이다. 토해내고자 하는
"울음"은 상징계가 억압하는 상상계의 암시이면서 팔루스의 형상을 닮은
"긴긴" 모습을 하고 있다. 앞에서 확인하였듯 "연기"와 "울음"은 시적 주체의
불안 의식 및 무의식, 욕망을 보여주기에 탁월한 기표이다. 그래서 '나'는
'연기가 되고 싶다' '울고 싶다' 같은 진술을 반복함으로써 분자적 존재, 환상
의 주체가 되기를 희구하고 있다.
　그러므로 시적 주체가 도시를 전전하지 않고 "마을"에 당도하여 욕망을
실현하려 한다는 대목은 중요하다. 도시는 '나'를 억압하고 지배하지만, 도시

의 자장을 벗어나 있는 "마을"에서는 도시의 징후들에서 해방되는 것이 가능하기 때문이다. 이처럼 이수명 시에는 두 사물, 두 공간, 두 현상 등을 충돌하게 하는 대비 기법을 활용하여 시 의식을 드러내고자 지속하여 시도한다. 앞서 살피었듯, 그의 시에 만연하여 있는 모순(아이러니)은 상징계와 상상계의 간극, 도시의 질서가 주조하는 시적 현실의 특성이기도 하였지만, 도시를 읽어내는 데 효용감이 큰 해독의 원리이기도 하였다. 즉 모순이라 함은 서로 상충하는 구조 및 힘을 대조의 관계에 두고 충돌, 괴리하도록 하여 이수명 시의 현실에 만연해 있는 불안과 혼란을 더욱 효과적으로 인식하게 하는 기법이기도 한 것이다. 그렇다면, 위의 시에서도 "마을"은 단순히 도시와 짝패를 이루는 공간으로써 시 의식을 감각적으로 드러내는 데 운용될 뿐만 아니라, 두 공간, 세계의 충돌로 하여금 이수명의 현실 인식 및 시 의식을 더욱 첨예화하는 것이라고 추론할 수 있다. 시는 성질이나 특성이 상이한 두 개념을 엮고 열거함으로 하여 인식론적 충격을 선사할 수 있고, 그를 통해 시적 긴장도를 높여 시 및 시의 메시지를 향한 주목도를 높이는 효과를 가져올 수 있다.

그러한 의미에서, '나'가 "연기"가 되어 "나로 인해 폐허가 된" "마을"의 한 "집"으로 "찾아들어가"기를 소망하는 이유는, 도시와 대비를 이루는 "마을"의 긍정성을 암시함으로 하여 시적 주체를 계속적으로 속박해오는 폭력을 역설하고자 하기 때문이라고 보인다. "마을"의 "영문 모르는 석양"과 "기다려준 세월"은 노스탤지어처럼 느껴질 환대의 분위기를 보여준다. 그러므로 이수명 시의 마을은 모성적 공간으로 자연스레 전환되며, 그곳과 해후하게 될 시적 주체는 회복에 이를 것이라는 가능성을 적극적으로 확보하게 된다.

이렇듯 이수명 시의 "마을"은 불안을 야기하던 도시와 여러모로 상반되기에 주목해볼 시적 공간이다. 예컨대 근대화와 산업화는 도시화라는 미화된 언표로서 "마을"을 허물고, 도시를 양산하고, 도시를 통해 도시적 주체를 조직하는 등 다양한 파괴와 폭력을 행사해왔다. 도시화를 통해 자행된 근대의 작업은 어머니적 공간인 "마을"에 아버지의 질서를 이식하는 과정을 집약하므로, 이수명 시에서 "마을"에 남아 있을 "폐허가 된 자리"는 도시의 폭력, 그에서 연원한 상흔의 표식이다. 그것은 상상계의 자아가 상징계의 주체로 구성될 때와 상응한다고 보인다. 즉 시의 주체가 상징계 및 도시의 주체가 되며 느꼈을 정서와 "마을"이 도시화가 되며 풍겼을 정서는 얼마간 닮았을 수 있다. "나로 인해 폐허가 된 자리", "내 탓이 될 때까지 기다려준 세월" 등의 표현에는 '나'가 "마을"에 구사하는 감정이입과 함께, 근대적 작업의 소산인 도시가 주체에게 전도하는 폭력의 내부화를 보여준다고 할 수 있다. 이수명 시의 주체는 도시의 주체이고, "마을"에 가해진 폭력은 곧 도시의 주체인 '나'와 무관할 수 없는 것이기 때문이다. 이 같은 도시의 행태가 시적 주체의 불안 의식을 가중하였으리라고 보인다.

그로 하여금 도시의 개발은 "공간의 균질화"를 통해 "역사적, 구체적 장소는 점차 소멸하고 추상화된 양적 공간만이 남"게 만들고, 도시 내부에서조차 "공간의 위계화"[106]를 초래하여 획일성과 불평등의 모순을 통한 수 겹의 억압을 행사하게 되므로 주체를 기만하고 질식하게 하는 토대로 완성된다. 때문에, 위 시에서 '나'는 울고 싶어 하고, "연기"가 되고 싶다는 소망을 반복하고, "마을"에 닿아 "폐허가 된 자리"를 위무하기를 희원하게 되는 것이다. 그러나 위의 시는 "울음을 토"해내지도, 분자적 존재인 "연기"가 되지도, "마을"에 당도하지도 못한 채 마무리된다. "내 울음은 아직도 빙빙 돌고 있다"라는 최후의 고백은 도시의 예속에 사로잡힌 '나'를 재차 조명할 따름이다.

---

106   공윤경, 「도시화에 의한 마을공간의 분절과 구성원의 연대: 대천마을과 대천천네트워크를 중심으로」, 차철욱 외, 『마을연구와 로컬리티』, 소명출판, 2017, 276~277쪽.

시에서 반복되는 "싶다"에는 도시의 구속으로 인해 끝끝내 실현되지 못할 분자적으로-되기가 함의되어 있던 것이다. 그것은 시적 주체를 억압하는 도시의 힘이 끈질기게 작용하고 있다는 사실을 다시금 확인하게 한다. 그러나 중요한 것은 시적 주체에게는 여전히 욕망을 운용할 힘이 잔존하여 있고, 분자로의 팽창하는 몸의 잠재성도 거기 함께 깃들어 있다는 사실이다. 박상순의 시적 주체가 탈출을 수행하기 위해 지속적인 고투를 벌이는 것처럼, 이수명의 시적 주체 또한 그만의 응전을 계속하는 동력을 상실하지 않고 있다고 본다.

이제 이수명 시의 주체는 욕망의 표출을 위한 더욱 확실한 방법을 고안하기에 이른다. 그것은 실재계를 요청함으로써 현실화한다.

커튼을 내리고

양쪽 벽에 거울을 건다

거울 속으로
거울 속으로
거울 속으로
거울이

서로 소멸되어간다

슬픈 식욕
확신에 찬 계단
점멸하는 시신들

나는 내가 사라진 사다리이다

나를 오르렴

거울 속의

거울 속의

거울 속의

거울이

여기

우리 죽음을 확대하고 있다.

—「마주보는 거울」 전문, 『왜가리는 왜가리놀이를 한다』

위의 시는 "커튼을 내리고// 양쪽 벽에 거울을" 걸며 시작된다. 이는 무대를
설치하는 모습처럼 여겨진다. "환상은 욕망의 대상이 아니며 특정 대상들에
대한 욕망도 아니다. 그것은 무대화 또는 욕망의 미장센"[107]이다. 즉 위의
시는 환상을 통해 펼쳐놓는 욕망의 무대를 보여준다. "양쪽 벽에" 건 두
개의 "거울"은 마주한 채로 "서로 소멸되어"가고 있는데, 그것은 미장아빔을
연출한다고 볼 수 있다. 박상순 시에서도 거울 이미지의 반복을 통한 미장아
빔의 양상이 나타났는데, 그것과는 다소 차이가 있다. 박상순 시의 미장아빔
이 거울상을 반복하여 상상계의 시적 현실을 조성, 강조해냈다면, 이수명
시의 미장아빔은 거울이 서로를 향해 소멸되며 "우리"의 "죽음"을 향해 전이
되므로 상이하다.

위 시의 현실은 시적 주체가 생활, 생존하는 추상 공간을 벗어나 존재하는
"꿈의 공간"을 재현한다고 보인다. "꿈의 공간은 쾌락의 가상적인 지배가

107　손 호머, 앞의 책, 137쪽.

이루어지는 향유의 공간"이며 "이상하고 낯설지만 가장 가까운 공간이"[108]
다. 여기에서 "향유"에 주목해볼 필요가 있는데, 르페브르는 "향유는 도피"
라고 일컬으며 "거울 놀이와 다르지 않다"[109]고 부연한다. 자크 라캉은 죽음
너머의 실재계를 체험하는 것을 일컬어 주이상스(향유)라고 명명하므로 상징
계와 상상계가 구성하는 도시에 개입하는 실재계를 위 시에도 파악할 수
있어 보인다. 이수명 시의 도시가 자아내던 "오독"은 실재계의 틈입으로 불
안을 유발하였지만, 「마주보는 거울」의 현실은 실재계를 통해 죽음의 이미지
를 전개하기에 다소간 상이하기도 하다.

분자가 되어 "집결"하지도 "엎질러져" 가지도 않지만, 위 시의 현실에서는
거울이 헤아릴 수 없이 생성되고 펼쳐지고 있다. 가령 "거울 속으로/ 거울
속으로 거울 속으로/ 거울이// 서로 소멸되어"가고, "거울 속의/ 거울 속의/
거울 속의/ 거울이// 여기/ 우리 죽음을 확대하고 있"는데, 이 같은 모습이
실재계의 특징인 '반복'을 통해 거울상을 무한하게 출현시킴으로 하여 실재
계의 현실화를 추동하는 것이라고 할 수 있다. 이를 통해 발생하는 "소멸",
"시신", "죽음"은 "죽음" 너머의 실재계를 이미지화하는 언표가 된다.

주목해볼 것은 "점멸하는 시신"이다. "시신"은 "우리"의 "죽음"을 지시하
면서, 실재계를 향유하게 하는 "우리"의 분신이다. 예컨대 마네킹과 자동인
형 등은 언캐니를 유발하는 대표적인 사물이다. 특히 현대의 마네킹은 초현
실주의자가 애호하는 오브제(대상)인데, "생물과 무생물, 인간과 비인간"[110]
이 뒤섞이고 "신체(특히 여성의 신체)를 상품으로 개조하는 과정을 연상"[111]시
켜 언캐니를 초래한다. 위 시의 "시신"은 "점멸하는 시신"이므로 "죽음"의

---

108   앙리 르페브르, 앞의 책, 313쪽.
109   위의 책, 317쪽.
110   핼 포스터, 앞의 책, 189쪽.
111   위의 책, 187쪽.

내포를 넘어 생명을 상실하였으나 살아있는 것 같은, 마네킹을 닮은 언캐니의 표상이라 할 수 있다. 언캐니는 외상과 관계하고 라캉의 외상은 실재계에 억압되어 있으므로 이에 연관된다. 그러한 의미에서, 언캐니의 표상 "허수아비"가 등장하는 다른 시도 참조하고자 한다.

> 하나의 허수아비를 처단하고 새로운 허수아비로 목이 졸리고 있다. 두리번거리면서, 이 자리도 저 자리도 내 자리가 아니어서 목이 졸리고 있다.
>
> ─「더 작은 먼지의 나라」 부분, 『새로운 오독이 거리를 메웠다』

'나'는 "하나의 허수아비를 처단하고" 난 이후, "새로운 허수아비"가 되어 "목이 졸리고 있다." 생명력은 없으나 인간의 형상을 한 "허수아비"는 언캐니를 유발하는 기표이자 '나'와 동일시되는 사물이다. "두리번거리면서, 이 자리도 저 자리도 내 자리가 아니어서 목이 졸"린다는 언술은 불안 의식의 표출에 해당한다. 그렇다면, 이수명 시의 "점멸하는 시신"이나 "허수아비"는 그의 불안 의식과 연동되는 실재계의 표상, 언캐니의 사물이라고 할 수 있다. 이들을 시적 현실에 배치함으로 하여 얻을 수 있는 효과는 시적 주체의 불안 의식 및 무의식, 욕망을 (탈)승화할 수 있다는 데 있는 것이다.

자크 라캉은 "환상 가로지르기"를 통해 실재계를 향유할 수 있다고 말한다. "환상 가로지르기는 주체가 실재계의 외상을 주체화하는 것"[112]을 의미하며 "환상 속에서 능동적으로 행동하면서 환상에 맹목적으로 휘둘리지 않는 것"[113]을 내포한다. 이처럼 환상은 이수명 시에서 욕망을 표출하고 실현하는 것을 조력할 뿐만 아니라, 실재계를 향유하도록 하는 동력이다. 그러므로

---

112   손 호머, 앞의 책, 141쪽.
113   김석, 『불안』, 앞의 책, 120쪽.

무수한 나'들'로 몸을 팽창하거나 분자적으로-되기를 통해 욕망을 승화하는 환상의 주체는 거울을 펼쳐두고 실재계를 향유하는 모습을 통해서도 고스란히 탐지되는 것이다.

마지막으로, 이수명의 시적 현실을 조금 더 섬세히 점검하기 위해, "거울"이 상상계를 대표하는 사물이라는 지점도 검토할 필요가 있겠다. 「더 작은 먼지의 나라」에서 또한 "허수아비"와 동일시에 이르는 '나'는 실재계와 상상계를 오묘하게 결합하여 상징계의 폭력에서 벗어나고자 하였으며, 「마주보는 거울」에서도 마치 "점멸하는 시신"에 '나'를 동일시하여 이윽고 "여기/우리 죽음을 확대"한다고 표현함으로써 실재계의 향유를 완수하듯 보였기에, 그 부분을 조금 더 보완, 검토하여야 한다고 판난된다.

내가 들어갈 수 없는 나라
네가 치여 죽은 나라

오로지 너의 길에 의해서

　　　　　　　　　　　　　　　 ─「맨드라미, 맨드라미」 전문, 『새로운 오독이 거리를 메웠다』

위의 시에는 '나'와 너가 교대로 등장한다. 이들은 2자의 관계를 나타내며 상상적 동일시를 암시하고 있다. 그런데 너는 "내가 들어갈 수 없는 나라"에서 "치여 죽은" 상황이다. 또한 그 길은 이수명의 시적 주체가 빈번하게 배회하던 길이 아닌, "오로지 너의 길"이다. "점멸하는 시신"과 "허수아비"를 통해 상상적 동일시 및 주이상스를 실현하는 시적 주체는, 위 시에서 또한 "치여 죽은" 너와 동일시를 수행함으로써 상상계와 실재계의 특이성을 활용하여 시적 현실의 속박에서 벗어나려는 시도를 보여준다고 사료된다. 그런데 이수명 시에서는 현실의 질곡으로부터 탈피하고자, 죽음 혹은 죽음(현실) 너머의 현실을 지시하는 언표가 곧잘 발견된다. 살피었듯 이수명의 시는 흔히 대비를 활용하여 사물, 공간, 세계, 현상 등을 충돌하게 하는데, "이쪽"과 "저쪽" 등의 표현을 구사하여 현실 너머의 세계를 환기하는 대목은 특이하다.

예컨대 "저쪽에서 보면 이 길도 우회로이다."(「슬퍼하지 말아라」)라는 진술은 시적 주체가 살아 있는 현실 너머의 다른 세계를 상정시킨다. 이는 자크 라캉이 일컫는 상징계 너머의 실재계를 암시한다고 보인다. 즉 '나'는 분자적으로-되기를 통해서만 아니라, 이렇듯 실재계를 향유하거나 현실 너머의 현실을 상상해냄으로 하여 속박을 벗어내고자 도모할 수 있는 것이다. 그러므로 「맨드라미, 맨드라미」는 상징계의 완고한 힘이 작동하는 도시의 현실에서 상상계의 동일시 및 실재계의 향유를 통해 탈출의 욕망을 더욱 완벽하게 표출하려는 의식과 그 전략을 형상화한다고 보인다. 물론 다른 시들에서 상상계는 오인으로 인해 주체를 혼란하게 하여 상징계 같은 영향력과 지배력을 행사하기에 모순적인 구조라는 사실은 되짚어야 한다.

이처럼 이수명의 1990년대 시에는 욕망의 표출과 팽창하는 몸을 통해 시적 주체가 실현하는 욕망과 환상의 발현을 살펴볼 수 있다. 그의 시적 주체는 자기를 무수한 주체로 펼쳐놓거나, 펼쳐놓은 사물로 변모하여 분자적으로-되기를 실현하거나, 실재계를 도래시킴으로써 도시의 현실이 실현하는 억압 및 불안 의식을 극복하고자 노력하고 있다. 도시는 시적 주체를 포섭하고 억누르지만, 시의 주체가 그것을 극복하고자 여러 방안을 강구해보는 모습에는 시대, 현실에 능동적으로 대응하려는 의지가 투영되어 있다고 보인다.

이수명의 시는 상징계와 상상계가 구성하고 실재계가 개입하는 시적 현실을 통해 동시대의 표상 공간이자 정신적 세계인 독특한 도시를 구현하고 있다. 시적 주체는 도시의 틈새와 간극에서 도래하는 모순을 감지하고 오독과 혼란에 따른 불안 의식에 골몰하게 된다. 그래서 이수명 시의 공간 의식은 특이하며 중요하다. 그의 시는 편의에 따라 공간을 다른 방식으로 구사, 활용하지 않고, 시적 주체가 지속하여 도시나 도시와 친연성 있는 공간에 위치하도록 함으로써 내밀한 고백을 수행하게끔 도모한다. 이수명 시의 불안 의식은 "오독"과 위장의 징후 및 팔루스 표상과 팽창하는 몸을 통해 선명하게 살펴볼 수 있고, 이로써 그가 1990년대의 환멸과 공황, 고독과 불안을 어떻게 인식, 재현, 극복하는지 파악할 수 있다.

제4장

성미정 시에서 가족으로부터
전개되는 소외 의식

　성미정[1]은 "끔찍하고도 규정하기 어려운 이미지들과, 걷는 법이 없이 뛰어 달아나는 그 말들의 행렬"[2]을 보여주는 시이자, "그로테스크한 상상력으로 이 시대가 놓치고 있는 자아 성찰을 매우 개성적인 문법으로 노래"[3]하는 시, "'균형 잡힌 리얼리즘'으로서의 일상시의 영역을 구축"함으로써 "진정한 의미에서의 '개인'과 '사생활'의 발견"[4]을 이루어낸 시로서 평가받아왔다. 그의 시는 그로테스크와 일상(성)이라는 거리가 먼 두 축을 통해 형상화되는 독특함을 특징으로 하는데, 그로써 두드러지는 모호성과 난해함은 그의 시에 관한 적극적인 연구를 어렵게 만든 측면이 있어 왔다. 그러므로 역설적이게 도, 그로테스크 및 일상은 성미정 시의 토대를 이루기에 그의 시 세계를

1　성미정은 1994년 『현대시학』을 통해 등단하였다. 시집 『대머리와의 사랑』(세계사, 1997; 문학동네, 2020), 『사랑은 야채 같은 것』(민음사, 2003), 『상상 한 상자』(랜덤하우스 코리 아, 2006), 『읽자마자 잊혀져버려도』(문학동네, 2011)와 동시집 『엄마의 토끼』(난다, 2015), 산문집 『나는 팝업북에 탐닉한다』(갤리온, 2008) 등을 출간하였다.

2　황현산, 「혼자 가는 길」(해설), 성미정, 『대머리와의 사랑』, 81쪽.

3　이승훈, 「언어, 글쓰기, 허위 의식?」, 앞의 평론, 355쪽.

4　김미현, 「다소 시적인?: 성미정론」, 앞의 평론, 245쪽.

간파할 중요한 요소라고 할 수 있으며, 특히 그의 시에서 일상은 1990년대 시의 경향과 호응하므로 조금 더 관심을 기울여보아야 할 요소이다.

성미정에게 일상은 글쓰기의 단순한 소재가 아니다. 그것은 그의 시를 독해할 틀과 전략을 제시해주기 때문이다. "하얀 염소나 별, 사막과 낙타" 등의 요원한 세계의 사물이 아니라, "장갑과 성냥, 매직 쉐프"[5] 같은 주변 사물에 흥미를 느끼는 성미정의 감수성은 독특하고 중요하다. 그리고 "난해한 시를 쓴 시인들도 일상을 살았고 그들의 시를 찬찬히 읽다보면 나와 다름없는 하루를 살아간 시인들의 감정과 발견이 곳곳에 숨어 있음을 쉽게 눈치챌 수 있다"[6]고 고백하는 성미정은 일상과 생활의 힘을 믿는 시인이라고 할 수 있다. 그의 시도 낯설지만 일상적인 세계를 구현하여 시적 주체의 내밀한 고백을 수행하고, 일상과 구체의 소재를 활용하여 시적 현실을 구성하므로 인상적이다. 초현실주의자가 일상적 소재와 사물을 활용, 조작하여 초현실을 향해 의식을 전개한다는 사실은 성미정의 시적 현실을 살피는 데 참조될 수 있어 보인다.

개인의 일상, 일상의 감각을 노래하기 위해 성미정이 선택한 방법은 '이야기'이다. 이혜원은 1990년대에 활동한 시인들이 "자본주의적 일상이 확산되면서 급속도로 변화하는 삶에 대한 민감한 반응을 새로운 서술시의 양식으로 표출하게"[7] 되었다고 설명한다. 그리고 1990년대 서술시에서의 이야기가 "시선의 진행이나 의식의 흐름에 따른 새로운 서술 방법을 보"[8]여준다고 진단하면서, 당시의 서술시에서 해체의 경향이 강화된 측면도 짚고 있다. 성미정 시의 그로테스크한 이미지, 파편화하는 진술 등은 1990년대 서술시의

---

5 성미정, 「시를 쓰는 사람이 되어간다」, 『시와 반시』 87, 시와반시사, 2014, 190쪽.
6 위의 글, 같은 쪽.
7 이혜원, 「1990년대 서술시의 양상과 그 의미」, 앞의 논문, 350쪽.
8 위의 논문, 334쪽.

특징에 호응한다고 볼 수 있다. 이렇듯 그의 시는 당대적 양식이라고 일컬을 수 있는 서술시를 통해 고유한 이야기를 개발, 전개하는데, 그 뿌리를 가족에 두고 있어 의미심장하다. 이것이 그의 시의 일상성을 활성화하는 데 영향을 끼쳤으리라고 보인다.

본래 "가족은 전적으로 '개인'의 영역인 동시에 인간을 인간으로 구성하는 모든 것의 근간을 이"[9]루는 존재이다. 특히 자크 라캉에게 상상계는 어머니와의 영역, 상징계는 아버지와의 영역이므로 오이디푸스 콤플렉스를 비롯한 가족의 서사는 담론의 한 축을 차지하며 '나'의 징후를 밝혀내는 데 있어 중요하게 기능한다. 가령 가족과의 관계를 어떻게 형성하는지, 가족과 어떠한 애착 혹은 고착을 형성하여 자아와 주체의 징후가 도래하는지 살피기 위해 말의 표층에 드러나는 가족의 양상을 살피는 작업은, '나'의 의식과 무의식 등을 살피는 데 있어 불가피한 측면이 분명하다. 그러므로 가족에 기원을 두고 '이야기'를 개시해가는 성미정의 시적 현실을 분석하기 위해, 그의 가족이 어떠한 의미를 내포하면서 시적 현실로 표상되고 있는지, 시적 주체에게 어떠한 영향을 끼쳐 소외 의식을 추동하는지 검토하는 것은 개연적이리라 보인다.

이 장에서는 성미정 시에서 가족으로부터 전개되는 소외 의식을 살펴보고자 한다. 그런데 이 장에서 살필 소외 의식이 곧 자크 라캉의 '소외' 개념을 일컫는 것이 아님을 밝힌다. 그의 소외는 자아의 형성과 주체의 구성에 있어 선택이 아닌, 필수적 요소이자 국면을 말한다. 이를 각각 1차 소외, 2차 소외라고 설명하는데, 1차 소외는 거울상, 즉 이마고에 의해 '나'가 소외되는 작용을 의미하고, 2차 소외는 언어에 종속됨으로써 '나'가 소외에 이르는 작용을 가리킨다. 그래서 "자아란 소외의 구조"[10]라고 언표되며, "주체는 상

---

9 권명아, 『가족이야기는 어떻게 만들어지는가』, 책세상, 2021, 15쪽.

징계에서 의미 주체로 태어나지만 존재를 배제하고 억압할 때 그것이 가능해지므로 주체 탄생은 소외를 대가로 지불할 수밖에 없다"[11]라고 설명되는 것이다. 3장에서 살필 소외 의식은 가족으로부터 개시되고 현실의 여러 체계로부터 가해지는 정신적, 물리적, 사회적 징후로서의 소외이기에, 에리히 프롬(Erich Pinchas Fromm)의 사유를 참조할 예정이다. 그는 프로이트의 영향을 받은 학자이므로, 라캉의 정신분석을 통해 성미정의 시를 살피고자 하는 이 장의 기획과 무리 없이 연결될 수 있을 것이다.

성미정의 시적 현실은 상상계·상징계에서 배제되고 실재계를 통해 해방되는 세계이다. 상상계와 상징계는 시적 주체를 현실로부터 소외시키고, 실재계는 현실에 개입하여 환상을 통해 향유됨으로 하여 시의 주체의 탈출로가 된다. 그의 현실에는 시적 주체를 배제하거나 속박하는 다양한 타자가 등장하여 소외를 초래한다. 요컨대 시적 주체는 가족에게서 안정감을 느끼지 못하고, 상징계의 질서를 표상하는 현실 세계 및 여러 타자로부터 배제되며, 동화와 영화와 고전 소설의 세계에서도 구속과 억압에 고달파한다. 이러한 성미정 시의 소외는 1990년대 동시대의 주체가 보여준 환멸과 공황, 고독과 불안의 양상과 조응하기에 고유함과 동시대성을 살필 유효한 표지가 된다고 본다.

성미정 시의 이야기를 풍요하게 하고, 이색적으로 만드는 패러디는 섬세한 관심이 필요하다. 그는 원텍스트를 풍자하지 않지만 비판적이고 공격적으로 개작하여 원텍스트를 비트는 비판적 패러디를 구사한다. 정끝별은 사상이나 이데올로기의 대척점에 서서 원텍스트를 비판하거나 풍자하는 패러디를 비판적 패러디라고 설명한다. 패러디스트의 가치관과 세계관의 대척점에 놓이

---

10   김석, 『에크리』, 앞의 책, 155쪽.

11   위의 책, 166쪽.

는 원텍스트를 비판함으로써 시 정신과 시 의식을 강하게 노출하는 방식이 비판적 패러디라는 것이다.[12] 그리고 정끝별은 "90년대 이후 패러디스트들의 창작과 소비의 욕망은 후기자본주의 생산 소비 양식인 대중성과 대량성, 그리고 의미의 무정부성을 닮아 있다"[13]라고 평가하기도 하므로, 성미정의 시에 나타나는 패러디에 섬세한 관심을 기울인다면, 그의 1990년대 시를 구조적으로 논의하는 데 폭넓게 도움 되리라 생각한다.

특히 성미정 시에서 패러디 대상은 동화, 영화, 고전 소설 등이다. 그의 시적 현실은 시적 주체를 억압하거나 배제하거나 병증을 초래하는데, 특히 수동적, 순종적 인간상을 만드는 동화는 주체의 능동성과 주체성을 박탈하는 장르이기에 그와 적극적으로 연결된다.

1. 가족이 초래하는 주체의 타자화

이 절에서는 성미정 시에서 가족이라는 현실이 초래하는 주체의 타자화를 살펴보고자 한다. 성미정 시의 강력한 문학적, 정신적 기원은 가족이다. 그의 시에서 가족은 영양을 공급하고 양육을 담당하는 믿음직한 존재로 표상되지만, 동시에 병든 주체인 '나'를 탄생시키는 폭력적인 체계이기도 하다. 가족으로 인해 '나'는 현실과 유리되고, 그로 인해 비틀린 욕망과 왜곡된 환상을 표출하게 된다. 성미정 시에서 가족으로부터 발현하는 잔혹하고 폭력적인 시적 현실은 1990년대 주체가 보여준 환멸과 공황, 고독과 불안의 양상이 시인들에게서 어떻게 발현되었는지 점검하는 데 유효하리라고 판단된다.

---

12   정끝별, 「패러디, 패스티시, 키치」, 앞의 책, 270쪽.
13   정끝별, 「21세기 패러디 시학의 향방」, 앞의 논문, 11쪽.

인간은 가족이라는 체계 내에서 위치와 역할을 부여받아 그것을 수행하고 그를 토대로 규정되는 구성물이다. 그래서 성미정 시의 가족은 시적 주체에게 있어 최초의 세계이자 근원이지만, 흡사 이데올로기처럼 작동하는 체계이기에 필연적으로 소외를 촉발한다. 2절과 3절에서 살필 여러 타자와 현실의 세계, 환상과 패러디의 세계에서 살필 폭력의 가해자들이 가족(특히, 아버지)과 닮은꼴을 하고 있는 이유이다.

칼 마르크스(Karl Heinrich Marx)와 지그문트 프로이트의 사유를 현대적으로 계승하여 새로운 소외 개념을 고안한 에리히 프롬은 "가족은 '사회의 정신적인 대리점'이며 사회의 요구를 자라나는 어린이들에게 전달하는 기능을 가진 제도"[14]라고 정의한다. 그래서 그는 아이의 성격 형성에 있어 부모의 영향력은 지대하고, 부모의 성격과 정서 및 사회가 바라는 본질적인 성격 구조가 아이에게 전달된다고 설명한다.[15] 때문에, 가족은 아이의 소외를 촉발하는 최초의 토대, 존재가 된다. 프롬은 소외가 "현대 사회성격의 분석을 전개"[16]하는 데에 긴요하다고 판단하기에, 성미정 시의 주체로 하여금 나타나는 동시대의 징후를 밝히는 데 있어 가족을 살피는 것은 당위적이라고 할 수 있다. 특히 그는 사회의 양상을 "건강한 사회"와 "불건전한 사회"로 분류하여 설명함으로써 "불건전한 사회"가 추동하는 소외를 역설하여 흥미롭다.

건강한 사회는 개인이 동료를 사랑하고 창조적인 작업을 하고 이성과 객관성을 발전시키고 자신의 생산적인 힘을 체험함으로써 얻어진 자아의 감각을 갖도록 인간의 능력을 조장시켜준다.

---

14   에리히 프롬, 『건전한 사회』, 김병익 역, 범우사, 2015, 87쪽.
15   위의 책, 87~88쪽.
16   위의 책, 114쪽.

불건전한 사회는 상호간에 적의와 불신감을 일으키고 타인을 이용해서 착취하는 도구로 변모시키는 사회다. 그러한 사회는 인간이 타인에게 복종해서 자동적 인형에 지나지 않게 되어 인간으로부터 자아의 감각을 빼앗아 가는 사회다. 사회는 두 가지의 기능을 갖고 있다.[17]

그에게 권장해야 할 사회는 "건강한 사회"이다. 그의 소외는 불건전한 사회의 징후로 사회적, 경제적, 정치적 소외를 포괄하면서 인간적, 정신적, 심리적 소외까지 아우르는 개념이다. 인간은 한 사회를 이루는 체계이자 기틀인 여러 이데올로기를 통해 구조적, 개인적 소외에 이르는 것이다. 그래서 프롬은 "소외된 인간은 건전할 수가 없"[18]고 "생산적이고 소외되지 않은 인간이" "정신적으로 건강한 인간"[19]이라고 강변하면서, 소외 때문에 인간은 생산력과 창조력이 상실되고 주체성과 정체성이 소실된다고 진단한다.

이렇듯 인간 주체의 소외가 가족으로부터 개시된다고 전제한다면, 성미정 시에 나타나는 가족의 양상을 먼저 살펴봄으로써 시적 현실에 팽배하여 있는 소외의 여러 양상을 살필 토대를 다질 수 있음은 자명한 것이다.

언제부터인지 확실하지 않지만 소녀는 거울을 먹기 시작했다 우연한 기회에 거울을 맛본 소녀는 밥을 먹지 않았다 식구들은 소녀를 데리고 여러 병원을 전전했지만 편식은 고칠 수가 없었다 식구들은 거울이든 돌멩이든 먹어야 산다고 애써 자위했다 쉬쉬하며 소녀의 식성을 숨기는 데 급급했다 소녀는 이제 식구들 앞에서 거리낌없이 하루 세 끼 거울만 먹었다 집 안에서 거울이 사라졌고 식구들은 몸단장을 할 수 없었다 그러나 곧 유리창에 얼굴

---

17   위의 책, 77쪽.
18   위의 책, 206쪽.
19   위의 책, 274쪽.

을 비추고 고인 물에 머리를 살펴볼 줄 알게 되었다 나름대로 습관이 되니 매무새가 단정해졌다 누구도 그 집에 거울이 없다는 걸 눈치챌 수 없었다 사다준 거울까지 모조리 먹어치운 소녀는 배가 고프다고 식구들을 보챘다 거울을 사느라 집 안엔 돈이 바닥났다 식구들은 거울을 훔치러 다녔다 소녀는 훔쳐온 거울을 맛있게 씹었다 몸안에 온갖 거울이 쌓였다 어느날 거울을 훔쳐온 식구들은 소녀를 닮은 거울을 발견했다 소녀를 찾으려고 애썼지만 거울에는 소녀도 식구들도 나타나지 않았다 오래된 기억만이 불길하게 흔들리고 있었다 더 이상 거울을 훔칠 필요가 없었다 식구들은 그제서야 식욕이 돌아왔는데 집안에 쌀 한톨 없었다 굶주릴 대로 굶주린 식구들은 어쩔 수 없이 거울을 먹기 시작했다 먹어도 먹어도 사라지지 않는 거대한 슬픔을 거울을 삼켰다

―「거울을 먹는 사람들」 전문[20]

위의 시에는 "거울을 먹"는 "소녀"가 등장한다. "우연한 기회에 거울을 맛본 소녀는" "거울"에 매혹된다. 그래서 "밥을 먹지 않"고 그것만 섭식하게 된다. 식구들은 "소녀"의 편식을 고쳐줄 수 없으므로 "소녀의 식성을 숨기는 데 급급"할 따름이다. "소녀"는 "식구"들이 사다 주거나 훔쳐다 준 "거울"을 먹으며 성장한다. 식구들의 돌봄은 그의 허기를 채워주고 그를 무럭무럭 양육하지만, 제대로 된 음식이 아닌 "거울"을 먹임으로 하여 께름칙한 분위기를 조성하고 있다. 특히 "거울"은 자아의 형성과 주체의 성장에 있어 중요하고, 자크 라캉의 담론에서 의미가 큰 사물이다. 성미정의 시에는 "거울"이 여러 차례 등장하는데, 여러 의미로 변주되며 기능한다. 「동화―백살공주」에

---

20 이 글에서는 『대머리와의 사랑』(세계사, 1997)만 다룰 예정이므로, 시 제목만 밝히고자 한다.

서는 욕망의 스크린이자 환상의 표상으로, 「가족 나무」에서는 자기 반영의 상징이자 이마고에 호응하는 상징으로 나타난다.

　　그런데 위의 시에서는 이러한 "거울"의 기능이 모두 함축되어 어긋난 자아의 형성을 암시하므로 인상적이다. "거울"을 반복해 씹어먹다 끝내 "거울"이 되어버리는 "소녀"는 "거울" 단계로 지칭되는 상상계로의 온전한 진입에 좌절된 채 자아를 건강하게 형성하지 못하는 병적 상태를 표상하게 된다. 섬찟하고 괴기한 분위기를 자아내는 언술이나, "소녀"가 사라지고 "소녀를 닮은 거울을 발견"하게 되는 묘사는 이와 연결된다. 그리고 "소녀"가 사라졌지만 식구들은 동요하지 않아 하고, "식욕이 돌아"와 "거울"이 된 "소녀"를 씹어 삼키는 장면은 잔혹하나 시선을 끈다. 이는 곧 "소녀"와 "식구" 간의 관계가 유리되어 있음을, 그럼으로써 '나'의 소외 의식이 개시해가고 있음을 암시한다. 특히 "소녀"가 "거울"이 되는 이야기는 초현실주의자가 몸과 사물의 경계를 허물어 실현하는 혼종성의 몸에 호응하기에 주목을 요한다.

　　성미정 시에는 일상의 사물이 빈번하게 드러나고, 그것을 통해 시적 주체의 병증과 징후를 고지하는데, 초현실주의 역시 "인간의 육체를 사물화하"거나 "사물에 인간의 육체를 부여하는 데 초점을 맞"[21]춰 작품 세계를 창출한다. 이를 통해 "생물과 무생물의 경계를 없"애며 "추상적인 개념들마저도 육화되고 상징화되어 정신적인 것이 육체적인 것과 같은 가치를 갖게"[22] 되는 효과를 획득한다. "소녀"가 "거울"이 되어 "식구"들에게 씹어 먹히는 장면은 무의식과 의식, 정신과 육체, 삶과 죽음의 경계가 무너짐으로 하여 형성되는 초현실주의적 분위기를 자아내면서, 시적 현실에서 가족으로부터 개시되는 소외 의식을 압축적으로 제시한다. 이렇듯 성미정 시에서 몸은 빈번하게

21　조윤경, 앞의 책, 55쪽.

22　위의 책, 같은 쪽.

등장할 뿐만 아니라 쓰임과 그 효과가 분명하다.

위 시에서 결정적으로 주목해야할 부분은 시적 현실 전반에 걸쳐 "소녀"와 "식구"의 정서적 유대가 드러나지 않는다는 지점이다. 식구들은 "소녀"를 돌보는 주체라기보다, 그의 병적 상태를 이윽고 추동하는 대상이라고 판단된다. "거울"을 매개로 하여 그것을 제공하고 제공받는 상호적 관계에 놓이는 그들은 극복되지 못하는 가족 간의 갈등과 불화를 함축한다고 할 수 있다. 가령 지그문트 프로이트의 "가족 로망스"[23]나 자크 라캉의 "정신병"[24]은 가족을 자아와 주체의 징후와 증환을 초래하는 존재로 전제하며, 프롬의 논의에서 또한 가족은 사회가 요구하는 요건을 주체에 이식함으로써 소외를 촉발하는 토대이다. 성미정 시의 가족도 '나'와 매끄럽고 조화로운 관계를 형성하지 못하고 시적 주체의 소외 의식 및 시적 현실에 만연해 있는 잔혹과 난해의 양상에 계시를 주는 근원이다. 아래의 시에서도 가족은 주체를 돌보지만 병을 더욱 깊어지게 하고 있다.

태어나는 순간 추위가 엄습했다 넌 주먹을 쥐고 울고 말았다 시간이 흐르면 나아지겠지 기대했다 그러나 커가는 만큼 추위는 심해졌다 혼자서 밥을 먹을 나이가 되었다 넌 손이 떨려 숟가락을 들 수 없었다 흔들리는 숟가락 밖으로 밥알이 떨어졌다 보다못한 가족들은 장갑을 선물했다 장갑은 냉기

---

23 "어린아이가 성인이 되는 과정에서 자신이 무시되고 있다는 느낌을 받게 될 때, 또는 자기 부모가 내가 생각하던 '그' 부모가 아니라는 것을 발견할 때 부모를 부정하면서 가족에 대해 거짓말을 꾸며대는 과정이 어린아이들의 가족 로망스이다." 권명아, 앞의 책, 112쪽.

24 "1938년 라캉은 정신병의 원인을 가족 구조로부터의 아버지의 축출과 관련시킨다. 따라서 가족 구조는 아이-어머니의 관계로 환원된다. 후기에는 상상계, 상징계, 실재계를 구별하면서 정신병을 상징계, 곧 상징적 아버지, 부명, 아버지의 이름의 결여와 관련시킨다." 이것은 지그문트 프로이트가 말한 '폐제(foreclosure)'와도 연관된다. 자크 라캉은 그의 후기에 '아버지의 부재'와 '폐제'를 하나로 결합한다. 이승훈, 『라캉 거꾸로 읽기』, 앞의 책, 316쪽.

때문에 곧 얼어붙었다 더 두터운 장갑을 끼워봤지만 마찬가지였다 한번
달라붙은 장갑은 떼어낼 수 없었다 넌 살갗이 돼버린 장갑 위에 새로운
장갑을 덧끼었다 점점 손이 무거워졌다 숟가락 드는 일이 힘들어졌다 점점
손이 무거워졌다 숟가락 드는 일이 힘들어졌다 네 손은 거대해졌다 손가락
하나 까닥할 수 없게 되었다 가족들은 네게 밥을 먹여줘야 했다 몸도 씻어줘
야 했다 가족들의 손은 너를 보살피느라 자신은 돌볼 틈이 없었다 점점
여위어갔다 닦지 못한 몸에선 악취가 풍겼다 가족들을 보는 게 추위보다
힘들었다 넌 밤마다 장갑을 벗기 시작했다 벗길 때마다 피가 흐르고 뼈가
시렸다 마침내 넌 장갑을 끼지 않은 손을 만날 수 있었다 오랫동안 갇혀
있던 손은 창백했다 자라지 못해 부드럽기만 했다 넌 그 손에 숟가락을
쥐었다 찬물에 담그기도 했다 너를 무겁게 했던 모든 장갑으로부터 벗어났
다 깊은 잠에서 깨어난 너의 손은 자라기 시작했다

—「장갑 소녀」 전문

위의 시에는 "추위" 때문에 "손"이 얼어붙는 너가 등장한다. "추위"는 이
후에 살필 「쿨 월드」의 세계에서도 나타나듯 현실의 냉혹을 상징한다. 너는
"시간이 흐르면 나아지겠지 기대"하지만, "손"은 회복하지 않는다. 혼자 밥
을 먹을 수 없을 지경에 이르자 "가족들은 장갑을 선물"한다. 그런데 "장갑"
은 냉기 때문에 얼어붙고 "더 두터운 장갑", "새로운 장갑"을 필요로 하기에
이른다. "장갑"을 가져다주고 교환해주는 존재가 가족인 것은 의미가 크다.
시의 주체의 필요를 충족해주는 가족은 주체의 건강과 회복을 조력하는 헌신
의 존재로 여겨지게 하기 때문이다. 그리고 "가족들의 손은 너를 보살피느라
자신은 돌볼 틈이 없"어 "점점 야위어"가고 "몸에선 악취가 풍"기게 되는
모습 또한 그것을 나타낸다. 그런데 중요한 장면은 시의 마지막에 등장하고
있다.

너는 장갑을 벗고 "장갑을 끼지 않은 손을 만나"게 된다. "너를 무겁게 했던 모든 장갑으로부터 벗어"나자 "깊은 잠에서 깨어난 너의 손은 자라기 시작"하는 것이다. 추위를 물리치고 얼어붙는 손을 보호하기 위해 착용했던 "장갑"은 너의 병증을 깊게 하고 "너를 무겁게"만 하는 속박의 상징으로 전락한다. 이 대목은 시적 주체와 가족의 괴리된 관계를 표상한다. 돌봄과 속박을 함께 내포하는 이중적 의미의 "장갑"으로부터 벗어남으로 하여 시적 주체는 오히려 회복과 성장으로의 전개를 암시한다.

그러므로 가족이라는 체계가 하나의 이데올로기처럼 인간 주체를 속박한다는 사실은 간과될 수 없으리라고 본다. 가령 가족 제도는 마치 이데올로기처럼, "부와 빈곤을 세습시키고 사생활이라는 미명 아래 개인의 개성과 인권을 억누"[25]르기도 하는 것이다. 성미정 시의 주체가 가족과 건강한 관계를 형성하지 못하는 장면들에는 가족의 의미를 전복하는 방향을 향해 시를 진행하리라는 암시가 깃들어 있다. 즉 그의 시는 전통적인 가족 서사 혹은 이데올로기로서의 가족의 권력을 전적으로 수용하지 않고 아버지와 어머니, 형제와 자매와 단절해냄으로 하여 동시대의 시적 현실을 형상화한다고 보인다.

그리고 1990년대의 주체는 환멸과 공황, 고독과 불안의 내력을 지속적으로 표출하는데, 성미정 시에서 이데올로기 같은 체계, 하나의 권력으로 표상되는 가족을 통해 그 같은 징후를 재현함으로써 동시대의 "무기력한 개인",[26] "왜소한 개인"[27]을 표상한다고 여겨지는 대목은 시사적이다. 가족이 사회의 요구 사항을 아이에게 이식함으로써 소외를 촉발하여 불건전한 사회의 구성원으로 조작하듯, 성미정 시의 가족은 주체를 길들이고 관리하며 소외를 계속해서 유발하는 존재이다. 1990년대가 전대의 파편이 산재하여 있었고,

---

25　권명아, 앞의 책, 16쪽.

26　이혜원, 앞의 논문, 333쪽.

27　위의 논문, 352쪽.

후기 산업사회, 자본주의 사회, 소비 사회 같은 시스템 사회가 확실히 정착되어 불안과 고독을 촉발하였던 시대라는 사실을 아울러 반추해보면, 그의 시에서 가족으로부터 개시되는 소외 의식은 당대의 현실이 견인하고 나타내던 삭막한, 피폐한 표정을 생생히 재현하고 있다고 추론할 수 있다. 즉 우리의 문제에서 '나'의 문제로 옮겨와 개인으로서의 '나'가 확대되었던 1990년대가, 동시에 자본주의 시스템 등의 공고화 및 환멸과 공황, 고독과 불안의 징후로 하여금 '나'를 속박하였던 시대였다는 사실은 중요한 참조점이 된다. 정리하면, 성미정 시의 가족은 '나'의 복원 및 '나'의 속박을 아울러 추동하던 당대의 현실을 지시하고, 특히 후자의 양상에 더욱 주목하여 폭로해보고자 한다고 판단되는 것이다. 가족이 돌봄을 수행하는 듯 싶지만, 이윽고 육체의 병증과 정신적 징후를 발현하는 존재로 표상된다는 사실은 중요하다.

그리고 가족은 어머니와 아버지를 통해 구성되는 세계이므로 자크 라캉의 상상계와 상징계를 통해 구성되는 시적 현실과 흡사한 형태를 하고 있어 주목된다. 이수명의 시적 현실과 비교하여 살피자면, 이수명 시의 도시가 상징계와 상상계를 통해 주체를 불안하게 하는 현실이라면, 성미정 시의 가족은 아버지와 어머니를 등장시켜 주체를 소외와 불치의 병을 향해 인도하는 현실이다. 또한 이수명의 시가 아버지와 어머니를 통해 그것을 표상하였던 것처럼, 성미정 시의 아버지와 어머니 또한 상징계와 상상계를 내포하는 다른 형태임을 어렵지 않게 확인할 수 있다.

비누를 훔치러 다닌 적이 있었다 비누가 귀해서 자주 씻을 수 없는 탓에 땟국물이 흐르고 이가 들끓었다 몸이 근지러워 잠을 이룰 수 없었다 뛰어난 도둑이 아닌지라 걸핏하면 현장에서 발견됐다 비누를 훔치기 위해 가슴 졸이기 싫었다 비누를 만들기로 했다 비누를 만들기 위해선 지방이 필요하다는 걸 알게 됐다 집 안 구석구석을 뒤지다 잠만 자는 그녀를 발견했다 가족들의 지나친 보살핌으로 그녀는 몰라볼 만큼 기름지게 살쪄 있었다 그녀의 목을 졸랐다 뜨거운 솥에 넣고 기름이 우러나도록 오래 끓였다 완성된 비누는 그녀를 닮았지만 아무도 알아보지 못했다 그녀의 실종을 의아해 하던 가족들은 곧 새 비누로 관심을 옮겼다 사용 후 부모님들은 비눗물이 눈에 들어가면 눈물이 쏟아진다고 했다 뜨끔했지만 적응이 되면 괜찮을 거라고 말했다 동생들은 비누방울 놀이를 했다 방울 속에 갇힌 그녀는 아른 대는 무지개빛 때문에 보이지 않았다 비누가 어찌나 크고 단단한지 거대한 벽돌 같았다 한동안 비누를 훔치러 다닐 필요가 없어 한가해졌다 비누가 흔해서인지 식구들은 너무 자주 얼굴을 씻고 머리를 감았다 얼굴이 밋밋하게 닳고 머리카락이 빠지기 시작했다 일주일에 한 번씩만 사용하라고 했으나 들은 척도 하지 않았다 이번에는 식구들의 목욕 횟수를 감시하느라 잠 못 이루게 되었다

―「비누를 훔치러 다닌 적이 있었다」 전문

위의 시에는 "비누를 훔치러 다"니는 시적 주체가 등장한다. 그러나 값을 지불하지 않고, 훔치기를 반복하는 시적 주체의 행동은 사회성의 결핍을 보여준다. "뛰어난 도둑 아닌지라 걸핏하면 현장에서 발견됐다"라는 언술 역시, 생활에 어설프고 영리하지 못한 시의 주체를 여실히 표상한다. 즉 상징 계가 주체를 포섭함으로써 양심과 윤리 등을 형성하게 하여 주체의 사회화를 수행한다고 일컬을 때, 그것에 실패하였다고 여겨지는 위 시의 주체는 건강한 주체를 형성하지 못한 주체, 소외의 주체로 판단되는 것이다. 그래서 사회, 현실의 규율과 질서를 제대로 학습하지 못한 채 "가족들"을 위한 잘못된 정성을 기울이는 '나'는 가족의 어색한 형태를 환기하기에 이른다고 보인다.

요컨대 위 시의 "비누"는 가족을 부양하기 위해 시적 주체가 공들이는 수고와 노력의 증표이다. 아울러 사용하지 않으면 "땟국물이 흐르고 이가

들끓"게 되지만, 그것은 소모품이므로 반복하여 훔쳐야만 하는 일상과 딜레마의 사물이다. '나'는 이윽고 "비누"를 훔치는 것이 싫어지고 만들어보아야겠다는 다짐을 하고 있어 의미심장하다. "비누를 만들기 위해선 지방이 필요"하고, 결국 희생양으로 "가족들의 지나친 보살핌으로" "몰라볼 만큼 기름지게 살" 찐 "그녀"를 활용하기로 결정한다. '나'는 "그녀"를 삶고 끓여서 "비누"를 생산하기에 이른다. "동생들"과 "부모님"을 비롯한 "가족들"은 "비누"를 잘 사용하게 되고, '나'는 오히려 "비누" 사용을 단속을 하며 시를 마무리한다. 이로써 "지나친 보살핌"을 받는 "그녀", "비누"를 훔쳐 가족을 부양하는 '나', "그녀"가 사라졌어도 아무렇지 않게 씻기를 반복하는 "가족들"을 통해 병들어 있고 피폐해 있는 가족의 형태가 오롯이 완성된다.

위의 시에서 발언하는 '나'는 모호하게 드러나고, "그녀" 역시 익명의 존재이며, "동생들"과 "부모님"을 비롯한 "가족들"의 역할도 제대로 구현되고 있지 못하다. 이는 '나'와 "그녀"가 동일 인물일 수 있고, '나'는 오히려 "부모님"과 동일시될 수 있으며, '나'는 가족 구성원으로 드러나지만 서술의 주체에 불과할 수 있는 환상과 착란의 서사를 보여준다. 이 같은 이야기의 전개는 궁극적으로 가족이라는 체계와 상징을 위반하는 전략을 수행하기 위해 고안된 것이라고 여겨진다. 위 시의 현실에서는 가족의 틀과 축은 무너져 있으며 돌봄의 짝패인 부양은 왜곡되어 이루어지고 있는데, 이를 통해 시적 주체의 소외를 유발하는 가족이 뚜렷하게 포착되고, 결국 소외의 근원이 가족임을 확증하도록 도모한다.

아울러 위 시의 이야기는 가족 간에 행하여지는 상호 간의 폭력 또한 암시하기에 주목해보고자 한다. 르네 지라르(Rene Girard)에 따르면, 인간의 폭력은 상호적이고 사회적이며 모방과 욕망이 배태하는 징후이다. 그래서 지라르는 인류의 위협을 공동체 내부에서 발생하는 폭력이라고 진단한다. 내부의 폭력이야말로 해결하지 못하면 공동체의 존립 자체를 위협할 수 있기 때문이다. 그는 폭력이 도무지 해결되지 않는다면 다른 폭력을 이용해 막게 되는데 그 방법이 희생양 메커니즘이라고 설명한다.[28] 그렇다면, 가족 내에서 "그녀"를 삶아 "비누"로 만들고 "그녀"가 사라진 상황을 아무도 눈치채지 못하는 위 시의 현실은 가족 공동체를 유지하고자 잘못된 돌봄을 수행하는, 서로를 향하는 폭력(성)과 그의 묵인을 상징한다고 할 수 있다.

나아가 가난과 궁핍에 시달리는 가족은 자본과 욕망으로 지탱되는 사회 구조로부터의 폭력 또한 암시한다고 볼 수 있다. 도둑질이라는 생존 방식을 통해 암시되듯 약자를 보호하지 않는 사회의 방조는 다른 형태의 폭력이 도사리고 있다고 표시하는 것이다. 그렇다면, 가족은 이데올로기로서 폭력을 행사하는 존재이자 사회적, 구성적 폭력에 피해받는 이중적인 존재라고 의미화될 수 있다. 가족은 체계이면서 체계의 보호 밖에 놓이고, 돌봄과 양육을 수행하지만 병증을 초래하고, 현실을 구성하는 시초이지만 소외 의식의 근원으로 수렴되는 것이다. 이렇듯 "환상적인 전체의 부분부분이 사실적이면 사실적일수록 그 부조리성은 더욱 놀랍고 충격적"[29]으로 되어 초현실적 분위기는 증대하고, 그러한 초현실성은 성미정 시의 소외가 부각되도록 적극적으로 기능하게 된다. 이제 그의 시의 가족은 돌봄을 수행하지만 병증을 제공한다는 모호한 위치에 놓이지 않고 벗어나야 하는 대상, 절대적인 폭력을 행사하는 존재로 자리 잡는다.

마지막으로 부연하자면, 위 시에 등장하는 "비누"는 언캐니한 사물이다. 가장 깨끗해야 하는 "비누"가 폭력과 살인이라는 가장 퇴락한 가치와 결부하며 유발되는 언캐니, 인간의 신체가 상품화되면서 발생하는 언캐니는 "비누"에 집약되어 시적 현실에 개입하는 실재계를 암시한다. 그것은 삶과 죽음이

---

28   김진석, 『르네 지라르』, 커뮤니케이션북스, 2018, 94~95쪽.
29   아르놀트 하우저, 『문학과 예술의 사회사 4』(개정2판), 반성완 외 역, 창비, 2016, 362쪽.

응축됨으로 하여 실재계의 특이성을 환기하기도 한다. 성미정 시의 죽음은 단순히 영과 육의 소멸이 아니라, 죽음 이후의 무언가를 묘연히 암시하기에 집중을 요하는데, 이 양상은 2절에서 보다 자세히 살필 것이다.

> 개를 껴안고 자면 그녀 몸에 개털이 묻고
> 개와 함께 자면 그녀에게 개냄새가 난다
>
> 가족들이 아침에 방문을 연다 처음 보는 개다
> 우린 이런 개를 키운 적이 없다 소리지른다
> 누구도 그녀의 냄새 맡지 못한다
> 그녀는 즐겁게 문밖으로 쫓겨난다
>
> ─「변신」 부분

위의 시에서는 "개"로 변신한 "그녀"가 등장한다. 인용한 부분은 시의 마지막 부분인데, 시의 1~2연을 살펴보면 "개"와 "그녀"는 상당히 가까운 관계로 그려진다. "개"는 은밀하게, "그녀"를 향해 "기분이 좋아"지는 방법을 알려준다. 덕분에 "그녀"는 "개"로 "변신"하여 집을 벗어난다. 그런데 그것은 "즐겁게 문밖으로 쫓겨난다"라고 진술된다. 그로써 "그녀의 냄새"를 "맡지 못"하는 가족은 "그녀"와 "가족"의 좌절된 관계를 나타내고, "집"을 벗어나는 것은 그러한 "가족"으로부터의 탈출을 상징하게 된다. 그런데 이는 '되기'를 통해 새로운 주체로의 탈바꿈을 수행하여 해방을 수행하게 되는 것이라고 여겨지기도 한다. 즉 위 시의 주체는 '개-되기'의 완전한 실현을 경유하여 "가족"이라는 억압과 폭력의 체계 및 "집"이라는 그 체계의 현현의 '문턱'을 넘어 해방감과 자유함을 맛보게 되는 것이다.

그리고 「가축들 혹은 가죽들」에서도 "가축들이 가죽들만 벗어놓고 어디론가 떠나가 버렸"다는 이야기가 전개되는데, 해당 시에서도 동물은 "집"과 주인 부부에게서 탈출하여 「변신」과 흡사한 구조, 분위기를 보여준다. 주인 부부만 집에 남아 "가죽"을 손질하는 장면은 고독한 분위기를 연출하는데, 그것은 도망한 동물들과 대조를 이뤄 탈출의 긍정적 의미를 배가한다. 이처럼 성미정의 시적 현실은 '나'와 가까운 존재인 동물을 통해, 가족으로부터 벗어나 소외를 더욱 다채롭게 조명한다.

사슴목장에 가니 사슴들이 있었다
야트막한 산기슭 철조망 우리 안에
돼지 같은 사슴들이 서 있었다
아버지는 익숙한 솜씨로 사슴을 골랐다
뿔을 자르고 피를 권했다(자르고 피를 권하다니)
자르고 피까지 마시다니 끈끈하고 따스한 액체
마신 그날 이후로 나는 사슴목장의 사슴이 되었다
이끼를 입혀놓은 우리 안에 지루하게 서 있었다
뿔을 자를까봐 피를 말려가며 뿔을 감추고 있었다
늙고 소심한 사슴처럼 구석으로 피해다녔다
그러나 나의 뿔은 우리 사이로 삐죽
바위 틈이나 나뭇가지 사이로 불쑥 나타나곤 하였다
달고 뜨거운 피 가득 토해낼 수 있는 나의 뿔은

―「사슴목장의 사슴」 전문

위의 시에는 "아버지"와 함께 "사슴목장에" 방문한 '나'가 등장한다. 그런데 "아버지"는 "익숙한 솜씨로 사슴을 골"라 "뿔을 자르고 피를 권"한다. '나'는 "(자르고 피를 권하다니)/ 자르고 피까지 마시다니"라고 비슷한 진술을 두 번 반복함으로 하여 그 잔혹함과 폭력성을 강조한다. 중요한 것은 앞의 「변신」, 「가축들 혹은 가죽들」에서 그러하였듯 성미정의 시적 주체에게 동물은 가깝고 친근한 존재라는 사실이다. "사슴"을 살해한 아버지는 '나'와 동일시되고는 하는 동물을 살해한 것이므로 섬세한 주목이 필요하다.

"사슴"의 "뿔을 자르고 피를 권"하는 "아버지"는 가족 이데올로기의 폭력성의 한 절단면을 첨예하게 드러내준다. 지그문트 프로이트에 따르면, "전쟁에서 자신이 살해한 적의 육체를 나누어 먹는 행위는 그 대상을 신성화시켜 자신이 배제한 것에 대한 공포를 승화시키려는 집단 무의식의 발현이다. 인간 문명의 시원에 놓인 토템과 터부는 이런 방식으로 구성"[30]되는데, 위 시에 나타나는 "사슴"의 "뿔을 자르고 피를 권"하는 모습과 호응한다고 보인다. 위 시의 사슴 살해 모티프는 가족 이데올로기의 최상위에 위치하는 아버지의 권위와 폭력을 상징하므로 시적 주체의 소외를 결정적이고 단정적으로 표상한다고 볼 수 있다.

이로써 가족은 '나'와 화해하기 어려운 조화 불가의 체계이자 상징으로 재차 재현됨으로 하여 시의 주체와의 괴리됨을 확증한다. 특히 아버지는 내가 복종하고 굴복해야 할 대상으로 확고히 각인되는 것이다. 박상순, 이수명 시와 마찬가지로, 성미정 시에서 또한 아버지가 전대의 강고한 힘, 당대에 남아 있는 전대의 편린이자 당대에 도사리는 환멸과 공황, 고독과 불안의 징후를 집약하고 추동하는 상징이라고 할 수 있다면, 이 같은 불화의 양상은 동시대성의 표식이라고 읽을 가능성도 충분하다.

'나'는 결국 "피"를 "마신 그날 이후" "사슴목장의 사슴이 되"어 버리게 이른다. 누군가 "뿔을 자를까봐 피를 말려가며 뿔을 감추"고 "늙고 소심한 사슴처럼 구석으로 피해"다니는 장면을 통해 가족 등 타자로부터 제외되는

---

30   권명아, 앞의 책, 18쪽.

시적 주체를 부각한다. 권명아는 "밀려난 가족, 사적인 것, 아내, 자식, 여성 등의 층위는 신성화"되고, "여성이 신성화되는 사회에서 가족과 여성은 그만큼 철저히 배제되고 사회적인 것의 영역에서 밀려나지만" "절대 건드릴 수 없는 금기의 영역(터부)이"[31] 됨으로써 이데올로기를 더욱 공고하게 하며 비로소 그것의 작동의 논리로서 내재하게 된다고 설명한다. 아버지로부터 "사슴"의 "피"를 받아마시고 "사슴"으로 변신하는 '나'는 "달고 뜨거운 피 가득 토해낼 수 있는 나의 뿔"을 감각하며 폭력의 피해자이자 증언자로서 확고히 위치하게 된다.

> 어느날 왕과 왕비에게 상자가 배달되었다 그걸 여는 순간 왕과 왕비는 엄마 아빠가 되고 말았다 상자 속의 공주는 비싼 선물이었다 공주를 키우기 위해선 노예처럼 일해야 했다 다행히 공주는 왕비가 될 만큼 빨리 자랐다 왕과 왕비는 하루빨리 왕비가 되길 권했다 그러나 공주는 차일피일 미루며 여전히 공주로 남아 있었다 왕비가 된다면 공주에게도 상자가 배달될 것이다 그걸 여는 순간 공주도 엄마로 바뀔 것이다 단 한번의 울음소리로 자신을 영원히 복종시킬 아기 공주는 그것이 두려웠다 잠을 이룰 수 없었다 먼지 쌓인 상자를 찾았다 온몸을 웅크리면 다시 상자 속으로 들어갈 수 있으리라 생각했다 상자를 열자 그곳엔 이미 엄마 아빠가 누워 있었다 갓난아기처럼 쪼그라든 그들에게 낡은 상자는 잘 어울렸다 내 상자라고 우겨도 들은 척도 하지 않았다 더구나 상자는 그들에게 꼭 맞아 공주가 들어갈 틈이 없었다 뚜껑을 닫으며 공주는 어쩔 수 없이 왕비가 되기로 했다 자신이 들어갈 상자를 갖기 위해서 자신에게 배달된 상자를 받아들이기로 했다.

—「동화─상자」전문

---

31   위의 책, 18~19쪽.

위의 시에는 "어느날 왕과 왕비에게 상자가 배달되"어 "엄마 아빠가 되고" 마는 이야기가 전개된다. 그것은 뜻밖의 사건이자 "공주를 키우기 위해 노예처럼 일해야" 하는 숙명의 시작을 알리는 통고이다. 성미정의 시에서는 양육과 돌봄이 결코 쉽지 않다는 메시지가 빈번하게 등장한다. "내가 자라는 동안 부모는 자란 너만큼 작아졌다"(「동화-엄지 공주」) 등의 표현이 그것인데, 위의 시에서도 돌봄과 양육에는 고단함과 괴로움이 응집해 있다. 즉 성미정 시의 가족은 '나'와 연동되어 있는 존재로서 함께 소외되어 있는 존재를 표상하면서도, 일련의 체계로써 '나'의 소외를 배태하는 이중적 존재라는 사실을 재차 확인할 수 있다.

"다행히 공주는 왕비가 될 만큼" 빠르게 자라지만, "공주로 남아 있"고 싶어 한다. "왕비가 된다면 공주에게도 상자가 배달될 것"고 "그걸 여는 순간 공주도 엄마로 바뀔 것"이기 때문이다. "단 한번의 울음소리로 자신을 영원히 복종시킬 아기 공주는 그것이 두려웠다"라는 진술은 주목이 필요하다. 왜냐하면, "공주"도 "왕과 왕비"를 그러한 방식으로 복종시켜 성장했으리라고 짐작하게 하기 때문이다. 아울러 내가 들어가려고 마련한 "낡은 상자에" "왕과 왕비"가 우겨 들어가 "갓난아기처럼 쪼그라"드는 모습도 의미가 크다. 이 같은 언술들은 양육과 돌봄이 사랑과 정성을 들여 한 인간을 건강하게 길러내는 낭만적인 일이 아니라, 고생스러운 생의 국면이라는 사실을 환기함으로써 성미정 시의 가족이 내포하는 부정성을 극대화하는 데로 연장되는 것이다.

"공주"는 "어쩔 수 없이 왕비가 되기로" 하지만, "자신이 들어갈 상자를 갖기 위해서" 한 선택이므로 기이하다. "공주"는 "왕비"는 되지만 엄마가 되지 않음으로 하여 「거울을 먹는 가족들」에서와 또 다른 고착의 징후를 보여주게 된다. 아이가 성장하여 어른이 되고 자신의 아이를 길러내는 인생의 순환을 거절하면서, 다시 양육되기를 바라는 "공주(왕비)"는 가족이 초래하는 징후를 보여주는 극단적 사례가 된다. 이것은 성장하기를 두려워하고 양육과 돌봄 등의 도덕적, 사회적 책무를 회피하려는 노화 공포증에 연결될 수 있다.

그것은 노화를 두려워할 뿐만 아니라 짝을 찾는다거나, 가정을 책임진다거나, 직장을 다니는 것 등에도 두려움을 느끼는 공포증을 일컫는 표현인데, 성장 과정에서의 다양한 문제들로 인하여 성숙해지는 것을 두려워하게 되는 증상을 지칭한다.[32] 이처럼 가족과 심리적, 정신적 교감이 좌절된 시적 주체는 성인으로 성숙하지 못한 채 성장기의 상태에 고착하고자 하는 것이며, 이외의 다양한 병증에도 시달리게 되고 그것을 표출할 수밖에 없기에 이르는 것이다. 성미정 시에서 건강하고 성숙한 '주체'가 발견되지 않는 이유는 그것에서 비롯한다고 보인다.

태어나자마자 부모는 나를 천사라 불렀다 내 의지와는 상관없이 더럭 천사가 되고 말았다 그 시절 나의 행복은 다른 아기 천사들과 다를 바 없었다 먹고 자고 똥싸고 그 일로는 누구에게도 해를 끼치지 않았으므로 천사라 불리는 데 전혀 거리낌이 없었다 천사인 나는 하루가 다르게 자라기 시작했다 부모의 머리카락이 빠지는 만큼 내 몸엔 검은 털이 숭숭 돋아났다 알 수 없는 마음이 꿈틀거렸다 하루도 빠짐없이 인간사의 시비에 시달려야 했다 더럭 천사가 되어버린 나는 내가 과연 천사인가 하는 의문 속에 불면증만 늘어갔다 점점 보기 싫은 놈만 늘어갔다 내가 천사인지 악마인지 헷갈리기 시작했다 견디다 못해 죽여버리고 싶은 새끼들의 명단을 짜기 시작했다 일전에 지하철에서 새치기한 놈의 이름은 뺐다 순수성을 가리기 위해 명단

---

32 케이트 서머스케일(Kate Summerscale), 『공포와 광기에 관한 사전: 99가지 강박으로 보는 인간 내면의 풍경』, 김민수 역, 한겨레출판, 2023, 70~72쪽.

을 계속 삭제해갔다 내 밥그릇을 차버린 놈의 이름도 지워버렸다 증오의
결정을 만나기 위해 한 명으로. 줄였다 이름을 확인한 나는 만족했다 거기엔
나의 이름만 남아 있었다 타락 천사라 쓰여져 있었다

—「타락 천사」 전문

위의 시에는 "태어나자마자" "더럭 천사"가 되어버렸다는 '나'가 등장한
다. '나'는 그것이 "거리낌 없었다"라고 말하지만 "더럭 천사"가 되었다는
언술은 수상하다. 더욱이 '나'의 성장은 곧 "부모의 머리카락이 빠지는 만큼
내 몸엔 검은 털이 숭숭 돋아"나는 것을 통해 묘사되기에 주목을 요한다.
그것은 부모의 노화와 자녀의 성장이 맞물려 형상화되는 자연스러운 모습
같지만, 돌봄과 양육이 초래하는 괴로움을 암시하는 묘사라고 여기는 것이
마땅하리라고 본다. 이윽고 '나'의 "알 수 없는 마음이 꿈틀거"리기 시작하는
데, 그것은 "알 수 없"고 말하기 어려운 무의식의 탄생을 보여준다. 자크
라캉의 무의식은 언어를 학습하며 발생하는데, 언어에 의한 억압으로, 필연
적으로 발생한다.

그러므로 위의 시에서는 태어나고, 자아를 형성하고, 주체를 획득하는 성
장의 과정이 고스란히 펼쳐지고 있다는 사실을 쉬이 파악할 수 있다. 그러나
위의 시는 이내 문제의 주체를 길러내는 어긋난 성장과 성숙의 여정을 나타
내므로 섬세한 분석을 촉구한다. 시의 중반부에 이르면, '나'는 "인간사의
시비에 시달려야"하며 "죽여버리고 싶은 새끼들의 명단을 짜기 시작"하고
"명단"의 "순수성을 가리기 위해 명단을 삭제해"가는데, 이것은 시적 주체에
게 내재하여 가는 잔혹성과 폭력성을 보여준다. 특히 "명단"과 "이름"은 '상
징계'와 '언어'의 관계를 유추하도록 한다. "명단"에서 "이름"을 소거해가는
모습은 상징계와의 관계를 제대로 형성하지 못한 시적 주체의 징후를 암시한
다고 보인다. 성미정의 시에서는 "이름"이라는 기표(시니피앙)를 통해 시적

주체의 소외 의식을 표출하는 모습이 적지 않게 포착되므로 면밀한 검토가
필요하다.

　　깊은 물 속에 그가 살았습니다 누구도 그의 이름을 알지 못했습니다 처음
부터 이름이 없었던 것은 아닙니다 그도 다른 이들처럼 많은 이름을 갖고
태어났습니다 물결이 바뀔 때마다 이름이 변하는 건 물 속 나라의 오래된
관습입니다 때가 되면 누구나 낡은 이름을 버리고 새 이름을 맞아야 합니다
가끔은 헤어지기 싫은 이름도 있었고 감당하기 버거운 이름도 받아들여야
했지만 그는 이곳의 관습에 순종하며 살았습니다 유독 바람이 심하던 어느
밤이었습니다 그는 사용하지 못한 새 이름을 놓쳐버렸습니다 어찌나 물살
이 거센지 움켜잡을 수 없었습니다 이름을 잃은 벌은 가혹했습니다 그는
다음에 올 어떤 이름도 받을 수 없게 되었습니다 그에겐 이름이 사라져버렸
습니다 가족과 친구들은 당황했습니다 그를 무어라 불러야 할지 몰라 피하
기 시작했습니다 외톨이가 된 그는 이름이 없는 게 견디기 힘들었습니다
남들이 쓰고 버린 이름이라도 주워 달려고 애썼습니다 그에게 맞는 이름도
없었을뿐더러 사람들에게 조롱만 받았습니다 홀로 지내던 그는 자신의 몸
이 예전보다 가볍다는 걸 느꼈습니다 이름이 없기 때문이라는 것도 서서히
눈치채게 되었습니다 어느 새벽 그는 물결 위로 떠올랐습니다 이름이 존재
하지 않는 어딘가를 향해 여행을 시작했습니다 흘러가면서 그는 자신의
이름을 찾게 되었습니다 흘러간다는 것 그것이 그의 이름이었습니다
　　　　　　　　　　　　　　　　　　　　　　　　　　　　　　　　　　　　—「흘러간다」 전문

　위의 시는 "깊은 물속에 그가 살았"다는 진술에서 개시된다. 그가 사는
"물 속 나라"는 "물결이 바뀔 때마다 이름이 변하는" 것이 "오래된 관습"인
곳이다. 그리고 "때가 되면 누구나 낡은 이름을 버리고 새 이름을 맞아야"하

는 세계이다. 그는 그러한 "관습에 순종하며 살"고 있는 순종적 상징계의 주체를 표상하고 있다. 그러므로 "물 속 나라"는 상상과 환상과 가능의 세계가 아니라, 상징계의 질서를 재현하는 특이한 현실을 보여주기에 시사적이다.

> 주체는 시니피앙이 타자의 장에 출현하는 한에서 탄생합니다. 하지만 이러한 사실로 인해 그것은—앞으로 도래하게 될 주체가 아니라면 그 전에는 아무것도 아니었던 것—은 시니피앙으로 굳어버립니다.[33]

주목해야 할 내용은 주체가 시니피앙으로 굳어버린다는 비유이다. 이수명은 그의 논문에서 이 대목을 '주체가 기표로 응고한다'라고 번역하여 설명한다.[34] 기표의 사슬과 연쇄를 통과하며 구성되는 주체는 기표로 하여금 굳고 응고하여 언어의 효과에 이르는 것이다. 그렇다면 위의 시에서 "물결이 바뀔 때마다 이름이 변하는" "물 속 나라"는 언어의 장인 상징계에서, "이름"이라는 기표를 통해 주체를 구성해내는 모습을 감각적으로 표상한다고 할 수 있다. 그렇다면, 그곳을 헤엄하는 그는 당위적으로 상징계의 현실을 살아가는 주체에 호응할 수 있으며, "물결이 바"뀌는 순간(때)은 라캉의 응고가 이루어지는 순간에 상응할 수 있다고 본다. 종합하자면, 「흘러간다」의 그는 상징계의 주체로서 "기표가 주체를 표상하고 수금한다"[35] 주체와 언어(기표)의 관계를 명확하게 형상화한다고 사료되는 것이다.

그런데 그는 "유독 바람이 심하던 어느 밤", "사용하지 못한 새 이름을

---

33 자크 라캉, 『자크 라캉 세미나 11: 정신분석의 네 가지 근본 개념』, 맹정현 외 역, 새물결, 2008, 301쪽.

34 이수명, 「현대시에서의 분열과 욕망의 주체: 김구용 시를 중심으로」, 『한국문예창작』 11, 한국문예창작학회, 2007, 17~18쪽.

35 위의 논문, 같은 쪽.

놓쳐버"려 "이름이 사라져버"리게 된다. 그래서 "가족과 친구들은 당황"해하고 그를 "피하기 시작"한다. 이것은 시적 주체가 상징계의 주체라는 지위에서 박탈당하는 모습이라고 할 수 있다. 이름을 잃고 관계의 단절을 경험하는 그는 주체가 아닌, 객체의 존재로 전락하기에 이르는 것이다. 물론 시의 마지막 부분에서 "어딘가를 향해 여행을 시작"하여 "자신의 이름을 찾게 되"지만, 그 또한 씁쓸한 결말이라고 판단된다. 왜냐하면 그의 모습은 회복과 자존의 길을 선택하여 성숙을 위한 여정에 오르는 것처럼 볼 여지가 있으나, 현실과의 단절을 통해 더 깊은 소외를 향해 나아가는 것을 암시한다고 보는 것이 더욱 온당하다고 여겨지기 때문이다. 또한 "흘러간다는 것 그것이 그의 이름이었"다는 진술은 낭만적이지만, 이제 더이상 응고될 수 없는 시적 주체의 상태와 숙명을 알린다.

이처럼 성미정의 시는 "이름"을 "삭제"하거나, 분실하거나, "외톨이"가 되는 등 주체를 파괴하는 모습을 빈번하게 노출한다. 에리히 프롬은 "소외란 스스로를 따돌림 당한 사람이라고 느끼게 되는 경험형식을 뜻한다"라고 설명하며 "스스로를 자기 세계의 중심체나 자기 행위의 창조자로 느끼지 못하"[36]게 되는 것이라고 부연하는데, 이렇듯 그의 소외 개념이 궁극적으로 사회가 추동하지만 스스로의 소외를 향해 전개하는 씁쓸한 징후라고 할 때, 앞선 시들에 나타나는 이름을 소거하거나, 분실하거나, 자기 파괴를 보여주기에 이르는 시적 주체는 자신조차 소외시키는 소외의 극단을 보여준다고 일컫는 것이 가능하다고 본다. 자아와 주체를 원만하게 형성하지 못하는 성미정 시의 주체는 현실의 잔혹함을 계속해서 표출할 수밖에 없는 것이며, 이는 가족으로부터 개시되는 병증에서부터 여러 타자와 괴리하고, 상징계로의 입장에 좌절되는 모습에까지 이어지게 된다.

---

36 에리히 프롬, 앞의 책, 124쪽.

그의 시에는 상징계의 주체의 징후를 보여주는 동음이의의 말장난도 두드러지므로 이를 살피고 1절의 분석을 마무리하고자 한다. 요컨대 더럭 천사-터럭 천사-타락 천사, '가축들-가죽들', '엉킨 나라-풀린 나라',[37] '백설 공주-백살 공주',[38] '미운 오리 새끼-보통 오리새끼',[39] '슬픈 나라-기쁜 나라',[40] '헌실-현실',[41] '야구 처녀-야구 아이-야구 어른',[42] '동물-정물-유물'[43] 등은 성미정 시에 등장하는 언어유희의 말장난들이다. 자크 라캉은 "광기의 의미 작용"을 "온갖 언어적 암시, 신비스런 관계, 동음이의어의 유희", "말놀이"[44]에서 발견한다. "정신병자가 말이건 글을 통해서건 우리와 소통하는 것은"[45] 이와 같은 방식을 통해서이다. 언어의 능숙한 활용이야말로 상징계의 특징이기에, "동음이의어의 유희"는 성미정 시의 특징인 소외와 좌절에 고달파하는 시적 주체의 증표인 셈이다. 즉 상징계야말로 타자의 장이며 언어의 장이므로 그곳(것)과의 괴리는 소외의 가장 적나라한 표식이기도 하다. 에리히 프롬이 "미친 사람은 '완전히 소외된' 사람으로 자기 체험의 중심으로서의 자신을 완전히 잃어버"리고 "자아에 대한 지각을 잃어버린"[46] 존재라고 말하는 대목은 이에 호응한다.

이처럼 성미정의 1990년대 시에는 가족과 건강한 관계를 맺지 못하는 시적 주체의 모습을 통해 소외 의식을 환기하고 있다. 특히 가족은 잘못된

---

37 「동화-엉킨 나라」.
38 「동화-백살공주」.
39 「동화-보통 오리새끼」.
40 「동화-장화 신은 슬픔」.
41 「동화-헌실 혹은 현실」.
42 「야구 처녀의 행복한 죽음」.
43 「내 마음엔」.
44 자크 라캉, 「심리적 인과성에 관한 강연」, 『에크리』, 앞의 책, 196쪽.
45 위의 책, 197쪽.
46 에리히 프롬, 앞의 책, 127쪽.

돌봄과 양육을 통해 '나'의 병증을 일으킴으로 하여 '나'의 자아와 주체 형성에 이롭지 않은 존재로 구현된다. 이는 가족에 집약되는 성미정 시의 동시대성을 나타낸다. 그리고 동물은 소외의 주체인 내가 그것으로 변신하여 징후를 더욱 능동적이고 효과적으로 발산할 수 있도록 하는 존재로 표상된다. 그리고 '나'는 "이름"을 "삭제"하거나, 분실하거나, "외톨이"가 되어버리는 등, 일종의 상징이자 체계이자 이데올로기인 가족 등이 초래하는 소외 의식의 극단에 당도하기도 한다.

2. 타자와 현실로부터 배제되는 주체

이 절에서는 성미정 시에서 타자와 현실로부터 배제되는 주체를 살펴보고자 한다. 성미정의 시적 주체는 가족이 초래하는 타자화를 극복하지 못하고 현실 세계의 다양한 타자들과도 원만한 관계를 조성하지 못하게 된다. 예컨대 가족이 아버지를 필두로 하는 폭력의 체계라면, 가족의 품을 벗어나 맞닥뜨리는 여러 현실과 이데올로기는 상징적 아버지를 필두로 하는 위압의 체계이기 때문이다. 그래서 성미정 시의 주체가 오롯이 참여하지 못하는 시적 현실은 상징적 아버지의 힘, 상징계의 질서가 두드러지는 세계로 표상되고는 하는 것이다. 즉 아버지를 중심으로 하는 재래의 가족은 성미정의 여러 시적 현실 속에서 변주된, 발전된 형태로 형상화되어 소외를 지속하여 촉발하고 있다.

시적 현실에 등장하는 여러 타자는 자크 라캉이 일컫는 타자와 호응을 한다. 자크 라캉에 따르면, 상징계는 주체와 다양한 타자의 조우를 실현하는 구조이다. 부성 은유라는 주체의 상징화 과정을 거쳐 진입하게 되는 상징계는 대타자 및 타자와 관계맺게 되는 세계이다. 그곳은 "교환과 차이를 발생시키는"[47] 특유의 영역인데, 클로드 레비 스트로스(Claude Levi Strauss)가 설명한 기호의 상징적 교환을, 라캉이 상징계의 기능으로 차용하여 고안한 영역이다. 이렇듯 상징계의 주체는 타자와 언어(기호)를 교환하여 욕망을 주입받으며, 타자는 상징계의 주체가 구성되는 데 있어 필수적, 절대적 역할을 하게 되는 것이다. 상징계에 원만히 진입하지 못하고, 여러 타자와도 건강한 관계를 형성하지 못하는 성미정 시의 주체는 그 증상을 다양한 신체의 병증 및 정신적 징후로 표출하고 있다.

그의 머리카락이 뇌 속으로 자라고 있다는 걸
사람들은 알지 못한다 그저 그를 보면
대머리라고 낄낄대느라고 바쁠 뿐이다 그는
뇌 속으로 머리카락이 엉켜 폭발 직전인데
빗질조차 할 방법이 없다 어떤 참빗 같은 손이
그의 뇌 속까지 들어올 수 있을까 그는 일단
늙고 노련한 이발사를 찾아간다 늙고 노련한
이발사도 뇌 속까지는 속수무책이다 괜시리
애꿎은 턱수염만 시퍼렇게 밀어버린다
이발소에서 돌아온 밤 그는 머리카락이
가득 찬 뇌를 현실로 받아들이기로 다짐한다
그 밤 그는 오랜만에 편안한 잠을 청하는데
폭발이 일어난다 머리카락을 더 이상 누를 수
없었던 뇌가 그를 배반한 것이다 사람들은
가엾은 그의 조각난 머리 주변에 몰려들어

---

47   손 호머, 앞의 책, 60쪽.

그가 대머리가 아니었음을 인정한다

—「대머리와의 사랑 2」 전문

위의 시는 시집의 표제작인 「대머리와의 사랑」 연작 중 한 편인데, "머리카락이 뇌 속으로 자라"나는 "대머리"가 등장한다. 그는 엽기적인 질병으로 인해 괴로워하는 모습을 하는 것이다. 하지만 "사람들은" 그의 상황을 제대로 인지하지 못한 채 "대머리라고 낄낄대느라고 바쁠 뿐이"므로 씁쓸하다. "낄낄대"는 비웃음은 "대머리"의 타자화를 보여준다. 주체는 상징계의 타자들과 적절한 관계를 형성함으로써 자기를 구성하게 되지만, 성미정 시의 주체는 그것에 실패하며 유리된 존재로 귀결하고는 하는 것이다. "사람들"의 비웃음 섞인 응시는 시적 현실에 흩뿌려진 소외 의식과 단단하게 결속한다.

자크 라캉은 대상 a를 설명하며, 그 중 하나로 응시를 거론한다. "나의 시야를 초월하는 곳에서 나를 응시하고 나는 그를 볼 수 없고 그는 나를 본다"[48]라는 사실이 주체의 불안과 공포를 추동한다는 것이다. 즉 응시는 시적 주체를 응시의 대상으로 결박함으로 하여 소외를 일으키게 된다. 그런데 장 폴 사르트르(Jean Paul Sartre) 또한 그의 사유 속에서 응시를 말한다. 사르트르의 응시도 라캉의 그것과 흡사한데, "타자의 응시는 나를 대상으로만"들기 때문에, 주체가 "수치, 부끄러움"[49]을 느끼게 만든다고 설명한다. 라캉은 시선과 응시를 분리하여 '나'의 시선 밖에 놓이는 응시가 불안을 유발한다고 설명하고, 사르트르는 시선과 응시를 분리하지 않은 채로 바라보는 것과 보여지는 것의 상호관계를 설명한다.[50]

이상의 논의를 정리해보면, "사람들"의 "비웃음"과 함께 "이발사"의 "속

---

48   이승훈, 앞의 책, 133쪽.
49   위의 책, 138쪽.
50   위의 책, 139쪽.

수무책"인 손길은 "대머리"의 몸을 응시와 시선이 교차하는 장소이자 대상화, 타자화된 사물로 환치한다고 할 수 있다. 시의 마지막 부분에서 "대머리"의 "뇌"가 폭발하고 나서야 그가 "대머리가 아니었음을 인정"하는 "사람들"은 충격을 주는데, 이는 섬찟한 이미지를 통해 "사람들"의 응시에 의해 배제되었던 "대머리"의 최후를 고지하는 적나라한 장면이 된다. 즉 "대머리"의 질병은 물론이고, 그의 몸은 성미정 시의 소외를 표상하는 표지가 된다. 그런데 성미정 시에서 "대머리"라는 인물의 의미는 더욱 입체적이다. 연작시 중 다른 한 편 「대머리와의 사랑 1」을 통해 그 확장된 의미를 파악해볼 수 있다.

> 대머리를 위하여 그녀는 머리털을 뽑는다
> 대머리를 위하여 그녀는 음모를 잡아뜯는다
> 대머리를 위하여 그녀는 겨드랑이털을 깎는다
> 검은 털이 수북하다 밖에는 비가 내리고 있다
> 그녀는 추억 속의 벗겨진 머리가죽 말라붙은
> 가죽 위에 털들을 꼼꼼히 심는다 대머리가
> 만족할 만한 가발을 가지고 대머리에게 간다
> 진짜 머리털보다 더 진짜 같은 가발을
> 대머리에게 준다 이걸 만드느라 일찍 오지
> 못했어요 대머리는 가발을 던져버린다
> 기다리느라 비를 너무 많이 맞았어 머리가
> 불어서 이제 그 가발은 나에게 맞지 않아
> 대머리의 육체 가득 출렁이는 빗소리가 들린다
> 그녀가 공들여 만든 대머리를 위한 가발이
> 찢겨진 우산처럼 빗속에 버려져 있다

―「대머리와의 사랑 1」 전문

위의 시에서 "대머리"는 '나'의 사랑과 헌신의 대상으로 그려진다. '나'는 그를 위해 "머리털"과 "음모"와 "겨드랑이털"을 뽑아 "가발"을 만든다. "가발"을 제작하는 데 활용되는 "추억 속의 벗겨진 머리가죽"인 "말라붙은/ 가죽"은 대머리를 향하는 사랑의 의미를 더욱 처절하고 애잔하게 만든다. 하지만 "가발"은 "대머리"에게 맞지 않고 길에 버려지게 된다. 버려진 가발은 "찢겨진 우산처럼 빗속에 버려져 있다"라고 묘사되는데, 시적 주체의 상실과 박탈과 소외 의식을 드러내는 적절한 비유라고 여겨진다. 아울러 이는 제대로 형성되지 못한 애착을 보여주는 장면이기도 한데, '나'와 "대머리"와 "사람들"의 어긋난 관계는 "버려진 가발"과 "그의 조각난 머리" 등의 증거품을 통해 유리되어 있고 분열되어 있는 관계로 선명하게 선고되는 것이다.

자크 라캉이 "사랑에서 우리가 사랑하는 것은 바로 자기 자신의 자아, 상상적 수준에서 실현된 자기 자신의 자아"[51]라고 설명하는 대목을 참조할 수 있겠다. "대머리"는 '나'와 같은 배제와 소외의 주체이고 '나'는 온몸의 "털"을 뽑아 "대머리"와의 동일시를 실현하므로, 성미정 시에 등장하는 소외된 주체들이 행사하는 "사랑"(애착)은 상상적 동일시를 통해 소외를 극복하고자 하는 모습을 표상한다고 볼 수 있다.

그런데 에리히 프롬 또한 사랑을 강조하면서, 크게 두 가지의 사랑을 역설하여 참조하고자 한다. 그가 설명하는 첫 번째 사랑은 건전하고 생산적인 사랑이고 두 번째 사랑은 소외의 표식으로서의 사랑이다. 먼저 건전하고 생산적인 사랑은 인간의 욕구를 충족시켜주고, "나를 더욱 강하고 행복하게 만들어주"고, "나를 더욱 독립시켜"주는 "인간다운 인간이 되는 유일한 해답"[52]으로서의 사랑이다. 프롬은 이 사랑을 긍정하고 권장하며 어머니와의

---

51   자크 라캉, 『자크 라캉 세미나 1』, 앞의 책, 257쪽.
52   에리히 프롬, 앞의 책, 40쪽.

동일시 및 모성애에 연결 짓는다. 그리고 그는 모성애를 은혜와 축복과 결부하여 그를 장려한다.

두 번째 사랑은 소외의 표식으로서의 사랑인데, 프롬은 그것을 "우상숭배"와 동일시한다. 둘의 공통점은 사랑과 이성을 대상에 투사한다는 것이다. 즉 소외된 인간 주체는 스스로의 내부에 잠재하여 있는 생산성과 그 풍요함을 인식하지 못하는데, 신에게 복종하고 헌신함으로 하여 그 풍요함을 경험하게 되고, 그것을 통해 그 생산성과 풍요함을 충족한다고 믿어 우상화를 실현하기에 이른다는 것이다. 정리하면, '나'와 "대머리"의 동일시, '나'의 "대머리"에 대한 헌신적 사랑은 라캉이 일컫는 사랑과 프롬이 말하는 두 가지 사랑에 모두 해당한다고 판단된다. 그렇다면, 위 시에서 "가발"은 "대머리"와의 상상적 동일시 및 그에의 사랑과 헌신의 상징이자 소외의 증표라는 수 겹의 의미를 내포하는 표상으로 의미화될 수 있다.

　　그녀는 머리를 뚜껑이라고 부르는 늙은 의사를 만났다 수술을 하기 위해서는 우선 뚜껑을 열어야 합니다 뚜껑은 아주 조심스럽게 열어야 합니다 한치의 실수라도 생기면 뚜껑을 닫기가 어렵습니다 틈새가 벌어지면 수술을 하기 전보다 더 엉망이 됩니다 자 이제 뚜껑을 열겠습니다 뚜껑이 열리자 취한 새들이 비틀거리며 날아간다 껍질 벗은 뱀들이 기어코 기어나온다 지느러미 떨어진 물고기들이 퍼덕거린다 난감해진 늙은 의사는 짐짓 헛기침을 하며 말한다 괜히 뚜껑만 열어봤군요 아무 이상이 없어요 뚜껑 속에는 희고 먹음직스런 뇌수가 가득 있어요 늙은 의사는 떨리는 손으로 뚜껑을 꿰맨다 마무리로 질긴 탯줄을 한 번 더 묶어준다 수술이 끝난 후 그녀는 뚜껑 속으로 스미는 시린 바람 때문에 잠을 설친다 들이치는 빗방울로 인해 출렁거린다 그녀는 깨닫는다 수술은 모든 수술은 후유증을 남긴다 결국 그녀는 뚜껑 위에 또 하나의 단단한 뚜껑을 눌러쓰고 뚜껑이 열린 세월

속을 걸어다닌다

ー「모자를 쓴 너」 전문

위의 시에는 "머리"를 수술하는 "그녀"가 등장한다. 원인을 제대로 파악할 수 없지만 "머리"와 관련하는 질병을 호소한다는 측면에서 "대머리"와 흡사하다. "머리"에는 뇌가 있고, 뇌는 인간의 심리와 정신을 상징적으로 소장하는 저장체이다. 즉 "머리"가 제대로 운동하지 않으면 주체의 심리적, 정신적 징후는 계속하여 발현될 수밖에 없으며, 성미정의 시적 주체가 빈번하게 노출하는 광기와 불안, 두려움과 공포증 또한 지속될 수밖에 없다. 이처럼 징후는 "머리"라는 상징을 통해 이미지화할 수 있어 보이는데, 특히 위의 시에는 "뚜껑이 열리자 취한 새들이 비틀거리며 날아"가고, "껍질 벗은 뱀들이 기어코 기어나"오고, "지느러미 떨어진 물고기들이 퍼덕거"리고 있어 시적 주체의 병증을 고스란히 확인하게 한다.

그런데 중요한 것은 치료가 불가하다는 지점이다. "의사는 짐짓 헛기침을 하며 말"하는데, "아무 이상이 없"다고 결론을 내린 후 다시 "뚜껑을 꿰"매기에 이른다. 그리고 "질긴 탯줄을 한 번 더 묶어"주는 괴이한 의식을 치른다. 이는 "인간은 태어나고 진보하기 위해 탯줄을 끊어야 한다"[53]는 유구한 언표를 위반하면서 시적 주체의 징후가 영속될 것이라는 암시를 준다. 또한 "질긴 탯줄"은 "그녀"의 질병이 생래적이고 본원적이라는 계시를 주고, 병증이 가족으로부터 기원하는 것임을 유력하게 만든다. 이윽고 얼기설기 마감된 "그녀"의 "머리"는 끝나지 않을 영겁의 징후에 시달리게 되리라는 추론을 가능하게 한다.

"수술이 끝난 후 그녀는 뚜껑 속으로 스미는 시린 바람 때문에 잠을 설"치

---

53   위의 책, 48쪽.

게 되고, "모든 수술은 후유증을 남긴다"라는 조촐한 깨달음만을 수확하고 있다. 이는 누구로부터도 치유되거나 회복될 수 없는 시적 주체의 소외를 부각시킨다. 이는 시적 주체가 불치의 병을 향해 인도받는 것처럼 여겨지기도 하므로, "그녀는 뚜껑 위에 또 하나의 단단한 뚜껑을 눌러쓰고 뚜껑이 열린 세월 속을 걸어다닌다"라는 표현을 통해, 더이상 헤어나오기 어려운 소외를 표시하게 되는 것이다. 앞서 살핀 「흘러간다」에서처럼, 자신의 유폐를 능동적으로 개시함으로 하여 극단의 소외를 전개하는 모습을 상징한다고 볼 수 있다.

그런데 이 대목은 다른 함의 또한 띤다고 판단되기에 조금 더 분석해보려고 한다. "뚜껑"은 "그녀"의 머리를 은유하는 사물이다. 따라서 해당 장면은 "그녀"가 자신의 머릿속으로 들어가 자신의 질병을 오롯하게 직면해보겠다는 비범함을 함께 자아내는 것이다. 이것은 몸과 "몸 주변의 모든 경계를 무너뜨리고, 밖과 안, 의식과 무의식, 현실과 꿈을 융합"[54]하는 초현실주의 경향을 감지하게 한다. 그러므로 마지막 구절이 "그녀"가 현실의 논리와 질서를 벗어나 자신만의 해방이자 극복에 도달하고자 하는 선언적 의미 또한 자아낸다고 보이는 지점은 중요한 것이다. 위의 시는 극한의 소외에 도달하는 상징적 의미와 함께, 소외로부터의 해방을 아울러 내포함으로써 소외 의식을 다각적으로 재현하는 유의미를 나타낸다. 즉 이 같은 성미정 시의 해방 및 극복의 함의는 그의 시에 만연하여 있는 소외가 언젠가 극복될 수 있으리라는 미묘한 암시를 제공한다.

모든 야구는 거대한 야구성 안에서 이루어지고 있었다 야구성 안에 들어가기 위해선 야구모자를 써야 했다 야구모자는 비쌌고 넌 가난한 야구처녀

---

54   조윤경, 앞의 책, 26쪽.

에 불과했다 사실 가난한 야구처녀란 존재하지 않았다 가난하면 야구모자를 쓸 수 없었다 누구도 널 야구처녀로 인정하지 않았다 넌 너만의 야구처녀였을 뿐이다 너는 늘 야구성 밖을 서성였다 관중들의 환호성을 들으며 야구를 상상하는 것이 일과가 되었다 어느날 한 개의 공이 너를 찾아왔다 넌 그렇게 믿고 있다 한 번의 타격으로 벽을 넘은 공은 흔치 않았고 가격은 벽만큼 높았다 넌 그런 공을 주어다 팔기 시작했다 느리긴 했지만 돈이 모여갔다 야구성을 향한 너의 열망도 서서히 성문 가까이 접근하고 있었다 그날 너는 마지막 공을 기다리고 있었다 공은 그날따라 너의 두 손을 외면하고 머리를 향했다 경기가 끝나고 야구모자를 쓴 사람들이 몰려나왔다 야구아이들이 소리쳤다 검붉은 피로 엉킨 야구공이다 처음 보는 야구다 야구어른들은 야구아이들에게 충고했다 야구는 몹시 위험한 경기란다 야구모자를 쓰고 견고한 야구성 안에서 오래된 규칙에 따라 해야 한단다 야구어른들은 야구아이들을 데리고 서둘러 자리를 떴다 아이들의 눈으로부터 너의 미소를 가리기 위해서였다 비록 야구성 밖이었으나 그토록 사랑하던 야구에게 살해당한 너는 행복했다 부서진 얼굴에는 미소가 사라지지 않았다 너는 이제 야구모자 따위는 필요치 않은 너만의 야구성으로 떠나갔다 그건 야구성 안에서 경기를 바라만 보던 사람들은 결코 날릴 수 없는 역전의 홈런이었다

―「야구처녀의 행복한 죽음」 전문

위의 시에는 "야구"를 사랑하지만 그 사랑을 실현하지 못하는 "야구처녀"가 등장한다. "야구"는 "야구성 안에"서 이루어지는데, "야구모자를 써야"만 "야구성"에 들어가 "야구"를 온전히 누릴 수 있다. "야구처녀"는 "야구모자"의 가격이 비싸므로 "야구성"에 입장하지 못한 채 좌절을 경험한다. 위 시의 "야구"는 일정한 규칙과 질서를 통해 구성되고 운영되는 상징계의 질서를

암시하고 있다.

그런데 특이한 것은 "야구"에는 원래 "룰"과 "타법"(「야구에 대한 세 가지 슬픔」)이 정해져 있고 확립된 "포지션"(「포지션」)과 엄중한 "심판"(「내 마음의 심판」)도 존재하지만, 성미정 시의 현실에서는 힘을 상실하기도 한다는 사실이다. 왜냐하면 그의 시적 현실에는 세상의 야구가 번듯하게 존재하지만, 시적 주체만의 야구 또한 기이하게 존재하기 때문이다. 그 야구에서는 "룰"과 "타법"이 하릴없이 어겨지고, "개포지션", "박쥐포지션"이 남발되고, "속 보이게 편파 판정을 하는 경기장의 심판들"이 존재하고 있다. 「야구 처녀」연작을 통해 반복적으로 위배, 왜곡되는 기존의 "야구"는 시적 주체의 소외 의식을 상징한다고 볼 수 있다. 그러므로 전자의 야구가 상징계의 완고한 질서를 상징한다면, 후자의 야구는 정신병적 주체, 소외의 주체가 출력하는 왜곡된, 비틀린 상징계를 보여준다. 위 시의 "야구성"은 들어가고자 하지만 결코 들어갈 수 없는 전자의 현실에 해당하는 것이다.

위의 시에서 "야구처녀"는 "야구성"에 입장하기 위해 "야구공"을 가져다 팔고 돈을 모으지만 결국 죽음에 이른다. "사랑하던 야구에게 살해당"하는 것이므로 경악을 선사한다. "야구어른들은" 그 장면을 보고 "야구아이들에게 충고"하며 "데리고 서둘러 자리를" 떠나고만 있다. 이것은 폭력적이나 모순적이게도 당위적인 장면이다. "야구공"에 맞아서 죽음에 이르는 모습은 "견고한 야구성 안"의 "오래된 규칙"으로부터 배제된 자의 마지막을 보여주기에 적합하기 때문이다. 특히 누구도 "야구처녀"를 수습하기 위해 다가오지 않고 서둘러 피해 버리는 모습은 현실의 냉혹함을 환기하면서 타자들의 응시를 나타낸다.

그런데 "그녀"의 "부서진 얼굴에는 미소가 사라지지 않"고 있기에 이상스럽다. 드디어 "야구처녀"만의 "야구성으로" 떠날 수 있기 때문이다. 이는 살아서 입장할 수 있는 "야구성"이 아닌, 죽어서야 인도되는 또 다른 "야구성"이기에 죽음 너머의 세계를 의미해낸다. 그렇다면 "야구"가 상징계의 질서를 상징하고, "성"이라는 표현에서도 암시되듯 다분히 방어적인 힘의 공간이자 봉건적 공간인 "야구성"이 완고한 상징계를 표상한다면, "그녀"가 죽어서 이르는 곳은 실재계일 수밖에 없다. 즉 실재계는 상징계 및 현실, 죽음 너머의 영역이기에, 시적 주체는 죽음에 다다름으로 하여 실재계를 향유하게 되는 것이다. 이를 통해, "야구처녀"는 소외를 추동하는 시적 현실로부터 해방될 가능성을 확보한다.

성미정 시에서 죽음은 필수적으로 검토되어야 하는 요소라고 할 수 있다. 앞서 「비누를 훔치러 다닌 적이 있었다」에서처럼, 식량만 축내던 "그녀"가 죽어 "비누"가 되고, "비누"로서 쓸모를 다하게 되는 장면은 죽음을 단순한 의미의 죽음에 머무르도록 하지 않는다. 왜냐하면, 가족이 폭력을 야기하고 소외를 촉발한다고 할 때, "그녀"는 죽음을 통해 가족이라는 체계로부터 탈구되어 가족을 극복해내면서, 동시에 "지나친 보살핌"의 수혜자였던 "그녀"가 "비누"가 되어 가족의 필요와 요구를 충족시키는 극단적 돌봄의 수행자로 탈바꿈되기 때문이다. 성미정 시의 죽음은 현실 세계와의 단절, 좌절을 나타낼 뿐만 아니라, 억압에서 벗어나게 함으로써 능동적인 위치, 역할을 부여하는 장치라고도 할 수 있다.

물론 위 시의 죽음이 강고하게 작동하는 상징계의 질서가 배제된 자를 처리하는 잔혹한 방식을 보여준다는 사실을 되짚어보아야 한다. 이는 제의의 한 양상일 수 있어 보인다. 제의의 희생물인 "그녀"의 죽음을 통해, "야구 어른들"과 "야구 아이들"이 "야구모자를 쓰고 견고한 야구성 안에서 오래된 규칙에 따라 해야 한"다는 다짐을 수행하며 "야구성"의 권위와 위엄을 재확인하는 장면은 상징계의 강고한 힘을 여실하게 환기한다. 가령 "화려하게 연출된 폭력적 처형은 지배자의 권력과 위엄을 전시"하며, "무자비한 폭력은 권력의 인장으로 기능"[55]하는 것이다. 그러므로 "야구처녀"의 죽음은 "야구성"의 "오래된 규칙"을 영속시키는 방책이자, 내부의 결속을 다지는 극단적 언표이기도 하다.

분명한 것은 "야구"는 상징계의 질서를 상징하므로 그것을 누리지 못하는 시적 주체는 계속하여 징후에 시달릴 수밖에 없으리라는 사실이다. 에리히 프롬은 "일체감을 의식하고자 하는 욕구는 바로 인간의 존재조건에서 연유한다. 그것은 또한 강렬한 노력의 원천이기도 하다"[56]고 설명한다. 성미정의 시적 주체가 보여주는 "야구"를 둘러싼 욕구와 갈증은 생래적이고 본원적이며, 그것을 해소하고자 하는 징후는 지속하여 발현, 표출될 수밖에 없는 필연성에 놓여 있는 셈이다. 시집에는 「야구」 연작이 다수 수록되어 있고, 연작시에서의 "야구"는 지속하여 소외 의식과 연동되며 형상화된다. 성미정 시에는 "세상 안으로 들어가기 위한 시인의 자기 탐구와 그 좌절의 궤적"[57]이 자주 포착되는데, "야구"는 가장 확실한 증표이다.

야구장을 소유한 사람을 나는 선생님이라 부른다 그 선생님은 내게 영어를 가르치지 않았다 수학도 가르치지 않았다 물론 야구도 가르친 바 없다 야구란 게 배워서 되는 것도 아니지만 말이다 처음엔 선생님이라 부르는 게 어색했다 다른 선수들이 모두 선생님이라 부르니까 튀기 싫어서 그렇게 불렀다 야구장을 소유한 선생님들 주변에는 제자들로 가득하다 야구장에 들어가고 싶어서 제자가 된 것이다 야구장이 없었다면 선생님들도 제자에 불과했을 것이다 제자들은 야구는 열심히 하지 않고 선생님만 따라다닌다 선생님이 하는 말은 틀려도 예 맞아도 예 언제나 맞다고만 한다 내가 아는 진정한 야구 스승들은 야구장을 소유한 적이 없다 그래서 그분들은 제자가

55 한병철, 앞의 책, 16쪽.
56 에리히 프롬, 앞의 책, 68쪽.
57 김진희, 앞의 평론, 213쪽.

없다 그분들은 누굴 가르치는 게 야구에선 불가능하다는 걸 일찍이 깨달았다 끊임없이 스스로 배웠을 뿐이다 그러나 오늘 나는 선생님들을 마음속 깊이 우러나와 선생님이라 부른다 수많은 제자에 겹겹이 둘러싸여 한치 앞을 보지 못하는 선생님들 그런 선생님들은 내게 몸소 가르친다 절대 선생님처럼 되면 안된다고 그러니 그분들은 진짜 야구선생님이다.

─「야구 선생님」 전문

위의 시는 "야구장을 소유한 사람을 선생님이라 부른다"라는 언술에서 시작된다. "영어를 가르치지"도 "수학"을 "가르치지도 않았"지만 그는 "야구장"을 소유한다는 이유만으로 "선생님"이라고 불린다. 시의 주체는 "처음엔 선생님이라 부르는 게 어색했"지만, "튀기 싫어서 그렇게 불렀다"라는 수줍은 고백을 하고 있다. 이렇듯 타자와 함께 살아가는 현실 세계에서는 응당 "모든 사람이 하는 대로 따라야 하고, 어디가 다르거나 '유별나서는'" 안 되는 것이기 때문에, 시적 주체는 그 사회와 구조에 "동조(同調)"[58]하고자 "튀기 싫어" "선생님"이라고 호명한 것이리라 여겨진다. 이는 타자와의 관계를 결속, 다지고자 하는 소외된 시적 주체의 노력의 일환으로 보인다.

위 시의 주체는 "야구장을 소유한 선생님들 주변에는 제자들로 가득하"며, "야구장에 들어가고 싶어서 제자가 된" 자의 행태를 묘사하기 시작한다. 앞의 「야구처녀의 행복한 죽음」를 반추해보면, "야구장"은 상징계의 장이자 권력과 욕망의 장이라 할 수 있는데, 상징계의 표상인 "야구장"을 소유하고 통제하는 존재가 있다고 말해질 때, "야구 선생님"은 그곳을 관장하는 상징적 아버지라고 할 수 있다. 그렇다면, "야구장"을 소유한 "선생님"을 좇아 감언이설을 하는 "제자들"은 욕망을 좇아 그것을 충족하고자 분투하는 상징

---

58 에리히 프롬, 앞의 책, 157쪽.

계의 주체들을 표상한다. "틀려도 예 맞아도 예 언제나 맞다고만" 하는 장면은 상징계의 주체가 실현하는 욕망에 굴복되고 복종하는 몸부림이자, 제의의 희생물이 되기를 두려워하는 몸부림을 아울러 상징한다고 볼 수 있다.

그런데 '나'는 그러한 풍경을 불편해하기에 이른다. "진정한 야구 스승들은 야구장을 소유한 적이 없다 그래서 그분들은 제자가 없다"라는 진술에서 확인할 수 있다. "야구장을 소유한 사람"과 "진정한 야구 스승들"은 대립하고, 소외 의식을 다각적으로 드러내는 언표로 수렴한다. 즉 "제자에 겹겹이 둘러싸여 한치 앞을 보지 못하는 선생님들"은 비판의 대상이 되고, "야구장"을 소유하지 않고 "제자가 없"는 "진정한 야구 스승들"은 칭송의 대상이 되는 것은 어폐가 있다고 보이지만, 성미정 시에서는 유효한 언술이라고 판단되는 것이다. 두 가지의 상이한 "야구"를 통해 소외를 표출하였듯, "야구 선생님"과 "진정한 야구 스승"을 대조하여 소외 의식을 첨예화하는 것이라고 할 수 있다. 정리하면, 완고한 상징계의 질서를 못마땅해하는 언술을 구사하며 "진정한 야구 스승들"을 상찬하는 시적 주체는, "야구성"에 들어가지 못한 "야구처녀"의 모습을 다시금 떠오르게 함으로써 시적 현실이 "야구"에의 수상한 집착을 향해 계속하여 전개되리라는 암시를 제공한다.

처음에 너는 고독은 날카로운 그 어떤 거라고 짐작했다 고독 때문에 자주 명치 끝이 아팠던 너로선 그럴 만도 했다 나이와 더불어 너는 통증에 익숙해 졌다 그러나 통증을 감추기는 쉽지 않았다 친구들과 있을 때 넌 너무 말을 많이 하거나 아예 하지 않았다 고독이 드러나는 게 싫었던 거다 친구들은 그런 너를 떠났다 가족들은 너를 이해할 수 없었다 말귀를 못 알아듣는다고 탄식했다 고독은 자주 너의 귀를 막았다

고독에 잠긴 널 불편해하지 않는 건 TV뿐이었다 방에 틀어박혀 TV와 지내는 시간이 길어졌다 어느날 방망이에 맞고 혼자 날아가는 공을 보았다

하얗게 질린 채 공기 속을 회전하는 공에서 넌 터질 듯한 외로움을 느꼈다 두려운 장갑 안으로 숨어드는 공에선 감출 수 없는 두려움을 만났다 그런 게 야구라고 불린다는 것도 알게 되었다 하지만 넌 왠지 고독이라 부르고 싶었다 야구는 고독이라 부르는 편이 어울린다는 확신이 들었기 때문이다.

방문을 열고 거실로 나간 너는 야구 중계를 보는 가족들을 보았다 그들은 오래 전부터 야구광인 듯했다 지금껏 눈치채지 못한 것이 의아할 정도였다 공통관심사를 발견한 넌 몹시 기뻤다 가족들 틈에 슬쩍 끼여들어 야구 얘기를 했다 네가 가장 아끼는 고독은 보이지 않을 만큼 멀리 날아간 공이라고 고백했다 그 공이 그렇게 사라진 건 그만큼 고독했기 때문이라고 덧붙였다 가족들은 사라진 공의 행방 따위엔 관심이 없었다 오직 눈앞의 공만 바라보았다 가족들은 말귀를 알아듣지 못했다

넌 한동안 연락이 끊긴 친구들에게 전화를 걸었다 야구에 대해 말했다 친구들의 태도는 가족들과 다를 게 없었다 어떤 친구도 숫제 대꾸도 하지 않았다 다른 친구들은 그건 야구가 아니라고 잘라 말했다 자신이 본 야구에 대해 떠들었다 너는 그들이 말하는 야구를 본 적이 없었다 넌 친구들을 떠났다 하지만 인정해야 했다 세상에는 여러 종류의 야구가 존재한다는 사실을 말이다 그리고 사람들은 저마다의 야구에 잠겨 있을 뿐이라는 것도 이제 너는 고독이 둥글다고 생각한다 이후 고독은 너에게 더 이상 통증을 주지 않을 것이다 다만 끝도 시작도 알 수 없는 둥근 공처럼 지루할 것이다

―「야구처녀의 고독은 둥글다」 전문

위의 시에는 "고독"의 주체가 등장한다. 너는 가족, 친구와 어울리지 못한다. "친구들은 그런 너를 떠났다 가족은 너를 이해할 수 없었다"라는 표현은 배제와 좌절의 주체를 탄생시킨다. 그러한 너에게 유일한 낙은 "TV"뿐이며, 분명하게는 "TV"를 통해 송출되는 "야구"를 시청하는 일밖에 없다. 너는

"야구"에 "외로움"과 "두려움"과 "고독"을 투사하므로, 위 시에 만연하여 있는 "고독"은 궁극적으로 소외 의식의 또 다른 명명이라고 추론된다. 또한 1990년대의 시가 환멸과 공황, 고독과 불안을 표시하였던 것을 참조하더라도, 그의 시에 드러나는 고독은 섬세히 살펴야할 필요가 분명하다.

에리히 프롬에게 소외는 사랑과 결부되며 그것은 투사를 통해 확인된다. 소외의 표식인 사랑이 '우상숭배'라는 표현을 통해 암시되듯, 투사는 사물이나 대상에의 집착과 의존 또한 내포한다. 그러므로 위 시의 "야구"는 시적 주체의 고독과 소외를 의탁하는 투사의 형상화에 해당한다. 시적 주체는 야구를 향해 "자신의 사랑과 힘과 생각 모두를"[59] 쏟아부어, 타자와 현실로부터 배제되고 관계의 단절에 이른 스스로의 처지를 보여준다. 앞서 살핀 것처럼, 성미정 시의 "야구"는 상징계의 질서를 상징하는 보편적인 "야구"와 시적 주체의 징후를 반영하는 자기만의 "야구"라는 이중성을 지니는데, 위 시의 "야구처녀"인 '너'는 후자를 표시한다. 나아가 시의 제목 「야구처녀의 고독은 둥글다」에서도 알 수 있듯, 그녀의 고독을 표상하는 것은 "야구공"이고, 그것을 이용하여 실행되는 "야구"는 필연적으로 고독과 관계할 수밖에 없음을 확인할 수 있다.

시의 세 번째 단락을 보면, "방문을 열고 거실로 나간 너는 야구 중계를 보는 가족들을 보"고는 "공통관심사를 발견한" 듯 "몹시 기"뻐 한다. 타자에게 받아들여지고 싶고 자신의 기대를 충족하고 싶은 열망이야말로, 소외된 인간의 특징이다. 그래서 "슬쩍 끼여들어" 야구 이야기를 시작하지만, "가족들은 말귀를 알아듣지 못"한다. 친구들도 마찬가지이다. "그건 야구가 아니라고 잘라 말"해짐으로 하여 다시금 관계의 좌절이 초래된다. 말은 소통의 긴요한 요소이자 상징계의 주체를 표상하는 요건이므로, 너는 그것에 실패함

---

59 에리히 프롬, 앞의 책, 126쪽.

으로써 현실 세계 및 상징계에의 참여에 재차 실패한다.

시의 마지막 부분에서, "세상에는 여러 종류의 야구가 존재한다는 사실"을 인정하는 "야구 처녀"는 더욱 짙어진 고독을 느끼게 한다. 오히려 세상의 야구는 단일하며 그 규칙은 정해져 있을 테지만, 자신만의 고독과 좌절을 투사하고 왜곡된 시각으로 바라본 야구로 인해 "여러 종류의 야구가 존재"하게 되었다는 언술로 스스로의 좌절된 신세를 역설한다고 보이기 때문이다. "사람들은 저마다의 야구에 잠겨 있을 뿐이라는" 언술 또한, 자신을 겨냥하는 자조 어린 고백이다. 너는 "저마다의 야구에 잠겨 있"는 정신적, 물리적 병증인 소외에 시달리는 한 사람으로 귀착한다.

데뷔전 이후 너는 거듭해서 고배를 마셔야 했다 최선을 다해 야구를 했지만 누구도 인정해주지 않았다 초조해진 너는 관객들 눈에 띄려고 이 타법 저 타법 닥치는 대로 시도해봤지만 주목받지 못했다 도대체 어떤 야구를 해야 할지 혼란했다 야구에 재능이 없다는 회의까지 들었다 야구를 때려치우고 싶었지만 야구 이외의 삶은 생각할 수 없었다 그렇게 하기엔 야구에 들인 시간이 너무 많았다 넌 이미 야구에 중독되어 있었다 야구는 너에게 끊을 수 없는 마약이었다.

―「야구 혹은 마약」 부분

위의 시에서는 "야구"에 빠져 "야구선수"가 된 너가 등장한다. 그런데 프로 데뷔 이후 "거듭해서 고배를 마"시고 있다. "재능이 없다는 회의까지 들"게 되고, "야구를 때려치우고 싶"다는 생각에도 미치지만 "야구"에 중독되었으므로 벗어날 수 없다. "야구"는 "너에게 끊을 수 없는 마약이" 되었기 때문이다. 성미정의 시적 주체가 고안하고 탐닉하게 된 "야구"는 현실의 야구와 의미, 즉 맥락을 함께할 수 없다. 그렇기 때문에, 시적 주체는 기어코 "야구장", "야구성"에 입성하게 될지라도 실력을 발휘할 수 없고 인정받기가 어려운 것이다.

"야구"에의 "중독"은 현실로부터 소외되어 쇠약해지기에 이른 정신 상태를 적나라하게 보여준다. 이제는 어떠한 야구를 하는지가 중요하지 않고, "야구"를 한다는 행위만이 중요해진다. 아울러 시적 주체가 야구를 하는 것이 아니라, "야구"가 시적 주체를 소유하고 점령하게 되었다는 사실만을 유력하게 만든다. 스스로의 "야구"에 몰두하는 너가 건강하고 성숙한 주체를 표상할 수 없으며 일상과 생활에 어려움을 계속적으로 겪게 될 수밖에 없는 이유이다. 이렇듯 현실 세계와 어울리지 못하고 관계 맺기의 좌절을 거듭하는 시적 주체는 환상의 세계를 통해서도 그것을 보여주고 있다.

그녀의 이름은 장화 신은 슬픔이었다 슬플 때나 기쁠 때나 울먹였다 슬픈 나라 백성이었다 슬픔만큼 무거운 장화 속에 슬픔만큼 창백한 발을 감추고 슬프게 걸었다 슬픈 나라의 모든 길을 떨어진 눈물로 늘 젖어 있었다 발이 빠져서 제대로 걸을 수 없었다 견디다 못한 그녀는 탈출을 감행했다 며칠 밤과 며칠 낮을 달려야 기쁜 나라이리라 추측했다 그러나 기쁜 나라를 코앞에 두고 입국을 저지당했다 장화 때문이었다 슬픔은 전염성이 강해 한 켤레의 장화도 들여놓을 수 없다고 했다 장화를 국경에 세워놓았다 장화는 국경선의 일부가 되었고 그녀는 기쁜 나라 백성이었다 기쁠 때나 슬플 때나 미소지었다 이름도 장화 벗은 기쁨으로 바뀌었다 기쁨만큼 가벼운 맨발로 기쁘게 걷기 시작했다 장화 속에 숨어 살던 맨발은 부드럽기만 했다 기쁜 나라의 잘 닦인 길에서도 자주 미끄러지고 피흘렸다 그런 날이면 장화 벗은 기쁨은 국경에 세워진 장화를 신고 발이 빠지는 슬픔 속으로 도망치는 꿈을 꾸곤 했다 깨어나면 그녀는 자신 있는 곳이 기쁜 나라인지 슬픈 나라인지 알 수 없는 혼란 속에서 다시 걸었다

—「동화─장화 신은 슬픔」 전문

위의 시에는 "장화 신은 슬픔"이라는 "그녀"가 등장한다. 시의 제목과 "그녀의 이름"은 동화 『장화 신은 고양이』를 떠올리게 한다. 그러나 내용은 판이하다. 성미정은 동화의 원전을 그대로 수용하지 않고, 현실 인식과 시 의식을 보여주기 위해 이야기를 비판적으로 개작하거나 세계관을 공격적으로 전유한다. 패러디는 "해석의 형식이고 또 비평의 형식이"[60]므로 "미적 문맥뿐만 아니라 사회적·역사적·정치적·이데올로기적 여러 문맥에"[61] 가져다 놓을 수 있기 때문이다. 성미정은 패러디를 통해, 현실 인식 및 시 의식을 더욱 효과적으로 형상화하는 전략을 구사하여 그만의 시 쓰기를 개발하는 것이다. 그런데 위의 시는 제목을 패러디하는 수준에서 그치므로 비판적 패러디의 본격적인 양상은 3절에서 살피고자 한다.

위 시의 그녀는 "슬플 때나 기쁠 때나 울먹"이는 "슬픈 나라의 백성이"다. "그녀"는 슬픔 때문에 "제대로 걸을 수"조차 없자 "탈출을 감행"한다. "며칠 밤과 며칠 낮을 달려" "기쁜 나라"에 당도한다. "그녀"는 "장화"를 벗어둔 채 "기쁜 나라"의 "백성"이 된다. 슬픔은 고독이나 좌절과 친근한 징후이다. 멜랑콜리는 주체의 좌절과 소외를 표시하는 정서라고 할 수 있으며, 근대 이후의 주체에게 뗄 수 없는 세계감의 표식이기도 하기 때문이다. 즉 우울의 주체가 그의 징후에서 벗어나 기쁨의 주체로 탈바꿈한다는 것은 의미가 작지 않다. 이는 비로소 그의 행복이 펼쳐질 것이라는 예감과 확신을 주는데, "슬픈 나라 백성"에서 "기쁜 나라 백성"으로 변모하고 "국경선"을 넘어 희구하는 그곳에 도착하는 모습은 긍정과 희망을 환기한다. 그러나 "그녀"는 "기쁜 나라의 잘 닦인 길에서도 자주 미끄러지고 피흘"리게 된다. 나아가 "국경에 세워진 장화를 신고 발이 빠지는 슬픔 속으로 도망치는 꿈을 꾸곤" 한다고

---

60   김준오, 「패러디」, 앞의 책, 252쪽.
61   위의 글, 258쪽.

고백한다. 이 같은 묘사는 "기쁜 나라"에서도 제대로 된 기쁨을 누리지 못하는 시적 주체를 나타낸다.

그런데 "국경선"을 건너 소속을 바꾸는 "그녀"는 상징계의 주체와 닮아있다는 사실이 중요하다고 여겨진다. 기표에 의해 대체되고 구성되는 상징계의 주체는 "슬픈 나라"나 "기쁜 나라"의 국경을 넘나들며 정체성을 구성하는 "그녀"의 모습과 호응하기 때문이다. 그렇다면, "그녀"의 "혼란"은 "그녀"가 주체로서의 정체성의 혼란을 겪고 있음을 암시한다고 할 수 있다. 1절에서 살핀 「흘러간다」에서, 시적 주체가 이름을 잃고 방황하며 상징계의 주체로서 마땅히 기표를 수거, 획득하지 못하였듯, "슬픈 나라"와 "기쁜 나라" 어디에서도 정체성, 안정감을 느끼지 못하는 "그녀"는 상징계의 주체로 오롯이 구성되지 못한 채, 그 지위로부터 박탈당하는 모습을 드러낸다고 볼 여지가 크다. 그러므로 위의 시는 주체가 상징계에 온전히 참여함으로 하여 그곳의 질서 및 가치를 내재화하는 것에 실패하고, 소외에 시달리기에 이르는 모습을 재현해내는 것이라고 사료된다.

이렇듯 소속되어 있는 듯 보이지만, 벗어나 있기에 정체성과 주체성의 혼란을 겪는 시적 주체는 "엉킨 나라"와 "풀린 나라"(「동화─엉킨 나라」), "슬픈 나라"와 "기쁜 나라" 등의 어디에도 온전히 소속하지 못한 채 생존하여 있으나 박탈되어 있는 존재임을 거듭 표상하고 있다. 그렇다면, 이는 상징계의 주체로 구성되지 못한 시의 주체를 주목하려는 것과 함께, 성미정 시의 소외가 다각적으로 가해지고 있다는 사실을 보여준다고 할 수 있다. 가령 폭력의 체계이자 체계 밖에 놓이는 가족, 신성화되지만 배제에 이르는 사슴 주체를 통해서도 알 수 있었듯, 존재하는 듯 보이지만 예외적이고, 살아있지만 죽어 있는 이중의 소외를 확인하게 하던 장면은 시적 현실에 만연하여 있는 일련의 체계로부터의 소외를 이채롭게 형상화하고 있음을 알린다. 이는 그의 시적 주체가 이데올로기의 피해자이자 증언자로서, 소외하게 하지만 묘한 희망을 품게 하는 모순적인 현실에 놓여 있는 존재로서 이야기에 참여하고 있음을 보여준다.

이처럼 성미정의 1990년대 시에는 타자와 현실로부터 배제되는 주체의 모습을 통해, 소외 의식을 나타내고 있다. 특히 현실에서의 배제는 타자와의 관계가 좌절되는 양상과 결부하여 드러난다. 이는 상징계에 진입, 참여하지 못하는 시적 주체의 모습을 통해서도 확인 가능하다. 그리고 성미정 시의 주체는 단순히 타자와의 관계가 좌절되거나 상징계의 진입에 실패하여 소외에 이르는 것뿐만 아니라, 살아 있지만 죽어 있고, 소속되어 있지만 배제되어 있는 존재로 언표되어 소외를 다각적으로 표상해낸다.

3. 환상과 비판적 패러디의 세계

이 절에서는 성미정 시에서 환상과 비판적 패러디의 세계를 살펴보고자 한다. 환상은 문학에서 유용하게 활용되는 에너지이다. 그것은 주체가 현실을 위반하거나 현실에서 탈주하게 하며, 새로운 문학적 가능성을 모색하게 하는 동력이기 때문이다. 정끝별은 『시론』에서 환상을 "일반적으로 인정하고 있는 리얼리티로부터 벗어나고자 하는 충동"[62]이라고 요약, 정의한다. 중요한 것은 21세기에 이르러 "비사실적이고 환상적인 것들이 이제 '또 하나의 유효한 리얼리티'로 자리잡게 되었다"[63]는 사실이다. 이 말은 곧, 시 내지는 문학 작품 속에서 환상을 통해 현상하는 현실이 또 하나의 구체적 현실로서 기능할 수 있게 되었다는 의미를 보여준다. 그렇다면, 환상은 지극히 낯설

---

62 정끝별, 「환상과 그로테스크의 연금술」, 앞의 책, 300쪽.
63 위의 글, 301쪽.

지만 일상성 및 기묘한 리얼리티를 획득하는 성미정 시의 현실을 살피는 데 긴요한 요소라고 할 수 있으리라 보이며, 자크 라캉의 담론에서 또한 중요하기에 그의 시 분석을 위해 폭넓게 참조할 수 있으리라고 사료된다.

라캉의 "환상은 보편적인 동시에 특수한"[64] 개념이다. 그에게 "환상이란 현실을 떠받치고 있는 것이며 실재계가 우리의 일상생활의 경험 안으로 침입할 때 방어하는 역할을"[65] 한다. 라캉은 환상을 통해 주체의 욕망을 실현할 수 있고, 실재계를 향유할 수 있다고 말한다. 성미정의 시에서도 환상은 주체의 징후를 보여주는 무대이자 스크린이라는 점에서, 라캉의 그것과 동일하다. 그러나 주체를 점령하고 배제하는 위력을 나타낸다는 지점에서는 차이를 보여준다. 즉 성미정 시의 환상은 가족과 이외의 여러 체계가 그러하였듯, 시적 주체의 소외를 추동하는 힘으로 표상되기도 하는 것이다. 시적 현실을 윤색하고 점령하고 지배력을 발휘하는 성미정 시의 환상은 「동화」 연작, 「쿨 월드」 연작, 「영화」 연작 등에서 확인할 수 있다.

특히 「동화」 연작은 패러디를 적극적으로 활용하고 있어 특징적이다. 성미정의 동화에는 "마침내 얻게 되는 행복이라고 하는 그 인정주의적이고 순응주의적인 눈가리개가 없"으며, 대다수의 동화에는 "어수룩한 해결책이 언제나 마련되어 있지만, 성미정에게서는 그 해답을 대신해서 하나의 아이러니가 또 하나의 아이러니를 물고"[66] 오는 기묘한 국면만이 드러난다. 그의 「동화」는 기존의 질서, 규범, 모범을 비틀어 시적 주체의 소외 및 소외에의 항거를 보여주는 환상의 세계를 아울러 형상화하고 있다. 그렇다면, "어린이를 위한 **이야기**로서 어린이의 심리에 감동을 주는 형식으로 재미있는 내용으로 짜여진 **이야기**"를 "동화"[67]라고 정의하는데, 동화는 서술시와 결합하기에 효과적

---

64   손 호머, 앞의 책, 135쪽.

65   위의 책, 141쪽.

66   황현산, 앞의 해설, 82쪽.

인 장르라고 하겠다.

　　역사 이래 토끼는 계속 진화해왔다 초창기의 토끼는 두 발로 걸었다 이제
는 네 발로 뛴다 손도 발이 되어야 한다 그래야 어린 토끼들을 위한 모범적
동화책이 마련된다 달빛을 절구질하던 토끼는 책에서 삭제된다 거북이와
경주하던 토끼도 책 밖으로 추방된다 토끼는 오르막 길을 향해 끝없이 뛴다
밤이면 내리막길뿐인 꿈속으로 한없이 떨어진다 이번 토끼도 밤의 비밀을
발설하지 않는다 그건 내란죄에 해당하기 때문이다 토끼들은 귀가 짧아지
고 자주 다리가 쑤신다 정형외과와 이비인후과는 늘 성업중이다 토끼 의사
는 같은 처방만 반복하면 된다 그늘이 많은 나무 아래서의 휴식 그건 의사에
게도 시급한 처방이다 하지만 치료는 결코 이루어질 수 없다 토끼 정부에선
오래 전에 모든 나무를 베어버렸다 그것도 모자라 뿌리까지 뽑아냈다 숲이
있던 곳에는 도끼만 남아 번쩍인다 접근을 금지시킨다 원로 토끼들만이
그 자리를 서성일 수 있다 그들은 더 이상 토끼가 아니라는 판단이 내려졌기
때문이다 귀머거리가 된 토끼들은 지름길에 관한 정보를 교환한다 다리를
절뚝이며 뛰어다니는 척한다 토끼 정부는 책표지에 역사상 가장 우수하게
진화한 토끼를 그려넣는다 책의 제목은 토끼 만만세이다

―「동화―토끼 만만세」 전문

　　위의 시에는 익숙하게 알던 "모범적 동화책" 속 "토끼"가 아닌, 새로운
"토끼"의 이야기가 펼쳐진다. "달빛을 절구질하던 토끼", "거북이와 경주하
던 토끼"를 "책 밖으로 추방"함으로써 새롭고 윤색된 세계가 선명히 형상화
되고 있다. 이것은 환상을 통해 제작되는 가능적, 구체적 시의 현실로 연장된

67　문학평론가협회, 앞의 책, 476~477쪽. 강조는 인용자.

다. 그런데 중요한 것은 "토끼"가 마치 사람처럼 묘사되고 있다는 사실이다. 이는 성미정의 시가 동화라는 장르를 채택하여 비현실적, 환상적 세계를 창안해낸 덕분인데, 의인화를 통해 동물을 사람처럼 묘사하여 그의 시 의식을 효과적으로 인식하게 하는 효용을 획득하고 있다.

오규원은 의인법과 활유법을 동일하게 취급하여 설명한다. "활유(活喩, personification)는 인간이 아닌 사물이나 추상 개념에 인간적인 요소를 부여하는 표현하는 비유법이다. 그럴 때 대상(사물이나 추상 개념)은 감정 이입(感情移入)이 되어 생동감을 갖는다."[68] 오규원이 활유(의인화)의 도드라지는 특징으로 '대상에 생동감을 갖게 하는 것'을 꼽을 때, 시인은 활유로 하여금 스스로의 감각과 감수성을 더욱 매력적, 예각적으로 드러낼 수 있게 되는 것이다.

그리고 그는 활유를 두 가지로 분류하고 있다. 하나는 "완전한 의인화(perfect personification)"이고 다른 하나는 "불완전한 의인화(imperfect personification)"이다. "완전한 의인화는 대상에 인간적 속성이 완전히 부여되어 있는 형태, 불완전한 의인화는 부분적으로 인간의 속성이 부여되고 있는 형태"[69]를 일컫는다. 그렇다면, 위의 시에서 토끼에게 인간의 속성을 전적으로 부여하여 그가 마치 인간의 행세를 하게 함으로써 그의 징후를 적나라하게 감각, 표출하는 모습은 완전한 의인화에 해당하며, 그를 통해 시적 현실에 도사리는 소외 의식을 더욱 낯설고 심도 있게 보여준다고 할 수 있다. 이처럼 성미정의 시에서 패러디뿐만 아니라, 의인화 또한 중요한 기법으로 작용하여 그의 시적 현실을 고유하게 전개되도록 도모한다. 그런데 의인화가 이제 인간 주체의 감수성을 확인하는 지표가 되었다는 사실 또한 중요하기에 짚어보려고 한다.

---

68   오규원, 앞의 책, 296쪽.
69   위의 책, 같은 쪽.

결국 우리는 의인화를 통해 존재론적으로 구별되는 존재 범주(주체와 객체)로 가득한 세계가 아닌, 다양하게 구성되어 연합을 형성하는 물질성의 세계를 발견해낼 수 있는 감수성을 키울 수 있게 된다. 여러 범주적 구분을 아우르는 유사성을 드러내고 '자연'의 물질적 형태와 '문화'의 물질적 형태 사이의 구조적 평행을 드러내는 것을 통해 의인화는 동형 관계를 조명할 수 있다.[70]

위의 인용에서처럼, 제인 베넷은 "우리는 의인화를 통해" "다양하게 구성되어 연합하는 물질성의 세계를 발견해낼 수 있는 감수성을 키울 수 있"고, "의인화를 통해 인간중심주의에 어느 정도 대항할 수 있기에, 의인화(미신, 자연의 신성화, 낭만주의)에 내포된 위험을 감수할 가치는 충분히 있다"[71]라고 역설한다. 즉 인간은 의인화를 통해 감수성을 함양, 고취함으로 하여 세계를 바라보는 새로운 인식의 가능성을 확보해볼 수 있다는 것이 베넷의 주장이다. 그렇다면, 의인화는 윤리적, 사회적, 정치적 감수성을 나타내는 지표가 될 수 있다. 성미정 시에서 동화 등을 패러디하였기에 자연스럽게 동물 같은 비인간 주체를 채용하게 된 사실도 있겠으나, 이는 시인의 현실 인식과 시 의식 등을 확인하게 하는 표지가 될 수 있는 것이다. 이 같은 관점을 참조한다면, 의인화 기법은 1990년대 시가 새로운 감수성을 장치함으로써 환멸과 공황, 고독과 불안을 예리하게 읽어내면서 타자적 가치의 복원을 통해 다양한 가능성과 새로움을 모색, 타진하던 양상과 호응한다고 보인다. 성미정 시의 의인화 기법이 동시대성의 표징이라면, 그의 시에서 패러디와 함께 중요하게 살펴볼 요소라고 할 수 있다.

---

70   제인 베넷(Jane Bennett), 『생동하는 물질』, 문성재 역, 현실문화, 2020, 246쪽.
71   위의 책, 291쪽.

시 분석으로 돌아오자면, 동화 속 "토끼"는 "밤이면 내리막길뿐인 꿈속으로 한없이 떨어"지고 있다. "밤의 비밀을 발설하"는 것은 "내란죄에 해당하"므로 "토끼"들은 입을 다물 따름이다. "꿈"은 주체의 징후와 매개되는 가장 강력한 요소이다. 그러므로 "토끼는 오르막 길을 향해 끝없이 뛴다 밤이면 내리막길뿐인 꿈속으로 한없이 떨어진다"라는 문장은 일련의 암시를 준다. 낮에 "오르막길을 향해 끝없이" 뛰어오르는 "토끼"가 살아내려는 주체의 생의 의지를 상징한다면, "쇠퇴"와 "두려움"[72]의 상징인 "내리막길"을 따라 "꿈속으로 한없이 떨어"지는 "토끼"는 환상이라는 힘의 하중과 그로 인한 좌절과 괴로움을 표상하는 것이라고 보인다.

"토끼"는 "귀가 짧아지고 자주 다리가 쑤"시는 물리적인 질환에 시달리게 된다. "밤의 비밀"을 "발설하"지 못해 억압되는 "토끼"의 (소외) 의식과 무의식은 "신체화"[73]를 통한 몸의 징후를 촉발한다. "정형외과와 이비인후과는 늘 성업중이"지만 "토끼 의사는 같은 처방만 반복"할 뿐 "치료는 결코 이루어질 수 없"어 그들의 병증은 무한히 연장된다. 게다가 "토끼 정부"는 "모든 나무를 베어버"리고 "그것도 모자라 뿌리까지 뽑아"내 "토끼"의 건강뿐만 아니라, 건강을 회복할 수 있는 휴식마저 상실시키기에 이른다. "의사"와 "정부"는 1, 2절에서 살피었듯 상징계의 질서, 상징적 아버지를 표상한다고 볼 수 있다.

모든 나무를 베고 뿌리까지 뽑은 "숲"에 "도끼만 남아 번쩍인다"라는 표현은 현실의 폭력과 그의 잔혹함을 적나라하게 시각화한다. "원로 토끼들만 그 자리를 서성일 수 있다"라고 진술함으로써 "야구처녀"나 "대머리"처럼 대상화되는 "토끼"의 소외를 뚜렷이 구현한다. 시의 마지막 부분을 보면,

---

72   에릭 애크로이드, 앞의 책, 156쪽.
73   이무석, 『정신분석에로의 초대』, 도서출판 이유, 2006, 190쪽.

"토끼"는 결국 "귀머거리"가 되고 "다리를 절뚝이"게 된다. "토끼 정부는 책표지에 역사상 가장 우수하게 진화한 토끼를 그려넣"고, "책의 제목"을 새롭게 확정하면서 「동화」의 이야기를 마감한다. 이것은 환상이 왜곡되어 발현하고 있음을 나타내는 표식이다. "토끼 만만세"에 해당하는 "토끼"에, 병든 "토끼"는 결코 포함되지 않을 것이기 때문이다. 이렇듯 성미정 시에서 독특한, 부정적 환상의 자장 안에 놓이는 시적 주체의 소외는 패러디 및 의인화 기법과 조우하여 극대화된다.

> 처음부터 파랑새는 아니었어 당신도 저런 새를 갖고 싶다면 좋은 방법을 알려주지 위험을 무릅쓰고 추억의 나라나 밤의 나라 따위를 헤맬 필요는 없어 우선 새를 잡아와 흔해빠진 참새라도 새를 잡을 정도로 민첩하지 않다고 그렇다면 새를 사오라고 그리고 남들이 모두 잠든 시간에 새의 주둥이를 틀어막고 때리란 말이야 시퍼렇게 멍들 때까지 얼룩지지 않도록 골고루 때리는 게 중요해 잘못 건드려서 숨지더라도 신경 쓰지마 하늘은 넓고 새는 널려 있으니 오히려 몇 마리 죽이고 나면 더 완벽한 파랑새를 얻을 수 있지 그리고 가족들 앞에서 말하라고 행복의 파랑새를 찾아왔다고 모두들 기뻐하겠지 물온 밤마다 새를 대리다 보면 둔해빠진 가족이라도 비밀을 눈치채겠지 걱정 마 그 정도는 눈감아줄 거야 맞아서 파랗든 원래 파랗든 파랑새라는 게 중요한 거야 그리고 비밀 없는 행복은 하늘 아래 존재하지 않는 거야 뼛속 깊이 퍼렇게 골병든 행복 맞으면 맞을수록 강해지는 행복 처음부터 파랑새는 아니었어

> —「동화—파랑새」 전문

위의 시는 모리스 마테를링크(Maurice Maeterlinck)의 희곡이 원작인 동화 『파랑새』를 각색한 시이다. 원작의 내용은 요정의 부탁을 받은 남매가 파랑

새를 찾기 위해 여정을 떠나게 되는 모험담을 보여주는데, 파랑새는 성장, 용기, 희망, 행복의 상징으로 등장한다. 그런데 위의 「동화 ─ 파랑새」는 그것을 비판적이고 폭력적으로 변주하고 있다.

위의 시는 "파랑새"를 찾아 떠나는 신비한 모험을 현상하는 것이 아니라, "파랑새"를 만들어내는 비법을 알려주므로 충격적이다. 동화는 "새를 잡아" 오거나 "새를 사오라고" 시킨 후, "남들이 모두 잠든 시간에 새의 주둥이를 틀어막고 때리"라고 주문한다. 그리고 "시퍼렇게 멍이 들 때까지 얼룩지지 않도록 골고루 때리는 게 중요"하다고 강조하며 "멍"이 든 새를 "파랑새"로 둔갑시키라고 말한다. 이것은 잔혹과 폭력의 적나라한 양상이라고 할 수 있다. 성미정의 시에는 의도하지 않았으나 병증을 초래하고 소외 의식을 유발하는 여러 이야기가 등장하였는데, 위의 시는 폭력을 직접 행사하여 병증의 원인을 몸소 자처하는 무자비한 이야기를 보여주기에 끔찍하다.

이는 환상이 작용한 결과로 보인다. 언급하였듯 자크 라캉의 환상이 주체의 징후를 분출하거나 실재계를 향유하도록 하는 동력을 제공한다면, 성미정 시의 환상은 시적 주체를 타자화하고 대상화하는 힘까지 소유한다. 그래서 "가족이라도 비밀을 눈치채겠지 걱정 마 그 정도는 눈감아줄 거야"라는 언술을 통해, 은밀하고 폭력적인 "파랑새"의 제작 과정이 환상의 영향력 아래에서 윤색되기에 이르는 것이다. 이렇듯 "파랑새"가 "파랑새"로서 유지되기 위해서는 지속적인 폭력과 핍박에 노출될 수밖에 없어 보인다. 그것은 매일 "밤" 반복될 것이며 "행복"과 폭력을 응축하는 모순의 상징인 "파랑새"를 영속시킬 것이기에 끝나지 않을 폭력과 착취의 구조를 환기해낸다.

그런데 이를 통해 드러나는 모순은 주목이 필요하다. 즉 "파랑새"의 폭력적 제작 과정을 보여줌으로 하여 재래, 전통의 동화가 어떻게 교훈을 전수하여 왔는지 재고하도록 도모하기에 시사적인 것이다. 아울러 뒤이어 등장하는 "비밀 없는 행복은 하늘 아래 존재하지 않는"다는 아이러니한 진술 및 "뼛속 깊이 퍼렇게 골병든 행복 맞으면 맞을수록 강해지는 행복 처음부터 파랑새는 아니었어"라는 진술 또한 살펴보면, 위의 시는 "파랑새"의 의미를 전유하여 『파랑새』의 원전이 소유한 교훈을 왜곡하기에 이른다고 여겨지는 것이다. 이는 비판적 패러디의 의도이자 효과이자 결과를 나타낸다. 비판적 패러디는 "원텍스트를 비틀어 인용"함으로써 "원텍스트에 대한 공격성과 풍자성이 가장 강"[74]한 형식이자, "원텍스트와 사상적·이데올로기적 대척점에 선 패러디스트"의 "신랄한 비판적 입장"[75]을 확인할 수 있는 형식이라는 사실은 중요하다.

『파랑새』를 공격적으로 개작하여 획득하는 '행복 아닌 행복', '행복 없는 행복'이라는 위 시의 새로운 교훈은 동화의 모범성과 수동성을 비틀어 성미정 시의 소외 의식을 극적으로 표출하는 효과를 준다. 재래, 전통의 동화는 순종적이고 모난 구석이 없는 아이를 강제함으로 하여 종속과 순일의 주체를 양산하는 상징이자 체계인 측면이 큰데, 그렇다면 동화는 성미정 시에서 소외를 이끄는 상징적 아버지들의 폭력과 지배력이 실현되는 시적 현실의 양태와 흡사하리라고 보는 것은 개연적이다.

그러므로 이 대목에서 1절과 2절에서 살핀 '가족'과 "야구장"("야구성")의 내포를 복기해볼 필요가 있다. 가족은 사회가 요구하는 사항, 요건을 아이에게 이식함으로써 최초의 소외를 발생시키는 체계였고, "야구장"은 "야구 어른들"과 "야구 아이들"과 "제자들"을 포섭하여 그의 질서 아래 굴복하게 하는 체계였는데, 동화 또한 사회가 요구하는 도덕적, 사회적 올바름을 주입하여 순종적 주체를 양산하는 체계이기에 호응하는 것이다. 이를 통해 성미정 시의 패러디는 가족 및 여러 체계로부터 가해지는 소외 의식을 더욱 적나

---

74   정끝별, 「패러디, 패스티시, 키치」, 앞의 책, 265쪽.
75   위의 글, 270쪽.

라하게 표상하는 장치라는 대목을 확인할 수 있으며, 특히 '비판적' 패러디라는 점에서 소외 의식을 비판적, 공격적으로 부각하여 순종화, 수동화되어 있는 주체를 더욱 효과적으로 조명하고자 기능하고 있음을 알 수 있다.

정리하자면, 가족이 아이에게, 상징계가 주체에게 일종의 조작을 가하고 복종을 요구하듯, 위 시의 "파랑새" 또한 재래, 전통의 동화가 역설하는 교훈의 희생양인 셈이 되며, 그러므로 위의 시는 패러디를 통해 그것이 폭로되는 의미를 나타낸다고 할 수 있다. 이로써 재래, 전통의 문학 작품이 장려해온 교훈이 절대적, 확고한 가치가 아니었으리라는 회의감이 부상한다. 의인화를 통해 시인의 감수성을 보여주었던 바를 참조한다면, 이렇듯 전통적, 모범적 교훈을 전파하는 동화를 시대의 흐름에 따라, 새로운 윤리 의식으로 하여금 새로이 수용하고 비판적으로 읽으려는 시도는 동시대적인 측면이 크다. 즉 성미정 시의 감수성이 1990년대의 현실이 자아내던 환멸과 공황, 고독과 불안을 예리하게 읽어내는 증표인 것은 물론이지만, 이전, 기존, 재래, 전통의 것을 다시금 사유하게 하고 반성, 비판, 극복하게 하는 바 또한 그의 시적 감수성과 연동되어 있는 것이다.

이 이야기는 쿨 월드의 어느 밤에 시작된다 이곳의 시민들에겐 추위란 공기의 다른 이름일 뿐이다 사전에선 이미 성냥이란 단어는 사라졌다 어느 도시나 그렇듯 사라진 것들의 사라짐을 인정하지 않는 자들은 있다 그런 사람들을 위해서 성냥이 비밀리에 거래되기도 한다 그녀는 몰래 구입한 성냥을 품에 안고 방으로 돌아온다 더듬더듬 성냥 켜는 법을 떠올려본다 성냥을 켠다 불꽃이 피기도 전에 찬바람에 쓰러진다 떨리는 손으로 바람을 막는다 성냥을 켠다 온 가족이 둘러앉은 둥근 식탁도 푸른 잎 우거진 낯익은 정원도 없다 눈동자를 비벼본다 충혈만 될 뿐 아무것도 보이지 않는다 그녀는 성냥을 의심한다 이것은 단지 성냥을 닮은 그 어떤 것일지도 모른다 그래도 성냥을 켠다 성냥을 닮은 그 어떤 것일지도 모른다 그래도 성냥을 켠다 성냥을 닮은 이것들 중에 그녀가 원하는 진짜 성냥이 숨어 있을지도 모른다고 믿어본다 밤은 깊어가는데 성냥은 텅 빈 불꽃만 보여준다 밤새 성냥을 켜느라 그녀는 지친다 하얗게 말라버린다 수북하게 쌓인 성냥 위에 쓰러진다 성냥을 믿었던 시절의 따스했던 추억들로 타오르는 머리를 감싸 안은 채 뒤척인다 화장당하듯 쿨 월드의 밤이 지나간다 재처럼 흰 눈이 덮인 쿨 월드의 아침 성냥이 깊어간다 밤이 깊도록 동화책을 읽던 성냥 동화 같은 건 한 장도 품을 수 없는 잘 마른 성냥 하나 걸어간다 이 이야기는 쿨 월드의 어느 아침에 끝나지 않는다 이곳에서의 밤은 어둡고 분명 뼈가 시리도록 추울 것이다 그녀는 또 성냥을 구입할 것이다 밤새도록 성냥을 켜는 행위로 밤을 견뎌나갈 것이다 그러므로 이 이야기는 쿨 월드의 모든 밤 어느 작은 방에서 반딧불처럼 반짝이며 계속 이어질 것이다.

−「쿨 월드−성냥은 있다」전문

위의 시는 한스 크리스티안 안데르센(Hans Christian Andersen)의 동화 『성냥팔이 소녀』를 패러디한 시이다. 원전을 떠올리게 하는 대목들이 많으면서도, 시적 현실이 "쿨 월드"로 표상되는 것은 특이하다. 성미정의 시집에는 「쿨 월드」라는 동명의 시가 5편 수록되어 있다. 「쿨 월드」라는 제목도 할리우드의 영화 '쿨 월드(1963)'를 패러디한 듯 여겨지므로 이 역시 성미정 시의 패러디 양상 안에서 다루어볼 수 있을 것이다. 영화 평론가 주디스 크리스트 (Judith Crist)에 따르면, 원전은 "사회가 할렘의 젊은이에게 만들어준 세계와 빈민가 사람들의 삶의 환경에 대한 크고 길고 강력한 분노의 절규"[76]를 자아

---

76 스티븐 제이 슈나이더(Steven Jay Scheider) 외 엮음, 『죽기 전에 꼭 봐야 할 영화 1001』, 정지인 역, 마로니에북스, 2019, 410쪽.

내는 내용을 담고 있다.

그렇다면 성미정은 '쿨 월드'의 거칠고 고독한 세계관을 패러디하여 「쿨 월드」의 냉혹과 비참의 세계를 실현하였다고 볼 수 있다. 그런데 영화 '쿨 월드'를 패러디했는지 모호한 측면도 분명한 것이다. 「쿨 월드」에서 쿨(cool)은 서늘한, 냉담한, 식힌 등의 의미를 지니는데 「쿨 월드」는 '쿨'이라는 어휘 자체가 나타내듯이 "밤"과 "겨울"의 세계로 묘사되고 있기 때문이다. 기존의 평론에서 역시 '쿨 월드'의 현실을 "춥고 어두운 무의식의 세계",[77] "춥"고 "따뜻하지 않"은 "세상",[78] "차갑고 냉혹한 현실"[79] 정도로 정의하고 있기에 「쿨 월드」 또한 패러디되었을 수 있다는 가능성은 열어두되, '쿨 월드'를 '서늘한 세계' 혹은 '냉혹한 현실' 정도로 추론해보고 『성냥팔이 소녀』의 패러디로 분석하는 것이 적절해 보인다.[80]

위의 시에는 성냥팔이 소녀가 아닌 "성냥"을 몰래 구매하는 "그녀"가 등장한다. "그녀"는 "성냥"을 피워보지만 "불꽃" 속에는 "온 가족이 둘러앉은 둥근 식탁도 푸른 잎 우거진 낯익은 정원도 없다." 『성냥팔이 소녀』에서 "성냥"을 통해 잠시간의 행복과 회복을 수확하던 "소녀"는 없고, 육박해오는 고독을 곱씹고 있는 "그녀"만이 우두커니 존재하는 것이다. 그래서 "그녀는 성냥을 의심"할 따름이고 지속하여 "성냥은 텅 빈 불꽃만 보여"줄 뿐이다. "밤새 성냥을 켜느라 그녀는 지친다 하얗게 말라버린다 수북하게 쌓인 성냥

---

77 박정대, 「베이클라이트의 사랑: 성미정 시집, 『대머리와의 사랑』(세계사, 1997)」, 『현대시학』 340, 현대시학사, 1997, 302쪽.

78 김미현, 앞의 평론, 236쪽.

79 김진희, 앞의 평론, 213쪽.

80 박정대는 "성미정을 읽으면 우선 다카하시 겐이치로의 소설 『우아하고 감상적인 일본야구』가 떠오르고, 테라야마 슈우지의 시 「야구소년의 우울」이 떠오르지만, 이것은 제목에 의한 연상작용이 크고 세부적인 느낌은 많이 틀리다"라고 말한다.(박정대, 앞의 평론, 300쪽) 이처럼 성미정의 시는 패러디의 자장 안에서 설명할 수 있는 여러 암시를 주지만, 그의 모든 시를 패러디로 환원하여 설명할 수 없는 개별성 또한 확실히 보여준다.

위에 쓰러진다"라고 묘사되는 장면은 얼마간 서글프게 다가온다. 「쿨 월드」로 표상되는 시적 현실에서 "성냥"은 "그녀"를 결코 구원해주지 않는 것이기 때문이다. 위 시는 홀로 생활하는 "그녀"의 모습을 부각하며 소외를 강조하고만 있기도 하다.

"쿨 월드의 밤이 지나"가고 "재처럼 흰 눈이 덮인 쿨 월드의 아침"이 찾아오지만, "그녀"에게는 어떠한 변화도 일어나지 않는다. 잔혹한 현실의 사슬은 끊어지지 않고 "쿨 월드"의 냉기는 시적 주체를 켜켜이 짓누른다. 다만 "그녀는 또 성냥을 구입할 것이다 밤새도록 성냥을 켜는 행위로 밤을 견뎌나갈 것이다 이 이야기는 쿨 월드의 모든 밤 어느 작은 방에서 반딧불처럼 반짝이며 계속 이어질 것이다"라는 시의 마지막 부분은 비참한 현실이 끝나지 않으리라는 암시를 제공하면서도, "그녀"의 꺾이지 않고 상실하지 않을 희망을 내포해내기에 시사적이다. 원전 『성냥팔이 소녀』에서는 죽음이라는 비극이 이야기를 마감하지만, 「쿨 월드─성냥은 있다」에서는 포기 모르는 "소녀"가 "성냥"을 끊임없이 구하여 불을 피워낼 이야기가 잠재되어 있기 때문이다.

위 시를 분석하기 위해 '마이너리티(minority, 소수자)' 개념을 인용할 수 있겠다. "마이너리티"는 "지배 체제에서 배제된 자들을 통칭"하는 개념이고, "마이너리티에 대한 비평적 담론은 1990년대 중반 이후 사회적 상상력을 근간으로 하는 민중담론을 대체하며 등장한 개념"[81]이다. "마이너리티 시학은 본질적으로 지배 권력과 이데올로기에 대한 저항적이며 비판적인 성격을 내포할 수밖에 없다."[82] 위 시에 또한 성미정 시만의 독특한, 부정적 환상이 강고히 작동하여, 밤을 도래하게 하고 추위를 몰고 와 「쿨 월드」를 그의

---

81   김홍진, 「마이너리티 시학」, 『시선의 고현학』, 박문사, 2017, 70쪽.
82   위의 평론, 71쪽.

입맛대로 조정하는데, 그것에 미약하나 항거하는 시적 주체는 마이너리티에 호응할 수 있어 보인다.

그러므로 원전을 비판적이고 공격적으로 각색하는 비판적 패러디는 마이너리티 시학과의 은근하면서도 강력한 연결성을 보여준다. 위 시의 주체는 본격적으로 저항하고 상황에의 불복을 수행하고 있지는 않지만, 패러디를 통해 드러나는 얼마간 미약하지만 항거하는 언술은 소외 의식의 연장선상에 놓이면서도 그것을 극복하는 의미가 있다. 그러므로 「쿨 월드」를 비롯한 성미정 시의 동화와 영화와 고전 소설의 패러디 세계는 모순적인 현실이라고 할 수 있다. 그곳은 환상을 통해 구현되는 폭력과 위압의 공간이면서 저항의 감각을 내포하여 현실의 부정을 폭로하는 증언대가 되기 때문이다.

이 같은 성미정 시의 비판 정신은 그의 시적 현실에 흩뿌려 있는 난해성과 모호함을 해소하는 데에도 실마리가 되어줄 수 있으리라 본다. 앙드레 브르통은 "시는 우리가 참고 견디어 나갈 비참함의 완전한 보상을 그 품속에 지니고 있다"[83]라고 말한다. 그리고 초현실주의자는 "오직 시를 실천하는 노고만 짊어져야 하리라"[84]고 강변하면서, 언어와 시에 내재하여 있는 해방과 참여와 혁명의 정신을 역설한다. 발터 벤야민 또한 "혁명을 위한 도취의 힘들을 얻기, 이것이 초현실주의의 모든 책과 시도가 추구하는 목표"라고 진단하며 "초현실주의는 그것을 자신의 가장 고유한 과제"[85]로 여긴다고 강조한다. 초현실주의가 마네킹이나 자동 인형을 활용하여 창작을 수행함으로 하여 자본주의 및 일련의 체계에 봉사한다는 비판을 받은 사실이 분명하지만, 그것을 예술적으로, 또한 혁명적으로 해체하고 붕괴하여 그를 비판적으로 검토하게 한 사실도 자명하기에 중요하다. 나아가서는, 이수명 시가 옛

---

83 앙드레 브르통, 앞의 책, 81쪽.

84 위의 책, 같은 쪽.

85 발터 벤야민, 앞의 책, 162쪽.

시인의 말투를 활용하여 초현실적 분위기를 극대화하였던 것처럼, 성미정 시가 동화, 영화, 고전 소설 등 옛 작품을 활용하여 시 의식을 전개하는 것은 초현실주의자가 수행하는 고고학적 작업의 일환으로도 볼 수 있다. 이렇듯 성미정 시의 난해와 모호의 뿌리가 되는 짙은 초현실주의적 양상은 재래, 전통의 작품을 비판적으로 검토하거나 일련의 질서나 체계에 반발하는 모습과 매개될 수 있기에, 그의 시를 분석하는 데 유의미하게 참조될 수 있다.

왕자라는 어둠이 찾아와 입맞춤한 후 그녀는 잠을 이루지 못했다 불안한 꿈들이 잠속으로 스며든 것이다 그녀는 잠이 두려워졌다 뜬눈으로 밤을 세웠다 어떤 의사도 그녀에게 잠을 주지 못했다 식구들은 그녀를 지켜보느라 잠잘 수 없었다 어느날부터 그녀는 조금씩 잠을 자기 시작했다 식구들은 서서히 불면에 시달리게 되었다 그녀는 식구들의 잠을 뺏아가기 시작한 것이다 엄마 아빠의 잠을 훔쳐간 뒤 동생들의 잠까지 앗아갔다 수면 부족으로 부모님들은 눈에 띄게 늙어갔다 동생들은 잘 자라지 않았다 그녀의 넘치는 잠은 끝이 없었다 잠을 돌려받기 위해 뺨도 때려보고 의사에게 데려가보기도 했다 그러나 닫힌 눈꺼풀은 열리지 않았다 식구들은 서서히 잠 없는 삶에 익숙해져 갔다 그녀의 잠든 모습에서 자신들의 잃어버린 잠을 바라보는 것만으로 잠을 대신하게 되었다

―「동화―잠자는 공주」 전문

위의 시는 디즈니(Disney) 애니메이션으로도 잘 알려진 『잠자는 숲속의 공주』를 패러디한 시이다. 그런데 "잠자는 공주"가 아닌 '잠 못 자는 공주'가 등장한다. "어떤 의사도 그녀에게 잠을 주지 못"하고, "식구들은 그녀를 지켜보느라 잠잘 수" 없으므로 피폐해져 간다. "어느날부터 그녀는 조금씩 잠을 자기 시작"하지만 그것은 "식구들의 잠을" 빼앗은 결과로서 가능해진 현상

이다. "식구"들은 이윽고 "수면 부족"에 시달리게 되고 "그녀의 잠든 모습에서 자신들의 잃어버린 잠을" 조금 보충하게 될 뿐이다.

위의 시에서 중요한 부분은 시의 첫 문장이다. "왕자라는 어둠이 찾아와 입맞춤한 후 그녀는 잠을 이루지 못했다"라는 대목은 원전의 내용을 가장 신랄하게 공격하는 부분이기 때문이다. 이는 재래, 전통의 동화가 자연스러운 것이라고 장려하고, 모범적인 것이라며 재현하는 '보상물이자 전리품으로서의 여성'[86]을 비판하는 것이므로 주목해야 한다. 동화 속 공주는 왕자의 용기 덕분에 구원을 받고 그와 결혼을 해서 행복하게 살게 되지만, 위의 시는 그것을 거부하는 이야기를 보여준다. 가령 "왕자"는 가족 이데올로기의 최정점에 놓이는 아버지와 흡사하다고 볼 여지가 크다. 공주가 "왕자"에 의해 구조된 이후, 그와 결혼하게 되어 가족이라는 체계에 속박되는 과정은 동화의 세계 혹은 서사가 강제하는 일종의 순리이자 숙명이기 때문이다. 비판적으로 바라보자면, 이는 결혼 및 가족이라는 체계에 의해 소외에 이르는 여정의 다름 아니며, 가정을 이루고 양육을 수행하게 되는 과정은 앞선 시들에서 살피었듯 여러 병증을 초래하는 결과로 전개될 것이 자명하다고 여겨진다. 1절에서 살핀 「동화-상자」에 등장하는 공주가 늙기를 거부하고, 결혼하기도 거부하며 아기로 돌아가기를 작정하는 모습은 성미정 시 안에서 당위적인 장면일지 모른다. 성미정의 시적 주체가 가능적, 대안적 왕자를 발명하는 이유도 그 때문이라고 여겨진다.

---

[86] 우신영, 「동화 독서와 젠더 이데올로기: 아동 권장도서목록 속 전래동화 여성인물 표상을 중심으로」, 『독서연구』 38, 한국독서학회, 2016, 163~167쪽. 우신영은 아동 권장도서목록 속 전래동화의 여성인물 표상을 다음의 세 가지로 크게 분류한다. "첫째, 보상 혹은 '남겨진 자'로서의 여성 인물, 둘째, 성녀 대 비체의 이분법적 도식, 셋째, 버려진 소녀의 여로 형식"(위의 논문, 176쪽)이 그것이다. 보상물이자 전리품으로서의 여성은 분류의 첫째에 해당한다.

그녀에겐 사랑하는 왕자님이 있습니다 다른 여자들의 왕자님들처럼 잘
생긴 외모도 재치 있는 유머도 가지고 있지 않습니다 영화 구경을 가지도
못하고 드라이브도 할 수 없습니다 그래도 그녀는 왕자님을 소중하게 여깁
니다 이쯤이면 그녀의 왕자님이 누군지 무척 궁금할 것입니다 그녀의 왕자
님은 바로 베개입니다

—「동화—베개 왕자님」 부분

인용한 부분은 시의 시작 부분인데, 이후에도 "베개 왕자님"과의 러브스토
리는 절절하게 이어진다. "베개 왕자님"은 인간이 아닌 사물이므로 능동적으
로 행동할 수 없지만, "그녀"의 슬픔을 달래주는 유일무이한 존재로 그려진
다. "그녀"는 "몹시 상심한 날", "베개 왕자님을 끌어안고 눈물을 흘"리게
되는데 "베개 왕자님은 옷이 젖어도 개의치 않"아 하고 "하소연을 묵묵히
들어"주는 믿음직한 존재로 구현된다. 그 계기를 통해 "편안한 친구로만 생
각하던 그녀는 베게 왕자님을 사랑하게" 된다. 물론 "그녀도 결혼과 연애는
다르"다는 것을 알고 있기에, 다른 사람과 결혼하게 되면 "베개 왕자님"을
"데리고 갈" 것이고 "남편 몰래 가끔 만날" 것이라고 선언한다. "그때쯤 되면
베개 왕자님은 베개 정부가 돼 있을" 것이라는 상상의 나래를 펼치며 시는
마무리된다.

위의 두 시는 모두 결혼이라는 제도, 가족이라는 체계에 관한 성미정 시의
고유한, 비판적 인식을 전개한다. 이를테면, 제도와 체계는 인간의 소외를
초래하는 도구이자 구조이다. 즉 제도나 체계는 지배적 구조로서 인간 주체
를 포섭하고 재단함으로 하여 순종적인 것을 올바른 것으로 환치하는 힘을
발휘한다. 제도의 산물이자 체계의 표상인 동화는 착한 어린이를 길러낼
뿐만 아니라, 순종적이고 수동적인 여성(상)을 길러내는 데에도 일련의 교시
를 주는 것이다. 특히 가족이라는 질서 안에서 여성이 겪는 폭력과 소외는

강고한데, 그것을 당연하게 그려내고 미화하는 장르 중 하나가 동화라고 할 수 있다.

우신영은 아동 권장도서목록 속의 전래동화에 등장하는 여성인물을 살펴, 동화가 재현하는 수동적, 순응적 여성상을 비판적으로 검토한다. "전래동화 권장목록이 아동 독자들에게 수동적이며 운명에 순응하는 여성 표상이 사회적으로 합의된 성역할인 것으로 인식하게 할 소지가 있"[87]으며, 이러한 "성적 편향성은 어떤 의미에서는 하나의 상징폭력으로 기능"[88]할 수 있다고 역설한다.

그러므로 가족이 이데올로기로서 여성을 속박한다는 사실은 중요한데, "근대라는 역사적 구성물 속에서 개인을 특정한 정체성으로 구성하는 호명기제와 사회적 기제들이 근본적으로 젠더화된 것이"[89]라는 관점에서, 여태까지 가족 등의 체계는 그를 기반으로 하여 젠더화를 수행해왔으리라는 내용에까지 인식의 지평을 확장할 필요가 있다. 교훈과 함께 여성의 전형을 교시하는 동화는 젠더화를 수행하는 장치이고, 나아가서는 젠더화의 산물이라고 할 수 있기에 동시대의 독자는 새로운 감수성을 통해 이를 비판적으로 읽어 극복할 필요가 있게 되는 것이다. 그러므로 일상성과 기묘한 리얼리티, 감수성을 나타내는 성미정의 시는 그 같은 시각을 담지하는 동화를 비판적으로 패러디하여 다소간의 저항과 해방을 실현하기에 주목된다. 잠 못 자는 공주와 베개 왕자님을 사랑하는 그녀는 강력하게 저항하지 않지만, 비판적 패러디의 정신이 그것을 보완하고 메시지의 전환을 일으킨다.

이는 정신분석적 측면에서 살필 필요도 있다. 정신분석학자 조안 리비에르(Joan Riviére)는 한 여성의 사례를 통해, 여성은 순종적인 모습을 통해 안전을 확보하고, 결과적으로 가장(가면)을 통해 예상되는 보복을 회피한다고 설명

---

87   위의 논문, 176쪽.

88   위의 논문, 178쪽.

89   권명아, 앞의 책, 19쪽.

한다. 이는 아버지로부터 훔친 남근(남성성)을 들킬까 두려워하는 여성 주체의 방어 전략과 호응하며,[90] 리비에르는 이것을 "가장된 여성성"에 연결 짓는다. "리비에르의 이론은 정신분석학 페미니즘의 원전으로서 무의식적인 여성들의 순응과 여성성이 생성되는 구조에 대한 비판적 실마리를 제공"[91]하였고 이러한 시각은 궁극적으로 "이성애적 가부장제 경제 속에서 규정된 여성의 정체성과 욕망을 되짚어보게 하는 관점을 제시하였다"[92]는 의미를 보여준다. 그렇다면, 여성의 순종성과 순응성, 아름다움은 사회나 구조가 형성해낸 측면이 농후하다고 할 수 있다. 성미정 시에서 비판적으로 검토하는 재래, 전통의 동화는 이러한 "가장된 여성성"에 동조하고 "가장된 여성성"을 전수하는 장르인 셈이다.

그러므로 1절에서 검토한 시적 주체의 병증을 초래하던 양육과 돌봄 역시 재고되어야 할 것이다. "우리 사회에서 돌봄은 오랫동안 가족이 책임져야 할 일, 특히 여성들이 도맡아야 하는 일이었다. 일상 속에 녹아들어가 있는 가족주의와 젠더 규범들은 여성의 돌봄은 자연의 명령인양 부과한다."[93] 성미정 시에서 시적 주체를 피폐하게 하는 돌봄과 양육과 부양은 젠더화를 수행하는 이데올로기의 폭력과 정치를 비판적으로 형상화하고자 시도하던 것이라고 볼 여지가 있다. 즉 상상계와 상징계 모두 성미정 시의 주체에게 속박과 억압을 가하는 것이 사실이지만, 특히 가족이 아버지를 필두로

---

90   이민진, 「클로드 카훈과 신디 셔먼의 "가장된 여성성(Womanliness as a Masquerade)": 조안 리비에르(Joan Rivière)의 이론을 중심으로」, 홍익대학교 대학원 석사학위논문, 2023, 40쪽.

91   위의 논문, 38쪽.

92   위의 논문, 41쪽.

93   황정미, 「돌봄 책임에 대한 여성학적 성찰: 돌봄과 노화를 인간답게(서평:『세벽 세 시의 몸들에게: 질병, 돌봄, 노년에 대한 이야기』)」, 『한국사회정책』 69, 『한국사회정책학회』, 2021, 6쪽.

하는 체계라는 점에서, 아버지로 말미암아 실현되는 폭력성과 지배력이 상상 이상으로 완고하게 작용하였을 것이라는 사실이 중요한 것이다. 상징계가 타자와 욕망과 언어의 장이고, 주체를 구성하기 위해 필수적이라고 할 때, 주체는 필연적으로 (상징적) 아버지의 영향력 하에 놓일 수밖에 없다. 그러므로 아버지의 폭력성 혹은 지배력을 언술, 묘사해내는 것은 자명하나 씁쓸하고, 비판적 패러디는 그것을 공격적, 반성적으로 검토하게 하는 힘을 발휘한다고 할 수 있다.

이렇듯 기존의 작품 및 체계를 비판적, 공격적으로 검토하고자 시도하는 성미정의 시는 1980년대 시를 회의하고 반성하던 1990년대 시의 양상을 다시금 떠올리게 한다. 1990년대 시가 탈중심 및 재구축의 시대를 나타냈으며, 패러디가 그 같은 시대에 또 하나의 응전을 가능하게 하였다고 평가할 수 있는 대목은 시사적이다. 그러므로 그의 시에 표상되는 불화 혹은 비판의 정신에는 1990년대 시가 노정하던 회의, 의심, 반성이 은밀하며 엄밀하게 내재하여 작동하는 것이라고 여겨진다. 시대-개인-문학이 역동적 관계를 설정한다고 할 때, 성미정 시가 끊임없이 희구하는 양상들, 이를테면 일상성 및 패러디, 비판성 및 감수성은 동시대적이라고 할 수 있다.

시 분석으로 돌아와 「동화-잠자는 공주」와 「동화-베개 왕자님」를 마저 살펴보면, 두 시의 주체가 보여주는 망상적 언술은 상징적 아버지를 거부, 폐제하여 획득하는 증상이다. 자크 라캉에게 망상은 상징적 아버지, 아버지의 이름이 폐제된 주체에게 나타나는 정신병으로의 진입을 암시하는 징후이다.[94] 아버지의 이름이 폐제된 주체는 "상징계에 구멍이 뚫리고 이 구멍은 결코 채워질 수 없"게 되며 "비록 정신병의 고전적인 징후를 보이지는 않아도 정신병적 구조를 소유하"[95]게 된다. 그러므로 위 시의 주체는 가족 이데올

---

94   이승훈, 앞의 책, 317쪽.

로기, 남성 중심의 이데올로기를 거부하고 그들과 괴리(하고자)함을 망상으로 알리는 것이다. 앞서 살핀 (상징적) 아버지를 필두로 하는 가족 및 여러 현실과 조화를 이루지 못하거나, (상징적) 아버지의 폭력을 고발하고 부정해내던 것은 이 같은 징후에 결부될 수 있다. 즉 성미정의 시의 동시대성을 보여주는 지표이기도 한 (상징적) 아버지와의 불화는 시적 현실에 균질하게 현상되는 눈에 띄는 징후이다. 그런데 「동화―베개 왕자님」에서 의인화를 통해, 이 같은 시 의식을 입체적으로 전개하고자 하는 부분은 조금 더 눈여겨볼 대목이라고 판단된다.

앞 시 「동화―토끼 만만세」에서는 토끼를 주체로 창출하였지만, 「동화―베개 왕자님」의 "베개 왕자님"은 인간의 속성을 부여하여 '나'의 징후를 고지하는 역할에 그친다는 차이가 있다. 전자가 완전한 의인화를 통해 보다 적극적인 의인화를 수행하여 비인간 주체가 몸소 징후를 나타냈다면, 후자는 불완전한 의인화를 통해 "베개"를 조작하여 시적 주체의 징후를 표출하는 수준에 머무르는 것이다. 이렇듯 박상순, 이수명의 시와 달리, 동화 등을 패러디하는 성미정의 시에서는 동물, 식물, 사물을 인간으로 이채롭게 (재)창안하여 시적 현실을 전개하는 특징이 두드러진다. 박상순의 시가 반복 기법을, 이수명의 시가 대비 기법을 채용한다면, 성미정의 시는 의인화 기법을 활용하여 시적 현실의 양상과 시적 주체의 징후를 효과적으로 전개, 표출한다. 특히 의인화는 비판적 패러디에 일조하여, 성미정 시의 비판 정신을 극대화한다.

아래의 시에는 남성 중심의 이데올로기의 허위를 벗겨내는 "그녀"가 등장한다.

---

95 위의 책, 316쪽.

그가 그녀에게 말한다 떠나기 전에 부탁이 있어 들어줄 거지 그녀는 궤짝을 깔고 앉아 하품을 한다 내가 이별을 얘기하던 밤 너에게 준 성기를 돌려줘 안돼 그건 내 거야 네가 네 손으로 나한테 준 거야 그는 그녀에게 빌기 시작한다 제발 그것만은 돌려줘 넌 왜 한번 준 걸 다시 달라고 하니 붙이기도 힘들 텐데 어서 가 그녀가 앉아 있는 궤짝 속에는 떠나간 애인들의 성기가 갇혀 있다 이빨처럼 날카로운 성기 비단도포처럼 부드러운 그것 수염처럼 자꾸 자라는 음경 그는 그녀에게 제안한다 이건 어떨까 내 성기는 이미 너에게 주었으니까 우리 같이 살자 응 그녀는 픽 웃는다 넌 고자잖아 내가 누구 때문에 고자가 됐는데 그는 울먹이며 물 속으로 뛰어든다 넌 이상한 감옥이야 그런 걸 가둬서 어쩌겠다는 거니 그녀는 궤짝을 타고 섬처럼 떠다닌다 아무리 많은 성기가 쌓여도 가라앉지 않을 가볍고 무거운 궤짝 위에 자물쇠처럼 단단하게 그녀가 잠들어 있다

—「신(新) 배비장전」 전문

위의 시는 판소리계 고전소설인 『배비장전』을 패러디한 시이다. 『배비장전』은 고고한 척하는 배 비장을 골리기 위해 애랑이 그를 유혹하고, 배 비장은 결국 꼬임에 넘어가 망신을 당하는 이야기를 담고 있다. 위의 시는 풍자성이 짙은 『배비장전』을 패러디함으로써 패러디의 효능을 상승시킨다.

위의 시에서 "그녀"는 그를 꾸짖듯 고자세를 취하고 있다. "그는 그녀에게 빌고 있"으며, 자신의 "성기"를 돌려달라고 애원하고 있다. "성기"는 "이빨처럼 날카로운 성기 비단도포처럼 부드러운 그것 수염처럼 자꾸 자라는 음경"이라는 비유를 통해, 물리적인 "남근"을 초월하는 팔루스를 의미해낸다. 자크 라캉의 팔루스는 소유하고자 하지만 획득할 수 없으며, 획득해본 적 없지만 영원히 잃어버린 상징적 대상을 상징한다. 위 시의 남근은 "그"와 "그녀"로부터 독립하여 있는 팔루스로써 서로가 소지하기를 원하는 표상으로 위치

하고 있다.

그러므로 거세된 "그"는 상징계의 주체를 표상한다고 볼 수 있다. 상상계에서 어머니가 소망하는 (상상적) 팔루스가 되기를 소망하던 자아가, 상징계에 이르러 (상징적) 팔루스를 획득하기를 소망하게 되는 모습과 얼마간 닮아 있기 때문이다. 그런데 "성기"가 원래 "그"의 소유였다는 사실이 눈에 띈다. 팔루스는 아버지의 힘을 상징하는 상징계의 핵심 기표이며 누군가 전유(專有)할 수 없는 상징이지만, 그의 것이었다는 진술을 통해 팔루스의 남성성이 강조되고 있어 의미심장함을 더하는 것이다. 이 또한 정신분석의 범위 내에서 분석이 가능하다고 본다. 가령 지그문트 프로이트의 삼각 구도에서, 아이가 어머니를 독차지하기를 원하지만 거세에 대한 공포 때문에, 아버지라는 존재를 수용하게 되고 그에 굴복하여 오이디푸스 콤플렉스를 극복하게 되는 대목을 참조할 수 있다. 프로이트와 라캉의 사유를 포개어놓고 볼 때, 위 시의 "그"는 상징적 아버지의 존재를 인정하고 그에 굴복하고 포섭되는 상징계의 주체를 표상한다고 볼 여지가 큰 것이다.

그러므로 "그"의 "성기"가 상징적 아버지가 아닌, "그녀"에게 가 있는 듯한 언술과 "그녀"의 "궤짝"에 "떠나간 애인들의 성기"가 가득 들어있다는 묘사는 특이하고 시선을 끈다. 이는 "그녀"가 "그"로부터 "성기"를 획득해냄으로 하여 상징계라는 체계를 비판적으로 재고하게 하는 힘을 발휘해내는 것이라고 여겨진다. 즉 "그"가 상징적 아버지에 굴복하지 않고 "그녀"에 굴복하게 된 셈이 되므로, 위의 시는 오이디푸스 콤플렉스의 극복이라는 부성 은유를 비판적으로 형상화하여 상징계·상상계·실재계가 전개하는 일련의 레파토리를 공격적으로 검토하는 모습이 되는 것이다. 이로써 힘의 추(錘)가 남성들이 아닌, "그녀"의 편으로 이동하여 있다는 사실이 확연히 부각된다. 그리고 "그"가 계속해서 "성기"를 돌려달라고 애원하다가, 이윽고 "그녀"를 향해 "같이 살자"라고 제안하지만, "그녀"는 "응"이라고 대답하나 "고자"라고 조롱할 뿐인 대목도 인상적 장면이 된다.

그러므로 특히 주목해볼 부분은 무수한 "성기"가 담긴 "궤짝" 위에 "자물쇠처럼 단단하게 그녀가 잠들어 있다"라는 마지막 문장이다. 그것은 "그녀"가 남성성이라는 힘의 봉인을 수행하였다는 내포를 나타낸다. "그녀"가 "성기"를 휘둘러 권력이나 폭력을 행사하는 주체로 화하지 않고 봉인하였다는 사실은 가족 및 여러 이데올로기에 대한 성숙한 저항을 보여준다. 성미정 시의 주체는 아버지를 비롯한 남성 주체로부터 소외에 이르는 경우가 빈번하였는데, "궤짝" 위에 "잠들어" "성기"를 온몸으로 봉인함으로써 "그"들과 같은 남성성과 힘의 주체가 되지 않겠다는 선언을 나타내기 때문이다. 그러므로 "그녀"에게 "넌 이상한 감옥이야 그런 걸 가둬서 어쩌겠다는 거니"라는 "그"의 일갈은 봉인의 의미를 더욱 중층적으로 드러나게 한다. 그것은 가족 및 여러 이데올로기가 실현하던 폭력에 관한 징벌을 실현하게 하고, 남성성의 허망함과 남성성을 상실한 남성의 무력함을 꼬집어 일련의 의미를 배가하는 것이다.

김혜순은 "90년대 문학계에서 여성시인들의 가장 큰 역할은" "여성에 대한 억압과 피억압의 소용돌이를 문학 안으로 끌어들여 시적 언어로 승화해낸 데 있다"라고 진단하면서 "여성시인들이 사용한 가장 독창적인 시의 언어는 남성적 주체들이 떠안겨준 부정성, 타자성을 큰 상징계 안으로 방출해버리고, 하달되어 내려온 고정된 여성 정체성을 깨어버렸다"[96]는 데 있다고 부연한다. 그리고 김미현은 성미정의 시를 "전투적이거나 분리주의적인 여성 정체성 추구의 시를 쓰지 않"고 "오히려 세부에 대한 통찰력이나 감각적 글쓰기를 통해서 여성성을 구현하고 있다는 점에서 여성에 '대해' 쓰는 것이 아니라 여성'을' 쓰는 '여성적 글쓰기'의 전범에 근접"[97]하다고 분석한다. 그렇다

---

96   김혜순, 앞의 평론, 348쪽.

면 「신(新) 배비장전」은 새로운 윤리 의식을 함양하고 있는 동시대성의 발로이자 1990년대 여성시의 한 전범으로서 평가할 수 있지 않을까. 괴이한 분위기[98]를 자아내고 남성과 여성의 위치가 허물어져 있는 시적 현실과, 팔루스를 전용하지 않고 그것을 "궤짝"에 봉인함으로 하여 방출해버리는 시적 주체는 1990년대 여성시의 가장 적절한 양상일 수 있으며, 궁극적으로 남성성의 민낯을 폭로하고 상징적인 승리를 선취하는 수행성을 확인하게끔 도모한다고 보이는 것이다.

아래의 시에는 「영화」 연작을 통해, 소외의 주체가 수행하는 또 다른 움직임이 포착된다.

> 그녀는 데뷔 시절부터 슬픈 역만 맡아왔다 우는 건 밥먹듯 자연스럽고 이별하는 건 키스 신보다 멋지게 해냈다 그는 의외의 캐스팅이었다 영화 출현 경험이 전무한 그가 그녀는 걱정스러웠다 그는 곧 남자가 해야 할 연기를 익혔다 타고난 소질이 있는 것 같았다 그녀는 그가 마음에 들었다 그래서 이 영화를 자신이 출연한 다른 영화처럼 슬프게 끝내는 건 싫었다 그녀는 감독을 찾아갔다 이번만큼은 해피 엔딩의 주인공이 되고 싶다고 말했다 이젠 우는 연기를 소화해낼 눈물도 없다고 사정했다 감독은 맡은 배역에만 충실하라고 말했다 그녀는 그에게 감독을 만난 걸 털어놨다 그도 첫 영화부터 슬프게 끝내긴 싫다고 했다 첫 영화가 다음 출연 영화도 결정짓는 것 아니냐고 말했다 그들은 영화의 유일한 미스 캐스팅인 감독을 잘라버렸다 감독과 배우를 겸하며 자신들이 영화를 찍었다

—「영화—미스 캐스팅」 전문

---

97 김미현, 앞의 평론, 245쪽.
98 김혜순은 또한, 1990년대 여성시의 특징을 아방가르드한 언술의 개발에서 찾는다.

위의 시에는 "데뷔 시절부터 슬픈 역만 맡아"온 "그녀"가 등장한다. "그녀"는 "키스 신보다" 우는 연기와 이별하는 연기를 "보다 멋지게 해"내는 배우이다. 이는 멜랑콜리의 주체를 암시한다. 성미정의 시적 현실에 팽배해 있는 소외 의식은 멜랑콜리와 어색하지 않게 어울린다. 우울이야말로 정신과 심리 분석에 있어 핵심적인 징후이고 "슬픈 역만 맡아왔다"는 "그녀"는 환멸과 공황, 고독과 불안의 주체임을 적절하게 표상하기 때문이다. "그녀"는 "영화 출현 경험이 전무"하지만 "타고난 소질이 있는" 배우인 "그"와 연기를 하면서, "이 영화를 자신이 출연한 다른 영화처럼 슬프게 끝내는" 것이 싫어지게 된다. 하지만 "영화감독"을 찾아가 결말을 수정해달라는 "그녀"의 요구는 받아들여지지 않는다. "맡은 배역에만 충실하라"는 대꾸만 공허하게 돌아온다.

"그녀"는 "그에게 감독을 만난 걸 털어놓"음으로 하여 일종의 각성을 경험한다. 이로써 함께 행동할 수 있게 된다. "그녀"와 "그"는 「영화」 속에서, 대화를 통해 "공감"의 동일시를 이루어낸다. "공감(empathy)" 역시 일종의 "정신 현상"인데, "일시적이고 한정적이지만 건강한 형태의 동일화"[99]를 의미한다. "그녀"와 "그"는 서로 관계 없는 독립자이자 개별자이지만, 한 영화에 동참하는 서로의 파트너로서 교류하고 모의를 꾀할 수 있게 되는 것이다. 이를 통해, 정서적 교류를 넘어 "공감"의 동일시를 경험하는 시적 주체는 「영화」의 현실을 비판적으로 극복할 수 있는 수행력을 획득하게 된다. 특히 성미정 시의 남성들은 흔히 상징적 아버지를 표상하였기에, "그"와 확연하게 대비를 이룬다. "영화 출현 경험이 전무한 그"라는 표현을 미루어볼 때, 상징계의 힘에 아직 물들지 않은 "그"는 "그녀"와 무리 없이 동일시를 이루어낼 수 있기도 한 것이다. 이는 또한 "대머리"와 동일시되던 시적 주체와 호응하

---

99   이무석, 앞의 책, 168쪽.

여 동일시를 통해 소외 의식을 극복하려는 태도를 암시한다.

"그들은 영화의 유일한 미스 캐스팅인 감독을 잘라버"리기에 이른다. "영화감독"을 "유일한 미스 캐스팅"이라고 표현하는 부분은 파격적이다. 일컫자면, "영화감독"은 "맡은 배역에만 충실하라"고 겁박하며 순종을 요구하는 폭력과 위압의 존재이다. "가족"에서의 "아버지", "야구장"의 "선생님"을 비롯하는 상징적 아버지는 권력과 욕망을 관장하고 그에서 비롯한 추종자를 거느리는 존재인데, "영화감독" 역시 마찬가지인 것이다. "해피엔딩"을 허락하지 않으면서 "영화"를 지휘하고 "배우"를 조종하는 "영화감독"은 전유된 「영화」의 세계에서는 그 지위를 박탈당함으로써 이데올로기, 체계의 폭력과 그의 허위를 목격하게 한다. 이로써 소외의 내력은 고스란히 역설된다.

"그녀"의 "해피 엔딩"은 「영화—해피 엔딩」에서 확인할 수 있다.

　　그녀가 태어나던 순간 영화가 시작되면서 비가 내렸다 저 아인 결국 폐렴에 걸려 죽고 말 거야 관객들은 눈물을 훔치며 소곤거렸다 콜록이긴 했지만 아이는 계속 자랐다 소녀가 되었다 비에 익숙한 소녀는 흙탕길에서도 미끄러지지 않았다 관객들은 조롱당하는 듯한 기분이 들었다 소녀가 자라는 동안 빗발은 더욱 거세졌다 그녀는 빗속에서 사랑하고 이별했다 빗물처럼 많은 눈물이 흘렀지만 빗물에 섞여 보이지 않았다 관객들은 지루해지기 시작했다 맑은 날이라곤 눈을 씻고 봐도 찾기 힘든 영화 그토록 긴 우기에도 눈물 한 방울 보이지 않는 주인공을 이해할 수 없었다 더구나 몇몇 관객은 가득 찬 습기 때문에 감기까지 걸렸다 관객들은 곰팡이 슨 엉덩이를 털며 몸을 일으켰다 그때 더 이상 비로 가둘 수 없던 스크린이 찢어졌다 참고 참았던 울음이 불평만 하던 관객을 덮쳤다 관객들은 폭우에 쓸려 멀리 떠내려갔다 스크린 밖으로 그녀가 걸어나왔다 활짝 개인 해피 엔딩이었다

　　　　　　　　　　　　　　　　　　　　　　　　—「영화—해피 엔딩」 전문

위의 시는 「영화」 연작 중 다른 한 편이다. 이 시에서도 "그녀"는 "영화" 속에서 "슬픔"과 "이별"을 연기하고 있다. 그런데 중요한 것은 "그녀가 태어나던 순간 영화가 시작"되었다는 사실이다. "영화"는 곧 "그녀"의 현실이다. 환상이 또 다른 리얼리티를 형성하게 되었다는 사실을 반추해보면, "그녀"의 "영화"는 환상이 보여주는, 현실 세계와 동등하게 운용되는 또 다른 구체의 현실을 지시한다고 일컬을 수 있다. 이 대목에서, 자크 라캉의 환상이 스크린이라고 비유되어온 사실은 주목할 필요가 있다.

자크 라캉의 응시는 주체의 대상화, 타자화를 통해 불안을 유발하는 대상 a이다. 라캉에 따르면, "응시를 벗어나는 하나의 길은" "스크린, 영사막의 기능"[100]을 활용하는 방법 뿐이다. 스크린이라는 환상을 통해 응시를 지움으로써 주체는 비로소 자유로워지는 것이다. 시의 제목이 "해피 엔딩"이라고 일컬어질 수 있는 이유는 여기에서 비롯한다고 할 수 있다. 이를테면, 앞의 시에 "영화감독"이 존재했다면, 위의 시에는 "관객"들이 "그녀"의 연기를 지켜보고 있다. 그들이 바로 응시하는 타자이다. "관객"들은 지켜볼 뿐만 아니라, "그녀"의 연기를 품평하고 재단하고 있다. "결국 폐렴에 걸려 죽고 말 거야", "관객들은 조롱당하는 듯한 기분이 들었다", "관객들은 지루해지기 시작했다", "주인공을 이해할 수 없었다 더구나 몇몇 관객들은 가득 찬 습기 때문에 감기까지 걸렸다 관객들은 곰팡이 슬은 엉덩이를 털며 몸을 일으켰다" 등의 표현은 "영화감독"이 행사하던 폭력과 다를 바 없다.

그러나 "그녀"는 "스크린"의 현실(혹은 "스크린" 너머의 현실) 속에서 개의치 않아 한다. 이야기를 몸소 끌고 나가고, 피폐나 소외는 곧잘 포착되지 않는다. 그것이 가능한 이유가 바로, 스크린을 통해 "관객"들의 응시가 지워진 덕분이다. 응시는 불안을 유발하며 주체를 타자화하기에, 그것이 가려진

---

100 이승훈, 앞의 책, 134쪽.

"영화"에서는 성미정 시의 주체가 주체성, 능동성을 자연스레 획득할 수 있다. 시의 마지막에서 "더 이상 비로 가둘 수 없던 스크린이 찢어"지고 "참고 참았던 울음이 불평만 하던 관객을 덮"치게 되어 "관객들은 폭우에 쓸려 멀리 떠내려"가는 장면은 주목을 요한다.

응시도 환상도 사라진 시적 현실은 "그녀"가 걸어 나옴으로써 완성된다. 이는 영화 자체가 붕괴함으로 하여 또다른 영화를 탄생시키는 장면이다. 즉 상징계 자체를 비판적으로 검토하게 하던 성미정의 시가, 이번에는 영화를 통해 그것을 수행한다고 보이는 것이다. 이제 "그녀"는 억압과 폭력을 자행하던 세계의 붕괴 이후, 소외에의 항거를 온몸으로 증언하는 증좌가 된다. 이로써 성미정 시의 환상이 보여주는 이중성이 다시금 드러난다. 그의 환상은 우울과 소외의 주체를 탄생시키고 주체(배우)를 길들이는 힘으로 작동하지만, 시적 주체의 각본을 연출하고 상영하게 하여 억압된 욕망을 해소할 가능성 또한 마련해주는 것이다. "활짝 개인 해피엔딩이었다"라는 마무리는 일종의 개방감을 선사한다. 성미정 시의 소외는 고립과 고독, 배제의 징후에만 관계할 뿐만 아니라, 그것을 극복하고자 하는 주체들과도 매개하고 있음을 재차 확인할 수 있다.

정리하면, 성미정 시에서 상징계는 완고한 속박과 억압의 구조로 등장하고, 상상계는 상상적 동일시 및 사랑을 통해 시적 주체의 소외를 상쇄하지만, 상징계와 마찬가지로 소외를 추동하는 구조로 나타난다. 그리고 실재계는 탈출이 실현되는 해방의 구조로 드러나는 경향이 짙다.

이처럼 성미정의 1990년대 시에는 환상과 비판적 패러디를 통해 동화와 영화 등을 각색하여 실현하는 독특한 시적 현실이 펼쳐지고 있다. 폭력과 권력을 내포하는 환상이 작용하거나, 가족 이데올로기 등의 허위를 벗겨내는 비판적 패러디를 수행하거나, 미력하나 항거하고 행동하는 시적 주체를 형상화함으로 하여 소외 의식을 다각적, 예각적으로 조명한다. 이로써 남성 중심의 체계, 소외를 유발하는 이야기로부터 핍박받으나 얼마간 저항하고자 하는 소외의 주체를 확인할 수 있다.

성미정의 시는 상징계와 상상계에서 배제되고 실재계를 통해 해방하는 시적 현실과 시적 주체를 통해 가족으로부터 전개되는 소외 의식을 나타내고 있다. 가족은 시적 주체의 병증을 초래하는데, 가족과 유사한 모습을 하고 있는 이데올로기와 여러 체계 또한 배제와 소외를 통해 징후와 증환을 추동한다. 성미정 시에서 운용되는 환상에서도 그러한 폭력을 감지할 수 있다. 이것을 비판적, 공격적으로 조명하고 극복하게 하는 힘이 그의 시의 패러디이다. 패러디는 시적 현실에 팽만해 있고 시적 주체를 괴롭히는 소외 의식을 표출할 뿐만 아니라, 그것을 비판적으로 검토하고 극복할 수 있게끔 의식을 제고하고 있다. 즉 성미정 시는 가족, 여러 타자와 현실, 동화와 영화와 고전소설 등에서 소외에 고달파할 뿐만 아니라, 소외에 대한 상징적 항거까지 형상화하는 것이다. 이렇듯 그의 시가 1980년대 시를 단절과 변화, 반성의 양상으로 하여금 극복, 발전시키고 환멸과 공황, 고독과 불안을 나타내던 1990년대 현실을 예각적으로 드러낸다고 여겨지는 대목은, 성미정 시 연구가 미흡하게 수행되었다는 사실이 무색할 정도로 그의 시가 동시대성을 다분히 띠고 있다는 평가를 가능하게 한다.

제5장

박상순·이수명·성미정의 시와
1990년대 시사의 의미

　이 글은 박상순·이수명·성미정의 1990년대 시에 나타나는 시적 현실을 자크 라캉의 정신분석으로 살펴, 1990년대 시 연구사의 편향성과 박상순·이수명·성미정 시 연구사의 미진함을 극복하고자 하였다. 그를 위해, 이 글에서는 라캉의 상징계·상상계·실재계 및 자아·주체 개념을 참조하여 시적 현실과 시적 주체를 살필 수 있는 분석의 틀을 고안하였다. 이 장에서는 라캉의 정신분석을 활용하여 확인할 수 있는 세 시인의 시가 드러내는 공통점과 차이점을 정리해보고, 이를 토대로 하여 1990년대 시의 시사적 의의를 정리하고자 한다. 먼저 박상순·이수명·성미정 시의 공통점을 밝혀볼 것이다.

　첫째, 박상순·이수명·성미정의 시는 모두 아버지 상실을 보여주고 있다. 박상순은 현실 세계를 표상하는 상징계, 즉 아버지의 세계로부터 탈주하기 위해 고투를 영속하고, 이수명은 상징계의 질서인 아버지의 힘이 작용하는 도시에서 벗어나고자 불안을 딛고 욕망을 활용하고, 성미정은 가족 이데올로기 및 남성 중심 이데올로기 등 여러 체계가 드러내는 상징계를 비판적으로 형상화하고 있다. 특히 이들 시인은 상징적 아버지뿐만 아니라, '나'의 아버지를 시적 현실에 등장시켜 부조화를 나타낸다.

자크 라캉의 아버지는 주체 형성에 있어 중요한 존재이다. 요컨대 상상계에서 상징계로의 인도를 보증하는 입문식의 사제, 법과 규칙과 금지와 통제를 상징하는 초자아적 존재, 그를 부정하거나 폐제하게 되면 정신병에 시달리는 주체 형성의 절대적 존재로 상징된다. 세 시인은 공통적으로 아버지를 부정하거나 시적 현실에서 그를 탈락시킴으로 하여 동시대의 시 의식을 전개한다.

박상순·이수명·성미정은 아버지를 소거하거나 외면하거나 그의 폭력을 폭로함으로 하여 환멸과 공황, 고독과 불안을 야기하던 1990년대 현실과의 불화를 나타내 당대적 감각을 효과적으로 형상화하는 것이다. 이로써 1990년대는 박상순·이수명·성미정의 시적 주체를 속박하나 살아가게 하는 현실적 토대이지만 그들을 탈주, 불안, 소외하게 하는 현장으로, 극복의 대상으로 선명하게 현실화된다.

둘째, 박상순·이수명·성미정의 시는 모두 개인을 시의 전면에 위치시키고 있다. 박상순은 주체 개인의 탈주를 따라 상상계 이전, 상상계, 실재계의 현실을 펼쳐 시적 현실을 실현하고, 이수명은 도시를 배회하며 불안에 시달리는 시적 주체를 통해 개인의 내밀한 고백과 증언을 구사하고, 성미정은 가족을 비롯한 여러 타자와 현실, 동화와 영화와 고전 소설의 세계에서 소외하는 개인을 조명하면서 항거와 고투를 수행하는 데까지 시 의식을 확장한다.

자크 라캉의 정신분석은 개인의 비밀스러운 징후와 증환을 드러나게 함으로써 의식과 무의식을 자유롭게 하고, 비로소 은폐되고 억압되어 있는 '나'와 조우하도록 하는 방법론이다. 때문에, 시를 정신분석적 관점에서 고찰하면, 시의 표층을 넘어 심층에 도사리는 시의 진면모 및 비의를 여실히 간파할 수 있는 것이다. 그리고 라캉의 사유에서 '나'라는 주체는 정체성을 단번에 형성하지 않는다. 상상계와 상징계에 걸쳐 자아와 주체를 형성하고, 상징계에서조차 여러 타자를 통해 정체성을 구성하게 되기 때문이다. 그래서 라캉이 주장하는 주체는 고정된 존재가 아니라, 언어(시니피앙)를 통해 대체되는 언어의 효과이자 상징계의 장에 구속되는 텅 빈 존재에 불과하기도 하다. 박상순·이수명·성미정 시의 현실과 그곳을 구성하는 다양한 표상은 결과적으로 개인으로서의 '나'를 초점화하는 의미가 있다.

이것은 1980년대의 시에서 사회적, 참여적 주체가 주로 포착되었다면, 1990년대 시에서 개인적, 단자적 주체가 목격되기에 이른 변화의 조짐과 연결된다. 세 시인의 시에서도 사회적, 참여적 주체는 더이상 발견되지 않고 개인적, 단자적 주체를 시적 현실의 곳곳에 배치함으로 하여 시 의식을 전개하고 있다. 1990년대 시는 1980년대와 달리 개인적 차원에서 시를 주조하고, 억압되었거나 배제되었던 타자적 가치들을 복원시키며 이전 시대와의 단절을 선언하려는 시 쓰기를 수행하였기에 의미가 있다.

셋째, 박상순·이수명·성미정의 시는 모두 몸을 통해 시 의식을 전개하고 있다. 박상순은 몸을 훼손하거나, 그 반대로 몸의 일체감을 확보함으로써 표상하고, 이수명은 몸을 팽창하거나 분자적 존재가 되어 도시의 폭압을 탈피하고, 성미정은 몸의 병증이나 죽음을 보여주거나 몸과 사물을 결합하여 시적 현실로부터의 소외를 표출한다.

자크 라캉은 무의식과 욕망을 통해 작동하는 몸을 역설한 바 있다. 그래서 몸은 주체의 징후를 추적하는 데 있어 강력한 표지라고 할 수 있다. 정신분석과 근친성을 보여주는 초현실주의에서 또한 몸은 가장 근본적인 창작의 소재이자 도구이다. 아울러 의식의 세계를 노정하며 감각을 수용하는 몸은 '나'를 에워 싸고 있는 현실을 능가하기 위해 가장 먼저 극복해야 할 조건이기도 하다.

몸은 1990년대 시에 있어 주요한 증표이다. 그것은 시인의 내밀한 시 의식과 지향을 전개하기 시작하였다는 표식이기 때문이다. 1990년대 시가 복합성과 다양성을 보여주었다고 일컬어질 때, 몸 등 타자적 가치의 복원은 꼭 참조하여야 하는 부분이다. 특히 환멸과 공황, 고독과 불안을 부추기던 당대의 현실을 참조한다면, 몸을 통해 의식을 전개하거나 몸에 시 의식을 집약하는 시인들은 시대와 부조화를 이루는 목소리를 몸으로 말미암아 구체화, 시각화하는 시적 전략을 구사하였다는 평가를 가능하게 한다. 즉 몸은 흔히 현실과 세계의 속박을 상징하여, 그것을 해체하고 왜곡함으로 하여 이색적인 실험 및 응전을 실현하게 하는 장치라고 할 수 있다. 특히 이들 시인을 포함하는 난해·환상·전위·초현실주의 경향의 시인들이 현실과 현실 너머에 의식이나 정체를 걸쳐둔 채 그들을 에워싸고 있는 현실, 세계를 극복하고자 도모할 때, 비로소 형상화되는 몸은 극복과 해방을 표상하는 증좌가 되기도 한다.

넷째, 박상순·이수명·성미정의 시는 모두 환상을 적극적으로 운용하고 있다. 박상순은 환상을 통해 상상계 이전, 상상계, 실재계의 현실로 탈주하고, 이수명은 욕망을 실현하거나 실재계를 향유하기 위해 환상을 활용하고, 성미정은 동화, 영화, 고전 소설 등의 세계를 점령하는 강고한 힘이면서 그곳(것)을 극복하게 하는 힘으로 환상을 표상하였다. 특히 위에서 일별한 이들 시인의 공통점인 아버지 상실, 개인의 전경화, 몸을 통한 형상화는 환상의 적극적인 활용 덕분에 가능하기도 하였다.

자크 라캉에게 환상은 현실을 지탱(하게)하는 힘, 실재계를 향유하도록 하는 동력이다. 그래서 환상은 각본, 스크린이라고 언표됨으로써 시적 주체의 무의식 및 욕망을 실연해보도록 하거나, 실재계를 향유하도록 도모하거나, 주체의 불안 및 증환을 감소시키는 효용을 제공한다. 시에서 환상을 통해 현실화하는 무의식과 욕망을 검토하면, 시적 주체의 내밀한 징후 및 시적 현실에 도사리는 비밀스러운 현상을 섬세히 확인할 수 있다.

특히 환상은 1990년대 시에서 적극적으로 활용되었다. 환멸과 공황, 고독과 불안의 시대에서 시인들은 저마다 의식적, 무의식적 고투를 벌였다고 할 수 있는데, 환상은 그것을 효과적으로 가능하게 한 힘이었다. 아울러 이전

시대와의 결별 이후, 새로운 문학적 가능성을 모색하는 데 있어 환상은 주효한 요소였다고 할 수 있다. 즉 현실을 새롭게 구현하도록 하거나 능가하도록 하는 방법이 환상이라고 할 때, 시인들의 현실 인식과 시 의식을 전개하여 개개의 시적 현실을 주조하는 데 있어 환상은 근본적인 원료에 가까웠던 것이다. 더욱이 1990년대에 이르러 지그문트 프로이트와 자크 라캉의 담론이 유행하면서 무의식, 욕망, 환상 등을 활용한 문학-읽기 혹은 문학-쓰기가 개시해가기 시작하였던 사실도 중요하다. 환상은 현실이나 의식 너머의 요원한 것으로써 그것을 활용하여 고립된, 자폐적 세계를 현현하는 데에만 쓸모 있는 재료가 아니라, 현실을 더욱 효과 있게 인식하도록 하는, 시적 현실을 또 하나의 생생한 현실로 기능하게 하는 요소임을 1990년대 시를 통해 복합적으로 확인할 수 있다.

이처럼 세 시인의 공통적 특성에도 불구하고, 개별 시인으로서 시적 변별성을 지닐 수밖에 없기에, 박상순·이수명·성미정 시의 차이점 또한 정리해보고자 한다. 박상순은 주체와 기호와 탈주 의식과 반복, 이수명은 도시와 공간과 불안 의식과 대비, 성미정은 가족과 패러디와 소외 의식과 의인화라는 요소를 통해 시적 특징을 간추려볼 수 있다. 제2, 3, 4장에서 분석한 내용을 종합하여 세 시인의 차이점을 밝히고자 한다.

박상순은 주체를 통해 상상계 이전, 상상계, 실재계의 현실을 개시하고 탈주 의식을 현실화한다. 상상계 이전에서는 모호성과 구분 불가능성과 파편화의 현실에 처해 있는 시적 주체를 나타낸다. 그리고 상상계에서는 자아적 시의 주체를 보여주고, 실재계에서는 불온함과 공포함, 불쾌함과 섬찟함을 구사하고 주이상스를 실현하는 시적 주체를 보여주고 있다. 즉 박상순의 시적 주체는 시적 현실과 계속적으로 연동되고, 시적 현실이 개시되자 정체성이 갱신되는 양상을 나타낸다.

이것은 이수명, 성미정 시와 다른 양상이다. 이수명과 성미정의 시는 시적 현실에 따라 시적 주체의 징후나 그의 양상이 변화하지 않지만, 박상순의 시는 시적 현실에 따라 시적 주체가 탈바꿈하고 재탄생한다. 박상순의 시적 주체가 상징계로 표상되는 현실 세계로부터의 탈주를 계속하는 가운데, 시적 현실이 지시하는 개개의 현실은 다른 시적 주체를 지속해서 요청하고, 시적 주체는 자연스레 그 현실에 참여함으로써 서로 다른 모습을 표출하게 되는 것이라고 할 수 있다. 다시 말해, 박상순 시의 시적 주체의 변모 양상은 탈주 의식 덕분에 고스란히 탐지할 수 있던 내용이다. 이수명 시의 불안 의식, 성미정 시의 소외 의식이 일종의 기분, 감정의 한 형식을 보여주는 것이라면, 탈주 의식은 수행성과 관련되기 때문이다. 이는 질 들뢰즈와 펠릭스 가타리 가 탈주를 통해 '생성'을 설명하였듯, 박상순의 시가 물리적으로 수행하는 탈주임에도 불구하고 새로운 주체로 창안되는 잠재성을 현실화하여 인상적 이었다.

박상순이 이를 효과적으로 드러내기 위해 적용한 방법은 기호였다. 물음 표, 느낌표, 세미콜론, 반점, 붙임표, 빗금, 숫자, 크로키 그림 등의 기호와 "그림", "포르노 만화", "국어책" 등의 기표는 시적 현실과 시적 주체를 지시 하거나, 탈주 의식에 관해 세세히 설명하지 않더라도 시 의식을 자연스럽게 전개하고 시적 현실에 내재하여 있는 비의와 정조를 폭발시키는 효과를 창출 하였다. 아울러 박상순 시가 자주 활용하는 기법은 '반복'이었는데, 반복을 통해 리듬감을 형성하였을 뿐만 아니라, 탈주 의식을 확고히 표상하였다는 사실은 중요하다. 같은 기호, 단어, 문장을 주문처럼 반복하여 현실 세계로부 터 탈주하고자 하는 시 의식을 시의 문면에 각인하였고, 반복 자체를 활성화 하여 시적 현실의 (비)현실성을 극대화하는 경우도 포착되어 다른 시인들과 의 변별성을 확인할 수 있었다.

다음으로 이수명은 도시를 통해 상상계와 상징계가 구성하고 실재계가 개입하는 시적 현실을 구현한다. 그래서 그의 도시는 1990년대의 상징적,

물질적 표상 공간이면서 의식과 무의식, 현실과 환상이 포개지고 용융하는 정신적 세계를 보여준다. 상상계와 상징계는 간극과 모순을 발생시키고, 그로부터 도래하는 불안 의식은 시적 주체를 괴롭히고 있다. 그리고 실재계는 그 간극을 통해 틈입하거나, 불현듯 마주하는 언캐니한 표상 및 죽음을 통해 포착된다.

이것은 박상순, 성미정 시와 다른 양상이다. 박상순과 성미정 또한 1960년대에 태어났고 1990년대에 등단하여 시 쓰기를 거듭해온 시인들이지만, 이들 시에서는 도시 공간이 뚜렷하게 포착되지 않는다. 도시 생활과 관련한 기표는 더러 등장하지만, 도시라는 공간 자체를 표상하기 위해 관련한 기표를 본격적으로 구현하고 있지는 않다. 그리고 '도시시'를 쓴 다른 시인들과 비교해보아도 그 차이는 확연한데, 1990년대의 다른 시인들의 시에서 역시 도시는 현실 인식을 표출하기 위한 대안 공간, 표상 공간이던 측면이 강하지만, 도시로 하여금 물질적 공간과 정신적 세계를 결합하여 구축해내는 이수명 시는 독특하다고 할 수 있다. 이 같이 도시 공간을 집요하게 인식하고 재현하는 그의 시에서 두드러지는 징후는 단연코 불안 의식이다. 김홍중이 '세계감' 이라는 용어를 통해 감정의 한 형식으로 시대의 형질을 파악할 수 있으리라 설명한 대목을 반추하자면, 그의 시의 불안 의식은 동시대의 현실을 수용, 인식, 극복하는 현실 인식 및 시 의식을 살피기에 적절하였다. 특히 자크 라캉의 불안 및 그가 영향을 받은 마르틴 하이데거의 불안을 참조하여 이수명의 시를 다각적으로 살펴볼 수 있었다.

그러므로 조금 더 언급하고자 하는 바는 그의 시의 공간 의식에 관해서이다. 이수명 시에서 공간은 장소(애)를 상실한 공간, 불안을 유발하는 공간, 근대적·남성적 공간으로 표상된다. 때문에, 도시가 행사하는 폭력에 속박되어 불안을 표출하는 시적 주체도 발견되지만, 환상을 활용하여 도시로부터 도망하고자 도모하는 시적 주체 또한 확인할 수 있었다. 그리고 앙리 르페브르의 추상 공간 등을 통해, 이수명 시에서 상상과 환상, 폭력과 통제가 함께 도사리는 도시가 주체를 구성하고 기만하며, 주체의 무의식 깊숙이에까지 관여하는 공간이라는 사실을 선명히 파악할 수 있었다. 이를 감각적으로 드러내는 이수명 시의 기법은 '대비'였는데, 상충하는 두 힘, 사물, 공간, 세계, 현상 등을 대비를 이루게 하여 모순적인 시적 현실을 확실하게 표상하고 있었다. 그것은 상징계와 상상계 및 도시가 자아내는 힘에서 비롯하는 것이기도 하였지만, 이수명의 시가 의도적으로 대비의 구도를 구현하여 시 의식을 더욱 첨예화하도록 의도한 측면이 있었기에 독특하였다.

다음으로 성미정은 가족으로부터 전개되는 소외의 현실을 보여준다. 가족, 여러 타자와 현실, 동화와 영화와 고전 소설의 세계에서 시적 주체는 다양한 소외와 억압에 노출된다. 성미정의 시적 현실은 상징계와 상상계에서 배제되고, 실재계를 통해 해방하는 세계이다. 상징계는 곧 아버지, 상상계는 곧 어머니로 대표되므로 성미정 시의 가족은 상상계와 상징계의 구조를 내포한다. 그래서 가족으로부터 억압받거나 배제되던 시적 주체는 자아와 주체를 제대로 형성하지 못하고, 다양한 타자와 현실로부터도 소외되는 시적 주체로 변모하고 발전한다. 특히 성미정 시는 다양한 상징적 아버지와 불화하는 모습을 통해, 물리적, 정신적 질환을 아울러 표출하는 주체를 보여주고 있다. 아버지를 주축으로 하는 가족은 상징적 아버지를 주축으로 하는 여러 현실과 이데올로기의 체계로 변주되며 등장하여 소외를 가중하고 부각하는 것이다. 이는 현실과 일상의 공간에서뿐만 아니라 환상의 세계에서 또한 실현되는데, 소외 의식을 다각적으로 조명하여 시 의식을 더욱 이채롭게 읽어내도록 작용하고 있었다. 그리고 이 글에서는 성미정 시의 소외 의식이 자크 라캉의 소외가 아닌, 에리히 프롬의 소외와 더욱 친연하다고 판단하였다. 라캉의 소외가 자아와 주체의 형성에 있어 이미지(이마고)와 언어로부터 소외되는 '나'를 표상한다면, 에리히 프롬의 소외는 가족, 사회, 체계로부터 발생하는 심리적, 정신적, 사회적, 물리적 징후를 복합적으로 의미하였기 때문이다. 이를 통해 성미정 시에 팽배하여 있는 여러 병증을 효과적으로 검토할 수 있어 의미가 있었다.

이것은 박상순, 이수명 시와 다른 양상이다. 박상순과 이수명 시에서도 가족은 등장하지만 성미정 시에서처럼 거의 모든 시에 가족과 유사 가족으로부터 핍박받는 시적 현실을 현상하지 않는다. 게다가 성미정의 시는 가족으로부터 전개되는 소외 의식을 저항과 비판 의식에까지 확장하여 고유한 시적 현실로 창안해낸다. 이를 더욱 효과적으로 표출하도록 한 방책이 패러디였다. 성미정 시에 드러나는 비판적 패러디는 원전을 공격적, 비판적으로 전유하고 개작하여 패러디스트의 가치관과 의식을 드러내는 양식인데, 시적 주체의 소외 의식을 추동하고 다양한 병증에 시달리도록 하는 가족 및 이데올로기, 체계는 패러디의 비판 정신을 통해 폭로되고 극복되기에 이르렀다. 그리고 패러디와 함께, 그의 시의 소외 의식을 효능감 있게 재현할 수 있도록 한 기법은 '의인화'였다. 사람이 아닌 존재를 인간처럼 묘사하거나 인간의 성질을 투사하여 시적 주체의 징후를 (탈)승화해내는 시적 현실은 독특하였다. 이는 비인간 주체를 통해 징후와 증환을 고지하는 것으로, 시인의 징후와 증환을 더욱 이채롭고 감각적으로 현상할 뿐만 아니라, 시인의 감수성을 살필 수 있는 지표이기도 하였기에 유의미하다고 여겨졌다.

박상순 시의 탈주 의식, 이수명 시의 불안 의식, 성미정 시의 소외 의식은 세 시인이 보여준 각기 다른 징후이지만, 1990년대의 환멸과 공황, 고독과 불안을 보여주는 동시대의 공통된 표식이라고 할 수 있어 중요하다. 그러므로 세 시인의 독특한 시적 현실은 시대라는 토대를 참조하여 함양한 당대적 자질을 응축하고 있으며, 그렇지만 시대, 현실에 완전히 들러붙지 않고 거리를 둠으로 하여 현상해낸 동시대성과 고유성의 상징이라고 여겨진다. 그래서 난해하고 모호하다고 평가되어온 박상순·이수명·성미정의 시이지만, 탈주와 불안과 소외를 전개하는 시적 현실에는 당대의 환멸과 공황, 고독과 불안에 관한 능동적인 인식이 스며 있음을 감지할 수 있었다. 이는 시대에 매몰되어 속수무책하고 있는 시적 주체가 아닌, 현실 인식과 시 의식을 낯설고 독창적으로 전개하는 시적 주체를 목격하게 하였다. 세 시인의 탈주, 불안, 소외는 실제 현실을 첨예하게 인식하고 그것을 '어떻게' 인식하고 있으며, 시적 현실로 '어떻게' 구현하고 있는지 살필 수 있는 지표이던 셈이다.

이렇듯 박상순·이수명·성미정 시의 시적 현실과 시적 주체를 통해, 1990년대의 양상을 복합적, 구조적으로 파악해볼 수 있었다. 그리고 서론에서 밝힌 것처럼, 개인으로서의 '나'와 타자적 가치의 복원, 지그문트 프로이트와 자크 라캉의 정신분석 담론의 유행으로 하여금 난해, 환상, 전위, 초현실주의 시가 1990년대 시의 시류에서 커다란 축을 형성하였던 사실은 박상순·이수명·성미정 시가 1990년대'적' 경향을 능동적으로 내포, 보여주고 있다는 추론을 가능하게 하는 대목이었다. 그러나 세 시인의 시를 '1990년대적인 것을 능동적으로 내포하고 있다' 정도로 빈약하게 평가하여서는, 이들 시의 성취 및 1990년대 시의 가치를 섬세히 밝혀보는 데 실패하는 셈이라는 염려 또한 든다. 따라서 박상순·이수명·성미정의 1990년대 시에 관한 이상의 논의를 토대로 1980년대 시 및 2000년대 시와의 맥락화를 통해 1990년대 시의 시사적 의의를 밝혀, 이 글을 통해 얻을 수 있는 유의미를 정리하고자 한다. 먼저, 1980년대 시와 1990년대 시를 맥락화 하고자 한다.

1980년대는 흔히 거대한 힘 간의 충돌을 보여주었던 시대라고 일컬어진다. 이데올로기 간의 충돌, 군사 정권과 민중 간의 대결, 나아가서는 리얼리즘 시와 모더니즘 시의 대립 등은 1980년대를 "현실이 상상력을 압도했던 시대"라는 표현을 가능하게 한 근거가 되었다. 그러나 1980년대 중, 후반에

---

1   박현수, 「민중 혁명의 시기(1979년~1991년)」, 『한국 현대시사』, 앞의 책, 473쪽.

접어들면서 거대한 힘이 점차 쇠멸하기에 이르렀고 상징적 아버지를 비롯한 시대의 우상들은 퇴락하여 가기 시작했다. 1980년대가 일정한 경계를 조성하여 다른 것을 배제하고 외면함으로써 어느 한쪽에 참전해야 하는 필연성으로 시인을 구속했다면, 1990년대는 그 경계와 예속이 얼마간 진화되었던 시대이다.

그러한 의미에서, 1990년대는 '이후' 시대라고 언표되어 왔다. 그 '이후' 시대의 시인이 시대, 현실과 나타내는 불화 및 부조화에는 회의와 반성까지 내포되어 있었다. 대립과 다툼의 시대는 이윽고 파편과 잔해의 시대를 불러왔으며, 1990년대 시인들이 환멸과 공황, 고독과 불안의 양상을 보인 것은 허물어지고 스러져버린 1980년대라는 우상의 시대를 건너온 상황과 끈끈하게 이어지게 된다. 그래서 1990년대 시는 흔히 아버지의 상실과 부재, 상징(체)계의 부정을 나타냈다고 평가되고는 하기에, 당대를 상징적 아버지 상실 이후의 시대라고 언표할 수 있는 것이다. 즉 이는 '상징적 아버지 상실'이라는 사건 이후, 1990년대가 당대의 시인들에게 그에 관한 사태와 징후를 적나라히 언표하게 한 시대였다는 사실을 표시하므로 중요하다. 살피었듯, 세 시인의 시에서 상징적 아버지와 불화하는 양상은 두드러지고 있었는데, 따라서 세 시인의 시를 살펴 획득할 수 있는 상징적 아버지 상실을 총체적이고 다각적으로 논의해봄으로 하여 1990년대 시를 1980년대 시와 맥락 지어볼 수 있다고 본다. 박상순·이수명·성미정 시에 나타난 정서적으로도, 감각적으로도 유리되어 있는 상징적 아버지의 모습은 시사적 맥락에서 두 가지 분석을 가능하게 한다.

첫째, 그것은 1980년대라는 상징적 아버지의 시대를 지나온 1990년대적 현실 인식 및 시 의식을 보여주는 표식이라는 분석이다. 이남호의 「偏母膝下에서의 시 쓰기」에서 드러나듯 1980년대의 전반이 아버지의 시대였다면, 1980년의 후반을 지나면서 어머니의 시대로 전환하게 되었다. 이를 적용하면, 박상순·이수명·성미정 시에서 아버지를 상실하고 아버지와 불화하는 양상은 의식적, 무의식적으로 1980년대와 거리를 벌리고자 하는 시도에 해당한다고 볼 수 있다. 1980년대는 강력한 힘 간의 대결을 보여주어 당시의 주체들을 질식시킨 혐의가 분명하므로, 1990년대의 주체들은 그 시대와의 결별을 선언하고 현실화하기 위해 문학적 분투를 보여주었다고 해석할 수 있다.

둘째, 1990년대는 1980년대의 잔해, 파편의 시대이므로 상징적 아버지는 사라졌을지라도 상징적 아버지라는 우상의 편린은 시대에 도사림으로 하여 주체에 영향을 끼쳤으리라는 분석이다. 과거의 파편을 지르밟으며 환멸과 공황, 고독과 불안의 징후를 보여주던 당대의 주체들은 여전하게 의식과 무의식에 잔존하여 있는 상징적 아버지를 의식할 수밖에 없었을 것이고, 그가 눈앞에서는 사라졌을지언정 흔적과 자취는 시대의 곳곳에 스며들어 느닷없이 감지되었으리라는 짐작을 가능하게 한다. 또한 이미 이식, 작동하고 있던 남성 중심의 이데올로기는 사회, 문화, 경제, 정치의 전반에서 여전히 작동하고 있었으며 오히려 더욱 강고하게 작동하기 시작하였으므로 아버지를 상실하였음에도 그것은 완전한 상실이 아니었으리라 추론된다.

그러므로 1990년대의 지배적 양식인 후기 산업사회, 자본주의 사회, 소비사회가 당대 주체들의 의식을 분열시키고 파편화하여 '단자화된 개인', '왜소해진 주체'에 이르도록 했다는 혐의도 중요하게 볼 필요가 있다. 자본주의 시스템은 남성 중심의 이데올로기를 양산하거나 우송하고, 하나의 이데올로기라는 기제로 작동하여 유사 아버지 행세를 하고, 상징적 아버지를 상기하게 함으로써 영향을 끼쳤으리라고 추론할 수 있다. 이렇듯 아버지를 상실하였으나, 아버지의 흔적을 고스란히 감지할 수 있던 1990년대 시는 상징적 아버지 상실 '이후'의 양상을 복합적으로 보여주었다고 보인다. 박상순 시의 "변전소" 및 "공장", 이수명 시의 도시, 성미정 시의 "야구성" 및 "영화" 등이 상징계 혹은 상징적 아버지를 표상한다고 할 때, 그것은 1980년대적 아버지와 얼마간 다르지만, 그렇다고 1980년대적 아버지와 전혀 무관하다고 도 할 수 없다. 즉 1990년대 시의 주체들이 보여준 시적 응전은 1980년대의 아버지와 의식적, 무의식적으로 하고자 하는 결별, 1990년대에 파편으로 남 아 있는 아버지 및 새롭게 부상하는 아버지까지 의식적, 무의식적으로 떨쳐 내기 위한 결별을 함께 내포하는 다층적 징후라고 여겨볼 수 있다.

이처럼 박상순·이수명·성미정의 시가 1980년대와의 단절과 연속을 아울 러 나타내고 있다는 관점에서 일련의 맥락화가 가능하다 할 때, 부연해볼 수 있는 것은 세 시인의 시적 양상에서 탐지되는 '1980년대적인 것'의 잔존이 라고 할 수 있다. 세 시인의 문학적, 정신적 요소들, 다시 말해 박상순 시의 '주체', 이수명 시의 '도시', 성미정 시의 '가족'에서 1980년대 시의 잔상을 추출해볼 수 있으리라 보인다. 요컨대 박상순 시의 주체는 "1980년대 공동체 유토피아가 명확하게 사라지는 현장"[2]을 연출한다는 평가를 가능하게 하며, 이수명 시의 도시는 1980년대 이후 활발하게 창작되어 온 도시시의 맥락에 놓일 수 있으나 그것과 차이를 보여주고, 성미정 시의 가족은 1980년대 시에 서 이미 이성복 등이 가족을 통해 폭력의 시대를 알레고리로 표상하였던 바 있지만, 그 맥락과 내포를 얼마간 다르게 재현하기 때문이다. 그러므로 세 시인의 시가 1990년대적인 것을 보여주고 있음은 물론이지만 1980년대의 의식적, 무의식적 영향 하에 놓여 연속과 단절의 양상을 아울러 나타내고 있음을 부정하여서는 안 될 것이다.

나아가 1990년대는 억압되었고 배제되었던 타자적 가치들이 회귀한 시대 이기도 하였다. 거대한 힘, 축이 무너짐으로 하여 새로운 가치와 가능성이 모색되던 시기가 1900년대였다는 사실은 당대의 특이성을 살피는 데 있어 중요하다. 즉 탈중심 및 재구축의 시대라고 언표되는 당대의 상황은 자연스

---

2   이수명, 『공습의 시대』, 앞의 책, 28쪽.

레 전환기적 분위기를 배태하는 데로 확장되었다. 박상순·이수명·성미정의 1990년대 시에 나타나는 다양성과 복합성의 징후를 반추해봄으로써 2000년대 시와의 연관성도 확인할 수 있으리라고 본다.

서론에서 인용한 이수명의 언급, 다시 말해 1990년대 시에 도사리는 2000년대 시에의 상상과 암시를 조금 더 면밀하게 검토하고자 2000년대 시사를 인용하여 살피려고 한다. 맹문재는 2000년대 시에서 "역사나 국가, 민족, 민중, 계급 해방 등과 같은 거시 담론의 가치들은 축소 내지 폐기되었고, 대신 일상, 개인, 욕망, 몸, 탈중심 등과 같은 미시 담론의 가치들이 대두되었다"[3]라고 진단한다. 이는 1990년대의 시적 경향에 내려지는 바와 상당히 흡사한 평가라고 할 수 있다. 탈중심 및 재구축이라는 언표를 필두로 하여 억압되고 배제되던 가치들이 도래하기 시작한 1990년대 시는 2000년대 시에 이르러 그 징후와 양상을 보다 예각적으로 드러내기 시작하였다고 확인해볼 수 있다.

그리고 맹문재는 2000년대 시를 논의하며 2000년대 실험시의 양상을 점검한다. 그런데 중요한 것은 2000년대 실험시를 1980년대 해체시와 비교하여 맥락화하고 있다는 사실이다. "1980년대 해체시는 시 형식의 실험을 행하면서도 현실을 반영하려는 목표를 가지고 있었던 것에 비해, 2000년대의 실험시는 현실을 반영하기보다 개인의 의식을 강조한다"[4]라고 평가하는 바가 그 대목이다. 이것은 1990년대 시, 특히 1990년대 난해·환상·전위·초현실주의 시가 그 계보에서 빠져있음을 확인하게 한다. 김언희, 박상순, 이수명, 함기석 등의 시를 '실험시의 등장과 확대' 부분에서 평가하고 있는데, 이는 1990년대에 등단하였고 1990년대에 시집을 출간하기 시작하였던 해당 시인

---

3   맹문재, 「세계화의 시기(「2000년~)」, 『한국 현대시사』, 앞의 책, 596쪽.
4   위의 글, 618쪽.

들에 관한 섬세하고 제대로 된 평가를 어렵게 만든다. 서론에서 살핀 이혜원과 오형엽의 논의 또한 반추하자면, 1990년대의 난해·환상·전위·초현실주의 시에 관한 평가는 이렇듯 미흡하며 모호하게 처리되어 있다.

신형철이 쓴 2000년대 시사에서도 이 같은 아쉬움은 흡사하게 노정된다. 그는 2000년대 시의 본질로 환상성, 익명성, 다성성을 꼽으면서 이를 "1990년대의 시에서 지배적 영향력을 행사한 '나'라는 1인칭 주어/주체를 의심하고 전복하는 유희와 실험"[5]의 차원에서 의의를 반추해낸다. 그리고 2000년대 해체시를 1980년대 시인들에게서부터 수행되어 온 작업이 집단적으로 개화하기에 이른 것이라고 진단하면서 박상순, 함성호, 이수명, 이원, 정재학의 2000년대 시집을 거론하여 이들 또한 이미 미래파였다고 일컫는다.[6] 신형철의 논의에서도 확인할 수 있듯 1990년대 시는 2000년대 시에 이르러 첨예, 확장, 반성되었던 사실이 분명하면서도 1990년대 시의 고유한 전위적, 실험적 작업은 1980년대 해체시 및 2000년대 미래파 시의 성취 및 의의와 뭉뚱그려져 평가되는 아쉬움을 나타내는 것이다.

그런데 주목할 부분은 신형철이, 2000년대 시가 1990년대 시를 반성하고 의심함으로써 심화시켰다고 일컫는 대목이다. 이는 1990년대 시가 이항 간의 대립과 갈등을 긍정함으로 하여 '나'를 '우리'로 환원하였고, 그로 하여금 시인과 시적 주체의 자기 동일성 또한 의심 없이 나타냈던 1980년대 이전 시를 반성하였던 사실과 연결된다고 볼 수 있다. 박상순·이수명·성미정의 1990년대 시에서 또한 기존의 체계 및 가치를 허물거나 그것을 저항 및 극복하고자 함으로써 당대의 현실과 불화하고 갈등하던 '나'를 보여주고 있는데, 그것에는 의심, 회의, 반성이 녹아 있었으므로, 반성은 두 시대를 가로지르는

---

5   신형철, 「2000년대 한국시의 세 흐름」, 앞의 글, 673쪽.
6   위의 글, 674~675쪽.

화두인 측면이 크다. 즉 1990년대 시는 1980년대 시를, 2000년대 시는 1990년대 시를 반성하고 의심하고 회의함으로 하여 발전적으로 계승하였다는 닮은꼴을 하고 있다.

물론, 1990년대 시와 2000년대 시를 맥락 짓고자 하는 시도가 없던 것은 아니다. 연구사 검토에서 얼마간 살피었듯 이수명이 그의 평론들에서, 1980년대 후반 시, 1990년대 시, 2000년대 시를 맥락화 하고자 시도하는 내용은 의미가 크다. 특히 박상순의 1990년대 시에 나타나는 '개인의 소멸',[7] '거세된 자아'와 '단절된 자아'[8]를 2000년대 시에 등장하는 '개인의 소멸'과 황병승, 김민정, 김경주 등의 시에 드러나는 '거세된 자아'로 확장하여 연결하는 바는 시사적이다. 또한 오형엽이 1990년대의 박상순, 이수명 등과 2000년대의 황병승, 김민정, 이민하 등을 '불안', '공포', '환상'으로 하여금 엮어 계보화 하려고 시도하는 대목도 중요하리라 본다.[9] 그리고 엄경희가 2000년대 시를 '환상적 실험시'라고 언표하면서, 그 양상이 "1990년대 중반 이후부터 부각되기 시작"[10]하였다고 거론하는 것은 1990년대 시와 2000년대 시의 연속성을 시사하는 바이기에 고무적이라고 할 수 있다. 이처럼 1990년대 시와 2000년대 시가 일련의, 분명한 연결성을 보여주기에 이를 맥락 지으려는 기존 논의들은 중요하며 크게 동의하지만, 이 같은 부분적, 파편적 논의를 포괄함으로 하여 양대의 시가 형성하는 공명음을 종합적, 체계적으로 반추해야 할 필요가 있다고 생각한다.

이상을 종합해보면, 1990년대 시는 2000년대 시와의 연속과 단절을 통해서도 그 시사적 의의를 확보할 수 있음이 분명하다. 2000년대 시는 1990년대

---

7   이수명, 「나는 미정의, 미완의, 그 무엇이며 사라지는 중이다」, 앞의 평론, 139쪽.
8   이수명, 「비로소 모든 뚜껑을 열고」, 앞의 평론, 157쪽.
9   오형엽, 「공포와 환상의 시적 계보」, 앞의 평론, 82쪽.
10   엄경희, 앞의 평론, 42쪽.

시와 얼마간 흡사한 경향을 보이지만 그 양상과 징후가 보다 예각화되었고 강화되었다는 진단을 가능하게 한다. 즉 개인으로서의 '나'와 타자적 가치의 복원으로 하여금 다양성과 복합성을 화두로 하여 다채로운 시적 경향을 나타내던 1990년대 시에는 2000년대 시에서 두드러지는 환상성, 익명성, 다성성이 추동한 다양성과 복합성이 얼마간 암시되어 있었다고 할 수 있다.

되짚어보자면, 2000년대 시의 환상성은 박상순·이수명·성미정의 시에서도 포착되었으며, 1990년대 시의 두드러지는 특징이기도 하였다. 가령 탈주, 불안, 소외 의식을 분명하게 재현할 수 있던 것은 세 시인이 현실과 환상, 의식과 무의식 등을 용융할 수 있는 환상의 능력을 활용한 덕분이었다. 즉 일정한 경계를 허무는 힘은 주체를 둘러싸고 있는 현실을 효과적으로 인식, 능가할 수 있게 해주고, 주체의 내밀한 징후나 가치관을 보다 능동적으로 전개하도록 하는 환상에서 비롯하였다고 할 수 있다. 그래서 그것이 환멸과 공황, 고독과 불안을 야기하던 1990년대의 현실을 얼마나 능동적, 비판적으로 인식, 재현, 극복하였는지 보여주는 표식이기도 하였다. 정끝별이 "환상문학"을 "사회적 모순과 갈등의 본질을 드러내는 복합적이고 비판적인 문학 형태로 자리매김하게"[11] 되었다고 평가하는 대목을 참조하자면, 환상으로 말미암아 당대의 현실을 딛고 또 하나의 현실을 주조하여 첨예한 현실 인식 및 동시대성을 자아내는 세 시인의 시는 2000년대 시에서 시대, 현실을 능동적으로 수용하고, 새로움과 낯섦을 희구함으로 하여 선사한 환상성에 관한 선구적인 측면이 분명하다.

나아가 이 글에서 살핀 박상순·이수명·성미정 시의 문학적, 정신적 요소인 '주체', '도시', '가족'을 참조한다면, 1990년대 시와 2000년대 시의 맥락을 확인하는 데 도움이 되리라고 본다. 박상순 시에서 분화하고 탈주하는 '나'

---

11   정끝별, 「환상과 그로테스크의 연금술」, 앞의 책, 298쪽.

혹은 해체하고 왜곡되는 몸의 양상은 2000년대 시의 환상적, 익명적, 다성적 주체를 환기하고, 이수명 시에서 벗어나고 싶지만 벗어날 수 없는 모순적 공간인 도시의 양상은 2000년대 시의 "비교될 대상이 없을 정도로" "체화되어 있"으며, "무의식까지 지배하는 공간이 된" "도시"[12]를 이미 나타내고, 성미정 시에서 가족의 폭력을 적나라히 고발하는 양상은 2000년대 시의 "가족제도나 부모와 맞서는 것이 바로" "실존적 기투이며, 존재론적 사건이"기에, "가족이 세계이며 징후이"고 "부모는 그들에게 억압자이며, 세계의 억압자를 대표하"[13]게 된 바를 내포한다고 할 수 있다. 이렇듯 2000년대 시의 요소들은 1990년대 시에서 이미 모색되고 있었거나 제시되고 있던 측면이 크다.

1980년대 시가 불가피하게, 또한 자연스럽게 1990년대 시의 인식론적 토대를 이루었던 것처럼, 1990년대 시 역시 2000년대 시의 가장 두드러지는 특징이라고 일컬어지는 환상성, 익명성, 다성성이 전개되는 데 있어 결정적인 근거가 되었음을 부정하기 어려운 것이다. 즉 1990년대 시의 경향인 복합성과 다양성의 징후는 2000년대 시에 이르러 더욱 심화, 섬세화되어 포착되었다는 사실을 진단해볼 수 있다.

정리하자면, 1990년대 시는 1980년대 시 및 2000년대 시와의 연속과 단절을 아울러 나타냄으로써 시사적 의의를 드러내고 있다고 판단된다. 1980년대가 사회적, 참여적 주체를 통해 상징적 아버지와 투쟁해야 하였던 시대라면, 1990년대는 상징적 아버지가 실각한 이후 사회적, 참여적 주체는 해체되고 전대의 파편과 잔해 혹은 새로이 부상한 아버지를 감각하며 환멸과 공황, 고독과 불안의 징후에 시달렸던 시대이다. 그리고 1990년대가 개인적, 단자적 주체로 하여금 환상성, 다성성, 익명성을 암시하고 다양성과 복합성을 표출하였던

---

12   이혜원, 「철도, 공장, 골목: 서대경 시에 나타나는 도시의 표상과 감각」, 『발견』 28, 발견, 2020, 146쪽.
13   이수명, 「미래파를 위하여」, 『횡단』, 앞의 책, 132쪽.

시대라면, 2000년대는 환상적, 익명적, 다성적 주체를 필두로, 전대를 반성, 섬세화함으로써 계승하여 다양성과 복합성을 나타냈던 시대이다.

즉 1990년대 시가 1980년대 시의 '이후'와 2000년대 시의 '이전'을 의미심장하게 함축하면서 양대 시 사이에 놓여 연속과 단절의 양상을 나타내며 공명음을 형성한다고 평가할 수 있을 때, 1990년대는 일종의 가능성과 잠재성이 도사리던 시대라고 언표할 수 있을 것이다. 그리고 1990년대는 그 가능성과 잠재성을 '시'로 하여금 재현하고 현실화하고자 끊임없이 시도하던 시대이기도 하던 것이다. 그러므로 1990년대는 전대 및 후대와의 관계를 능동적으로 설정함으로 하여 그동안 억압되었던 가치들을 끌어안아 다양한 문학적 시도를 본격적으로 개시하던 시대이자, 기대와 불안을 환상 및 동시대성이란 역동적 힘(이자 시각)을 통해 소화하여 복합적인 시도를 창출하였던 시대라고 바라볼 필요가 크다.

나아가서는, 당대의 시를 군사정권의 몰락, 재래의 가치가 허물어지고 새로운 체계가 공고히 자리잡는 등 기존, 이전의 질서가 무너짐으로 하여 시대, 현실이 어떻게 재편되었는지 살필 시사(時事)적 자료이자, 2000년대 이후 역동성, 다양화의 시대에 관한 예감과 예고가 개시되어 있던 이정표로 환원하여보면, 1990년대 시가 점유하는 절묘한 위치가 가늠되는 측면이 있다. 그러므로 1990년대는 환멸과 공황, 고독과 불안을 추동하여 시인들을 짓누르는 시대였을 뿐만 아니라, 시인들이 그 같은 징후를 예각적으로 인식, 재현, 극복함으로써 다양성과 복합성, 잠재성과 가능성, 역동성과 독자성이 한 데 맞물리며 배태된, 독특한 시대였다고 보아야 온당할 것이다. 앞으로의 논의를 통해서도, 20세기의 말이라든가, 끼어 있는 시대라고 단순화시켜 평가하기 어려운 1990년대의 시의 시사적 의미는 1980년대 시와 2000년대 시가 복합적으로 얽힘으로 하여 주조되는 특이성을 조명하여 세심히 밝혀가야할 필요가 있다.

이처럼 박상순·이수명·성미정의 시가 보여주는 개개의 시적 성취 및 이들이 증표하는 1990년대 시의 시사적 의의가 분명함에도 불구하고, 이들의 시는 모호하고 난해하다는 혐의 때문에 시 텍스트를 고구하게 하는 작업을 쉽지 않게 하였다. 이러한 문제점을 극복하기 위해, 이 글은 정신분석을 통해 치밀한 분석을 수행하고자 하였으며, 텍스트(말)의 표층으로 드러나는 시적 현실을 살펴 시의 심층까지 섬세하게 점검하고자 시도하였다. 박상순·이수명·성미정 시의 난해성과 모호성은 해석의 불가능성이 아닌 이들이 시대 현실을 어떻게, 얼마나 능동적이고 독창적으로 인식, 재현, 극복하고 있는지 알리는 증표이던 셈이고, 이를 섬세히 반추함으로 하여 복합성과 다양성을 통해 언표되어 왔으나 미진하고 소홀하게 이루어진 1990년대 시 연구사의 빈틈을 얼마간 메워볼 수 있었다.

즉 박상순·이수명·성미정의 시로부터 추출한 공통점과 차이점을 1990년대 시의 특징 및 가치로 환원하는 것이 가능하다 보는 이 글의 관점에서는, 세 시인의 시적 성취와 시사적 의의, 1990년대 시가 담지하는 시사적 가치가 결코 작지 않다고 판단된다. 요컨대 논자들과 독자들이 흔히 작품에 관하여 평가할 때, 당대성과 선구성과 개성의 측면을 함께 살피는 것을 참조해보면, 탈주, 불안, 소외를 통해 개개의 시인들이 자아내는 고유성과 시대, 현실을 선구적, 예각적으로 읽어내는 동시대성을 보여주는 것은 이들 시인의 시가 나타내는 시적 탁월함을 나타내는 것이라고 할 수 있다. 정리하자면, 박상순·이수명·성미정의 시는 1980년대와의 능동적 관계를 설정함으로써 당대의 암울한 분위기에 휩쓸리거나 매몰되지 않은 동시대성을 보여주고, 2000년대에 희구된 독창적이고 환상적이고 자폐적이기까지 하던 분위기를 선구적으로 나타내기에, 이들 시인의 시적 가치는 당대의 시인 중에서 주목의 가치가 단연 크다.

따라서 이 글을 기점으로 여전하게 논의의 변방에 밀려나 있는 1990년대 난해·환상·전위·초현실주의 시 및 이와 유사한 경향으로 인해 체계적인 연구가 수행되지 않은 2000년대 시인들의 시를 섬세하게 살펴 시사 및 연구사의 공백을 메울 계기가 마련되었으면 하는 바람이다. 예컨대 1990년대의 이원과 함기석의 시, 2000년대의 김민정과 황병승의 시는 이 글의 방법론인 자크 라캉의 정신분석을 활용한 시적 현실과 시적 주체의 모형을 적용하여 톺아볼 수 있으리라고 판단된다. 특히 이원과 함기석의 시 역시 이미지와 언어, 소재와 언술의 관점에서 논의되어온 측면이 크므로 구조적, 체계적 접근을 통해 이들의 시적 성취와 시사적 의의를 획득해볼 필요가 있다.

가령 오형엽은 「공포와 환상의 시적 계보」에서 1990년대의 시인에는 박상순과 이수명을, 2000년대의 시인에는 김민정과 황병승 등을 위치시킨다. 불안, 공포, 환상을 포괄하면서, 정신분석의 다양한 개념을 적용하여 시 의식과 지향을 섬세하게 분석해볼 필요가 있겠다. 그리고 엄경희는 「환상적 실험시에 대한 몇 가지 질문」에서 '환상적 실험시'의 계보에 박상순과 성미정과 함기석, 김민정과 황병승 등을 거론한다. 난해·환상·전위·초현실주의 양상을 보여주는 박상순·이수명·성미정의 시를 비롯한 그 계보의 시인들을 한 경향으로 묶어 진단해내는 작업을 넘어, 시 의식을 섬세히 분석하여 이들 시의 진면모 및 비의를 밝혀볼 필요가 있다. 나아가 문학에서의 1990년대가 아직 끝나지 않았다고 진단하는 황종연은 "프로이트적, 라캉적 사유는 90년대와 그 이후의 문학과 비평에서 강력한 유행을 낳아 성, 욕망, 환상, 문화에 대해 말하는 방식을 결정하다시피 했다"라고 평가하면서 프로이트와 라캉의 사유가 1990년대 이후 문학에 지대한 영향을 끼쳤다[14]고 보는데, 이 역시 참조의 가치가 크다. 1990년대에 유행하던 담론인 프로이트와 라캉 등의 정신분석은 여전히 유효한 분석 전략이라고 할 수 있으며, 이를 더 섬세하게

---

14   황종연, 앞의 평론, 470쪽.

다루어 동시대의 시를 살피는 데 있어 활용하면 유의미하리라고 본다. 이상의 논의를 총체적으로 검토하고 종합해봄으로써 1990년대 시와 함께, 1990년대 이후의 시를 다각적으로 고찰해가야 할 것이다.

결론

이 글은 1960년대에 태어나 1990년대에 등단하여 1990년대에 시집을 상재하기 시작한 박상순·이수명·성미정의 1990년대 시의 시적 현실을 정신분석적 관점에서 살펴보았다. 이를 통해, 세 시인의 시적 성취 및 1990년대 시의 시사적 의의를 정리하고 (재)의미화하고자 시도하였다. 이들 시인은 환멸과 공황, 고독과 불안을 야기하던 1990년대를 능동적으로 인식, 재현, 극복하고 있었는데, 박상순 시에서 탈주 의식으로, 이수명 시에서 불안 의식으로, 성미정 시에서 소외 의식으로 나타나고 있었다.

그를 살피기 위해 세 시인의 시적 현실의 양상과 시적 주체의 징후를 고찰하였다. 시적 현실은 고유 명사나 개념은 아니지만, 시인의 시 의식과 시적 지향을 살피기에 적합한 '구조물'이며 삶과 존재 방식을 살피기에 적합한 '존재태'이다. 그리고 시적 주체는 여러 타자, 사물, 현실과 관계를 맺으며 능동적으로 발화하고 수행하는 존재이다. 이를 구조적으로 검토하기 위해 자크 라캉의 정신분석을 참조하였는데, 그의 상징계·상상계·실재계 및 자아·주체 개념을 활용하여 분석의 틀을 고안하였다.

1990년대 시 연구사와 박상순·이수명·성미정 시 연구사를 검토해보니 편향성, 미진함을 고스란히 확인할 수 있었다. 예를 들어, 1990년대 시의 다양성과 복합성, 역동성과 독자성에도 불구하고, 당대의 시를 다각적이고 체계적으로 논의하고자 한 전례가 미흡하였다. 아울러 1990년대 시를 1980년대와의 관계를 통해서만 해명하거나, '1990년대 이후 시'를 논의한다는 전제하에 1990년대 시만의 독특함을 살피고자 한 시도 또한 부실하여 아쉬움을 나타냈다.

그리고 박상순·이수명·성미정 시 연구가 수(數)적으로도, 내용적으로도 빈약했을 뿐만 아니라, 세 시인을 실험성, 난해성, 환상성, 포스트모더니즘 등으로 범박하게 정의하거나, 이름만을 거론하고 정치한 분석은 건너뛴 채 당대의 시사를 정립해버리거나, 1990년대 난해·환상·전위·초현실주의 시를 건너뛰고 1980년대 해체시와 2000년대 미래파 시를 맥락화하는 등 시사적, 연구사적 공백을 고스란히 발견할 수 있었다. 아울러 세 시인을 함께 묶어 논의하는 시도 역시 부실했다는 사실을 확인할 수 있었는데, 박상순과 이수명을 '언어파'로, 박상순과 성미정을 '환상적 실험시'로, 이수명과 성미정을 '새로운 여성시'로, 박상순과 이수명과 성미정을 '무의식적 타자성의 시'로 함께 거론한 바 있으나 총체적으로 고찰하고자 한 시도는 없던 것이다.

이 글에서는 이 같은 편향성과 미진함을 극복하기 위해, 박상순·이수명·성미정의 시를 체계적으로 분석하고자 기호, 공간, 패러디 개념 또한 참조하였다. 기호는 찰스 샌더스 퍼스의 기호 이론을, 도시 공간은 앙리 르페브르의 추상 공간 개념을, 패러디는 김준오와 정끝별의 『시론』을 참조하였다. 그리고 앙드레 브르통과 발터 벤야민의 초현실주의 역시 적용함으로 하여 종합적인 분석을 수행하고자 하였으며, 자크 라캉 이외 정신분석학자들의 사유를 활용하여 논의의 빈틈을 메우기 위해 노력하였다.

제2장에서는 박상순 시에서 현실 세계로부터 수행하는 탈주 의식을 살펴보았다. 박상순은 아버지의 세계인 상징계를 표상하는 현실 세계에서 벗어나

상상계 이전, 상상계, 실재계의 현실을 형상화하였다. 시적 주체는 각각의 시적 현실에 참여하고 연동됨으로써 새로운 주체성, 정체성을 획득하고 있었다. 특히 박상순은 기호와 단어와 문장의 반복을 통해 탈주 의식을 보다 효과적으로 보여주었다.

제2장 1절에서는 상상계 이전의 개념을 활용하여 훼손되는 주체와 붕괴하는 세계를 살펴보았다. 박상순은 아버지, 어머니, 할머니 등 모든 타자와의 관계가 좌절되고, 세계가 붕괴하거나 상실되기에 이르는 극단의 현실을 보여주었다. 그리고 상상계 이전은 모호성, 구분 불가능성, 파편화를 특징으로 하기에, 모든 타자와 사물과 세계가 사라진 시적 현실은 상징계로부터 탈주하고자 하는 박상순의 시 의식을 선명하게 확인하게 하였다. 특히 그곳은 태어난 지 몇 달 되지 않은 유아가 경험하는 세계와 호응하므로, 시적 주체는 발버둥을 치는 "벌레"나 "달리는 기차에 앉아"있는 "흰 구름" 등을 통해 자기와 주변을 구분하지 못하고 유아 같은 시적 주체를 표시하여 인상적이었다.

제2장 2절에서는 상상계의 개념을 활용하여 자아의 형성과 도래하는 타자들을 살펴보았다. 박상순은 나, 너, 그, 마라나 등 타자를 통해 자아 형성의 국면 및 상상계의 현실을 형상화하였다. 이로써 공격성과 나르시시즘과 정서적 충만감이라는 상상계의 특징을 적절히 구현하여, 상징계로부터 수행하는 탈주 및 안착을 현실화하고 있었다. 특히 상상계는 상징계적 언어가 아닌 상상계적 언어의 작용 및 의미 작용, 이미지 혹은 상상을 통해 소통하므로 박상순은 말을 거절하는 주체, 말을 교란하는 주체를 시의 문면에 재현하여 상징계로부터 수행하는 탈주 의식을 나타냈다. 그리고 "누군가 사라진다" 등의 표현을 반복하여 상징계를 표상하는 현실 세계로부터 탈주하는 적극적인 모습도 확인할 수 있었다. 또, "거울"을 통해 미장아빔의 세계, 이미지의 현실을 실현함으로써 시적 특이성을 실현하였다.

제2장 3절에서는 실재계의 개념을 활용하여 세계에 개입하고 드러나는

비현실을 살펴보았다. 박상순은 실재계와 상징계의 관계를 형상화함으로써 시의 문면에 실재계의 현실을 개입시켰다. 상징계와 실재계가 조성하는 짝패의 관계를 통해, 상징화되지 못한 사물이 되어보거나 실재계의 표상을 구현하여 탈주 의식을 표나게 실현하였다. 그로써 시적 주체는 향유의 주체, 환상의 주체로 변모하여 상징계로부터 벗어날 수 있었다. 또한 "매몰지", "구덩이", "구멍"을 통해 실재계를 시각화하거나, 시적 주체의 외상을 환기해내거나, 언캐니를 촉발하도록 하거나, 실재계를 향한 불가능한 욕망을 현실화하고 있는 대목은 눈에 띄었다. 실재계를 통해 수행하는 탈주 의식은 상상계 이전 및 상상계에서와 다르게 음침하고 찝찝하고 공포스런 분위기를 연출하였다.

제3장에서는 이수명 시에서 도시 공간을 통해 드러나는 불안 의식을 살펴보았다. 이수명 시는 도시에서 생활하지만 벗어나고 싶은, 그러나 벗어나지 못한 채 여전히 구속되어 있는 모순의 양상을 보여주었다. 그의 시에서 도시는 1990년대 시에 빈번하게 드러나던 상징적, 물질적 표상 공간이자 상징계와 상상계와 실재계가 구성하는 정신적 세계를 나타내었다. 이것은 사물, 현상, 세계 등을 지속하여 대비를 이루게 함으로써 선명하게 포착되기도 하였다.

제3장 1절에서는 주체의 반복적 배회와 모순의 도시를 살펴보았다. 이수명은 소음과 악취를 통해 도시의 오독을, 도배와 유폐를 통해 도시의 위장을 형상화하였다. 아울러 "오독"은 "나의 이단"이기도 하였으므로, '나'는 도시의 질서에 예속되어 있는 주체이자 도시의 틈새를 감식해내는 안목을 발휘하는 동시대(성)의 주체임을 확인시켰다. 그래서 이수명 시는 도시의 간극을 꿰뚫거나 베일을 들추어내고, 상상적 동일시를 통해 불안이나 억압의 징후를 극복하고자 계속하여 노력하였다. 나아가 도시에 도사리는 미묘한 간극과 그로 인한 불안 의식은 시적 주체가 기억을 더듬어보거나, 도시를 배회하는

등 다양한 모습으로 포착되었다. 그리고 상징적 아버지와의 불화가 두드러졌는데, 정리해보면, 상징계와 아버지는 통제와 힘, 상상계와 어머니는 오인과 정서적 충족감의 영역, 존재로 나타나고 있었다.

제3장 2절에서는 팔루스 표상과 현실화하는 무의식을 살펴보았다. 이수명 시의 현실은 도시 공간을 통해서나 도시적 원리를 통해 주조되고 있었다. 그것을 선명하게 포착할 수 있는 것은 팔루스 표상 덕분이었다. 팔루스는 도시를 구성하는 남근이자 아버지의 힘을 상징하는 기표인데, 시적 주체의 불안 의식을 표상하거나 욕망과 무의식을 현실화하게 하는 기능을 하고 있었다. 이수명 시의 팔루스 표상은 도시의 표면에서 종과 횡을 가로지르며 다양하게 등장하였다. 또한 시적 주체는 팔루스 표상을 통해 정체성을 미약하게나마 확보해봄으로 하여 불안 의식을 그나마 떨쳐낼 수 있었는데, 이를 통해 물질적 공간이자 정신적 세계인 도시의 현실에 예속된 시적 주체의 정체성을 간파해볼 수 있었다.

제3장 3절에서는 표출하는 욕망과 팽창하는 몸의 양상을 살펴보았다. 2절에서 시적 주체는 팔루스 표상을 통해 불완전한 되기에 이르렀으나, 팽창하는 몸을 통해 보다 완전한 욕망의 분출을 실현하고 있었다. 요컨대 시적 주체는 "한 패거리" 및 "대기한 줄"를 통해 도시(상징계)의 주체로서의 자기 자신을 부풀려 놓거나, "거품"과 "새떼" 등을 통해 복수성의 몸을 형상화하여 욕망의 주체, 팽창하는 몸을 보여주었다. 또한 구름, 연기, 매연, 안개 등을 통해 분자적으로-되기를 실현하여 도시에서 벗어나고자 하는 욕망을 구체화, 시각화하였다. 그러나 몸을 벗어나 다시 몸에 이르는 모순적, 역설적 모습도 발견되었으므로 상징계 및 도시의 폭력과 억압을 계속해서 감지할 수 있었다. "거울"을 설치하여 실재계를 요청하는 시적 현실은 도시 현실에 대응하는 시적 응전의 적극적인 증표였다.

제4장에서는 성미정 시에서 가족으로부터 전개되는 소외 의식을 살펴보았

다. 성미정은 가족에 기반을 둔 이야기를 전개하여 시 의식과 지향을 표출하였다. 특히 그의 시에서 패러디는 현실 인식 및 시 의식을 효과적으로 표출하기 위해 고안된 전략이었다. 아울러 의인화 기법을 통해 비인간 주체를 전경화하여 소외 의식을 다각적으로 부각하기도 하였다.

제4장 1절에서는 가족이 초래하는 주체의 타자화를 살펴보았다. 성미정 시의 가족은 시적 주체를 돌보아주고 양육하지만 불치의 병을 향해 인도하는 폭력적인 존재였다. 가족과의 친근함이나 유대감은 시의 문면에 곧잘 드러나지 않은 채 서로를 향하는 암묵의 폭력만이 형상화되고 있을 뿐이었다. 가족은 일종의 이데올로기로서 작동하는 측면이 분명하였다. 아버지를 정점으로 체계와 질서를 형성하는 가족은 시적 주체를 신성화하여 배제함으로 하여 시적 현실에 팽만하여 있는 소외 의식을 확증하였다. 그리고 성미정 시에는 자아와 주체를 제대로 형성하지 못한 시적 주체들이 자주 목격되었다. 요컨대 거울에 잠식당하거나, 물건을 함부로 훔치거나, 성숙해지기를 거부하거나, 이름을 분실하고 외톨이가 되는 문제의 주체들을 발견할 수 있었다.

제4장 2절에서는 타자와 현실로부터 배제되는 주체를 살펴보았다. 가족이 아버지를 필두로 하는 체계라면, 시 속에 등장하는 여러 현실과 이데올로기는 상징적 아버지를 필두로 하는 체계라고 할 수 있었다. 그래서 가족으로부터 초래되는 병증에 시달리던 시적 주체는 사람들의 응시로 인해 괴로워하거나, 의사 또한 병증을 고쳐주지 못하는 등 쉬이 떨쳐내지 못하는 소외를 목격하게 하였다. 그리고 "야구"는 성미정의 시에서 중요한 기표였는데, 상징계의 완고한 질서 및 시적 주체의 소외 의식을 압축하는 상징이었다. 그것을 통해 "야구장"과 "야구장"에 입성하지 못하는 시적 주체, 자기만의 "야구"에 골몰하여 관계가 좌절되거나 피폐해져 가는 시적 주체의 소외가 효과적으로 형상화되고 있었다. 또, 소속되어 있으나 배제되어 있는 이중의 소외에 노출된 주체와 환상의 현실에서도 소외되어 있는 주체를 확인할 수 있었다.

제4장 3절에서는 환상과 비판적 패러디의 세계를 살펴보았다. 성미정의 환상은 자크 라캉의 환상과 유사하면서 상이하였다. 욕망을 실현하게 하는 무대이자 스크린이라는 점에서는 동일하였지만 성미정 시의 환상에는 폭력과 위압을 실현하는 지배력의 의미가 배가되어 있었다. 성미정 시의 패러디 세계에서는 환상이 시적 주체를 병들게 하거나, 시적 현실을 윤색하고 장악하여 폭력을 실현하였다. 그러나 시적 주체는 그것에 상징적인 저항을 수행하고 있었으며, 동화, 영화, 고전 소설을 패러디하여 그것을 나타내 주목되었다. 특히 공격성과 비판성을 특징으로 하는 비판적 패러디를 활용하여 가족 이데올로기, 남성 중심의 이데올로기에의 비판을 적극적으로 형상화함으로써 소외 의식을 입체적으로 보여주고 있어 특징적이었다.

제5장에서는 박상순·이수명·성미정 시의 시적 성취와 시사적 의의, 1990년대 시사의 의미를 밝혀보았고 정리하였다. 세 시인의 1990년대 시에는 1980년대 시의 잔상과 2000년대 시의 암시가 동시에 도사리고 있었다. 예컨대 박상순·이수명·성미정의 1990년대 시에서 아버지 상실, 개인의 전경화, 몸을 활용한 형상화, 환상의 적극적인 운용은 공통된 징후였다. 그리고 박상순 시의 주체·기호·탈주 의식·반복과 이수명 시의 도시·공간·불안 의식·대비와 성미정 시의 가족·패러디·소외 의식·의인화로 하여금 주조되는 시적 현실을 통해, 개개의 차이점, 변별성을 확인해볼 수 있었다. 세 시인의 독특한 시적 경향은 1990년대의 표정이 생생하게 도사리는 당대적 자질을 지시하였으며, 시대에 완전하게 참여하지 않고 불화함으로 하여 나타내는 동시대성과 고유성의 표식을 나타내었다. 이를 통해 박상순·이수명·성미정의 시가 1990년대의 동시대적 감각을 고유하게 드러내는 것은 물론이고, 세 시인의 시를 통해 1990년대가 1980년대 시 '이후'와 2000년대 시 '이전'이라는 독특한 맥락 속에서, 그리고 양대의 시 사이에 놓여 연속과 단절의 양상을 나타내며 공명음을 형성해내 다양성과 복합성, 가능성과 잠재성, 역동성과 독자성의 시대였음을 확인해볼

수 있었다. 박상순·이수명·성미정과 유사한 혐의로 인해 활발히 논의되지 못하는 시인들 역시, 시적 현실과 시적 주체의 분석틀을 활용하여 구조적, 체계적 논의가 이루어질 수 있으리라는 가능성을 확인하였다.

'저자의 죽음' 이후로 1990년대의 상황(실제 현실)을 반추하여 박상순·이수명·성미정의 시 텍스트(시적 현실)를 분석하는 작업은 고루한 측면이 있다. 그것은 실제 시인의 자취를 추적하고 톺아보아, 시 텍스트에 고유하게 내재하는 화자를 이윽고 간과하게 만드는 작업일지 모르기 때문이다. 그래서 이 글에서는 시적 현실과 시적 주체 개념을 활용하여 시 의식과 시적 지향을 섬세하게 점검하고자 하였으나, 얼마간 도식적인 분석이었을지 모르겠다는 아쉬움이 남는다.

그러나 이 글은 박상순·이수명·성미정의 시를 정신분석적 관점에서 치밀하게 연구해본 의미와 함께, 세 시인의 시적 성취와 1990년대 시의 시사적 의미를 파악할 수 있어 의미가 컸다. 즉 1990년대 시의 위상이 모호하게 처리된 측면이 있어 왔으나, 이 글에서 1980년대 시 및 2000년대 시와 능동적 관계를 설정함으로써 당대를 진단할 수 있어 유의미하였다. 또, '개성 있다' '난해하다' '모호하다' 등의 언표를 통해 간편하게 재단되어온 박상순·이수명·성미정 시를 비롯한 이들 계열에 포함되는 시인들의 시를 체계적으로 읽어, 이들 시가 내포하고 있는 방대한 해석의 가능성을 추적해가야 마땅하리라는 사실을 확인할 수 있었으므로 의미가 있었다. 앞으로 미진하고 편협하게 진행된 1990년대 시 연구와 박상순·이수명·성미정 시 연구의 한계는 지속적인 관심을 통해 해소되어가야 할 것이다.

제2부

박상순·이수명·성미정의 1990년대 시에 나타나는

동시대성과 '1990년대적인 것'의 내포

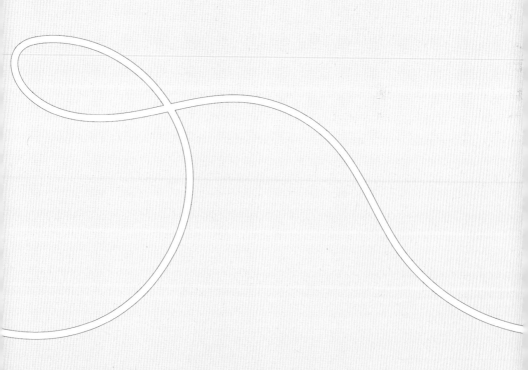

제1장

박상순 시의 동시대성과 식물 표상

시집 『6은 나무 7은 돌고래』와
『마라나, 포르노 만화의 여주인공』을 중심으로

1. 서론

박상순[1]은 확고한 시사적 위상을 점유하고 있음에도 불구하고, 그에 관한 평가는 미진한 편이다. 가령 그의 시는 '모호하다' '난해하다' 등의 평가 때문에, 내밀한 시 분석을 방해받아온 바 크다. 그러나 박상순의 시는 오히려 당대적이며 선구적인 특이성, 즉 동시대성을 보여주는 측면이 크므로 세밀한 고찰을 주문하는 바이다. 먼저, 그가 등단하였고 시집을 상재하기 시작하였던 1990년대 상황을 반추해봄으로써 박상순 시 연구의 필요성과 그 의미를 재고하고자 한다.

1990년대는 독특한 시사적 위상을 갖는 시대이다. 당대는 역사적 시각을

---

[1] 박상순은 1991년 『작가세계』를 통해 등단하였다. 시집 『6은 나무 7은 돌고래』(민음사, 1993; 민음사, 2009), 『마라나, 포르노 만화의 여주인공』(세계사, 1996; 문학과지성사, 2017). 『Love Adagio』(민음사, 2004), 『슬픈 감자 200그램』(난다, 2017), 『밤이, 밤이, 밤이』(현대문학, 2018)를 차례로 출간하였다. 그리고 현대시동인상, 현대문학상, 현대시작품상, 미당문학상 등을 수상하였다.

참조할 때, 질곡과 폭력의 시대로 언표되고는 하는 1980년대라는 거대한 힘, 축이 대결하던 시대로부터 정신적, 물리적으로 멀어지게 된 시기이기 때문이다. 1980년대는 흔히 군사정권과 민중, 리얼리즘 시와 모더니즘 시, 이데올로기 간의 대립 등으로 하여금 '개인'을 어느 진영 혹은 관계에 포섭하던 시대라고 평가되어온 측면이 크다.

> 1980년대의 시대적 표징이 바로 이 거대하고 뜨거운 감정이다. 당시의 자아는 도무지 세계와 거리를 가질 수 없었던 것이다.
> 1990년대는 이러한 성격과 명백히 차별성을 가진다. 우선은 1980년대 상황의 급격한 변화가, 그리고 이와 연동된 자아의 위상이 주요한 원인임은 말할 것도 없다. 정치적 억압과 갈등의 시대에 전위로서의 역할을 담당하던 시는 1987년 6월 항쟁과 뒤이은 정치 상황의 급변으로 말미암아 이념적 전선이 사라진 새로운 혼돈과 모색 속으로 들어가야 했다.[2]

위의 인용에서처럼, 1980년대는 개인이자 한 명의 인간으로서의 '시인'이 어느 한 진영에 참전함으로 하여 자신의 정체성을 획득하고 발현하던 시기라고 할 수 있다. 그래서 1980년대'적' 주체는 거대 담론 및 이데올로기에 동원되고 봉사하는 주체, 나아가서는 어느 한 진영을 옹호하거나 수호함으로써 반대 진영을 향해 항거하고 싸움하는 존재로서 두드러지던 내력이 있다. 그것은 일면 시의 효용감을 극대화하고 "다른 어느 시대보다도 시의 정체성을 또렷하게 제시해준"[3] 사실이 분명하나, 1980년대를 '나'가 아닌 '우리'에 천착하도록 하여 '나'로부터 개시되는 다양성의 빈곤함과 아쉬움을 노정하

---

2   이수명, 「1990년대 시란 무엇인가」, 『공습의 시대: 1990년대 한국시문학사』, 문학동네, 2016, 24쪽.
3   위의 글, 18쪽.

던 시대였다고 평가되도록 하는 이유가 되기도 한다.

그러나 1980년대를 뒤로 하고 1990년대를 향해 진입하면서 발생한 일련의 사태들, 가령 박정희-전두환 군사 정권의 몰락, 독일의 통일, 소련의 붕괴 등의 사건이나 대표적 참여·노동 시인인 김남주, 박노해의 퇴장 등으로 인해 그 같은 참여적, 사회적 주체를 요청하던 시대는 얼마간 와해하고 허물어지기에 이르렀다. 이로써 1990년대는 대립과 갈등, 포섭과 참전의 시대가 허물어진 파편과 잔해의 시대로 (재)창안되었으며, 따라서 당대를 '이후의 시대'라 언표하는 바는 "현실이 상상력을 압도했던 시대"[4]로부터 벗어난 1990년대의 사정을 적절히 평가하는 것이라고 할 수 있다.

그러한 와해, 붕괴, 상실, 퇴장의 양상이 1990년대의 "환멸과 공황, 고독과 불안"[5]의 징후를 초래하는 데 일조하였다. 당대의 시에 흔히 드러나던 죽음, 우울, 불행 등은 이와 무관하지 않다. '이후'라는 파편과 잔해를 딛고, 당대의 시인들은 시대, 현실에 놓인 스스로의 처지를 예각적으로 표상하고, 동시대의 진지한 고민을 '시'로 하여금 구현해놓기에 이른 것이다. 그래서 그 같은 양상은 되레, 1990년대 시가 다양성과 복합성을 보여주었다는 평가를 얻게 한 동력이 되기도 하였으므로 중요하다. 1990년대가 연출한 혼란상은 새로운 가능성을 모색하도록 만든 계기가 되기도 하였던 것이다.

1980년대의 "역사적, 사회적 그물망으로 건져 올릴 수 없는" "미시적인 차원"[6]의 가치들, 요컨대 개인, 일상, 육체, 여성, 생태 등의 담론이 화두가 된 당대의 사정은 1990년대가 참여적, 사회적 주체를 요구하던 1980년대와

---

4   박현수, 「민중 혁명의 시기(1979년~1991년)」, 오세영 외, 『한국 현대시사』, 민음사, 2007, 473쪽.

5   김선우, 「1990년대 시의 시적 현실에 관한 정신분석적 연구: 박상순·이수명·성미정을 중심으로」, 고려대학교 대학원 박사학위논문, 2024, 3쪽.

6   이수명, 앞의 글, 21쪽.

얼마나 멀어졌는지 나타내던 지표이자, 1990년대적인 것이 무엇인지 가늠할 때 유용하게 톺아볼 수 있는 고유한 표식들이라고 할 수 있다. 즉 1990년대가 흔히 이후의 시대라고 언표될 때, 거기에는 붕괴와 상실의 의미만 함의되어 있을 뿐 아니라 다양성·복합성·역동성 등이 내재하여 있으며, 이들은 다양한 화두와 담론이 부상하기 시작한 1990년대 시의 징후들을 종합적, 복합적으로 보여주는 표시들이라고 할 수 있다.

이렇듯 여러 잠재성이 실현되고 가능성이 모색되던 1990년대를 딛고 시작 활동을 이어온 박상순에 관한 평가는 당대의 현실과 시적 인식을 연루하여 살펴, 풍요롭게 확장해볼 필요가 크다고 생각된다. 즉 박상순 시의 난해함과 모호성은 오히려 당대의 혼란상과 새로움을 통해 모색되어 가던 시인들의 전위적, 역동적 움직임과 연결될 수 있다고 보인다. 그렇다면, 박상순의 시를 시대로부터 덜어내어 고구하고자 하는 것보다, 시대 현실과 보다 섬세히 연루시킴으로써 내밀한 접근을 해보는 것이 그의 시를 살피는 데 있어 더욱 효과적이리라 판단된다. 그가 시작 활동을 개시하였던 1990년대의 시를 살펴 미흡하게 마련되어 온 '박상순 시 연구'의 토대 및 바탕을 확장해볼 필요가 큰 것이다. 박상순의 시에 드러나는 1990년대적 자질을 논의하는 기존의 연구사를 톺아봄으로 하여, 그 가능성과 필요성을 확인하고자 한다. 이승훈, 김혜순, 이수명, 엄경희, 오형엽, 김선우의 논의가 대표적이다.

이승훈은 박상순의 첫 시집 『6은 나무 7은 돌고래』의 해설에서 "남들이 노래할 수 없는 후기 산업사회의 황폐한 삶을 노래"[7]한다고 평가하면서, 재래의 "질서"를 "부정"하고 "파괴"함으로써 "인과성이 탈락된 황폐한 삶의 양상"인 "계기성"[8]을 나타낸다고 짚어낸다. 박상순의 시를 간파하기 위하여

---

7   이승훈, 「결핍의 공간에서 태어나는 자아」(해설), 박상순, 『6은 나무 7은 돌고래』, 민음사, 1993, 109쪽.

8   위의 해설, 96쪽.

현실, 세계와 연루시켜 독해하고자 한 해설로서 전사의 가치가 크다.

김혜순은 1990년대 시를 점검하면서, 당대의 시인 중 박상순 등을 비롯한 난해 시인을 거론하여 이들이 "의식과 무의식 세계의 경계, 혹은 사회적 영역과 개인적 영역의 경계, 상위 개념과 하위 개념의 경계를 분명하게 세우지 않고, 혼효의 기법을"[9] 쓰고, 이들 시에서 "모든 사물들이 살아 있는 주체로 설정된다는"[10] 점을 강조한다. 김혜순은 이윽고 박상순 등 시인들의 시적 기법이 초현실주의의 그것과 닮아있음을 지적한다. 김혜순의 평론은 박상순 시의 난해함과 모호성이 당대 현실과 연루되어 있음을 살핀 유의미한 글이다.

이수명은 박상순의 1990년대 시에서 개인의 복원과 소멸의 징후가 아울러 두드러진다고 보고, 특히 개인의 소멸을 2000년대 시의 경향과 연루시켜 그의 시의 선구성을 평가한다.[11] 또, 박상순 시에서 드러나는 '거세된 자아'가 황병승·김민정·김경주 등의 2000년대 시인이 나타내던 '거세된 자아'를 내포하던 것이라고 평가[12]하며, 박상순 시에 집약되어 있는 1990년대적 특이성을 진단한다. 이수명의 시각을 반추해보면, 박상순의 시는 1980년대 시와 달라진 1990년대 시의 특징을 보여주는 것을 넘어, 되레 2000년대 이후 시에 관한 내포를 강력하게 내장하고 있다고 추론할 수 있다.

엄경희는 '추(醜)의 미학'의 관점에서, 박상순의 1990년대 시에 나타나는 부정적 현실 인식을 분석한다.[13] 그는 박상순을 비롯하여, 박찬일, 김언희, 함기석, 정재학 등의 시를 통해 얼굴 훼손, 장소 오염, 언어장애의 양상을

---

9 김혜순, 「90년대의 시적 현실, 어디에 있었는가」, 『문학동네』 20, 1999, 349쪽.

10 위의 평론, 350쪽.

11 이수명, 「나는 미정의, 미완의, 그 무엇이며, 사라지는 중이다: 박상순의 『6은 나무 7은 돌고래』(민음사, 1993)」, 앞의 책, 139쪽.

12 이수명, 「비로소 모든 뚜껑을 열고」, 『횡단』(2판), 민음사, 2019, 157쪽.

13 엄경희, 「1990년대 시에 나타난 '추(醜)의 미학'의 양상, 『국어국문학』 182, 국어국문학회, 2018.

고찰한다. 특히 "1990년대 시에 나타난 추의 양상은 개인의 욕망과 쾌락을 추구하는 과정에서 파생된 내면의 좌절이 바탕이 되어 전개된다"[14]라고 평가하면서, 당대 시인들의 시에 나타나는 부정적 현실 인식을 환멸과 매개한다. 박상순을 비롯한 이들 시인의 시를 부분적, 파편적으로 살피는 아쉬움은 있지만, 1990년대에 만연하여 있는 부정, 좌절, 억압, 혐오 등에 관한 해석의 가능성을 제시하는 의미 있는 논문이다.

오형엽은 1990년대 전위 시를 죽음의 시학, 마녀적 상상력, 무의식적 타자성, 대중문화의 패러디, 테크놀로지적 상상력을 통해 분류하며, 박상순을 "무의식적 욕망과 관련된 '무의식적 타자성'"[15]의 시에서 거론한다. 그래서 그는 박상순의 시를 정신분석과 분열분석의 관점에서 분석한다. 특히 오형엽은 "1930년대 이상, 1990년대 박상순·이수명 등의 시가 보여준 '불안' 및 '공포'와 이에 맞서는 '환상'의 시적 계보를 잇"는 "2000년대 중반 이후 한국 전위 시의 흐름 중에서 '환상 시'에 해당하는 황병승·김민정·이민하 등"[16]을 거론, 분석함으로써 계보화하고자 시도하기에 시사적이다. 오형엽의 논의를 종합해보면, 박상순의 시에는 1990년대적 특이성이 노정되어 있으면서도, 이후 시대의 시에 관한 예고가 깃들어 있음을 알 수 있다.

김선우는 자크 라캉(Jacques Lacan)의 정신분석을 토대로 하여, 박상순의 1990년대 시에서 현실 세계를 표상하는 상징계로부터 탈주하여 상상계 이전, 상상계, 실재계에 도달하여 새로운 주체로 변모하고 있다고 지적하고, 그를 통해 그가 1990년대 현실과의 불화를 표상한다고 평가한다.[17] 특히 박상순, 이수명, 성미정의 시를 아울러 점검하여 세 시인의 공통점인 아버지 상실, 개인

---

14   위의 논문, 198쪽.
15   오형엽, 「아방가르드와 숭고의 시적 실천」, 『알레고리와 숭고』, 문학과지성사, 2021, 48쪽.
16   오형엽, 「공포와 환상의 시적 계보」, 위의 책, 82쪽.
17   김선우, 앞의 논문, 38~89쪽.

의 전경화, 몸을 활용한 형상화, 환상의 적극적인 운용과 이들 시의 차이점과 변별성을 추출하여 1980년대 시 및 2000년대 시와 맥락화하고자 시도한다.[18]

이상의 연구사를 종합해보면, 박상순의 시에는 1980년대와의 단절 및 와해를 내포하는 1900년대적 특징만이 현상되지 않는다는 사실을 확인할 수 있다. 즉 그의 시는 1990년대의 징후를 농밀하게 내장하면서, 2000년대 이후 시의 예감과 예고를 확실히 내포하고 있다고 할 수 있기 때문이다. 그렇다면, 박상순 시의 1990년대적 특이성에는 당대의 지배적 정황이 고스란히 투영되어 있을 뿐만 아니라, 후대 시에 관한 선구적 측면이 내포되어 있다고 평가해야 마땅하리라고 여겨진다. 이는 박상순의 시에 드러나는 당대적 자질을 비롯하여, 선구적 자질을 아울러 적극적으로 검토해봄으로써 그의 시의 의의를 선명히 반추해야 옳으리라는 사실을 확인시킨다.

그러한 의미에서, 이 글은 박상순 시의 당대적 자질과 선구적 자질을 보다 섬세히, 종합적으로 검토해봄으로써 기존의 논의를 포괄하며 확장해보고자 한다. 분석의 대상으로는 『6은 나무 7은 돌고래』(민음사, 1993)와 『마라나, 포르노 만화의 여주인공』(세계사, 1996)을 선별하고자 한다. 이를 통해, 박상순의 시에 접근하는 보다 다양한 시각을 제시해볼 수 있으리라 판단되며, 그의 시의 의미 및 가치를 확인하는 데 폭넓게 일조할 수 있으리라고 보인다. 또, 그로 하여금 박상순 시의 현실 인식 및 시 의식을 면밀히 살펴 난해함과 모호성이 노정하던 연구사적 한계를 극복하고자 하고, 계속하여 이루어질 박상순 시에 관한 연구에 보탬이 되어보고자 하는 것이다. 이 글에서는 당대적 자질과 선구적 자질을 '당대성'과 '선구성'이라고 언표하고, 그를 종합하여 '동시대성'이라고 언표하고자 한다. 동시대성이란 시대, 현실에 참여하지만 완벽하게 참여하지 않음으로 하여 기묘하게 형성되는 부조화의 양상을 의미한다.

---

18   위의 논문, 188~200쪽.

참으로 자신의 시대에 속하는 자, 참으로 동시대인이란 자신의 시대와 완벽히 어울리지 않는 자, 자기 시대의 요구에 순응하지 않는 자, 그래서 이런 뜻에서 비시대적인/비현실적인(inattual) 자이다. 하지만 바로 이런 까닭에, 바로 이 간극과 시대착오 때문에 동시대인은 다른 이들보다 더 그의 시대를 지각하고 포착할 수 있다.

(…중략…) 즉, 동시대성이란 거리를 두면서도 들러붙음으로써 자신의 시대와 맺는 독특한 관계이다. 더 정확히 말해, 그것은 시차와 시대착오를 통해 시대에 들러붙음으로써 시대와 맺는 관계이다. 시대와 너무 완전히 일치하는 자들, 모든 점에서 시대와 완벽히 어울리는 자들이 동시대인인 것이 아니다. 왜냐하면 바로 그런 까닭에 그런 자들은 시대를 보지 못하고, 시대에 보내는 시선을 고정할 수 없기 때문이다.[19]

동시대인이란 그 시대에 놓여 있음으로 하여 그 시대와 연루되어 있는 존재이지만, 그 시대와 완전히 결합하고 조화하지 않는 존재를 표상한다. 이렇듯 동시대성이란 얼마간 어렵고 모호한 개념이라 할 수 있지만, 당대적 자질을 내포하나 그것을 딛고 선구적 자질을 드러내는 양상이라고 일컬을 수 있어 보인다. 더욱이 아감벤이 동시대성을 "'아직 아닌' 형태이자 '이미'의 형태로 우리의 시대를 포착"[20]하는 능력과 결부하여 살피는 대목은 시사적이다. 즉 전대의 잔해를 감각하며 당대를 통찰하는, 아울러 당대와 부조화하며 선구적 자질을 드러내는 인식을 동시대성이라 언표하는 것은 큰 무리가 아니라고 생각된다.

그러므로 박상순의 시가 1980년대를 감지하며 1990년대적 특징을 보여주

---

19   조르조 아감벤(Giorgio Agamben), 「동시대인이란 무엇인가?」, 『장치란 무엇인가?: 장치학
      을 위한 서론』, 양창렬 역, 난장, 2010, 71~72쪽.
20   위의 글, 79쪽.

고 2000년대 이후 시에 관한 예고를 나타냈다는 대목을 참조해보면, 박상순 시의 당대성과 선구성을 동시대성으로 하여금 효과적으로 톺아볼 수 있으리라 생각되며, 그를 통해 모호함과 난해성을 해제하는 효과를 가져와 그의 시의 심층과 비의를 밝히는 데 도움이 되리라 기대된다. 이 같은 시각이 조르조 아감벤의 '동시대인'과 '동시대성'의 함의를 모두 담지할 수 없겠지만, 이 글에서는 당대성과 선구성의 종합으로 동시대성을 바라보고 그를 톺아보기 위해 아감벤의 시각을 전유하여 논의를 풍요롭게 확장하고자 한다.

그런데 기존의 연구 중에서 김선우는, 박상순·이수명·성미정의 "시를 통해 당대의 징후에 매몰되어 속수무책하고 있는 시적 주체가 아니라, 시대에 대응하여 현실 인식 및 시 의식을 예리하게 전개하는 시적 주체를 발견하게 되리라 기대할 수 있어 보인다"[21]라고 진단하며, 박상순 시의 탈주 의식을 동시대성과 연결 짓고자 시도한다. 이 같은 시각에 동의하면서, 이 글에서는 그의 시의 동시대성을 선명하게 밝히고자, 당대성과 선구성을 통해 체계적, 종합적 접근을 수행하여 동시대적 인식을 들여다보려고 한다.

따라서 이 글은 박상순 시의 동시대성을, 당대성과 선구성으로 크게 나누어 논구해볼 것이다. 특히 논의를 더욱 효과롭고 용이하게 개진하기 위하여 박상순 시의 당대성과 선구성을 나타내는 언표를 '고통'과 '바깥'으로 각각 환원하여 살피고자 한다. 위에서 살피었듯 '고통'은 당대의 '환멸과 공황, 고독과 불안'의 현실을 어떻게, 얼마나 실감하였는지 나타내는 표식이라고 할 수 있다. 1990년대가 '이후의 시대'이자 혼란과 상실을 추동하던 시대라는 지점에서, 시에 표상되는 육체적, 상징적 고통은 당대의 양상 및 징후를 온전히 실감하는 표지가 될 수 있다고 사료되고, 당대적 자질을 추적하는 데 탁월하리라 보인다. 그리고 '바깥'은 '환멸과 공황, 고독과 불안'의 현실에

---

21   김선우, 앞의 논문, 4쪽.

매몰되거나 안주하지 않고, 그로 하여금 자신의 정체성을 반추하는 데까지 시적 역량을 확대해낸 자질과 연관시키고자 한다. 즉 혼란과 상실로 인하여 추동되는 고통 등을 재고하고, 극복하고자 '바깥'에 놓는 박상순 시의 주체는 당대적 현실과의 거리를 확보해보고 스스로의 정체성을 능동적으로 구성해보는 것을 표상한다고 여겨진다.

박상순 시의 동시대성을 살피기 위해, 그를 드러내는 유력한 표지를 추적함으로써 논의를 전개하여야 온당하리라 본다. 이 글에서는 독특하게 드러나는 식물 표상을 살핌으로 하여 박상순의 시를 세밀히, 효과적으로 조명할 것이다. 식물은 억압된 가치들이 회귀하였던 1990년대의 자장 안에서 유효하게 다루어볼 수 있는 기표이므로 박상순 시의 당대성과 선구성을 살피는 데 긴요하리라 판단된다. 가령 식물 등 자연 표상은 흔히 생태적, 자연친화적 감수성을 살피기 위해 고구되어온 측면이 큰데, 이 글에서는 식물 표상을 "'나'와 타자적 가치의 복원"[22]이라는 1990년대 시의 경향을 집약하는 언표를 증거하는 표지로 보고, 그를 통해 당대의 시를 다각적으로 살펴 기존의 논의를 극복해보는 유효함을 획득하고자 한다. 즉 박상순의 1990년대 시에 표상되고 있는 식물 표상을 분석하여 그 함의를 밝히고, 그를 세밀히 톺아보아 박상순의 시가 1990년대의 현실을 딛고 나타내는 동시대성을 보다 효과적으로 검토해볼 것이다.

특히 '고통'과 '바깥'이라는 징후 및 양상이 식물과 연동된다는 사실은 독특한데, 시에 드러나는 유의미한 표상을 살펴 시인의 현실 인식 및 시 의식을 살피고자 하는 작업은 어색하지 않기에 무리한 접근은 아니라고 생각한다. 가령 자크 라캉에 따르면, 주체는 기표의 효과에 불과한 존재이다.[23]

---

22 위의 논문, 6쪽.
23 김석, 『에크리: 라캉으로 이끄는 마법의 문자들』, 살림, 2007, 124쪽.

왜냐하면, "시니피앙은 주체를 대리함으로써 상징계를 완성하고 무의식적 욕망을 발생시"[24]키기 때문이다. 주체는 텅 빈 존재, 빗금 그어진 존재이기에 기표를 통해 자신의 그 공백을 다소간 메워봄으로 하여 불안을 떨쳐내거나 욕망을 충족해낼 수 있다. 그런데 주체는 그 공백을 영원히, 견고히 채울 수 없기에 계속하여 다른 기표를 요청할 수밖에 없는 당위에 놓이며, 주체의 불안과 욕망은 쉬이 떨쳐내기 어려운 요소로 자리잡게 된다. 그래서 주체는 지속하여 기표를 좇아 불안을 달래고 욕망을 충족하며, 그것이 주체를 구성하고 주조하는 기표의 기능을 방증하게 된다. 즉 이상의 내용이 "우리의 욕망은 우리가 가진 언어를 통해서만 표현될 수 있으며", "언어를 통하여 존재하게 되는 것이"[25]라고 일컬어지는 이유가 되는 것이다.

그렇다면, 1990년대 현실이 자아내던 혼란상이 삶의 토대이자 인식의 조건을 형성함으로써 떨칠 수 없는 징후를 발현하였다고 볼 때, 텅 빈 존재가 기표를 통해 자신의 정체성을 인식하거나 반추해보고, 자신의 징후를 형상화하리라 보는 관점은 표상에 관한 분석이 시적 주체의 현실 인식 및 시 의식을 살피는 데 있어 효과적일 것이라고 추론하게끔 한다. 즉 박상순 시의 주체가 당대적, 선구적 자질이라고 할 수 있는 '고통'과 '바깥'이라는 언표로서 동시대성을 자아낸다면, 주체가 식물 표상과 지속적으로 연동됨으로써 나타내는 정체성과 그에 따른 징후는 박상순 시의 동시대성에 관한 내밀한 분석에 도달하도록 도모하리라 보는 것이 개연적이라고 여겨진다. 그러므로 이 글에서는 '나'의 징후 및 정체성을 표상하는, 다시 말해 '당대성(고통)' 및 '선구성(바깥)'을 나타내는 데 있어 식물이 적극적으로 기능하는 시편들을 통해 논의를 전개할 것이다.

---

24   위의 책, 117쪽.
25   숀 호머(Sean Homer), 『라캉 읽기』(개정판), 김서영 역, 은행나무, 2014, 112쪽.

그리고 박상순의 시가 1990년대적 특이성을 나타내면서도, 2000년대 이후 시를 예고하고 있다는 기존의 연구를 복기해보자면, 식물 표상을 살피고자 하는 이 글의 작업은 또 하나의 유의미함을 획득하는 계기가 되리라 판단된다. 특히 이 글은 2010년대 이후 시부터 흔히 드러나는 비인간 주체, 이를테면 동, 식물 및 사물의 습성을 모사하거나 그들로 변신하여 '되기'의 주체에 이르는 동시대의 시를 살피는 데 있어 작금의 시적 특징이 어디에서부터 기원하였는지 살필 수 있는 계기적 고찰이 될 것이라고 보인다.[26] 또, "1990 년대의 시는 전통과 새로움의 미학을 자양분 삼아 21세기의 튼실한 시문학의 지평을 개척하"[27]였다고 평가하는 고명철의 진단을 참조하더라도, 박상순의 1990년대 시에 나타나는 식물 표상으로 하여금 그의 시의 동시대성을 살펴, 2010년대 시를 포함하여 2000년대 이후 시에 관한 예고를 감지해보는 작업은 상당히 유의미할 것이라고 사료된다. 이 같은 유효함을 결론에서 다시금 정리하여, 이 글의 의의를 제고해볼 것이다.

2. 고통과 연동되는 식물 표상

먼저 박상순 시의 당대적 자질을 검토하고자, 식물 표상을 통해 '고통'을

---

26 송현지는 안태운의 시를 읽으며 "인간이 비인간동물과 감각을 공유하며 종의 차이를 넘나드는 장면은 2010년대 후반부터 최근까지의 문학 작품에서 우리가 자주 볼 수 있는 장면 중 하나가 되었다"라고 진단하면서, "비평 역시 이러한 현상에 대해 데리다와 아감벤, 헤러웨이 등의 철학을 적극적으로 경유하여 분석함으로써 새로운 관계성을 상상하는 데 힘을 모았다. 그 결과 "종차를 넘어선 관계는 문학의 새로운 패러다임으로 자리 잡"히게 되었다고 말한다. 송현지, 「어느 순례자로부터 온 편지: 안태운론」, 2023 《문화일보》 신춘문예 평론 부문 당선작.

27 고명철, 「현대시의 풍경, 그 다원성의 미학」, 이승하 외, 『한국 현대 시문학사』(수정증보판), 소명출판, 2020, 449쪽.

형상화하는 시를 살필 것이다. 1990년대가 흔히 죽음, 슬픔, 불행 등을 나타 내왔듯, 당대의 시인들은 쉽사리 떨쳐내거나 해소하기 어려운 인식 및 의식 의 고투를 벌여왔다. 그 같은 사정은 1980년대 초, 중반의 시와 달리, 그 이후의 시가 '중얼거림'과 '서성거림'을 나타냈던 바[28]와 호응을 이룬다. 물 론 '이후' 시대의 시인들은 저마다 자신들의 정서를 표출하고자 독특한 언표 를 활용하고 상황을 설정하기도 하였지만, 그 기저에 깔려 있는 상실, 고통, 고독 등의 징후는 공통적 징후라고 할 수 있다. 특히 1990년대를 아버지 상실 혹은 상징(체)계의 붕괴를 나타냈던 시대라고 보는 시각[29]에서는, 당대 의 시가 나타내던 '고통'의 의미는 더 중요할 수밖에 없다. 그것은 상실과 연루되는 징후이기 때문이다. 1980년대를 흔히 상징적 아버지 혹은 우상의 시대라고 일컫고, 1990년대를 그 같은 상징적 아버지 혹은 우상을 상실한 시대라고 평가하는 관점에서 보자면, 고통 혹은 아픔을 재현하는 일련의 시야말로, 1990년대의 현실을 실감하는 시인이 그것을 감각적이고 여실하게 형상화하고 있는 것이라고 평가하도록 추동한다. 즉 파편과 잔해를 딛고 그 고통을 노래하는 것이야말로, 대립과 참전의 시대이던 1980년대 시의 풍경과 차별되는 1990년대적 표지이자 증좌라고 할 것이다.

박상순은 다른 시인들과 마찬가지로 당대의 상황과 이어져 있는 정서를 단편적으로 언표하지 않고, 그것을 표상을 통해 환기하고 현실화한다. 즉 식물 표상을 자신과 매개함으로써 고통을 (탈)승화하고 그 통증과 아픔을 시 속에 자리하게 도모한다. 때문에, 그의 시는 직접성이나 고백성을 특징으

28　이남호, 「偏母膝下에서의 시 쓰기:1980년대 후반 시의 한 특성」, 『문학의 위족 1』, 민음사, 1990, 119쪽.

29　이승훈, 이수명, 김선우 등의 논의도 이러한 시각을 전제하고 있다. 이승훈은 박상순의 시가 상징계의 질서를 부정하며 아버지가 사라진 시대의 삶을 나타낸다고 보고, 이수명은 상징 계로부터 파문당하는 주체를 분석하고, 김선우는 시적 현실로부터 아버지를 삭제함으로써 현실 세계를 표상하는 상징계로부터의 탈주 의식을 표출한다고 진단한다.

로 하는 다른 시인들의 시와 달리 베일에 감싸인 듯 난해함과 모호성을 자아
내지만, 당대적 자질을 압축적으로 제시하고 감각적으로 인식하도록 하는
독특함을 선사한다.

> 나는 상자 속에 누워
> 꽃 피는 소리를 들었다
>
> 내게 약을 지어준 약사가 죽고
> 내 약을 지어오던 삼촌이 죽고
> 그 약을 먹여주던 할머니가 죽고
>
> 할아버지가 타고 간 상자, 어머니를 태우고 간
> 상자, 삼촌들과 할머니를 태우고 간 상자,
> 할머니와 약사와 내 누이들을,
> 내 먹이들을 싣고 간
> 상자 속에 누워
>
> 알약 한 알 먹고
> 가루약 한 봉 먹고
> 상자 한 번 두들기고
> 문 밖으로 사각사각
> 꽃 피는 소리를 들었다

―「세 개의 귀를 가진 나」 전문, 『6은 나무 7은 돌고래』

위의 시에는 "상자 속에 누워/ 꽃 피는 소리를" 듣고 있는 시적 주체가

등장한다. "상자"는 말 그대로, 폐쇄와 밀폐의 공간이다. 즉 위 시에서 "상자"는 현실 세계로부터 단절되어 고독을 곱씹는 시의 주체를 부상시키는 공간이자, '현실 너머'라는 의미를 내포하는 상징으로 기능한다. 그런데 그는 "할아버지", "어머니", "삼촌들과 할머니", "약사와 내 누이들"과 "내 먹이들"까지 "싣고 간/ 상자 속에 누워"있다고 언술하므로 기이하다. 2연에서 "약사가 죽고", "삼촌이 죽고", "할머니가 죽"었다는 대목을 참조해보면, 그 상자는 관(棺)처럼 여겨지고, '나'는 죽음 이후의 현실을 실감하는 것이리라 보인다. 즉 위의 시는 '나'의 치유와 회복을 도모하고자 시도하던 가족 모두가 죽고, '나' 또한 죽음에 이르러 "상자 속에" 누워 형언하기 어려운 고통과 고독을 표시하는 것이라고 할 수 있다.

그러나 진정한 죽음에 이른 것인지 모호한 지점도 존재한다. 1연과 4연의 내용을 헤아려보면, '나'는 실제로 사망하였다기보다 '죽음'과 흡사한 상태에 처해 있다고 보는 것이 온당하리라 보이기 때문이다. 즉 '나'는 삶과 죽음에 경계에 놓인 채로, 어쩌면 '실제 죽음'과 '유사 죽음'의 경계에 놓인 채로 "꽃 피는 소리를" 외따로이 감각하면서, '나'의 '죽음'을 기묘하게 개시하여 일정한 아픔을 표출하는 것으로도 볼 수 있다. 위 시의 죽음은 육체적, 상징적 죽음을 아울러 집약함으로써 '고통'을 다각적으로 의미화하고 있다.

이렇듯 박상순의 시에는 가족과의 단절과 연루시켜, '나'의 고통을 폭로하는 시가 더러 등장하므로 주목을 요청한다. 특히 1990년대 시가 아버지 상실 혹은 상징(체)계의 부정을 나타냈다는 대목을 반추해보면, 그의 시의 독특함이 이러한 대목에서 포착되는 것이다. 아버지뿐만 아니라, 어머니, 할머니, 약사 같은 존재와도 물리적, 상징적으로 단절된 채 고통과 고독을 반추하는 '나'는 당대적 자질과 연루시켜 살핌으로 하여 그 의미를 더욱 선명히 확인하도록 한다. 가령 이승훈은 박상순의 시에서 아버지와 어머니 모두를 상실한 양상을 살피고,[30] 엄경희는 할아버지, 할머니, 아버지, 어머니와의 반복되는 불화를 지적하고,[31] 김선우는 아버지, 어머니, 할머니 등 모든 가족과 물리적, 상징적으로 단절 및 상실되는 사태를 분석하여[32] 그의 시의 당대적 자질과 매개하는데, 참조의 가치가 크다. 모든 관계와 단절되고, 그 단절을 '죽음'이라는 언표를 통해 표상해낼 때, '나'의 '고통'은 극대화하고, 그것은 박상순 시의 특이성이자 당대의 주체가 고지하는 죽음에 버금가는, 갑갑하게 육박해오는 존재적 '고통'으로 환원될 수 있는 것이다.

이 같은 당대적 자질을 드러내는 데 있어, "꽃"이 의미심장하게 배치되어 있다는 사실은 시사적이다. 죽은, 혹은 죽은 것 같은 '나'는 "상자"로 하여금 현실과 단절된 채 "꽃 피는 소리"'만'을 듣고 있다고 말한다. 즉 '죽음'이 전개되는 "상자"와 대비되는 "꽃 피는" 현실 세계는 '나'의 고통을 더욱 서늘하게 표상하는 효용을 제공한다. 나아가 시의 마지막 부분에서, "알약 한 알 먹고/ 가루약 한 봉 먹고/ 상자 한 번 두들기고"의 언표를 통해 "상자 속에"서 몸부림하고 있는 시적 주체를 부각하는 대목도 "꽃"의 의미를 배가한다. "상자 속에 누워" '나'는 죽음 및 '고통'과 연동되는 몸부림을 나타낸다면, "꽃"은 온몸으로 피어나면서 생의 약동을 보여준다는 지점에서 짝패의 관계를 이루어 '나'의 고통을 극대화한다.

　　　내 가슴을 누르며 기나긴 내 발들이
　　　자라나고 있구나

　　　　　　　　　　－「쓰러진 콩나무」 전문, 『마라나, 포르노 만화의 여주인공』

위의 시는 2행의 짧은 언술로 이루어져 있다. 즉 제공하는 정보나 내용이

30　　이승훈, 앞의 해설, 103쪽.
31　　엄경희, 앞의 논문, 195~196쪽.
32　　김선우, 앞의 논문, 48~49쪽.

미비하여, 난해함과 모호성은 배가되고 있다. 그러나 제목 「쓰러진 콩나무」와 내용을 맥락 지어 살핀다면, 그 내용과 내포를 확연히 파악할 수 있다.

"내 가슴을 누르며 기나긴 내 발들이/ 자라나고 있구나"와 「쓰러진 콩나무」를 연루시켜 살핀다면, '나'는 "콩나무"이자, 그 "콩나무"가 자라는 토양이라고 할 수 있다. 즉 "내 가슴"은 대지의 은유이며, "기나긴 내 발들"은 '나'인 "콩나무"의 뿌리라고 여겨진다. 이렇듯 '나'가 '나'의 고통의 근원으로 작용하면서, '나'인 "콩나무"가 끈질기게 "자라나고 있"다는 시의 서사를 어렵지 않게 추론할 수 있으므로, 이제 그 의미를 톺아보면 된다. 제목 「쓰러진 콩나무」를 참고하면, "콩나무"의 성장은 건강하고 원만하지 않음을 알 수 있다. "쓰러진" 채로 자라나는 "콩나무"는 박상순 시의 당대적 자질을 드러내는 증표로 치환하여볼 수 있어 유의미하다.

즉 위 시에서 "콩나무"는 질곡과 속박의 혐의로 인하여 비틀린 성장을 전개하고 있다는 사실이 중요하다. 건강히 생장하여 튼튼한 "콩나무"로 표상되지 아니하고, "내 가슴을 누르며" "자라나"는 "쓰러진 콩나무"로 표상되는 '나'는 고통을 감각적으로 폭로할 뿐만 아니라, 한 발 나아가 자유롭지 못한 '나'의 처지를 나타낸다. 가령 시인도 개인이자 한 명의 인간이라고 할 때, 그의 토대가 되어주는 시대, 현실과 무관하지 않음은 개연적이라고 할 수 있다. 즉 시인은 그의 시적, 인식적 요건이 되어주는 시대에 놓여 있는, 사실상 얽혀 있는 존재라고 보는 게 마땅할 때, 박상순의 시가 헤어나올 수 없는 고통을 표상하는 바는 주목할 만한 지점이다. 즉 그의 시의 당대적 자질을 '고통'으로 환원하여 살피고자 하는 이 글에서는 해소되지 않는, 속박에 가까운 '고통'이야말로 시 분석의 강력한, 특별한 국면이라고 할 수 있다.

고통으로부터 벗어날 수 있다는 희망과 기대를 적절히 견인하지 못하는 현실은 고통을 해소하려 도모하지 않고 더욱 첨예하게 조작할 뿐이다. 특히 "내 발들이" "내 가슴을 누르며" "자라나고 있구나"라고 영탄조의 언술을 구사하는 위의 시는 벗어날 수 없고 감당하기 어려운 질곡의 시간을 구현해 내며 고통의 종결을 유예시킨다. 나아가 '나' 스스로 '나'의 고통의 기원이 되는 대목은 괴기함을 계속하여 자아낸다. '나'와 대지와 "콩나무"를 동일시 하여, 고통을 더욱 적나라하고 감각적으로 재현하는 효과를 준다. 위의 시는 '아프다' '고통스럽다'라는 직설적인 표현을 활용하지 않지만, 고통이 고스란히 감지되도록 기능하는 기표들의 배치가 독특한 것이다. 예컨대 박상순의 시에서는 회화성이 강하게 작용하는데, '표상'이 이미지와 상징을 아울러 내포하는 개념이라면, 이 같은 기표의 함의를 추적하여 그의 시의 고유성과 특이성을 살피는 작업은 적절하고 유효한 전략이라고 생각된다.

이상의 내용에서처럼, 박상순의 1990년대 시에서 '고통'은 세상과 단절된 채로, 혹은 끝나지 않을 영겁의 순간을 소환함으로써 의미화되고 있다. 그것은 직접적 언술을 구사하여 고통을 표면화하지 않고, 표상들을 시의 전면에 배치함으로써 '나'의 고통을 보다 효과적으로 인식하도록 작동한다. "꽃"은 '나'의 고통과 모순적 관계에 놓임으로 하여 '나'의 징후를 드러내주고, "콩나무"는 '나'의 고통을 적나라히 이미지화하여 결코 벗어날 수 없는 질곡의 고통을 표상하고 있다. 이상의 내용을 통해 확인할 수 있는 박상순 시의 당대적 자질이라 함은 당대의 고통을 여실히 체감하고 체화함으로써 드러낸다는 사실에서 의의가 있다. "꽃"을 통해 단절된 채 몸부림하는 '나'를 부각하고, "콩나무"를 통해 도무지 극복하기 어려운 고통을 이미지화하는 대목은 고백과 진술을 통해 고통을 전경화하지 않음에도 그 의미를 반추하도록 하는 박상순 시의 감각과 감수성을 증표한다.

3. 바깥과 연동되는 식물 표상

다음으로 박상순 시의 선구적 자질을 검토하고자, 식물 표상을 통해 '바깥'을 형상화하는 시를 살필 것이다. '바깥'은 박상순 시에서 특이하게 발견되는 표지이다. 가령 1990년대 시의 특징으로 '나'의 회복과 타자적 가치의 회귀를 꼽는 시각을 참조해볼 수 있다. "이는 위압의 시대, 즉 강고한 힘 간의 충돌을 전방위에서 나타내던 시대로부터 얼마간 벗어나게 된 시인이, 이제 '나'에 천착해보면서 잉여적, 사변적, 타자적인 것으로 배제되던 가치들을 끌어안아 다양한 문학적 시도를 개시해가기 시작하였다는 의미를 보여주기에 시사적이다."[33]

1990년대라는 당대의 사정을 딛고, 다양한 문학적 가능성을 모색해가던 와중에 '식물'이라는 확실한 타자성의 증좌를 통해 '나'의 정체성과 징후를 나타내고 발현하는 박상순의 시는 특징적이라고 사료된다. 더욱이 식물을 통해 생태적, 자연친화적 감수성을 표시하려고 시도하는 것이 아니라, 자신을 '바깥'에 위치지음으로써 현실 세계로부터 벗어나 고통을 추동하는 현실을 재고하고 극복하는 시적 정황을 표상하는 바는 주목을 요하는 것이다. 즉 '바깥'은 시적 주체가 당대의 현실과 거리를 벌려 현실을 예각적으로 인식, 통찰하는 선구성의 표식으로 환원하여볼 수 있으리라 여겨진다.

특히 '타자', '바깥' 등의 화두는 2000년대 이후 시에서도 두드러지는 요소이다. 신형철은 2000년대 시에서 익명적, 다성적, 환상적 주체를 반추하며 황병승 시에서 게이 주체를, 김행숙 시에서 미성년 화자 주체를 짚어낸다.[34] 그는 "2000년대의 한국시는 시적 주체를 새롭게 창안해냈다"[35]라고 평가하

---

33 김선우, 앞의 논문, 5쪽.
34 신형철, 「2000년대 한국시의 세 흐름」, 김윤식 외, 『한국현대문학사』(5판), 현대문학, 2014, 672~678쪽.

면서, 1990년대 시에 등장하는 "'나'라는 1인칭 주어/주체"[36]와의 차별성을 지적한다. 그리고 2010년대 이후 시에서 다양한 비인간 주체의 등장뿐 아니라, 2010년대 시에서 "시의 목소리. 타자의 목소리. 타자로 오롯이 서는 나의 목소리."[37]를 반추하는 조재룡의 언표나, 2000년대 이후 시가 "유연한 감각으로 기성의 관습과 제도를 뛰어넘어 진정한 의미의 시의 윤리성을 회복할 수 있을 것인지"[38] 의문하는 이경수의 평가를 참조해보면, 2010년대 이후 시는 주체가 그의 견고한 지위를 스스로 박탈하여 확실히 타자로 전향하는 시, 기꺼이 '바깥'을 긍정하고 '타자'에 수복되는 시라고 짐작할 수 있어 보인다. 그렇다면, 박상순 시에서 '고통'을 곱씹던 '나'와 식물의 연동이 '바깥'이라는 장소와 연루되며 형상화되는 지점은 그의 시의 선구성을 살피기에 가장 적극적인 특징이라고 할 것이다.

해바라기가 핀다
이층집 옥상 위에
식은 연탄재에 묻힌 뿌리로
해바라기가 핀다

이층집이 서기 전에는
천막교회가 낮게 앉아 있었고
나는 그곳에서

---

35 위의 글, 679쪽.
36 위의 글, 673쪽.
37 조재룡, 「주체에서 주체로 이행하는 목소리의 여행자들: 이접(移接)하는, 2000년대의 시, 2010년대의 시」, 『문학동네』 75, 문학동네, 2013, 23쪽.
38 이경수, 「탈경계 시대 현대시의 모색과 도전」, 『한국 현대 시문학사』, 앞의 책, 504쪽.

부활절을 보냈다

음침한 천막의
환등기 불빛 속에 정지된
키 큰 예수 아저씨의
머리 위로 비가 내리고

크리스마스가 오기도 전에
환등기를 싸들고 떠나가는 천막교회

그 천막교회 떠나간 뒤에
새로 지은 이층집
옥상 위에서
부서진 해골들이 쑥쑥 자란다

　　　　—「변전소의 엘리베이터가 지나간 자리」 전문, 『6은 나무 7은 돌고래』

　위의 시에서 먼저 주목할 부분은 1연과 5연의 묘사이다 "이층집 옥상 위에/
식은 연탄재에 묻힌 뿌리로/ 해바라기 피어난다"라는 묘사가 "새로 지은 이
층집/ 옥상 위에서/ 부서진 해골들이 쑥쑥 자란다"라는 묘사로 부지불식간에
치환되는 모습은 이상스럽기 때문이다. 그러므로 이를 살피기 위해, 시의
나머지 부분을 면밀히 톺아보아야 할 것이다.

　2연을 보면, '나'는 "이층집이 서기 전에" 있던 "천막교회"에서 "부활절을
보"내기도 한 기억을 소환한다. "천막교회"는 "음침한 천막"이라는 묘사를
통해 부정적 분위기를 환기하나, '나'의 신비와 추억의 장소임은 확연히 알
수 있다. 가령 "키 큰 예수 아저씨의/ 머리 위로 비가 내리고"라는 표현에서는

어릴 적이기는 하지만 그곳의 허름한 한 풍경을 섬세히 기억하고 있음을 유추할 수 있으며, 특히 "키 큰 예수"라는 표현에서는 '나'가 느꼈을 일종의 숭고함까지 감지할 수 있다. 그러한 "천막교회"가 허물어지고 "이층집"이 들어섰다는 것은 시의 주체에게 충격을 선사하였으리라 여겨진다. 즉 추억과 신비의 공간이 재개발로 인해 사라져버렸다는 사실은 '나'와 연동되고 육체적·정신적 유대감을 형성하던 공간을 상실하기에 이르렀다는 의미를 나타내기 때문이다. 공간에 경험이 누적되고, 그곳과의 교감이 중첩되며 형성되는 것이 장소라면, '나'는 장소애와 소속감을 상실당한 주체로 귀결한다. 여기에서 '상실'이란 표현은 어색하지 않게 당대적 상황을, 시의 분석을 향해 부상시킨다. 파편과 잔해의 시대라고 불리는 1990년대는 그 같은 상실을 딛고 새로운 가능성과 잠재성을 탐색하던 시대이기 때문이다.

'나'는 이제 "천막교회" 같은 피폐한, 비루한 분위기마저 포용하고 숭고까지 자아내던 공간을 잃은 채 방황하는 처지에 놓이게 된다. 이는 곧 '바깥'에 놓인다는 표현으로 치환해볼 수 있으리라 판단된다. 즉 장소(애)를 상실한 '나'는 '바깥'에 놓여 그곳과 연동됨으로써 상실과 고통을 오롯이 폭로할 수 있는 시각과 목소리를 확보하게 된다. 그래서 "천막교회"가 사라진 이후, "새로 지은 이층집"에 피어난 "해바라기"를 '바깥'에서 보고 있던 '나'는 그것이 자아내는 비정함을 묘파하기에 이르는 것이다. 즉 "해바라기"를 "부서진 해골"로 순식간에 환치하는 대목은 더이상의 장소애와 소속감을 느끼지 못하는, 나아가 추억과 신비의 공간을 박탈당한 '나'의 처지와 자연스레 연결된다. "해바라기"가 생기로움, 생명력을 표상하는 식물이라 할지라도, '바깥'에서 몸소 응시하는 '나'는 그것의 활력과 긍정성을 상찬할 수 없다. 위 시의 식물 표상은, 신비와 추억을 앗아간 "이층집"의 폭력성과 '바깥'에 위치하게 되는 '나'의 처지를 상징하는 장치가 된다. '상실(감)'에 비롯한 '고통'을 형상화하던 박상순 시의 주체는 '바깥'으로 하여금 '고통'이나 '상실'

을 보다 능동적으로 사유하게 되는 것이다.

그러므로 "해바라기"가 "부서진 해골"로 변모시키는 힘이, '나'가 '바깥'에 놓임으로 하여 추동된다는 사실이 중요하다. 가령 '안'과 '밖'의 관계로 미루어볼 때, 재래의 가치 체계에서는 '안'이 정상성의 공간을, '밖'이 부정성의 공간을 표상하고는 하였다. 특히 식물은 그 같은 재래적 범주에서 타자, 바깥의 영역에 위치하는 사물로 분류되어, 자유롭게 활용하고 소진하고 개발할 수 있는 존재로 인식되어 왔다. 전통적 서정시의 경우에도, 식물 등 자연표상을 얼마나 능숙하게 조작하고 지배하는지를 지표로 삼아, '자아와 세계의 동일화'라는 재래, 전통의 감수성을 시인의 실력과 역량으로 환치히여 상찬해온 바 큰 것이다.

그러나 1990년대에 이르러 부정적인 것, 중요하지 않은 것으로 치부되던 가치들이 다양하게 모색되던 내력을 참조해보면, '바깥'에 놓여 '나'의 처지를 식물과 연동하여 능동적으로 언표하는 박상순 시의 주체야말로 선구적인 측면이 있다. 유성호는 "근대적 이성을 통해 이항 대립적 경계로 확연하게 구분되었던 사물(개념, 현상)들의 관계에 대한 탈근대적 재인식이야말로 누대(累代)의 지적 작업이 간과해 온 것이면서 이 시기(1990년대)의 커다란 인식론적 전회(轉回)를 주도한 패러다임이"[39]라고 설명한다. 그렇다면, 이분법적, 근대적 가치의 범주를 답습하지 않는다고 보이는 박상순은 그의 주체를 '바깥'에 놓음으로 하여 자신의 처지와 상황, 정체성과 징후를 고루 표상해냄으로써 전대의 파편과 잔해에 매몰되어 있지만 않은, 재래의 가치를 딛고 예각적인 사유를 전개하는 동시대의 인식을 복합적으로 드러낸다고 할 수 있다. 나아가 자크 라캉에 따르면, '나'를 구성하는 데 있어, 다시 말해 '자아'와 '주체'를 구성하는 데 있어 타자는 중요한 기능을 한다.[40] 더군다나, 주체를

---

39   유성호, 「탈냉전의 시기(1991~2000년)」, 『한국 현대시사』, 앞의 책, 535쪽.

구성하는 데 언어와 욕망이 소외와 분리로 하여금 영향력을 행사한다는 대목에서, 박상순의 시에서 타자적 표상인 '식물'-타자를 기꺼이 요청하는 대목은 '나'의 징후 및 정체성을 살피는 데 있어 주목할 필요가 크다고 할 수 있다. 즉 시에서 주체가 어떠한 기표를 승인하고 어떠한 기표와 연동되는지 살피는 것이야말로, 시인이 시로써 발산하는 현실 인식 및 시 의식을 간파하는 데 효과적이라고 본다.

> 나는 포장을 뜯는 사람
> 숲을 뜯어낸다
>
> 너는 나에게 우송된 사람
> 내 복도를 달린다
>
> 나는 포장지만 뜯는 사람
> 썩은 복도에 앉아 너를 만난다
>
> 네 손에는 꽃과 열매, 내 손에는 나
> 너는 매일 나에게 포장되어 오지만
> 나는 매일 포장지만 뜯는 사람
> 내 얼굴도 뜯어내서
>
> 도대체 이게 뭐야.
> 이건 뭐야?

---

40   김석, 앞의 책, 148쪽, 166~167쪽.

뭐야. 뭐야. 뭐야.

　　　　　　 －「포장지를 뜯는 사람」 전문, 『마라나, 포르노 만화의 여주인공』

　위의 시는 "포장을 뜯는 사람"인 '나'가 등장한다. "너는 나에게 우송된 삶"이라는 표현으로 미루어볼 때, 배송되어 온 것은 '너'이다. 즉 포장이라는 베일을 벗겨내 보면, '나'는 '나'의 "삶"과 그 이력을 응축하고 있는 '너'와 조우하게 되리라 본다. 이 같은 은유, 요컨대 공간과 공간을 잇는 "복도" 따위의 공간에서 '나'와 '너'가 만나 관계를 설정하는 시의 구도는 '나'의 자기 인식을 그려내기 위해 흔히 차용되고는 하는 포즈이다. 그러므로 위의 시는 '나'와 '너'의 조우가 정체성의 획득을 견인해내리라는 사실을 어렵지 않게 추론할 수 있다.

　그런데 위의 시는 '나'와 '너'의 만남을 단순히 묘사하지 않고, 그 구도를 전유한다. 요컨대 1연의 "숲", 4연의 "꽃과 열매"라는 식물 표상을 통해 '너'와의 조우를 더욱 선명하고 생동감 있게 형상화하고 있다. '나'는 "숲"을 뜯어내고, '너'로 지시되고, "꽃과 열매"가 되기도 하면서, '나'와 식물의 독특한 관계를 제시한다. 그러나 중요한 부분은 시의 마지막 연에 등장하는 "도대체 이게 뭐야!/ 이건 뭐야?/ 뭐야. 뭐야. 뭐야."라는 언술이다. 식물 표상과 순식간에 연동하기도 하면서, '나'의 정체성을 매끄럽게 획득해가는 것처럼 보이던 시의 '포즈'는 마지막에 이르러 왜곡, 좌절되기에 이르는 것이다. 즉 "복도"는 "포장을 뜯"어 진정한 '나'를 만나게 되는 긍정적 공간이 아닌, 부정성의 내포로 퇴락하게 된다. 그러나 그것은 단편적 의미의 퇴락이 아닌, 박상순 시의 '바깥'의 의미를 중층화하는 데 기여한다.

　박상순 시에서 '바깥'에 놓임으로 말미암아 당대의 현실을 딛고 스스로의 정체성과 징후를 능동적으로 언표하던 시적 주체는, "복도"의 의미가 전복됨으로써 '나'를 '바깥'의 공간에 위치 짓는 효과를 재차 성취하게 된다. 시의 중반부에 등장하는 "썩은 복도"는 그에 관한 복선으로 수렴하는 것이다. 이를 통해 '나'가 정체성을 매끄럽게 형성하지 못했을지언정, 그것이 좌절됨으로 하여 '나'가 타자적 존재로 탈바꿈하는 것은 주목을 주문한다. 가령 2000년대 이후 시에 두드러지는 타자적 주체의 부상을 참조한다면, 위의 시는 "복도"에 놓여 완고한, 결정적 '나'를 완성해내지 못한 채 비결정적 '나', 불확정적 '나'로 전락함으로써 타자적 주체를 나타내는 선구성을 드러낸다고 할 수 있다.

즉 2000년대 이후 시에서 익명적, 다성적, 환상적 주체의 창안을 통해 새로운 감수성이 모색되고, 2010년대 이후 시에서 주체가 확실히 타자로 전향하고 비인간 주체를 전면화하는 상황에서, 박상순의 1990년대 시는 그 기원을 추적하는 데 있어 좋은 참조가 된다. 퇴락한 것, 부정적인 것, 중요하지 않은 것들이 부상하여 다양성과 복합성의 시대를 추동하던 1990년대의 시적 정황은, 이 같은 타자'적' 주체의 모색과 창안에 관해서도 그 선구적 가치를 확보할 수 있으리라 사료된다. 그러므로 위 시에서 식물은 생동감, 생명력의 표상으로 '나'와 '너'의 조우를 감각적으로 재현하던 장치에서, '바깥'의 장소로 전락하는 "복도"에서 '나'의 타자성, 비결정성, 불확정성의 의미를 각인하는 사물로 (재)의미화된다. 이렇듯 '나'는 "숲"과 "꽃과 열매"와 '너'로 부지불식간에 변신하거나 그들과 지체없이 연동되고 배치를 형성함으로 하여 확정적 '나'일 수 없다는 결론, 타자-바깥-'나'의 세계를 수상하게 완성시킨다. 근대의 자장 및 진리·이성·주체의 자장에 놓이지 않는 박상순 시의 주체는 '바깥'을 통해 선구성과 감수성을 신이하게 드러낸다.

이상의 내용에서처럼, 박상순의 1990년대 시에서 '바깥'은 '나'의 상실을 드러내고, 타자적 '나'를 구성하는 공간으로 나타나고 있다. "해바라기"는 '나'의 신비와 추억이 집약되어 있는 "천막교회"가 허물어진 이후 "새로 지은 이층집"에 피어난 식물인데, '나'는 그것과 대립하는 관계에 놓여 장소애와 소속감을 잃는 처지를 효과적으로 드러내고, "숲"과 "꽃과 열매"는 "복도"라는 공간에서 타자적 '나'를 완성하는 데 있어 중요하게 기능한다. 이상의 내용을 통해 확인할 수 있는 박상순 시의 선구적 자질이라 함은 식물 표상에 자신의 정서를 단편적으로 투사하지 않고, 표상의 (사)물성을 탈피해내 시적 주체의 정체성과 징후를 표상하고 발현하는 데 적극적으로 활용한다는 데 있다.("숲을 뜯어낸다" 등) "해바라기"를 "부서진 해골"로 치환하는 힘은 '나'의 기억을 소환하고 감수성을 제고하여 '바깥'에서 집요하게 응시하는 덕분이고, "숲"과 "꽃과 열매"는 흔히 생명력과 활기를 내포하던 식물 표상을, 비결정적 '나', 불확정적 '나'를 표상하는 데 활용하여 식물의 타자성을 되레 긍정하고 극대화하는 방향으로 시적 역량을 확장시켜 주목된다.

당대적 자질인 '고통'의 표출과 선구적 자질인 '바깥'에 놓임은 박상순 시의 동시대성을 반추하는 데 있어 특유한 요소로 기능하고 있다. 벗어날 수 없고, 형언하기 어려운 고통의 현실을 여실하게 감각하면서, 그 같은 현실에 잠식되지 않은 채 인식을 첨예하게 '시'로 하여금 빚어내는 박상순 시의 주체는 '동시대인'으로서의 주체라고 할 수 있다. 이렇듯 당대성과 선구성을 각각 살펴 박상순 시의 동시대성을 구조적으로 확인하는 것도 중요하지만, 두 자질을 아울러 집약하는 시 또한 살펴 '박상순 시의 동시대성이란 무엇인가' 반추해볼 필요가 크다고 보인다. 아래의 시에서는 '고통'과 '바깥'의 함의가 나란히 표상되어, 당대성과 선구성을 종합적으로 형상화한다.

1

주홍색 열매를 뿌리며 그 여자는 죽었다
나는 쓰러진 꽃나무 위에 앉아 있었다

2

나의 일곱 번째 어머니가

나의 일곱 번째 여행지에서 꽃나무처럼 쓰러졌다

3

쓰러진 꽃나무 속에서

나의 여덟 번째 어머니가 목을 매달게 되는

미래의 소리가 들렸다

4

거대한 여객기가 내 머리 위로 천천히

날고 있었다

— 「4시간 동안의 침묵」 전문, 『6은 나무 7은 돌고래』

위의 시에서 "어머니"는 반복하여 사망한다. 앞서 살펴었듯 모든 가족과의 관계가 정신적, 육체적으로 단절되던 양상은 박상순 시의 당대적 자질이라 할 수 있는 '고통'과 연결되는 특이성이었다. 그런데 위의 시에서 "나의 일곱 번째 어머니"가 "꽃나무처럼 쓰러"지더니 "나의 여덟 번째 어머니가 목을 매달게 되는/ 미래의 소리"까지 듣게 되어 충격을 선사한다. 그런데 "어머니"의 사망이 "주홍색 열매를 뿌리며", "꽃나무처럼", "꽃나무 속에서"라는 묘사와 함께 드러나 주목을 요한다. 즉 위 시의 두드러지는 식물 표상인 "꽃나무"는 "어머니"의 죽음과 연동되어있는 기표이자, 어머니의 죽음을 각인하고 현현하는 상징이다. 특히 "나는 쓰러진 꽃나무 위에 앉아 있었다"라는 표현을 통해 "어머니"의 상실과 그것이 표상하는 고통을 온몸으로 실감하기에 이른다.

또한 눈에 띄는 부분은 시의 마지막 연이다. "거대한 여객기가 내 머리 위로 천천히/ 날고 있었다"라는 진술은 의미심장하다. 박상순의 시는 기차, 여객기 등을 통해 아버지 및 상징계와 불화하는 시적 주체를 표상하고는 하는데, 이상의 내용은 그것과 매개된다.[41] 즉 아버지의 질서 및 상징계를 응축하는 표상인 "여객기"와 자아내는 아득한 거리감은, 박상순 시의 주체가 현실 세계에 오롯하게 놓여 있지 않다는 사실을 시사한다. "여객기"와의 거리감은 '나'와 현실 세계와의 물리적, 정신적 거리를 표상하고, 그것은 시적 주체가 현실 세계와 조화로운 존재라기보다, 그것과 부조화하고 몸소 바깥에 놓여 있는 주체로 부각되도록 기능하는 것이다.

자크 라캉에 따르면, 주체는 상징계의 질서를 부여받음으로 하여 구성되는 존재이다. 상상계가 어머니와의 영역이라면, 상징계는 아버지와의 영역이고 아버지의 힘과 법이 작동하는 구조이다.[42] 그래서 상징계의 구성 요소이기도 한 언어와 욕망이 주체에 영향을 끼치게 되고, 주체는 소외와 분리를 경험함으로써 상징계의 주체로 조직되게 되는 것이다. 또, 오형엽이 '기차' 등의 이동 수단을 현대문명을 상징한다고 보고, 김선우가 '기차', '여객기' 등을 상징계의 질서를 우송한다고 보는 분석을 참조해보면, 위 시의 주체는 "여객기"와의 불화를 통해, 주체로 오롯이 구성되지 못한 흡사 객체적, 타자적 존재로서의 '나'를 암시한다고 할 수 있다. 즉 위 시의 주체는 "어머니"의 죽음을 표상하는 "쓰러진 꽃나무 위에" 기꺼이 "앉아" '고통'을 실감하면서, 상징계 및 현실 세계의 표상인 "여객기"와는 멀고 상실의 표상인 "꽃나무"와는 가깝게 형성화됨으로 하여 '바깥'에 놓이는 '나'를 처절하나 담백하게 조명한다.

---

41 가령 오형엽은 기차를 현대문명의 상징이자 새로운 세계로 이동하게 하는 장치라고 분석하고, 김선우는 기차, 여객기, 엘리베이터 등을 상징계의 질서를 우송하는 수단이라고 분석한다.

42 손 호머, 앞의 책, 85쪽.

조르조 아감벤은 "동시대인이란 자신의 시대에 시선을 고정함으로써 빛이 아니라 어둠을 지각하는 자이다. 모든 시대는 그 동시대성을 체험하는 자들에게는 어둡다. 따라서 동시대인이란 이 어둠을 볼 줄 아는 자, 현재의 암흑에 펜을 적셔 글을 써내려갈 수 있는 자이다"[43]라고 말한다. 그렇다면, '고통'을 온몸으로 실감하고 '바깥'에 기꺼이 위치하는 박상순 시의 주체는 당대의 상황을 오롯이 인식하면서, 집요히 자각하고 통찰하는 동시대적 인식을 적절히 재현하는 것이라고 볼 수 있다.

4. 결론

이 글은 박상순의 1990년대 시에 나타나는 식물 표상을 살펴, 그의 시의 동시대성을 살피고자 하였다. 동시대성은 당대성과 선구성을 각각 논의하여, 그 자질을 종합적으로 나타냄으로써 발현되는 특이성이라 보고 논의를 전개하였다. 특히 박상순 시의 '당대성'과 '선구성'을 각각 '고통'과 '바깥'으로 환원하여 살폈는데, 당대의 고통을 얼마나 여실하게 실감하는지 나타내는 지표로서 '고통'을 논의하였고, 당대의 상황과 얼마간의 거리를 벌려 자신의 정체성을 능동적으로 구성해보는 지표로서 '바깥'을 논의하였다. 그리고 이를 살피기 위하여 식물 표상을 점검하였는데, 이 글에서는 식물을 '나'와 타자(적 가치)들이 회귀하였고 복원되었던 1990년대 시의 경향을 집약하는 표지로 보고, 그를 통해 박상순이 1990년대의 현실을 딛고 나타내는 (동)시대성을 보다 효과적으로 검토하고자 시도하였다. 즉 시적 주체가 기꺼이 식물 표상과 연동되어 징후 및 정체성을 발현하고 반추하는 대목은 그의 시의 동시

---

43   조르조 아감벤, 앞의 글, 75~76쪽.

대적 감각과 감수성을 감각적, 압축적으로 제시하는 것이라고 생각되었다.

박상순 시의 당대성을 나타내는 '고통'은 "꽃", "콩나무" 표상을 통해 분석하였다. "꽃"은 '나'의 고통을 부각하는 장치로, "콩나무"는 벗어날 수 없는 '고통'을 표상하는 사물로 등장하였다. 그리고 박상순 시의 선구성을 나타내는 '바깥'은 "해바라기", "숲"과 "꽃과 열매" 표상을 통해 분석하였다. "해바라기"는 '바깥에' 놓인 '나'의 감각과 감수성을 증표하고, "숲"과 "꽃과 열매"는 '나'의 타자성을 각인하고 확인하게 하는 상징으로 드러났다. 또한 「4시간 동안의 침묵」에서는 "꽃나무"를 통해 당대성과 선구성을 함께 나타내고 있었다. "꽃나무"는 어머니 상실을 표상하여 '나'의 고통과 연루되었고, 현실 세계를 표상하는 "여객기"와 거리감을 자아내며 "꽃나무"에 "앉아 있"는 '나'는 '바깥'에 놓인 존재임을 시사하였다. 이상의 내용을 통해, 박상순의 시가 당대를 여실히 실감하지만, 그것에 매몰되지만 않은 동시대적 인식을 드러낸다고 추론하였다.

박상순의 1990년대 시에 나타나는 식물 표상을 통해, 그의 동시대성을 살핀 이 글의 유효함을 아래와 같이 정리하면서 논의를 마무리하고자 한다.

첫째, 박상순의 시는 '난해하다' '모호하다' 등의 평가 때문에, 내밀한 분석을 방해받아온 바 큰데, 그의 시를 시대, 현실과 연동하여 살핌으로써 그 같은 혐의를 다소 해제하여 볼 수 있었다. 그러므로 박상순의 시에 베일처럼 작동하는 난해성과 모호함은 오히려 1990년대'적' 특이성을 농밀히 내포하는 시적 역량과 자질을 암시하는 관문이자 표지라고 사료되었다. 이 같은 시각 및 논의를 토대로 하여, 박상순 시에 관한 더욱 폭넓고 다양한 논의기 개진되기를 바라본다.

둘째, 당대성과 선구성의 종합으로 동시대성을 상정하고, 박상순 시의 동시대성을 살피고자 한 시도는 시인의 현실 인식 및 시(사)적 성취를 보다 체계적으로 살필 수 있는 방법이라고 생각하였다. 이 같은 시각이 조르조 아감벤의 '동시대인'과 '동시대성'의 함의를 모두 담아내지 못하지만, 동시대성이라는 얼마간 어렵고 모호한 언표에 관한 체계적인 접근을 수행한다면 가치가 있으리라고 생각하였다. 즉 시인의 시사적 위상 및 가치를 탐구하는 데 있어, 당대적 인식을 얼마나 실감나게 보여주는지 뿐만 아니라, 당대를 통찰함으로써 당대를 넘어서는 역량을 얼마나 예각적으로 나타내는지를 아울러 검토하는 작업이 중요하다고 사료되었다.

셋째, 그동안 식물 표상에 관한 연구는 생태적, 자연친화적 감수성을 살피고자 시도해온 사례가 대부분이지만, 이 글에서 1990년대의 시적 주체가 나타내는 정체성 및 징후를 톺아보기 위해 활용하여 '자연 표상 연구'의 범주를 얼마간 확장해볼 수 있어 유의미하다고 여겨졌다. 가령 식물 등 자연 표상은 시인의 감수성을 살피는 데 유효한 표지임이 사실이나, 이 같은 (동)시대적 인식과 연루하여 살핌으로써 자연 표상의 함의에 관한 다각적인 연구에 보탬이 되어볼 수 있으리라 판단하였다.

게다가 식물 표상과 주체의 정체성 및 징후를 연동시키는 박상순의 시는 2000년대 이후 시에 관한 예고를 시사하기에 주목할 대목이었다. 게이 주체, 미성년 화자 주체, 비인간 주체 등을 표상하는 2000년대 이후 시는 박상순의 1990년대 시에서 식물과 연동되며 발명되는 타자적 주체와 맥락 지어볼 수 있을 것이다. 박상순 시에서만 아니라, 동시대적 인식을 노정하고 다양한 주체를 창안하는 1990년대 다른 시인들의 작품도 참조한다면, 더욱 폭넓은 논의가 가능하리라 기대되었다.

넷째, 1990년대 시는 1980년대 시 및 2000년대 시와의 역동적인 관계를 통해 해명해야 한다는 사실을 다시금 확인하였다. 가령 이수명은 "1990년대의 시들에는 1980년대의 거인과 이후 2000년대의 유령들이 동시에 어슬렁거린다. 이들은 1980년대에서 벗어나느라고 1980년대적인 것을, 새로운 것을 추동하느라고 2000년대적인 것을 상상하며 이웃하였다. 양자가 한꺼번에 들어와 있는 것이다"[44]라고 평가한다. 이 같은 1990년대 시의 역동성을 바라보는 유의미한 시각은 존재하나, 이를 딛고 당대의 시가 내포하는 특이성에 관하여 다각적, 체계적 접근을 수행하여 시사적, 시학적 가치를 소상히 톺아보기 위한 고찰이 수행되어야 한다고 생각되었다. 즉 보다 구조적, 폭넓은 시각을 확보하여 1990년대 시의 독특한 시사적 위상을 여러 측면에서 조명함으로써, 박상순을 비롯한 당대의 시인들이 나타내던 '1990년대적인 것'의 내포를 다양하게 확인하여야 마땅하리라는 사실을 반추할 수 있었다.

이상의 내용을 정리해보면, 박상순 시의 동시대성은 '당대'에 머무르면서 '전대'의 잔해를 감지하고, '후대'의 감각을 예고하는 데에서 발견할 수 있다고 할 수 있다. 즉 그의 시는 1980년대 시 및 2000년대 시와 영향을 주고받는 독특한 관계 속에서 보다 섬세히 의미화될 수 있는 것이다. 특히 '식물' 같은 확실한 타자적 표상을 활용하여, '나'의 징후를 표출하고 정체성을 반추하는 박상순의 시는 여러 의미에서 동시대적이라 일컫는 것이 가능하다고 본다. 물론 이 글은 그의 시의 특이성과 시사적 가치 및 1990년대 시의 특이성과 시사적 가치 전반을 점검하는 데 무리가 있을 것이다. 이 글에서 밝혀내지 못한 박상순 시 및 1990년대 시에 관한 내용은 향후의 과제로 남겨두고자 한다.

44　이수명, 「책머리에」, 앞의 책, 8쪽.

제2장

동, 식물 표상에 담긴
'1990년대적인 것'의 내포

성미정과 이수명의 1990년대 시를 중심으로

1. 서론

이 글은 성미정[1]과 이수명[2]의 1990년대 시에 나타나는 동, 식물 표상을 살펴, '1990년대적인 것'의 내포를 확인하는 데 목적을 둔다. 가령 한국 현대 시사에서 1990년대는 전대인 1980년대의 잔해를 감각하고 후대인 2000년대의 예고를 나타내는 독특한, 역동적 시대이기에, 시사적 관점에서 중요한

---

1   성미정은 1994년 『현대시학』을 통해 등단하였다. 시집 『대머리와의 사랑』(세계사, 1997; 문학동네, 2020), 『사랑은 야채 같은 것』(민음사, 2003), 『상상 한 상자』(랜덤하우스 코리아, 2006), 『읽자마자 잊혀져버려도』(문학동네, 2011)와 동시집 『엄마의 토끼』(난다, 2015), 산문집 『나는 팝업북에 탐닉한다』(갤리온, 2008) 등을 출간하였다.

2   이수명은 1994년 『작가세계』를 통해 시단에 등장하였다. 시집 『새로운 오독이 거리를 메웠다』(세계사, 1995; 문학동네, 2020), 『왜가리는 왜가리놀이를 한다』(세계사, 1998; 문학과지성사, 2015), 『붉은 담장의 커브』(민음사, 2001), 『고양이 비디오를 보는 고양이』(문학과지성사, 2004), 『언제나 너무 많은 비들』(문학과지성사, 2011), 『마치』(문학과지성사, 2014), 『물류창고』(문학과지성사, 2018), 『도시가스』(문학과지성사, 2022) 등, 다수의 산문집과 시론집, 연구서와 번역서를 출간하였다. 그리고 박인환문학상, 현대시작품상, 노작문학상, 이상시문학상, 김춘수시문학상, 청마문학상 등을 수상하였다.

가치를 지닌다. 그러나 1990년대 시를 구조적, 체계적으로 접근하고자 한 전례는 미흡한 상황이며, 성미정과 이수명의 시를 섬세히 살피거나 그들의 시로 하여금 1990년대 시의 의미를 고구하고자 한 연구사 또한 미진하여 극복이 필요하다. 이 글은 1990년대를 '모색'과 '극복'을 수행하던 시대로 보고, 논의를 전개할 것이다.

먼저 '모색'이라 함은 1987년 박정희-전두환 군사 정권의 몰락, 1990년 독일의 통일, 1991년 소련의 붕괴 등으로 하여금 도래한 세기말적 징후와 연루되는 양상이다. 1990년대는 '이후의 시대'[3] 혹은 '파편과 잔해의 시대'[4] 라고 언표되고는 하는데, 그것은 강력한 힘과 진영의 대결을 노정하던 시대와 결별하게 된 1990년대만의 분위기를 나타내는 적절한, 적극적 표현이다. 즉 당대는 '참여'와 '투쟁'의 잔해로 말미암아 혼란과 상실을 추동하던 시대이자 시대, 현실이라는 토대를 딛고 시-쓰기를 수행하던 시인들에게 '이후의 문학이란 무엇인가?'에 관한 물음을 다각적으로 제시하던 시대인 측면이 크다. 이 같은 양상은 1990년대를 "'우리'보다 '나'의 절실한 문제로 시선을 옮겨갔"[5]던 시대, 이를테면 '우리'로서 전방위의 전투에 참여하던 사정에서 개인('나')으로서 "독자적 탐험"과 "고투"[6]를 자행하기에 이른 시대로의 변화, 조짐을 나타내는 표지라고 할 수 있다. 따라서 1990년대'적' 특이성은 사회, 정치, 참여적 상상력에서 탈피하여 '나'로부터 모색, 개시해가던 "개인적 사유"[7] 및 "개인적인 실험"[8] 등에서 발견해볼 수 있는 것이다.

---

3   유성호, 「탈냉전의 시기(1991년~2000년)」, 오세영 외, 『한국 현대시사』, 민음사, 2007, 534쪽.

4   김선우, 「1990년대 시의 시적 현실에 관한 정신분석적 연구: 박상순·이수명·성미정의 시를 중심으로」, 고려대학교 대학원 박사학위논문, 2024, 1쪽.

5   유성호, 앞의 글, 535쪽.

6   이수명, 「책머리에」, 『공습의 시대: 1990년대 한국시문학사』, 문학동네, 2016, 14쪽.

7   유성호, 앞의 글, 같은 쪽.

다음으로, '극복'이라 함은 1990년대를 일컬을 때 활용하는 탈중심 및 재구축과 연루되는 양상이다. 1990년대가 '이후'의 시대라고 불리는 데에는 단순히 전대의 강고한 힘의 몰락 및 퇴장을 나타내는 것뿐만 아니라, 재래의 가치와 체계가 재고되어진 사정 또한 내포되어 있다. 즉 탈근대의 자장에 놓이는 1990년대의 탈중심 및 재구축의 징후에는 기존의 가치 체계를 어떻게, 첨예히 극복하였는지 여실히 드러나 있다.

> 1990년대의 시가 우리에게 선사한 가장 커다란 인식론상의 진경(進境)은 시적 주체의 자기 동일성에 대한 회의와 반성 그리고 그것의 재구축에 있다. '내면/외계', '주체(의식)/객체(대상)', '동일자/타자', '실재/허구', '정신/육체', '서정/묘사(서사)', '단일한 자아/무수한 타자', '인과율/우연성' 같이 그동안 근대적 이성을 통해 이항 대립적 경계로 확연하게 구분되었던 사물(개념, 현상)들의 관계에 대한 탈근대적 재인식이야말로 누대(累代)의 지적 작업이 간과해 온 것이면서 이 시기의 커다란 인식론적 전회(轉回)를 주도한 패러다임이다.[9]

이상의 인용에서처럼, 근대적, 재래의 가치가 와해한 1990년대의 "반성"[10]은 '우리' 혹은 진영의 굴레로부터 벗어나서 '나'를 복원하게 한 혐의와 함께, 억압된 가치들의 회귀를 가능하게 한 강력한 동인이 되기도 하였다. 즉 유성

---

8 이혜원은 "이수명의 실험시는 1980년대 해체시와 2000년대 '미래파' 시 사이에 놓이며 정치적인 실험시가 개인적인 실험시로 변화되어 가는 과정에 해당한다"라고 평가한다. 그리고 "이수명을 비롯해서 1990년대에 등단한 실험적인 시인들의 시는 1980년대의 해체시와 2000년대 미래파 사이에 '끼어서' 그만큼 주목을 받지" 못하였다고 지적한다. 이혜원, 「미지의 세계를 향한 진지한 놀이」, 『계간 시작』 51, 천년의시작, 2014, 37쪽.

9 유성호, 앞의 글, 같은 쪽.

10 위의 글, 같은 쪽.

호가 일별한 이항의 개념 중, 후자의 개념을 승인하고 요청하게 된 사정이 1990년대의 확실한 풍경이기도 하다. 따라서 중요한 것은 1990년대 들어서 생태, 여성, 육체, 일상 등의 화두가 시-쓰기에 있어 적극적으로 채용되게 된 내력이, 힘과 진영의 시대가 저물었기에 자연스레 획득한 유산이 아니라, 재래의 가치 및 담론을 비판과 반성을 통해 반추함으로써 얻은 전리품이라는 사실에 있다. 1990년대는 파편과 잔해를 지르밟으며 혼란과 상실을 표시하던 시대이면서, 그 혼란과 상실을 다시금 딛고 다양한 가치와 화두를 요청, 타진 하던 능동적, 적극적 시대라고 보는 게 온당하리라 여겨진다. 즉 '모색'은 '우리'보다 '나'의 문제를 시에 적극적으로 배치하게 된 사정, '극복'은 재래 의, 근대적 가치 체계를 무너뜨린 상황을 범박하게 나타낸다고 하겠다.

이렇듯 1990년대가 '모색'과 '극복'이라는 두 힘이 크게 작용하며 조성된 시대라고 할 때, 그 같은 움직임이 상실과 혼란을 (탈)승화하고, 다양성과 복합성의 시대를 창안하였기에 독특한 의미를 자아냄에도 불구하고, 당대를 소상히, 체계적으로 점검하고자 한 연구는 미흡하다. 1990년대 시의 의미를 섬세히 밝혀내는 작업은 한국 현대시사에서 중요한 변곡점이기도 하였던 당대를 의미화하는 데 있어 중요하고, 지금-여기의 시를 살피는 데 있어서도 종요로울 것이기에 중요한 과제라고 할 수 있다. 가령 이수명과 김선우는 1990년대 시를 1980년대 시와 맥락화하는 데에서 그치지 않고, 2000년대 시와 연루시켜 1990년대 시에 예고되어 있는 '2000년대적인 것'을 진단한다. 이수명은 "1990년대 시들에는" "2000년대의 유령들이" "어른거"렸고, 당대 의 시는 "새로운 것을 추동하느라고 2000년대적인 것을 상상하며 이웃하였 다"라고 설명한다.[11] 그리고 김선우는 박상순·이수명·성미정의 1990년대 시 에 나타나는 정신적, 문학적 요소인 '주체', '가족', '도시' 및 '전대에의 반성'

---

11   이수명, 앞의 글, 8쪽.

과 '환상' 등을 살펴 이미 예고되어 있으며 얼마간 닮아있기도 한 2000년대 시의 징후를 검토한다.[12] 즉 1990년대 시를 섬세히 의미화하지 않은 채로, 2000년대 이후 시를 읽고 밝혀가는 것은 무의미한 작업일지 모른다. 1990년대 시에 나타나는 '1990년대적인 것'의 내포를 검토한다면, 지금-여기의 시에 관한 논의에도 폭넓게 보탬이 될 수 있을 것이다.

그러므로 이 글은 1990년대 시에 드러나는, 당대의 '모색'과 '극복'이 아울러 빚는 '1990년대적인 것'의 내포를 성미정과 이수명의 시를 통해 밝혀보고자 한다. 이 글에서는 두 시인의 1990년대 시를 살필 예정이므로, 성미정의 시집 『대머리와의 사랑』(세계사, 1997)과 이수명의 시집 『새로운 오독이 거리를 메웠다』(세계사, 1995), 『왜가리는 왜가리놀이를 한다』(세계사, 1998)을 통해 논의를 전개할 것이다. 먼저, 여기에서 '1990년대적인 것'이라 함은 '모색'과 '극복'의 양상, 다시 말해 '우리'가 아닌 '나'에 천착하면서, 타자'적'인 것으로 배제되던 가치들을 두루 포섭하며 다양성을 위시하였던 당대의 징후를 나타내는 것이라고 다시금 정리할 필요가 있다. 1990년대를 흔히 '이후' 및 '파편'과 '잔해', '상실'과 '혼란'의 시대라고 언표하고는 하는데, 그 같은 사정을 딛고 '나'와 '타자'가 부상하였던 사실은 이들 시인의 시를 살피는 데 긴요한 참조점이 되는 것이다. 성미정과 이수명의 시에서 '나'의 언술과 묘사로 하여금 타자적 존재와 적극적으로 매개되는 양상을 살핀다면, 두 시인의 시에 나타나는 '1990년대적인 것'의 의미와 함께, 이들 시인이 1990년대 시사에서 어떠한 위치를 점유하는지 효과적으로 가늠해볼 수 있으리라고 판단된다. 이상의 두 시인을 선별한 이유를 보다 자세히 밝혀본다면, 다음과 같다.

먼저 성미정과 이수명은 1960년대에 태어나, 1990년대에 등단하여, 1990

---

12   김선우, 앞의 논문, 195~198쪽.

년대에 첫 시집을 출간한 시인들이다. 즉 두 시인은 1990년대 시의 특이성을 살피기에 적합한 군(群)에 속한다고 볼 수 있다.[13] 더욱이 이수명은 "1990년대를 표상하는 시는 1980년대와의 연속성보다는 분명하게 차이와 독자성 쪽으로 기울어져 있는 시편들", 즉 "2000년대의 징후를 내장하게 될 시편들"에서 "찾아야 한다"[14]라고 언급하는데, 1980년대를 벗어나 등단하였고 시집을 상재하기 시작하였으며, 2000년대 시의 징후를 예고하는 성미정과 이수명은 그 같은 1990년대적 경향 및 특이성을 확인하기에 걸맞는 시인들이라고 여겨진다. 또, 이들에게 가해진 '난해하다' '모호하다' 등의 평가는 당대의 상황과 무관치 않은 흥미로운 대목이다. 그 같은 평가들이야말로, '우리'가 아닌 '나'에 천착함으로 하여 불가피하게(또한, 의도적으로) 노정하게 된 '고투'와 '탐험'의 거칠며 섬세한 흔적을 지시하기 때문이다. 성미정과 이수명의 시를 시대, 현실과 연루하여 살펴 현실 인식 및 시 의식을 섬세히 밝힌다면, 기존의 이들 시인에 관한 시 연구 및 1990년대 시 연구를 포괄하며 극복하는 데 상당히 이로우리라고 판단된다.

그리고 성미정과 이수명은 독특한 시-쓰기를 통해 꾸준한 관심을 받아왔으나, 연구의 중심에서는 밀려나 있다.[15] 가령 동시대의 다른 여성 시인들,

---

13 신형철은 2000년대 시를 논의하며, 거기에 해당하는 시인 및 시의 범주를 설정한다. 그는 "필자가 언젠가 '70년대산(産), 2000년대발(發) 시인들'이라는 표현을 사용한 것은 출생 연도가 1970년대 이후이고 첫 시집을 2000년대에 낸 시인들을 통칭하기 위한 것이었고, 실제로 2000년대 주목할 만한 첫 시집을 출간한 시인들은 대체로 이 규정에 들어맞는다"라고 말한다.(신형철, 「2000년대 한국시의 세 흐름」, 김윤식 외, 『한국현대문학사』(5판), 현대 문학, 2014, 672쪽) 이 같은 사정을 반추해볼 때, 1990년대 시를 헤아리는 데 있어 1960년 대에 태어나, 1990년대에 등단하고, 1990년대에 첫 시집을 상재하기 시작한 시인들을 선별 해내는 것은 무리가 아니라고 보인다.

14 이수명, 「1990년대 란 무엇인가」, 앞의 책, 34쪽.

15 성미정 시 연구는 김선우, 「성미정 시의 '시적 현실'에 관한 정신분석적 연구:『대머리와의 사랑』을 중심으로」, 『한국문예창작』57, 한국문예창작학회, 2023; 김선우, 「1990년대 시의 시적 현실에 관한 정신분석적 연구: 박상순·이수명·성미정의 시를 중심으로」, 앞의 논문이

이를테면 김언희, 이원 등의 시가 활발히 연구되고 있는 사실을 반추해본다면, 성미정과 이수명의 시 연구가 미흡하게 이루어지고 있는 부분은 아이러니하고, 보완이 필요하다고 보인다. 특히 이광호는 "서정시의 전통을 여성적 서정성을 통해 풍부하게 하거나 보다 전복적인 여성적 상상력과 탈중심화된 언술 방식"으로 "새로운 여성적 미학"[16]을 보여준 1990년대 여성 시인들에서 성미정과 이수명을 거론하고, 정끝별은 1990년대 이후 들어, 1990년대 여성시 연구에서 "여성언어의 발견과 그 정체성 규명에 초점을 맞춰 여성시의 다양한 시적 태도와 화법, 문체와 같은 발화양식의 특성을 규명하려는 일련의 연구 경향"이 대두되었다고 평가하면서, 신은경, 김옥순, 문선영, 한영옥 등의 논의를 토대로 하여 "여성 몸의 발견과 돌발적이고 왜곡된 무의식 속에서 출렁이는 문체"[17]의 범주에서 성미정과 이수명을 언급한다.

이광호, 정끝별의 논의를 참조하더라도, 해당 시인들에 관한 논의는 지체되어서는 안 될 과제라는 사실을 확인할 수 있다. 즉 이들에게 선고된 '난해하다' '모호하다' 등의 평가 때문에 섬세히 논구되어오지 못한 사정, 특히 '여성시'적 성격 또한 크게 연구되지 못하였던 사실은 극복될 필요가 있다. 그렇다면, 두 시인의 여성시적 측면 또한 조명함으로써 '1990년대적인 것'의 내포를

있다. 그런데 김선우는 소논문의 논의를 박사학위논문에서 발전, 확장하였으므로 성미정론은 사실상 1편이다. 그리고 이수명 시 연구는 김순아, 「현대 여성시에 나타난 '빈 몸'의 윤리와 감각화 방식: 이수명, 조용미의 시를 중심으로」, 『여성문학연구』 34, 한국여성문학학회, 2015; 김선우, 「이수명 시의 '시적 현실'에 관한 정신분석적 연구: 『새로운 오독이 거리를 메웠다』와 『왜가리는 왜가리놀이를 한다』를 중심으로」, 『현대문학이론연구』 92, 현대문학이론학회, 2023; 전명환, 「이수명 시의 언어적 특성 연구」, 중앙대학교 대학원 석사학위논문, 2022; 김선우 위의 논문이 있다. 그런데 김선우는 소논문의 논의를 박사학위논문에서 발전, 확장하였으므로 이수명론은 사실상 3편이다. 이렇듯 성미정, 이수명에 관한 연구는 미흡하며, 해소할 필요가 크다.

16 이광호, 「1990년대 시의 지형」, 『한국현대문학사』, 앞의 책, 613~614쪽.
17 정끝별, 「여성주의 시의 흐름과 쟁점: 여성 고유의 정체성에 대한 탐색과 물음」, 『문학사상』 320, 문학사상사, 1999, 104쪽.

확인하는 작업에 관한 다각적인 접근이 가능하리라 기대된다. 그러므로 밝히고픈 대목은, 성미정과 이수명의 시에 내재하여 있는 여성시적 가치를 주목하는 것은 궁극적으로, 이들 시에 산포하여 있는 '모색'과 '극복'이 주조하는 '1990년대적인 것'을 확인한다는 데 목적이 있다는 사실이다. 즉 1980년대를 벗어나 1990년대에 등단하고 시집을 상재하기 시작하여 1990년대의 양상 및 징후를 두드러지게 나타낸다고 보이는 성미정과 이수명의 시를 여러 각도로 살핌으로써, 이들 시인의 시가 자아내는 함의를 섬세히 확인하고자 하는 것이 이 글의 목적이다. 따라서 두 시인의 여성시적 특이성은 곧 '1990년대적인 것'을 형성하고 나타내는 자질로 보고자 하며, 이것이 성미정과 이수명을 1990년대'적' 특이성을 다채롭게 응축하고 내포하는 (동)시대'적' 시인으로 의미화하는 데 더욱 일조하리라고 판단된다. 이 글을 통해 1990년대 시의 특징 및 의미와, 당대의 시사에서 두 시인이 점유하는 위치를 자연스레 확인해볼 수 있으리라 생각한다.

이상의 내용을 종합해보면, 성미정과 이수명의 시에는 1990년대의 특이성인 '모색'과 '극복'의 혐의가 이채롭게 내재하여 있음을 유추할 수 있고, 당대의 여성 시인 중에서도 단연 눈에 띄는 개성을 드러내고 있음을 알 수 있다. 즉 이들의 시를 섬세히 논구해본다면, '1990년대적인 것'의 내포를 살피는 데 있어 깊이 있고 폭넓은 논의가 가능하리라고 기대된다. 이제 성미정과 이수명의 시를 1990년대 현실과 연루하여 살핀 기존의 논의를 검토함으로써 이 글의 당위성 및 적절함을 확인, 확보해보고자 한다. 김미현, 황현산, 김순아, 오형엽, 황선희, 김선우의 논의가 대표적이다.

김미현은 성미정 시의 몇 가지 특이성을 1990년대의 경향과 연루하여 살피고 있다. 가령 그의 시가 "1990년대 포스트모더니즘의 영향으로 유행했던 패러디 기법이나 동화 '다시 보기(re-vision)'를 통해 기존의 시각을 '교정(revision)'하려" "의도"[18]한다고 보고, 그의 "일상시"적 특징이 "1990년대에 새롭게 부상한 일상시와 갈라선다"[19]라고 지적한다. 성미정의 시는 일상성을 비판하거나 극복하고자 하지 않고, 일상성을 긍정하고 있다는 것이 그의 의견이다. 또, 이 평론에서는 성미정의 여성시적 특이성 또한 조명하기에, 이 글의 전사로서의 가치가 크다. 그러나 이 글에서는 김미현의 시각과 달리, '패러디' 및 '일상성' 등이 아닌 동, 식물 표상에 담긴 1990년대적인 것('모색'과 '극복')의 양상을 살필 것이므로 차이가 있다. 물론 그 같은 시각을 담지한 김미현의 글은 성미정의 시를 그가 등장한 1990년대와 연루하여 살핀 의미 있는 전사임이 분명하다고 밝힌다.

황현산은 이수명의 첫 시집 『새로운 오독이 거리를 메웠다』의 해설에서 그의 시에 두드러지는 '불행'을 지적한다. 특히 그는 이수명의 시를 "가차없이 파악한 자신의 불행으로, 이 불행한 시대와 우리 시의 미래를 감당할 것이 분명하다"[20]라고 평가한다. 이수명의 시에 두드러지는 불행은 당대의 현실과 무관하지 않은 것이며, 이 해설은 그의 첫 시집을 통해 시 의식을 시대, 현실과 연루하여 간파한 가치로운 글이다.

김순아는 이수명과 조용미의 시를 통해 "90년대 이후 여성시 담론의 중심에 있었던 '주체로서의 몸' 개념이 노장사상의 '빈 중심'과 어떻게 연결되는지, 특히 몸의 감각과 관련된 포스트모더니즘의 주요 논의와 관련하여"[21] 살피고 있다. 특히 이수명 시의 '몸'이 시각 이미지로 드러난다고 평가하는데, "대상의 이미지를 전적으로 '보여'"줌으로 하여 "'빈 중심' 즉 '빈 몸'"[22]을 표상한다고 분석한다. '몸'을 통해 이수명의 1990년대 이후 시에 나타나는

---

18   김미현, 「다소 시적인?: 성미정론」, 『세계의문학』 113, 민음사, 2004, 237쪽.
19   위의 평론, 239쪽.
20   황현산, 「불행을 확인하기」(해설), 이수명, 『새로운 오독이 거리를 메웠다』, 앞의 책, 123쪽.
21   김순아, 「현대 여성시에 나타난 '빈 몸'의 윤리와 감각화 방식: 이수명, 조용미의 시를 중심으로」, 『여성문학회』 34, 한국여성문학학회, 2015, 272쪽.
22   위의 논문, 287쪽.

여성시적 면모에 주목한 의미 있는 논문이고, 이 글의 방향과 일정한 차이를 띠기에 보완 및 극복의 여지가 있다.

오형엽은 1990년대 전위 시를 "'죽음의 시학' '마녀적 상상력' '무의식적 타자성' '대중문화의 패러디' '테크놀로지적 상상력' 등으로 크게 유형화할 수 있다"라고 설명하며, '무의식적 타자성'의 시에 성미정과 이수명을 위치시킨다.[23] 이들 시인의 시가 "시니피에로부터 이탈한 시니피앙의 유희를 통해 기존 시의 관념을 전복시킴으로써 주체의 자기 동일성을 해체하고 억압된 타자성을 복원한다"[24]라고 평가한다. 특히 해당 평론에서는 1930년대의 이상, 1990년대의 박상순과 이수명, 2000년대의 황병승과 김민정과 이민하를 계보화하고자 시도하는데, '무의식적 타자성'의 시에 포함되는 시인들의 시사적 의미를 간접적으로 반추할 수 있는 의미 있고 흥미로운 논의라고 할 수 있다.

황선희는 1990년대 여성시에 드러나는 '웃음'을 통해 "시적 주체들의 긍정적 정동뿐 아니라 환멸과 냉소, 상실, 폭력적 현실에 대한 대응 방식 등을 보여 준다고"[25] 분석한다. 특히 당대의 여성시에서 '웃음'을 '수렴의 웃음', '전환의 웃음', '발산의 웃음'으로 유형화하는데, 이수명의 시 2편을 '전환의 웃음'에서 분석한다. "상실의 주체와 대상은 서로 다르지만 이 시들은 모두 '웃음'을 통해 전환되는 정동을 드러낸다는 점에서 공통적이"라고 지적하고, 특히 그의 시에서 '달걀'을 통해 '물질적 행위성'에 주목하여 "비인간에 대한 사유를 근본적으로 다시 하게 만든다"[26]라고 설명하기에 시사적이다. 즉 '상

---

23 오형엽, 「공포와 환상의 시적 계보: 숭고 및 주이상스와의 연관성」, 『알레고리와 숭고』, 문학과지성사, 2021, 71쪽.
24 위의 평론, 같은 쪽.
25 황선희, 「1990년대 여성시에 나타난 '웃음'의 정치성」, 『현대문예비평연구』 78, 한국현대문예비평학회, 2023, 27쪽.
26 위의 논문, 19쪽.

실'이 전경화되고 '웃음'을 전환의 기제로 활용하는 등, 이수명의 시를 시대, 현실의 풍경과 연루하여 주목하는 것은 전사로서의 가치가 크다고 보인다. 그러나 1990년대 여성시를 진단하는 데 있어 상실, 환멸, 폭력 등을 광대하게 전제하고 있고, 이 글에서 '웃음' '사물' 등에 주목하여 그의 '여성시'적 특이성을 고찰하고자 하는 것은 아니기에 주제 및 소재에서 변별성을 띤다.

김선우는 시적 현실의 양상과 시적 주체의 징후를 통해, 박상순·이수명·성미정의 시가 나타내는 1990년대 현실과의 불화를 분석한다. 특히 이수명의 시에는 '불안 의식'이, 성미정의 시에는 '소외 의식'이 나타난다고 보고, 그를 다각적으로 점검한다. 그런데 김선우는 성미정과 이수명 시의 동물 표상을 얼마간 살펴, 두 시인의 동시대성을 논의하고 있다. 성미정 시의 동물은 재래의 가치 및 남성적 질서에 대응하는 비판적 감수성과 연결되고,[27] 이수명 시의 동물은 도시 및 남성적 질서를 간파하고 저항하는 시 의식을 표상한다[28]고 평가한다. 이 같은 시각은 온당하고 유의미하나, 김선우는 동물 표상 자체를 면밀히 점검한다기보다 성미정의 시에서 동물의 의인화를 분석하고, 이수명 시에서 분자적 존재로 펼쳐지는 동물에 주목하기에 논의의 맥락을 달리한다.

그리고 이수명을 '1990년대 개인적인 실험시'의 범주에 놓는 이혜원의 논의 및 성미정과 이수명을 여성시사에 있어 의미화, 계보화하고자 시도하는 이광호와 정끝별의 논의 또한 중요한 전사이다. 그럼에도, 이상의 논의들은 성미정과 이수명의 시가 자아내는 '1990년대적인 것'의 의미 및 가치를 확인하는 데 있어 미흡함을 드러내는 아쉬움을 노정한다. 즉 1990년대의 자장 안에서 성미정과 이수명의 시를 세밀하게 살피기 위하여 노력하지만, 이들 시인의 시에 주효하게 드러나는 표상 등을 톺아보아 1990년대 현실과 연동시

---

27   김선우, 앞의 논문, 172쪽.
28   위의 논문, 128, 130쪽.

켜 구조적으로 (재)의미화하고 있지는 못하는 것이다. 즉 이 글은 기존의 연구 및 논의에 크게 동의하지만, 비판적으로 극복해야할 필요를 느끼며 '모색'과 '극복'이 아울러 주조하는 성미정, 이수명 시의 '1990년대적인 것'의 내포를 확인하고자 한다.

성미정과 이수명의 시를 살피기 위해, 이 글에서는 동, 식물 표상을 통해 논의를 개진하여볼 것이다. 동물과 식물 표상은 '1990년대적인 것'의 내포를 확인하는 데 있어 탁월한 요소인 측면이 크다. 가령 1990년대는 '나'의 정체성과 징후를 섬세히 반추하면서, 타자적 가치의 회귀로 하여금 다양성과 복합성을 나타내던 시기이다. 즉 동물이나 식물 같은 타자적 존재를 적극적으로 시의 문면에 동원해냄으로써 '나'의 징후와 정체성을 표상하는 성미정과 이수명의 시는, 1990년대가 '나'에 천착하여 여러 타자적 가치 및 화두를 두루 수용하며 시적 실험을 모색, 타진하던 시대라는 진단과 호응을 이룬다.

나아가 동물과 식물은 흔히 생태시의 표지이자, 여성 시인의 감수성을 살피기에 적합한 사물로 파악되어온 사실이 있다. 1990년대 전후로 활발히 논의되어온 '생태시'에서는 동물과 식물을 비롯한 자연 표상을 살펴 시인들의 생태적, 자연친화적 감수성을 살펴온 바 크고, '여성시'의 경우 몸, 욕망, 일상 등과 더불어 자연 표상을 활용하여 여성 시인들의 감각과 감수성을 점검[29]하여온 바 있다. 즉 동, 식물 표상은 흔히 시인 및 자아의 완고한 감수성 속에서 그것의 타자성을 인정받지 못하고 지배와 조작의 대상이 되어온 바 있는데, 1990년대를 기점으로 화두가 된 생태시와 여성시 등에서 동, 식물

---

29 이혜원은 한국 현대 여성시에 나타난 자연 표상인 '물'을 점검하며 "여성시에 나타나는 자연 표상 특징을 통해 여성성의 본질과 독자적인 미학적 의미를 해명할 수 있는 다양한 시각을 확보"할 수 있다고 평가하면서, "여성시에 나타나는 자연 표상을 살피는 것은 여성이 인식하는 자연의 의미를 보다 폭넓게 파악할 수 있게 한다"라고 설명한다. 이혜원, 「한국 현대 여성시에 나타난 자연 표상의 양상과 의미: '물'의 표상을 중심으로」, 『어문학』 107, 한국어문학회, 2010, 352쪽.

등의 자연 표상의 능동성을 긍정하고 재고하기 위한 시도와 노력이 활발히 전개되기 시작하였던 것은 주목할만한 대목이다. 이는 앞서 언급하였듯 1990년대가 탈중심, 재구축, 탈근대 등으로 언표되고, 동, 식물 등의 타자에 관하여 주목하고 (재)의미화를 이룬 시대였다는 사실과 크게 연동되리라고 본다. 이 글에서는 성미정과 이수명 시의 생태시 및 여성시적 특이성에 적극적으로 천착하여 '생태 시인' 혹은 '여성 시인'으로 의미화하기 보다, 두 시인의 시가 공통적으로 동, 식물의 역동성과 생명력을 긍정하며 '나'의 징후와 정체성을 반추함으로 하여 '1990년대적인 것'을 이채롭게 자아내 (동)시대성을 나타낸다는 대목에 주목할 것이다.

특히 동, 식물 표상을 통해, 성미정은 우울을, 이수명은 소외를 드러내기에 시사적이다. 이 같은 징후는 당대에 두드러지는 '이후' 및 '파편'과 '잔해', '상실'과 '혼란' 등에 연루되는 징후라 할 수 있으며, 그것을 토대로 하여 모색, 타진되던 다양성과 복합성을 추적하는 데 중요한 표지가 될 수 있다.

따라서 이 글에서는 성미정, 이수명 시의 주체와 지속하여 연동되는 동, 식물 표상을 살핌으로써 1990년대의 표지인 '모색'과 '극복'이 주조하는 '1990년대적인 것'의 내포를 검토하여 이들 시인의 시가 담지하는 의미 및 1990년대 시의 의미를 밝힐 것이다. 동, 식물 표상은 '나'의 징후와 정체성을 확인하는 데 효과적이고, 난해함과 모호성을 타개하기에 용이하며, 두 시인의 1990년대적 특이성을 살피는 데 이로울 것으로 보이기에 어색한 접근이 아니라고 판단된다.

2. 동, 식물의 활기와 우울의 승화: 성미정의 시

이 절에서는 성미정 시의 동, 식물 표상을 살필 것이다. 그의 시에서 동,

식물 표상은 시적 주체의 우울을 극복, 승화하는 데 일조하며 드러난다. 이 같은 징후는 1990년대의 혼란과 상실에 연루되는 것이라서 중요하다. 전대의 파편과 잔해를 딛고 '나'를 개시하고 모색하던 시인들은 다양성과 복합성의 시대를 열어젖힌 것도 사실이지만, 파편과 잔해로부터 전개되던 상실과 혼란 은 시인들을 우울 등에 옭아맸을 것 또한 자명하기 때문이다. 특히 시인 역시, 당대의 현실을 살아가는 한 명의 개인이라고 할 때, 1990년대에 짙게 깔린 '이후'와 '파편과 잔해'의 양상은 시-쓰기에 있어 세기말적, 묵시록적 분위기를 스미도록 만들었을 것이 명백하다.

성미정 시의 주체는 가족으로부터도, 사회로부터도 배제되고 억압받는 주체로 표상된다. 그래서 김선우는 성미정의 시가 가족 및 여러 체계, 패러디 의 세계에서 소외된다고 보고, 그를 세밀히 검토함으로써 정서적 징후를 통해 고지되는 그의 1990년대 시의 동시대성 및 고유성을 검토한다.[30] 소외 는 성미정의 시가 당대의 현실을 얼마나 예각적으로 인식하고 실감하는지 드러내는 표시가 되고, 그의 시가 1990년대적 자질을 얼마만큼 내포하는지 나타내는 표지로 수렴하기에 중요하다. 그러나 성미정의 시에는 우울의 징후 또한 적나라히 암시되기에 주목이 요구된다. 물론 김선우 또한, 성미정 시의 우울을 지적하지만, 보다 섬세한 관심이 필요하다고 사료된다. 성미정 시에 서 개인으로서의 '나'의 사정과 1990년대의 현실 상황과 매개되어 있는 우울 의 징후를 '1990년대적인 것'의 내포를 살피는 데 있어 활용한다면, 그의 (1990년대) 시에 관한 더욱 세밀하고 폭넓은 논의가 가능하리라고 보인다. 특히 이 절에서는 동, 식물 표상을 통해 살필 것이기에, 성미정 시의 우울을 보다 효과적이고 다각적으로 주목해볼 수 있으리라고 기대된다.

자크 라캉에 따르면, 주체는 텅 빈 존재이자 빗금 그어진 존재이다. 그래서

---

30   김선우, 앞의 논문, 140~187쪽.

기표는 주체에게 중요한, 절대적 역할을 수행한다. "주체는 상징계의 주인이자 언어의 주관자 같지만 사실은 정반대로 시니피앙이 주도권을 갖는다. (…중략…) 우리가 통상 사유의 출발점에 놓는 주체가 사실은 시니피앙의 호명 효과에 불과하다는 게 라캉의 생각이다."[31] 즉 라캉의 논의를 따르자면, 주체는 "언어의 효과"이자 "언어적 파생물"[32]에 불과해진다. 그러므로 언어가 주체의 위상과 역할을 부여하고, 그를 주체로서 구성할 수 있다고 보는 시각은 다분히 시사적이라고 할 수 있다. 동, 식물 표상을 경유하여 스스로의 징후를 표출하고 정체성을 반추하는 성미정과 이수명의 시는 주체와 기표의 관계를 적용해보면, 이 글에서 수행할 분석의 적절함을 확보하게 한다.

먼저 식물 표상을 통해 '나'를 반추하는 시를 살피고자 한다.

그녀가 소녀였을 때 그녀는 나무를 한 그루 심었다 소녀는 나무 기르는 법을 잘 몰랐다 흙 속에 뿌리를 넣고 힘껏 밟아주면 되는 줄 알았다 사실 가끔 물 주는 것도 빼먹었다 우울한 날엔 물을 너무 주기도 했다 나무는 자라 소녀의 머리숱만큼 가지가 무성해졌다 소녀는 가지치기를 했다 나무는 토르소처럼 보였다 그녀가 처녀였을 때 그나마 남아 있던 가지에 열매가 달렸다 시든 열매 같은 얼굴들이 걸려 있었다 벌레 먹은 기억 텅 빈 사이로 찬바람이 스몄다 밤마다 나무는 짐승처럼 울었다 처녀는 나무가 두려웠다 파내서 뿌리째 태워버리려고 했다 그밤 처녀는 나무의 비밀을 만나게 되었다 나무는 뿌리가 없었다 한 그루의 똑같은 땅속으로 자라고 있었다 마치 정교한 거울 같았다 어둠 속에서 자란 가지 끝에는 혈색 좋은 얼굴들이 익어 있었다 처녀는 나무를 다시 심었다 땅속에 묻혀있던 나무는 지상으로

31   김석, 『에크리: 라캉으로 이끄는 마법의 문자들』, 살림, 2007, 117~118쪽.
32   위의 책, 124쪽.

지상의 나무는 지하로 묻어버렸다 마치 결혼식과 장례식을 함께 치른 듯 처녀는 피곤했다 날이 밝았다 아무도 그녀를 알아볼 수 없었다 잘 자란 나무 곁에 나무껍질처럼 주름진 노파가 쓰러져 있었다

—「가족 나무」 전문, 『대머리와의 사랑』

위의 시에는 "나무를 한 그루 심"은 "그녀"가 등장한다. "그녀"의 성장에 맞물려 "나무"가 자라나는 모습은 온당하지만, 기이한 분위기를 자아낸다. 즉 "나무"가 무성해지고, 열매가 익거나 시드는 모습이 "그녀"와 연동되어 묘사되는 장면은 주목을 요구한다. 시의 중반부에서 "나무는 토르소처럼 보였다"라는 표현을 미루어볼 때, "나무"는 "그녀"의 투사물이라고 보인다. 또, "토르소"는 흔히 팔·다리가 없는 조각상을 의미하므로 위 시의 "나무"는 "그녀"의 수고와 정성을 들여 제작해내는 작품, "그녀"만의 오브제가 된다. 따라서 "나무"는 "그녀"와 동떨어져 무관하게 자라나는 사물이 아닌, "그녀"와 적극적으로 연루되며 생장하는 신이한 표상이라고 할 수 있다. 이 같은 대목에서, 재래, 전통의 시가 담지하지 못한 시적 주체와 자연 표상의 능동적 관계를 확인할 수 있어 고무적이기도 하다.

시의 중반부를 지나, "나무는 짐승처럼 울었다"와 "나무는 뿌리가 없었다" 등의 문장이 등장하며 "그녀"와 "나무"의 적극적인 관계는 보다 적나라히 암시되기에 이른다. 이는 성미정의 시에서 심층으로부터 표출되는 '1990년대적인 것'과 연결될 수 있다. 가령 혼란과 상실의 시대라 일컬어지는 1990년대의 현실을 딛고 성미정의 시가 우울을 표상하는 바는 참조의 중요한 대목이 된다. "그녀"를 대리하여 "짐승처럼 울"고 "뿌리가 없"다고 묘사되는 "나무"야말로, 상실과 혼란의 시대에서 우울을 감내하는 시적 주체의 징후와 정체성을 아울러 재현해내는 것이라고 평가할 수 있기 때문이다. 더욱이 "나무"의 "뿌리" 대신, "한 그루의 똑같은 나무가 땅속으로 자라고 있었다

마치 정교한 거울 같았다 어둠 속에서 자란 가지 끝에는 혈색 좋은 얼굴들이 익어 있었다'라고 언술하는 대목도 주목이 필요하다. 이 부분은 성미정 시의 주체가 우울 등의 징후에 매몰된 채, 정서를 전경화하여 당대의 현실을 단조롭게 고지하는 것이 아니라, 예리한 감각과 통찰력을 구사하여 징후를 승화하려 시도하는 능동성과 적극성을 나타내는 표시라고 보이기 때문이다. '나'의 투사물이자 오브제인 "나무"의 "뿌리" 없음은 상실의 내포를 넘어, 그 상실을 딛고 모색되는 생명력과 역동성의 발견을 표상한다. "나무"에는 상실과 혼란에 따른 우울의 시대였으나, 그것을 딛고 '나'를 '모색'하고 타자적 가치를 요청하며 다양성과 복합성을 자아내던 '1990년대적인 것'이 응축되어 있다고 할 수 있다.

그러므로 "그녀"는 "나무"의 무궁무진한 생명력을 발각해낸 이후 "노파"로 변하게 되고 "쓰러져 있다"고 술회되지만, 그것은 "나무"의 진의를 탐지한 "그녀"를 역설하는 언표가 될 수 있다. 『대머리와의 사랑』 해설에서, 황현산은 위 시의 "그녀"가 "노파"가 되는 장면을 "나무의 뿌리를, 자신의 내면을 하나의 텍스트로 여긴 것"[33]과 매개하여 논의하기에 시사적이다. 이 글과 해석이 상이하지만, "그녀"가 일순간 "노파"가 되는 모습에는 "자신의 내면"에 기꺼이 다가가고 그것을 탐색하고자 시도하던 주체의 '주체'적 행위가 담겨 있다고 볼 수 있다. 자크 라캉에 따르면, '나'의 자아와 주체의 형성에 있어서 타자의 역할은 중요한 것이다. 그 타자라 함은 인간뿐만 아니라, 타자 '격'의 사물 또한 포함된다. 자아는 거울상(이마고) 등의 타자를 통해 소외되지만 자아를 획득하게 되고,[34] 주체는 타자로부터 언어 및 욕망을 주입받아 소외 및 분리되지만 주체를 구성하게 된다.[35] 이렇듯 '나'를 구성하는 데

---

33   황현산, 「혼자 가는 길」(해설), 성미정, 앞의 책.
34   김석, 앞의 책, 148쪽.
35   위의 책, 166~167쪽.

있어 타자의 역할은 중요한데, "나무" 표상과 매개됨으로 하여 '나'의 징후 및 정체성을 획득하고 반추하는 위 시의 주체는 주목할만하다. 특히나 '나'와 연동되는 타자가 동, 식물이라는 대목에서, 성미정의 시에서 발현되는, '타자'인 타자와 조성하는 독특한 감각과 감수성을 감지할 수 있어 의미가 크다. 즉 그의 시가 당대의 혼란과 상실에 침식되기만 하기를 거절하고 동, 식물 표상과 적극적으로 연결됨으로써 드러내는 우울 및 '나'에의 반추는 그의 시에 내재하는 '1990년대적인 것'의 내포를 다층적으로 표시한다고 보인다.

> 내 마음엔 동물원이 있었다
> 그리고 많은 동물들이 있었다
> 그것들은 이름에 어울리게
> 끝없이 움직이고 울부짖었다
> 움직여야 하는 것들의 운명은
> 상처 입고 상처 주는 거였다
> 그것들은 더 이상 움직이지 않게 되었다
> 깊은 후회 속에서 웅크리고 침묵하게 되었다
> 내 마음엔 창백한 벽이 생겼다
> 더 이상 동물이 아닌 것들
> 정지한 것들 정물들이 살게 되었다
> 고요가 흐르고 내 마음은 무덤이 되었다
> 오래된 동물이었던 그것들
> 어느 한때 정물이었던 너희들
> 이젠 다만 남겨진 것들이 되었다
> 유물이 되어버렸다

―「내 마음엔」 전문, 『대머리와의 사랑』

위의 시에는 "내 마음엔 동물원이 있"다고 고백하는 시의 주체가 등장한다. 그곳에는 "많은 동물들이 있"고, 그들은 "끝없이 움직이고 울부짖"고 있다. 이는 「가족나무」에서 "짐승처럼" 우는 "나무"를 떠올리게 한다. 즉 "끝없이 움직이고 울부짖"는 "동물들"은 1990년대의 상실과 혼란, 그에 따른 우울의 징후를 표상하기에 무리가 없다. 특히 그들이 기거하는 공간이 "동물원"이자 "내 마음"이라는 사실이 중요하다. "내 마음"에 헤아리기 어려운 상실과 혼란의 징후가 "동물"로 형상화되는 대목은 특징적이라고 할 수 있는 것이다. "정물" 및 "유물"과 달리 "동물"이 갖는 역동성, 생명력은 '나'의 "마음"에 내재하여 있는 혼란의 의미를 풍부하게 한다. 물론 "움직여야 하는 것들의 운명은 상처 입고 상처 주는 거였다"라고 묘사되지만, 그것은 쉬이, 용이하게 다스려지지 않는 "동물"의 활기를 역설하는 언표이기에 시의 묘미 및 의미를 배가한다.

이는 혼란과 드러나는 역동을 환기하여 시선을 끈다. 그것은 성미정 시의 한 축을 담당하는 여성시적 면모를 드러낸다고 보인다.

(엘렌) 식수(Hélène Cixous)는 여성의 삶의 원천은 여성 스스로 힘의 원천이자 생기의 원천이 되는 데 있다고 주장한다. 이때 강조하는 것이 새로운 여성적 언어의 필요성이다. 여성적 언어는 여성을 억압하고 침묵에 빠뜨리는 가부장제의 이항대립적 사고의 기반을 약화시키거나 무너뜨리는 언어다. 식수는 이런 종류의 언어가 이른바 여성적 글쓰기(écriture féminine)를 통해 가장 잘 드러날 수 있다고 믿는다. 여성적 글쓰기는 자유로운 연상에 따라 유동적으로 구성된다. 여성적 글쓰기는 미리 정해진 '올바른' 구성법, 합리적인 논리 규칙(경험 인지에 관한 협소한 정의에 근거하여 다양한 종류의 감정적·직관적 경험을 불신하는, '머릿속'에서만 머무르는 논리), 선형추론(linear reasoning)(x 다음에는 y가, y 다음에는 z가 온다는 식의 추론)

등을 요구하기 마련인 가부장적 사고방식과 글쓰기 양식에 저항한다.

(…중략…) 식수는 이런 종류의 글쓰기가 여성의 몸에서 솟구치는 구속받지 않는 기쁨의 활력과 저절로 연결된다고 본다.[36]

위의 인용에서처럼, "여성적 글쓰기"는 ① 남성적, 이항대립적 사고 및 언어를 극복하고 ② 자유롭고 비선형적 사유를 전개하고 ③ 활력을 비롯한 '몸'으로부터 발산하는 에너지를 긍정하는 것이라고 할 수 있다. "내 마음"에 도사리는 "동물들"의 움직임과 울부짖음을 통해, 혼란을 넘어 역동을 자아내는 성미정의 시야말로 여성시의 특징을 고스란히 보여준다고 생각된다. 즉 "마음"이라는 비-물질(정신)을 "동물들"이라는 물질(육체)로 승화하여 역동, 활기를 표상하는 성미정의 시는, 여성적 글쓰기가 비로소 발휘해내는 힘과 얼마간 닮아 있다. 가령 김미현은 "성미정은 여성 시인이면서도 전투적이거나 분리주의적인 여성 정체성 추구의 시를 쓰지 않는다"라고 평가하면서, "오히려 세부에 대한 통찰력이나 감각적 글쓰기를 통해서 여성성을 구현하고 있다는 점에서 여성에 '대해' 쓰는 것이 아니라 여성'을' 쓰는 '여성적 글쓰기'의 전범에 근접한다"라고 말한다.[37] 아울러 김선우는 김미현의 그 같은 논의를 긍정하면서 성미정의 시를 남성성에 항거하면서, 남성성에 결코 물들지 않는 여성성을 나타낸다고 의미화한다.[38] 이러한 분석은 위의 시에도 적용이 가능하다고 본다.

특히 정끝별은 1990년대 여성시의 연구 경향을 살피면서, "'여성적 글쓰기' '여성적 말하기' '여성의 말(언어)' '여자의 시' 등은 이제 비평용어로

---

36 로이스 타이슨(Lois Tyson), 「여성주의 비평」, 『비평이론의 모든 것』, 윤동구 역, 앨피, 2012, 227~228쪽.

37 김미현, 앞의 평론, 245쪽.

38 김선우, 앞의 논문, 183~184쪽.

입법화되었다"라고 진단하고, 여성 시인의 '태도', '화법', '문체' 등의 발화 양식에 주목하게 된 내력을 설명한다.[39] 1990년대 여성시의 '여성적 글쓰기' 는 화법, 문체 등에 천착함으로 하여, '1990년대 여성시란 무엇인가?' 살펴져 왔다는 사실을 알 수 있다. 이 글에서 문체적 자질에 주목하는 것은 아니지만, 표상으로 하여금 '여성적 글쓰기'를 재현한다고 보는 시각은 1990년대 여성 시에서 성미정의 시가 그 흐름에 놓여있다는 것을 직, 간접적으로 확인할 수 있게 하여 유의미하다. 즉 '여성 시인의 시-쓰기란 무엇인가' 능숙하게 증언하지 않지만, 그 잠재성과 원동력을 감각하고 '표상'하는 성미정의 시는 여성시의 한 전범으로 평가하는 것이 가능하리라 보인다.

그 같은 "동물들"이, 시가 전개되어감에 따라 "정물"이 되고 "유물"이 되 어버리기에 이른다. 그러나 성미정 시의 곳곳에서 역동과 생명은 이윽고 상실과 혼란을 극복하기에 중요하다. 『대머리와의 사랑』에 수록된 「영화-해피 엔딩」[40] 등을 반추해보면, 그의 시의 우울은 극복의 가능성을 내장하고 있다. 즉 위 시에서 "정물"과 "유물"에 각인되어 있는 "동물"의 활기는 소실 되지 않고, 재개될 잠재성을 간직하리라고 보는 것이 가능하다. 또한 "동물" 과 "정물", "유물"의 대비는 당대에 도사리던 상실과 혼란, 모색과 극복이

---

39   정끝별, 앞의 평론, 104쪽.

40   「영화-해피 엔딩」의 전문은 다음과 같다. "그녀가 태어나던 순간 영화가 시작되면서 비가 내렸다 저 아인 결국 폐렴에 걸려 죽고 말 거야 관객들은 눈물을 훔치며 소근거렸다 콜록이 긴 했지만 아이는 계속 자랐다 소녀가 되었다 비에 익숙한 소녀는 흙탕길에서도 미끄러지 지 않았다 관객들은 조롱당하는 듯한 기분이 들었다 소녀가 자라는 동안 빗발은 더욱 거세 졌다 그녀는 빗속에서 사랑하고 이별했다 빗물처럼 많은 눈물이 흘렀지만 빗물에 섞여 보이지 않았다 관객들은 지루해지기 시작했다 맑은 날이라곤 눈을 씻고 봐도 찾기 힘든 영화 그토록 긴 우기에도 눈물 한 방울 보이지 않는 주인공을 이해할 수 없었다 더구나 몇몇 관객은 가득 찬 습기 때문에 감기까지 걸렸다 관객들은 곰팡이 슨 엉덩이를 털며 몸을 일으켰다 그때 더 이상 비로 가둘 수 없던 스크린이 찢어졌다 참고 참았던 울음이 불평만 하던 관객들을 덮쳤다 관객들은 폭우에 쓸려 멀리 떠내려갔다 스크린 밖으로 그녀 가 걸어나왔다 활짝 개인 해피 엔딩이었다"

짝패를 이루는 모습과 호응하는 측면도 크기에, "동물들"에 응축되는 '1990년대적인 것'의 내포는 혼란과 우울이 도사리는 「내 마음엔」의 세계에서 기묘한 활력을 자아내 '대비'를 통하여 그 의미를 풍요롭게 한다. 즉 "동물들"로 하여금, '나'의 우울과 혼란 또한 비로소 승화할 수 있는 것이다. 성미정 시의 "동물"은 1990년대의 현실을 어떻게 실감하는지 드러내면서, 그를 딛고 여성시적 특이성 및 역동성을 환기하는 독특한 대상이라고 사료된다.

이렇듯 성미정 시에서 1990년대의 '모색'과 '극복'이 주조하는 '1990년대적인 것'의 내포는 "나무"와 "동물" 표상을 통해 확인할 수 있다. "나무"는 기괴하고 울부짖고 뿌리가 없다고 설명되지만, 그것은 우울을 단조롭게 토출하고 승화하게 하지 않고, 그것에 내재하는 생명과 역동을 암시해냄으로써 당대의 '모색'과 '극복'을 드러낸다. "동물" 또한 "내 마음"을 "동물원"으로 환원하고, 그곳에서 "끝없이 움직이고 울부짖"는 "동물들"을 묘파함으로써 '나'에게 내재하는 역동과 생명을 긍정하는 감각 및 감수성을 확인하게 한다. 특히 "동물"의 경우, 성미정 시의 여성시적 특이성 또한 내포하여 고무적이다. 성미정 시의 동, 식물 표상은 '나'의 우울을 적극적으로 드러내고, 그를 통해 '나'의 정체성을 (재)구성하는 데까지 역량을 팽창하고 있다. 뿐만 아니라, 그의 시에서 우울이 더욱 감각적으로 표출될 수 있었던 것은 '이야기'의 방식을 채택하여 시를 전개하고, "그녀" 같은 3인칭 주체를 배치하였기에 가능한 일이라고 사료된다. '나'의 우울을 감상의 층위가 아닌, 더욱 보편적인 것으로 재현하여 동시대의 양상, 즉 '1990년대적인 것'의 내포를 추적하는 데 용이하게 기능한다고 여겨진다.

3. 동, 식물의 복수성과 '나'들의 소외: 이수명의 시

이 절에서는 이수명 시의 동, 식물 표상을 살필 것이다. 그의 시의 동, 식물 표상은 성미정 시의 그것과 얼마간 변별성을 띤다. 성미정의 시에서 동, 식물 표상이 '나'의 우울을 효과적으로 조명하도록 하였다면, 이수명의 시는 '나'의 징후 및 정체성을 '나'들의 것으로 확장하여 표출, 발현되도록 도모하기 때문이다. 이병철은 "이수명은 우리 문학에서 에피파니(Epiphany)를 가장 잘 활용하는 시인이"[41]라고 평가한다. "제임스 조이스가 말한 에피파니는 평범하고 일상적인 순간이 갑자기 그 외피를 벗고 진리의 얼굴을 보여주는 '현현(顯現)'을 의미하는데,"[42] 이 같은 진단은 근래의 이수명 시에 관한 평가에 그칠 뿐만 아니라, 그의 시에서 지속적으로 나타났으면서도 점점 갱신되어 온 현실 인식 및 시 의식에 관한 고유한 자질과 실력을 암시한다. 이수명 시의 주체는 개인으로서의 '나'에서 그치지 않고, 동시대의 주체들('나'들)을 두루 표상해냄으로 하여 당대의 현실을 효과적이고 예각적으로 재고하게 하는 힘을 발휘한다. 그의 1990년대 시에서 동, 식물 표상은 복수적 존재로 재현되고는 한다. 물론 동, 식물이 단일한 존재로 등장하기도 하지만, '들'이나 '떼'라는 복수 및 다수, 집단으로 빈번하게 표상되는 대목은 주목할 필요가 있다고 본다.

특히 이 글에서 살필 시에서는, '소외'가 두드러진다. 황현산은 이수명 시에서 '불행'을, 김선우는 '불안'을 주요하게 읽어내지만, 이렇듯 소외 또한 뚜렷하게 잠재하여 있어 분석해볼 가치가 분명하다.[43] 소외의 징후는 "환멸

---

41   이병철, 「빛과 형태와 도시가스를 의심하라」, 『한국문학』 315, 한국문학사, 2022, 217쪽.
42   위의 평론, 218쪽.
43   김선우는 이수명의 시를 살피며 '소외' 또한 주목하지만, 이 절에서는 보다 광의한 개념으로서의 '소외'를 통해 '나'들의 징후 및 정체성을 살필 것이고, 동, 식물 표상으로 하여금

과 공황, 고독과 불안'⁴⁴이 노정되던 1990년대의 현실과 결코 무관하지 않은 징후이기에 이수명의 시적 주체가 나타내는 징후 및 정체성을 살피는 데 있어 적합하고, 그의 시에 내장되어 있는 '1990년대적인 것'으로서의 '모색' 과 '극복'을 탐지해내기에 효과적이리라 보인다. 이상의 내용을 종합해보면, 이수명 시에서 소외와 연루되어 표상되는 동, 식물은 궁극적으로 '나'를 비롯한 당대의 주체들이 시대, 현실과 어떠한 관계를 맺고 있는지 드러내는 증좌가 되며, '1990년대적인 것'의 내포를 독특하게 드러내는 이수명 시의 특이성을 환기하는 표식이기에 각별한 주목의 대상이 된다.

> 용서할 수 없는 것은 언제나 자신뿐이었음을
> 올 여름에 다시 불태우는 꽃들은 말해 준다.
> 올 여름에 다시 화목하는 꽃들은 말해 준다.
>
> 차례차례 사람들은
> 불켜진 동굴로 갔다.
> 그리고 아무도 나오지 않았다.
>
> 거리엔 아무것도 없다.
>
> 처음부터 없었다.
>
> ─「다시 화목하는 꽃」 부분, 『새로운 오독이 거리를 메웠다』

논의한다는 대목에서 상이하다.
44 김선우, 앞의 논문, 1쪽.

컵에 담긴 꽃들은 죽어 있거나 죽어가고 있다. 여기서 뭐 하고 있는 거지…… . 누군가 묻고 있다. 제 향기가 썩은 줄 모르고 탁자 위의 꽃들은 마지막 결단의 준비를 한다. 여기서 뭐하고 있는 거지?

—「탈출기」 전문, 『새로운 오독이 거리를 메웠다』

위의 두 시에는 "꽃들"이 공통적으로 등장한다. 두 "꽃" 표상은 비슷하면서 서로 다른 내포를 지니고 있다. 「다시 화목하는 꽃」의 "꽃들"은 "올 여름에 다시 불태우는 꽃들", "올 여름에 다시 화목하는 꽃들"로 묘사된다. 다음 연과의 관계로 미루어볼 때, "차례차례" "불켜진 동굴로" 들어가 "나오지 않"는 "사람들"과 대비를 이루는 존재라고 판단된다. 즉 "다시 불태우"고 "다시 화목"할 "꽃들"이 그치지 않는 생명력, 이윽고 살아내는 생명력을 표상한다고 할 수 있다면, "동굴로" 들어가 "나오지 않"는 "사람들"은 상실과 혼란으로 하여금 고독과 '소외'를 노정하는 당대적 주체를 표상한다고 볼 수 있다. "사람들"이 실감하리라 보이는 징후는 "거리엔 아무것도 없다// 처음부터 없었다"라는 공포 어린 표현을 통해, 쉬이 해소되거나 형언하기가 어려운 것임을 가늠해볼 수 있다. 이렇듯 상실과 혼란의 시대를 극복하고자 탐험하던 모습과 함께, 헤아리기 어려운 공포와 고통을 승화하고자 고투한 시 또한 1990년대의 풍경을 확실히 형상화하는 것이라고 할 수 있다.

「탈출기」는 "컵에 담긴 꽃들은 죽어 있거나 죽어가고 있다"라는 다소간 충격적 언술로 시작한다. 이는 「다시 화목하는 꽃」의 "꽃들"과 배치를 이루는 모습이다. 그런데 "거리"에서 "다시 불태우"고 "화목할" "꽃들"과 달리, "컵에 담"겨 "죽어 있거나 죽어가고 있"는 "꽃들"은 되레 "동굴로" 들어간 "사람들"과 닮아있다고 보인다. 그렇다면, 「다시 화목하는 꽃」에 짙게 깔린 소외의 징후는 「탈출기」와의 상호텍스트적 관계를 통해 극복될 여지를 획득하게 된다고 할 수 있다. "여기서 뭐 하고 있는 거지"라고 수회 반복하면서,

"마지막 결단의 준비를" 하는 "꽃들"을 조명하는 위의 시는 "컵에 담긴 꽃들"처럼 "동굴로" 간 "사람들"을 비롯한 '소외'의 주체들의 "탈출"을 상징적으로 감행할 수 있도록 도모한다. 시에서는 "사람들"이라 언표되지만, 그것에는 시대, 현실과 얽혀 있는 이수명 시의 '나' 또한 포함되어 있으리라 본다. 즉 "꽃들"은 이수명 시의 주체와 대비되거나 호응을 이루면서 징후 및 정체성을 발현하고, 나아가 '나'들의 문제를 전개하는 활달함과 능동성을 보여준다.

특히 「탈출기」에서 인간이 아니라, "꽃"을 통해 당대의 징후 및 인간상을 나타낸다는 대목은 독특한데, 자크 라캉의 논의를 다시금 참조할 수 있다. 라캉에게 있어 주체는 언어의 파생물일 뿐만 아니라, "우리는 언어 안으로 태어"나고 "언어를 통하여 타인의 욕망이 조직되고, 우리 또한 언어를 통하여 우리 자신의 욕망을 구성해 내도록 강요받는다."[45] 즉 인간 주체에게 있어 언어, 특히 기표는 '나'의 징후 및 정체성을 드러내는 창구이자 '나'를 포섭함으로 하여 '나'를 능가하는 요소, 구조, 일종의 세계라고 할 수 있다. 위의 시에서 주체를 표상하는 데 있어 "꽃"을 인격화 및 의인화하여 '나'들을 담지해내는 대목은 소외 및 소외의 극복을 더욱 적나라하게 나타내도록 하기에 주목을 요한다. 나아가 같은 표상을 여러 시에 걸쳐 등장시켜 의미를 변주함으로써 '1990년대적인 것'의 내포를 다각적으로 부각하는 바도 눈길을 끄는 것이다. 즉 위의 두 시는 '나'의 문제가 아닌, "사람들"('나'들)의 문제를 "꽃들"에 환원하고 집약하여 표상해내 '모색'과 '극복'을 첨예하고 광대하게 수행하고 있다.

검은 새 한 마리가 복도를 날아다닌다. 복도는 말이 없다. 복도는 복도로 가득 차 있다. 검은 새는 얼어붙는다. 얼어붙어 수많은 검은 새들이 된다.

---

45   숀 호머(Sean Homer), 『라캉 읽기』(개정판), 김서영 역, 은행나무, 2014, 73쪽.

슬리퍼를 신고 검은 넥타이를 매고 검은 새들은 활기 찬 환담을 나눈다. 끝없이 전등이 켜진다. 전등을 비추는 전등을 비추는 전등의 전등들.

그 불빛 아래 검은 새 한 마리가 날아다닌다. 이쪽 끝에서 저쪽 끝으로 복도를 날아다닌다. 검은 새는 얼어붙어 있다. 복도에는 슬리퍼를 신고 검은 넥타이를 맨 검은 새들이 얼어붙어 있다. 복도는 말이 없다. 복도는 복도로 가득 차 있다. 검은 새 한 마리가 복도를 날아다닌다.

―「긴 복도」 전문, 『왜가리는 왜가리놀이를 한다』

위의 시는 「긴 복도」를 종횡하는 "검은 새"를 묘사하고 있다. 그런데 그 "복도"는 "말이 없"고 "복도는 복도로 가득 차 있"을 뿐이다. 더욱이 "검은 새는 얼어붙"더니, "수많은 검은 새들"로 재탄생한다. 앞서 살핀 「다시 화목하는 꽃」을 떠올리게 하는 지점들이다. 이를테면, "긴 복도"는 "거리"와 흡사하고, "수많은 검은 새들"은 "동굴로" 걸어 들어간 "사람들"과 다르지만, 거리를 가로질렀을 그들과 흡사하다고 할 수 있다. 물론 「다시 화목하는 꽃」의 "거리"에는 "사람들"이 사라져 공포스러운 분위기를 자아내지만, 「긴 복도」는 "검은 새들"이 수없이 증식되면서 공포가 조성된다는 차이가 느껴진다. 두 시에서 공통적으로 드러나는 '공포'는 1990년대의 풍경을 시 분석에 재차 소환시킨다. 공포심을 추동하는 "복도"는 당대의 혼란과 상실에 연루되는, 그것을 음밀하고도 적나라하게 드러내는 현장을 응축한다고 할 수 있다. 더욱이 "복도는 복도로 가득 차 있다"라고 반복적으로 증언되고, "전등을 비추는 전등을 비추는 전등의 전등들"이 즐비하여 있다고 묘사되는 "복도"의 풍경은 그 자체로 혼란스러운 분위기를 자아내기에 시사적이다.

따라서 중요한 것은, 위의 시가 성미정 시의 「내 마음엔」과 흡사한 내포를 담지하고 있으리라 짐작되는 대목이다. 혼란스러운 세계를 딛고 "검은 새 한 마리가" 무수한 "검은 새들"로 복제, 증식하는 모습은 성미정 시에서 "동물들"이 자아내던 그것과 마찬가지로, 제어되지 않는 에너지, 즉 혼란함과 함께 드러나던 역동성을 의미해낼 수 있기 때문이다. 그런데 이수명 시에서는 그 역동성에 해체와 전복의 의미가 배가되어 드러나, 여성시의 탈경계성을 더욱 확실히 보여준다고 판단된다. 가령 "슬리퍼를 신고 검은 넥타이를 매"거나 "환담을 나"누는 "새들"은 의인화되어 있는데, 동물과 인간의 경계가 와해하는 바를 "새들"에 집약하는 것이라고 할 수 있다. 또한 "새"는 단일한 몸에서 복수적 몸으로, 복수적 몸에서 단일한 몸으로 부지불식간에 변신하여 재래의 '몸', 즉 벗어날 수 없는 견고한 고체적 '몸'의 의미 및 속성을 전복해내고 있다.

복도가 공간과 공간을 잇는 흡사 '경계' 같은 공간이라고 할 때, 와해와 전복을 내장하는 "새들"의 종횡은 경계를 무효하고 무력하게 하는 효과를 가져올 수 있다. "긴 복도"는 두서없고 경계 없이 종횡하는 "새들"을 통해, 상징적으로 허물어질 수 있는 것이다. 앞서 살핀 '여성적 글쓰기'가 이항대립적 사고를 부정하고, 몸의 활기를 긍정하였다는 사실을 복기해볼 필요가 크다. 또한 1990년대 여성시가 "다수의 여성이 시 쓰기의 주체로 나섰다는 신원적 의미"만을 내포하지 않고 "그동안 이성, 권력, 남성중심적이었던 우리의 근대적 사유 체계를 감성, 다양성, 생명 중심적으로 탈바꿈시키려는 인식의 전환"을 "두루 포괄"[46]하며 전개되었다는 사실은 좋은 참조가 된다. 생명과 역동을 자아내는 "새"와, 그것이 반복하여 복수적 존재로 창안되는 장면은 '여성적 글쓰기'의 체현을 의미할 수 있다. 정리하면, "긴 복도"를 종횡하는 "슬리퍼를 신고 검은 넥타이를 매고", "활기 찬 환담을 나"누는 "새들"은 당대의 주체들, 이를테면 '나'들이 혼란 혹은 소외를 노정하며 공포 어린 현실을 분란하게 살아낸다는 암시와 함께, 경계를 여러 측면에서 무효

---

46 유성호, 앞의 글, 556쪽.

화하여 '여성적 글쓰기'의 양상을 의미심장하게 압축하고 있다고 할 수 있어 보인다.

나아가 성미정과 이수명 시에서 식물과 '능동적'으로 매개되고, 동물을 통해 '역동적' 시 쓰기를 수행할 때, 그것을 시로 창출하게끔 작용하는 '환상'을 짚지 않을 수 없다. "환상은 일반적으로 현실과 상상이라는 두 극 사이에 존재하는 의식적이거나 무의식적인 요소들의 혼합물이다."[47] 또, "환상"은 주체의 "욕망을 구조화하고 조직하는 방식이"[48]기도 하다. 자크 라캉은 환상을 일종의 무대이자 미장센이라고 일컫는데, 주체는 환상을 통해 보다 '주체'적으로 사유하고 현실을 살아낼 수 있으며, 환상에 내재하는 융용과 전복의 힘은 성미정과 이수명 시의 동, 식물 표상을 단편적인 사물에 머물도록 하지 않고, 시 의식을 활발하면서도 집약적으로 드러내도록 작동한다. 이들 시인의 시에서 구사되는 환상은 '나'의 문제를 과감하게 드러내고, 재래의 가치를 거침없이 허무는 효용을 제공한다.

이렇듯 이수명 시에서 1990년대의 '모색'과 '극복'이 주조하는 '1990년대적인 것'의 내포는 "꽃"과 "새" 표상을 통해 확인할 수 있었다. "꽃"은 소외를 노정하는 당대의 주체들과 달리 궁긍적으로 생명력을 표상하는 사물이자, "탈출"을 모색하는 능동성의 증좌로 드러났다. 또, "새"는 "긴 복도"라는 공간을 확보하고 복수적 존재로 창안됨으로써 혼란상을 딛고 당대의 역동성을 감각적으로 나타내기도 하였다. 특히 "새" 표상을 통해 이수명 시의 여성 시적 특이성을 확인할 수 있어 고무적이었다. 그의 시의 동, 식물 표상은 '나'의 혼란과 상실을 드러내는 데에서 그치지 않고 '나'들의 문제로 시의 역량을 확장하여 당대의 양상을 정치하면서도 다각적으로 조명하는 효과를

---

47   손 호머, 앞의 책, 135쪽.
48   위의 책, 137쪽.

획득하였다. 그리고 이수명의 시는 '반복'을 특징으로 하는데, 흡사한(같은) 문장을 수 회 반복하거나 흡사한(같은) 표상을 여러 시에 반복적으로 출현시켜 소외 및 공포를 감각적으로 형상화하고 극복할 수 있도록 하였다.

4. 결론

이 글은 성미정과 이수명 시의 동, 식물 표상에 담겨 있는 '1990년대적인 것'의 내포를 확인하고자 하였다. '1990년대적인 것'은 '모색'과 '극복'이 아울러 작동함으로 하여 발현되는 양상, 다시 말해 '나'에 천착하면서, 여러 타자를 두루 포용하던 양상이라고 전제하고 논의를 진행하였다.

성미정 시의 동, 식물 표상에는 "나무"와 "동물"이 있었다. "나무"는 '나'와 적극적으로 연결됨으로 하여 '나'의 징후 및 정체성을 발현하는 데 기능하였으며, "동물"은 "내 마음"을 곧 "동물원"이자 "동물들"로 환원하여 '나'의 혼란을 넘어 역동을 자아내며 작용하였다. 이수명 시의 동, 식물 표상에는 "꽃"과 "새"가 있었다. "꽃"은 '나'를 포함하여 "사람들"과 대비를 이루거나 조응하면서 '소외'를 추동하는 현실을 실감하고 극복하도록 하였고, "새"는 단일한 존재이자 복수적 존재로, 인간과 동물의 경계가 허물어진 것을 표상하면서 혼란스러운 "복도"를 종횡하는 역동적 존재로 드러났다. 이들 시인의 동, 식물 표상은 재래, 전통의 시가 오롯하게 발현하지 못하였던 생명, 활기, 역동을 자아냄으로써 1990년대 이후 시의 '반성'과 그 감수성을 나타냈다는 평가를 가능하게 한다.

그런데 이 글에서 살핀 두 시인의 동, 식물 표상은 공통적으로 원형에 가까운 "나무", "동물", "꽃", "새"가 등장한다는 대목에서 눈길을 끈다. 원형 이미지는 시인들이 저마다 '특수'하게 현상하는 징후 및 정체성을 보다 '보편'적인 것으로 작용하도록 기능하기 때문에 유의미하다. 그로 하여금 보편적 정서를 일으켜 '1990년대적인 것'이라 할 수 있는 '모색'과 '극복'을 공감과 실감의 층위로 부상되도록 작동한다고 여겨진다. 특히 이수명의 시는 복수적 존재를 창출하여 '나'들을 재현한다는 측면에서, 그 의미가 더욱 강화되어 드러난다고 할 수 있다. 그리고 성미정 시에서 '이야기'를 활용하고 '그녀' 같은 3인칭 주체를 활용하는 대목도, 정서를 지극히 개인적인 것이나 감상적인 것으로 침잠하도록 하지 않고, 감각과 보편의 층위로 부상시켜 전개되도록 추동한다고 사료된다. 따라서 성미정과 이수명의 1990년대 시를 살펴, '1990년대적인 것'의 내포를 살피고자 시도한 이 글의 주제 및 기획은 여러모로 유효하리라 보인다.

특히 성미정과 이수명 시의 동, 식물 표상이 '1990년대적인 것'을 살피기에 탁월하다고 할 수 있던 부분은 이들 시의 '여성시'적 특이성을 동, 식물로 하여금 살펴볼 수 있었다는 데 있기도 하다. "동물들"과 "새들"의 역동성과 탈경계의 양상은 성미정과 이수명 시에 관한 분석, 연구 중에서도 미진하게 다루어진 여성시적 면모를 조명하는 데 이롭게 작용하였다. 특히 동, 식물이라는 타자'적' 존재를 통해 1990년대 여성시의 한 경향인 '여성적 글쓰기'를 재현하여 그 의미를 더욱 확장하는 부분은 주목된다고 사료되었다. 이렇듯 1990년대의 '모색'과 '극복'이 주조하는 '1990년대적인 것'을 이채롭게 담지하는 성미정과 이수명의 시는 여러모로 동시대적 인식을 자아낸다고 할 수 있다. 즉 성미정과 이수명은 독특한 시 쓰기를 구사하는 여성 시인의 범주에 머무르는 것을 넘어, (동)시대의 현실을 딛고 고유한 시 의식을 예각적으로 드러냈다는 평가를 가능하게 한다. 그러한 의미에서, 두 시인이 '난해하다' '모호하다' 등의 평가로 인해 연구사적으로 주변부에 밀려나 있어왔으나, 동시대적 감각과 감수성을 첨예하고 다각적으로 발휘하여 온 시인들이라고 다시금 평가해볼 수 있지 않을까 싶다.

즉 성미정과 이수명 시의 동, 식물 표상은 '1990년대적인 것'을 집약적으로 드러내고 있어, 그 내포를 반추하기에 효과적인 통로였음을 알 수 있다. '나'의 우울과 소외 및 정체성을 반추하고, 자체로 타자성을 자아내고, 여성 시적 특이성 또한 함의함으로써 동, 식물 표상은 '1990년대적인 것'의 내포를 검토하는 데 적절하였다고 할 수 있다. 나아가 '모색'과 '극복'이 아울러 주조하는 '1990년대적인 것'의 내포는 당대의 시인들이 자아내는 (동)시대의 인식을 가늠할 수 있는 지표이자, 당대의 사정을 효과적으로 확인하도록 추동하는 표시라고 생각되었다. 이를 통해, 1990년대의 상황을 반추해볼 수 있음과 함께, 성미정과 이수명의 시사적 의미를 가늠해볼 수 있어 의미가 있던 것이다.

2010년대 이후 시에서 '동물' 등의 비인간 존재가 두드러지게 표상된다는 사실은 주목할 필요가 있다. 송현지는 "인간이 비인간동물과 감각을 공유하며 종의 차이를 넘나드는 장면은 2010년대 후반부터 최근까지의 문학 작품에서 우리가 자주 볼 수 있는 장면 중 하나가 되었다"[49]라고 평가한다. 또, 2000년대 시에서 익명적, 다성적, 환상적 주체가 창안되고 모색되던 사정을 반추하는 신형철의 논의[50]도 참조하면, '1990년대적인 것'을 동, 식물에 집약하고 있는 성미정과 이수명의 시는 의미가 작지 않다. 그리고 이경수 또한, "2000년대의 시단"을 "윤리와 탈경계를 전면적으로 내세웠"[51]다고 평가하는데, 이 같은 내용 역시 의미가 크다. 즉 성미정과 이수명의 시에서 '나'의 징후와 정체성을 표상하고 반추하는 데 있어 동, 식물 표상과 적극적으로 매개됨으로 하여 '모색'과 '극복'이 주조하는 '1990년대적인 것'의 내포를

---

49 송현지, 「어느 순례자로부터 온 편지: 안태운론」, 2023 《문화일보》 신춘문예 평론 당선작.

50 신형철, 앞의 글, 673~674쪽.

51 이경수, 「탈경계 시대 현대시의 모색과 도전」, 이승하 외, 『한국 현대 시문학사』(수정증보판), 소명출판, 2019, 504쪽.

나타내고 있을 뿐만 아니라, 2000년대 이후 시에 관한 강한 예감을 나타내고 있음을 명백히 알 수 있다.

그리고 이경수는 2000년 서정주의 사망 이후, 그의 논란 및 행적에 관한 평가가 2000년대 초반의 시단을 달구었다고 설명[52]하는데, 시사적인 부분이라고 판단된다. 왜냐하면, 서정주의 죽음을 통해 파생된 논쟁들이 (재)생산되면서, 2000년대가 윤리, 정치, 타자, 탈경계에 관한 논의를 다양하게 이루어갈 것이란 예고를 나타냈다고 여겨지기 때문이다. 특히 2000년대 들어 "본격화된 세계화, 지구화 담론과 탈국가·탈민족·탈경계의 담론에 힘입"은 시단의 경향성에 주목하면서, 이같이 "거대담론으로부터 온전히 자유로워진 것은 1990년대에 이념의 장벽이 무너진 탈냉전의 시대를 거치면서였다고"[53] 평가하는 이경수의 시각은 중요하다. 즉 2000년대 이후 시의 반성적 사유는 1990년대 시에 담겨 있는 '모색'과 '극복'이 조성한 '1990년대적인 것'과 무관하지 않으며, 성미정과 이수명의 시에서 동, 식물 등과 연동됨으로 하여 기꺼이 시적 주체의 징후 및 정체성을 나타내는 모습은 여러모로 동시대적이라는 평가를 가능하게 하는 것이다. 그렇다면, 지금-여기의 시를 논의하는데 있어, '1990년대 시' 및 '1990년대적인 것'은 흙먼지가 끼어 있는 유물이 아니라 생생히 살아있는 현재의 사물이라고 여겨볼 필요가 큰 것이다. 이 글을 계기로 동물과 식물 표상뿐만 아니라, '1990년대적인 것'을 다양하게 내포하는 동시대적 시를 살펴 1990년대 시를 다각적으로 조명하고, 2000년대 이후 시에 관한 평가를 수행해가야 옳으리라 여겨진다. 이를 통해 한국 현대시사에 있어 '1990년대' 및 '1990년대적인 것'의 내포가 어떠한 함의와 가치를 내장하고 있는지 더 섬세히 논의될 수 있으리라고 생각한다.

---

52 위의 글, 454~455쪽.
53 위의 글, 473쪽.

성미정 시의 동시대성과 사물 주체

시집 『대머리와의 사랑』을 중심으로

1. 서론

성미정[1] 시 연구는 그의 시가 자아내는 매력이 분명함에도 불구하고, 미진하게 진행되어 왔다. 또한 여러 논자, 평자들이 그가 등단하였고 시집을 상재하기 시작하였던 '1990년대 시사'를 정립하는 데 있어 성미정이라는 이름을 지속하여 호명하여 왔으나, 섬세한 관심을 기울이고 있지 않아 부실함을 드러낸다.

가령 '모더니즘 혹은 포스트모더니즘 시',[2] '새로운 여성시',[3] '무의식적

---

1   성미정은 1994년 『현대시학』을 통해 등단하였다. 시집 『대머리와의 사랑』(세계사, 1997; 문학동네, 2020), 『사랑은 야채 같은 것』(민음사, 2003), 『상상 한 상자』(랜덤하우스 코리아, 2006), 『읽자마자 잊혀져버려도』(문학동네, 2011)와 동시집 『엄마의 토끼』(난다, 2015), 산문집 『나는 팝업북에 탐닉한다』(갤리온, 2008) 등을 출간하였다.

2   유성호, 「탈냉전의 시기(1991년~2000년)」, 오세영 외, 『한국 현대시사』, 민음사, 2007, 590쪽.

3   정끝별, 「여성주의 시의 흐름과 쟁점: 여성 고유의 정체성에 대한 탐색과 물음」, 『문학사상』 320, 문학사상사, 1999, 104쪽; 이광호, 「1990년대 시의 지형」, 김윤식 외, 『한국현대문학사』 (5판), 현대문학, 2014, 613~614쪽.

타자성의 시'[4]의 계보에서 성미정이 거론되고 있다는 사실은 그의 시가 당대의 시류에 호응하면서도 주목할만한 개성과 특이성을 나타내고 있다는 사실을 방증하지만, 그의 시가 진정 어떠한 의미를 보여주는지, 나아가서는 그의 시가 자아내고 있는 시사적 가치는 어떠한지 세밀하게 확인하고 있지는 않아 아쉬움을 노정하는 것이다. 이 같은 미흡함은 1990년대를 "다양한 시적 발언의 르네상스",[5] "다원화의 공간",[6] "넓이의 시대"[7]라고 언표해 온 바와 배반되는 측면이 크다. 1990년대의 역동성을 반추하며 당대 시의 풍요함을 긍정하는 기존의 논의에 반하여, 1990년대 시 연구는 성미정을 비롯한 "개인적인 실험시"[8]의 경향에 놓이는 시인들에 관한 연구를 꾸준하게 제출하여오지 못한 연구(사)적 한계를 드러내기 때문이다. 그러므로 성미정을 비롯한 일부 시인들에 관한 섬세한, 다각적 주목은 더이상 지체되어서는 안 될 과제라고 할 수 있다.

물론 그 수가 많지 않지만, 성미정의 시를 시대, 현실과 연루하여 살펴 얼마간의 시사적 가치를 도출하고자 하는 시도가 존재한다.

김미현은 성미정의 시가 패러디, 동화 다시 보기를 통해 1990년대의 '포스

---

4   오형엽, 「공포와 환상의 시적 계보: 숭고 및 주이상스와의 연관성」, 『알레고리와 숭고』, 문학과지성사, 2021, 71쪽.

5   유성호, 앞의 글, 535쪽.

6   이광호, 앞의 글, 612쪽.

7   이수명, 「1990년대 시란 무엇인가」, 『공습의 시대: 1990년대 한국시문학사』, 문학동네, 2016, 20쪽.

8   이혜원은 이수명의 시를 논의하면서, 1990년대의 개인적인 실험시가 1980년대의 정치적인 실험시(해체시)와 2000년대 미래파 시 사이에 놓여 크게 주목받지 못하였다고 지적한다. 즉 "이수명을 비롯하여서 1990년대에 등단한 실험적인 시인들의 시는 1980년대의 해체시와 2000년대의 미래파 사이에 '끼어서' 그만큼 주목을 받지는 못한 셈이다." 성미정 시 또한, 이수명 시와 마찬가지로 "조용한 전위" 및 1990년대 개인적인 실험시의 계보에 놓일 수 있으므로, 이들 시인에 관한 연구사적 미흡함은 극복될 필요가 큰 것이다. 이혜원, 「미지의 세계를 향한 진지한 놀이: 이수명론」, 『계간 시작』 51, 천년의시작, 2014, 37쪽.

트모더니즘'을 나타내고, 그의 시의 일상성이 1990년대의 화두이던 '일상시'와 일정하게 변별된다고 지적한다. 그리고 그의 '여성시'적 특이성 또한 톺아보며, 그의 시가 전투적, 분리주의적 여성시를 쓰지 않고 통찰력과 감각을 활용하여 여성'을' 쓰는 여성적 글쓰기의 전범을 나타낸다고 평가한다. 이같은 시각은 성미정의 시와 1990년대의 시적 경향을 아울러 검토하여, 그의 시의 1990년대적 특이성을 확인하게 하는 유의미함을 보여준다.[9]

김선우는 박상순, 이수명, 성미정 시의 시적 현실을 정신분석적 관점에서 고찰하여, 개개의 시인들이 나타내는 시대, 현실과 불화하는 양상을 점검한다.[10] 특히 성미정의 시는 소외를 나타낸다고 보고, 그의 시가 가족, 여러 타자와 현실, 패러디 및 환상의 세계에서 소외되며 이윽고 저항한다고 평가한다. 성미정의 시를 살피기 위해 자크 라캉의 상징계·상상계·실재계와 자아·주체 개념 등 뿐만 아니라, 에리히 프롬의 '소외' 개념, 김준오와 정끝별의 『시론』에서의 '패러디' 개념을 활용하여 구조적, 체계적으로 분석을 수행하고자 시도한다.[11] 그리고 김선우는 박상순, 이수명, 성미정의 시가 동시대성 및 고유성을 아울러 나타낸다고 보고, 이들이 1990년대 현실을 선구적, 능동적으로 수용, 인식, 극복하고 있다고 평가한다. 이들 시인의 시로 하여금 1990년대 시를 1980년대 시 및 2000년대 시 사이에 능동적으로 위치시키고, 1990년대를 "다양성과 복합성, 잠재성과 가능성, 역동성과 독자성이 한 데 맞물리며 배태된, 독특한 시대"[12]라고 의미화한다.

---

9   김미현, 「다소 시적인?: 성미정론」, 『세계의문학』 113, 민음사, 2004.
10 김선우, 「성미정 시의 '시적 현실'에 관한 정신분석적 연구: 『대머리와의 사랑』을 중심으로」, 『한국문예창작』 57, 한국문예창작학회, 2023; 김선우, 「1990년대 시의 시적 현실에 관한 정신분석적 연구: 박상순·이수명·성미정의 시를 중심으로」, 고려대학교 대학원 박사학위 논문, 2024.
11 김선우, 위의 논문, 140~187쪽.
12 위의 논문, 199쪽.

그리고 김선우는 다른 연구에서, 성미정과 이수명의 시에 나타나는 동, 식물 표상을 살펴, '1990년대적인 것'의 내포를 고찰한다.[13] 그는 "'모색'은 '우리'보다 '나'의 문제를 시에 적극적으로 배치하게 된 사정, '극복'은 재래의, 근대적 가치 체계를 무너뜨린 상황을 범박하게 나타낸다"[14]라고 설명하고, "'1990년대적인 것'이라 함은 '모색'과 '극복'의 양상, 다시 말해 '우리'가 아닌 '나'에 천착하면서, 타자'적'인 것으로 배제되던 가치들을 두루 포섭하며 다양성을 위시하였던 당대의 징후를 나타내는 것이"[15]라고 역설한다. 특히 성미정 시의 우울을 점검하며, 그것을 드러내는 동, 식물 표상을 살피는 대목은 시사적이다. 이를 통해, '나'와 타자의 회귀와 복원을 나타내던 1990년대'적' 경향을 진단해낸다. 그로써 김선우는 성미정의 시를 비롯하여 이수명의 시에 도사리는 동시대적 인식을 반추하고 의미화한다.

이 같은 김미현, 김선우의 논의 덕분에, 성미정 시 연구가 얼마간 미흡하나, 의미 있는 성과들을 도출해왔다는 사실은 알 수 있다. 하지만 그 미흡함은, 1990년대의 시류가 다양성을 화두로 하고, 성미정의 시가 꾸준하게 당대의 시사를 정립하는 데 있어 호명되어 왔다는 사실을 복기해봤을 때, 극복과 보완의 필요성을 크게 나타낸다고 하겠다. 따라서 이 글은 김미현, 김선우 등 시대, 현실과 연루하여 성미정 시의 (동)시대성을 검토하고자 하는 기존의 논의를 긍정하면서, 기존의 연구사를 확장하고 극복하는 데 목적을 둘 것이다. 즉 기존의 논의에서 포집, 포괄하지 못한 성미정 시의 시대 인식과 시적 대응, 이를테면 동시대적 인식의 양상을 보다 구조적으로 검토해보고자 한다. 따라서 이 글에서는 성미정이 1990년대에 출간한 『대머리와의 사랑』(세

---

13   김선우, 「동, 식물 표상에 담긴 '1990년대적인 것'의 내포: 성미정과 이수명의 1990년대 시를 중심으로」, 『비평문학』 91, 2024.

14   위의 논문, 77쪽.

15   위의 논문, 78쪽.

계사, 1997)을 분석 텍스트로 삼아 당대의 현실과 연루하여 성미정의 시를 분석하고, 그의 시가 나타내는 의미 및 시사적 가치를 성실하게 확인할 것이다. 논의에 앞서, 1990년대 현실에 관한 점검이 선행되어야 한다고 본다.

2. 혼란과 상실을 추동하던 1990년대와 성미정 시의 동시대성

이 절에서는 1990년대라는 시대, 현실에 관하여 살펴보는 것과 함께, 거기 대응하는 성미정 시의 동시대성을 검토해볼 것이다. 먼저 1990년대라는 시대, 현실의 풍경을 점검하고자 한다. 1990년대는 박정희-전두환 군사정권이 몰락하고, 사회주의 진영이 붕괴하고, 리얼리즘 시가 밀려난 등으로 인하여 파편과 잔해의 시대라고 불려 왔다. 그 때문에, 당대는 흔히 '이후의 시대'라고 언표되어 왔다.

> 1990년대 시의 흐름은, 비유하자면, '강(江)'과 같은 지속성 또는 순리(順理)의 표상으로 나타나지 않는다. 그것은 오히려 '역류'나 '혼류' 또는 수많은 지류 같은 불확실성투성이의 형상을 내장하였고, 나아가서는 수많은 흐름이 한데 모여 흐름 자체가 소멸되어 버린 '소용돌이'로 비유될 수 있다. 이는 전대(前代)의 시를 발전적으로 계승하여 우리 시의 난숙기(爛熟期)를 이루었던 1930년대나 1970년대와는 전혀 다른, 1990년대만의 독자적인 특성으로 손꼽힐 만하다. 이 점에서 1990년대는 어떤 절정의 시대를 지난 뒤의 정체성 재구축에 임한 일종의 '이후(以後)'의 시대라 할 만하다.[16]

---

16   유성호, 앞의 글, 534쪽.

이렇듯 1990년대가 복잡성과 다양성의 시대였을 뿐만 아니라, '이후'의 시대라는 언표 아래서 '혼란'과 '상실'을 나타냄으로 하여 시인들, 나아가 시민들에게 적잖은 영향을 끼친 시대였다는 사실은 참조의 가치가 크다. 이 같은 당대의 사정 또한 함께 검토되어야 1990년대의 시대적(시사적) 내포를 보다 소상하게 파악할 수 있다고 본다. 가령 '혼란'과 '상실'로 하여금 당대의 시인들은 "환멸과 공황, 고독과 불안"[17]의 징후를 나타낸 내력이 있다. 죽음, 우울, 불행 등의 징후가 1990년대의 확실한 표지이던 사실은 중요하다. 그러므로 시인이 1990년대의 현실에 어떻게 대응하고 있는지 밝히는 데 있어 주목해야 할 것은 '당대의 혼란과 상실을 어떠한 방식을 통해 수용하느냐, 극복하느냐' 하는 것이다. '어떠한 방식'에는 시인들마다 '나'의 '혼란'과 '상실'을 '수용', '극복'하는 데 효과적이리라 고안하던 여러 방법(론)이 적용될 수 있겠으며, 그를 통하여 고지되는 시적 주체의 양태를 톺아보는 것이야말로 당대의 시 및 시인을 살펴 시대적(시사적) 내포를 확인할 수 있는 전략이 되리라 여겨진다.

　기존의 연구사를 통해서도 알 수 있듯, 성미정의 시는 다양성과 복잡성을 딛고 독특함과 낯섦을 나타내지만, 1990년대의 현실과 불화하고 있기도 하다. 특히 그의 시가 시대, 현실을 극복하고자 시도하고 있을 뿐만 아니라, '수용'하는 양상 또한 보여주고 있다는 지점이 주목된다. 그래서 이 글에서는 성미정의 시가 1990년대 현실을 부정적으로 인식하며 불화하고 있다는 사실을 긍정하면서, 그가 시대, 현실의 혼란과 상실을 어떻게 '수용'하고자 하는지, 또한 '극복'하고자 하는지 살필 것이다. 즉 성미정의 시가 1990년대 시대, 현실을 토대로 하여 나타내는 동시대적 인식과 그 양상을 구조적, 체계적으

17　김선우, 「1990년대 시의 시적 현실에 관한 정신분석적 연구: 박상순·이수명·성미정의 시를 중심으로」, 앞의 논문, 1쪽.

로 살펴 그동안 미진하게 논의되어왔던 '성미정 시 연구'에 보탬이 되고자한다. 이것이 곧 그의 시가 매력적임에도 불구하고, 또한 1990년대적 특이성을 여실히 나타내고 있음에도 불구하고 활발히 논의되어 오지 않은 사정을효과적으로 극복하게 해주리라고 본다.

성미정 시의 '수용'은 '혼란'과 '상실'을 내재화, 주체화하는 양상으로 나타나고, '극복'은 죽음을 통해 '혼란'과 '상실'을 승화하여 비로소 내재화, 주체화하는 양상으로 드러난다. 그러므로 그의 시에 나타나는 '수용'과 '극복'은 궁극적으로는 모두 '수용'의 양상이라고 일컫는 것이 가능하다. 당대의현실에 처한 채로 '상실'과 '혼란'을 어떠한 방식으로 체화하고, 표상하는지에 관하기 때문이다. 즉 성미정 시에서 '수용'이 주체가 '혼란'과 '상실'을어떻게 받아들이는지에 관한 것이라면, '극복'은 주체가 현실과의 거리를확보함으로 하여 '혼란'과 '상실'을 보다 예각적으로 재고하는 시야를 확보하게 되는 것과 연결된다. 때문에, 그의 시에 나타나는 '수용'과 '극복'은 아울러 동시대적 인식, 즉 동시대성과 크게 관련된다.

동시대성이란 거리를 두면서도 들러붙음으로써 자신의 시대와 맺는 독특한 관계이다. 더 정확히 말해, 그것은 시차와 시대착오를 통해 시대에들러붙음으로써 시대와 맺는 관계이다. 시대와 너무 완전히 일치하는 자들, 모든 점에서 시대와 완벽히 어울리는 자들이 동시대인인 것이 아니다. 왜냐하면 바로 그런 까닭에 그런 자들은 시대를 보지 못하고, 시대에 보내는시선을 고정할 수 없기 때문이다.[18]

---

18   조르조 아감벤(Giorgio Agamben), 「동시대인이란 무엇인가?」, 『장치란 무엇인가? 장치학
      을 위한 서론』, 양창렬 역, 난장, 2010, 72쪽.

위의 인용에서처럼, 조르조 아감벤의 '동시대성'은 시대 현실에 참여하지만 부조화하는 양상을 내포한다. 즉 그의 동시대성에서 중요한 것은 시대와 단순히 불화하는 것이 아니라, 시대 현실에 놓여 있음으로 하여 그 현실을 통찰해내고, 그로 하여금 "시대착오" 및 부조화를 나타내는 것이라고 할 수 있다. 특히 "동시대인이란 자신의 시대에 시선을 고정함으로써 빛이 아니라 어둠을 지각하는 자이"[19]기에, 성미정의 시가 '혼란'과 '상실'을 어떻게 '수용'하고 '극복'하는지 살피는 것은 1990년대라는 토대 위에서 그의 시를 살피고자 하는 이 논의의 적절성 및 당위성을 확보하게 한다고 할 수 있다. 즉 성미정 시에서 동시대성은 곧 '혼란'과 '상실'을 추동하고 자아내던 1990년대의 현실을 능동적으로 인식하고, 그 같은 현실에 능동적으로 대응하는 양상을 살피는 데 표지가 될 수 있다. 동시대성을 살핌으로써 그의 시의 시대 인식을 살피는 효용과 함께, 그가 구사하는 당대에 대한 독특한 시적 대응을 살필 참조점을 마련해볼 수 있을 것이라고 기대된다. 또 이를 통해, 성미정의 시를 1990년대 시사에 적극적으로 올려놓을 수 있으리라 보며, 성미정 시 연구를 확장하는 데 기여할 수 있으리라고 감히 생각해본다. 예컨대 김선우는 박상순, 이수명, 성미정의 시를 살피며 "당대의 징후에 매몰되어 속수무책하고 있는 시적 주체가 아니라, 시대에 대응하여 현실 인식 및 시의식을 예리하게 전개하는 시적 주체를 발견하게 되리라 기대할 수 있어 보인다"[20]라고 말하는데, 이 글에서는 성미정 시의 동시대성을 보다 소상히 검토하고자 '혼란'과 '상실'에 대한 '수용'과 '극복'을 구조적으로 분석해볼 것이다.

이 글에서는 그 같은 '혼란'과 '상실'을 내재화, 주체화하는 두 방향성을

---

19   위의 글, 75~76쪽.
20   김선우, 앞의 논문, 6쪽.

살피기 위하여, 자크 라캉(Jacques Lacan)의 정신분석을 활용할 것이다. 특히 라캉의 '실재' 개념을 활용하고자 한다. 라캉의 실재는 난해하고 광의의 개념이지만, 1990년대 시 및 성미정의 시가 나타내는 '혼란'과 '상실'을 점검하는 데에 효과적이리라 판단된다. 그 연관성 및 가능성을 정리해보면, 다음과 같다.

먼저, 라캉의 실재는 상징계의 잔해물, 잉여물을 내포한다. 상징계는 소외와 분리로 하여금 구성되는 주체[21]의 구조이고, 언어의 영역[22]이다. '자아'는 "자아의 영역이며 감각에 대한 지각, 동일시 그리고 통일성에 대한 환영적인 감각으로 구성된 언어 이전의(pre-linguistic) 영역"[23]인 상상계에서, 상징계를 향하여 진입하면서 '주체'로 구성되고 언어의 영향력 아래로 귀속된다. 즉 실재는 "주체 탄생 시 잃어버린 어떤 것, 언어적 질서로 표현하지 못하는 욕구의 찌꺼기"[24]이자 "상징계에 동화되지 못한 여분 혹은 상징화에 대한 저항을 통해 자신을 알리는"[25] 구조이다. 1990년대의 현실이 파편과 잔해를 통해 '혼란'과 '상실'을 자아낸다고 할 때, 특히 당대가 상징적 아버지의 상실 이후의 파편과 잔해를 나타낸다[26]고 할 때, 라캉이 일컫는 상징계의 여분이자 잔해인 실재는 1980년대를 지나, 1990년대의 복판에 놓여 징후 및 정체성을 나타내는 주체를 간파하는 데 유용하게 적용할 수 있으리라고 사료된다.

다음으로, 성미정의 시가 '혼란'과 '상실'을 주체화하거나 '죽음'을 통해 '혼란'과 '상실'을 승화함으로써 주체화하는 대목은, 환상을 통해 실재로부

---

21 손 호머(Sean Homer), 『라캉 읽기』, 김서영 역, 은행나무, 2014, 114~115쪽.
22 위의 책, 73쪽.
23 위의 책, 54쪽.
24 김석, 『에크리: 라캉으로 이끄는 마법의 문자들』, 살림, 2007, 238쪽.
25 위의 책, 239쪽.
26 김선우, 앞의 논문, 193~195쪽.

터 현실을 방어하거나 실재를 향유해내는 주체의 모습과 닮아 있다. 라캉의 실재는 상실과 결여의 상징인 구멍, 틈새, 간극을 통해 현실에 도래하여 주체에게 영향을 행사한다. "이데올로기가 세계를 통째로 윤색하는 일종의 커튼과도 같다면, 실재는 바로 그 커튼 뒤에 존재할"[27] 영역이기도 하다. 그러므로 실재는 주체의 불안을 야기하게 된다. 혼란과 상실의 구조이기도 한 실재는 주체의 불안을 촉발하는 영역이기에, 주체는 그를 해소하기 위하여 욕망에 이끌리고 지속하여 기표를 요청하게 되는 것이다.[28] 그리고 주체는 실재를 향유할 수 있다. 실재는 현실과 죽음 너머의 영역이기에, 실재와 주체는 직접적으로 조우할 수 없으나, 환상을 통하여 그것을 실현한다. 그것이 "환상 가로지르기"이다. "환상 가로지르기는 주체가 실재계의 외상을 주체화하는 것이다. 다른 말로 주체는 외상적 사건을 받아들이고 그 주이상스에 대해 책임을 진다."[29] 특히나 성미정의 시에서 '혼란'과 '상실'을 내재화, 주체화하고 '죽음'을 통해 '혼란'과 '상실'을 승화하여 내재화, 주체화하는 양상은 환상으로 하여금 실재에의 향유를 모색하는 주체의 모습과 얼마간 호응을 이룬다. 즉 1990년대가 자아내던 '혼란'과 '상실'을 관망하고 넌지시 술회하는 수준이 아닌, 당대의 현실에 대응하여 현실을 주체적으로 재현하는 성미정 시의 주체를 살피는 데 있어 실재를 적용하는 것은 적절하다고 보인다.

다음으로, 라캉의 실재가 '억압되는 것'과 연결된다는 대목은 시사적이다. 위의 인용에서 알 수 있듯 실재는 외상이 저장되는 장소이기도 하다. 1990년대가 '억압되었던 것'들이 회귀한 시대였다는 평가를 살펴볼 필요가 크다. 당대는 억압되었던 것들이 회귀함으로 하여, 여러 타자적 가치 및 화두가

---

27 로이스 타이슨(Lois Tyson), 「정신분석 비평」, 『비평 이론의 모든 것』, 윤동구 역, 앨피, 2012, 89쪽.

28 김석, 앞의 책, 240쪽.

29 숀 호머, 앞의 책, 141쪽.

긍정되던 시대이기도 하다. 1990년대가 "일상과 욕망, 육체와 자기 정체성", "여성, 지방, 환경 같은 근대의 항구적 타자들이 제 목소리를 얻"[30]기 시작하였다고 평가되는 사정은 그것을 방증한다. 그런데 그 '억압되었던 것'에 '나' 또한 내포되어 있었다는 것은 주목이 필요하다. 왜냐하면, 1980년대는 흔히 '우리' 혹은 '진영'을 통해 '나'를 억압하여 참여, 사회, 정치의 주체를 탄생시켰다고 평가되기 때문이다. 즉 1980년대를 압도하였던 참여, 사회, 정치적 상상력의 시대가 저물고 난 1990년대는 '우리'에 포획되었던 개인으로서의 '나'가 회귀를 나타냈던 시대이기도 하다.[31] 그러므로 실재가 '억압된 것'의 저장소이고, 실재가 현실(상징계)을 향하여 틈입하는 것을 "환각" 등을 통해 "억압된 것의 회귀"[32]라고 언표하는 라캉의 논의를 참조해볼 때, 1990년대가 억압되었던 것(가치)들이 복합적으로 회귀하였고 모색, 타진되었던 사실은 성미정의 시를 비롯하여 당대의 시적 경향을 다각적, 총체적으로 살피는 데 있어 실재가 참조될 수 있음을 시사한다.

또, 앞서 1990년대가 1980년대의 상징적 아버지 상실 이후, 파편과 잔해를 나타내게 되었다고 평가하는 대목을 다시금 살필 필요가 있다. 김선우는 1990년대의 아버지 상실 이후의 양상과 그 의미를 다음과 같이, 크게 두 가지로 분석한다.

첫째, (…중략…) 박상순·이수명·성미정 시에서 아버지를 상실하고 아버지와 불화하는 양상은 의식적, 무의식적으로 1980년대와 거리를 벌리고자 하는 시도에 해당한다고 볼 수 있다. 1980년대는 강력한 힘 간의 대결을 보여주어 당시의 주체들을 질식시킨 혐의가 분명하므로, 1990년대의 주체

30   유성호, 앞의 글, 534쪽.
31   위의 글, 535쪽.
32   김석, 앞의 책, 242쪽.

들은 그 시대와의 결별을 선언하고 현실화하기 위해 문학적 분투를 보여주었다고 해석할 수 있다.

(…중략…) 둘째, 1990년대는 1980년대의 잔해, 파편의 시대이므로 상징적 아버지는 사라졌을지라도 상징적 아버지라는 우상의 편린은 시대에 도사림으로써 주체에 영향을 끼쳤으리라는 분석이다. 과거의 파편을 지르밟으며 환멸과 공황, 고독과 불안의 징후를 보여주던 당대의 주체들은 여전하게 의식과 무의식에 잔존하여 있는 상징적 아버지를 의식할 수밖에 없었을 것이고, 그가 눈앞에서는 사라졌을지언정 흔적과 자취는 시대의 곳곳에 스며들어 느닷없이 감지되었으리라는 짐작을 가능하게 한다.[33]

위의 인용을 통해 알 수 있듯, 1990년대는 1980년대에 억압되었던 가치들이 귀환하여 그들을 모색하고 반추하게 된 사정과 함께, '1980년대 적인 것'이 억압되던 시대이기도 하다. 즉 1980년대 및 상징적 아버지의 상실은 1990년대의 주체에게 '외상'과 같이 강박적으로 부상하여 여러 고민과 징후를 배태하였고 추동하였으리라는 시각은 개연적일 것이라고 보인다. 특히나 외상이 원장면(primal scene)과 연관되고, 원장면의 억압이 이루어지는 곳이 실재[34]라는 사실은 1990년대에 등장한 시인들에게 '1980년대적인 것'의 상실 및 억압이 외상처럼 작용하였을 가능성이 작지 않았으리라는 사실을 시사한다. 그러므로 라캉의 실재 및 환상을 참조한다면, 억압된 것들이 다양하고 복잡하게 귀환하던 1990년대의 주체를 효과적으로 분석할 수 있으리라 기대된다.

마지막으로, 실재는 상징화되지 못한 것, 상징계 너머의 것, 언어로 표현할

---

33   김선우, 앞의 논문, 194쪽.
34   숀 호머, 앞의 책, 132쪽.

수 없는 것 등을 내포하는 영역인데, 성미정의 시가 언술을 통해 '혼란'과 '상실'을 토출하고 고백하는 것이 아니라 '표상' 및 '주체'를 통해 재현하고 있기에 실재를 활용한 분석은 효과가 있으리라고 보인다. 언급하였듯 잔해와 파편을 통해 '이후'의 여러 징후를 나타내던 1990년대의 상실감과 혼란상은, 시인들이 시를 통해 토출하는 언술의 양태로만 오롯이 확인하기에는 어려움이 따르리라고 여겨진다. 즉 말과 언어를 넘어서는 실재를 적용하여, 당대의 주체들이 느꼈을 '혼란'과 '상실'을 세밀히 검토하고자 하는 것은 적절할 것이다.

앞서 연구사에서 검토한 김선우의 논문은 자크 라캉의 개념을 통해 성미정의 시를 살피는 유효한 시각을 보여준다. 특히 그는 '실재(계)'를 통해 성미정 시의 주체가 '소외'를 유발하는 시적 현실로부터 '해방'을 실현한다[35]고 보는데, 이 글에서 살피고자 하는 분석 방향과 상이하지만 정신분석 개념, 특히 실재를 활용하여 성미정의 시를 검토하고 있다는 지점에서 유의미한 전사라고 할 수 있다.

특히 이 글에서는 성미정 시의 사물 주체를 중심으로 논의를 전개하고자 한다. 그의 시에서는 동물, 식물, 사물과 연루되는 주체들이 빈번히 등장하는데, 직접 사물이 되어 '혼란'과 '상실'을 내재화, 주체화하는 성미정의 시는 동시대의 다른 시인들과 일정한 변별성을 나타내기에 주목을 요한다. 가령 인간-유기물이 아닌, 비인간-무기물로 변신하는 성미정 시의 주체는 사물의 정동을 긍정하는 감각과 감수성을 자아낸다고 하겠다. "정동이란 언어, 논증, 이성과 마찬가지로 분위기와 미적 감수성이 윤리와 정치에 영향을 미치는 방식을 의미한다."[36] 특히 사물의 정동에 주목할 때 얻을 수 있는 효능은

---

35   김선우, 앞의 논문, 141쪽.
36   제인 베넷(Jane Bennett), 『생동하는 물질』, 문성재 역, 현실문화, 2020, 164쪽.

"이성적인 분석이나 언어적 표상을 통해서 완전히 포착할 수" 없는 "정동"[37]을 감지할 수 있다는 데 있다.

요컨대 제인 베넷은 다양한 물질, 이를테면 쓰레기, 기계 장치, 전기, 금속, 음식 등 다양한 사물에서 활기와 생명, 그리고 정동을 발견하고 있다. 그는 저서에서, 질 들뢰즈의 사유를 인용하면서, "하나의 생명은 어떤 특정의 신체와도 완전히 일치하지는 않는 약동하는 활기 또는 파괴적이면서도 창조적인 힘-존재를 뜻한다"[38]라고 역설한다. 즉 (배치 내에서) 물질(들)은 저항하거나 분열하거나 파괴적일 수 있고, 생성하거나 창조적일 수도 있는 능동적, 비(非)동일적 존재라는 의미를 추론해낼 수 있다. 그러한 의미에서, 타자적 존재가 두루 회귀하였던 1990년대, 다시 말해 억압되었던 것들이 이채롭게 회귀하였던 1990년대의 확실한 타자적 표상이라고 일컬을 수 있는 사물로 변신하여 시대, 현실에 대응하며, 동시대적 인식을 자아내는 시적 양상은 주목이 필요하다. 그의 시에서 주체가 '몸'소 생기와 생명이 없다고 여겨지던 사물이 되어 징후 및 정체성을 발현할 때, 시대 인식과 시적 대응, 다시 말해 동시대성의 양상은 감각적이고 첨예하게 드러날 수 있다고 판단되는 것이다. 즉 1990년대의 '혼란'과 '상실' 및 그 '수용'과 '극복'의 양상은 사물-주체로 하여금 시의 표층에 보다 확실하고 예각적으로 드러나고, 그 내포가 보다 풍요롭게 제공될 수 있는 것이다. 특히나 고백과 토출이 아니라, '주체'와 '표상'을 통해 시대 인식 및 시적 대응을 발현하는 성미정의 시에서 언어와 이성을 벗어나는 사물의 정동을 긍정하여 사물-주체가 '되는' 바는 더욱 주목된다고 할 수 있다.

이 글에서 주체'화', 다시 말해 '되는' 주체를 살피고자 하는 시도는 질

---

37 위의 책, 같은 쪽.

38 위의 책, 148~149쪽.

들뢰즈와 펠릭스 가타리의 '되기'와 다소간 연루된다고 할 수 있다. "'생성'으로도 번역되는 '되기'는 '자기동일적인 상태에서 벗어나 다른 것이 되는 것'을 의미한다."[39] 즉 들뢰즈와 가타리는 "신체를 강밀도의 차원에서 다룸으로써 일정한 힘을 가진 신체들은 그것을 둘러싼 관계와 신체의 욕망이 맞물려 강밀도를 변화시"[40]킨다고 본다. "이렇게 잠재되어 있지만, 순간에 따라 차이로서 드러나는 신체의 변이 능력을" "문턱을 넘는 것에 비유하"는데, 그것의 "실제적인 방식으로 '되기(becoming)'를 제안"[41]하는 것이다. 즉 들뢰즈와 가타리가 주장하는 '되기'에는 새로운 존재로의 모색이 내포되어 있다. 이 글에서 '되기'를 인용할 것은 아니지만, 성미정의 시에서 사물이 '되는' 주체가 '혼란'과 '상실'을 '수용'하고 '극복'하고자 환상을 통해 현재(의 몸)를 (재)사유하고 새로운 주체로 창안된다는 측면에서 참조될 수 있다고 여겨진다.[42]

3. 혼란과 상실의 주체화와 사물화하는 주체: 수용의 양상

이 절에서는, 성미정의 시에 나타나는 '혼란'과 '상실'의 수용 양상을 살필 것이다. 그의 시의 '혼란'과 '상실'은 해소하기 어려운 고민 등을 통해서도

---

39 윤서정, 「'되기'의 과정으로서 몸: 들뢰즈와 브라이도티의 '되기이론'을 중심으로」, 『도예연구』 29, 이화여자대학교 도예연구소, 2020, 158쪽.

40 위의 논문, 같은 쪽.

41 위의 논문, 같은 쪽.

42 성미정의 시에 동물, 식물, 사물과 연동되는 시적 주체가 빈번하게 표상되기에, 김선우 또한 그의 박사학위논문에서 시적 주체의 의인화를 점검하며 소외 의식을 논한다. 그러나 이 글에서는 '혼란'과 '상실'의 '수용'과 '극복'을 위하여 사물이 '되는' 주체, 즉 '혼란'과 '상실'을 주체화하고 사물화하여 대응하는 시적 주체를 살필 예정이므로 논의의 맥락이 상이하다고 할 수 있다. 즉 이 글을 통해, '혼란'과 '상실'을 추동하던 1990년대의 시대, 현실에 더욱 능동적, 주체적으로 반응하는 성미정 시의 양상을 점검해볼 수 있으리라고 기대한다.

상징적으로 재현된다. 즉 시대, 현실에 놓인 채 스스로의 존재론적 모색을 수행하던 1990년대의 주체가 성미정의 시에서도 발견된다고 할 수 있다. 1980년대가 참여, 정치, 사회적 상상력을 요청하던 시대라면, 1990년대가 그 같은 사정이 와해함으로 하여 개인이 두드러지던 시대라고 평가되는 대목은 참조의 가치가 크다. 성미정 시에서 '나'에 천착하고, '나'의 다양한 고민과 혼란을 거쳐 결국 '혼란'과 '상실'을 수용하고 내재화, 주체화하는 모습은 주목할 만한 지점이다.

그러므로 라캉의 실재가 '상실'한 것과 잉여물을 내장하고, 섬찟함이나 '혼란'함이 발생하는 영역이라는 대목에서, 이 글은 성미정의 시를 살피기 위하여 주체와 실재의 관계를 폭넓게 참조할 수 있다고 보는 것이다. 가령 "주체에게 보내는 실재의 메시지가 증상이다. 라캉은 질병의 외부적 현상을 의미하는 증상이라는 용어에서 의학적인 색채를 배제하면서 이를 실재의 작용으로 정의한다."[43] 즉 "증상은 그 자체의 향유를 요구하는 실재계의 요구"이자, "주체의 본성"[44]이라고 할 수 있다. 성미정의 시에서 시대상에 따른 여러 고민과 '혼란'을 노정하는 시적 주체는 '상실'의 구조인 실재적 증상을 표출하는 것에 호응한다고 볼 수 있다.

물론 성미정 시의 주체가 '혼란'과 '상실'을 '수용'하는 양상에서는 향유를 온전히 발견할 수 없지만, 이렇듯 실재가 상징계의 주체에게 지속하여 향유를 요구하고 저의 존재감을 드러내는 대목은 시선을 끈다고 할 수 있다. 그러므로 또한 주목할 것은 "환상이란 현실을 떠받치고 있는 것이며 실재계가 우리의 일상생활의 경험 안으로 침입할 때 방어하는 역할을 한다"[45]라는 내용이다. 1990년대의 '혼란'과 '상실'을 라캉의 실재와 매개하고자 하는

---

43   김석, 앞의 책, 246쪽.
44   위의 책, 같은 쪽.
45   손 호머, 앞의 책, 141쪽.

이 글의 기획에서는 오롯하게 향유해내는 것을 통해서만 아니라, 환상을 통해 '혼란'과 '상실'을 '수용'하는 양상 또한, '혼란'과 '상실'이라는 당대의 징후를 '주체'적으로 사유하고 거기 적극적으로 대응하는 바를 나타낸다고 여겨진다. 즉 환상을 활용하여 주체의 사물화를 도모하는 성미정의 시는 '혼란'과 '상실'을 내재화, 주체화하여 시대, 현실에 '주체'적으로 놓이게 되고 현실을 보다 긍정적으로 인식하게 되고 능동적으로 살아내는 힘을 획득한다.

꽃씨를 사러 종묘상에 갔다 종묘상의 오래된 주인은 꽃씨를 주며 속삭였다 이건 매우 아름답고 향기로운 꽃입니다 꽃씨를 심기 위해서는 육체 속에 햇빛이 잘 드는 창문을 내는 일이 가장 중요합니다 너의 육체에 창문을 내기 위해 너의 육체를 살펴보았다 육체의 손상이 적으면서 창문을 내기 쉬운 곳은 찾기 힘들었다 창문을 내기 위해서는 약간의 손상이 필요했기 때문이다 나는 밤이 새도록 너의 온몸을 샅샅이 헤맸다 그 다음날에는 너의 모든 구멍을 살펴보았다 창문이 되기에는 너무 그늘진 구멍을 읽고 난 후 나는 꽃씨 심는 것을 보류하기로 했다 그리곤 종묘상의 오래된 주인에게 찾아가 이 매우 아름답고도 향기로운 꽃을 피울 만한 창문을 내지 못했음을 고백했다 새로운 꽃씨를 부탁했다 종묘상의 오래된 주인은 상점 안의 모든 씨앗을 둘러본 후 내게 줄 것은 이제 없다고 했다 그 밤 나는 아무것도 줄 수 없으므로 행복한 나를 너의 육체 모든 구멍 속에 심었다 얼마 후 나는 너를 데리고 종묘상의 오래된 주인을 찾아갔다 종묘상의 오래된 주인은 내가 키운 육체의 깊고 어두운 창문에 대해서 몹시 감탄하는 눈치였다 창문과 종묘상의 모든 씨앗을 교환하자고 했다 나는 창문과 종묘상의 오래된 주인을 교환하기를 원했다 거래가 이루어진 뒤 종묘상의 오래된 주인은 내 육체 속에 심어졌다 도망칠 수 없는 어린 씨앗이 되었다

—「심는다」 전문[46]

위의 시는 '나'와 '너'가 "꽃씨를 사러 종묘상에" 간 이야기를 전개한다. 그런데 "꽃씨를 심기 위해서는 육체 속에 햇빛이 잘 드는 창문을 내"야 하기에 기이하다. 즉 "꽃씨"는 마당, 정원, 화분 따위에 심는 사물이 아니라, 육체에 비로소 심어 움틔울 수 있는 기묘한 생물이다. '나'는 "너의 육체에 창문을 내기 위해" "너의 육체를" 꼼꼼하게 살핀다. 이 같은 대목에서 '너'의 몸의 사물화를 목격할 수 있다. 마음껏, 언제든 "창문"을 낼 수 있는 육체는, 우리가 익히 인식하고 있는 몸의 내포와 다른 의미를 자아낸다. 또, "꽃씨를 심기 위해서는 육체 속에 햇빛이 잘 드는 창문을 내"야 한다는 사실이 통용되고 진실로 치부되는 위 시의 현실은 몸의 사물화를 전제하는 현실이자 사물-주체의 창안을 긍정하는 현실이라고 할 수 있다.

그러나 "창문이 되기에는 너무 그늘진 구멍을 읽고난 후 나는 꽃씨 심는 것을 보류하기로" 하고는, 이윽고 스스로를 "너의 육체 모든 구멍 속에" 심어 버린다. "얼마후 나는 너를 데리고 종묘상의 오래된 주인을 찾아"가는데, "오래된 주인은 내가 키운 육체의 깊고 어두운 창문에 대해서 몹시 감탄"해한다. "꽃씨" 대신 '나'를 심은 대목은 기이한데, '너'의 몸에 비로소 "창문"이 생기는 대목 또한 주목이 필요하다고 보인다. 즉 '나'를 통해 '너'의 몸은 완전히 사물화한 몸으로 개시된다. '나' 또한 몸소 "씨앗"이 되고 '너'의 몸의 "창문"을 발생시키는 대상이 된다. 특히 "창문이 되기에는 너무 그늘진 구멍", "육체의 깊고 어두운 창문" 같은 대목에서는, 1990년대 현실이 자아내던 '혼란'과 '상실'의 징후를 읽을 수 있다. 자크 라캉이 구멍이나 균열을 통해 상실과 결여를 의미화하고 억압된 것의 귀환을 역설하듯, 위 시의 "구멍"은 그 자체로 상실과 결여의 표상이라고 할 수 있다. 아울러 당대의 현실을 참조하여 그 "구멍"이 그늘지고 어둡다는 표현을 검토한다면, '너'의 몸에

---

46   이 글에서는 『대머리와의 사랑』만을 분석 대상으로 삼을 것이기에, 시집 제목은 생략한다.

난 "구멍"은 당대의 현실이 빚은 혼란과 상실의 각인이자 억압되어 있는 증상의 표출, 다시 말해 상실과 혼란을 지시하여 쉽사리 해소되지 않는 시대적, 존재론적 고민과 고통의 상징이라는 내포를 획득할 수 있다. 즉 "구멍"에 집약되는 당대적 징후는 라캉이 실재를 설명할 때 활용한 "거리에 뱉어진 추잉검과 같이 신발 뒤축에 달라붙어 떨어지지 않는 어떤 것"[47]을 참조할 때, 시적 주체와 떼려야 뗄 수 없는 것임을, 지속하여 부상하고 의식되는 것임을 감지해볼 수 있다.

"창문"을 보고, "오래된 주인"이 "몹시 감탄하는 눈치"를 보이는 대목은 "구멍"을 "창문"을 통해 수용해낸, 즉 고통을 사물을 통해 '수용'하게 된 주체가 되레 당대의 현실에 보다 능동적이고 주체적으로 위치하기에 이른다는 사실을 시사한다. 오히려 "창문과 종묘상의 모든 씨앗을 교환하자고", "창문과 종묘상의 오래된 주인을 교환하기를 원"할 정도로, 적극적인 모습을 나타내게 되는 시적 주체의 모습은 고무적이다. 그래서 "거래가 이루어진 뒤 종묘상의 오래된 주인" 역시 '너'와 '나'의 "육체"에 심어지게 된다. 중요한 것은 그가 "도망 칠 수 없는 어린 씨앗이 되었다"라는 부분이다. "씨앗"에 잠재하여 있는 생명력은 무궁무진하다고 본다. 시의 첫 부분에서, "꽃씨"를 "아름답고 향기로운 꽃"을 피운다고 언술하는 부분을 참조할 수 있다. 즉 주체의 사물화를 통해 개시되던 '혼란'과 '상실'의 수용은 "어린 씨앗"에 주목하면서, 당대의 현실이 자아내던 '상실'과 '혼란'을 자극하고 추동하는 '대상'을 끌어안고, 이윽고 생명력을 탐지해내고 긍정해내며 시를 마무리함으로 하여 성미정 시의 시대 인식과 시적 대응, 동시대성을 나타낸다고 여겨진다.

---

47   숀 호머, 앞의 책, 130쪽.

여행을 떠나야 했다 여행은 길고 험할 것이므로 튼튼한 가방이 필요했다 욕심을 낸다면 이미 여행의 경험이 있는 노련한 가방이었으면 했다 가방을 파는 모든 모든 곳을 헤맸다. 여행이 시작되기도 전에 발바닥엔 물집이 솟았다 어쩌면 가방을 찾아 헤맬 때부터 여행은 시작된 것인지도 모른다 요구를 만족시킬 만한 가방을 만나는 건 쉬운 일이 아니었다 그러던 끝에 가방 엄마를 만나게 되었다 가방 엄마의 몸은 잘 무두질된 소가죽이었다 아마 나의 엄마처럼 평생을 쉬지 않고 움직인 소였을 거다 온몸을 내주고 끝끝내 비린내나는 내장까지 비운 이젠 말라버린 주머니인 가방 엄마는 나의 엄마와 다르지 않았다 여행이 시작되었다 물이 바뀔 때마다 낯선 사람을 만나야 했다 그건 두려운 일이었다 가방 엄마는 그런 두려움까지 모두 맡아주었다 여행이 계속되면서 가방 엄마도 들어줄 수 없는 상처와 추억이 생겼다 그때마다 내 몸은 조금씩 어두운 공간으로 변해갔다 여행이 끝날 무렵 가방 엄마는 끈이 떨어지고 군데군데 뜯어졌다 더 이상 짐을 들어줄 수 없었다 그러나 그때 나는 가방이 되었다 낡고 병든 가죽 쪼가리에 불과한 가방 엄마를 내 속에 품어주었다 진정한 여행은 그렇게 시작되었다

―「동화―가방 엄마」 전문

위의 시에는 "여행을 떠나"는 시의 주체가 등장한다. 1990년대의 현실이 '나'에 천착하고, '나'가 누구인가 모색하던 시대라는 사실을 반추해보면, "여행"의 의미는 어렵지 않게 획득된다. 더욱이 "여행은 길고 험할 것이므로"라는 표현에서도, 그 의미를 탐지해낼 수 있다. 이수명에 따르면, '1990년대 시'는 '탐험'과 '고투'를 자행하던 시들이다. 그는 "1990년대를 열어젖힌 시의 힘을 홀로 있는 시들에서 나왔다고" 평가하면서, "홀로 싸우며 멀리 나아간 시들, 고립적이고 위태로워 보였지만 그것이 독자적 탐험이 되었던 시들로 인해 1990년대는 국지적이고도 본격적인 싸움을 수행할 수 있었다"[48]라

고 말한다. 즉 성미정 시의 "여행"은 당대의 시인 및 주체가 나타내던 탐험 및 고투에 연결되고, '나'에 천착하고 '나'를 모색하던 당대의 시류 또한 담고 있다고 볼 수 있다. "여행"의 내포에는 성미정 시의 동시대성 및 특이성이 집약되어 있다고 사료된다.

위 시의 주체는 "여행"을 위해, "가방"을 원하고 있다. 되도록이면, "이미 여행의 경험이 있는 노련한 가방이었으면" 하고 바란다. "그러던 끝에 가방 엄마를 만나게" 된다. '나'는 "가방 엄마"와 함께 다양한 곡절의 시간을 경험하게 된다. "낯선 사람을 만"난다는 "두려운 일"을 경험하게 되고, "상처와 추억"도 생기게 된다. 그러면서 "가방 엄마"는 낡아지고, "내 몸은 조금씩 어두운 공간으로 변해"간다. "가방"이 "여행" 도중 발생하는 위험으로부터 보호해주고, '나'의 "상처와 추억"까지 수용해주는 존재임이 사실이지만, '나' 또한 "상처와 추억"으로 인하여 세상에 물들어 가게 된다. 이 같은 대목에서, '나'의 "여행"이 고즈넉하거나 평화롭거나 행복하기만 한 '탐험'과 모색의 과정이 아님을 확인할 수 있다. 그것은 '혼란'과 '상실'의 시대를 주파함으로써 그들로 인한 고통("두려움", "상처" 등)을 오롯이 대면하고 수용해가는 방법을 체득하는 과정을 지시한다고 할 수 있다. 즉 "여행"을 하면서 여실하게 포집하며 자아내게 될 '혼란'과 '상실'의 징후들, 실재적 증상을 "가방"과 맞닥뜨림으로 하여 수용, 승화해내리라는 암시를 나타낸다고 하겠다.

따라서 중요한 것은 "가방 엄마"가 "더이상 짐을 들어줄 수 없"게 되자, '나'가 "가방"이 되어버리는 지점이다. 즉 '나'는 이윽고 사물화하는 것이다. 그것은 선언일 뿐만 아니라, "가방 엄마를 내 속에 품어"준다는 표현을 통해, 실제로 "가방"의 역할과 기능을 수행하여 사물-주체로 변신함을 나타낸다. "가방 엄마"가 나를 보호해주고 수용해주던 모성적 존재라면, '나'는 이제

---

48   이수명, 「책머리에」, 앞의 책, 14~15쪽.

그녀의 품을 벗어나 "가방"이 되어 그 같은 질곡과 혼란의 시대를 능동적으로 살아내게 된다. 그 능동적 살아냄이라 함은 위의 시에서 "진정한 여행"을 통해 언표된다. "가방"-주체, 즉 사물-주체가 되어 '혼란'과 '상실'을 주파하며 적극적인 삶을 전개해 가리라는 암시를 제공하는 위 시의 주체는, 당대의 시인 및 주체가 '혼란'과 '상실'의 시대를 어떻게 수용하고 있는지 살피는 데 의미 있는 모습을 제시한다. 더욱이 "가방"의 의미를 반추해볼 때, 그것이 '수용'을 내포한다는 것도 시사적인 것이다. 즉 '나' 스스로 "가방"이라는 사물이 '되는' 내용은 앞으로의 '혼란'과 '상실' 또한 기꺼이 수용해가리라는 사실을 '몸'소 웅변하는 것이라고 할 수 있다. '실재'가 원체험 등이 음밀히 억압됨으로 하여 증상을 발현한다고 할 때, 위 시는 그를 능동적으로 직면해내고 수용해냄으로써 극복, 재고, 승화의 가능성을 획득한다고 여겨지는 것이다.

위 시에서 또한 "가방"-주체가 되는 데에 활용되는 환상이 중요하다. 환상은 현실을 떠받치는 '힘'이기도 한데, 그 같은 환상을 통해 '혼란'을 내재화, 주체화하는 성미정 시의 주체는 상당히 특징적이고 동시대적이라는 평가를 가능하게 한다. 정리해보면, 위의 두 시 「심는다」와 「동화—가방 엄마」에서 사물-주체로 전개됨에 따라 현실을 보다 긍정적으로 인식하게 되는 것은, 환상을 통해 당대의 '혼란'과 '상실'을 '나'가 '몸'소, 즉 '주체'적으로 내재화, 주체화한 덕분이기에 중요하다. 성미정 시에서 환상을 경유하여 시적 주체가 현실에 관한 인식을 긍정적으로 전환하거나, 현실을 살아가는 데 있어 능동성과 주체성을 획득하게 되는 것은 의미가 크다. 그것은 1990년대의 시대, 현실에 대응하는 성미정 시의 동시대성의 한 양식이라고 할 것이다.

4. 혼란과 상실의 주체화와 사물화하는 주체: 극복의 양상

이 절에서는, 성미정의 시에 나타나는 죽음을 통한 '혼란'과 '상실'의 극복을 살필 것이다. 그런데 중요한 것은, 성미정 시의 '극복'은 탈주 및 해방과 다르다는 사실이다. 김선우는 성미정의 시에서 실재 개념을 통해, 그의 시가 주체의 해방을 도모한다고 평가하는데, 의미 있는 분석이라고 할 수 있다. 그러나 그 같은 '해방'은 성미정 시의 동시대성을 살피는 데 있어 얼마간의 보완이 필요하다. 왜냐하면, 그의 시의 '혼란'과 '상실'은 극복의 대상인 것도 사실이지만, 성미정의 시적 주체가 시대, 현실에 두 발을 단단히 딛고 실감해 내며 그것을 재현해내고 있다는 지점에서, '해방'의 내포로서의 '극복'은 오히려 그의 시의 동시대성을 축소하는 혐의를 나타낼 우려가 있기 때문이다. 즉 이 절에서 살필 '극복'은 시대, 현실을 뒤로 무르며 수행하는 '해방'이 아니라, 성미정 시의 주체가 현실과 거리를 벌림으로 하여 '혼란'과 '상실'을 어떻게, 얼마나 능동적으로 인식하고 승화하는지 나타내는 표지라고 볼 것이다.

3절에서 얼마간 살피었듯, 라캉의 실재는 주체에게 향유를 요구하고, 주체는 이윽고 향유를 통하여 실재를 경험하게 된다. 여기에서 향유는 원어로 주이상스라고 일컬어지는데, "이 개념은 '향락'(enjoyment)으로 번역되기도 하지만, 이보다 쾌락과 고통의 결합, 또는 더욱 정확하게 고통 속의 쾌락을 의미한다."[49] 즉 "주이상스는 환자들이 자신의 병 또는 증상을 즐기는 것처럼 보이는 역설적 상황을 연출한다."[50] 중요한 것은 주이상스에 내재하여 있는 쾌락 원리 너머로의 전복적, 파괴적 충동이다. 그래서 주이상스에는 죽음 충동이 내포[51]되어 있는데, 실재를 향유(주이상스)하는 주체는 쾌락 원리와

---

49   손 호머, 앞의 책, 141쪽.

50   위의 책, 같은 쪽.

51   김석, 앞의 책, 244쪽.

죽음 충동, 현실과 죽음을 넘어 실재를 주체화할 수 있게 되는 것이다.

이때, '승화'가 중요해진다. 지그문트 프로이트(Sigmund Freud)는 "승화를 통해 인간의 창조적 활동과 예술·문화의 향유 원천에 성적 에너지의 역동적인 힘이 있다는 것을 보여주려고" 하는 데 주목하고, 라캉은 (실재의) "승화를 본질상 성도착과 같은 것으로 보는데 둘 다 쾌락원리가 부여한 한계를 넘어서고자 하는 것이라는 공통점이 있기 때문이다."[52] 즉 승화를 경유하여 실재에의 향유를 실현하는 주체는 성, 파괴, 죽음, 쾌락 너머에 접근하게 되고, 그 불가능성을 탐닉하게 된다. 그래서 그것은 실제적 체험이 아니며, 실재, 향유, 승화에 있어 환상이 중요하게 되는 이유가 된다. 특히 예술적 작업이 승화와 연루되고, 거기 "창조적 파괴와 죽음 충동이 깔려 있다"[53]라는 사실도 중요해진다. 즉 예술, 작품을 통해 표출되는 파괴, 죽음의 양상은 실재에의 향유와 연동될 가능성을 다분히 소유한다.

따라서 성미정의 시에서 '죽음'을 통해 '혼란'과 '상실'을 승화하여 내재화, 주체화하는 양상에 대한 주목이 필요하다고 사료된다. 실재는 현실과 죽음 너머의 영역이라고 할 수 있을 텐데, 그 같은 실재를 '죽음'을 통해 내재화, 주체화하는 성미정 시의 주체는 승화로 하여금 당대의 '혼란'과 '상실'을 '극복'하여 보다 능동적 시각을 확보하게 되고, 현실을 보다 적나라하게 재고하게 된다고 평가할 수 있다. 따라서 '수용'을 통해 '혼란'을 내재화, 주체화하던 모습과 함께, '죽음'을 통해 '혼란'과 '상실'을 승화하여 내재화, 주체화하는 양상을 살펴 성미정의 시가 얼마나 첨예히 시대, 현실을 실감하고 통찰하는지, 나아가 시대, 현실에 얼마나 능동적으로 대응하고 있는지 구조적 접근을 수행할 수 있어 보인다.

---

52 위의 책, 247쪽.
53 위의 책, 248쪽.

언제부터인지 확실치 않지만 소녀는 거울을 먹기 시작했다 우연한 기회에 거울을 맛본 소녀는 밥을 먹지 않았다 식구들은 소녀를 데리고 여러 병원을 전전했지만 편식은 고칠 수 없었다 식구들은 거울이든 돌멩이든 먹어야 산다고 애써 자위했다 쉬쉬하며 소녀의 식성을 숨기는 데 급급했다 소녀는 이제 식구들 앞에서 거리낌없이 하루 세 끼 거울만 먹었다 집 안에서 거울이 사라졌고 식구들은 몸단장을 할 수 없었다 그러나 곧 유리창에 얼굴을 비추고 곧 유리창에 머리를 살펴볼 줄 알게 되었다 나름대로 습관이 되니 매무새가 단정해졌다 누구도 그 집에 거울이 없다는 걸 눈치챌 수 없었다 사다준 거울까지 모조리 먹어치운 소녀는 배가 고프다고 식구들을 보챘다 거울을 사느라 집 안엔 돈이 바닥났다 식구들은 거울을 훔치러 다녔다 소녀는 훔쳐온 거울을 맛있게 씹었다 몸안에 온갖 거울이 쌓였다 어느날 거울을 훔쳐온 식구들은 소녀를 닮은 거울을 발견했다 소녀를 찾으려고 애썼지만 거울에는 소녀도 식구들도 나타나지 않았다 오래된 기억만이 불길하게 흔들리고 있었다 더 이상 거울을 훔칠 필요가 없었다 식구들은 그제서야 식욕이 돌아왔는데 집안엔 쌀 한 톨 없었다 굶주릴 대로 굶주린 식구들은 어쩔 수 없이 거울을 먹기 시작했다 먹어도 먹어도 사라지지 않는 거대한 슬픔을 거울을 삼켰다

―「거울을 먹는 사람들」 전문

위의 시는 "거울을 먹"는 "소녀"가 등장한다. 앞에서 살핀 「동화―가방 엄마」에서 "여행"이 '나'를 모색하던 과정을 상징한다고 분석한 대목은 위 시를 살피는 데 있어 좋은 참조가 된다. 가령 "거울"을 보는 행위는 '나'를 반추하고 모색하는 것을 내포한다. 즉 "거울"이 '나'에 대한 모색과 반추를 집약하는 상징물일 것이라는 사실이 어렵지 않게 추론된다. 그러나 위 시에서는 "거울"을 보지 않고, "먹는" "소녀"가 등장하여 기이하다. 즉 "보는"

행위가 아닌, "먹는" 행위로 하여금 '나'를 모색하고 반추하는 "소녀"의 행위는 보다 원초적인 분위기를 자아내게 한다. 인간이 익히 음식을 먹어 허기를 채우고자 행위하거나, 공허함이나 상실감을 극복하기 위해 상징적으로 속을 든든하게 만드는 시도는 위 시에서 "거울" 먹는 "소녀"의 행위와 연결된다고 보인다. 즉 1990년대의 현실이 자아내던 '혼란'과 '상실'은 '나'를 반추하고 모색하게 하는 "거울"을 씹어삼킴으로 하여, 그것의 고통과 아픔을 더욱 적나라하게 드러나도록 한다. "거울" 먹는 행위에는 '나'에 천착하고 당대의 혼란과 상실을 집어삼켜 소화시키고 해소해내고픈 동시대의 징후가 집약되어 있다고 할 수 있다.

"식구들"은 "소녀"를 위해 "거울"을 사다주기도, 훔쳐다주기도 한다. 그래서 "소녀는 거울을 맛있게" 씹어 먹지만, "몸안에 온갖 거울이 쌓"여가고만 있다. 즉 "거울"은 "소녀"의 허기를 달래 상실감이나 혼란함 등을 극복하도록 하지 않고, 오히려 공허함을 지속하여 형성한다. 즉 "거울"을 끊임없이 섭취하지만, 그것이 제대로 소화되지 않고 몸안에 쌓여갈 뿐이라는 묘사는 해소되지 않고 계속적으로 발생되기만 하는 '혼란'과 '상실'을 나타낸다고 하겠다. 그런데 "소녀"는 이윽고 "거울"이 되어버린다. 즉 '혼란'과 '상실'의 상징이기도 한 "거울"이 '몸'소 되어버리고야 마는 것이다. "식구들은 소녀를 닮은 거울을 발견했다 소녀를 찾으려고 애썼지만 거울에는 소녀도 식구들도 나타나지 않았다 오래된 기억만이 불길하게 흔들리고 있었다"라는 표현을 통해, 그것을 알 수 있다. "소녀"는 "거울"-주체가 되어 상징적 죽음을 통해, 상실과 혼란의 현실로부터 탈구되는 것이라고 할 수 있다. 즉 라캉의 논의를 따른다면, '몸'소 상실을 추동하고 상징하던 "거울"이 되는 모습은 '그것'이 되어 '실재'에의 향유를 형상화한다고 보인다. 이는 현실로부터의 '해방'이라기보다, 현실을 보다 적나라하게 바라볼 수 있는 시각을 확보하게 만드는 효과로 연장된다.

이제 "거울"을 훔칠 필요가 없어진 "식구들은 그제서야 식욕이 돌아"오게 되지만, "굶주릴 대로 굶주린 식구들은 어쩔 수 없이 거울을 먹기 시작"한다. 그러나 "거울"은 "먹어도 먹어도 사라지지 않는 거대한 슬픔"이다. 즉 "거울"이 된 "소녀", 즉 사물화한 주체를 먹어치우는 "식구들"의 모습에서 해소되지 않는 '혼란'과 '상실', 고통을 감지할 수 있다. "소녀"는 비로소 "거울"이 되어 "거울"을 끊임없이 섭취해야 하는 굴레로부터 벗어나지만, 그것은 "식구들"이 "먹어도 먹어도 사라지지 않는 거대한 슬픔", "거울"을 먹어치우는 장면으로 전환, 발전함으로 하여 도무지 해결되지 않는 당대의 징후를 더욱 첨예하게 드러나도록 한다. 그것은 시대, 현실에 얽혀 있는, 동시에 시대, 현실을 통찰하는 성미정 시의 동시대성과 연결될 수 있다.

그리고 이는 성미정 시의 주체에게 시대, 현실로부터 벗어날 수 없다는 끔찍한 운명을 선고하는 측면도 분명한데, 그것은 라캉의 실재가 억압되는 것의 영역이자 주체와 떼려야 뗄 수 없는 구조라는 대목과 호응을 이룬다고 할 수 있다. 즉 당대의 '혼란'과 '상실'은 이렇듯 시적 주체를 지속하여 옭아매면서, 시대 인식 및 시적 대응의 양상을 살피는 데 확실한 표지가 된다. 성미정 시의 현실은 실재의 증상을 기꺼이 응시하고 재현하고 향유하도록 추동하며, 동시대성을 첨예하게 지시하는 세계라고 할 수 있다. 이를 통해, 그의 시에서 '혼란'과 '상실'이 쉽사리 해소되지 않는 것임이 각인된다. 성미정 시의 '극복'은 현실로부터 자행하는 무책임한 탈주라기보다, '죽음'을 통해 '혼란'과 '상실'을 승화함으로써 (시대) 현실을 능동적으로 바라볼 수 있게 만드는 힘으로 작용함을 재차 알 수 있다.

비누를 훔치러 다닌 적이 있었다 비누가 귀해서 자주 씻을 수 없는 탓에 땟국물이 흐르고 이가 들끓었다 몸이 근지러워 잠을 이룰 수 없었다 뛰어난 도둑이 아닌지라 걸핏하면 현장에서 발각됐다 비누를 훔치기 위해 가슴 졸이기 싫었다 비누를 만들기로 했다 비누를 만들기 위해선 지방이 필요하다는 걸 알게 됐다 집 안 구석구석을 뒤지다 잠만 자는 그녀를 발견했다 가족들의 지나친 보살핌으로 그녀는 몰라볼 만큼 기름지게 살쪄 있었다 그녀의 목을 졸랐다 뜨거운 솥에 넣고 기름이 우러나도록 오래 끓였다 완성된 비누는 그녀를 닮았지만 아무도 알아보지 못했다 그녀의 실종을 의아해 하던 가족들은 곧 새 비누로 관심을 옮겼다 사용 후 부모님들은 비눗물이 눈에 들어가면 눈물이 쏟아진다고 했다 뜨끔했지만 적응이 되면 괜찮을 거라고 말했다 동생들은 비누방울 놀이를 했다 방울 속에 갇힌 그녀는 아른대는 무지개빛 때문에 보이지 않았다 비누가 어찌나 크고 단단한지 거대한 벽돌 같았다 한동안 비누를 훔치러 다닐 필요가 없어 한가해졌다 비누가 흔해서인지 식구들은 너무 자주 얼굴을 씻고 머리를 감았다 얼굴이 밋밋하게 닳고 머리카락이 빠지기 시작했다 일주일에 한 번씩만 사용하라고 했으나 들은 척도 하지 않았다 이번에는 식구들의 목욕 횟수를 감시하느라 잠 못 이루게 되었다.

－「비누를 훔치러 다닌 적이 있었다」 전문

위의 시에는 "비누를 훔치러 다닌 적이 있"는 '나'가 등장한다. "비누가 귀해서 자주 씻을 수 없는 탓에 땟국물이 흐르고 이가 들끓"어, "몸이 근지러"운 탓에 "잠을 이룰 수"도 없다. 가난하기에 "비누"를 훔친 것이지만, "뛰어난 도둑이 아닌지라 걸핏하면 현장에서 발각"되기도 한다. 즉 '나'가 "가족들"의 위생과 청결을 위하여 끊임없이 "비누"를 훔치는 행위에는 가족을 돌보고자 하는 이타적 인식이 내재하여 있다. 이 같은 내용에서, '나'의 상실감을 감지할 수 있다. 반복하여 훔쳐도 채워지지 않고, 가족을 향한 돌봄 또한 충족되지도, 만족되지도 않는 모습에는 일련의 상실감이 도사린다고 보인다. 그리고 돌봄이 상호적으로 이루어진다는 관점에서 본다면, 나아가 자기돌봄 또한 화두가 되는 작금의 상황에서 본다면, 위 시에 나타나는 일방적, 왜곡된 돌봄은 '나'의 상실감을 추동하는 또다른 동인이라고도 할 수 있다고 사료된다. 즉 돌봄에서 배제되는 '나'는 여러 측면에서의 상실을 내재화하고 있는 것으로 판단된다. 위 시의 가족을 부양하는 행위에서 '나'의 '상실'과, 그에서 비롯하는 고민과 '혼란'의 다각적인 발현을 어렵지 않게 발견할 수 있는 것이다.

그런데 "비누를 훔치기 위해 가슴 졸이기 싫"어진 '나'는 "비누를 만들기로" 결심한다. 결국 "집 안 구석구석을 뒤지다 잠만 자는 그녀", "가족들의 지나친 보살핌으로" "기름지게 살쪄 있"는 "그녀"를 죽여 "지방"을 얻어 "비누"를 만들어내기에 이른다. 이는 수상한 대목이다. 가난한 사정으로 인하여 씻는 것조차 쉽사리 허락되지 않는 집안에 "지나친 보살핌으로" "기름지게 살쪄 있"는 "그녀"가 있으리라는 사실은 개연적이지 않기 때문이다. 즉 "그녀"는 '나'의 투사물이자, 피조물(크리처, creature)이라고 할 수 있다. "비누"를 훔치는 행위로 인하여 끝나지 않는 상실(감)을 감내하던 '나'는 "그녀"를 생성하여 '나'의 상실을 '극복'하고자 시도한다고 여겨진다. 현실에 없는 존재를 만들어내는 데에는 환상이 중요하다. 환상은 현실 및 소원, 욕망, 무의식을 원료로 삼는다.

요컨대 환상은 일종의 각본이고, 무대이고, 미장센이다.[54] 그리고 "환상은 주체가 주인공이며 항상 항상 소원—궁극적으로 무의식적 소원—의 성취를 대표하는 상상된 장면으로서 방어기제(defensive processes)들에 의해 다소 왜곡된 방식으로 표현"[55]되기도 한다. 즉 환상에 있어 욕망과 소원은 중요한 동력 및 질료가 되고, 환상에는 '나'의 무의식이 강력하게 투영되어 있다고

---

54 손 호머, 앞의 책, 137쪽.
55 위의 책, 135쪽.

할 수 있다. 위 시에서 또한, "그녀"를 환상을 통해 창조하는 모습에서 환상의 힘이 여실하게 감지되는 것이다.

나아가 '나'의 피조물이자, 가족의 구성원으로 보이는 "그녀"를 죽여 "비누"-주체로 탄생시키는 장면에서는 자크 라캉의 실재 또한 발견된다. 가령 김선우의 논의에서처럼, '죽음'은 가장 퇴락한 가치이고, "비누"는 가장 청결한 물질이기에 그 둘의 결합은 '언캐니(uncanny)'를 촉발하기도 한다.[56] 언캐니는 외상 등 억압된 것이 주체의 의식으로 부상할 때 느끼는 친숙한 낯섦, 두려운 낯섦을 의미[57]하여, 그것은 자연스레 실재와 매개된다. "비누"에는 불결과 청결이 함께 내재되어 언캐니, 즉 실재의 감각을 자아내는 것이다. 그런데 "비누"를 언캐니 및 실재의 상징으로 보는 관점은 부분적인 분석에 머무르는 것이라고 할 수 있다. 이 글에서, 사물-주체가 '되는' 성미정 시의 주체를 살피는 데 있어 실재를 활용하는 것은 그 같은 논의 및 분석을 극복하게 한다.

살피었듯, "비누"를 반복하여 훔치는 것은 가족을 돌보기 위해 멈추어서 안 되는 행위이다. 즉 그것은 강박에 가까운 질곡 어린 행위라고 할 것이다. 그러므로 돌봄의 바깥에 놓이는 '나'는 그 같은 강박적 도둑질을 통해 파생되는 상실감과 혼란함을 지속하여 감내할 수밖에 없었다고 볼 수 있다. 그 같은 (무의식적) 반복 행위는 충동 및 실재와 연결되기에 중요하다.[58] 그것이 상실과 결여, 그에 따른 불안을 해소하기 위한 시도일지라도, 그것은 되레 실재의 적나라한 증상이라고 할 수 있다. 즉 "비누"는 반복적으로 자행되나 충족되지도, 해결되지도 않아 상실과 결여를 자아내면서, 강박적 행위를 통해 자체적으로 '상실'과 '혼란'을 파생하기도 하는 사물이다. 앞의 「거울을

---

56 김선우, 앞의 논문, 149쪽.
57 지그문트 프로이트, 『예술, 문학, 정신분석』, 정장진 역, 열린책들, 2003, 403~411쪽.
58 손 호머, 앞의 책, 122쪽.

먹는 사람들」의 "거울"처럼 '상실'과 '혼란'을 지시하고 확정하는 사물이라고 할 수 있겠다. 그러므로 반복하여 자행되는 "비누" 훔치는 행위를 그만두기 위해서라면, 극단적이기는 하나 위 시의 주체에게는 죽음을 통한 방법밖에는 남지 않는다. 그렇다면, "그녀"의 "비누"-주체화는 '나'의 죽음이 아니라, "그녀"의 죽음을 통해 그 굴레 및 고리를 끊어내고자 시도하는 것으로 볼 수 있다. 즉 더이상 "비누를 훔치기 위해 가슴 졸이기 싫"다는 고백은 그것을 예고하는 것이며, "비누"를 훔치는 행위에 내재하여 있는 '혼란'과 '상실'의 징후 및 그로부터 벗어날 수 없는 강박과 속박의 혐의는 "그녀"를 "비누"-주체라는 사물-주체로 고안해냄으로 하여 '극복'되도록 추동하는 것이다. "그녀"가 '나'의 발명품이자, 환상의 피조물이라고 할 수 있는 이유이다. 시의 후반부에 이르러, "동생들이" "그녀"로 만든 "비누"를 사용하여 "비누방울 놀이를" 할 때, "방울 속에 갇힌 그녀"가 어른거린다는 대목은 "그녀"의 죽음이 사물-주체로 전개되는 것임을 시사한다. 즉 죽음을 통해 사물-주체가 되는 장면에는 현실과 죽음 너머의 영역인 '실재'에 대한 향유, 승화의 양상이 다각적으로 집약되어 있다고 평가할 수 있는 것이다.

이제 "그녀"-"비누"를 통해, "식구들"은 "비누"를 마음껏 사용하게 된다. "그녀의 실종을 의아해하던 가족들은 곧 새 비누로 관심을 옮겼다"라는 표현에서도, "그녀"가 실제로 "가족" 구성원이라기보다, '나'가 상징적으로, '환상'을 활용하여 발명해낸 존재라는 사실이 환기된다. '나'는 이제 "한동안 비누를 훔치러 다닐 필요가 없어 한가해"진다. 해당 부분은 강박적 행위인 도둑질의 굴레로부터 벗어난, 극복한 모습을 보여준다고 하겠다. 그러나 "비누가 흔해서인지 식구들은 너무 자주 얼굴을 씻고 머리를 감"고, "얼굴이 밋밋하게 닳고 머리카락이 빠지기 시작"하는 대목은 이상스럽다. 더욱이 '나'가 "이번에는 식구들의 목욕 횟수를 감시하느라 잠 못 이루게 되었다"라고 언술하는 대목도 수상하다. 즉 이 같은 내용은 그녀를 죽여서 "비누"-주체로 만들지만, 가족의 돌봄은 제대로 수행되고 있지 않고 '상실'과 '혼란' 및 질곡과 강박으로부터도 오롯하게 해방되지를 못하는 것을 나타낸다. 도둑질이 완전하지는 않지만 얼마간의 돌봄을 수행하게 하고, 가족의 위생과 청결을 실현하였다는 사실을 복기해본다면, 시의 마지막 부분에서 "비누"가 증상을 유발하고, '나'가 "식구들의 목욕 횟수를 감시하느라 잠 못 이루게 되"는 모습은 '상실'과 '혼란' 및 강박이 해소되기는 커녕 더욱 강화, 심화되어 재현됨을 보여준다. 이는 시대, 현실로부터 탈주하지 아니하고, 단단히 놓임으로 하여 부조화를 적나라히 고백하는 성미정 시의 동시대성을 지시한다고 여겨진다.

주지하듯 성미정의 시가 '죽음'을 통해 도모하는 '극복'은 1990년대의 현실을 예각적으로 조명하고 당대의 징후를 승화해내고자 하는 힘이라고 할 수 있다. '죽음'을 통해 '상실'과 '혼란'을 승화하는 것은 오히려 현실을 더욱 적나라하고 생생하게 재현하도록 만드는 시야를 확보하게 한다. 즉 '나'가 "비누"-주체를 창안하여 '나'의 상실과 혼란, 강박으로부터 벗어나고자 시도하지만, 결코 벗어나지 못하는 모습은 앞의 「거울을 먹는 사람들」에서처럼, 해소되거나 떨쳐낼 수 없는 1990년대의 '혼란'과 '상실', 그것이 추동하는 성미정 시의 동시대적 인식을 나타낸다고 할 수 있다. '상실'과 '혼란'을 추동하고 자아내던 1990년대가 시인들에게, 나아가 동시대의 시민들에게 때려야 뗄 수 없는 실재적 증상의 토대였다는 사실이 확실히 시사된다고 여겨지는 것이다. 이를 통해, 성미정 시의 사물 주체는 쉽사리 해소되지 않는 당대의 징후, '혼란'과 '상실'을 보다 능동적으로 드러내는 그의 시의 감각과 감수성, 통찰력을 증표한다. 즉 '죽음'을 통하여 현실로부터 탈구되어 '극복'의 양상을 보이는 대목은 성미정의 시가 1990년대 현실에 대해 독특하고 적극적인 시적 대응을 구사하는 모습이라고 할 수 있다. 그것은 현실로부터 무책임하게 탈주하여 자행하는 시적 방편이 아니라, 현실을 고유하고 예리하게 간파하는 전략이라는 데서 주목의 가치가 크다.

5. 결론

이 글은 성미정 시의 사물-주체를 통해 동시대성을 살펴, 그의 시가 나타내는 의미 및 시사적 가치를 확인하고자 하였다. 특히 1990년대가 다양성과 복합성 등 역동성을 자아내던 시대이기도 하지만, '혼란'과 '상실'을 자아내던 시대라는 사실에 주목하였다. 그래서 성미정 시의 주체가 그 같은 '혼란'과 '상실'을 어떻게 '수용'하고 '극복'하는지 살피고자 자크 라캉의 실재 개념을 활용하였다. 특히 그의 시에 나타나는 '수용'과 '극복'은 궁극적으로는 모두 '수용'의 양상이라고 일컫는 것이 가능하다고 보았는데, 당대의 현실에 처한 채로 '상실'과 '혼란'을 어떠한 방식으로 체화하고, 표상하는지를 나타내 동시대성을 자아낸다고 사료되었기 때문이다. 여기에서 동시대성은 성미정의 시가 얼마나 여실히, 예각적으로 시대, 현실을 인식하는지 나타내는 의미와 함께, 그가 그 같은 현실에 반응하여 능동적으로 펼쳐놓는 시적 대응을 살피는 데 주요한 표지가 될 수 있다고 보았다.

이 글에서 라캉의 실재는 잔해물이자 잉여물의 영역이며 억압된 것의 구조이기에, 1990년대에 도사리던 잔해와 파편, 당대의 징후인 억압된 것의 회귀와 호응한다고 보았다. 또한 환상을 통해 실재로부터 현실을 방어하거나, 실재를 향유해내는 주체의 모습과 성미정 시에서 주체가 나타내는 '수용'과 '극복'의 양상은 얼마간 조응한다고 보았다. 나아가 말과 언어를 넘어서는 실재를 활용한다면, '주체'와 '표상'을 통해 당대의 현실을 재현, 대응하는 성미정의 시를 간파하는 데 효과적이리라 보았다. 특히 이를 논의하기 위해 사물이 '되는' 주체를 살폈다. 사물은 타자 등 억압되었던 것이 다양하게 회귀하였고 복원하였던 1990년대의 풍경을 확실히 집약하는 대상이라고 사료되어, 사물화와 주체화를 통해 '상실'과 '혼란'을 '수용'하고 '극복'하는 성미정 시의 양상을 살피는 데 주목의 가치가 크다고 느껴졌다. 또, 사물에의 정동은 말과 언어를 넘어서는, 즉 '이성적인 분석'이나 '언어적 표상'으로 오롯이 확인할 수 없는 '정동'을 포착할 수 있게 하기에, 이 글에서 '실재'를 통해 '혼란'과 '상실'을 살피고자 하는 기획에 참조될 수 있다고 보았다.

성미정 시의 '수용'은 "창문"을 통해 사물-주체로 변모하는 시적 주체와 "가방"-주체를 통해 확인할 수 있었다. 이들은 당대의 현실이 자아내던 '혼란'과 '상실'을 실감하고 수용함으로 하여 내재화, 주체화하고 있었다. 특히 사물-주체로 변신하며 '혼란'과 '상실'의 현실에서 긍정성을 수확하고, 주체성을 획득하는 모습은 인상적이었다. 그리고 성미정 시의 '극복'은 "거울"-주체와 "비누"-주체를 통해 확인할 수 있었다. 이들을 당대의 현실이 자아내던 '혼란'과 '상실'을 '죽음'을 통해 승화하여 주체화, 내재화한다는 독특성을 나타내었다. 특히 사물-주체로 변신하며 '혼란'과 '상실'의 현실을 간파하고 통찰한다고 여겨지는 적나라한 묘사와 언술은 인상적이었다.

이 글의 기획이자 제목인 '성미정 시의 동시대성과 사물 주체'를 살펴 얻을 수 있는 의의를 다음과 같이 정리하면서 논의를 마무리하고자 한다.

먼저, 성미정의 시를 (재)의미화하는 데 기여할 수 있었다. 성미정의 시는 '1990년대 시사'를 정립하는 데 있어 꾸준히 호명되어 왔으나, 섬세한 분석은 수행되어오지 않았다. 또, 그의 시에 관한 연구사적 실적 또한 꾸준하게 제출되어오지 못하였던 한계가 있다. 물론 김미현, 김선우 등의 논의는 성미정이 1990년대 시사에 있어 어떠한 시인인지를 확인하기에 유효하다고 할 수 있었으나, 성미정의 시를 다각적으로 살피기 위한 논의의 보완은 필요해 보였다. 그래서 이 글에서는 성미정의 시가 당대의 '혼란'과 '상실'을 내재화, 주체화하고 있다고 보고, '수용'과 '극복'의 양상을 살폈다. 이는 성미정의 시가 당대의 현실을 외면하고 탈주하려고만 하는 것이 아니라, 당대의 현실에 단단히 놓임으로 하여 '혼란'과 '상실'을 이윽고 수용하고 통찰하고자 하는 것을 나타낸다고 보았다. 이를 통해, 성미정 시에 나타나는 시대 인식 및 시적 대응, 동시대성의 양상을 효과적으로 확인할 수 있었다.

다음으로, 1990년대 시의 의미 및 시사적 가치를 반추할 수 있었다. 위에서 언급하였듯, 성미정의 시는 '혼란'과 '상실'을 내재화, 주체화함으로 하여 '수용'과 '극복'의 양상을 나타내 동시대성을 자아냈다. 이 같은 시각은 1990년대의 다른 시인들이 당대의 현실을 얼마나, 어떻게 발현하고 있는지 밝히는 데 있어서도 유효하리라고 사료되었다. 물론 시인의 시적 자질 및 특징을 시대, 현실과 범박하게 엮어 논의하는 것은 시인의 시적 가치를 축소하고 훼손하는 것일지 모르지만, 그것은 오히려 해당 시인이 나타내는 시사적 가치를 획득하는 데 있어 유의미한 시각을 제공한다고 보았다. 따라서 성미정의 시가 '수용'과 '극복'을 통해 1990년대의 현실을 예각적으로 인식, 대응, 재현하였다는 평가는, 동시대의 시인들이 1990년대와 어떠한 관계를 맺고 있는지에 따라, 나아가서는 당대의 '혼란'과 '상실'을 '수용'과 '극복'을 어떻게 그려내고 있는지에 따라, (동)시대성을 추적, 확인할 수 있으리라는 기대를 가능하게 하였다.

마지막으로, 비-인간-주체, 포스트휴먼-주체에 관한 가능성을 확인할 수 있었다. 성미정의 시에서 단연코 눈에 띄는 것은 사물화하는 주체의 양상이었다. 특히 동물, 식물 등 인간과 흔히 교류하고 유대를 형성하는 존재가 아니라 사물-주체로 창안되는 대목은 시사적이었다. 즉 시의 주체가 몸소 사물이 되어 시대, 현실의 '혼란'과 '상실'을 '수용'하고 '극복'하는 모습은 고무적이었다. 그 같은 내용은 성미정 시의 선구적인 감각과 감수성을 나타내는 지점이라 할 수 있었다. 즉 성미정 시의 사물-주체는 개인적 감수성이 배태한 측면도 분명하지만, 시대, 현실에 관한 예각적 인식이 추동한 (동)시대적 산물이라고 볼 수 있으므로 중요하였다. 그래서 타자 등 억압되었던 것이 회귀하였던 1990년대의 한 표지라고 할 수 있는 사물이 '되는' 주체의 양상은 성미정 시에 나타나는 '혼란'과 '상실'을 추동하던 1990년대에 관한 시대 인식과 시적 대응, 동시대성의 양상을 살피는 데 효과적으로 작용하였다. 아울러 2000년대 이후 시에서, 시인의 감각 및 감수성을 증표하면서 이제 더는 낯설지 않게 빈번히 표상, 발견되는 비인간-주체, 포스트휴먼-주체 등에 관한 선구성을 확인할 수 있었다고 본다.

　앞으로도 1990년대 시 및 성미정의 시에 관한 다양하고 성실한 연구가 이루어지길 바라본다.

참고문헌

제1부 1990년대 시의 시적 현실에 관한 정신분석적 연구:
박상순·이수명·성미정의 시를 중심으로

1. 기본자료
박상순, 『6은 나무 7은 돌고래』, 민음사, 1993.
박상순, 『마라나, 포르노 만화의 여주인공』, 세계사, 1996.
성미정, 『대머리와의 사랑』, 세계사, 1997.
이수명, 『새로운 오독이 거리를 메웠다』, 세계사, 1995.
이수명, 『왜가리는 왜가리놀이를 한다』, 세계사, 1998.

2. 논문 및 평론
1) 학위논문
강영주, 「시적 주체 개념을 통한 현대시 교육 연구」, 이화여자대학교 교육대학원 석사학위논
　　문, 2015.
김지은, 「1990년대 여성시의 상상력 연구: 김혜순·이연주의 시를 중심으로」, 단국대학교
　　대학원 박사학위논문, 2023.
이민진, 「클로드 카훈과 신디 셔먼의 "가장된 여성성(Womanliness as a Masquerade)": 조안
　　리비에르(Joan Rivière)의 이론을 중심으로」, 홍익대학교 대학원 석사학위논문,
　　2023.
이상철, 「고정희 시와 90년대 여성시의 에코페미니즘 연구」, 서강대학교 교육대학원 석사학
　　위논문, 2012.
임현주, 「한국 현대시에 나타난 낯타이미지 연구: 1990년대 이후의 시를 중심으로」, 경남대
　　학교 교육대학원 석사학위논문, 2016.
전명환, 「이수명 시의 언어적 특성 연구」, 중앙대학교 대학원 석사학위논문, 2022.
정혜진, 「신경림 시의 이미지 연구: 1990년대 이후의 시를 중심으로」, 수원대학교 교육대학
　　원 석사학위논문, 2007.
조명아, 「이금이의 아동·청소년 문학 작품에 나타난 향토적 토포필리아 연구」, 건국대학교
　　대학원 박사학위논문, 2016.

2) 소논문 및 평론

강동호, 「무의 광장: 이수명의 세계와 소진 불가능한 것」(해설), 이수명, 『도시가스』, 문학과지성사, 2022.

고봉준, 「'환상'으로서의 시의 위기: 1990년 이후 문학장의 변화를 중심으로」, 『현대문학의연구』 51, 한국문학연구학회, 2013.

고봉준, 「1990년대 시의 사회·정치적 상상력과 소비자본주의: 소비자본주의에 대한 비판과'서울'에 대한 표상을 중심으로」, 『한국시학연구』 73, 한국시학회, 2023.

공윤경, 「도시화에 의한 마을공간의 분절과 구성원의 연대: 대천마을과 대천천네트워크를중심으로」, 차철욱 외, 『마을연구와 로컬리티』, 소명출판, 2017.

권명아, 『가족이야기는 어떻게 만들어지는가』, 책세상, 2021.

권혁웅, 「기호의 제국: 박상순·김형술·이기성의 새 시집」, 『문학판』 14, 열림원, 2005.

권혁웅, 「1970년대 이후 한국 현대시에서 전위의 맥락」, 『한국시학연구』 20, 한국시학회, 2007.

김경복, 「90년대 한국 현대시의 탈정치성과 신서정성: 87민주화운동 이후의 특징을 중심으로」, 『한국문학논총』 49, 한국문학회, 2008.

김난희, 「1990년대 후일담 시에 나타난 '아직-아닌-존재의 존재론(Ontologie des Noch-Seins)'과 희망의 원리: 박영근과 백무산의 시를 중심으로」, 『기호학연구』 67, 한국기호학회, 2021.

김미정, 「90년대 포스트모더니즘 시」, 『동남어문논집』 18, 동남어문학회, 2004.

김미현, 「다소 시적인?: 성미정론」, 『세계의문학』 113, 민음사, 2004.

김선우, 「박상순 시의 '소외' 양상 연구: 초기 시에 나타난 '반복'을 통해」, 『한국학연구』 80, 고려대학교 한국학연구소, 2022.

김선우, 「박상순 초기 시집에 나타난 실재 양상 연구」, 『한국문예창작』 55, 한국문예창작학회, 2022.

김선우, 「이수명 시의 '시적 현실'에 관한 정신분석적 연구: 『새로운 오독이 거리를 메웠다』와 『왜가리는 왜가리놀이를 한다』를 중심으로」, 『현대문학이론연구』 93, 현대문학이론학회, 2023.

김선우, 「성미정 시의 '시적 현실'에 관한 정신분석적 연구: 『대머리와의 사랑』을 중심으로」, 『한국문예창작』 57, 한국문예창작학회, 2023.

김수이, 「1990年代 文學에 나타난 새로운 生態意識 考察: 金龍澤, 金英來, 李文宰를 중심으로」, 『어문연구』 125호, 한국어문교육연구회, 2005.

김순아, 「90년대 이후 여성시에 나타난 여성의 몸과 전복의 전략: 김언희·나희덕을 중심으로」, 『한어문교육』 29, 한국언어문학교육학회, 2013.

김용희, 「예감과 마술」, 『페넬로페의 옷감 짜기』, 문학과지성사, 2004.

김유중, 「문인수 시에 나타난 생태론적 관심의 제 유형」, 『문학과환경』 5, 문학과환경학회, 2006.

김응교, 「패러디, 발상의 전환(1): 성미정 「동화-백설공주」, 박남철 「주기도문, 빌어먹을」의 경우」, 『시현실』 49, 예맥, 2011.

김정란, 「물통의 길, 피통, 꽃통의 길, 그리고 농구대. 특히 농구대, 드라마의 예고편인: 박상순의 시세계」, 『현대시학』 327, 현대시학사, 1996.

김지선, 「그로테스크 시대의 시들」, 『시현실』 41, 예맥, 2009.

김진희, 「하지만, 피어나는 힘: 성미정의 시 세계」, 『열린시학』 36, 고요아침, 2005.

김진희, 「박상순 시의 하이퍼텍스트성 연구: 『6은 나무 7은 돌고래』를 중심으로」, 『숙명문학』 5, 숙명문학인회, 2017.

김청우, 「개시(開示)된 은폐를 들추기: 이수명 시의 한 읽기」, 『시와세계』 38, 시와세계, 2012.

김현섭, 「수직도시와 수직건축, 그리고 수직의 욕망」, 『建築』 354, 대한건축학회, 2008.

김혜순, 「90년대 시의 시적 현실, 어디에 있었는가」, 『문학동네』 20, 문학동네, 1999.

김홍중, 「멜랑콜리와 모더니티: 문화적 모더니티의 세계감(世界感) 분석」, 『한국사회학』 94, 한국사회학회, 2006.

김홍진, 「현대시의 도시체험 확대와 일상성의 성찰: 1990년대 이후의 시를 중심으로」, 『한국문예창작』 13, 한국문예창작학회, 2008.

김홍진, 「마이너리티 시학」, 『시선의 고현학』, 박문사, 2017.

김홍진, 「현대시에 나타나는 도시 이미지의 반영 의식: 1990년대 이후의 시와 그로테스크 시학을 중심으로」, 『국어문학』 67, 국어문학회, 2018.

김희진, 「틈의 시학과 생명적 상상력: 김기택 시세계를 중심으로」, 『문학과환경』 6, 문학과환경학회, 2006.

남기택, 「백무산 시 연구: 90년대 이후 변모 양상을 중심으로」, 『비평문학』 26, 한국비평문학회, 2007.

마순자, 「그 의미의 다의성」, 『서양미술사학회논문집』 24, 서양미술사학회, 2005.

문선영, 「환상으로 지워 나가는 환상」, 『현대시』 115, 한국문연, 1999.

박상순·이장욱, 「박상순, 혹은 악몽의 마스크를 쓴 남자」(대담), 『현대시』 115, 한국문연, 1999.

박상순, 「그림카드와 종이놀이」, 이승훈 엮음, 『한국현대대표시론』, 태학사, 2000.

박선영, 「90년대 詩에 나타난 일상성의 드러냄과 넘어섬: 오규원, 최승호, 김기택, 채호기 詩를 중심으로」, 『돈암어문학』 10, 돈암어문학회, 1998.

박슬기, 「박서원 시의 아이러니적 주체와 모순어법: 초기작을 중심으로」, 『한국시학연구』 73, 한국시학회, 2023.

박정대, 「베이클라이트의 사랑: 성미정 시집, 『대머리와의 사랑』(세계사, 1997)」, 『현대시학』 340, 현대시학사, 1997.

백은주, 「1990년대 한국 여성시인들의 시에 나타난 금기와 위반으로서의 性: 조선시대 후기 사설시조와 관련하여」, 『여성문학연구』 18, 한국여성문학학회, 2007.

백인덕, 「90년대 시에 나타난 서정 인식의 변모 양상: TV 체험을 중심으로」, 『한국언어문화』 18, 한국언어문학학회, 2000.

변학수, 「꿈/ 詩의 상징과 상징적 표현」, 『현대시학』 393, 현대시학사, 2001.

서동욱, 「들뢰즈와 가타리의 기계 개념」, 『차이와 타자』, 문학과지성사, 2000.

선우은실, 「'자기'라는 헤테로토피아, 내면의 장소화: 강성은, 김행숙, 이수명을 중심으로」, 『현대시』 349, 한국문연, 2019.

성미정, 「시를 쓰는 사람이 되어간다」, 『시와 반시』 87, 시와반시사, 2014.

성창규, 「공기의 시학으로 낭만주의 시인들의 종달새와 나이팅게일 시 비교 읽기」, 『동서비교문학저널』 45, 한국동서비교문학학회, 2018.

성현아, 「김혜순 시의 포스트모던적 경향 연구」, 『한국시학연구』 73, 한국시학회, 2023.

손민달, 「현대시에 나타난 '공동체' 연구: 1990년대 시를 중심으로」, 『어문학』 118, 한국어문학회, 2012.

손윤희, 「카프카의 『성』과 베케트의 『고도를 기다리며』에 나타난 하이데거의 불안」, 『동서비교문학저널』 60, 한국동서비교문학학회, 2022.

손진은, 「폐허 속에 웅크리고 있는 '나': 박상순 시집 『6은 나무 7은 돌고래』」, 『현대시의 지평과 맥락』, 월인, 2003.

신용목, 「1990년대 한국 여성시에 나타난 '액화' 이미지 연구」, 『한국시학연구』 64, 한국시학회, 2020.

신용목, 「1990년대 한국 여성시의 탈범주화 과정 연구: 나희덕, 김언희 시를 중심으로」, 『국어문학』 75, 국어문학회, 2020.

안지영, 「시에서 '소통'이란 무엇인가: 이수명의 시를 중심으로」, 『시와정신』 47, 시와정신사, 2014.

양균원, 「서정의 정치성과 정치의 서정성」, 『시와문화』 47, 시와문화사, 2018.

엄경희, 「환상적 실험시에 대한 몇 가지 질문」, 『시작』 16, 천년의시작, 2006.

엄경희, 「1990년대 시에 나타난 '추(醜)의 미학'의 양상」, 『국어국문학』 182, 국어국문학회, 2018.

엄경희, 「1990년대 남성 시인들의 시에 발화된 언어적 추의 한계」, 『한국언어문화』 66, 한국

언어문화학회, 2018.

오민석, 「아브젝트와 반(反)규범의 기호들」, 『시인동네』 43, 시인동네, 2016.

오형엽, 「반복, 변주, 변신, 생성: 박상순론」, 『주름과 기억』, 작가, 2004.

오형엽, 「주름, 기억의 변주: 2000년대 시를 보는 한 시각」, 『주름과 기억』, 작가, 2004.

오형엽, 「정신분석 비평과 수사학」, 『문학과 수사학』, 소명출판, 2011.

오형엽, 「공포와 환상의 시적 계보: 숭고 및 주이상스와의 연관성」, 『알레고리와 숭고』, 문학
과지성사, 2021.

오형엽, 「아방가르드와 숭고의 시적 실천: 대중문화 시대의 한국 전위 시」, 『알레고리와
숭고』, 문학과지성사, 2021.

우신영, 「동화 독서와 젠더 이데올로기: 아동 권장도서목록 속 전래동화 여성인물 표상을
중심으로」, 『독서연구』 38, 한국독서학회, 2016.

유성호, 「1990년대 서정시의 전개와 그 특성」, 『국어문학』 34, 국어문학회, 1999.

유성호, 「'리얼리즘시' 논의와 범주에 대한 사적 고찰: 1990년대 리얼리즘시의 흐름을 중심
으로」, 『현대문학이론연구』 11, 현대문학이론학회, 1999.

윤서정, 「'되기'의 과정으로서 몸: 들뢰즈와 브라이도티의 '되기이론'을 중심으로」, 『陶藝研
究』 29, 이화여자대학교 도예연구소, 2020.

이경영, 「한국 여성시의 특징적 몇 국면과 미래시학의 방향: 페미니즘 관점에서 1990년대
이후 여성시를 중심으로」, 『현대문학이론연구』 39, 현대문학이론학회, 2009.

이경호, 「현대문명의 변화된 공간에 대한 상상력: 이수명과 이원의 경우」, 『문학관』 1, 열림
원, 2001.

이기주, 「박상순 시에 나타난 영화 이미지 연구」, 『한민족문화연구』 73, 한민족문화학회,
2021.

이남호, 「偏母膝下에서의 시 쓰기: 80년대 후반 시의 한 특성」, 『문학의 위족 1』, 민음사,
1990.

이동재, 「지젝의 폭력론: 『폭력이란 무엇인가』를 중심으로」, 『현대사상』 19, 현대사상, 2018.

이만식, 「언어파가 가는 길」, 『시와세계』 17』, 시와세계, 2007.

이병국, 「표면을 횡단하는 불확실성의 존재론: 이수명론」, 『청색종이』 2, 청색종이, 2021.

이병철, 「빛과 형태와 도시가스를 의심하라: 송재학, 이향란, 이수명의 시집을 중심으로」,
『한국문학』 315, 한국문학사, 2022.

이성우, 「1990년대 한국 현대시에 나타난 이념의 아노미와 전환기적 모색: 박노해와 황지우
의 시를 중심으로」, 『한국문학이론과 비평』 23, 한국문학이론과 비평학회, 2004.

이성혁, 「움직이는 형상들의 매혹, 또는 감염」, 『현대시』 207, 한국문연, 2007.

이수명, 「현대시에서의 분열과 욕망의 주체: 김구용 시를 중심으로」, 『한국문예창작』 11,

한국문예창작학회, 2007.

이수명, 「나는 미정의, 미완의, 그 무엇이며, 사라지는 중이다: 박상순의 『6은 나무 7은 돌고래』」, 『공습의 시대: 1990년대 한국시문학사』, 문학동네, 2016.

이수명, 「미래파를 위하여」, 『횡단』, 민음사, 2019.

이수명, 「비로소 모든 뚜껑을 열고: 21세기 우리 시는 무엇인가」, 『횡단』, 민음사, 2019.

이숭원, 「1990년대 시의 다양성과 진정성」, 『태릉어문연구』 15, 서울여자대학교 인문과학대학 국어국문학과, 2008.

이승훈, 「결핍의 공간에서 태어나는 자아」(해설), 박상순, 『6은 나무 7은 돌고래』, 민음사, 1993.

이승훈, 「언어, 글쓰기, 허위 의식?」, 『문학사상』 283, 문학사상사, 1996.

이승훈, 「변기와 인터랙티브 미학: 디지털 시대의 시쓰기」, 『문학사상』 329, 문학사상사, 2000.

이연승, 「이승훈 시의 미학적 특성에 관한 연구: 90년대 이후를 중심으로」, 『한국언어문화』 33, 한국언어문화학회, 2007.

이재복, 「한국 현대시에 나타난 파편적 서술화 경향에 관한 연구: 1990년대 시를 중심으로」, 『한국언어문화』 24, 한국언어문화학회, 2003.

이재복, 「놀이와의 놀이, 슬픈 상처의 시: 박상순의 시 세계」, 『비만한 이성』, 청동거울, 2004.

이재복, 「놀이의 현상학」, 『현대시학』 425, 현대시학사, 2004.

이재복, 「아이덴티티는 너무 20세기적이야: 박상순, 이수명, 황병승, 김경주를 중심으로」, 『열린시학』 50, 고요아침, 2009.

이창민, 「영혼과 무의식: 허수경, 『내 영혼은 오래 되었으나』, 이수명, 『붉은 담장의 커브』」, 『계간 서정시학』 14, 서정시학, 2001.

이형권, 「현대시와 타자의 윤리학」, 『어문연구』 82, 어문연구학회, 2014.

이혜경, 「패러디의 소통 방식 연구: 1990년대 이후 패러디 시를 중심으로」, 『열린정신 인문학연구』 33, 원광대학교 인문학연구소, 2018.

이혜원, 「한용운 시에서의 욕망과 언어의 문제」, 『국어국문학』 120, 국어국문학회, 1997.

이혜원, 「1990년대 서술시의 양상과 그 의미」, 『어문학』 99, 한국어문학회, 2008.

이혜원, 「미지의 세계를 향한 진지한 놀이: 이수명론」, 『계간 시작』 51, 천년의시작, 2014.

이혜원, 「한국 현대시에 나타난 '서울'의 문학지리학 2」, 『현대시의 윤리와 생명의식』, 소명출판, 2015.

이혜원, 「철도, 공장, 골목: 서대경 시에 나타나는 도시의 표상과 감각」, 『발견』 28, 발견, 2020.

이훈, 「삶에서 죽음으로의 이행, 자가형성의 회전체들: 이수명론」, 『시와 반시』 74, 시와반시사, 2010.

이희우, 「나의 우울과 나무의 기쁨」, 『문학과사회』 138, 문학과지성사, 2022.

임도한, 「한국 현대 생태시와 '물' 이미지」, 『문학과환경』 6, 문학과환경학회, 2006.

임지연, 「1990년대 여성시의 이상화된 판타지와 역설적 근대 주체 비판」, 『한국시학연구』 53, 한국시학회, 2018.

장경린, 「나는 포장을 뜯는 사람」, 『현대시학』 328, 현대시학사, 1996.

정민구, 「박상순 시의 기호학적 읽기: 텍스트의 의미화 과정과 상호-텍스트성을 중심으로」, 『용봉인문논총』 38, 전남대학교 인문학연구소, 2011.

정끝별, 「21세기 패러디 시학의 향방: 90년대 이후 한국 현대시를 중심으로」, 『한국언어문화』 27, 한국언어문화학회, 2005.

정끝별, 「이상 시의 상호텍스트성 연구: 「오감도 시제1호」의 시적 계보를 중심으로」, 『한국시학연구』 26, 한국시학회, 2009.

정진경, 「90년대 시에 나타난 후각 이미지 연구」, 『한국언어문학』 94, 한국언어문학회, 2015.

조미희, 「1990년대 안도현 시의 서정성의 변화 연구: 시집 『그대에게 가고 싶다』 외 3권을 중심으로」, 『한국문화기술』 29, 단국대학교(천안캠퍼스) 한국문화기술연구소, 2020.

조신권, 「시는 언어와 시적 체험의 유기적 건축물」, 『창조문예』 222, 창조문예사, 2015.

조재룡, 「'끝 없는 끝'의 세계에 오신 것을 환영합니다: 주체-대상-행위의 무효와 노동의 종말에 관하여」(해설), 이수명, 『물류창고』, 문학과지성사, 2018.

최문자, 「90년대 여성시에 나타난 어둠의식 탐구」, 『돈암어문학』 14, 돈암어문학회, 2001.

최승호, 박상순, 『마라나, 포르노 만화의 여주인공』, 세계사, 1996.

최은애, 「『블리크 하우스』(Bleak House)에 나타난 불안: 라캉의 불안이론을 중심으로」, 『영미어문학』 143, 한국영미어문학회, 2021.

한원균, 「고은 시의 미적 근대성 구현 양상: 1990년대 시를 중심으로」, 『한국문예창작』 26, 한국문예창작학회, 2012.

한원균, 「최승호 시와 헤테로토피아의 방법론적 읽기: 1990년대의 경우」, 『한국문예창작』 49, 한국문예창작학회, 2020.

한원균, 「김명인 시의 '길' 이미지 전개 양상: 1990년대의 경우」, 『한국문예창작』 57, 한국문예창작학회, 2023.

허혜정, 「재림의 성(性): 박상순의 시를 통해 본 판타지의 새로운 방향」, 『에로틱 아우라』, 예옥, 2008.

홍기정, 「김기택 시에 나타난 육식의 윤리와 아이러니」, 『문학과환경』 19, 문학과환경학회, 2013.

홍용희, 「김지하의 시세계와 생태적 상상력」, 『문학과환경』 8, 문학과환경학회, 2007.

황정미, 「돌봄 책임에 대한 여성학적 성찰: 돌봄과 노화를 인간답게(서평:『세벽 세 시의 몸들에게: 질병, 돌봄, 노년에 대한 이야기』)」, 『한국사회정책』 69, 『한국사회정책학회, 2021.

황종연, 「『늪을 건너는 법』 혹은 포스트모던 로만스-소설의 탄생: 한국문학의 1990년대를 보는 한 관점」, 『문학동네』 89, 2016.

황현산, 「불행을 확인하기」(해설), 이수명, 『새로운 오독이 거리를 메웠다』, 세계사, 1995.

황현산, 「혼자 가는 길」(해설), 성미정, 『대머리와의 사랑』, 세계사, 1997.

황현산, 「꿈의 시나리오 쓰기, 그 후」(해설), 이수명, 『고양이 비디오를 보는 고양이』, 문학과지성사, 2004.

황현산, 「상상력의 원칙과 말의 힘」(해설), 앙드레 브르통(Andre Breton), 『초현실주의 선언』, 황현산 역, 미메시스, 2012.

3. 단행본
1) 국내저서

고명철, 「현대시의 풍경, 그 다원성의 미학」, 이승하 외, 『한국 현대 시문학사』, 소명출판, 2019.

권영민, 「현대시의 도전과 실험」, 『한국 현대문학사 2: 1945~2010』, 민음사, 2020.

김석, 『에크리: 라캉으로 이끄는 마법의 문자들』, 살림, 2007.

김석, 『불안』, 은행나무, 2022.

김준오, 「시의 정의」, 『시론』(제4판), 삼지원, 2002.

김진석, 『르네 지라르』, 커뮤니케이션북스, 2018.

맹문재, 「세계화의 시기(2000년~)」, 오세영 외, 『한국 현대시사』, 민음사, 2007.

박현수, 「민중 혁명의 시기(1979년~1991년)」, 오세영 외, 『한국 현대시사』, 민음사, 2007.

오규원, 『현대시작법』(재판), 문학과지성사, 1993.

유성호, 「탈냉전의 시기(1991년~2000년)」, 오세영 외, 『한국 현대시사』, 민음사, 2007.

이무석, 『정신분석에로의 초대』, 도서출판 이유, 2006.

이수명, 『공습의 시대: 1990년대 한국시문학사』, 문학동네, 2016.

이수명, 『표면의 시학』, 난다, 2018.

이승훈, 『라캉 거꾸로 읽기: 해방시학을 위하여』, 월인, 2009.

신형철, 「2000년대 한국시의 세 흐름」, 김윤식 외, 『한국현대문학사』, 현대문학, 2014.

정끝별, 「창조적 화자와 다성의 목소리」, 『시론』, 문학동네, 2021.

조윤경, 『초현실주의와 몸의 상상력』, 문학과지성사, 2008.

한국문학평론가협회, 『인문학용어대사전』, 국학자료원, 2018.

2) 국외저서

딜런 에반스(Dylan Evans), 『라깡 정신분석 사전』, 김종주 외 역, 인간사랑, 1998.

로이스 타이슨(Lois Tyson), 「정신분석 비평」, 『비평이론의 모든 것』, 윤동구 역, 앨피, 2012.

로만 야콥슨(Roman Jakobson), 「언어의 두 양상과 실어증의 두 유형」, 『문학 속의 언어학』, 신문수 역, 문학과지성사, 1989.

마단 사럽(Madan Sarup), 『후기구조주의와 포스트모더니즘』, 전영백 역, 서울하우스, 2005.

발터 벤야민(Walter Benjamin), 「초현실주의」, 『발터 벤야민 선집 5: 역사의 개념에 대하여/ 폭력비판을 위하여/ 초현실주의 외』, 최성만 역, 길, 2008.

빅토리아 D. 알렉산더(Victoria D. Alexander), 『예술사회학』, 최샛별 외 역, 살림, 2010.

숀 호머(Sean Homer), 『라캉 읽기』, 김서영 역, 은행나무, 2014.

스티븐 제이 슈나이더(Steven Jay Scheider) 외 엮음, 『죽기 전에 꼭 봐야 할 영화 1001』, 정지인 역, 마로니에북스, 2019.

아르놀트 하우저(Arnold Hauser), 『문학과 예술의 사회사 4』(개정2판), 반성완 외 역, 창비, 2016.

앙드레 브르통, 『초현실주의 선언』, 황현산 역, 미메시스, 2012.

앙리 르페브르(Henri Lefebvre), 『공간의 생산』, 양영란 역, 에코리브르, 2011.

에릭 애크로이드(Eric Ackroyd), 『심층심리학적 꿈 상징 사전』, 김병준 역, 한국심리치료연구소, 1997.

에리카 피셔-리히테(Erica Fischer-Lichte), 『수행성의 미학』, 김정숙 역, 문학과지성사, 2017.

에리히 프롬(Erich Pinchas Fromm), 『건전한 사회』, 김병익 역, 범우사, 2015.

자크 라캉(Jaques Lacan), 『자크 라캉 세미나 11: 정신분석의 네 가지 근본 개념』, 맹정현 외 역, 새물결, 2008.

자크 라캉, 『자크 라캉 세미나 1: 프로이트의 기술론』, 맹정현 역, 새물결, 2016.

자크 라캉, 『에크리』, 홍준기 외 역, 새물결, 2019.

제인 베넷(Jane Bennett), 『생동하는 물질』, 문성재 역, 현실문화, 2020.

조너선 컬러(Jonathan Culler), 『문학이론』, 조규형 역, 고유서가, 2016.

조르조 아감벤(Giorgio Agamben), 「동시대인이란 무엇인가?」, 『장치란 무엇인가?: 장치학을 위한 서론』, 양창렬 역, 난장, 2010.

조세프 켐벨(Joseph Campbell), 『천의 얼굴을 가진 영웅』, 이윤기 역, 민음사, 2018.

줄리아 크리스테바(Julia Kristeva), 『시적 언어의 혁명』, 김인환 역, 동문선, 2000.

지그문트 프로이트(Sigmund Freud), 『예술·문학·정신분석』, 정장진 역, 열린책들, 2003.

지그문트 프로이트, 『정신분석학의 근본 개념』, 윤희기 외 역, 열린책들, 2020.

질 들뢰즈(Gilles Deleuze)·펠릭스 가타리(Félix Guattari), 「1730년: 강렬하게-되기, 동물-되

기, 지각 불가능하게 되기」, 『천 개의 고원』, 김재인 역, 새물결, 2001.

찰스 샌더스 퍼스(Charles Sanders Peirce), 『퍼스의 기호 사상』, 김성도 편역, 민음사, 2006.

케이트 서머스케일(Kate Summerscale), 『공포와 광기에 관한 사전: 99가지 강박으로 보는 인간 내면의 풍경』, 김민수 역, 한겨레출판, 2023.

핼 포스터(Hal Foster), 『강박적 아름다움: 언캐니로 다시 읽는 초현실주의』. 조주연 역, 아트북스, 2018.

한병철, 『폭력의 위상학』, 김태환 역, 김영사, 2020.

제2부 박상순·이수명·성미정의 1990년대 시에 나타나는 동시대성과 '1990년대적인 것'의 내포

제1장 박상순 시의 동시대성과 식물 표상: 시집 『6은 나무 7은 돌고래』와 『마라나, 포르노 만화의 여주인공』을 중심으로

1. 기본자료
박상순, 『6은 나무 7은 돌고래』, 민음사, 1993.

박상순, 『마라나, 포르노 만화의 여주인공』, 세계사, 1996.

2. 논문 및 평론
김선우, 「1990년대 시의 시적 현실에 관한 정신분석적 연구: 박상순·이수명·성미정을 중심으로」, 고려대학교 대학원 박사학위논문, 2024.

김혜순, 「90년대의 시적 현실, 어디에 있었는가」, 『문학동네』 20, 1999.

송현지, 「어느 순례자로부터 온 편지: 안태운론」, 2023 《문화일보》 신춘문예 평론 부문 당선작.

오형엽, 「공포와 환상의 시적 계보」, 『알레고리와 숭고』, 문학과지성사, 2021.

오형엽, 「아방가르드와 숭고의 시적 실천」, 『알레고리와 숭고』, 문학과지성사, 2021.

엄경희, 「1990년대 시에 나타난 '추(醜)의 미학'의 양상」, 『국어국문학』 182, 국어국문학회, 2018.

이남호, 「偏母膝下에서의 시 쓰기:1980년대 후반 시의 한 특성」, 『문학의 위족 1』, 민음사, 1990.

이수명, 「나는 미정의, 미완의, 그 무엇이며, 사라지는 중이다: 박상순의 『6은 나무 7은 돌고래』(민음사, 1993)」, 『공습의 시대: 1990년대 한국시문학사』, 문학동네, 2016.

이수명, 「비로소 모든 뚜껑을 열고」, 『횡단』(2판), 민음사, 2019.

이승훈, 「결핍의 공간에서 태어나는 자아」(해설), 박상순, 『6은 나무 7은 돌고래』, 민음사, 1993.

3. 단행본

고명철, 「현대시의 풍경, 그 다원성의 미학」, 이승하 외, 『한국 현대 시문학사』(수정증보판), 소명출판, 2020.

김석, 『에크리: 라캉으로 이끄는 마법의 문자들』, 살림, 2007.

박현수, 「민중 혁명의 시기(1979년~1991년)」, 오세영 외, 『한국 현대시사』, 민음사, 2007.

신형철, 「2000년대 한국시의 세 흐름」, 김윤식 외, 『한국현대문학사』(5판), 현대문학, 2014.

유성호, 「탈냉전의 시기(1991~2000년)」, 오세영 외, 『한국 현대시사』, 민음사, 2007.

이경수, 「탈경계 시대 현대시의 모색과 도전」, 『한국 현대 시문학사』, 소명출판, 2020.

이수명, 「1990년대 시란 무엇인가」, 『공습의 시대: 1990년대 한국시문학사』, 문학동네, 2016.

조재룡, 「주체에서 주체로 이행하는 목소리의 여행자들: 이접(移接)하는, 2000년대의 시, 2010년대의 시」, 『문학동네』 75, 문학동네, 2013.

손 호머(Sean Homer), 『라캉 읽기』(개정판), 김서영 역, 은행나무, 2014.

조르조 아감벤(Giorgio Agamben), 「동시대인이란 무엇인가?」, 『장치란 무엇인가?: 장치학을 위한 서론』, 양창렬 역, 난장, 2010.

제2장 동, 식물 표상에 담긴 '1990년대적인 것'의 내포:
　　　성미정과 이수명의 1990년대 시를 중심으로

1. 기본 자료

성미정, 『대머리와의 사랑』, 세계사, 1997.

이수명, 『새로운 오독이 거리를 메웠다』, 세계사, 1995.

이수명, 『왜가리는 왜가리놀이를 한다』, 세계사, 1998.

2. 논문 및 평론

김미현, 「다소 시적인?: 성미정론」, 『세계의문학』 113, 민음사, 2004.

김선우, 「성미정 시의 '시적 현실'에 관한 정신분석적 연구:『대머리와의 사랑』을 중심으로」,

『한국문예창작』 57, 한국문예창작학회, 2023.

김선우, 「이수명 시의 '시적 현실'에 관한 정신분석적 연구:『새로운 오독이 거리를 메웠다』와 『왜가리는 왜가리놀이를 한다』를 중심으로」, 『현대문학이론연구』 92, 현대문학이론학회, 2023.

김선우, 「1990년대 시의 시적 현실에 관한 정신분석적 연구: 박상순·이수명·성미정의 시를 중심으로」, 고려대학교 대학원 박사학위논문, 2024.

김순아, 「현대 여성시에 나타난 '빈 몸'의 윤리와 감각화 방식: 이수명, 조용미의 시를 중심으로」, 『여성문학연구』 34, 한국여성문학학회, 2015.

송현지, 「어느 순례자로부터 온 편지: 안태운론」, 2023 《문화일보》 신춘문예 평론 당선작.

오형엽, 「공포와 환상의 시적 계보: 숭고 및 주이상스와의 연관성」, 『알레고리와 숭고』, 문학과지성사, 2021.

이병철, 「빛과 형태와 도시가스를 의심하라」, 『한국문학』 315, 한국문학사, 2022.

이혜원, 「한국 현대 여성시에 나타난 자연 표상의 양상과 의미: '물'의 표상을 중심으로」, 『어문학』 107, 한국어문학회, 2010.

이혜원, 「미지의 세계를 향한 진지한 놀이」, 『계간 시작』 51, 천년의시작, 2014.

전명환, 「이수명 시의 언어적 특성 연구」, 중앙대학교 대학원 석사학위논문, 2022.

정끝별, 「여성주의 시의 흐름과 쟁점: 여성 고유의 정체성에 대한 탐색과 물음」, 『문학사상』 320, 문학사상사, 1999.

황선희, 「1990년대 여성시에 나타난 '웃음'의 정치성」, 『현대문예비평연구』 78, 한국현대문예비평학회, 2023.

황현산, 「불행을 확인하기」(해설), 이수명, 『새로운 오독이 거리를 메웠다』, 세계사, 1995.

황현산, 「혼자 가는 길」(해설), 성미정, 『대머리와의 사랑』, 세계사, 1997.

3. 단행본

김석, 『에크리: 라캉으로 이끄는 마법의 문자들』, 살림, 2007.

신형철, 「2000년대 한국시의 세 흐름」, 김윤식 외, 『한국현대문학사』(5판), 현대문학, 2014.

이경수, 「탈경계 시대 현대시의 모색과 도전」, 이승하 외, 『한국 현대 시문학사』(수정증보판), 소명출판, 2019.

이광호, 「1990년대 시의 지형」, 김윤식 외, 『한국현대문학사』(5판), 현대문학, 2014.

이수명, 『공습의 시대: 1990년대 한국시문학사』, 문학동네, 2016.

유성호, 「탈냉전의 시기(1991년~2000년)」, 오세영 외, 『한국 현대시사』, 민음사, 2007.

로이스 타이슨(Lois Tyson), 「여성주의 비평」, 『비평이론의 모든 것』, 윤동구 역, 앨피, 2012.

숀 호머(Sean Homer), 『라캉 읽기』(개정판), 김서영 역, 은행나무, 2014.

제3장 성미정 시의 동시대성과 사물 주체: 시집 『대머리와의 사랑』을 중심으로

1. 기본 자료
성미정, 『대머리와의 사랑』, 세계사, 1997.

2. 평론 및 논문
김선우, 「성미정 시의 '시적 현실'에 관한 정신분석적 연구: 『대머리와의 사랑』을 중심으로」,
    『한국문예창작』 57, 한국문예창작학회, 2023.
김선우, 「1990년대 시의 시적 현실에 관한 정신분석적 연구: 박상순·이수명·성미정의 시를
    중심으로」, 고려대학교 대학원 박사학위논문, 2024.
김선우, 「동, 식물 표상에 담긴 '1990년대적인 것'의 내포: 성미정과 이수명의 1990년대
    시를 중심으로」, 『비평문학』 91, 2024.
김미현, 「다소 시적인?: 성미정론」, 『세계의문학』 113, 민음사, 2004.
오형엽, 「공포와 환상의 시적 계보: 숭고 및 주이상스와의 연관성」, 『알레고리와 숭고』, 문학
    과지성사, 2021.
윤서정, 「'되기'의 과정으로서 몸: 들뢰즈와 브라이도티의 '되기이론'을 중심으로」, 『도예연
    구』 29, 이화여자대학교 도예연구소, 2020.
이혜원, 「미지의 세계를 향한 진지한 놀이: 이수명론」, 『계간 시작』 51, 천년의시작, 2014.
정끝별, 「여성주의 시의 흐름과 쟁점: 여성 고유의 정체성에 대한 탐색과 물음」, 『문학사상』
    320, 문학사상사, 1999.

3. 단행본
김석, 『에크리: 라캉으로 이끄는 마법의 문자들』, 살림, 2007.
유성호, 「탈냉전의 시기」(1991년~2000년)」, 오세영 외, 『한국 현대시사』, 민음사, 2007.
이광호, 「1990년대 시의 지형」, 김윤식 외, 『한국현대문학사』(5판), 현대문학, 2014.
이수명, 『공습의 시대: 1990년대 한국시문학사』, 문학동네, 2016.

로이스 타이슨(Lois Tyson), 「정신분석 비평」, 『비평 이론의 모든 것』, 윤동구 역, 앨피,
    2012.
숀 호머(Sean Homer), 『라캉 읽기』, 김서영 역, 은행나무, 2014.

제인 베넷(Jane Bennett), 『생동하는 물질』, 문성재 역, 현실문화, 2020.

조르조 아감벤(Giorgio Agamben), 「동시대인이란 무엇인가?」, 『장치란 무엇인가? 장치학을 위한 서론』, 양창렬 역, 난장, 2010.

지그문트 프로이트(Sigmund Freud), 『예술, 문학, 정신분석』, 정장진 역, 열린책들, 2003.

변선우

1993년 대전에서 태어났고 성장했다. 2018년 《동아일보》 신춘문예 시 부문에 당선되어 시인
으로 활동하고 있다. beamnbasil@naver.com

1990년대 한국 현대시의 의미

박상순·이수명·성미정의 시와 1990년대 시사의 [재]의미화를 위한 정신분석적 제언

초판 1쇄 인쇄 2024년 8월 8일
초판 1쇄 발행 2024년 8월 22일

지은이 변선우
펴낸이 이대현
편집 이태곤 권분옥 임애정 강윤경
디자인 안혜진 최선주 강보민
마케팅 박태훈 한주영
펴낸곳 도서출판 역락 | **등록** 1999년 4월 19일 제303-2002-000014호
주소 서울시 서초구 동광로46길 6-6 문창빌딩 2층(우06589)
전화 02-3409-2060(편집부), 2058(영업부) | **팩스** 02-3409-2059
전자우편 youkrack@hanmail.net | **홈페이지** www.youkrackbooks.com

ISBN 979-11-6742-847-9 93810

책값은 뒤표지에 있습니다.
파본은 구입처에서 교환해 드립니다.